张宏生 著

传统内外
清代闺秀诗词研究

南京大学出版社

图书在版编目(CIP)数据

传统内外:清代闺秀诗词研究/张宏生著.—南京：南京大学出版社,2023.10
ISBN 978-7-305-26493-1

Ⅰ.①传… Ⅱ.①张… Ⅲ.①古典诗歌-诗词研究-中国-清代 Ⅳ.①I207.2

中国国家版本馆 CIP 数据核字(2023)第 011168 号

出版发行	南京大学出版社	
社　　址	南京市汉口路22号	邮　编　210093

CHUANTONG NEIWAI: QINGDAI GUIXIU SHICI YANJIU

书　　名	传统内外:清代闺秀诗词研究	
著　　者	张宏生	
责任编辑	石　旻	
照　　排	南京紫藤制版印务中心	
印　　刷	徐州绪权印刷有限公司	
开　　本	718毫米×1000毫米　1/16　印张24　字数345千	
版　　次	2023年10月第1版　2023年10月第1次印刷	
ISBN	978-7-305-26493-1	
定　　价	108.00元	
网　　址	http://www.njupco.com	
官方微博	http://weibo.com/njupco	
官方微信	njupress	
销售咨询热线	(025)83594756	

* 版权所有,侵权必究

* 凡购买南大版图书,如有印装质量问题,请与所购图书销售部门联系调换

前　言

中国文学发展至清代,进入了一个新阶段。男作家的创作如此,女作家的创作同样如此。

虽然人们对所谓"内言不出"、"女子无才便是德"一类话语耳熟能详,这类话语也常被认为是一种社会的普遍规范,但也正如我们所熟知的,意识形态化的理念并不一定总是能和社会的具体生活相对应,政治正确的东西在实践的层面,也不一定得到普遍回应。胡文楷的《历代妇女著作考》是迄今为止著录中国古代妇女著述的最完备的著作。据其记载,自汉代至近代,中国妇女的著作共 4000 馀种。而在有清一代,妇女作家即达 3600 馀人。在这 3600 馀人中,至今确知有集子存世者,就至少有近 900 人。这个数量,足以让我们对清代女性的文学创作给予充分的关注。

在清代女性的文学创作中,主要的文体形式是诗词。这不仅是因为诗词(特别是诗)历史悠久,认受性强,有着普遍的受众,也是因为诗词的基本质素趋向抒情,和当时女性特定的创作情境较为吻合,篇幅则可长可短,可以较为自由地选择。

和前代相比,清代闺秀诗词作家的创作境界更加开阔了。一方面,对她们跨出内闱,社会的宽容度增强,因此,她们的作品能得江山之助,进一步包容自然风情和社会万象;另一方面,她们向琐细的日常生活开掘,在日常生活中寻找诗意,既丰富了生活内容,又叠加了诗词情态。在社会的各个层面,她们的作品都留下了痕迹,从而以千汇万状的姿态,丰富了清代文学史,也丰富了整部中国文学史。

清代是文学经典化意识非常强的时代,这一点,在女性文学创作的领域也不例外。诗话和词话是较为常见的经典化方式,但更重要的是创作本身。清代闺秀诗词作家通过学习和模仿同前代女作家对话,在一个有意识或下意识构成的群体中不断呼唤经典,同时她们也通过群体活动,彼此对话,从而也希望将自己经典化。

美国人类学家罗伯特·雷德菲尔德(Robert Redfield)在其《乡民社会与文化:一位人类学家对文明之研究》(Peasant Society and Culture: An Anthropological Approach to Civilization)一书中,曾提出大传统(great tradition)与小传统(little tradition)的概念,认为乡民社会中存在着两种不同的文化传统,即主要由士绅所掌握的精英文化传统和在乡村中借由口传等方式流传的大众文化传统,而小传统被包含在大传统之中。李亦园曾以此为基础,提出中国文化的大小传统说,即精英文化的雅文化和底层民间文化的俗文化。从这个视角来思考中国古代的诗词创作,如果以男作家和女作家来加以划分,则前者可以视为大传统,后者可以视为小传统。落实到具体创作中,如果放在同一个层面观察,小传统的建立往往是借助向大传统靠拢而得以实现的,但如果就小传统本身来加以检验,则仍然能看到一条有所传承并不断发展的轨迹。当然,作为小传统,在向大传统靠拢的同时也并不是没有疏离,特定的生活环境和性别感受,都会造成这一点。

还应该注意的一点是,在清代,闺秀诗词作家的创作,除了"情动于中",不得不发的感情需要之外,还有社会交往的强烈动机。通过以诗词为媒介的交往,女作家们建立了自己的朋友圈,扩大了社会空间,也促进了声名的传播。因此,诗词创作不仅成为她们的情感需求,也成为了生活需求,甚至成为了生活方式。

如此多侧面、多角度地去考察清代闺秀诗词作家的创作,就不仅能够对这个特定的群体有更多了解,同时也能对中国古代文学发展的某些面向,有更为深刻的认识。

目　次

前　言 ………………………………………………………………… 001

上　编

第一章　外物与自我
　　　——清代女诗人的咏物诗 ………………………………… 003
第二章　内闱与外乡
　　　——清代女性诗歌中的寄外书写 …………………………… 046
第三章　闺阁与江山
　　　——清代女性诗歌中的行旅书写 …………………………… 076
第四章　经典与继响
　　　——清代女词人与李清照 …………………………………… 115
第五章　艳情与风雅
　　　——清代女词人的艳体咏物词 ……………………………… 144
第六章　节令与心绪
　　　——清代女作家的七夕词及其传承 ………………………… 166

下 编

第七章　性别与才名
　　——从沈善宝看清代女诗人的文学活动 ······················ 183

第八章　偏离与靠拢
　　——徐灿与词学传统 ····································· 204

第九章　日常与词境
　　——从高景芳说到清代女性词的空间 ······················ 218

第十章　才女与名士
　　——吴藻《乔影》及其创作的内外成因 ···················· 231

第十一章　说诗与作诗
　　——从林黛玉的两重性看小说与诗歌传统 ·················· 245

附　录

附录一　写实或寄托
　　——关于《妾薄命叹》的解读 ···························· 263

附录二　拟创与时代
　　——对许兰雪轩诗歌创作的思考 ·························· 274

附录三　创作与理论
　　——沈祖棻与比兴寄托说 ································ 291

附录四　起点与拓展
　　——胡文楷《历代妇女著作考》的价值和意义 ·············· 303

附录五　回顾与反思
　　——二十世纪的中国古代女诗人研究 ······················ 322

后　记 ··· 373

上编

第一章　外物与自我
——清代女诗人的咏物诗

咏物诗在中国文学中有着悠久的传统。清代女作家辈出,受这种传统的熏陶,也多有创作,而且体现出一定的时代特色、性别特色和个人特色。和男作家一样,咏物诗往往是人们观察一个女诗人是否有才的重要标准之一。比如汪端七岁时,应其父之命作咏春雪诗,颇得激赏,甚至为其获得"小韫"的号,以为可比东晋著名女诗人谢道韫。其诗题为《家大人命同诸兄伯姊咏春雪》:

> 寒意迟初燕,春声静早鸦。未应吟柳絮,渐欲点桃花。微湿融鸳瓦,新泥䩞钿车。何如谢道韫,群从咏芳华。①

这首被视为神童所作的诗,紧扣"春"字,写天气渐暖之时的雪。气候尚寒,燕子未回,乌鸦也安静,没有啼鸣。"柳絮"语带双关,既有谢道韫"未若柳絮因风起"之意,又实写此时柳絮尚未纷飞,同时,春天的雪较湿,大都落地即化,也较难和柳絮类比。这样的写法,意思非常丰富,又具有启发性。

---

① 汪端《自然好学斋诗钞》卷一,胡晓明、彭国忠主编《江南女性别集二编》,合肥:黄山书社,2010年,第329页。

桃花是早春的花卉,以之配春雪,自是非常应时。下面两句都是从天气之暖,春雪之湿入手。由于天气和暖,所以雪飘落下来,落在鸳瓦之上,只是使其湿润而已。而车行路上,也由于落雪滋润,地面松软,车轮驶过,将泥土翻起,是谓新泥。中间四句,紧紧抓住春雪的特点,写得非常真切、生动,出自一个七岁女童之手,当然令人惊奇,所以,众口传诵,不胫而走,也是题中应有之义。

一、耳目之间的日常

咏物诗的题材,随社会生活和文学观念的发展变化,不同的时代,会有不同的情况。总的来看,是不断扩大的。

在文学史发展的过程中,咏物诗大致上形成了一定的传统,清代女诗人的许多作品都是在这一传统中的,她们站在文学史的高度来从事创作,并没有很明显的性别意识。如钱孟钿有《斋中杂咏八首效梅村作》[1],八首诗,分咏焦桐、旧剑、蠹简、敝裘、尘镜、残尊、破砚、断碑,如题所示,是效仿吴伟业的,吴氏有《和元人斋中杂咏诗成持示戏效其体》,分咏焦桐、蠹简、残画、旧剑、破砚、废檠、尘镜、断碑。两相对照,有同有异,大部分相同,尽管钱氏的敝裘和残尊代替了吴氏的残画和废檠,但也都是陈旧残缺之物,反映了士大夫的一种审美趣味。徐德音《南交花草十咏和韵》[2],分别选取幽兰、夜来香、末丽、夜合、象牙红、玉簪花、金钱、鸡冠、凤仙、秋葵这十种花卉,集中写其情态,也不见得就只是女性的取向。

另有一些看起来和她们的日常生活密切相关者,如鲍之兰有《春蔬四咏》[3],

---

[1] 钱孟钿《浣青诗草》卷四,胡晓明、彭国忠主编《江南女性别集初编》,合肥:黄山书社,2008年,第298—299页。
[2] 徐德音《绿净轩诗钞》卷五,胡晓明、彭国忠主编《江南女性别集初编》,第73—75页。
[3] 鲍之兰《起云阁诗钞》卷二,胡晓明、彭国忠主编《江南女性别集三编》,合肥:黄山书社,2012年,第192—193页。

分咏诸葛菜、芹、荠、韭;胡缘有《立夏八咏》①,分咏樱珠、梅、椿芽、香蒳、茅针、蚕豆、糍团、百草饼。还有些诗人写了一些和闺阁相关的物事,如骆绮兰有《女伴中有以香奁杂咏诗见示者戏为广之得十六首》②,所咏分别是钗、钏、耳环、指环、粉、脂、黛、香、髻、帕、鞋、裙、针、线、绣床、镜。不过,这样的诗,部分在清代已经成为诗坛共同的题材,即使是骆绮兰所写的那些题材,有时也被男性诗人用来描写艳情。

但是,确实也有一些和女性日常生活相关的带有具体操作性之物,如钱孟钿《长日多暇手制饼饵糕糍之属饷署中亲串辄缀小诗得绝句三十首》。这三十首作品所咏之物非常有特色,分别是麦粥、炊饼、玫瑰糕、腐羹、松黄饵、薄持(薄饼)、绉纱馄饨、藕粉、蝴蝶面、和鲭饭、薄荷汤丸、薏苡粥、芡实粥、松子糕、枣糕、莲子茶、菱角饺、马蹄酥、杏酪、春卷、鸡炙酒、韭花合、角黍、绿豆饮、汤饼、烧麦、笼饼(俗名馒头)、胡麻粥、油浴饼、玉糁糍。钱孟钿是江苏武进人,她的这组诗给我们提供了一幅生动的江南女性家居生活餐饮的情形,不仅把日常生活艺术化了,而且也体现出女性面对自己生活的心态。试举二例。《玫瑰糕》:"剪碎孤霞一片飞,流香掩染露霏微。团将瑶粉为甜雪,不遣红酥斗玉妃。"③《薄荷汤丸》:"寒泉一盏意先秋,似月团圆露未收。恰称迎凉衣袂薄,天风吹下水晶球。"④都写得很美。

这种琐细的日常化书写,往往强调生活情境,如凌祉媛《唐多令·年糕》:

> 切玉妙能工。香调桂米浓。快登筵、粉腻酥融。仿佛刘郎题字在,谁印取,口脂红。　佳号复谁同。年年祝岁丰。更团花、簇满盘中。市上携来纷馈饷,须买到,落灯风。("上灯圆子落灯糕",

---

① 胡缘《琴韵楼诗钞》卷上,胡晓明、彭国忠主编《江南女性别集四编》,合肥:黄山书社,2014年,第852—853页。
② 骆绮兰《听秋轩诗集》卷二,胡晓明、彭国忠主编《江南女性别集二编》,第603—605页。
③ 钱孟钿《浣青诗草》卷六,胡晓明、彭国忠主编《江南女性别集初编》,第316页。
④ 钱孟钿《浣青诗草》卷六,胡晓明、彭国忠主编《江南女性别集初编》,第317页。

杭谚也。)①

从年糕的切制,写到其成分、颜色、形状等,还有年糕的托意,烘托的气氛,创造了一个红红火火的情境,也是一个家庭主妇的心灵活动在一个侧面的表现。

同时,这样的作品,也会涉及物之制作,以及物之功用。如陈蕴莲《自制豆腐偶成》:

> 神仙服食少人知,(世传淮安王以丹药点成。)倾刻丹成几转时。翠釜烹来疑沸雪,柔荑捧处并凝脂。膏粱杂逻腥堪厌,水乳交融淡可思。解得割云餐玉法,一标何必认茅茨。②

从神话传说写起,然后写制作过程。《诗经·卫风·硕人》中对女子有"手如柔荑,肤如凝脂"③的描写,用在这里,将纤柔之手和洁白如沸雪、凝脂的豆腐并置,非常巧妙。接着再从食用上写,首先和"膏粱"作对比,后者不免腥膻之气,反不如豆腐的清淡更加养生。粗茶淡饭,也能吃出意蕴,知足常乐,就是最好的生活。

豆腐确实和人们的生活息息相关,其制作也是家庭主妇日常劳作的重要内容之一。而在豆腐中,又有不同的类型,如王德宜有《冻豆腐和韵》:

> 酿雪轻寒冻雨天,菽凝冷乳压厨烟。红椒露点蜂窠密,翠釜香蒸凤髓鲜。缠齿清斋供腊底,围炉小割饷春前。吴酸传得调羹法,美味同参玉版禅。④

---

① 凌祉媛《翠螺阁词稿》,胡晓明、彭国忠主编《江南女性别集初编》,第 916 页。按本书所引文献,如无特别说明,括号中内容均为原作自注文字。
② 陈蕴莲《信芳阁诗草》卷四,胡晓明、彭国忠主编《江南女性别集三编》,第 474 页。
③ 《毛诗正义》,阮元校刻《十三经注疏》,北京:中华书局,1980 年,第 322 页。
④ 王德宜《语凤巢吟稿》卷三,胡晓明、彭国忠主编《江南女性别集四编》,第 1130 页。

冻豆腐作为诗歌题材,是清朝人比较喜欢写的。这首诗题中有"和韵"二字,不知是和谁的。我们了解到,乾隆、嘉庆年间的崔旭有写冻豆腐的诗:"菽乳温柔不耐寒,凝霜冻块入朝餐。切来巧露蜂窠密,煮出浑同羊肚看。彻骨玲珑堪下箸,嚼冰滋味恰登盘。黄齑白饭先生馔,正好冬厨饱冷官。"①崔旭生于乾隆三十二年(1767),卒于道光二十七年(1847),而王德宜的集子刊刻于嘉庆二十年(1815年),是则正是同时代人,或者王诗的创作就和崔诗有关②。其中写冻豆腐的形状均作"蜂窠",是同样的表述。不过两篇作品比起来,王写得更加精致,还特别突出了时令,从腊月写到春前,这又是一个主妇的亲身经历了。末二句中,"吴酸"颇能见出其身份。吴酸是吴人所调的咸酸之味,点出其所生活的地域(王德宜是华亭人)。至于"玉版禅",则出自宋代惠洪《冷斋夜话》:"(苏轼)尝要刘器之(安世)同参玉版和尚。……至廉泉寺,烧笋而食。器之觉笋味胜,问此笋何名?东坡曰:'即玉版也。此老师善说法,要能令人得禅悦之味。'于是器之乃悟其戏,为大笑。"③用这个典故,言其味美,更有在一般味道之外者。

陈、王两位女诗人不约而同地用了"翠釜"这个表示精美炊器的意象,来显示蒸的烹饪过程,这或者也和女性的具体生活体验有关。在这个方面,王贞仪的《咏冰鲜鱼》可能更为突出:

> 腥风过晓市,贩艇上冰鲜。名胜斑鳞鳜,形殊缩项鯿。性柔灰用洗,肉散线扶联。去甲还留肋,抽丁更漉涎。不须羹作鲙,独可腊成胺。葱汁微微入,芹芽细细煎。何妨食餐顿,端觉异肥膻。自是嘉鱼品,应教列馔前。④

---

① 张焘撰,丁绵孙、王黎雅点校《津门杂记》卷下,天津:天津古籍出版社,1986年,第108页。
② 按崔旭《念堂诗草》、《念堂诗话》中皆未收录此篇咏冻豆腐之诗。查崔旭《津门百咏》,亦无此诗,但其中有咏螃蟹、银鱼、虾蟆、萝卜等,有着较为统一的趋向。据崔旭之子语,《津门百咏》于崔旭在世时已佚四首未补,此篇咏冻豆腐诗或为其佚作之一。
③ 释惠洪《冷斋夜话》卷七,北京:中华书局,1985年,第31页。
④ 王贞仪《德风亭初集》卷十,《丛书集成续编》据民国排印《金陵丛书》本影印,台北:新文丰出版公司,1988年,第193册,第421页。

所谓冰鲜鱼，至少在宋代就已经出现了，南宋范成大在《吴郡志》中曾记载乾道、淳熙年间，沿海渔民打鱼之后，"悉以冰养，鱼遂不败"[1]。所谓"贩艇"，指汛期鱼贩子在船上装满冰，到海上或相关的地方收购鲜鱼，然后运到市场售卖。这首诗从购买，到清洗、整治、烹调、享用，写了完整的过程，非常细致，不厌其烦，也是家庭主妇日常生活的真实记载。

耳目之间的日常化书写是清代不少女诗人的审美追求，体现了她们期待将生活艺术化的愿望。咏物诗只是其中的一方面，如果将视野放宽，将与此相关的作品加以对读，当能看得更为清楚。如章婉仪《除夕》：

> 忽忽又除夕，声声喧爆竹。纷纷俱过年，我亦忙碌碌。庭除洁洒扫，盥手净薰沐。今年梅花早，插瓶香馥馥。悬象礼祖先，安神荐旨蓄。接灶奉天果，展拜礼必肃。厅堂接财神，安排鱼与肉。柏叶何青青，开瓮酒新漉。儿曹索红纸，大字写鸿福。书室及房门，春联添几幅。小女要红纸，花样剪簇簇。百事皆如意，满堂增寿禄。新妇偕儿来，礼数亦渐熟。煮成莲子茶，殷勤手双掬。大女偕婿来，双然守岁烛。次女偕婿来，炉火添商陆。小孙甫弥月，粲粲好衣服。阿翁抱置膝，谓言书可读。笑语一家春，团团围满屋。[2]

这是一个家庭主妇眼中的除夕，充满喜气，充满天伦之乐。她自己非常忙碌，不仅做各种安排，更深深陶醉在全家团聚的气氛中。全诗的写作手法，有点模仿《木兰辞》中木兰从军归来后全家的欢乐举止，分别写新妇偕儿、大女和二女偕婿、爷爷抱着小孙子……这一切都从主妇的眼中看出，就有着非常生动的故事，串起她的生活。

---

[1] 范成大《吴郡志（附校勘记）》卷二十九，《丛书集成初编》，北京：中华书局，1985年，第4册，第281页。
[2] 章婉仪《紫藤萝吟馆遗集》，胡晓明、彭国忠主编《江南女性别集初编》，第1306—1307页。

二、新事物与新眼光

贴近日常生活,是女诗人创作的重要特色之一。但是,日常化的题材虽然也有其新奇的一面,毕竟过于琐细,所以她们也往往会将目光投向别处,选择一些较为少见之物加以吟咏。如钱孟钿《哈密瓜》:

> 我闻祁连山,乃在西北极。汉武元鼎年,始得通中国。漠漠云下田,离离翻翠陌。遗此径尺瓜,种自蓬莱得。玉蔓饮冰霜,素肌老风格。入口战齿牙,沁脾凛肝膈。崖蜜已输甘,香橙当避席。保此岁寒姿,如逢耐久客。[1]

哈密的甜瓜虽然在东汉永平年间就成为进贡的奇异瓜种了,但据清《新疆回部志》云:"自康熙初,哈密投诚,此瓜始入贡,谓之哈密瓜。"[2]可见这在当时还是一个较为新鲜的事物。其形是"玉蔓"、"素肌";而根据成熟期的不同,有夏瓜和冬瓜之分,此处写"入口战齿牙,沁脾凛肝膈",或指冬瓜。哈密瓜的标志是甜,所以又和崖蜜、香橙加以对照:"崖蜜已输甘,香橙当避席。"这种描写,也算紧贴时代了。

明末清初以降,尽管统治者总的方针仍然是闭关锁国,但在一些特定的时期,和海外还是有相当程度的交流。海外的新事物,尤其是西洋的新事物不断传入,既开阔了人们的眼界,也为文学提供了更多的素材。

来自西洋的物件,见之于歌咏,明清之际就已经有不少了,有清一代,一直绵延不绝,在男作家的创作中,已经成为一个重要的类型。清代前期,大约是咏自鸣钟、千里镜等为多,中期以后,更为丰富。女作家对这一类题材的歌咏,也大致上体现着此一轨迹。

---

[1] 钱孟钿《浣青续草》,胡晓明、彭国忠主编《江南女性别集初编》,第364页。
[2] 永贵、苏尔德《新疆回部志》卷二,《四库未收书辑刊》,北京:北京出版社,1998年,第9辑,第7册,第776页。

千里镜发明于17世纪初,不久就被带到中国,主要具有军事的价值,但在一般人心目中,却没有那么复杂。清初著名作家李渔在其小说集《十二楼》的《夏宜楼》一篇中,描述了千里镜的结构和原理:"此镜用大小数管,粗细不一。细者纳于粗者之中,欲使其可放可收,随伸随缩。所谓千里镜者,即嵌于管之两头,取以视远,无遐不到。'千里'二字虽属过称,未必果能由吴视越,坐秦观楚,然试千百里之内,便自不觉其诬。"①当然,在这篇小说中,千里镜既没有用于军事,也没有用来观测天空,而是以此为媒介,铺叙了瞿吉人和娴娴的一段爱情故事,主要是男主人公以此来窥视心上人,但足以说明千里镜在社会上已经有所传播。

清代闺阁诗人也喜欢写千里镜,如乾隆年间的归懋仪有《千里镜》一诗:

明镜夸千里,洋西巧制传。三峰悬华雪,九点列齐烟。望极浑河曲,光超骏足先。不烦楼更上,缩地自天然。②

这位女诗人的创作直奔主题,写千里镜的功能和效果。诗人想象,手擎千里镜,华山的莲花、毛女、松桧三座山峰赫然入眼,连上面的积雪都清晰可见。不仅如此,诗人还想象飞腾于天空之上,在望远镜中俯瞰下界,齐州即中国的九点烟痕如在目前。这一句出自李贺著名的《梦天》:"遥望齐州九点烟,一泓海水杯中泻。"③思到高远,境界开阔。下面不仅继续写其望远的功能,写在古人看来象征中国北端的浑河,而且更别出心裁,引入了"光"的概念。这个"光",就作者本身的认识能力而言,可能不是指光速,但她指出,要想到达一个目标,无论怎样快捷的骏马,也不如千里镜快。这暗含着的视觉原理,和辛弃疾的《木兰花慢》一样,堪称"神悟"④。末联一反古人所说"登高望

---

① 李渔《十二楼》卷四《夏宜楼》,《李渔全集》,杭州:浙江古籍出版社,1991年,第9卷,第83页。
② 归懋仪《绣馀小草》(《二馀诗集》本),胡晓明、彭国忠主编《江南女性别集初编》,第653页。
③ 李贺《李长吉文集》卷一,上海:上海古籍出版社,1994年,第23页。
④ 王国维论辛弃疾语,见王国维著,徐调孚注,王幼安校订《人间词话》,北京:人民文学出版社,1960年,第214页。

远"的道理,认为即使在地面上,仍然能够望远。这种想象力和表现力,放在同类作品中,是非常出色的。

乾隆年间的另一位诗人沈彩也有《千里镜》:

萧萧云树远分秋,千里江山人倚楼。却把离情托明镜,欲凭天际识归舟。①

这首诗从李渔和其他男诗人一路来,写千里镜而代入男女之情,其精彩之处在末句。"天际识归舟",出处较早的是谢朓《之宣城郡出新林浦向板桥》:"天际识归舟,云中辨江树。"②当然更为近切的还是宋代柳永的《八声甘州》:

对潇潇暮雨洒江天,一番洗清秋。渐霜风凄紧,关河冷落,残照当楼。是处红衰翠减,苒苒物华休。惟有长江水,无语东流。不忍登高临远,望故乡渺邈,归思难收。叹年来踪迹,何事苦淹留。想佳人、妆楼颙望,误几回、天际识归舟。争知我,倚栏杆处,正恁凝愁。③

柳词主要是渲染心灵的迫切,正因为远,所以朦胧,容易误认,因而无限忧愁。沈诗将这种情怀拈来,却更近一层,表达的意思是,有了这样的千里镜,即使距离遥远,也能看得清清楚楚,因此,当天际船只驶来时,当然就不会"误"了。

在清人心目中,自鸣钟和千里镜有同样新奇的色彩,女诗人在创作中也时有表现。如沈彩《自鸣钟》:

---

① 沈彩《春雨楼集》卷四,胡晓明、彭国忠主编《江南女性别集三编》,第 32 页。
② 谢朓著,曹融南校注集说《谢宣城集校注》卷三,上海:上海古籍出版社,1991 年,第 219 页。
③ 柳永著,高建中校点《乐章集》下卷,上海:上海古籍出版社,1989 年,第 88—89 页。

逸响传来花影移,青春易老遣君知。一声不到行人耳,空打相思十二时。①

沈彩是平湖诸生陆烜侧室,著有《春雨楼集》,有乾隆四十七年刊本。陆家肯定不是《红楼梦》中贾家这样的高门大户,如果她写的自鸣钟是出自自己的生活,则或者在乾隆年间,自鸣钟已经进入一般的官宦人家了。乾隆年间,类似的作品很多,这当然和乾隆皇帝对自鸣钟表现出来的异乎寻常的热情有关,上行下效,社会上的一般人应该也对此比较关注。这首诗一开始仍然是用文学性的计时法来进行对照,所谓"月移花影上栏杆",是让古人直观地了解时间的非常好的方式,而且带有浓厚的文学气息。按照这个思路,这首诗就并不是对自鸣钟本身做出描写,而是将新的计时法纳入对时间流逝的恐惧中来书写。比较新颖的是,作者从声音入手,自鸣钟分十二个时辰报时,在作者看来,就是一种不断的提醒,每一声都提醒主人公离别的难耐,每一声都体现出相思之情。这样的"逸响",肯定比传统计时的沙漏、水漏之类声音要大,却只入思念之人的耳朵,不入远方之人的耳朵,所以,音声成空,更是相思成空。

烟草原产于南美,大约明代万历中叶经由吕宋传入中国,到了崇祯末年,据说已经"无分老幼,朝夕不能间"②。乾隆年间的陆燿更指出:"士大夫无不嗜烟,乃至妇人孺子,亦皆手执一管。"③或有夸张,但清代吸食者甚众也是事实。乾隆年间,厉鹗曾以《天香》之调掀起了一次大唱和,就是这种状况的体现④。女诗人也及时将这个题材写入诗中,如归懋仪《烟》:

---

① 沈彩《春雨楼集》卷四,胡晓明、彭国忠主编《江南女性别集三编》,第32页。
② 张介宾《景岳全书》卷四十八,《景印文渊阁四库全书》,台北:台湾商务印书馆,1986年,第778册,第356页。
③ 陆燿《烟谱·好尚》,《续修四库全书》,上海:上海古籍出版社,2002年,第1117册,第484页。
④ 参看拙作《重理旧韵与抉发新题:雍乾年间的咏物词及其与顺康的传承与对话》,《南京大学学报》,2018年第4期。

谁知渴饮饥餐外,小草呈奇妙味传。论古忽惊窗满雾,敲诗共讶口生莲。线香燃得看徐喷,荷柄装成试下咽。缕绕珠帘风引细,影分金鼎篆初圆。筒需斑竹工夸巧,制藉涂银饰逞妍。几席拈来常伴笔,登临携去亦随鞭。久将与化嘘还吸,味美于回往复旋。欲数淡巴菰故实,玉堂久已著瑶编。①

这首诗将场景放在读书人的家中,所以有"论古"、"敲诗"之说。然后从点烟、装烟写到喷烟甚至是吐烟圈。还写到斑竹做成的烟具,上面涂上银色,非常精美。由于喜欢,几席读书要吸烟,登临游览也要吸烟,因此,享受吸烟达成的美妙感觉,自是题中应有之义。最后说自己希望找到故实来描写这个新题材,欣喜地发现这样的著作已经存在,这可能指的是陆燿《烟谱》之类。但归诗几乎不用烟的典故,基本上是直陈。另外,和男性文人咏烟时一般喜欢写青楼女子不同,这首诗完全是谈吸烟本身。在当时,一般读书人家的女子确实有吸烟的,这在沈彩《食烟草自哂》中也得到了证实:

自疑身是谪仙姝,沆瀣琼浆果腹无。欲不食人间烟火,却餐一炷淡巴菰。②

沈彩对吸食烟草如醉如仙的描述,是她自己的经验。另一位闺秀俞庆曾也有《吸淡巴菰戏作》:

手拈湘竹倚雕阑,吐纳氤氲气似兰。不断连环随口出,剪刀风起莫吹残。③

---

① 归懋仪《绣馀小草》(《二馀诗草》本),胡晓明、彭国忠主编《江南女性别集二编》,第823—824页。
② 沈彩《春雨楼集》卷四,胡晓明、彭国忠主编《江南女性别集三编》,第49页。
③ 俞庆曾《绣墨轩诗稿》,胡晓明、彭国忠主编《江南女性别集三编》,第1471页。

俞庆曾是俞樾的孙女,她将吸烟一事写得如此兴致勃勃,可见当时闺阁的风气。

如上所述,乾隆年间,厉鹗的交游圈对淡巴菰有非常著名的以词唱和活动,对此,女词人中也有回响。如沈蕊《一枝春·淡巴菰》:

> 海岛移来,倩并刀镂就,千丝金碎。筠筒石火,尽是闲中生计。吹兰吐麝,更销尽、薄寒残醉。多只恐、万缕成灰,剩有断纹心字。　氤氲绣屏香细。冒窗纱袅袅,未输沉水。瑶阶伫立,散作半帘花气。熏炉夜暖,倚珊枕、几回曾记。偏喜得、频递春纤,小鬟解事。①

这首词也是女性的视角,所以把烟灰比作心字香,所以用绣屏写自己的居室,所以写夜间的熏炉,所以写丫鬟的纤纤玉手送来烟袋。这些,都有着她自己的情境。

到了晚清,从西洋传入的物事更多,在闺阁女子的笔下也多有出现。如徐南蘋《洋灯》:

> 巧样新灯出海东,镂金刻玉最玲珑。临窗疑是朦胧月,入户何妨烂漫风。早向妆台移宝镜,免教醉眼误杯弓。心高能受羊脂洁,绛烛纱笼总欠工。②

徐氏《绣馀吟草》前有陈诗 1934 年写的序,云其卒于甲午年(光绪二十年,1894),年四十,逆推之,知其生于咸丰五年(1855)。因此,其主要活动时间是同治和光绪年间。洋灯就是有玻璃护罩的煤油灯,海东指日本。日本全面西化之后,引进不少西方文明,有些东西也会借道进入中国。这首诗首联道其由来,赞其精美的造型。颔联先说其光:放在窗台,如月色透过。再说

---

① 沈蕊《来禽仙馆词》,胡晓明、彭国忠主编《江南女性别集五编》,合肥:黄山书社,2019 年,第 1304 页。
② 徐南蘋《绣馀吟草》,民国二十三年(1934)铅印本,第 12 页 a—12 页 b。

构造:不怕风吹。颈联写其用:早上梳妆,看得更清;醉眼蒙眬时,也由于光线明亮,不会出现杯弓蛇影这样的笑话。末二句先写其洁净,便于使用,"心"同"芯";后以传统的"绛烛纱笼"作对比,承认其效果不如这个洋灯。这首咏物诗形神兼备,非常工稳。《绣馀吟草》通篇有濮文暹(青士)所作的评点,对这一首诗的评语是:"咏物诗颇能工切。"

吕碧城是生活在清末民初的作家,她的作品一定程度上可以进一步代表当时女诗人对这一类事物的好奇。如《望江南》组词中的三首:"瀛洲好,辟谷饵仙方。净白凝香调犊酪,嫩黄和露剥蕉穰。薄膳称柔肠。""瀛洲好,衣履样新翻。橡屦无声行避雨,鲛衫飞影步生烟。春冷忆吴棉。""瀛洲好,笔砚抛久荒。不见霜毫鹳眼灿,惟调翠沈蟹行长。绕指有柔钢。"第一首写香蕉冰淇淋,形、色、香兼备,还点出制作方式,甚至写出减肥的效果,非常别致。第二首写橡胶雨鞋,突出其新的式样以及功用,也提及缺陷,即在春寒的天气,不够保暖。第三首写自来水笔,突出的则是其和毛笔相比较的优势。当然,这些作品都是写于海外,但作为一个参照,也可以令人想象晚清的一般状况。

三、物之内蕴与寄托

批评家基本上达成共识,咏物诗创作的高境是有寄托。类似的观点在清代批评家的著作中经常可以看到,如薛雪《一瓢诗话》:"咏物以托物寄兴为上。"[1]李锳《诗法易简录》:"咏物诗固须确切此物,尤贵遗貌得神,然必有命意寄托之处,方得诗人风旨。"[2]女诗人基本上是纯任性灵的写作者,她们听从心灵的呼唤,在创作咏物诗时,不一定刻意追求寄托,因此,很多作品只是就物写物。(其实,不少男诗人的咏物诗也一样。)但是,整个诗坛毕竟是一个共同的场域,而且女诗人的创作本来也和男诗人的创作有着千丝万缕

---

[1] 薛雪《一瓢诗话》,王夫之等《清诗话》下册,上海:上海古籍出版社,1978年,第704页。
[2] 李锳《诗法易简录》卷十三,《续修四库全书》,第1702册,第595页。

的联系,因此,她们在创作咏物诗的时候,仍然会对寄托有所追求。

这些咏物诗中的寄托,主要是传达出一种理趣,是从物理而见出的"人理"。有时是写物之短暂,如陈尔士《木槿》:

> 木槿花,朝开暮乃落。莫惜韶光不久长,明发花开仍绰约。松寿千年忽作薪,竹茂一林俄扫箨。物情修短那须论,天意荣枯终有托。君不见,月纪蓂荚岁纪桐,此花纪日将无同!①

木槿花朝开暮落,一般来说,自然会引起善感的诗人的慨叹,陈尔士却就此写出了另外的情怀,认为不要为其韶光不久而叹息,因为今天虽然花朵凋落,明天仍然会有花开得非常鲜艳。为此,她以长青的松竹作为对照物:松树虽然寿至千年,但一朝被人砍伐,仍然只能作为柴火;竹林虽然茂盛,也会一下子被芟除殆尽。所以,寿命的长短并不是绝对的,是荣是枯,不过是天意而已。蓂这种瑞草,每月一日开始长成一片荚,至月半而长了十五片,然后每日落去一荚,此即所谓"月纪"。至于梧桐,则是属于落叶乔木,每年一落叶,此即所谓"岁纪"。一个是"月纪",一个是"岁纪",当然看起来比木槿花要长,但在作者心目中,其实并没有什么区别,所以她指出:"此花纪日将无同!"这其实是来自《庄子·逍遥游》:"北冥有鱼,其名为鲲。鲲之大,不知其几千里也。化而为鸟,其名为鹏。鹏之背,不知其几千里也;怒而飞,其翼若垂天之云。是鸟也,海运则将徙于南冥。南冥者,天池也。《齐谐》者,志怪者也。《谐》之言曰:'鹏之徙于南冥也,水击三千里,抟扶摇而上者九万里,去以六月息者也。'野马也,尘埃也,生物之以息相吹也。天之苍苍,其正色邪? 其远而无所至极邪? 其视下也,亦若是则已矣。且夫水之积也不厚,则其负大舟也无力。覆杯水于坳堂之上,则芥为之舟;置杯焉则胶,水浅而舟大也。风之积也不厚,则其负大翼也无力。故九万里,则风斯在下矣,而后乃今培风;背负青天,而莫之夭阏者,而后乃今将图南。蜩与学鸠笑之曰:

---

① 陈尔士《听松楼遗稿》卷四,胡晓明、彭国忠主编《江南女性别集初编》,第620页。

'我决起而飞,抢榆枋而止,时则不至,而控于地而已矣,奚以之九万里而南为?'"①对这一段,晋代的向秀、郭象《逍遥义》有云:"夫大鹏之上九万,尺鷃之起榆枋,小大虽差,各任其性,苟当其分,逍遥一也。然物之芸芸,同资有待,得其所待,然后逍遥耳。唯圣人与物冥而循大变,为能无待而常通。岂独自通而已!又从有待者不失其所待,不失则同于大通矣。"②元代的程端礼《古意》:"大鹏飞南溟,抟风九万里。斥鷃无所适,翱翔蓬蒿里。为大既云乐,小者亦自喜。"③陈尔士通过对木槿花的刻画,追求和庄子一样的思致,是非常有意味的。

有时是写物之细微,如席佩兰《菜花》:

> 如此娇黄却耐曦,艳阳天气夕阳迟。刘郎聊慰重来眼,张掾曾传一句诗。看菊醉归才几日,种桃人去已多时。流光莫惜金难买,刻意伤春恐近痴。④

这首诗写菜花,全从虚处着眼。"刘郎"句出自刘禹锡《再游玄都观绝句》:"百亩中庭半是苔,桃花净尽菜花开。种桃道士归何处,前度刘郎今独来。"⑤"张掾"句,或指宋代张炜《马塍》:"水拍田塍路半斜,悄无人迹过农家。春风自谓专桃李,也有工夫到菜花。"⑥前篇写择善固执的心态,后篇写菜花虽不起眼,也能感受春天,成为春天的象征。以菜花之不起眼,而展示春天的独特姿容,前人写了不少,如宋代王之道《春日书事呈历阳县苏仁仲八首》之二:"芳草池塘处处佳,竹篱茅屋野人家。清明过了桃花尽,颇觉春容属菜

---

① 郭庆藩撰,王孝鱼点校《庄子集释》,北京:中华书局,1978年,第2—9页。
② 郭庆藩撰,王孝鱼点校《庄子集释》,第1页。
③ 杨镰主编《全元诗》,北京:中华书局,2013年,第25册,第310页。
④ 席佩兰《长真阁集》卷六,胡晓明、彭国忠主编《江南女性别集初编》,第554页。
⑤ 刘禹锡撰,《刘禹锡集》整理组点校,卞孝萱校订《刘禹锡集》,北京:中华书局,1990年,第308页。
⑥ 傅璇琮等主编《全宋诗》,北京:北京大学出版社,1997年,第20335页。

花。"①元代黄庚《田家》："流水小桥江路景,疏篱矮屋野人家。田园空阔无桃李,一段春光属菜花。"②元代方回《春日小园即事十首》之四："摘花不恤种花难,几日工夫一日残。最是好花留不得,不如只种菜花看。"③席佩兰将前人的这些意思涵盖在一起,用最后两句的议论来表达自己的思想:"流光莫惜金难买,刻意伤春恐近痴。"意思是说,要珍惜光阴,菜花中也有春天,若一味执着于桃花之类,刻意以其为春天的代表,发出伤春之调,那也完全不必。

有时是写物之奇特,如张纶英《咏秋梅》:

> 凉秋未戒寒,九月气犹燠。浓香发丛桂,红紫绽篱菊。中庭两梅树,绿叶正簇簇。忽看吐蓓蕾,素朵间红萼。非时争诧骇,灾祥烦祷卜。我谓花有知,幽意俨相告。托身群卉中,桃李耻相逐。艰难历岁寒,冰雪闷空谷。春风气一舒,寂寂众芳伏。独立谁为伍,孤高避时目。名园幸移植,和气播林麓。及兹万景清,倾吐展蕴蓄。澄怀洽素节,真赏契心曲。谁能参化工,择时畅所欲。金天消肃杀,玉露润芳馥。岂若艳阳时,凡秾溷尘俗。主人本吏隐,怡神抱清淑。披图写殊姿,歌咏盛篇幅。英英棣华馆,佳景清可录。挥麈挹幽兰,褰裾倚修竹。良辰共珍惜,乡梦断还续。折枝寄江南,幽人处茅屋。④

秋天到来,气候尚未特别寒冷,桂花发出浓烈的香气,菊花或红或紫,竞相绽放,都适得其时。但在这个时候,庭院中的两棵梅树却突然开花了,梅花一般是冬末春初开花的植物,如今非时而开,难免使人惊诧,不知主祥还是主灾。诗人于是发出一番感慨。她说,梅花作为花卉的一种,耻与桃李一起争春。梅花艰难地度过寒冷的冬天,春风拂煦,和气舒展之时,竞相开放,使得

---

① 傅璇琮等主编《全宋诗》,第 20265 页。
② 杨镰主编《全元诗》,第 19 册,第 88 页。
③ 杨镰主编《全元诗》,第 6 册,第 110 页。
④ 张纶英《绿槐书屋诗稿》卷三,胡晓明、彭国忠主编《江南女性别集初编》,第 1125 页。

第一章　外物与自我——清代女诗人的咏物诗 / 019

众芳都匍匐于脚下。但也正因为此,傲然孤高,不免有忤于时。而在这万象清肃之际开放,是为了倾诉心中的蕴蓄。花的开放固然是参透化工,恰当地选择时机,舒畅地表达胸怀,而此时能够欣赏的人,也是所谓的"真赏"。当然,秋梅也不是没有伙伴,这里有幽兰,也有修竹,所谓志同道合,都在于此。魏晋南北朝时,陆凯作梅花诗,有句云:"江南无所有,聊赠一枝春。"①春天能够折枝相寄,秋天难道不可以?心灵相通的人,一定能够体会到这一片秋心。通过这首诗,诗人所表达的是一种离群独立的情怀,一种尽管不为世人理解,仍然坚持本心的情操。

当然,有时写物,也会融入历史情境,如归懋仪的三首《鲜荔词》:

果中荔枝堪为王,闽中状元尤称良。谁知相隔三千里,到手犹带风露香。
鲸波不起海雾澄,风帆万里矜飞腾。递来一颗冷于雪,不数五月金盘冰。
绘图作谱传昔贤,总为口腹谋芳鲜。须知是物系兴替,啖罢忽思天宝年。②

荔枝以产于福建者较著名,自唐以来即为贡品。宋代蔡襄曾撰《荔枝谱》,专门介绍福建的荔枝。诗中写福建的荔枝之美味,五月间食之,更加享受,而特别强调的是路途遥远,运送不易,所以先说相隔三千里,再说风帆飞腾,其中的鲸波海雾,更增添了道途困难的想象。但既然着眼点落在了距离上,则自然而然就会产生历史的联想。杜牧《过华清宫绝句三首》之一:"长安回望绣成堆,山顶千门次第开。一骑红尘妃子笑,无人知是荔枝来。"③《唐国史

---

① 陆凯《赠范晔诗》,逯钦立辑校《先秦汉魏晋南北朝诗·宋诗》卷四,北京:中华书局,1983年,第1204页。
② 归懋仪《绣馀续草》(抄本),胡晓明、彭国忠主编《江南女性别集初编》,第746页。
③ 杜牧著,冯集梧注,陈成校点《杜牧诗集》卷二,上海:上海古籍出版社,2015年,第126—127页。

补》:"杨贵妃生于蜀,好食荔枝,南海所生,尤胜蜀者,故每岁飞驰以进。"①杨贵妃所食荔枝是否产于南海,后人有所辨析,但确有不少人是这样看待的,因此文学描写的事,不必太过较真。归懋仪由荔枝的美味,想到其来之不易,而贪图口腹之欲,又有历史的教训,这可能只是一瞬间的联想,不一定和作者本人有什么关系。沟通这一联想的,就是荔枝的美味,以及长距离的运送。这实际上是一种历史记忆,咏物时自然而然地进入笔下。

所以,尽管对于女诗人那些我手写我心的作品,批评家们都会大加赞赏,但若有寄托之意,也会特别提出来。像谢章铤就很称赞杨蕴辉的咏物诗有寄托之意②,他举了三首诗作为例子,其中有《落叶》四首之一和《竹帘》:

> 天高银汉夜澄清,万树纷飞落叶声。坠地便成无用物,因风时作不平鸣。园林剪绿东皇意,沟水流红怨女情。几日边城秋信早,有人欹枕数长更。

> 轻匀雅倩剪刀裁,裔本龙孙脱旧胎。明眼中分疏密意,虚心早具卷舒才。晓窗待燕临风挂,静院焚香带月开。几案生凉波漾绿,潇湘咫尺送秋来。③

《落叶》中"坠地"二句写出落叶的悲哀和倔强,令人想到宋祁著名《落花》诗中的"将飞更作回风舞,已落犹成半面妆"④。只是落叶更为卑微,虽然无用,仍然并不放弃。《竹帘》的寄意从竹子传统意象的虚心而来,但又不限于此。写竹帘,重在其用,所以,有疏有密,无不合宜。竹子虚心有节,自然也是士

---

① 李肇《唐国史补》,北京:中华书局,1991年,第35页。
② 谢章铤《吟香室诗草序》,杨蕴辉《吟香室诗草》,胡晓明、彭国忠主编《江南女性别集三编》,第561页。
③ 杨蕴辉《吟香室诗草》卷上,胡晓明、彭国忠主编《江南女性别集三编》,第593、594页。
④ 傅璇琮等主编《全宋诗》,第2441页。

大夫歌颂的对象,如白居易《养竹记》说:"竹心空,空以体道,君子见其心,则思应用虚受者。"①在《池上竹下作》中也说:"水能性淡为吾友,竹解心虚即我师。"②而杨蕴辉所谓的虚心,则不仅是一种品格,更是一种才能。卷舒有致,也就是收放自如,有张有弛,这些,都是由于其虚。这种表达非常巧妙,也体现了对传统意象有意出新的追求。又如易佩绅为左锡嘉的诗作序时,曾说:"于淑人之诗,知淑人之性情,见淑人之胆识才气。"③其所举的例子,是《落叶》四首的四个结句,分别是:"殷勤粪本荀卿语,莫为飘零怨早风。""家在江南人冀北,梦回村落未全非。""残红莫遣空辞树,合付词人当锦笺。""冬心自拟回天地,青士苍官晚翠留。"④落叶一题,往往悲怆,但左氏诗中所表现的乐天知命,达观顺世,以及自强不息,正是她的品格的象征。所谓观物以见志,可以在这里得到非常明显的说明。

特别应该指出的是,女诗人的咏物诗还往往有着身份的对应。

中国传统社会对女性在思想、道德、行为上都有一定的规范,如班昭《女诫》:"夫云妇德,不必才明绝异也;妇言,不必辩口利辞也;妇容,不必颜色美丽也;妇功,不必工巧过人也。清闲贞静,守节整齐,行己有耻,动静有法,是谓妇德。择辞而说,不道恶语,时然后言,不厌于人,是谓妇言。盥浣尘秽,服饰鲜洁,沐浴以时,身不垢辱,是谓妇容。专心纺绩,不好戏笑,洁齐酒食,以奉宾客,是谓妇功。此四者,女人之大德,而不可乏之者也。"⑤要求柔顺、内敛。这样一种观念,即使是在文学创作中,也会有所体现。像梁兰漪《藤花二首》:"芳名不占百花科,墙角春深友薜萝。恰是霍娘新病起,藕花衫子袖香多。""美人倦绣搴珠箔,笑剪残绒作碎红。一院柳丝收不住,连枝搭在粉墙东。"⑥称赞不事张扬的品格,就与此有关。在这个方面,特别要提到她

---

① 白居易《养竹记》,白居易著,朱金城笺校《白居易集校笺》,上海:上海古籍出版社,1988年,第2744页。
② 白居易《池上竹下作》,白居易著,朱金城笺校《白居易集校笺》,第1599页。
③ 左锡嘉《冷吟仙馆诗稿》易序,胡晓明、彭国忠主编《江南女性别集二编》,第1258页。
④ 左锡嘉《冷吟仙馆诗稿》卷一,胡晓明、彭国忠主编《江南女性别集二编》,第1276页。
⑤ 班昭著,裴毓芳注释《女诫注释》,上海:上海医学书局,1916年,第9页a—9页b。
⑥ 梁兰漪《畹香楼诗稿》,卷二,胡晓明、彭国忠主编《江南女性别集二编》,第130页。

们作品中所表现出来的素雅美学观。

　　对花卉的歌咏是中国咏物诗的重要题材之一,清代女诗人也很喜欢写。考察这些作品,我们发现,虽然她们笔下写了各种各样的花,也都在其中赋予了特定的感情,但相对而言,她们往往对那些较为素淡的花给予特别的关注。据笔者有限的见闻,她们所歌咏的这类花就有白莲花,如徐德音《月下白莲花》[1];白菊花,如归懋仪《白菊》[2];白桃花,如汪仲仙《白桃花》[3];白蔷薇花,如曹锡淑《叔父示白薇花诗步元韵二首》[4];白牡丹花,如归懋仪《白牡丹》[5];白石榴花,如方芳佩《白石榴花》[6];白芍药花,如骆绮兰《瓶中白芍药》[7];白凤仙花,如江珠《白凤仙》[8];白丁香花,如左锡嘉《白丁香》[9];白兰花,如骆绮兰《素心兰》[10]。乾隆年间丹徒鲍之兰《一草亭咏物诗十七首》[11],其中就有11首是素淡之花。

　　唐人曾经说过,牡丹花以深色为贵重,所以,白居易的诗就有"一丛深色花,十户中人赋"[12]的描写。但白牡丹的意态可以体现另一种美学追求。如陆凤池《白牡丹》:"仙姿淡荡不胜春,应是瑶台绝点尘。借问沉香亭畔客,艳妆何似素妆新。"[13]这里至少暗含着两个典故。一是李白的《清平调》:"一枝红艳露凝香,云雨巫山枉断肠。借问汉宫谁得似,可怜飞燕倚新妆。"[14]是说

---

[1] 徐德音《绿净轩诗钞》卷三,胡晓明、彭国忠主编《江南女性别集初编》,第51页。
[2] 归懋仪《绣馀小草》(《二馀诗集》本),胡晓明、彭国忠主编《江南女性别集初编》,第655页。
[3] 汪仲仙《红树山庄诗存》,胡晓明、彭国忠主编《江南女性别集初编》,第1030页。
[4] 曹锡淑《晚晴楼诗稿》,胡晓明、彭国忠主编《江南女性别集五编》,第438页。
[5] 归懋仪《绣馀续草》(刻本),胡晓明、彭国忠主编《江南女性别集初编》,第678页。
[6] 方芳佩《在璞堂续集》,胡晓明、彭国忠主编《江南女性别集二编》,第157页。
[7] 骆绮兰《听秋轩诗集》卷四,胡晓明、彭国忠主编《江南女性别集二编》,第627页。
[8] 江珠《小维摩诗稿》,胡晓明、彭国忠主编《江南女性别集二编》,第872页。
[9] 左锡嘉《冷吟仙馆诗稿》卷一,胡晓明、彭国忠主编《江南女性别集二编》,第1277页。
[10] 骆绮兰《听秋轩诗集》卷一,胡晓明、彭国忠主编《江南女性别集二编》,第584页。按素心兰有不同品种,也不一定纯白,但偏于素,却是肯定的。
[11] 鲍之兰《起云阁诗钞》卷一,胡晓明、彭国忠主编《江南女性别集三编》,第170—173页。
[12] 白居易《秦中吟·买花》,白居易著,朱金城笺校《白居易集校笺》,第96页。
[13] 陆凤池《梯仙阁馀课》,胡晓明、彭国忠主编《江南女性别集二编》,第1140页。
[14] 李白著,王琦注《李太白全集》卷五,北京:中华书局,2003年,第305页。

杨贵妃深得唐玄宗宠幸,着红艳之妆。一是杜甫的诗:"虢国夫人承主恩,平明上马入宫门。却嫌脂粉污颜色,淡扫蛾眉朝至尊。"①虢国夫人是杨贵妃的姊姊,将这两首诗放在一起,又将这姊妹二人身上体现的不同审美情趣放在一起,从而突出"素妆"之别致的美,写得非常巧妙。另如熊琏《白牡丹》,也是突出其繁华至极,归于平淡:"现身未改冰霜色,入世原从富贵来。"还有洁身自好的品格:"移尔艳香归净域,让他朱紫满尘埃。"②更有一身傲骨:"金粉何难夸富贵,白衣原可傲王侯。"③正是"富贵自应留本色,天人原不要浓妆"④,如沈毂所说。

白菊花和白桃花也是可以纳入历史情境的对象。如董宝鸿《白桃花》:"高枝堆雪谒东皇,路入仙源已改常。旧有避秦人在否,著身只合缟衣裳。"⑤诗写桃花源之事。陶渊明《桃花源记》中说:"晋太元中,武陵人捕鱼为业。缘溪行,忘路之远近。忽逢桃花林,夹岸数百步,中无杂树,芳草鲜美,落英缤纷,渔人甚异之。"⑥只是说看到桃花林,却没有说这桃花是什么颜色的。董氏想当然地将其认定为白桃花,有其特定的心理动机。这里的东皇是一种象征,桃花谒之,可见输诚。说桃花进入神仙的境界就改变了常态,可见原来可能是红色或粉红色的。为什么一改常态呢?这是因为里面有避秦人在。为什么有避秦人在就要穿白衣裳呢?这是因为秦朝尚黑,秦始皇曾规定衣色以黑为上,一般庶人只能穿白袍。避秦之人乃是厌恶秦始皇的暴政,不和秦政权合作之人,当然不可能入朝为显贵,衣白也是必然,桃花入此仙源,改变颜色,正是对避秦人气节的赞扬。而从后世常见的语言表达看,有所谓"黑白分明"之说。桃花而为白色,也就体现了对黑暗势力的强烈批

---

① 杜甫《虢国夫人》,杜甫著,高仁标点《杜甫全集》卷十八,上海:上海古籍出版社,1996年,第283页。
② 熊琏《澹仙诗钞》卷一,胡晓明、彭国忠主编《江南女性别集五编》,第673页。
③ 熊琏《白牡丹》,《澹仙诗钞》卷二,胡晓明、彭国忠主编《江南女性别集五编》,第680页。
④ 沈毂《白牡丹同西雍弟作》,《画理斋诗稿》,胡晓明、彭国忠主编《江南女性别集三编》,第921页。
⑤ 董宝鸿《饮香阁诗钞》,胡晓明、彭国忠主编《江南女性别集初编》,第942页。
⑥ 陶渊明著,逯钦立校注《陶渊明集》卷六,北京:中华书局,1979年,第165页。

判。另如骆绮兰《白桃花》:"素质明流水,瑶英漾月光。秦人如解种,应不引渔郎。"①赞扬白桃花如流水一样纯净,与月光浑然一体,然后发表感慨,说这样的花色,毫不起眼,非常低调,如果当年避世的秦人种的是白桃花,则一定不会引起打鱼人的注意,则桃花源中人也就能够如其所追求的那样,永远隐藏下去了。这首诗从洞外的桃花着眼,和前面一首的角度又有不同。

在咏物诗中,荷花是常见的题材,无论是红色的荷花还是白色的荷花,都能导向崇高的品格。但这些女诗人常把红荷和白荷并写,如戚桂裳的《白荷》:

> 缟袂凌波似洛仙,亭亭雅态尽嫣然。泥涂托迹能全洁,冰雪成姿肯斗妍。月到方塘空色相,云低曲院共澄鲜。铅华洗尽标清格,不借红妆乞俗怜。②

虽然还是传统的出淤泥而不染的情怀,但描写白荷花,为突出其色,就以凌波仙子水仙花作比,以冰雪之姿来形容,以月色笼罩、全无色相来衬托。最后两句,将红荷作为参照物,赞美白荷洗尽铅华的格调,其思路和唐代秦韬玉《贫女》中"谁爱风流高格调,共怜时世俭梳妆"③一样,也是批判世人不能欣赏平实清新之美,带有讽世的意味。至于董宝鸿的《看白莲花》:"不看红莲看白莲,冰魂粉骨自天然。清能解语心偏苦,香到无痕月忽圆。素影动摇波濯濯,玉容静立叶田田。此花修洁人应信,神品廉明类水仙。"④就更明确地和红莲进行对比,指出白莲天然的"冰魂粉骨"胜于红莲。月圆之夜,香气袭来,全无痕迹,一点也不张扬。波光荡漾中,素影动摇,"净植"之色,立于一片荷叶之中,更加赏心悦目。从而认为此花具有"修洁"的品格,只有水仙可以相提并论,而水仙也正是呈素淡之色的。

---

① 骆绮兰《听秋轩诗集》卷一,胡晓明、彭国忠主编《江南女性别集二编》,第585页。
② 戚桂裳《东犟集》,胡晓明、彭国忠主编《江南女性别集初编》,第1144—1145页。
③ 彭定求等编《全唐诗》(增订本)卷六七〇,北京:中华书局,1999年,第7719页。
④ 董宝鸿《饮香阁诗钞》,胡晓明、彭国忠主编《江南女性别集初编》,第941页。

女诗人咏物诗提倡淡雅,背后有她们的生活逻辑,正如章婉仪《自上海至九江就途中所见与外子闲话外子并扩所闻援笔汇为长歌》中所写:"于今风气浮靡,正如江河日下流汤汤。所以不愿文绣,不愿膏粱,但愿戒奢崇俭,本吾素菜根,香与诗书长,儿曹慎听毋相忘。"①崇节俭,戒奢靡,平平淡淡,诗书生涯,才是真正的人生理想。就如梁兰漪《自适》所写:"五亩吾何有,园堪种芋饶。莺花随烂漫,风雨任昏朝。古帖教儿仿,山柴使婢樵。静中有真趣,何必近繁嚣。"②

四、形神虚实之间

咏物诗的主要手法很多是从赋而来,而赋法需要处理形神虚实的问题。所谓形神虚实,表现在作品里,可以有不同的追求,但总的来说,人们大都认为,单纯传形,或写得过实,都不算高境。试以钱孟钿《素心兰》为例:

> 自是烟霞侣,相怜竟体亲。含情共秋水,写怨亦骚人。尘世馀清梦,湘流得远神。空山容卜宅,澹荡见吾真。③

其中完全没有对兰的形貌的描写,而是从屈原写兰入手,重在表现其怨、其神,注重的是侧面描写。

北宋年间,欧阳修在聚星堂以禁体物语写咏雪诗,后来苏轼和了两首,成为白战体的代表性作品,尤其苏轼的第二首诗,完全脱去依傍,从侧面烘

---

① 章婉仪《紫藤萝吟馆遗集》,胡晓明、彭国忠主编《江南女性别集初编》,第1300页。
② 梁兰漪《畹香楼诗稿》卷一,胡晓明、彭国忠主编《江南女性别集二编》,第101页。当然,女诗人选择素淡之花,展示素雅的情趣,并不意味着她们否定其他颜色的花。事实上,在表达"天然"这个概念时,其他颜色的花卉也能充任,如吴毓苏《红梅》:"一枝春占百花先,绿萼含霜色倍妍。自是君身有仙骨,便施脂粉也天然。"(吴毓苏《意兰吟剩》,胡晓明、彭国忠主编《江南女性别集初编》,第1279页)本文所言,只是指出一个特别的倾向,不能一概而论。
③ 钱孟钿《浣青诗草》卷一,胡晓明、彭国忠主编《江南女性别集初编》,第236页。

托,来展示雪的世界,历来为人们所津津乐道。清代女诗人也注意到了苏轼的这种创造,不仅个人多有创作,如钱孟钿《春雪用东坡聚星堂韵》①,而且将其纳入群体活动中,如陈兰徵《咏雪用聚星堂禁体韵》:

敲窗片片大于叶,朔风怒吼庭堆雪。天际浓云冻不流,山头归鸟飞应绝。访友溪边棹自携,冲寒驴背花亲折。楼台金碧景全迷,惟有青松顶不灭。登高望远空茫然,四射寒光惊电掣。乱飘砌石没泥涂,隐入窗纱簇花缬。孙家小令谢家诗,当日形模总纤屑。此时相赏耐严寒,却恐流光去如瞥。眼前清景不可失,痛扫陈言非臆说。古人白战号出奇,我亦何尝持寸铁。

陈诗写成后,归懋仪有和作,题为《咏雪用聚星堂禁体韵和遣闲草中作》:

空花妙堕无声叶,谢女清才试咏雪。想见围炉捉笔时,繁红俗艳毫端绝。却嫌沁骨暗香来,苔滑斜枝不可折。望中城郭辨依稀,天际楼台互明灭。疑到莲花太华巅,寒光六月惊飙掣。萧萧清影集帘栊,历历疏林迷彩缬。岂是仙姝斗舞腰,园亭到处铺香屑。倚兰翠袖不胜寒,赏心唯恐流光瞥。青山一抹丹枫失,天女散花非浪说。寄语花间作赋人,广平应变心如铁。②

陈诗中的"飘"字应该是犯了禁令,但基本上仍可算作得体,尤其是"登高望远空茫然,四射寒光惊电掣。乱飘砌石没泥涂,隐入窗纱簇花缬"四句所描写的景色,和前人相比,也不遑多让。但归氏的和作,却可以称得上后出转精。如果说,陈氏"我亦何尝持寸铁"的自诩和实际尚有一定距离的

---

① 钱孟钿《浣青诗草》卷六,胡晓明、彭国忠主编《江南女性别集初编》,第 323 页。
② 二诗并见归懋仪《绣馀小草》(《二馀诗草》本),胡晓明、彭国忠主编《江南女性别集二编》,第 806 页。

话,归氏就真正达到了这个境界。不仅如此,诗中所创造的对于雪的暗示,也都有其个人的特色,特别是,她试图将雪和梅这两个以往作品之中常常放在一起的意象合而写之,从"却嫌沁骨暗香来,苔滑斜枝不可折",到结尾处的"寄语花间作赋人,广平应变心如铁",都是如此,这就在苏轼诗原来的场域中,加入了新的境界。"寄语"二句,出自皮日休语。唐代开元时名相宋璟工于文辞,尝作《梅花赋》,诗人皮日休在其《桃花赋》的自序中说:"广平之为相,贞姿劲质,刚态毅状,疑其铁肠石心,不解吐婉媚辞。然睹其文而有《梅花赋》,清便富艳,得南朝徐、庾体,殊不类其为人。"[①]诗人用这个典故,巧妙地将"铁"字放入其中,同时又呼应了雪和梅的关系。当年苏轼作此诗,虽然是向其老师欧阳修致敬,但未尝不暗含着竞争的意识。从陈、归二人的唱和来看,似乎也不能否定这种情形的存在。进一步说,如果这样的创作确实有着竞争意识的话,则前者是隔代,后者是当代,无疑吸引了圈子中的更多关注。

这一类的作品,追求遗貌取神,全在虚空腾挪,难度很大。有的作家就把这样的创作带入家庭,成为家庭文学活动的一个组成部分。戴小琼的集子里收录了一首她和其夫沈涛的联句之作《十月十四日雪与西雍联句用东坡聚星堂韵》:

> 屋角云荒风卷叶(涛),密霰才飘旋吹雪。零星鸦影偎乱翻(小琼),瑟缩乌栖饥欲绝。已占宿麦来岁肥(涛),愁见枯枝今夜折。稍稍漫空势转盛(小琼),点点著地迹尚灭。冷砚敲铿老瓦碎(涛),湿苇疗寒僵手掣。无钱沽酒聊脱衣(小琼),肌粟皮皴皱生纈。独与妇饮足御穷(涛),好共戎谈似霏屑。打窗时听爬沙频(小琼),推户俄惊洒汁瞥。读书怕受孙康冻(涛),煨芋懒从阿师说。且须泥醉一炉春(小琼),差胜茧拳三尺铁(涛)。[②]

[①] 皮日休《桃花赋序》,皮日休著、萧涤非、郑庆笃整理《皮子文薮》,上海:上海古籍出版社,2017年,第10页。

[②] 戴小琼《华影吹笙阁遗稿》,胡晓明、彭国忠主编《江南女性别集初编》,第814页。

白战体在技术上有着严格的要求,尤其是苏轼这一首,追求一无依傍,既不用各种表达雪的色彩、形态、动作、故事的词,又不用各色人等面对落雪的行为和心态等作为衬托,而是尽量用暗示之笔。要做到这一点,需要刻意精思,创作中,要有通盘考虑,所以从事创作时,有很强的个人性。倘若进行联句,既要考虑自己,又要呼应对方,相当不容易。即使仅从这个角度看,这篇作品在中国文学史上就已经可以占有一席之地。首先,他们基本上避开了欧苏禁令所禁的那些字。其次,他们努力在苏轼所提供的那些暗示性场景之外,再挖掘一些新的表现,如"稍稍漫空势转盛,点点著地迹尚灭","打窗时听爬沙频,推户俄惊洒汁罾",都新颖可喜。再次,用典故而令人浑然不觉,而且有刻意的追求。如"冷砚敲铿老瓦碎,湿苇疗寒僵手掣。无钱沽酒聊脱衣,肌粟皮皱皴生缬",这几句看似直接描写,实际上里面有语典在。如"湿苇",出自苏轼《寒食雨二首》之二:"空庖煮寒菜,破灶烧湿苇。"①"无钱"句,出自苏轼《和陶饮酒二十首》之七:"顷者大雪年,海派翻玉英。有士常痛饮,饥寒见真情。床头有败榼,孤坐时一倾。未能平体粟,且复浇肠鸣。脱衣裹冻酒,每醉念此生。"②和苏而又从苏轼其他作品中有所撷取,类似以苏证苏,且用得使人不觉。最后,严格地说,诗中并未完全摆脱以各色人等面对落雪的行为或姿态来写雪的窠臼,但一则此类较少,二则在欧苏传统中又有开掘。如"读书怕受孙康冻,煨芋懒从阿师说",前句是说孙康映雪读书之事,但一个"怕"字,语带调侃,既说明天气之冷,无法映雪读书,也或者暗示,这种读书实际上不具有可操作性。后句出自《天如惟则禅师语录》:"雪中客至煨芋作供次,示众:懒残捉我芋头煨,羡我深居似大梅。有客无端来借问,一花五叶几时开。苏州呆,苏州呆。门外雪成堆。彻骨还他冻一回。"③是说唐代诗僧懒残的故事。这种写法,都是希望在欧苏之外,别有选择。

从这些例子中,显然可以发现,追求咏物诗创作的难度,已经成为女诗

---

① 苏轼著,王文诰辑注,孔凡礼点校《苏轼诗集》卷二十一,北京:中华书局,1982年,第1113页。
② 苏轼著,王文诰辑注,孔凡礼点校《苏轼诗集》卷三十五,第1885页。
③ 天如惟则《天如惟则禅师语录》卷一,《禅宗全书》语录部第14册,台北:文殊文化有限公司,1989年,第49册,第16页。

人群体的一种自觉追求。沿袭旧题材固然是一个方面,书写新题材也是一个方面。周曰蕙有咏绿凤仙花四首,分别是:

> 碧阑干外记亲栽,一种仙葩次第开。耀日翔风情淡宕,是花似叶暗疑猜。窗前浅色迷青草,阶上微痕蘸翠苔。为嘱玉人箫莫弄,恐他飞上玉钗来。
>
> 秋来百卉尽宜芟,骧首昂昂满石嵌。争唤女儿应省识,曾呼羽客岂尘凡。尚嫌红紫多酣态,谁共芭蕉映碧衫。染指留痕传韵事,调弦已见手掺掺。
>
> 临风瞥眼一枝新,丹穴仪容斗丽辰。好与春鹦同一色,还疑幺凤是前身。梧桐枝老全迷影,翡翠班深更绝尘。金谷名园何处在,花飞犹忆坠楼人。
>
> 冰绡一幅写分明,瓣瓣还将黛色呈。莫买胭脂供点缀,只凭纨素见菁英。九苞仙种真如活,数笔涂鸦未似生。着手何能夸造凤,闲抛心力自怡情。①

这四首诗得到袁萼仙的激赏,她读了之后,有段跋语:

> 诗之咏物本难,至咏凤仙而拘以绿色,则难之尤难。若过于数典,失之穿凿;过于高超,失之脱离。意在不凿不离之间,方称妙手。今佩兮夫人咏律四章,运典无痕,造词入妙,正所谓"思入风云变态中"也。吾知此诗一出,定传遍大江南北。尚冀兰闺名媛各和瑶章,同镌一集,以志林下之佳话耳。②

---

① 诗见《绿凤仙花唱和诗》,周曰蕙《树香阁遗草》附,胡晓明、彭国忠主编《江南女性别集五编》,第1290—1291页。
② 见《绿凤仙花唱和诗》,周曰蕙《树香阁遗草》附,胡晓明、彭国忠主编《江南女性别集五编》,第1291页。

袁夔仙字素梅，元和人，布政司经历戈宙襄室，诸生戈载母，著有《疏影暗香楼吟稿》。袁夔仙自己喜欢创作，也鼓励闺秀创作，曾为丁佩《绣谱》等作序。她自己的生活环境也是文风浓郁，家中女性多能为诗，如其婆婆张静芳，儿媳金婉，孙女戈陞华和孙媳董世蓉，都有诗才，所以，沈善宝称赞说："才德萃于四世，亦可钦也。"① 袁夔仙写这段话是在道光二十四年秋天，等于是向一定范围内的女诗人发出了召唤。看来其影响力确实不小，仅仅现在能够看到的，就有十六个人参与，其中十一人分别和了4首，一人和了2首，四人联句和了4首，成为一时佳话。

袁夔仙对周氏的赞赏，是认为其写出了咏物诗的高境。细看这四首诗，确实可以当得"不凿不离"。诗的题材是咏绿凤仙花，考察关于植物的记载，似乎没有绿色的凤仙花，所以估计是指绿萼凤仙花，即凤仙花开花时有一圈绿色叶状薄片包在花瓣外面，所以第一首有"是花似叶暗疑猜"的说法。首先看对绿的写法，就有"窗前浅色迷青草，阶上微痕蘸翠苔"、"尚嫌红紫多酣态，谁共芭蕉映碧衫"、"好与春鹦同一色，还疑幺凤是前身"、"莫买胭脂供点缀，只凭纨素见菁英"等，主要是用烘托对比的方式，而不是直接去写。其次看用典。对于此花本身，估计很少有现成的典故可用，因此换了一个角度。凤仙花由于其花的形状类似凤凰，因此也叫金凤花。在这个意义上，绿是其色，至于形，则从凤的角度去写。所以有"为嘱玉人箫莫弄，恐他飞上玉钗来"、"还疑幺凤是前身"、"梧桐枝老全迷影"、"九苞仙种真如活"、"着手何能夸造凤"的描写。这里面又有实和虚的区别。像"为嘱玉人箫莫弄，恐他飞上玉钗来"，是用的萧史教弄玉吹箫，学凤凰的鸣声，果真将凤凰吸引下来的故事。而"梧桐枝老全迷影"句则从传说凤凰栖息于梧桐树而来。这些，都偏于虚写。九苞，凤的九种特征，后为凤的代称。所谓"还疑幺凤是前身"、"九苞仙种真如活"、"着手何能夸造凤"，都是用凤凰来作比喻，和前面两种写法比起来，显得实一些。至于"染指留痕传韵事"，可能是指"武德初，行开

---

① 沈善宝《名媛诗话》，王英志编《清代闺秀诗话丛刊》，南京：凤凰出版社，2010年，第509页。

元通宝钱。初进样时,文德皇后掐一粉甲痕,因不复改"①的传说。当然,这个说法经不住推敲。因为武德年间皇帝是高祖李渊,李世民还没有做皇帝,又哪来的文德皇后呢?后来,有人发现了这个漏洞,将文德皇后改为太穆皇后。太穆皇后是高祖李渊的夫人窦氏,甚至还有人将文德皇后换成杨贵妃。也许是由于女子指甲是染色的,所以比附上来。至于"金谷名园何处在,花飞犹忆坠楼人",据《晋书·石崇传》及《世说新语·仇隙》,石崇有爱妾绿珠,甚得石宠爱。时权臣司马伦有嬖臣孙秀,向石崇求绿珠,崇不许,乃力劝司马伦杀石崇。甲士到门逮捕石崇时,绿珠自坠于楼下而死。但这二句又是源自杜牧的名篇《金谷园》:"繁华事散逐香尘,流水无情草自春。日暮东风怨啼鸟,落花犹似堕楼人。"②因而巧妙地将绿(人名)和花结合到一起,用在绿凤仙花上,也非常合适。

从这个角度来看众闺秀的唱和之作,可以了解她们的创作动机以及创作思路。前面说过,咏物诗主要是处理形神虚实的问题,下面就具体看看她们是怎样做的。

总的来说,这些作品基本上还是笼罩在原作的格局中,包括所用的意象,体现的思路等。但是她们也努力写出自己的特色。比如写绿,在原作常用的草、蕉、苔、梧桐等意象之外,主要增加了柳的意象,如改叔明:"旧游湖岸痕迷柳。"李慧生:"柳外独花看一色。"另外,还增加了梅的意象,不过这个方面较为复杂。梅有绿色者,称为绿萼,这个意象正好可以和绿凤仙花放在一起,一则有颜色之同,二则以绿萼梅拟之,也见出凤仙花的高洁。如韦孟端:"蕉心舒影揎轻袖,梅萼馀香换薄衫。"叶琼:"萼华差许称同调,梧荫才堪庇此身。"沈昭美:"误将绿萼檐前坠,故唤山头青鸟来。"又有仙人萼绿华者,"年可二十。上下青衣,颜色绝整。以升平三年己未十一月十日夜降于羊权家。"③

---

① 郑虔《荟蕞》语,王晚霞等主编《郑虔传略》之"郑虔作品辑录",合肥:黄山书社,1998年,第25页。
② 杜牧《樊川别集》,吴在庆《杜牧集系年校注》,北京:中华书局,2008年,第1323页。
③ 陶弘景《真诰·运象篇》,[日]吉川忠夫、麦谷邦夫编,朱越利译《真诰校注》卷一,北京:中国社会科学出版社,2006年,第1页。

范成大《范村梅谱》:"惟此纯绿……好事者比之九疑仙人萼绿华。"[1]在这个意义上,诗人们不仅要做花色的类比,也是赋予凤仙花仙气,而且,这一意象又是这样现成,这样贴切,这就无怪不少诗人不约而同地用此典。如陆惠:"可是仙娥绿萼栽,蹁跹仍倚晚凉开。"韦仲雅:"偶将九曲穿珠慧,咏到三生绿萼身。"丁佩:"枝叶尚能供点缀,萼华原不隔仙凡。"吴蕙:"绿萼华真容绝代,佩环婉转自含情。"江淑则:"翻疑绿萼留条脱,误认羊家特又来。"这并不是偶然的,里面蕴含着立异和出新的心理动机。竹也是和作增加的意象,如李慧生:"翠竹影边留别艳,碧梧阴里映秋衫。"张道恒:"梦影绿迷三径竹,秋阴凉衬满阶苔。"都是用竹子的绿,来加以衬托。但竹显然也具有人格特征,如此运用,还有深意。如吴蕙:"天寒日暮同修竹,翠袖翩跹倚玉人。"[2]这里显然是从杜甫著名的《佳人》诗中"天寒翠袖薄,日暮倚修竹"[3]而来。作者将其加以延伸,人就是花,花就是人。

但是,有时候,和作者也完全不写绿,仿佛是希望站在更远的角度加以烘托。比如张道恒所和:

> 娉婷闲对夕阳明,倒影花枝绘画呈。珍护珠林应入斛,艳夸瑶圃乍含英。几丛拼伴秋光老,百朵偏怜晚序生。烂漫吟边看不厌,蜂猜蝶忌总关情。[4]

这首诗完全跳脱原来的格局,草草一笔写出花枝如画之后,颔联突出其尊贵,颈联显示其秋天绽放而有格调,结以漫步花间,吟咏不倦,蜜蜂蝴蝶也流连忘返而加以映衬。既没有言其绿,也没有从凤的角度联想,但尊贵而有格

---

[1] 范成大《范村梅谱》,刘向培整理校点《范村梅谱(外十二种)》,上海:上海书店出版社,2017年,第4页。
[2] 以上所引诸和作,见《绿凤仙花唱和诗》,周曰蕙《树香阁遗草》附,胡晓明、彭国忠主编《江南女性别集五编》,第1291—1298页。
[3] 杜甫著,高仁标点《杜甫全集》卷三,第32页。
[4] 《绿凤仙花唱和诗》,周曰蕙《树香阁遗草》附,胡晓明、彭国忠主编《江南女性别集五编》,第1296页。

调,令人无法割舍,也正或多或少地和这些有所绾合,是侧面烘托。虽然不易掌握,但也可以看出创作时的同中求异心理。

更为独特的是袁萼仙等四人联句所和的四首。这四个人除了袁萼仙(字素梅)外,还有袁的儿媳金婉(字玉卿),孙媳董世蓉(字绣霞,号绿英),孙女戈陞华(字如英)。诗如下:

> 九疑仙子手移栽(素梅),泼黛成英朵朵开。丹穴文章原独擅(玉卿),碧窗颜色莫相猜。含苞汁染丝丝绿(绿英),倒影痕迷点点苔。须识嘉名为羽客(如英),桐花挂处幻形来(素梅)。
>
> 层层密叶未全芟(玉卿),莫辨妍姿叶底嵌。谁染青蓝偏绝俗(绿英),若夸红紫未离凡。竹林曾共欹吟袖(如英),萱草还同映舞衫。应是蛾眉初画好(素梅),螺痕一掐记纤掺(玉卿)。
>
> 种近秦楼巧斗新(绿英),商葩不老放萧辰。罗浮蝶化裙边梦(如英),长乐鸾分镜里身。指染圆珠清有韵(素梅),心堆浓翠净无尘。莫教儿女情深处(玉卿),采向终朝愁煞人(绿英)。
>
> 晓露涵濡色倍明(如英),南轩翔舞态初呈。最宜酌酒陈金凤(素梅),雅称眠琴李玉英。秋叶画图新稿换(玉卿),春华词意小丛生。鸭头丽句难为继(绿英),联咏珍珠写物情(如英)。①

人们谈到清代女性文学的时候,常说一门联吟,艳称雅事,这四首诗就形象地展示这种状况。参加者是三代人,一个诗书之家浓郁的文学气氛被生动地揭示出来。这也令人想起《红楼梦》中大观园众姐妹赋雪联句,二者都是清代闺秀生活的某种反映,只是,大观园联句咏雪是在平辈中展开的,这一组诗则是三代人共同完成,似乎更有特别的认识意义。同时,也正因为是不同辈分的人一起活动,出场的先后顺序也有讲究。从第一首看,袁萼仙

---

① 《绿凤仙花唱和诗》,周曰蕙《树香阁遗草》附,胡晓明、彭国忠主编《江南女性别集五编》,第1295页。

起头,儿媳金婉次之,孙媳董世蓉复次,孙女戈陞华最后。末二人的排序,以孙媳在前,以孙女在后,或许反映了传统的观念:孙媳嫁进来,是自家人;孙女嫁出去,是别家人。而前后四首的顺序,也是这样排列,当然不是无缘无故的。至于联句的艺术,虽不一定特别精彩,倒也中规中矩。只看前后结构,也有匠心。首句袁蕚仙起头,一句"九疑仙子手移栽"。就如大观园咏雪联句,第一句是王熙凤的"一夜北风紧",人们公认这一句虽然不一定有多了不起,但堂庑较大,为后面留下很多馀地。袁氏此句也是一样,后面自可以多向发挥。第四首的最后两句,分别是孙媳董世蓉的"鸭头丽句难为继"和孙女戈陞华的"联咏珍珠写物情",正好把和作和联吟这两件事都照顾到了,为这次活动作了完美的结束。从这个意义上看,这次具有一定规模的绿凤仙花闺秀唱和,可以作为一个范本,让我们从特定的角度,了解清代闺秀的文学生活。

五、对话意识

咏物诗有着悠久的传统,许多题材都有着很强的稳固性,因而出现了不少名篇佳作。在特定的社会形态中,人们虽然努力寻找新的题材,但毕竟生活相对稳固,一些传统题材中所蕴含的空间也激发人们去进一步探索,其中的诗意和托兴等,也如日月经天,江河行地,常能使人获得新鲜感。所以,后人就不可避免地会与前代诗人展开对话。

清代初年,王士禛还是一个年轻人的时候,清秋时分,曾在济南大明湖写下四首歌咏柳树的诗,一时暴得大名,诗作传诵大江南北,和者无数。这四首诗不仅在男诗人中一直成为追和的对象,在女诗人中,也有着很大的影响力。王作如下:

昔江南王子,感落叶以兴悲;金城司马,攀长条而陨涕。仆本恨人,性多感慨。寄情杨柳,同《小雅》之仆夫;致托悲秋,望湘皋之远者。偶成四什,以示同人,为我和之。丁酉秋日,北渚亭书。

秋来何处最消魂？残照西风白下门。他日差池春燕影，只今憔悴晚烟痕。愁生陌上黄骢曲，梦远江南乌夜村。莫听临风三弄笛，玉关哀怨总难论。

娟娟凉露欲为霜，万缕千条拂玉塘。浦里青荷中妇镜，江干黄竹女儿箱。空怜板渚隋堤水，不见琅琊大道王。若过洛阳风景地，含情重问永丰坊。

东风作絮糁春衣，太息萧条景物非。扶荔宫中花事尽，灵和殿里昔人稀。相逢南雁皆愁侣，好语西乌莫夜飞。往日风流问枚叔，梁园回首素心违。

桃根桃叶镇相怜，眺尽平芜欲化烟。秋色向人犹旖旎，春闺曾与致缠绵。新愁帝子悲今日，旧事公孙忆往年。记否青门珠络鼓，松柏相映夕阳边。①

清代不少闺秀诗人都有步韵和作，如包兰瑛《秋柳步渔洋山人韵》：

天涯蕉萃黯莺魂，细雨丝丝昼掩门。灞岸凉波来有信，苏台春梦去无痕。晓风残月停双桨，流水栖鸦澹一村。遮莫玉关消息冷，数声羌笛曲中论。

江潭昨夜感微霜，一抹疏阴覆藕塘。线脚凄迷愁试剪，舞腰瘦损懒开箱。飞飞絮起将吟谢，濯濯人归尚姓王。同是海棠沦落候，秋红争及碧鸡坊。

皇华行处拂征衣，岁晚归与态渐非。驴背一鞭词客老，虹桥十里酒人稀。楼台色浅香风换，旌旆寒深玉露飞。转盼封侯望夫婿，春来未必壮心违。

汉宫雨露荷春怜，人字于今半锁烟。零落渐增新感慨，丰神不减旧缠绵。莺花城郭曾三月，雁塞风霜又一年。拟把金樽酬九烈，

---

① 王士禛《渔洋诗集》卷三，《王士禛全集》第 1 册，济南：齐鲁书社，2007 年，第 188—189 页。

染衣留待艳阳边。①

第一首以历来咏柳之作为语典,贯穿古今。"灞岸"句,相传李白所作的《忆秦娥》有"年年柳色,灞陵伤别"②句,寇准的《长安春望感怀》也说:"灞岸春波远,秦川暮雨微。凭高正愁绝,烟树更斜晖。"③"苏台"句,姜夔《姑苏怀古》:"夜暗归云绕柁牙,江涵星影鹭眠沙。行人怅望苏台柳,曾与吴王扫落花。"④"晓风"句,柳永《雨霖铃》:"今宵酒醒何处,杨柳岸、晓风残月。"⑤"流水"句,秦观《满庭芳》:"斜阳外、寒鸦万点,流水绕孤村。"⑥纪映淮《咏秋柳》:"栖鸦流水点秋光,爱此萧疏树几行。不与行人绾离别,赋成谢女雪飞香。"⑦当然,不少意象都是古代诗歌中常见的,其最早的语典是否真正出于此,也不必过于牵强。作者将这些诗句贯穿到一起,空间上连接了长安、苏州、开封、玉门关,使得诗歌具有了深厚的历史感。

第二首从微霜写起,交代天候。下面用双关语:由于忧愁,寒衣的线脚也无法辨认,此以"剪"字暗喻"不知细叶谁裁出,二月春风似剪刀"⑧之剪。"舞腰"句,贺铸《鹤冲天》:"可堪流浪远,分携久。小畹兰英在,轻付与、何人手。不似长亭柳。舞风眠雨,伴我一春销瘦。"⑨又杨泽民《蝶恋花》:"初过元宵三五后。曲槛依依,终日摇金牖。瘦损舞腰非为酒。长条聊赠垂鞭手。 几叶小梅春已透。信是风流,占尽人间秀。走马章台还举首。可人标韵强如旧。"⑩颈联先写谢道韫咏絮之事,然后写王恭美容仪,人多爱悦,或

---

① 包兰瑛《锦霞阁诗集》卷一,胡晓明、彭国忠主编《江南女性别集初编》,第1459—1460页。
② 李白著,王琦注《李太白全集》卷五,北京:中华书局,2003年,第322页。
③ 寇准《长安春望感怀》,傅璇琮等主编《全宋诗》卷九十,第1022页。
④ 姜夔《白石道人诗集》卷下,上海:上海书店,1987年,第22页。
⑤ 柳永著,高建中校点《乐章集》中卷,上海:上海古籍出版社,1989年,第24页。
⑥ 秦观著,徐培均校注《淮海居士长短句》,上海:上海古籍出版社,1985年,第36页。
⑦ 沈德潜编《清诗别裁集》卷三十一,上海:上海古籍出版社,2013年,第1302页。
⑧ 彭定求等编《全唐诗》(增订本)卷一百十二,第1148页。
⑨ 贺铸著,钟振振导读《贺铸词集》卷四,上海:上海古籍出版社,2013年,第142页。
⑩ 唐圭璋编《全宋词》,北京:中华书局1965年,第3015页。

目之为"濯濯如春月柳"事①。二事都出自《世说新语》，或也是刻意选择。末联说同是秋天的零落时节，但海棠花却令人羡慕，是柳树所无法比拟的。陆游《花时遍游诸家园》："走马碧鸡坊里去，市人唤作海棠颠。"②或即所出。碧鸡坊在成都，这一首多用女性典故，或者也是故意和上一首有所区隔。

第三首写诗中人充当使节归来，回复文人格调，骑驴吟诗，如陆游所云"细雨骑驴入剑门"，下面又用王士禛本人红桥唱和的典故。同时，又想到春天杨柳楼台的潇洒，而秋天露水深重之际出征，又与所谓的"昔我往矣，杨柳依依"产生了关联。末联忽然提起，一反王昌龄"忽见陌头杨柳色，悔教夫婿觅封侯"③诗意，希望见物励志，奋发封侯之念。这一首有老骥伏枥之意态，在四首中是一个转折。

第四首从汉宫赵飞燕写起。大树飘零，徒增感慨，唯有丰神，不减当年的缠绵。下面又写春天之柳和秋天之柳，以之作为对照，以见秋柳之风刀霜剑。最后写出女子的本色。"九烈"，指女性的节操。诗人说，在秋天这个肃杀的季节，正可以赞美女性，而如李正封所写"天香夜染衣，国色朝酣酒"④，那就留待他人去欣赏吧。

这四首诗继承了王士禛原作的情调，但又有自己的特色。王作通篇笼罩着巨大的幻灭感，展示了明清易代在文人心灵上投下的阴影，包的时代不同了，而且作者也没有那样的感受，因此，她只是赋予了作品淡淡的忧伤，而且其中也颇有起伏，不似王作那样始终低沉。即如第一首的末联，王说"莫听临风三弄笛，玉关哀怨总难论"，认为心中忧愁无法说出，无以道尽；包却说"遮莫玉关消息冷，数声羌笛曲中论"，认为无论怎样的忧愁，还是可以有所表达的。这已经定了基调，表示与王士禛的和而不同。因此，也可以视为

---

① 刘义庆撰，刘孝标注《世说新语》，上海：上海古籍出版社，1982年，第334页。
② 陆游《陆游集》卷六，北京：中华书局，1976年，第178页。
③ 王昌龄著，李云逸注《王昌龄诗注》卷四，第148页。
④ 计有功《唐诗纪事》卷四十："唐文皇好诗。大和中赏牡丹，上谓程修己曰：'今京邑人传牡丹诗，谁为首出？'对曰：'中书舍人李正封诗："天香夜染衣，国色朝酣酒。"'时杨妃侍，上曰：'妆台前宜饮以一紫金盏酒。'则正封之诗见矣。"北京：中华书局，1965年，第619页。

与王士禛的隔代对话。

有时候,这种创作甚至被引进家族性活动中。如仲振宜有《秋柳和渔洋山人韵》[1],赵笺霞也有《秋柳和渔洋山人韵》[2]。赵是泰州仲振奎的妻子,仲振宜的嫂嫂,这显然与她们的家族性唱和有关。这件事情被熊琏记载进了《澹仙诗话》:"仲松岚解元鹤庆,其先故皋人,迁泰州。以词赋名家,成进士,官县令。……乾隆甲午,黄南村大鹤辑《秋柳诗》,松岚方掌吾邑书院,见予'半江残雨夕阳村'之句,叹赏不置。其长女御琴振宜亦和云:'谁将春信催三起,耐尽秋风又一年。'次女娴懿振宣云:'任他乱绪萦秋雨,谁理残丝入线箱。'媳赵笺霞书云云:'苏小丰姿空旖旎,谢家帘阁尚依稀。''霜中独有芳心在,风里谁知舞力绵。'时予在髫龄,今三十馀年,人往风微,知己之感,不胜怅然。"[3]

如果说王士禛当年的创作,引起大江南北如此大规模的唱和,成为广被人口的风流雅事,则仲氏一门的联吟,尤其是女诗人的参与,赋予这件雅事以新的意义。

选择一些特定的题材,以和前贤对话,常见的,除了明确的和作外,还有一些特定的题材,也可以在其中有所发挥。左锡嘉有《病马行》一诗:

> 春郊无人见残瓦,枳花藤蔓交绿野。回风吹开宿烧痕,乱草横坡馀战马。马蹄枯折马尾秃,岁岁此邦遭杀戮。尘土犹含战血腥,烽火连云闷山谷。武将降书早订盟,书生献策馀痛哭。三尺剑,悬臣腰。光芒直射斗牛高。预防失韬略,誓死如鸿毛。父老如堵墙,环泣声如涛。使君且止怜吾曹,生民万亿,忍将一死抛。吁嗟乎!自惭读书腐,未尝学军旅。登陴四顾泪零雨,残卒东笼不成伍。嗟哉!何以壮师侣,力薄不敌当计取。千金重季诺,勇夫肝胆许。深夜然薪搏狼虎。奋雷出地屋瓦飞,群丑抱头窜如鼠。更为子黎计

---

[1] 仲振宜《绮泉女史遗草》,胡晓明、彭国忠主编《江南女性别集四编》,第 289 页。
[2] 赵笺霞《辟尘轩诗钞》,胡晓明、彭国忠主编《江南女性别集四编》,第 323 页。
[3] 熊琏《澹仙诗话》卷一,张寅彭主编《清诗话三编》,上海:上海古籍出版社,2014 年,第 2385 页。

安抚。君不见,千钧独挽恒耿耿,汗血斑斑弃冈岭。龙种伏枥吊凄影,痒挨破柱腥风冷。①

老马、瘦马、病马等都是诗歌中常见的题材,如杜甫就有《瘦马行》,《杜诗镜铨》首二句下评"开口先极致嗟叹形容,下再细说",又引"张云:虽是借题写意,而写病马寂寞狼狈光景亦尽"②。"全是自伤沦落"③。左氏此诗也可以放在这个大传统中来看待,其特色是,除了在开头结尾处写病马,中间都是在写人。当然,写马也是写人,主要感情是写由于人谋不臧,所以导致失败,纵然马有千里之称,也无济于事,其中暗含着对国事的忧虑。所以,讨论这首诗,更多地还是要放在当时的历史背景中。不妨和林则徐《病马行》作比较。林诗云:

生驹不合烙官印,服皂乘黄气先尽。千金一骨死乃知,生前谁解怜神骏。不令鏖战临沙场,长年驿路疲风霜。早知局促颠连有一死,恨不突阵冲锋裹血创。夜寒厩空月色黑,强起哀鸣苦无力。昔饥求刍苦不得,今纵得刍那能食。圉人怒睨目犹侧,欲卖死皮偿酒直。马今垂死告圉人,尔之今日吾前身。④

这首诗有着老骥伏枥之心,却也有壮志未酬之感。诗写于嘉庆二十四年(1819)夏,时林则徐赴云南试差,途中作此。诗中刻画骏马遭受苦役,饥病垂死,寄托了他对人才不得其用的愤懑之情。左锡嘉比林则徐的时代稍晚,但大背景有相同之处,将这两首诗对读,可以看出她不仅是与古代诗人对话,实际上也是和当代诗人对话。

---

① 左锡嘉《冷吟仙馆诗稿》卷三,胡晓明、彭国忠主编《江南女性别集二编》,第 1315 页。
② 杜甫著,杨伦笺注《杜诗镜铨》,上海:上海古籍出版社,1998 年,第 204 页。
③ 刘凤诰撰《杜工部诗话》,张忠纲编注《杜甫诗话六种校注》,济南:齐鲁书社,2002 年,第 211 页。
④ 林则徐著,郑丽生校笺《林则徐诗集》,福州:海峡文艺出版社,1987 年,第 51—52 页。

同时，这种对话不仅通向历史，也不仅寄意当下，而且涉及虚构作品。

《红楼梦》是曹雪芹的呕心沥血之作，其中的诗词虽然多半是代言体，但既符合人物的个性、学养、风格，又具有缀联情节的故事性。这些诗词在读者圈里获得了极大的好评，不少女性也非常喜欢，不仅经常吟哦，而且屡有和作，进行对话。书中第三十八回写贾母领着众女眷在藕香榭赏花饮酒吃螃蟹，宝玉和众姐妹分题作了十二首咏菊诗，其顺序，如宝钗所说："起首是'忆菊'；忆之不得，故访，第二是'访菊'；访之既得，便种，第三是'种菊'；种既盛开，故相对而赏，第四是'对菊'；相对而兴有馀，故折来供瓶为玩，第五是'供菊'；既供而不吟，亦觉菊无彩色，第六便是'咏菊'；既入词章，不可以不供笔墨，第七便是'画菊'；既为画菊，如是碌碌，究竟不知菊有何妙处，不禁有所问，第八便是'问菊'；菊何如解语，使人狂喜不禁，第九竟是'簪菊'；如此人事虽尽，犹有菊之可咏者，'菊影'、'菊梦'二首续在第十、第十一；末卷便以'残菊'总收前题之感。这便是三秋的妙景妙事都有了。"①这十二首诗很有影响力，不断引起人们探索的兴趣，黄一农认为，永恩曾在乾隆十三年(1748)或此后不久作有《菊花八咏》，与异母弟永蕙唱和。其子题为访菊、对菊、种菊、簪菊、问菊、梦菊、供菊、残菊，全见于《红楼梦》十二题中。因此他怀疑曹雪芹的诗题是取自永恩兄弟的唱和②。可见清代较早地就有了这样的书写风气，借着《红楼梦》的影响力，又不断得到了推动③。

这种风气在闺阁诗人那里得到了充分的体现。如归懋仪有《咏菊十二律》，次序全同《红楼梦》，可见是有意识的创作。《红楼梦》中，众人品评诸菊诗，以林黛玉《咏菊》、《问菊》为最，不妨将归作与之对照，探讨其中的异同。

林黛玉《咏菊》：

---

① 曹雪芹、高鹗著，启功等整理《红楼梦》，北京：中华书局，2001年，第308页，诗见第314—315页。
② 黄一农《曹雪芹卒后与其关涉之乾隆朝诗文》，《长江学术》2015年第4期。
③ 当然，还存在着另一种可能，就是永恩与永蕙的唱和其实也是受《红楼梦》影响，不过，这还需要细加考证。

无赖诗魔昏晓侵,绕篱欹石自沉音。毫端蕴秀临霜写,口角噙香对月吟。满纸自怜题素怨,片言谁解诉秋心。一从陶令平章后,千古高风说到今。

归懋仪《咏菊》:

云飞鸟倦不开关,惟有篇章兴未闲。谁惯催诗唯白酒,无端送句又青山。交从淡泊相遭后,品在才华俱落间。悟得无言琴意永,便应笔墨一时删。①

林黛玉之诗被李纨评为第一,自是不凡。作品通篇是"咏",情动于中,压抑不住,所以诗魔无赖,昏晓来侵,绕篱欹石,独自沉音。挥毫书写是咏,口中喃喃也是咏。下面又将被咏的花和咏花的人对写,见出物中有人,人中有物。最后以咏菊大家陶渊明作结,缴足题意。归懋仪的诗也紧扣"咏"字,但通篇是和陶渊明对话。一开篇即用陶《归去来兮辞》:"云无心以出岫,鸟倦飞而知还。"②对于世事虽已厌倦,但写诗之兴仍未消减。颔联全用陶事。前一句见南朝宋檀道鸾《续晋阳秋》:"陶潜九月九日无酒,于宅边东篱下菊丛中,摘盈把,坐其侧。未几望见一白衣人至,乃刺史王弘送酒也。即便就酌而后归。"③后一句指陶渊明《饮酒》中的名句:"采菊东篱下,悠然见南山。"④颈联也是人菊并写,歌咏的是淡泊和幽寂。但是,真正的咏其实是不咏,所以,末联再用陶渊明事,出自梁代萧统《陶渊明传》:"渊明不解音律,而蓄无弦琴一张,每酒适,则抚弄以寄其意。"⑤从艺术感染力来说,归不如林,但归氏另辟蹊径,从另一个角度写"咏",又不离题面,颇有其自己的特色。

---

① 归懋仪《绣馀续草》(抄本),胡晓明、彭国忠主编《江南女性别集初编》,第736页。
② 陶渊明著,逯钦立校注《陶渊明集》卷五,北京:中华书局,1979年,第161页。
③ 檀道鸾《续晋阳秋》,汤球、黄奭辑,乔治忠校注《众家编年体晋史》,天津:天津古籍出版社,1989年,第289页。
④ 陶渊明著,逯钦立校注《陶渊明集》卷一,北京:中华书局,1979年,第89页。
⑤ 萧统《陶渊明传》,《陶渊明资料汇编》,北京:中华书局,2004年,第7页。

林黛玉《问菊》：

> 欲讯秋情众莫知，喃喃负手扣东篱。孤标傲世偕谁隐？一样花开为底迟？圃露庭霜何寂寞？雁归蛩病可相思？休言举世无谈者，解语何妨话片时。

归懋仪《问菊》：

> 闲向秋畦话片时，花如解语更怜伊。何缘晚节偕君共？底事霜容见我迟？淡处可容人仿佛？瘦来或许月扶持？渊明已去三闾老，此后知音更数谁？①

林黛玉这首诗写万物皆不知秋天的情怀，于是向占尽秋天风情的东篱菊花发出四问：是不是太孤高了，所以没有人和你一起隐居？百花盛开，为什么只有你开得最迟？霜露交加的圃里庭中，是否感到寂寞？大雁飞走了，蟋蟀也已经到了最后的时光，对这些原来的相识，是否会有所相思？末联承接"众莫知"，说不要以为没有人能够理解，就不回答问题，如果能够解语，何妨片时相谈呢？这四问，既符合菊花的特征，又隐含着作者的身世、心态，有着动人心魄的力度，因此，史湘云评价说："直直把个菊花问得无言可对。"归懋仪的诗显然是要和这首诗对话，因此，开篇即说："闲向秋畦话片时，花如解语更怜伊。"针对的就是林诗的"解语何妨话片时"，指出菊花如果能和人对话，就更加令人难以为怀。她也发出四问：是什么缘故（缘分）在秋晚的时候和你相共？为什么看到的是我的霜容？你的淡泊能够让人模仿吗？你的清瘦能够允许月亮扶持吗？这四问，当然也有作者的情怀，但明显不如林黛玉那么动情，那么具有个性，这或者和她的生活经历有关，但最后又有一问。屈原和陶渊明都是以咏菊著称的，二人已矣，后来的知音者是谁呢？这里就

---

① 归懋仪《绣馀续草》（抄本），胡晓明、彭国忠主编《江南女性别集初编》，第737页。

有了她的自信。

闺秀诗人和《红楼梦》中的诗词产生共鸣,进而以自己的创作进行对话,当然是因为身世经历或感情。陈蕴莲的《秋窗风雨夕拟春江花月夜体》虽然不是咏物,但也可以从一个角度说明这个问题:

> 秋窗风雨寒气侵,窗前有客愁何深。已觉离人愁不尽,那堪风雨搅愁心。愁心枉向繁台寄,无米为炊良不易。依然仍抱北门忧,漫说居官多活计。活计从来藉砚田,可怜米疾久缠绵。拘挛咸惜罗昭谏,风痹皆愁白乐天。乐天昭谏谁能及,巨贾多金易篇什。惭愧蛾眉步后尘,数载天涯卖文活。此时名誉满通都,此际声华遍直沽。采风星使书名访,(谓戊申年陈子鹤、花松岑两侍郎征画事。)艺苑宗工著意摹。其奈维摩常示疾,远别慈亲谁护恤。染翰何分寒暑天,读书遑计刚柔日。辛苦谁怜太瘦生,枉将实事换虚名。挑灯灼艾谁分痛,咏絮吟成孰与赓。罗敷夫婿轻离别,四年惯作梁园客。客馆笙歌乐暮朝,深闺风雨愁行役。深闺寂寂夜迢迢,翠袖寒生烛暗消。一天凉气沉谯鼓,四壁风声响怒涛。风雨凄凉诉谁个,十丈愁城攻不破。愁见灯前影伴身,吹灯且向香衾卧。①

《秋窗风雨夕》一诗见《红楼梦》第四十五回,黛玉和宝钗聊了一会儿,解开了心中的疙瘩,宝钗说晚上再来说话,"黛玉喝了两口稀粥,仍歪在床上。不想日未落时,天就变了,渐渐沥沥下起雨来。秋霖脉脉,阴晴不定,那天渐渐的黄昏,且阴的沉黑,兼着那雨滴竹梢,更觉凄凉。知宝钗不能来,便在灯下随便拿了一本书,却是《乐府杂稿》,有《秋闺怨》、《别离怨》等词。黛玉不觉心有所感,亦不禁发于章句,遂成《代别离》一首,拟《春江花月夜》之格,乃名其词为《秋窗风雨夕》。"②全诗环绕着"秋"字,写秋风秋雨,秋夜秋物,展示

---

① 陈蕴莲《信芳阁诗草》卷四,胡晓明、彭国忠主编《江南女性别集三编》,第475—476页。
② 曹雪芹、高鹗著,启功等整理《红楼梦》,第376—377页。

了主人公的孤寂心态,凄苦情怀。不过,由于是出现在小说里,主人公的身世在情节的发展中都非常清楚,因此诗中只是渲染气氛,而没有涉及具体生活。陈蕴莲的诗则不同,从表面上看,就有两点最明显的立异之处:一是全诗长达四十句,比林黛玉所作整整多了一倍。二是其中除了前四句明显是模仿了原作的前四句,最后数句是抒发秋意和愁怀外,中间的部分都是在较为具体地书写个人的身世。一则写自己卖文为活,辛苦支撑家计;二则写自己疾病缠身,无人体恤;三则写丈夫无能,却还流连风月,夜夜笙歌。陈蕴莲对丈夫有着强烈的不满,当她读到《红楼梦》中黛玉虽然孤苦,却还有宝玉作为知音,可能更加难以为怀吧。

六、结语

在中国文学的发展中,咏物诗有着长久的传统。清代女诗人在这个领域进行创作,必不可少地要带有前代的惯性,尤其是男诗人的创作建构,是不可忽略的资源。有些题材固然是常见的,有些借物而发的感情也有传承。

不过,清代女诗人毕竟是生活在特定的时代,也有着自己的性别意识,因此在创作取向上也有选择。其中最明显的,就是题材上,带有和她们的身份相关的日常化色彩,渗透到琐细的生活层面。与此同时,她们的创作题材也紧跟时代,描写了一些新事物,特别是对那些来自西方的新事物,表示了浓厚的兴趣,可以看出随着时代的发展,女性的视野也不断扩大。

女诗人的创作多写身边事,眼前景,往往并不刻意追求高远的情志,有些在男性诗人的咏物诗中得到关注的比兴寄托之情,她们却不一定那么敏感。但是,咏物诗长期以来建构的传统毕竟非常强大,像不滞于物,以物写怀的祈向,也是她们所深深认同的,所以,在她们的咏物诗中,也能看出她们的一些感情特征和精神追求。

群体意识是清代女诗人创作的重要特征之一。群体意识或表现在家族联吟,或表现在友朋唱和,这些在咏物诗的创作中也都体现出来了,因而一定程度上为我们还原了一个特定的"现场"。另外,一般来说,咏物诗的题材具有一定的稳定性，创作的取向和传达的感情也有趋同性，因此，怎样在创作中与前人和同时代人对话，以表现出自己的创作个性，一直以来都是诗人们很关注的问题。在这方面，女诗人们也有自己的追求。她们选取了一些特定的题材，力图发出自己的声音，让我们看到了一些新的特色。

第二章　内闱与外乡
——清代女性诗歌中的寄外书写

中国古代女性的文学书写传统源远流长,其中涉及不少文体,书信也是重要的一种。不过,由于各种原因,从文献上看,女性的书信流传下来的不是太多,其中写给丈夫的书信也是少之又少。这一缺憾,从某种意义上说,可以由寄外诗(词)加以一定的弥补。

一、从寄内诗到寄外诗

内与外是中国古代对男女关系的重要表述,见于文献的,早在《周礼》等经典中,就有明确要求。所谓男主外,女主内,也成为重要的生活规范。

丈夫写给妻子的诗,或者题为"赠内",或者题为"寄内",对此,人们往往视为一体,但如果仔细划分,不妨认为,如果在空间上没有什么距离,则多半写作"赠内";如果彼此有一定的距离,特别是分隔两地,则往往写作"寄内"。因此,空间是其中的重要因素。

在中国文学史上,很早就有了夫妻赠答诗,即东汉秦嘉、徐淑夫妻的作品,其本事见秦嘉《赠妇诗》序,云:"秦嘉,字士会,陇西人也,为郡上掾。其妻徐淑,寝疾还家,不获面别,赠诗云尔。"[1]秦嘉诗题为"赠妇",但他和妻子

---

[1] 徐陵编,吴兆宜注,程琰删补,穆克宏点校《玉台新咏笺注》卷一,北京:中华书局,1985年,第30页。

既然"不获面别",则也不能排除寄的可能。徐淑的诗题为"答诗",避开了赠或寄的问题。但既然秦诗不能排除寄的可能,徐诗当然也是如此。

寄内类似于以诗歌的方式写信,这是因为中国的诗歌有着非常重要的地位,也有着非常强大的功能,不仅有着审美内涵,也有着实用性质。从文学史的发展看,寄内诗的作品不如赠内诗多,但这一题材至少在唐代也已经较受关注,不少名家如李白、白居易、权德舆等都有所涉猎,其中较为出色的,如权德舆《祗役江西路上以诗代书寄内》、《贞元七年,蒙恩除太常博士,自江东来朝,时与郡君同行西岳庙停车祝竭。元和八年,拜东都留守,途次祠下,追计前事,已二十三年于兹矣。时郡君以疾恙续发,因代书却寄》。前者写自己踏上征程,倍感日月如梭,人在宦途,多有无奈,想起以往舒适的家庭生活,深深思念妻子,不仅期待常常得到书信,更期待早日相聚。后者写自己二十三年前得到任用,此后在事业上不断取得成绩,实在是有赖于贤妻的襄助。可惜现在妻子缠绵病榻,而自己仍然在外奔走,身不由己,因而深感伤心,只能祈祷妻子病体早愈。两首都是长诗,而且都用了"代书"二字,明确表明虽是诗歌,实际上具有书信功能。后来顾贞观为吴兆骞流放宁古塔事,以词代书,作《金缕曲》二首,或者也是从中获得的灵感。

夫妻以诗的形式交流在中国文学史上是一个常见的现象。有寄内诗,当然也就会有寄外诗。不过从现存材料看,自徐淑之后,迄明清以前,诗坛上女性撰写的寄外之作一直不够多。晚唐薛媛的《写真寄外》是比较值得重视的一首:"欲下丹青笔,先拈宝镜寒。已惊颜索寞,渐觉鬓凋残。泪眼描将易,愁肠写出难。恐君浑忘却,时展画图看。"[①]内容是希望在外冶游的丈夫不要忘了自己。还有陈玉兰的《寄夫》:"夫戍边关妾在吴,西风吹妾妾忧夫。一行书信千行泪,寒到君边衣到无。"这首被谢枋得誉为"见夫妇之至情"[②]的作品,回环往复,一唱三叹,写出了两地相思之苦,后世颇为传诵。

在宋代,可能是受到思想文化的规范,女诗人写的寄外诗较少。但正如

---

① 薛媛《写真寄外》,彭定求等编《全唐诗》卷七百九十八,北京:中华书局,1960年,第8991页。
② 《诗林广记前集》卷九,蔡正孙撰,常振国、降云点校《诗林广记》,北京:中华书局,1982年,第165页。《诗林广记》等将此系作王驾诗,题为《古意》,王驾为陈玉兰夫。

我们对宋代文学的基本认识,宋诗中写相思爱情的作品本来就少,这个环节被词体文学弥补了。据骆新泉统计,宋代妻子写的寄外词有 54 首[1]。如花仲胤妻《伊川令·寄外》:"西风昨夜穿帘幕。闺院添消索。最是梧桐零落。迤逦秋光过却。　人情音信难托。鱼雁成耽阁。教奴独自守空房,泪珠与、灯花共落。"[2]表达了与丈夫离别后,时光飞驰,音书难通,独守空房,难以为怀的感伤。

而到了明清,特别是到了清代,女性的文化知识大大普及,社会的发展也为其创作提供了更大的空间,因而她们接过这一传统,创作了大量作品,使得"寄外"这一题材有了新的发展,也使得文学史中描写情爱作品的内涵及其表现手法,出现了一些新的、值得注意的现象。

二、清代寄外诗的情感指向

寄外诗作为一种情绪的表达,一般的倾向是写离别的痛苦,别后的思念。如李心敬《寄外》:

> 秋山春树几晴阴,病思离情两不禁。好景每从愁里度,新诗半向梦中吟。曾无闲绪添青黛,剩有遥情托素琴。极目燕台云缥缈,药炉茗碗伴宵深。[3]

写和丈夫离别后,春秋佳日,良辰美景,全无心情,唯觉忧愁,以至于完全不施粉黛,寄相思于瑶琴,以传达情衷。极目燕台,云遮雾罩,不知丈夫行踪何在,只能强扶病体,度过漫漫长夜。这是从《诗经》中"自伯之东,首如飞蓬。

---

[1] 骆新泉《从寄外词看宋代妻子的愁苦情怀》,《常熟理工学院学报》,2015 年第 3 期。
[2] 唐圭璋编《全宋词》,北京:中华书局,1965 年,第 1043 页。
[3] 李心敬《蠹馀草》,胡晓明、彭国忠主编《江南女性别集初编》,合肥:黄山书社,2008 年,第 646 页。

第二章　内闱与外乡——清代女性诗歌中的寄外书写 / 049

岂无膏沐,谁适为容"①而来的传统,并根据具体情形有所调整。在这种情况下,生活中哪怕一些小小的触动,也能够调动思绪,引起感怀。如陈蕴莲《秋宵即事寄外》:

> 轻罗衣薄怯黄昏,瑟瑟凉风月一痕。虫咽草根如有恨,扇藏箧笥尚馀恩。皋禽警露眠难稳,野鹭栖香梦正温。幽寂偏教饶逸兴,画屏无睡笑天孙。②

诗写黄昏之后的瞬间感受。秋天来了,渐渐凉爽,虫在草根下低吟,感到生命即将结束,如有恨意。露水初下,鹤栖息难稳,鹭却非常安详,可见大自然中,各适其适。"扇藏"句出自《怨歌行》:"常恐秋节至,凉飙夺炎热。弃捐箧笥中,恩情中道绝。"③一方面固然是说新秋虽至,暑气并未全消;另一方面,也暗含思念丈夫的意思。末联说到自己饶有逸兴,具体并未指明,是由于写诗,所以毫无睡意?笑天孙云云,颇堪细思。是笑织女和自己一样离别?还是笑织女无法和自己相比?总之,这就是生活中的一个小情境,把这个情境写出来,也是和丈夫之间的一种沟通。

岁月不居,时光迁流,处在思念中的人当然对时间特别敏感,如钱希《暮春寄夫子》:

> 愁中岁月易消磨,不觉帘前春又过。但见林花尽寥落,不知羁客近如何。自来人解怜才少,别后侬惟愿梦多。安得仙人缩地法,随君也渡洞庭波。④

---

① 《诗经·卫风·伯兮》,《毛诗正义》,阮元校刻《十三经注疏》,北京:中华书局,1980 年,第 327 页。
② 陈蕴莲《信芳阁诗草》卷一,胡晓明、彭国忠主编《江南女性别集三编》,合肥:黄山书社,2012 年,第 407 页。
③ 班婕妤《怨歌行》(又作《怨诗》),徐陵编,吴兆宜注,程琰删补,穆克宏点校《玉台新咏笺注》卷一,第 30 页。
④ 钱希《云在轩集》,胡晓明、彭国忠主编《江南女性别集初编》,第 1384 页。

钱希写过不少这一类的诗,开头都喜欢用"又"字,或表达别离时间之长,或表达别离次数之多。春天的花朵已经凋零殆尽,仍然没有丈夫的消息,因而想到丈夫羁旅在外,功名不顺,缺少理解和赏识,但古来才大难用,也是希望丈夫不要因此太过在意的意思。站在妻子的角度,希望夜间常能入梦,以解相思之苦,而最后则不得不把期待寄托于仙家。所谓缩地法,南宋潘自牧《记纂渊海》引《神异传》(按或为《神仙传》):"费长房有神术,能缩地脉,千里聚在目前,放之复如旧。"①这是处在极端情绪中的主人公的一种心灵期待。

收不到丈夫的消息,当然会有种种悬想,如席佩兰《望外逾期不归》:

> 记得扁舟放桨迟,殷勤问取早归时。忽看红树青山影,已负黄花白酒期。情重料非言惝恍,愁多莫是病支离。一缄手寄难凭准,岂是桥头卖卜知。②

席佩兰和其夫孙原湘是一对神仙眷侣,这首诗是席佩兰得到孙的信,明言归日,却又逾期,因而写寄。作品从分别之时的依依不舍写起,颔联就明确点出,相约之期,已经过去,"忽看"、"已负",带有责备、抱怨之意。但随即就否定自己:二人情重,丈夫信中的承诺,一定不会是随便说的,那么,逾期不归,肯定是有原因的,莫不是生病了? 由此,则又陷入深深的担心。然而,如果来信中所说的都不能作为凭准,那么,难道还要去桥头询问卖卜之人吗? 一首小诗,揭示了多层次的心灵活动,写得丰富复杂,是非常难得的心灵记录。

中国传统的夫妻关系是男主外,女主内。所谓主内,主要指家庭内的和衣食住行相关的一些事务,因此当丈夫出门在外时,作为妻子的表达对其生活的关心,乃是题中应有之义。但是,对于闺阁女子来说,丈夫的精神生活,也是她们非常关心的。如徐映玉《代书寄外》:

---

① 潘自牧《记纂渊海》卷六,《景印文渊阁四库全书》,台北:台湾商务印书馆,1986 年,第 930 册,第 140 页。
② 席佩兰《长真阁集》卷一,胡晓明、彭国忠主编《江南女性别集初编》,第 439 页。

一自分飞后,终朝锁黛眉。每嗟生计薄,无那病魔随。翠管何曾搦,菱花几去窥。三时常伏枕,经日不搴帷。未卜鹡鸰稳,难逃斥鷃嗤。……旅况知侘傺,羁怀定郁伊。安心宜淡泊,举足慎欹盉。变态由人幻,周防懔自持。粗酬身事了,归议鹿门期。①

诗既写自己,也写丈夫。写自己是一般作品常见的,不外乎与丈夫分别后,郁郁寡欢,病魔缠体,无心梳妆,日高懒起。但后面写到丈夫,却不似一般的对饮食起居的关注,而是对其社会行为的叮嘱,如不要浮躁,注意言行,不管周遭的事情如何变化,自己要戒慎自重。这些,很可能是针对丈夫的特定个性、特定处境,毕竟,妻子对丈夫的个性是最为了解的。而当丈夫处于艰难困境中时,这样的安慰就更重要了,如徐灿《寄素庵》:

风渚鲜恬鳞,霜林罕荣翰。静扰固天畀,险夷岂人算。翳积乃成雾,氛狂遂凌汉。哲人齐物情,逆顺固一贯。赫彼皎旭升,涣若春水泮。惠风拂高阁,繁华照虚幔。桂醑醇可亲,竹书奥堪玩。追往忆鸣佩,抚景愧举案。引领瞻晴空,惜无晨风翰。②

徐灿和陈之遴在当时真可谓是文章知己,患难夫妻。入清后,陈之遴虽然仕途亨通,但也迭遭祸患。顺治十年(1653)以与陈名夏结私党事被劾。顺治十三年(1656),被魏裔介等人劾奏,以原官发往辽阳。顺治十五年(1658),又因向内监吴良辅行贿遭到弹劾,被革职,籍没家产,全家流放辽东。陈之遴官场沉浮的真相如何,不必深究,但仕途险恶,处境艰难,作为妻子,想必是看得非常清楚的。诗一开始就说,在刮着大风的水面,很难看到游鱼;在霜天凋零的树林中,很少看到鸟儿。所以,安宁和困扰都是上天的赐予,顺境和逆境也都不是人力所能掌握的。阴翳积累多了会变成弥天大雾,只有

---

① 徐映玉《南楼吟稿》卷上,胡晓明、彭国忠主编《江南女性别集初编》,第192页。
② 徐灿《拙政园诗集》卷上,胡晓明、彭国忠主编《江南女性别集五编》,合肥:黄山书社,2019年,第222页。

哲人能够齐物之情，无论顺境逆境，都能一以贯之，恬淡对之。因而能够真正领略大自然的美好，安于所处，乐天知命。末四句回忆以往在一起的时光，遗憾自己不能飞到丈夫身边，和他一起面对艰难困苦。《晨风》出自《诗经·秦风》，或为妻子写给丈夫之作①。入清之后，陈之遴曾两次获罪，遣戍辽阳，徐灿作为妻子，也必须随行。这首诗是寄作，说明不在一起，或许她曾因事南归，遥寄以为安慰。

对丈夫的事业表示支持，是寄外诗很重要的内容，也是"男主外，女主内"观念的一种特定的表现。如章婉仪的丈夫华文汇在南昌办理粥厂，她勉励丈夫以民生优先，不要担心家里，所有家计，都由自己一力承担："轸念民依君鞅掌，勉持家计我担肩。"②其《病起口占寄外子》四首的第二首说："寄语天涯须善卫，出门不比在家时。"第三首说："愁绪萦回难下笔，怕将懊恼寄君知。"③殷殷叮嘱，表明心迹。"出门"句是非常精彩的表述，或是从谚语转化而来。《隋唐演义》第十回："诸兄是做豪杰的人，岂不知'在家千日好，出门一时难'。"④"愁绪"句写自己处理家庭事务，千头万绪，也有很多委屈愁怀，但怕影响丈夫的心情，因此将所有的懊恼藏在心中。应该指出的是，在这一类诗中，有时完全不涉及家事，如方芳佩《封日报寄外书后》："五色休教眼底浓，不将家事乱心胸。开缄莫讶常无信，日报闺中手自封。"⑤为了勉励丈夫以公事为重，诗人遥寄之物竟是日报，甚至连家信都不附在里面。第一句用了老子的话，所谓"五色令人目盲"⑥，不必追求感官的享受。当然这种书信，在寄外作品中，显得比较另类，不是常态。

中国古代的女性希望夫荣妻贵，不惜辛苦自己，也要成全丈夫的功业，

---

① 《毛诗正义》，阮元校刻《十三经注疏》，第373页。
② 章婉仪《除夕寄外子》，见《紫藤萝吟馆遗集》，胡晓明、彭国忠主编《江南女性别集初编》，第1298页。
③ 章婉仪《紫藤萝吟馆遗集》，胡晓明、彭国忠主编《江南女性别集初编》，第1299页。
④ 褚人获《隋唐演义》，北京：华夏出版社，1997年，第66—67页。
⑤ 方芳佩《在璞堂续集》，胡晓明、彭国忠主编《江南女性别集二编》，合肥：黄山书社，2010年，第162页。
⑥ 王弼注，楼宇烈校释《老子道德经注校释》第十二章，北京：中华书局，第27页。

因此,她们表达对丈夫的支持,有时更体现为激励之词。如刘荫《寄外》:

> 我娱亲老手调羹,君向书田莫懒耕。素志原非望温饱,男儿分合立功名。转怜切责牛衣话,翻少柔肠鸿案情。旅馆有谁来共语,朝朝应忆听鸡鸣。①

这首诗展示的是一位严妻的形象,为了丈夫能够出人头地,她对之晓以大义。她说,自己尽心尽力,侍奉公婆,就是为了丈夫的前程,因此,希望丈夫不要懒惰。同时,她直接表达自己的人生追求,并不是仅仅满足于温饱而已,而是期待丈夫能够建功立业,给自己,也给家庭带来光荣。下面用了两个典故。第一个典出《汉书·王章传》:"初,章为诸生学长安,独与妻居。章疾病,无被,卧牛衣中,与妻决,涕泣。其妻呵怒之曰:'仲卿!京师尊贵在朝廷人谁逾仲卿者?今疾病困厄,不自激卬,乃反涕泣,何鄙也!'"②诗人直言不讳,非常喜欢王章之妻对其夫斥责激发之语,认为这是妻子的应尽之责。第二个典出《后汉书·梁鸿传》:"为人赁春,每归,妻为具食,不敢于鸿前仰视,举案齐眉。"③诗人对孟光那样举案齐眉侍奉丈夫不以为然,认为会消磨丈夫的意志,因此要硬着心肠,摒弃柔情。那么,丈夫在外,孤独寂寞了,应该怎么办呢?一般的写法,站在妻子的角度,应加以抚慰,使其得到排遣。但诗人却说,每天早上都应该多想想"鸡鸣"。这一句语义双关。《诗·郑风·女曰鸡鸣》:"女曰:'鸡鸣。'士曰:'昧旦。''子兴视夜,明星有烂。''将翱将翔,弋凫与雁。'"④妻子说鸡已啼鸣,该起床了;丈夫则贪睡,不想起。妻子仍然坚持,让丈夫起来看天色。于是丈夫表示要抖擞精神,出去射猎。这几句体现了妻子对丈夫的督促和鼓励。与此相关的意思是"闻鸡起舞"。《晋书·祖逖传》:"(祖逖)与司空刘琨俱为司州主簿,情好绸缪,共被同寝。

---

① 刘荫《梦蟾楼遗稿》,胡晓明、彭国忠主编《江南女性别集初编》,第 839 页。
② 班固撰,颜师古注《汉书》,北京:中华书局,1962 年,第 3238 页。
③ 范晔撰,李贤等注《后汉书》,北京:中华书局,1965 年,第 2768 页。
④ 《毛诗正义》,阮元校刻《十三经注疏》,第 340 页。

中夜闻荒鸡鸣,蹴琨觉曰:'此非恶声也。'因起舞。"①总之都是借鸡鸣之典来激励丈夫。一般人所写的安贫乐道,固然也可能是真实情感,但往往成为泛文,这一类期待丈夫成名成家的诗,在某种意义上,可能更能体现当时女性的一般想法。

有了这样的殷切期待,在她们的预设中,丈夫一定能够成功。吴荃佩《寄外三首》的后二首是这样写的:

万朵红榴耀眼鲜,交秋即是桂花天。三场鱼贯随人后,一跃龙门望子先。明远楼中箫鼓竞,聚奎堂上姓名填。悬知赴宴参师日,更有新诗续旧篇。

自信襟怀稍出尘,岂将富贵略荣身。彩衣膝下无欢颊,白发堂前有老亲。抱负终须登桂府,文章早望达枫宸。鹏程此日联镳上,伫盼泥金报几巡。②

前者想象三场过后,丈夫马巽以喜登龙门,得中高第,贡院里,明远楼中箫鼓齐鸣,聚奎堂上姓名高挂。因此期待庆祝宴会上,再写出新的诗篇。后者自述期望丈夫成功,不是追求荣华富贵,而是希望报君荣亲,因此盼望那泥金涂饰用以报喜的笺帖不断到来,从此能够鹏程万里,大展宏图。

遗憾的是,有时,她们虽含辛茹苦,却看不到这种成功。袁枚在其《随园诗话》中记载了一个凄婉的故事,"嘉兴江浩然幕游江西,于市上得一银光笺",笺上以楷书写了一首诗,"后书:'政可夫君。康熙癸酉仲夏,垂死妾颜玉敛衽。'"诗云:

妾年十五许嫁君,闻说君情若不闻。十七于归见君面,春风乍

---

① 房玄龄等《晋书》,北京:中华书局,1974年,第 1694 页。
② 吴荃佩《碧云阁诗钞》卷下,胡晓明、彭国忠主编《江南女性别集四编》,合肥:黄山书社,2014 年,第 1364—1365 页。

拂心长恋。为欢半载奈离何,千里江山渺绿波。未成锦字肠先断,零落胭脂泪更多。西江浙江隔一水,天上银河亦如此。银河犹有渡桥时,奈妾奄奄病将死。伤心未见宁馨育,仰负高堂怨莫赎。倘蒙垂念旧时情,有妹长成弦可续。君年喜得正英英,莫更蹉跎无所成。无成岂特违亲意,泉下亡人亦不平。要知世事皆前定,明珠一粒邀相赠。非求见物便思人,结褵来世于今定。①

这是一首非常悲惨的寄外诗,夫君久游在外,她没有收到回音就死在家中了。但是,死前,她念念在心的,仍然是丈夫的"莫更蹉跎无所成"。

寄意于丈夫的建功立业,固然是古代女子非常普遍的心理,但是,清代的闺秀毕竟和以往有些不同,其中一个鲜明的标志,就是她们自己往往也具有谋生的能力,她们在社会上的辛劳,有时甚至不比她们的丈夫逊色。这些,在寄外诗中,也反映出来了。如陈蕴莲的《夜坐书怀寄外》和《排闷写怀寄外》:

笔墨生涯聊济贫,可怜十指是劳薪。谩夸中允挥毫速,其奈维摩示疾频。千里饥驱愁痛瘵,四年奔走叹风尘。昏黄眼倦抛书坐,只有灯前影伴身。

数年捧檄赋骎骎,会少离多各损神。划地充饥难作饼,卖文为活愧求人。常思堂上恩勤日,好护天涯顾复身。触热冲寒徒碌碌,依然无补一家贫。②

两首诗中都说到自己卖字、卖文为生,虽然到处奔波,甚至疾病缠身,仍然无法使得家庭生活稍有改善,其描写或有夸张之处,但作为和丈夫的交流,相

---

① 袁枚《随园诗话》卷十四,北京:人民文学出版社,1982年,第465页。
② 陈蕴莲《信芳阁诗草》卷四,胡晓明、彭国忠主编《江南女性别集三编》,合肥:黄山社,2012年,第475页。

当程度上摒弃以往此类诗中常见的道相思、加餐饭等描写,刻意突出自己在家庭中具有独立意义的角色,无疑更像是一种宣示,展示出别有意义的存在感。

而这种存在感,又并不仅仅体现为对丈夫的鞭策,有时甚至带有督责的意味。沈韵兰是武进瞿倬的继室,她勉励丈夫奔走江湖,建功立业,但丈夫到了外面,就是另外一个世界,所以她也会加以直率的提醒,如《和外子原韵却寄》:"听遍鸡声听遍更,新诗欲和句难成。客边善保千金体,风月场中莫浪行。"①虽然是站在让丈夫保重身体的角度去写,但是所要表达的意思却是非常明显。因此,尽管拉开了空间距离,鞭长莫及,还是要反复叮嘱。如吴荃佩《寄外三首》之一:"弹指秋闱又在兹,勤攻书史莫游嬉。风云际会飞宜早,花柳关情采且迟。"②《寄外次韵二首》:"幸喜萱堂病已痊,不须他事更迟延。归来好理芸窗业,待看宫花压帽檐。""人生名节重于金,莫使贻羞父母深。试看当年柳下惠,高风传诵到而今。"③作者知道丈夫的浮浪性情,这一次大约是以父母身体为理由,希望唤起对方的责任心。

同样的内容,到了陈蕴莲笔下,就更加尖锐了,如《藤寓卧病夜不成寐寄外》:

　　病怀郁塞苦难开,只影伤禽鸣更哀。茶苦难甘甘更苦,泪难拭尽蜡成灰。

　　床前明月冷于霜,病枕难安寒夜长。遥想应官听鼓客,此时正学野鸳鸯。

　　历尽艰辛忆昔年,十生九死起沉绵。君今强健余衰病,转似云泥各一天。④

---

① 沈韵兰《倚梅阁诗集》卷三,胡晓明、彭国忠主编《江南女性别集五编》,第1457页。
② 吴荃佩《碧云阁诗钞》卷下,胡晓明、彭国忠主编《江南女性别集四编》,第1364页。
③ 吴荃佩《碧云阁诗钞》卷下,胡晓明、彭国忠主编《江南女性别集四编》,第1369页。
④ 陈蕴莲《信芳阁诗草》卷五,胡晓明、彭国忠主编《江南女性别集三编》,第497页。

里面有病痛,有眼泪,有哀愁,这一切造成了她的"夜不成寐",但最根本的原因还是"遥想"二句。她不能接受丈夫在外面的胡作非为,感到和丈夫并不是生理距离的远,更是心理距离的远。陈蕴莲显然不是那种逆来顺受的传统女子,她有自己的主动性,也有自己的价值观。

当然,这一类的寄外诗,在目前所见文献中,不是主体,也不多,但是,如此大胆地袒露心灵世界,把夫妻生活的某一侧面真实地展示出来,其意义又并不仅限于文学史。而且,这样的感受,是用写信的方式来表达,也给我们一些启发:是否空间的距离使得有些话反而可以大胆地说出来?是否文字的形式使得原先聚在一起的某些不便启齿的内容,有了一定的自由表达的可能性?还是说,这只是他们彼此之间日常有所冲突的一种延续,即使分离,也无法释然于心?而且,众所周知,在清代,女作家的集子往往由其父亲、丈夫或儿子等为之刊刻,像吴荃佩,其诗稿乃由其丈夫马巽以为之向友人索序,而且刊刻过程中,马巽以的弟弟马映奎也起到了重要作用①。他们兄弟觉得这样的内容是正常的。陈蕴莲的情况比较特殊。她的《信芳阁诗草》共五卷,前四卷刊于咸丰元年(1851),是其丈夫左晨张罗刊刻的,(陈祖望序:"顷得向庭书,知将以慕青全集付梓,嘱余一言为弁。")但费用则是陈氏卖画所得。(陈自序:"厘为四卷,以画易资,付诸梨枣。"左晨在跋中也说:"今以其所作诗,删存数百首,积年来画资所入,付诸剞劂。")②前四卷给人的感觉是琴瑟和谐,而第五卷则多怨怼之词,上引《藤寓卧病夜不成寐寄外》正见于此卷。卷后《信芳阁自题八图》的自跋写于咸丰九年(1859)。可以想见,在这不到十年的时间里,他们的生活肯定发生了很大变化③。但第五卷中有一些作品,或者也作于咸丰元年之前,不知是不是前次刊刻时被左晨删掉了。据今人的考订,左晨卒于同治四年(1865)十一月十日,陈蕴莲卒于同

---

① 见吴荃佩《碧云阁诗钞》诸序,胡晓明、彭国忠主编《江南女性别集四编》,第 1319、1399 页。
② 诸序并见陈蕴莲《信芳阁诗草》,胡晓明、彭国忠主编《江南女性别集三编》,第 393、394、510 页。
③ 在《信芳阁自题八图》的自跋中,陈蕴莲这样说:"以上八图自于归以至今日……聊志余生平所历,并示余不为无功于左氏云尔。"(胡晓明、彭国忠主编《江南女性别集三编》,第 507 页)似乎有为自己辩护的意味。

治八年(1869)二月十八日①,是则咸丰九年本刻印时,左晨也肯定能够看到。由于资料所限,暂时不知道咸丰九年本是否和咸丰元年本一样,也是由左晨张罗刻成,还是说完全是陈蕴莲自己的行为。无论如何,这让我们对陈蕴莲夫妇晚年的婚姻生活有了更大的想象空间。

三、节令情愫

　　夫妻离别,以诗为书信,表达思念之情,是伴随着离别的行为而展开的。理论上说,这种思念可以体现在一年中的每一个季节,甚至可以说,体现在一年中的任何一天。但是,正像王维在《九月九日忆山东兄弟》中所写的:"每逢佳节倍思亲。"②如果碰到节日,遥隔两地的夫妻往往更觉痛苦,因此寄外之诗也往往写出了特定的感受。

　　寄外诗所涉及的节日,从目前所见到的材料看,最重要的是两个,一个是新年,一个是七夕。

　　新年是中国的传统节日,一元复始,春天到来,合家欢聚是题中应有之义。所以,这个时候的在外漂泊,自是使人难以为怀。许多诗人都表达过这样的感情,比较著名的如唐代戴叔伦的《除夜宿石头驿》:"旅馆谁相问?寒灯独可亲。一年将尽夜,万里未归人。寥落悲前事,支离笑此身。愁颜与衰鬓,明日又逢春。"③这尚是独自飘零引起的伤感,而这个时候,两地分离的夫妻,当然也是别有一番滋味。如钱希《寄外》二首之一:

>　　静里眉头敛莫开,又看新月透帘来。每闻鹊语疑君返,惯为灯花望信回。别后关山长入梦,眼前风雪又舒梅。万家聚首除年日,

---

① 卓清芬《从〈信芳阁自题八图〉题辞和〈信芳阁诗草〉看清代女诗人陈蕴莲的自我定位》,《国文学报》第六十期,2016年。
② 王维《九月九日忆山东兄弟》,彭定求等编《全唐诗》卷一百二十八,北京:中华书局,1960年,第1306页。
③ 戴叔伦《除夜宿石头驿》,彭定求等编《全唐诗》卷二百七十三,第3073页。

旅舍遥怜酒一杯。①

又看新月透帘,说明分别已经不止一个月了。喜鹊叫和灯花绽都预示着好消息,前者是希望丈夫突然回来,后者则是一次次候信不至,而心中仍有企盼。颈联说梦中经常见面,但眼前却是梅花又放,仍然不见归来。除夕之夜,万家相聚,遥想丈夫孤单单地住在万里之遥的旅店中,独酌无相亲,心里就充满了"怜"。这个"怜",字面上说的是丈夫,其实又何尝不是自己的写照?包兰瑛的《除夕寄外》则写得比较节制:

光阴同是异乡过,两地怀人意若何。万里音书中道阻,一年情绪此宵多。梅侵腊雪香犹敛,诗得春风韵更和。守岁不妨吟到晓,锦笺椒颂共谁哦。②

可能是离别已成习惯,所以只是淡淡说来。首句有很强的时空意识,其意脉和苏轼的"千里共婵娟"一样,都是写相同的时间和相异的空间。次句则将调子定为两地怀人,彼此思念,以见感情深厚。颔联就是"每逢佳节倍思亲"的意思,作者加上"万里音书中道阻"的铺垫,就更加显示出这"一年情绪"是多么浓重。颈联以雪中梅花点时节,紧接着就转到写诗这一作品的主题,即通过写诗来传达情衷。怎样做到"韵更和"?诗中告诉我们,她要吟咏到晓,借此表达心里的思念。末句点出离别,可惜没有人能够一起吟哦,那么,这个除夕未免没有意义,所写的诗也未免没有意义。

七夕也是一个重要的节日。这一天,既是女性乞巧之日,也是牛郎织女相会之日,而以后者表达男女之情,更为常见。在中国文学史上,借七夕写男女暌隔之苦的作品,不胜枚举,所以,在清代女性的寄外诗中,七夕也没有缺席。如徐映玉《七夕寄外》:

---

① 钱希《云在轩诗集》卷一,胡晓明、彭国忠主编《江南女性别集初编》,第 1383 页。
② 包兰瑛《锦霞阁诗集》卷一,胡晓明、彭国忠主编《江南女性别集初编》,第 1457 页。

银河浩浩月痕生,残暑初销露渐盈。迢递佳期逢此夕,(李义山诗:"故教迢递作佳期。")飘零羁客起遥情。虚传苏蕙机中锦,难博韩康市上名。听彻西泠珠络鼓,也应寂寞坐深更。①

李商隐《辛未七夕》:"恐是仙家好别离,故教迢递作佳期。由来碧落银河畔,可要金风玉露时。清漏渐移相望久,微云未接过来迟。岂能无意酬乌鹊,惟与蜘蛛乞巧丝。"②作者以之自比,见出离别之久,因此悬想丈夫的"遥情"。这个"遥情"是什么?却没有明言,于是回到自己,说即使有苏蕙撰写回文诗那样的才华,也无法传达自己此时的心情。韩康名,据皇甫谧《高士传》:"韩康字伯休,京兆霸陵人也。常游名山采药,卖于长安市中,口不二价者三十馀年。时有女子买药于康,怒康守价,乃曰:'公是韩伯休邪,乃不二价乎?'康叹曰:'我欲避名,今区区女子皆知有我,何用药为?'遂遁入霸陵山中。"③此言与夫偕隐,难以得遂。最后悬想丈夫也应该是一夜未眠,想念家乡,想念自己。

七夕而写男女之情,肯定要提及牛郎织女,徐映玉的诗尚是引李商隐之作,较为隐晦,宗粲的《七夕寄外》则就比较直接了:

宝鸭香烧袅细烟,一弯眉月露婵娟。愁心似草锄仍苗,病骨如花瘦自怜。多恨人偏逢此夕,有情仙只别经年。雏儿解向双星拜,助我相思更万千。④

因丈夫常常离家在外,宗粲的集子中多有情深意切的寄外诗,如《得家书后寄外》三首之二:"离愁虽得暂时舒,毕竟怜君作客初。不尽万千珍重语,寸

---

① 徐映玉《南楼吟稿》卷上,胡晓明、彭国忠主编《江南女性别集初编》,第 190 页。
② 李商隐《辛未七夕》,彭定求等编《全唐诗》卷五百三十九,第 6170 页。
③ 皇甫谧《高士传》卷下,《景印文渊阁四库全书》,第 448 册,第 107 页。
④ 宗粲《茧香馆吟草》,胡晓明、彭国忠主编《江南女性别集三编》,第 759 页。

缄欲发又重书。"①写法从张籍诗来："洛阳城里见秋风，欲寄归书意万重。忽恐匆匆说不尽，行人临发又开封。"②但宗氏写的是自己丈夫刚刚开始作客，所以信中难免万千珍重，生怕漏了什么，于是封上信之后复又打开，角度终有不同。七夕是牛郎织女团聚的日子，可见情之一端，终不辜负。但是，仙人能够如此，尘世之中人，却无法做到；而且，牛郎织女的分离虽然痛苦，毕竟还能一年见一次，自己和丈夫却是连这一点都比不上。于是心中充满了忧伤。七夕诗末二句写家中女孩拜牛郎织女双星而乞巧，巧妙地将两个习俗合在一起，但仍然集中在自己所要表达的情感上，所以是"助我相思更万千"。

当然，很多时候，特定的节日只是具有象征意义，这时候写的寄外诗，和节日本身并无直接的关系，只是代表了在某一特定的日子里对丈夫的思念而已。如唐庆云《己卯寒食寄夫子》：

> 禁烟时节落花催，梦破楼西隐隐雷。云际几番微雨过，林梢一片嫩晴开。怕看燕垒新连旧，却喜鱼书去复回。知是柳江将返棹，绿阴浓处望帆来。③

唐是阮元的侧室，和阮门其他闺秀一样，她也参与了建构阮门风雅。这首诗写在寒食，实际内容却和寒食没有太大关系，寒食只是一个季节的表征。不过像"云际"二句，为微雨之后的嫩晴而赞叹，则显然有所暗示，不仅是"鱼书去复回"的喜悦，更有"绿阴浓处望帆来"的期待。

类似的情形还有关于重阳的，如章婉仪《九日寄外子于平原》：

> 三年随侍客芝阳，佳节重逢感慨长。种菊情怀怜旧圃，（余家延绿阁，秋来菊花最盛。）佩萸景物滞他乡。登高况复人千里，寄远

---

① 宗粲《茧香馆吟草》，胡晓明、彭国忠主编《江南女性别集三编》，第 756 页。
② 张籍《秋思》，彭定求等编《全唐诗》卷三百八十六，第 4356 页。
③ 唐庆云《女萝亭诗稿》卷六，胡晓明、彭国忠主编《江南女性别集四编》，第 958 页。

欣看雁数行。鼙鼓江南还未息,何时归去话沧桑。①

章氏十七岁嫁给华文汇,随宦四方,曾经历太平天国之乱,此诗即写于乱中。时逢重阳,怀念故乡景物,不觉有感于心。

总之,每到节日,思绪能够被特别调动,激发情怀,表现在笔下也都是必然。

四、战乱与流离

战争是对幸福的家庭生活的最大摧残,所以宋元之际的蒋捷才会在《贺新郎·兵后寓吴》中有这样痛切的描写:"深阁帘垂绣。记家人、软语灯边,笑涡红透。万叠城头哀怨角,吹落霜花满袖。影厮伴,东奔西走。"②这种感情,在寄外诗中也能有所体现。

这一类的作品,在明清之际就经常出现。而1840年之后,由于清王朝面临着的内忧外患日益加剧,人们正常的家庭生活深受影响,就更能从创作中看出来。

鸦片战争是中国进入近代社会的一次重大事件,不仅深刻地影响着中国的社会走向,也影响着不少人的家庭生活。张纨英的《岁暮感怀寄夫子》是一首长诗:

朔风驾征轫,残月乍明灭。行李何匆匆,岁暮忽言别。别离久经惯,谋食惟橐笔。闲居况半载,壮气欲销歇。敛袖送君行,未觉心悒郁。慨然念身世,俯仰百忧结。昏鸦噪落日,空庭晚萧瑟。严霜切襜帷,敝衾寒彻骨。啼饥小儿女,奔走索梨栗。仲女犹病疟,拥被发不栉。三月苦未瘳,调护少药物。年丰百物贱,粗粝免饥

---

① 章婉仪《紫藤萝吟馆遗集》,胡晓明、彭国忠主编《江南女性别集初编》,第1292页。
② 蒋捷《贺新郎·兵后寓吴》,唐圭璋编《全宋词》,北京:中华书局,1965年,第3433页。

渴。我年逾四旬,世事剧嗟咄。乡间风俗薄,任恤宗党缺。承平忧冻馁,生计日已拙。黾勉已艰辛,兵戈复仓卒。长鲸击回风,沧海波涛阔。羽书纷络绎,征发遍南北。一朝入大江,奔窜如豕突。哀鸿遍四郊,流转弃家室。风声惊草木,烽火照城阙。毗陵咫尺间,捍御苦无术。巨室多迁移,土寇势剽忽。空城安可居,避地求岩穴。丧乱藉友朋,急难谊尤切。(杨子用明、章子仲甘皆与夫子友善,为择地卜居。)仓皇理家具,书卷杂衣褐。轻舟疾如矢,回首犹战栗。孤村阳湖畔,幽寂颇可悦。茅屋三五间,人众只容膝。地僻风俗淳,妇孺多朴质。全家暂安寄,愁病未遑恤。悲哉镇江城,飞炮山石裂。官军屡不克,贼势益猖獗。井里无炊烟,沟渠涨热血。腥风逐炎暑,昏暗黯白日。凶灾岂天意,玉石俱摧折。鸟飞不敢下,江水为呜咽。我闻再三叹,泪洒肺肝热。同为江国民,降祸此何烈。女子雇兵戎,守义无苟活。谁于扰攘际,表彼贞介节。庙堂哀生民,干羽两阶列。大臣议招抚,金缯急搜括。用兵贵全军,不战人已屈。烟氛一朝靖,我亦反蓬荜。古来驭戎狄,顺赏逆必罚。羁縻贵能制,扼吭可鞭挞。豺虎饱则飏,鹰鹯亦飞掣。贪怀焉得餍,蓄意恐未绝。东南财赋地,民力亦易竭。要津失门户,杂种处闉闼。岂惟苍生忧,变故未可说。昊天应助顺,雷电有殛杀。戚戚杞人忧,苍苍未能诘。浮生托危邦,痛定犹惕怵。幸免岂善藏,安全讵能毕。儒生济时艰,匡救资一拨。沉沦处粪壤,壮志难奋发。不如买名山,偃仰聊放轶。子耕我能织,乐岁足稻麦。木棉如狐裘,大布胜华黼。岁寒谋旨蓄,新酒酿佳秫。鸡豚可给鲜,杞菊恣采掇。一尊俨相对,啸咏击缶钵。浮名付儿曹,勤学期特达。平生葵藿忱,藉手志堪毕。流光倏飘荡,揽镜惊华发。薄愿焉得偿,风尘苦汩没。穷居对残檠,默坐心恍惚。仰首望飞鸿,冥冥渺天末。①

---

① 张纨英《邻云友月之居诗初稿》卷三,胡晓明、彭国忠主编《江南女性别集三编》,第1348—1349页。

张纨英是张琦的第四个女儿,嫁给太仓王曦,王曦于道光二十六年(1846)卒,因此,这首寄外诗的背景应该和英军的战舰从珠江口一路北上,在江南一带燃起战火有关。诗中所叙述的内容很多。在朔风呼啸的寒冬,丈夫乘船外出,夫妇离别之际,勾起心中的伤痛。这伤痛,首先来自家庭的不幸,由于家境贫寒,不仅"布衾多年冷似铁"①,如杜甫所写,而且孩子们缺少吃的,忍饥挨饿。特别是二女儿患了疟疾,由于缺少药物,已经三个月了,也未能痊愈。然后转向自己,说乡里风俗浇薄,宗党不能互相帮助,自己没有什么依靠,对以后的生活非常忧虑。可贵的是,她在向丈夫倾诉痛苦的时候,并没有囿于自己一家,而是由家到国,感情升华。先说英军乘战舰沿江而上,人们四处避难。虽然事实上没有直接交战,但风声鹤唳,眼见战舰逼近,她还是逃了出去,在丈夫好友杨用明、章仲甘的帮助下,勉强有了安身之地,在老家阳湖住下。接下来就写到镇江之战。镇江之战是第一次鸦片战争的最后一战,此前,英军攻打吴淞,主要是由海军承担,现在攻打镇江,则是由陆军负责,参战的陆军共六千九百一十五人,编为第一、二、三旅和炮兵旅,无论是人数还是武器,都远超守城军队。战争非常惨烈,此即"悲哉"十二句所作的描写。镇江在常州的旁边,所以,作者才能感同身受,如此深切地加以表现。下面写朝廷应变之道,出语含糊,实际上是一败涂地,却说"庙堂哀生民,干羽两阶列。大臣议招抚,金缯急搜括。用兵贵全军,不战人已屈",当然只是曲笔,但"金缯"云云,也可以看出赔款之事。下面写战争结束,自己回到家中。然后笔锋一转,对战事发表了一番议论,中心思想是:自古以来,面对外患,就要有软硬两手,能赏能罚,能进能退,而江南是朝廷重要的财赋之地,尤其应该好好经营,使得国家强大,而国家强大,才能严守门户,保证安全,否则,国势堪忧。最后,又转向自己的家庭,说丈夫是一介寒儒,没有话语权,虽然忧心国事,终竟无处可以施展,因此,在这乱世,不如自保,就期待他回到家乡,一起过着隐居的生活。

这样的一封长信,在中国文学史上也应该占有一定的位置。其中不仅

---

① 杜甫《茅屋为秋风所破歌》,彭定求等编《全唐诗》卷二百一十九,第2309页。

写出了战乱之中,一个普通家庭颠沛流离的生活,而且展示了一个女子的思想境界。她向丈夫诉说的,已经不完全是那些絮絮叨叨的家长里短,而是具有家国情怀的思考。张琦和其兄张惠言一起创建了常州词派,提倡词的创作要有带有政治内涵的比兴寄托,这种思想的影响,在其女儿身上也可以看得非常清楚。

太平天国运动波及大半个中国,绵延十四年,其间有无数家庭的离散,夫妻的睽隔。这些,在寄外书写中也会表现出来。如左锡嘉《寄外》四首之四:

> 停云在望思如麻,风卷长空落晚霞。一片冰心盟皎月,九秋玉骨傲黄花。雁翎迢递缄双札,雉堞凄凉隐暮笳。今夕遥遥共杯酒,可怜烽燧满天涯。①

左锡嘉是常州人,丈夫曾咏在太平天国运动期间曾赴安庆襄办军务,同治元年(1862)以劳瘁殁于军中。左锡嘉非常悲痛,至安徽扶柩归葬,曾有《孤舟回蜀图》述之。这首《寄外》诗是他们在战乱中彼此思念的写照,是他们忠贞心志的体现,以个人的处境见出了时代的大背景。末二句写出满地烽烟,正是当时国家局势的真实反映。

杨蕴辉的《外寄归梦吟一阕赋此却寄》写得更加具体而微,这也是一首长诗:

> 荻花潮长来双鲤,中有遥天书一纸。笔墨淋漓寄远诗,情词宛转伤心字。三复临风如晤君,墨痕泪点两难分。苏娘织锦悲长别,王粲登楼怨暮云。况逢露白葭苍候,那能不忆闺中耦。望远魂因久客销,卷帘人为悲秋瘦。小劫情天合受磨,年华锦瑟竟蹉跎。满眶热泪和愁咽,往事惊心感慨多。忆昔于归君尚幼,下帷劝读如良

---

① 左锡嘉《冷吟仙馆诗稿》卷三,胡晓明、彭国忠主编《江南女性别集二编》,第 1317 页。

友。两小无猜雅爱深,敲棋角韵消长昼。痼癖琴书未遽忘,膝前儿女渐成行。江都废业缘多病,灯火鸡窗学始荒。壮怀落拓愁虚度,花残又遇风姨妒。堂上椒花颂未能,风前咏絮才成误。异地枝栖年复年,故园千里梦魂牵。已伤离乱同根断,暂避刀兵侨寓便。(江南一带为"发逆"所踞,家乡久不通音信。)无端震地干戈动,疾雷惊破鸳鸯梦。九转骊歌唱未遑,一杯别酒匆匆送。掩面欷歔话不成,大雪漫天君将行。问君归期君弗答,但将誓约订来生。我闻斯语心如裂,气搤肝摧泪凝血。稚子牵衣别母啼,老亲掩袂思儿泣。千古从来此别难,行期况复正严寒。风尘扑面霜威重,鼓角惊心劫火残。剧怜涉险双儿小,宿露餐风伴狐狖。绝野谁哺失队雏,萱帏空有忘忧草。乱世行藏去住违,离情两地各沾衣。乘车入谷前尘误,持管窥天未计非。(壬戌因避"回逆之乱",大姑携长、次两儿避乱礼邑之仇池山,因山居不便,复回天水。癸亥冬,外携两儿避乱长安,而其地又值兵燹之后,饥馑之时。)举家风鹤犹时警,计程盼断长安信。卜损金钱夜不眠,流黄月照孤鸾影。欣君弹铗得依刘,鲍管交情意气投。得免穷途无限憾,消除闺阁几多愁。春鹍秋蟀容华改,屈指分飞将一载。金井梧桐叶叶凋,瑶阶砧杵声声碎。玉尺金针日夜持,新凉犹恐寄衣迟。眼中天远思何极,心曲愁浓意欲痴。更兼良夜潇潇雨,窗前似伴愁人语。仿佛如离倩女魂,随风蘧蘧到君处。幻形梦景是耶非,一点秋灯照影微。冰簟惊凉人乍醒,衣香带影总依稀。鬓云零落金钗颤,含愁倦倚芙蓉幔。欲著幽情记梦游,起坐挑灯弄柔翰。潦倒浮生不可思,拈毫勉和断肠词。报君一语真堪慰,骨肉团圆已有期。①

先说接到丈夫的信,读毕非常伤感,浮想联翩,于是回忆刚刚结婚的情境。那时两人都还年幼,对于世事了解不多,下帏劝读,两小无猜,或下棋角韵,

---

① 杨蕴辉《吟香室诗草》卷上,胡晓明、彭国忠主编《江南女性别集三编》,第596—597页。

或倚案弹琴,不知不觉,儿女渐渐长大。丈夫固然是怀才不遇,自己虽然有才,作为女性,也无处得施,渐渐感到了人生的凄苦。这凄苦,最为集中地体现在太平天国运动的爆发,夫妻二人不得不分离,即所谓"无端震地干戈动,疾雷惊破鸳鸯梦。九转骊歌唱未遑,一杯别酒匆匆送"。自注写道:"壬戌因避'回逆之乱',大姑携长、次两儿避乱礼邑之仇池山,因山居不便,复回天水。癸亥冬,外携两儿避乱长安,而其地又值兵燹之后,饥馑之时。"太平天国运动期间,陕甘一带又有乱事,这里就是写丈夫携两个儿子避乱西安,行前感到不知是否还能活着回来,于是有来生相见之语。稚子牵衣,老亲掩袂,鼓角惊心,宿露餐风。人生至痛,无过于此。丈夫带着两个儿子在外,当然使得她牵肠挂肚,无限思念,期盼来信,夜不能寐。但想到丈夫在外,受到上司的信任,能够有所施展,又不免有欣慰之情。这是一个转折,在动情之时,又显得深明大义。不过,即使如此,也难以消除思念,何况时间是如此漫长,已经过了将近一年,于是诗中铺叙从春到秋,注入细致入微的思念,而以"报君一语真堪慰,骨肉团圆已有期"作结,显示了心中无限的期待。

这首长诗通篇几乎都在回忆,因而显得具有家常的感觉。杨蕴辉的丈夫董敬箴,曾任闽县知府。这是和作,因其丈夫寄诗而发。另外,这首诗还有一个很有趣的特点,就是用的是类似长庆体,出语华美,而不是偏于口语化。这或许是要表现才华,带有炫才的意思,或许是他们夫妻间本来就有这样的唱和传统,因此不必过于通俗。

五、书写方式

寄外诗是怀人诗的一种,这一类型的作品,在中国有着渊远流长的历史,因此一些表现手法也会被吸收进来。在这方面,杜甫的《月夜》和李商隐的《夜雨寄北》影响非常大,作为一种经典,清代不少女诗人在创作中进行了回应。如徐德音《夜雨忆外》:

鸠妇黄昏怨画檐，淋浪澈夜恼馀甜。孤蓬料得寒犹峭，白袷还怜絮未添。黯淡青灯愁脉脉，迷离远梦思厌厌。何时共听西窗雨，磨损金钱不敢占。①

夜雨清寒，由自己之寒，想象丈夫之寒，是在一个特定的时间里，跨越不同的空间，阐发自己的思念。末二句从李商隐《夜雨寄北》来，暗含着企盼以后见面，共话此时相忆的情愫，但相见难期，金钱难卜，所以，就是这个"何当共剪西窗烛，却话巴山夜雨时"②的心愿，也是很难达成的。这种写法，比起李商隐，当然缺少了一些蕴藉和想象的空间，却更为具体，更为实际。这就像郑兰孙的《病骨初痊，离怀易触，因寄夫子皖江信，匆匆附书二阕于尾》之《一剪梅》："病骨迎寒瘦不支。倚着床儿。偎着衾儿。不言不语强支颐。想起行期。望到归期。　江阔天空雁倦飞。雨也霏霏。雪也霏霏。小窗风静篆烟微。烛剪窗西。人忆窗西。"③写相思之苦，从行期写到归期，复言书信往来之不易，最后聚焦于小窗，归结为西窗剪烛，西窗回忆，也是把李商隐的诗又赋予了更为具体的情境。至于钱孟钿《雨夜怀外子》：

窗色不成夕，清灯与梦残。遥怜虚馆坐，有客掩扉寒。风叶意无定，霜鸿影未安。巴山即秦岫，剪烛待同看。④

颔联出自杜甫《月夜》"遥怜小儿女，未解忆长安"⑤，末联出自李商隐《夜雨寄北》"何当"二句。这在某种程度上，其实也就体现着寄外诗和寄内诗的对话。比如，杜甫《月夜》说："今夜鄜州月，闺中只独看。"在两地对月上做文章。吴宗爱《寄外》则说："朦胧怜淡月，两地但同看。"⑥语言虽异，意思实同。

---

① 徐德音《绿净轩诗钞》卷三，胡晓明、彭国忠主编《江南女性别集初编》，第48页。
② 李商隐《夜雨寄北》，彭定求等编《全唐诗》卷五百三十九，第6191页。
③ 郑兰孙《莲因室词集》，胡晓明、彭国忠主编《江南女性别集二编》，第1076页。
④ 钱孟钿《浣青诗草》卷四，胡晓明、彭国忠主编《江南女性别集初编》，第297页。
⑤ 杜甫《月夜》，彭定求等编《全唐诗》卷二百二十四，第2203页。
⑥ 吴宗爱《徐烈妇诗钞》卷二，胡晓明、彭国忠主编《江南女性别集二编》，第42页。

第二章　内闺与外乡——清代女性诗歌中的寄外书写 / 069

葛宜的丈夫朱尔迈宦游四川时,葛写了不少诗歌,其中《怀日观蜀中》:"秋林闲坐自萧条,万里桥边书信遥。鸿雁一声惊落木,霜华八月试寒袍。蓬莱水浅迷归棹,滟滪堆沉拥去潮。料得诗成应念我,东吴西蜀共挥毫。"[①]作者怀人,除了首句和末句点出自己,基本上全从对面立意,最后悬想对方写诗,与自己心意相通,也显得摇曳多姿。而溯其渊源,当然也能通向杜甫。

这样的表现手法成为经典之后,也会在实际操作中,扩充容量,多元发展。如钱孟钿《寄怀外子》中语:

> 缅怀远游客,侵晓冲寒行。严霜动鬓影,飒飒吹惊尘。更闻秦岭上,积雪长如银。回头骨肉远,惟与童仆亲。田家五亩熟,键户欣良辰。灯前调儿女,酒畔邀比邻。日出天地开,鸡犬皆天真。驱驰名利者,谁与通殷勤。[②]

这是和丈夫分手不到十天时所写。主要有两个内容,一是想象秦岭之上,严霜凝鬓,朔风呼啸,大雪封路,冲寒而行,此时丈夫远离温暖的家庭,只有童仆随身,一定感到非常孤寂,这是通过写大自然来衬托丈夫的处境。二是想象丈夫行于乡村之中,感受到淳朴的乡村生活:五亩之田,并不算多,但知足常乐,有所收成后,全家其乐融融,闭门相庆,灯前儿女,酒畔邻人,得享天伦之乐和朋友之趣。这又是通过写人文之景貌来衬托离家的痛苦。这两种悬想是妻子的心态,当然也是丈夫的心态,以此写出了二人的相知,所以,最后两句说:"驱驰名利者,谁与通殷勤。"这当然是代丈夫立言,但如果不是夫妻之间的相知,也无法写出这种情怀。因此,这种寄外诗,又不仅仅是一般的对在外风尘的絮絮叨叨,同时也写出了夫妻之间的感情和心意相通。由于有了这样的基础,她们在寄外诗中,就往往能够写出丈夫的情志,如钱孟钿《和外子途中寄怀三首》,如果不了解情况,完全不知作者是妻子。像是第二

---

① 葛宜《玉窗遗稿》,胡晓明、彭国忠主编《江南女性别集初编》,第143页。
② 钱孟钿《浣青诗草》卷三,胡晓明、彭国忠主编《江南女性别集初编》,第283页。

首:"萍梗生涯寄此身,无端误我滞咸秦。好风帘幔遥天月,落日楼台故国春。耐岁江梅迟索笑,冲寒塞雁易伤神。三年别泪征衫上,极目高堂梦远人。"第三首:"北斗阑干带影横,空庭残雪隔霜清。寒枝乌鹊栖难定,虚幌孤檠梦自惊。明月光分诸岭色,梅花香远故人情。不知离思今多少,白发都缘客里生。"①这一种作品,基本上是用丈夫的口吻,也是站在丈夫的立场抒发感情的。

同是悬想,也能写出不同的特色。如徐映玉《寄外》二首之二:"隔院砧声惹恨,空庭蛩语牵愁。堪叹飘零游子,此时应未知秋。"②这首诗选择的角度较为独特。一般秋日怀人,都是设身处地,遥想秋风萧瑟,对方寒衣未备,此却写丈夫不知秋天到来,其背后的逻辑是,由于对丈夫的关心,诗人心灵上先蒙上了一层秋意,因此想到了远方亲人不知秋天到来,体现了深深的关心。

一般来说,寄外诗虽然是诗,但毕竟还是信,大都直抒胸臆,不甚讲究文辞,但也是因人而异。比如高篃《古诗寄怀酉生山阴》:

<blockquote>
桃李下成蹊,不知兰蕙槁。佳人别我时,蝴蝶飞芳草。谅无同心人,何以展怀抱。卷彼百丈丝,缠绵讵能道。③
</blockquote>

她的丈夫朱绶,字酉生。朱为高的集子作序,曾说:"余故埋郁善感,每托诸美人香草,自言其难言之情。妇属响能应,如笙匏焉。"所以,其诗"大抵思亲者十之二三,寓言者十五六,不知于比兴之旨离合何似?"④高诗以《古诗十九首》的笔意,写对丈夫出处的安慰,以及对丈夫的思念。朱绶大约科场不利(高篃《寄酉生秣陵》二首之二有"才子文章遇合难"⑤之语),于是前两句表达

---

① 钱孟钿《浣青诗草》卷四,胡晓明、彭国忠主编《江南女性别集初编》,第284—285页。
② 徐映玉《南楼吟稿》卷上,胡晓明、彭国忠主编《江南女性别集初编》,第189页。
③ 高篃《绣箧小集》,胡晓明、彭国忠主编《江南女性别集四编》,第984页。
④ 朱序见高篃《绣箧小集》,胡晓明、彭国忠主编《江南女性别集四编》,第977页。
⑤ 高篃《绣箧小集》,胡晓明、彭国忠主编《江南女性别集四编》,第985页。

无人赏识的痛苦。以"佳人"指丈夫,正是有意借用香草美人的传统。五六两句一语双关,既写自己的相思,也写丈夫的不遇。末二句以比喻出之,言即使百丈长丝,也道不尽缠绵之情。清代闺秀的诗中,经常有对丈夫科场不利的安慰,那确实是非常现实的生活,因为丈夫在科场的成功,无疑是红袖添香最大的动力之一,但是,世界上的事,并非都能够如意,于是这些女子也只能压抑自己的殷切希望,而转向对丈夫失意的安慰。另如《日黯黯篇赠酉生》,是一首楚辞体,其中写道:"日黯黯兮云生,风飕飕兮木落。杂萧艾兮满庭,弃兰荪兮空谷。君不行兮何待,羌予处兮幽独。顾婵娟兮婉嫕,嗟蛾眉兮谣诼。"因此,不如"躅古人兮罔尤。委天命兮自勖"[①]。如此,则也可能是由于朱绶官场坎坷,为之嗟叹,也加以宽慰。

另外,寄外诗中有一个"寄"字,既然是信,则难免有来有往,在这个过程中,往往更能体现书信体诗歌的特色。不妨以归懋仪和她的丈夫的诗歌唱和为例。

夫妻之间,总有一些特定的情境是彼此难忘的,所以难免会集中笔力,反复渲染。归懋仪是常熟人,当时可能是随丈夫李学璜在岳阳为官,有一次丈夫因事到金陵去,这一件事显然在他们的生活中是一个重要的插曲,所以,她以诗为札,反复言之:

> 一片潇湘月,清光千里秋。巴陵南下水,直至石城头。石头城下潮声急,有客中流停桂楫。绿柳阴阴度玉箫,碧阑曲曲浮银鸭。偶乘暇日试相呼,击钵联吟兴不孤。王谢繁华空复忆,阴何文采未全虚。寻碑古刹还停辔,钟山日落烟凝翠。旖旎空怜儿女情,萧骚更洒英雄泪。十年采笔粲花红,此日清游气倍雄。风涌沧江鲸跋浪,云开霄汉鹗横空。归途历历霜初落,珍重衣衫着绵薄。洞庭朱橘正堆盘,妆阁携来话离索。

[①] 高簪《绣箧小集》,胡晓明、彭国忠主编《江南女性别集四编》,第987页。

诗中想象丈夫乘船,从岳阳直至南京。在南京,有绿柳碧阑游观之清兴,有暇日联吟之诗情,或感慨乌衣燕子,或悬想文士风流,或庙宇寻访古碑,或钟山欣赏落日。在这个汇聚了儿女情长、英雄壮志的古都,一番清游,想必能勾起无限的情思。篇末又想其归途,嘱其添衣,而自己正有无限离索之情,要在那时诉说。以诗代札,首尾完整,而中间的悬想,是对丈夫兴致的体贴,也写出了一个饱读诗书的女子对丈夫的相知。

丈夫收到诗之后,和寄一首:

> 横笛中宵起,偏惊异地秋。相思逐淮水,和梦到楼头。楼头处处寒砧急,楼外声声闻击楫。绿窗灯黯掩银屏,翠被笼寒焚宝鸭。寂寥女伴罢招呼,千里怀人吟兴孤。期我风云天路阔,怜君松竹夜窗虚。词场十载驰文辔,画眉还对春山翠。五夜同翻邺架书,三冬不洒牛衣泪。维舟白下画楼红,长啸沧江意气雄。河鲤迢迢通尺素,川波淼淼映澄空。一声边雁云端落,想象风前翠袖薄。深夜无人独倚阑,梧桐弄影秋萧索。

这首以诗代札的回信有点微妙。妻子的信,用了相当的篇幅想象丈夫在南京的清游,而丈夫的回信则以两地相思为基调,特别是提出了妻子的孤单寂寞。这是否暗含着这样的心理动机:除了对妻子的爱意,也有一点亏欠感。面对妻子的相思之情,他无法渲染自己在南京的山水胜情,开心快乐,甚至还有点内疚。显然,他知道,这样的内容,会让处于思念心态中的妻子高兴一点。

于是又有了妻子的第二封信:

> 锦字传千里,天涯已暮秋。却看明镜影,转忆大刀头。鸿声嘹呖秋风急,客子江头理行楫。数声棹唱起惊鸥,一带楼阴笼睡鸭。江皋祖饯快招呼,词客徘徊影不孤。胜地烟霞欣共揽,锦囊词赋未应虚。空江一棹同飞辔,隔岸秋山凝晚翠。金缕风残杨柳丝,珠痕

第二章　内闱与外乡——清代女性诗歌中的寄外书写 / 073

露滴芙蓉泪。归来林下橘初红,共话词坛文阵雄。墨浪翻澜标锦丽,管花散彩映秋空。烛花夜向尊前落,酒晕微寒衫乍薄。玉炉香烬画帘垂,宵深隔院闻弦索。

和第一首的许多内容是想象丈夫的出行以及清游不同,这一首顺着丈夫相思的思路,开始设计丈夫的归途了。这里,有对归楫的整顿,有对祖饯的描写,当然,她也没有忘了自己的第一首诗,仍然相信丈夫在这个"江南佳丽地,金陵帝王州",诗酒流连,不会空手而回。然后就是对归舟沿途风景的想象,顺理成章写到二人的重逢。写重逢,却并不集中在相思,而是接着第一首的思路,期待听到丈夫在南京和文友交往的状况,读到丈夫此行美妙的作品。由此,也可以见出归懋仪非常丰富复杂的心灵活动,她对丈夫表达的伉俪之情感到欣慰,同时却也仍然坚持自己原来的思绪。她没有把寄外的书写仅仅限制在孤独寂寞上,而是在一定程度上,希望丈夫能够为自己带来一些新的生活意趣,打开一些新的生活空间。

再看丈夫接到信之后的回复:

频藉衡阳雁,传来湘水秋。遥怜闺里月,正上绣帘头。高秋九月霜飞急,又向江干移画楫。远树萧疏送落鸦,野塘清浅浮花鸭。渔人隔岸数相呼,残笛声中帆影孤。鲈脍无烦千里致,篷窗还对一尊虚。闲看古道驰征辔,落日烟光横紫翠。吴岭花残片片云,楚江竹染盈盈泪。细斟鲁酒发颜红,搦管惭夸文藻雄。忆尔清闺吟落叶,彩花几朵映秋空。洞庭波静枫初落,授衣已换香罗薄。频挑灯烬卜行人,小阁香沉句还索。①

这首诗也是按照妻子的思路,主要是想象自己乘船的归途,归结为气候变

---

① 归懋仪诗分别题为《忆外之金陵》《再寄外金陵叠前韵》,其丈夫的两首诗附在下面。见归懋仪《绣馀小草》(《二馀诗草》本),胡晓明、彭国忠主编《江南女性别集二编》,第811—813页。

迁,寒衣始换,妻子在家中对自己的思念。

　　这一来一往的两组诗,可以让我们从一个特定的角度看出那个时代夫妻之间唱和的情境,以及隐藏在背后的心灵活动。妻子寄诗的初衷,虽然有着对行人在外的关切,有着两地分离的相思,但更多是想象丈夫来到金陵之后的种种文化生活,这里面或者也有一些猜想,一些疑虑,毕竟是烟花繁华之地,秦淮风月,世人尽知。但是,丈夫巧妙地将诗歌的主题转移到两地相思,也就成为基本的情调。他们用诗歌写的信,来回之间所展开的对话,既有对行迹的书写,也有对事件的想象,还有心理上的暗示。如果说,苏蕙的《璇玑图》作为寄外诗的一种特别的形式,已经为我们展示了在这种特定的书写方式中,可以蕴含非常丰富的表达空间,则归懋仪夫妇的这些作品,也能从呼唤—回应的结构模式中,看到诗人们的一些追求。当然,清代寄外诗的数量非常多,以上所述,不过是举例性质,实际的情形肯定更为多样,还待进一步发掘。

六、结语

　　寄外诗是女诗人写给自己分隔两地的丈夫的诗,是对寄内诗的一种回应。寄外诗在文学史上很早就出现了,但一直到明清,尤其是到了清代,才进入繁盛期。作家辈出,作品众多。

　　寄外诗一般表达妻子对丈夫生活的关心,以及对事业的鼓励,但有时也利用特定空间距离所创造的情境,在放松的心态下,表达一些比较愤激的情绪,风格上也没有那么温柔敦厚,因而在女诗人创作传统中,发出了比较特别的声音。

　　尽管夫妻的分离始终孕育着寄外的诗情,但每逢节令,或身处战乱,仍然会使得这种感情更加浓郁。前者是离情中浸润了文化,后者则由于处在生死难卜、朝不保夕的境地,更能激发出特别的思致。

　　寄外诗和距离有关,因此有一些写法值得提出来。首先是悬揣的情境,多从对面写,既有来自杜甫等人的诗歌传统,也有女性特有的细腻。其次,寄外诗是以诗歌的方式写的信,则从书信的角度,也能看出书写的重点和感情的取向,特别是在一些长诗中,更为明确。中国古代女子的书信存世者不多,胡文楷的妻子王秀琴曾编有《历代名媛书简》,其中有一部分是寄外者,虽然代表性还不够,但两相对照,仍然可以引申出进一步的话题。

第三章　闺阁与江山
——清代女性诗歌中的行旅书写

一、生活空间和创作空间

关于明清女性的生活空间，学界一向比较关心。若是按照传统的观念和公开的闺训，女性的生活空间很受限制，但是，实际生活和理论教条之间，往往有着一定的距离。这一距离当然不是从明清才开始存在的，至少在宋代，女性的生活空间就有逐渐开阔的趋势。铁爱花在《随亲宦游：一种宋代女性行旅活动的制度与实践考察》一文中，探讨了宋代对于女性随亲宦游在制度上发生的变化，同时指出，"从生活实践层面来看，在宋代，女性随亲宦游的行旅活动十分常见"，主要类别则有随父、随夫、随子三种①。高彦颐在其著作《闺塾师——明末清初的江南文化才女》中，认为明清之际的江南闺阁女子虽然在名义上遵从着"三从四德"等观念，但她们对自己的生活空间有所经营，并没有完全被幽禁于家庭之中，而是有着陪同父亲、丈夫甚至是儿子赴任或出游的机会，因而也能在一定程度上和男性拥有共同的社交圈，

---

① 铁爱花《随亲宦游：一种宋代女性行旅活动的制度与实践考察》，《社会科学战线》，2019年第6期。

第三章 闺阁与江山——清代女性诗歌中的行旅书写

从而进入公众领域①。事实上,从宋到清,这一趋势一直在延续。明清女性生活空间的扩大,使得她们能够开阔胸襟,增长见闻,也构成了独特的文化现象②。相应地,在她们相关的文学书写中,风土景物、民情物态、历史畅想、故乡情怀、亲情友情等,都得到了进一步的展现,从而构成一个较之以往更为鲜活的文学世界。

生活空间与创作空间有着密切的关系。明清时期,人们常常探讨女子的诗歌创作怎样才能做出成就。顾若璞曾通过其孙媳钱凤纶的经历有"性固不可强也,学亦不可少也"③这样的总结,表现出天分之不可全恃。严辰则更具体地从三个方面指出,闺秀若想"生以诗名,没以诗传",必须是"天授诗学"、"人结诗缘"、"地历诗境"④。也就是说,既要有天分,又要有机遇,同时还要开阔境界,而这个开阔境界,即所谓"地历",也就是刘勰所提出的"江山之助"⑤。这一点,在清代不断被批评家所强调。

潘汝炯谈女儿潘素心的创作时曾这样说:"论诗者以为,所经城郭、江山、风俗,皆有益于其诗。"⑥那些讨论潘素心诗歌的人提出有三个要素即"城郭、江山、风俗"提升了其创作成就,而这都是和潘素心自幼即随潘汝炯宦游分不开的。对于这一层意思,冒俊在《重刊自然好学斋诗钞后序》中说:"论诗于闺阁中,才綦难矣。无良师益友之取资,无名山大川之涉历,见闻所限,

---

① 高彦颐著,李志生译《闺塾师——明末清初江南的才女文化》,南京:江苏人民出版社,2005年,第233页。另参看高彦颐《"空间"与"家"——论明末清初妇女的生活空间》,《近代中国妇女史研究》第3期,台北:"中央研究院"近代史研究所,1995年,第21—50页。
② 参看赵崔莉《被遮蔽的现代性:明清女性的社会生活与情感体验》,北京:知识产权出版社,2015年。
③ 顾若璞《古香楼集序》,钱凤纶《古香楼集》,李雷主编《清代闺阁诗集萃编》,北京:中华书局,2015年,第740页。
④ 严辰《纫兰室诗钞序》,严永华《纫兰室诗钞》,胡晓明、彭国忠主编《江南女性别集三编》,合肥:黄山书社,2012年,第786—787页。
⑤ 刘勰《文心雕龙·物色》:"若乃山林皋壤,实文思之奥府,略语则阙,详说则繁。然屈平所以能洞监风骚之情者,抑亦江山之助乎!"(王利器校笺《文心雕龙校证》,上海:上海古籍出版社,1980年,第279页)对这一段,学界有不同解释,这里取其主要看法,即大自然的山水风景对文学创作所起到的作用。
⑥ 潘汝炯《不栉吟集序》,李雷主编《清代闺阁诗集萃编》,第2582页。

才气易屠。"①骆绮兰《听秋轩闺中同人集诗序》也说:"女子之诗,其工也难于男子;闺秀之名,其传也亦难于才士。何也?身在深闺,见闻绝少,既无朋友讲习以瀹其性灵,又无山川登览以发其才藻。"②这两位批评家表达了同样的意思,她们都提出了"见闻"对女性创作的重要性,而这个"见闻",既包括师友之间的讲论,也包括山川的陶冶。所以,袁克家为其姊袁镜蓉《月蕖轩诗草》作序,谈到姊姊的创作成就,就有这样的总结:"归会稽吴梅梁少司空,随任宦游,一至楚,再至蜀。道经数万里,奔走二十年。凡名山大川,以及虫鱼草木、风云鸟兽之状类,人情喜怒哀乐之变态,无不蕴于中而发于诗。"③严辰为其妹严永华的集子作序时,谈到妹妹的成就,也这样说:"大凡女子,闭置深闺,老死牖下,不知乾端坤倪是何景象。即终身把卷吟哦,只如候虫之鸣,不知有穴外事。若吾妹生长滇黔,随父兄宦辙所至,于滇之三迤,黔之上下游,跋涉几遍。搜奇抉险,悉发于诗。……迨于归后,随轺四出,东则曾经沧海,北则亲睹皇居,西则远及炎荒,南则溯洄天堑。出处廿四年,往还数万里。到处双旌揽胜,双管留题,以巾帼而获江山之助。"④"巾帼而获江山之助",和包兰瑛所说的"山川雄壮助诗情"⑤是一个道理,就赋予刘勰之语以符合后世情境的转换,是从一个特定层面对女性诗歌创作的思考,也是把女性的诗歌创作活动与士大夫的传统联系到了一起。

不妨看看骆绮兰的《四十感怀》:

  人生百年间,世事若朝露。修短尽在天,穷通总随遇。况受女子身,尺寸谨跬步。苦乐由他人,已复何所与。我今已四十,元发欲化素。自念髫龄时,偏解爱词赋。上窥秦汉文,下读唐宋句。穷

---

① 冒俊《福禄鸳鸯阁遗稿》,胡晓明、彭国忠主编《江南女性别集三编》,第889页。
② 骆绮兰《听秋轩闺中同人集》,胡晓明、彭国忠主编《江南女性别集二编》,合肥:黄山书社,2010年,第695页。
③ 序见袁镜蓉《月蕖轩诗草》,胡晓明、彭国忠主编《江南女性别集二编》,第904页。
④ 序见严永华《纫兰室诗钞》,胡晓明、彭国忠主编《江南女性别集三编》,第787页。
⑤ 包兰瑛《平昌道中即景口占》四首之三,《锦霞阁诗集》卷五,胡晓明、彭国忠主编《江南女性别集初编》,合肥:黄山书社,2008年,第1505页。

年徒矻矻,颇似一韦布。远游虽莫遂,吴越适几度。泛月西子湖,探梅邓尉路。情随山水遥,疾中烟霞痼。(下略)①

这首诗中有两个方面特别值得注意:第一,她特别抉出了自己酷爱读书的特点;第二,她特别指出自己受女性身份的约束,无法酣畅地到处漫游的遗憾。这两个方面,正好是古代读书人对自己的期许:读万卷书,行万里路。骆绮兰是镇江人,她表示自己虽然无法远游,但能够几度往还于吴越之间,也是人生的快意之处。在这样的山川行旅之中,她的感情得到熏陶和延展,她对山水的喜好,就像唐代的田游岩一样。"烟霞痼",出自《旧唐书》对田游岩的记载:"游岩山衣田冠出拜,帝令左右扶止之,谓曰:'先生养道山中,比得佳否?'游岩曰:'臣泉石膏肓,烟霞痼疾,既逢圣代,幸得逍遥。'"②骆绮兰的这首诗,可以作为一个缩影,让我们看到清代不少女诗人对于行旅的心态。而骆氏的这种描述,在归懋仪的创作中也得到了印证。归氏出嫁后,曾随夫宦游,席炜称赞她"陶冶山川归大雅"③,康恺总结其创作为"闺中欲怪诗情远,随宦年来游览多"④,都认为和山川陶冶分不开。她的创作和一般闺阁之作有明显区别,正是多年随宦,到处游览的缘故。

二、行旅之险与人生之难

行旅途中,往往充满快乐。章婉仪的《月夜扬帆过峡江舟次联句》记载了他们夫妇和女儿、女婿在峡江⑤行船的经验和感受:

---

① 骆绮兰《听秋轩诗集》卷四,胡晓明、彭国忠主编《江南女性别集二编》,第632页。
② 刘昫等《旧唐书》卷一百九十二《田游岩传》,北京:中华书局,1975年,第5117页。
③ 席炜《绣馀续草题词》,归懋仪《绣馀续草》(抄本),胡晓明、彭国忠主编《江南女性别集初编》,第698页。
④ 康恺《题兰皋觅句图》,归懋仪《绣馀续草》(抄本)附,胡晓明、彭国忠主编《江南女性别集初编》,第786页。
⑤ 峡江或指江西省吉安市北部者,位于千里赣江的最狭处。

蓬窗凭眺晚凉生（自），十幅蒲帆带月行（外子）。一片波光人意爽（长婿），四围山色客心清（大女）。茫茫远树看无际（自），滚滚东流听有声（外子）。多谢天公如我愿（长婿），登舟便遇北风晴（大女）。①

这是一首联句诗。一门联吟，向来被视为韵事，这首诗在某种程度上为我们还原了当时的这种生活。在船上联句，可能是为了解闷，但更可能是被美好的大自然所激发所进行的群体活动。杜甫曾写道："诗是吾家事。"②将诗作为自己的家庭传统，这样的传统，在清代，由于记载的丰富，会更多地显示出来。即如在章婉仪家的日常生活中，就很常见。如《丁亥新正三日即事联句》："春到梅花又一年（外子），满堂喜庆胜从前（自）。咏歌好叶壎篪韵（外子），团聚欣占瓜瓞绵（长婿）。愿撷芹香开鹿宴（大儿），同赓荚施快蝉联（次婿）。椒觞共祝椿萱寿（大女），冰玉交辉效昔贤（二女）。"③参加者是章婉仪及其丈夫、长子、大女儿夫妇和二女儿夫妇，共七人。那么，船行峡江，如此难得的经验，又是一家人在一起，当然更要联吟了。

不过，尽管行旅中能够开阔眼界，也能领略美景，但正如刘若愚所总结的："中国诗人似乎永远悲叹流浪和希望怀乡。对于西洋读者，这可能也显得太感伤，但是请不要忘记中国的广大，从前交通的困难，在主要城市中高度文明的生活和远乡僻壤的恶劣环境之间的尖锐对照，以及在传统中国社会家庭的重要性与其结果对祖先的家根深蒂固的爱着。进而，由于是个农耕的民族且住惯于陆地，中国人大体上显然缺少流浪癖。"④这样，行旅在外，心态当然复杂。方芳佩《途中偶感》："何期垂老日，尚作远行人。骨肉分南北，舟舆历夏春。生涯同泛梗，世事若轻尘。离思因双女，清宵每怆神。"又

---

① 章婉仪《紫藤萝吟馆遗集》，胡晓明、彭国忠主编《江南女性别集初编》，第1304页。
② 杜甫《宗武生日》，杜甫著，高仁标点《杜甫全集》，上海：上海古籍出版社，1996年，第243页。
③ 章婉仪《紫藤萝吟馆遗集》，胡晓明、彭国忠主编《江南女性别集初编》，第1307页。
④ 刘若愚著，杜国清译《中国诗学》，台北：幼狮文化出版公司，1979年，第89页。

《舟次南昌作》:"自到洪都郡,愁心逐渐生。岸因春涨阔,寒觉絮衣轻。舟子张帆喜,羁人触目惊。年年劳跋涉,何日罢长征。"①其中所表现的厌倦和痛苦,也是非常真切的感受。

况且,既然为宦之地并不是自己所能选择的,则宦游的道路也无法自己选择。因此,途中就不一定都是岁月静好,一帆风顺。这时,诗人们往往能够深刻感受到大自然的另一个方面,从而在作品中打下深刻的烙印。如席佩兰《上太行》:

> 闻说人间险,人人畏太行。千寻穷鸟道,九曲入羊肠。况以深闺质,偏冲十月霜。登高非孝子,轻易别家乡。②

鸟道有千寻之高,山路弯曲蜿蜒,行走不便,所以一般人都畏惧行走太行,更不要说深闺之质,本就不耐风波江湖。于是在这个特定的情境中,诗人对于道途的困苦有了更深刻的体会。仿佛是和这首诗相呼应,陈蕴莲《兰山放歌》中写道:

> 长空苍苍野茫茫,两旁乱石如牛羊。车声磷磷石上过,电掣雷轰半空堕。时防脱辐愁须臾,局促已仆辕下驹。马瘏仆痡色沮丧,百步九折向空上。忽然一跃如飞梭,转瞬已下千丈坡。又如忽挟王良策,人马去天不盈尺。又如亚夫将军降自天,仰视千仞心茫然。此时未免心如捣,此际咸愁不自保。平生辛苦我深尝,此险真如上太行。③

兰山是蒙山的分支,《临沂县志》:"兰山,城南八十里,旧兰山县所由名也。

---

① 诗分见方芳佩《在璞堂续集》,胡晓明、彭国忠主编《江南女性别集二编》,第 177、178 页。
② 席佩兰《长真阁集》卷一,胡晓明、彭国忠主编《江南女性别集初编》,第 443 页。
③ 陈蕴莲《信芳阁诗草》卷三,胡晓明、彭国忠主编《江南女性别集三编》,第 446 页。

六峰耸峙,极北一峰东面有石甚白,望之如半月。"①若从实际情况看,兰山并不高,海拔只有130多米,可能也不一定有那么险,大约诗人是将从天津一路行来所经历的艰难,浓缩在这里了,所以自注也说:"过此出山。"也就是对过往山行的一个总结。诗写得生动传神,跳荡飞扬,能够看到苏轼的影子。事实上,像"两旁乱石如牛羊"句出自苏轼"醉中走上黄茅冈,满冈乱石如群羊"②,"转瞬已下千丈坡"句则出自苏轼"骏马下注千丈坡"③。显然,陈氏对苏轼诗歌生动的表现力非常敬仰,而末句以太行作比,正应了席佩兰那句"人人畏太行"。

行旅所开阔的视野,不仅是认识山川,也有认识民情。尤其是对于闺秀来说,毕竟她们中的很多人有着一定的社会地位,对于下层生活,所知较少,因此,有些所见所闻不免引起很大的心灵震撼,而这种震撼,往往也会加深她们对旅途艰难的理解。如陈蕴莲《长清道中》:

> 驱车适千里,陂陀少平陆。倏如鸢堕溪,又若猱升木。仰观接青冥,俯视骇心目。去地已千尺,路转几百曲。怪树生龙鳞,空岩转羊角。无令尘污人,其奈风翻扑。黄沙集成岭,乱石叠作屋。居民半瘤瘿,村姬更粗俗。无由辨颈腢,阔领裁衣服。言语尽侏僸,形骸间硗秃。不知彼苍意,赋此一何酷。行行长清道,辄作数日恶。茅店薄暮投,留客少饘粥。堆盘具葱薤,裹饭进藜藿。云此岁歉收,山家少旨蓄。却之勿复进,所至因休沐。在山泉水清,渴饮意已足。明发新泰郊,好与清景逐。④

长清在济南西,南接泰安,地处泰山隆起边缘。这首诗主要写了三个方面的

---

① 沈兆祎等修,王景祐等纂《临沂县志》卷二《山川》,台北:成文出版社,1968年,第71页。
② 苏轼《登云龙山》,苏轼著、王文诰辑注,孔凡礼点校《苏轼诗集》卷十七,北京:中华书局,1982年,第877页。
③ 苏轼《百步洪》,苏轼著、王文诰辑注,孔凡礼点校《苏轼诗集》卷十七,第892页。
④ 陈蕴莲《信芳阁诗草》卷三,胡晓明、彭国忠主编《江南女性别集三编》,第446页。

内容：一是自然景观，二是山民长相，三是当地饮食。对于一个江阴闺秀来说，自小生活在江南，嫁给武进左晨后，仍然基本上是居住在江南，如今穿行在山东的山里，感受就太不一样。山路的崎岖暂且不提，她碰到的山民，多是脖颈粗大，可能是由于缺碘而导致的甲状腺疾病，看起来颈子和脸一样粗，所以衣服也都是阔领。这真是惊心动魄的观察，让她不禁发出"不知彼苍意，赋此一何酷"的慨叹。饮食也无法习惯，饭菜当然是粗劣，印象更深的恐怕还是堆在盘子里的大葱，娇小姐当然吃不下去。这些，虽然可能只是行旅中的一些花絮，却也让她们更进一步体会到人生之苦。

当然，正如刘勰在《文心雕龙·神思》中指出的，大自然和人类社会本就息息相关，所以，"登山则情满于山，观海则意溢于海"①。看到如此山川，如此风土，如此人物，当然也会勾起诗人对自己生活的联想。如钱孟钿《江上阻风作》：

> 我生周甲子，鬓已积霜霰。随夫宦天涯，秦越楚蜀遍。陆登大散关，去天尺五半。屈曲九折坂，巉岩接云栈。下矗水激石，上绝南去雁。舟行下三峡，水急回流旋。岸狭仅容刀，壁立蠹霄汉。朝朝渡九滩，滩石利如箭。八月渡钱塘，江流浩迷漫。潮来鳖子亹，缕缕白一线。俄而涌雪山，砰訇飞匹练。撼天天根摇，振地地轴断。声如千铤鸣，势若万马战。拏舟弄潮儿，跃浪忽隐现。归船三日卧，心悸目犹眩。今岁过九江，阻风彭泽县。四野茫无人，孤舟泊荒岸。但闻吼江涛，浪卷雪花乱。长年有戒心，婢仆色俱变。我无刘宠钱，又乏胡威绢。数拳郁陵石，聊与沉香伴。衣裘敝已久，暴客何所羡。坦怀竟就枕，朝暾色已绚。轻帆祈南风，乘流五两便。②

---

① 刘勰《文心雕龙·神思》，王利器校笺《文心雕龙校证》，第187页。
② 钱孟钿《浣青续草》，胡晓明、彭国忠主编《江南女性别集初编》，第368—369页。

钱孟钿的丈夫崔龙见,乾隆二十六年(1761)辛巳恩科进士,授陕西南郑县知县,调富平县,历官杭州府同知、湖北荆州府知府、四川顺庆府知府,官至湖北荆宜施道。钱孟钿显然常常随夫赴任,因此以诗歌的形式,记载了在自己六十年的生命中,"随夫宦天涯,秦越楚蜀遍"的历程。大散关位于陕西宝鸡市南郊,自古是川陕咽喉。诗先写在陕西的陆路之行,然后重点写在长江沿三峡而下,又或在钱塘遇潮,或在九江阻风。这些对行旅的记载有一个共同的特色,就是突出其险。照理说,旅途之中,不可能只有险途,没有坦途,只有危急,没有从容,但作者笔下的景物有着集中的指向,显然有着刻意的选择。或者,她是用这样的方式,暗示其丈夫行走宦途的艰难。这也让我们想起了姜夔著名的《昔游诗》。姜夔以大篇联章的方式,虽然声称是"追述旧游可喜可愕者"①,但所记述的场景多是奇险者,以此表达行走江湖之苦,并暗示国家社会的危局。钱孟钿的作品在气象上当然无法和姜夔相比,但其思路却可以互相参照。作为对比,可以看一下陈蕴莲的《入山》,其中所说的"世路虽危险,中心自坦夷"②,就直接将路途的艰辛与仕途的艰辛加以对照,并突出心境的重要性。陈氏随宦天津,返回江南的路上有此感慨,显然也是蕴含着对其生命经历的体悟。

三、山川跋涉与历史情境

虽然女子的阅读在中国已经有了漫长的历史,但以诗歌的形式来展示历史感,则是到了清代才更为突出。发源于魏晋南北朝,并在唐代如胡曾等人手里得到极大发展的咏史诗,也为清代女诗人所喜爱。如陈蕴莲对晋代的历史很感兴趣,她把自己的这种兴趣浓缩在《论晋史》③的数首诗中。更突出的是汪端。汪端深于史学,曾作《读史杂咏》十二首,咏秦汉之事;作《读晋书杂咏》四十首,咏两晋之事。她不以成败论英雄,有《张吴纪事诗》二十五

---

① 姜夔《昔游诗》,《姜白石全集》,上海:扫叶山房石印本,1925年,第9页。
② 陈蕴莲《信芳阁诗草》卷三,胡晓明、彭国忠主编《江南女性别集三编》,第445页。
③ 陈蕴莲《信芳阁诗草》卷五,胡晓明、彭国忠主编《江南女性别集三编》,第493页。

首,咏张士诚集团之事,又仿《张吴纪事诗》例,成《元遗臣诗》十二首,展示了以诗论史的才华①。

这种对历史的关注,不可能在其行旅诗中没有体现。纪昀称,迈仁先生"生长京华,足迹所及者近,未能涉历名山大川以开拓其胸次,而俯仰千古之思,周览四海之志,笔墨间往往遇之"②。指出即使阅历不够丰富,仍然可以通过书本进入广阔的诗歌世界。进一步看,对于女诗人而言,如果说,由于历史感的增强,使得她们通过书本开阔了心灵空间的话,则在行旅之中,将经行之地与历史记载加以印证,不仅能够增强现地的感受,而且也能增强对历史的认识。徐德音在为林以宁《墨庄集》作序时曾这样说:"或弥节脂车,眺中原之苍茫;或悲笳朔雁,揽边塞之荒凉。登眺名山,则情同康乐;咏怀古迹,则调比少陵。"③所谓"咏怀古迹,则调比少陵",指的是杜甫离开夔州,沿江而下,前往湖北江陵时,由于足迹相近,写了五首诗,分咏庾信、宋玉、王昭君、刘备、诸葛亮等的事迹。这种做法,对女诗人也是示范。林的诗歌成就或许还没有达到这样的高度,这却是对当时创作的一种真实描述。

在中国历史上,有一些人物或事件,大致可以视为文学创作的母题,得到后世作家的歌咏,上述杜甫所咏五题就是如此。这样的创作,使得行旅更加具有了历史的厚度。徐德音南下途中,经过邳州和淮阴,写有《次邳州》和《韩侯钓台》二诗,在分别回顾张良和韩信的故事后,称赞前者"千载如君诚大勇,从今制胜济刚柔",感慨后者"始知禄位能昏智,不记当年受胯时"④。又如曾懿婚后随丈夫袁学昌宦游福建,从成都经重庆,一路沿江而下,经过奉节,游览了一些景点,如武侯庙、八阵图等,所写的一些诗,如《由夔府溯流而下山峡险峻古迹甚多诗以纪之》之二:"八阵雄图馀垒蟠,卧龙遗庙枕狂

---

① 分见汪端《自然好学斋诗钞》卷一、卷二、卷六、卷七,胡晓明、彭国忠主编《江南女性别集二编》,第342—343、360—363、446—460、474—481页。
② 纪昀《挹绿轩诗集序》,孙致中等校点《纪晓岚文集·文》卷九,石家庄:河北教育出版社,1991年,第1册,第204页。
③ 徐德音《墨庄集后序》,《绿净轩续集》附佚文,胡晓明、彭国忠主编《江南女性别集初编》,第111页。
④ 并见徐德音《绿净轩诗钞》卷二,胡晓明、彭国忠主编《江南女性别集初编》,第41页。

澜。断云压雨过鱼复,一舸洄旋飞过滩。"次句下自注:"八阵图在府南,垒石为之,武侯庙即在八阵台下。"① 这些都是在中国历史进程中有重大意义的地方,经行于此,则似乎历史也活了起来。

从这个角度说,行旅和怀古就往往能够结合在一起。如包兰瑛《江行望燕子矶》:

> 秣陵城下买轻航,鼓枻中流感慨长。江上猘儿经百战,矶头燕子自千霜。翩翩远势疑飞动,滚滚归心接混茫。可惜便风不能泊,开窗无语对斜阳。②

诗人经过南京燕子矶,想到当年东吴在此的一番事业,心中充满感慨。《三国志·孙策传》"曹公力未能逞,且欲抚之"句下南朝宋裴松之注:"《吴历》曰:'曹公闻策平定江南,意甚难之,常呼猘儿难与争锋也。'"③ 燕子矶矗立长江畔,沾满历史风霜,看尽人间沧桑。虽然只是江行,匆匆一瞥,以往的阅读体验不可能不浮现出来,所以就会"感慨长"。而到了燕子矶,也就算到了南京。虽然明代至成祖时迁都北京,但南京作为留都,政治地位还是很高,到了清代,仍然有其特别的重要性。因此,在这里纵览历朝,回首兴亡,不免发思古之幽情。如冯思慧《金陵怀古》:

> 二百馀年王气终,故宫禾黍但秋风。一朝俎豆同浮梗,几代衣冠类转蓬。帝业荒凉天阙旧,鸿图萧索海门雄。渡边五马归何处,浩浩长江夕照中。④

所写的虽然主要是六朝,但考虑到明成祖迁都后,南京的明故宫不断荒凉,

---

① 曾懿《古欢室诗集》,李雷主编《清代闺阁诗集萃编》,第 5277 页。
② 包兰瑛《锦霞阁诗集》卷二,胡晓明、彭国忠主编《江南女性别集初编》,第 1466 页。
③ 陈寿著,裴松之注《三国志》卷四十六,北京:中华书局,1964,第 1104、1109 页。
④ 冯思慧《绣馀吟》卷三,胡晓明、彭国忠主编《江南女性别集二编》,第 236—237 页。

如甘熙所说："明故宫为今驻防城。昔之五凤楼,文华、武英殿基,不过指识其处而已,惟紫禁城内正殿旧址,阶级犹存。右偏有高阜,呼为圪垯山,乃叠石而成,玲珑可爱,指为梳妆台遗址。午门外左有土阜,坦平如砥,长可数十丈,两旁亦然,阶石柱础错落其间。其右有石坊,四面屹立,乃庙社之遗迹也。"①甘熙死的这年,太平军攻陷了南京,所以,他没有来得及记载明故宫遭到的进一步摧残。但无论如何,清人在南京凭吊六朝,不可能不和明朝放在一起来写,所以对于"衣冠类转蓬"的大历史,不胜唏嘘。冯思慧生活的时代要早一些,她如果经历了太平天国战乱,感受会更深。

南京如此,南京旁边的城市扬州也是如此。徐灿有《广陵怀古》:

六朝烟草总茫茫,占得风流独不亡。夜永笙歌沉月观,春深花鸟吊雷塘。清淮一水长通洛,垂柳千条尚姓杨。莫向迷楼悲泯灭,李花零乱落霓裳。②

诗中将六朝和隋朝联系在一起,重点描述了隋炀帝奢靡的生活,不过徒然供后人凭吊而已。当然,大运河仍在,河边的千条垂柳,留下了隋炀帝的痕迹。最后二句非常巧妙,迷楼是隋炀帝所构建,炀帝曾经非常得意地说:"使真仙游其中,亦当自迷也。"③现在迷楼固然已经泯灭,但起兵灭隋的唐朝呢?唐朝的皇帝姓李,此写李花,一语双关。李花为何凋零?那是因为唐玄宗时期的由盛而衰。唐玄宗宠幸杨贵妃,贵妃善跳霓裳羽衣舞,乃以此代指当年的繁华。可是现在李花零乱落于霓裳之间,当然象征着大唐的繁华已去。所以,隋朝固然是因奢靡而亡,唐朝又何尝不是?作为目睹并经历明朝灭亡的诗人,她的这一书写也是意味深长的。

怀古往往都有着和个人生活相关的体验。像个性鲜明的诗人陈蕴莲,

---

① 甘熙《白下琐言》卷二,南京:南京出版社,2007年,第22页。
② 徐灿《拙政园诗集》卷上,胡晓明、彭国忠主编《江南女性别集五编》,合肥:黄山书社,2019年,第240页。
③ 《炀帝迷楼记》,陆楫等辑《古今说海·说纂部》,成都:巴蜀书社,1988年,第640页。

其丈夫左晨曾在津门为宦,她随行四年。返回江南的途中,写了不少诗,如《齐河怀古》:

> 极目康庄道,齐河接晏城。能尊天统正,应得霸图成。勋佐桓公盛,民怜战国轻。苍茫凭吊处,山色远相迎。①

齐河春秋时属于齐国,其晏城镇为晏家的采邑之地。晏子的父亲叫晏弱,为齐国大夫,被分封于晏。晏婴对齐国的强大立下很大的功劳,刘向曾评价说:"晏子博闻强记,通于古今,事齐灵公、庄公、景公,以节俭力行、尽忠极谏道齐,国君得以正行,百姓得以附亲。……其书六篇,皆忠谏其君。文章可观,义理可法,皆合六经之义。"②晏子一家数代都服务于齐,为国为民建立功勋,特别是晏子,"国君得以正行,百姓得以附亲",都在诗中写得很清楚。陈蕴莲虽然对丈夫多有不满,但作为妻子,当然还是期望丈夫能够出人头地,有所作为,她对晏子的赞美,肯定带有自己期待。

行旅中,固然可以感受帝王将相、朝代兴衰,同时由于女诗人的文人属性,她们往往也会对文人的命运特别感兴趣。著名诗人汪端是杭州人,她的诗中对和杭州有关的历代著名文人多有表现,如《苏公祠》、《龙井谒秦少游祠》、《水磨头吊姜白石》、《南湖吊张功甫》、《铁冶岭寻杨廉夫读书处》、《西马塍访句曲外史张伯雨故居》、《南屏山吊太白山人孙太初》、《宝康巷访朱淑真故居》等。离开杭州,来到苏州,她写了《石湖别墅吊范致能》;来到绍兴,她写了《寄题陆放翁快阁》;来到无锡,她写了《梁溪谒倪元镇祠》;来到丹阳,她写了《过丹阳丁卯桥吊许浑》;来到扬州,她写了《竹西亭吊杜樊川》。对于范成大,她赞美其"清游记得邀词客,檀板银筝谱暗香"③,写姜夔在范成大石湖

---

① 陈蕴莲《信芳阁诗草》卷三,胡晓明、彭国忠主编《江南女性别集三编》,第 445 页。
② 刘向《晏子叙录》,严可均辑《全上古三代秦汉三国六朝文·全汉文》卷三十七,上海:上海古籍出版社,2009年,第 324 页。
③ 汪端《石湖别墅吊范致能》,《自然好学斋诗钞》卷四,胡晓明、彭国忠主编《江南女性别集二编》,第 402 页。

别墅做客,创作出《暗香》《疏影》的一段佳话,见姜夔此二词的小序:"辛亥之冬,予载雪诣石湖。止既月,授简索句,且征新声,作此两曲,石湖把玩不已,使工妓肄习之,音节谐婉,乃名之曰《暗香》《疏影》。"①姜夔由于得到范成大的知遇,所以不仅在生活上有所依靠,而且在文学上也能取得更大成就,汪端显然对此非常称赏。对于陆游,她特别指出"世人漫讽南园记,久已闲心狎白鸥"②。这二句所说是陆游为韩侂胄撰《南园记》事。据《宋史·杨万里传》,韩侂胄权势方炽,"欲网罗四方知名士相羽翼,尝筑南园,属万里为之记,许以掖垣。万里曰:'官可弃,记不可作也。'侂胄恚,改命他人。"③所谓"他人",即指陆游。《宋史·陆游传》:"晚年再出,为韩侂胄撰《南园》《阅古泉记》,见讥清议。"④看来当时有所讽刺的人确实不少,以至于有人要为之辩诬。如罗大经《鹤林玉露》云:"《南园记》唯勉以忠献之事业,无谀辞。"⑤周密《齐东野语》云:"昔陆务观作《南园记》于平原极盛之时,当时勉之以仰畏退休。"⑥韩侂胄请陆游撰记的时候,陆游已经退休而居住于绍兴,正如叶绍翁《四朝闻见录》中所说:"游老病谢事,居山阴泽中,公以手书来曰:子为我作《南园记》。"⑦这也就是说,在汪端看来,不仅《南园记》中并无谀辞,而且陆游已经退隐山林,不问世事,更不可能想以此《记》而获取什么。汪端娴于史事,她抉出这一段故事,说出了对陆游的理解,也是一种文人与文人之间的惺惺相惜。

还应该提及的是,行旅之中,也会经过与历史上的著名女性相关的地方,这方面比较多的作品是写西施、昭君、二乔等。如陶安生《过小乔墓作短歌以吊之》:

---

① 姜夔著,夏承焘笺校《姜白石词编年笺校》,上海:上海古籍出版社,1981年,第48页。
② 汪端《寄题陆放翁快阁》,《自然好学斋诗钞》卷四,胡晓明、彭国忠主编《江南女性别集二编》,第403页。
③ 脱脱等撰《宋史》卷四百三十三《杨万里传》,北京:中华书局,1985年,第12870页。
④ 脱脱等撰《宋史》卷三百九十五《陆游传》,第12059页。
⑤ 罗大经《鹤林玉露》甲编卷四,上海:上海古籍出版社,2012年,第45页。
⑥ 周密《齐东野语》卷十九,上海:上海扫叶山房,1926年石印本,第140页。
⑦ 叶绍翁著,沈锡麟、冯惠民点校《四朝闻见录·戊集》之"阅古南园"条,北京:中华书局,1989年,第188页。

姊从君,妹从臣,英雄儿女俱绝伦。曲同顾,醪同注,豪气柔情两相慕。玉帐留连历几春,阿瞒铜雀愿徒殷。风流已盖三分国,玉树琼花尽后尘。可惜奇缘天也忌,周郎竟继孙郎逝。佳儿虽缔两家姻,后死尚违同穴誓。惟欣香冢近城隈,公瑾相望土一抔。想见月明荒野夜,英灵犹得共徘徊。①

记载中的小乔墓不止一处,但此诗的前一首是《望冶父山》,冶父山在安徽庐江县,因此诗中所言之墓应是在庐江者。小乔是周瑜的夫人,周瑜病逝后,葬于庐江东门,小乔住守于庐江,扶养遗孤,十三年后病卒,享年四十七岁,葬于县城西郊。诗中描写了小乔与周瑜的遇合,英雄儿女,豪气柔情,两心相悦,令人羡慕。当然,关于赤壁之战前,曹操号称要建铜雀台,欲得二乔以享乐,不符合历史,因为赤壁之战发生在建安十三年,而铜雀台之建造则是在建安十五年。陶安生所写,是从《三国演义》而来。小说中写曹操占领荆州之后,随即挥师东下,进攻东吴,声势浩大。而当时东吴国内或主战或主降,两派意见分歧,甚至吴主孙权也举棋不定,踌躇万端。蜀国当然是希望东吴对曹军开战的,于是小说描述了诸葛亮劝说周瑜的一个情节,告诉周瑜曹操发兵的动机:"操曾发誓曰:'吾一愿扫平四海,以成帝业;一愿得江东二乔,置之铜雀台,以乐晚年。'"②诗中讽刺曹操愿望落空,正是为了强调周瑜的神勇,为此,甚至推许其"风流已盖三分国",将杜甫《八阵图》③中对诸葛亮的描写移了过来,可见诗人对这一对伉俪的仰慕。诗的后面遗憾二人死未同穴,但虽然如此,城东、城西,遥遥相望,英灵能够常常相与徘徊,仍然令人感到欣慰。

这样的作品一方面写出了二人政治上的功业,另一方面,更为强调的是他们心灵的相知,其中当然带有女诗人们的深深感喟。

---

① 陶安生《清绮轩诗剩》,胡晓明、彭国忠主编《江南女性别集初编》,第 1359 页。
② 罗贯中《三国演义》第四十四回,上海:上海古籍出版社,1991 年,第 252 页。
③ 杜甫著,高仁标点《杜甫全集》,第 218 页。

四、山川之美与诗思之妙

创作的激情来自新鲜事物的激发,走出家门的行旅,使得生活发生了重要改变,正能够提供这种刺激,从而引起内心的强烈反应。像归懋仪就明确指出,江上的行旅,满足了自己的"好奇心"。在《江行》四首之二中,她写道:

> 江流激奔腾,山势助雄壮。横青夹两岸,涌翠叠千嶂。合沓势如引,巉岩力不让。引领缅来奇,回首失往状。平生好奇心,兹焉一舒畅。①

写行船江上,山和水之间的互动。由于是在江南,所以特别点出"横青"和"涌翠",一个"横"字,写出江狭树茂;一个"涌"字,写出江流曲折。而水流之急,水石相激的力量之大,也都非常形象生动。诗人明言自己平生有着强烈的好奇心,所以看到神奇的大自然,才能心神俱醉。再如方芳佩的《三衢道中》:

> 初到三衢问水程,江乡风物总关情。滩声澎湃飞流急,帆影参差夕照明。山鸟啼来偏悦耳,野花看尽不知名。挑灯坐听篷窗雨,赢得诗怀分外清。②

诗人在三衢道中,处处感到惊喜,所见到的一切,都牵动她的情怀,正是由于她有行旅的兴致,才能听到鸟声,感到悦耳,对不知名的野花,也能兴致勃勃看个不停。她的诗怀之所以能够"分外清",显然并不仅仅是听到"篷窗雨"。

有了好奇心,往往也就有着发现的惊喜,如席佩兰《晓行观日出》:

---

① 归懋仪《绣馀小草》(《二馀诗草》本),胡晓明、彭国忠主编《江南女性别集二编》,第819页。
② 方芳佩《在璞堂续集》,胡晓明、彭国忠主编《江南女性别集二编》,第158页。

晓行乱山中，昏黑路难辨。默坐车垂帘，但觉霜刮面。冰上滑马蹄，胆怯心惊战。前骏绝壑奔，后虑危崖断。合眼不敢开，开亦无所见。俄顷云雾中，红光绽一线。初如蜀锦张，渐如吴绡剪。倏如巨灵擘，复如女娲炼。绮殿结乍成，蜃楼高又变。五色若五味，调和成一片。如剑光益韬，如宝精转敛。精光所聚处，金镜从中见。破空若有声，飞出还疑电。火轮绛宫转，金柱天庭贯。阴气豁然开，万象咸昭焕。①

有了后面所看到的奇丽景色，前面经历的那些昏黑之际行走于山路之上的艰难，好像都是值得的。席佩兰用她的笔，描述了一幅生动的日出图。先是看到云雾之中，一线红光隐隐出现，就像铺开蜀锦，剪出吴绡，色彩烂漫。忽然之间，宛如巨灵劈开华山，又似女娲炼出彩石，一轮红日喷薄而出，光芒映照中，云层中结成绮殿，幻出蜃楼，而又调和五色，精光凝聚，好像金镜挂在天上。这一轮红日跳出云层，呈现动态，破空若有声，同时速度之快，竟如闪电一般，将一个火轮、一道金柱，贯穿天庭。于是，一扫阴霾，万象光明。诗写得痛快淋漓，描写日出的过程非常精彩，而笔下又有章法，末句一结，将前面对晓行山道的种种艰难和忧惧一扫而空，作为铺垫，张弛有致，非常老辣。

尽管这些女诗人中不少是被动地被生活推到以往不曾想见的山水之中的，但真置身其间，她们也会被深深打动，从而用诗笔加以描写。其中不少作品刻画出了所见之奇，如袁镜蓉《登七盘关》：

绣岭重峦叠万千，羊肠曲径走盘旋。风来壑底犹飞雪，人到山巅望若仙。殿角铃声悲落日，马头云气阻征鞭。回看绝壁临无地，但听潺湲响碧泉。②

---

① 席佩兰《长真阁集》卷一，胡晓明、彭国忠主编《江南女性别集初编》，第 444 页。
② 袁镜蓉《月蕖轩诗草》，胡晓明、彭国忠主编《江南女性别集二编》，第 913 页。

七盘关在七盘岭上,位于川陕交界咽喉处,号称西秦第一关,古时是四川连接秦岭以北的东北、华北、中原以及西北的唯一道路枢纽。袁的丈夫在四川做官,她也间关相随。这首诗描述了七盘关的重峦叠嶂,羊肠小道,特别写了从壑底卷上来的风,以及山头似乎要阻滞策马行进的云。而且回看来时的绝壁,好像下临无地,只能听到潺湲的泉声。这首诗可以和她的《山行》对读:

> 高风瑟瑟动前旌,万叠冈峦不易行。盘马回峰愁鸟道,掀车乱石走雷声。眼穿落日孤城远,身入层云一羽轻。自笑此生常作客,年年随宦苦长征。①

这个"掀车乱石走雷声",可以和岑参的"一川碎石大如斗,随风满地石乱走"②相媲美,而"眼穿落日孤城远",更形象地见出山行之人"望山跑死马"的特定感受。"身入层云一羽轻"则是将人到高处,对于尘世沧桑的感悟写出,在那个特定的高度,回看下方,真觉得一切都是那样渺小,不值得一提,这就有了《庄子·逍遥游》中的感觉。正是这样"年年随宦"的经历,为她的诗歌注入了这样独特的内容。七盘岭一名五盘岭,历代歌咏的诗很多,如沈佺期《夜宿七盘岭》:"独游千里外,高卧七盘西。山月临窗近,天河入户低。芳春平仲绿,清夜子规啼。浮客空留听,褒城闻曙鸡。"③杜甫《五盘》有云:"五盘虽云险,山色佳有馀。仰凌栈道细,俯映江木疏。地僻无网罟,水清反多鱼。好鸟不妄飞,野人半巢居。"④岑参《早上五盘岭》:"平旦驱驷马,旷然出五盘。江回两崖斗,日隐群峰攒。苍翠烟景曙,森沉云树寒。松疏露孤驿,花密藏

---

① 袁镜蓉《月蕖轩诗草》,胡晓明、彭国忠主编《江南女性别集二编》,第 915 页。
② 岑参《走马川行奉送封大夫出师西征》,岑参著,陈铁民、侯忠义校注《岑参集校注》,上海:上海古籍出版社,1981 年,第 148 页。
③ 沈佺期《夜宿七盘岭》,彭定求等编《全唐诗》卷九十六,北京:中华书局,1960 年,第 1038 页。
④ 杜甫《五盘》,杜甫著,高仁标点《杜甫全集》,第 43 页。

回滩。栈道溪雨滑,畬田原草干。此行为知己,不觉蜀道难。"①唐人的这些诗也写了其地之奇险,但似乎没有特别刻意,对读起来,袁镜蓉的这首诗似在这方面更为措意。袁镜蓉的丈夫吴杰道光二年(1822)秋曾"典试陕甘正考官",不久,又出任四川学政,袁氏"于是冬挈眷之四川学署";道光十年(1830)春,吴杰又"调四川川北道",袁氏"奉先舅返里而旋之蜀"②。她以羸弱之躯,艰难地在这条道路上行走,感受自是不同。

有时候,所谓奇,也包括僻。王德宜是松江人,嫁给巡抚汪新之子,曾和丈夫一起随侍公公远赴贵州,"凡山川所经历,古迹所凭吊,以及花鸟虫鱼,俱发为有韵之言"③。王德宜在贵州所写的诗,最著名的是《黔中吟》七律十首,其中写了自己从江南来到贵州的种种心情,并对当地独特的风土民情作了细致的描写。如"寻螺天漏山堆墨,绕郭岚迷雾隐花"(第一首);"苗女扫妆垂辫发,黔山积铁哆啥砑"(第二首);"云根人语畬初斫,铜鼓龙鸣雨又来"(第四首);"象教苗传持贝叶,羊皮人只辨鸎车"(第六首);"僰人资食桄榔面,吏驿风传芍药羹"(第七首);"居民当暑无绤服,犵猪肩舆尽卉裳"(第八首)④。这些,不仅见出她的好奇之思,而且将贵州的特定人情物理,做了一定程度的表现。这样的作品,放在中国山水诗的系列中,也能够占有一席之地。

当然,所谓僻,也看是相对什么人而言。由于这些诗人多为闺阁之女,有着特定的阶级属性,行旅生活带给她们的,对于一般人来说的常,对她们就可能是僻。如归懋仪《舟行杂咏》八首,第五首:"川原风物望中舒,远境青苍画不如。半岭云浓半岭淡,一村树密一村疏。"写云浓覆岭,下面村庄周围的树也显得茂密,反之,则显得稀疏。第六首:"四围绿树间村庄,小麦青青

---

① 岑参《早上五盘岭》,岑参著、陈铁民、侯忠义校注《岑参集校注》,第 322 页。
② 袁镜蓉《先夫子梅梁公传》,《月蕖轩传述略》,胡晓明、彭国忠主编《江南女性别集二编》,第 962、964 页。
③ 沈飑《语凤巢吟稿序》,见王德宜《语凤巢吟稿》,胡晓明、彭国忠主编《江南女性别集四编》,合肥:黄山书社,2014 年,第 1070 页。
④ 王德宜《语凤巢吟稿》卷一,胡晓明、彭国忠主编《江南女性别集四编》,第 1089—1090 页。

大麦黄。一种农家随倡乐,农夫负耒妇提筐。""小麦青青大麦黄",这一句是宋代诗人喜欢用的句子,范成大、吴潜等诗人都用过①。这首诗描写在这个特定的节候,农家相携而行,前去耕作的图景。这些,都是她平时所无法看到的,诗人坐在船上,虽只匆匆一瞥,想必已留下了深刻的印象。另如刘荫《秋日舟中》:"落叶正纷纷,秋声是处闻。农忙喧早稻,市小趁斜曛。蟹簖编如织,窑烟起似云。平芜聊极目,残绿学罗裙。"②诗中写早稻、晚市、蟹簖、窑烟,非常贴地,富有生机,这些场景和她以往的日常生活想必很有不同,因此被诗人兴致勃勃地写进作品。一个"喧"字,一个"趁"字,都非常生动,是锤炼所得。还有章婉仪《途次杂咏四绝》之四:"烟村聚市井,小儿争引领。到岸喜停舟,索钱唤卖饼。"③也是一幅生动的乡下生活图景:路过市井,小孩子争相引路,而停舟索钱,买饼充饥,都是富有生活气息的描写。曾懿来到福建,也被当地风情所吸引,其《闽南竹枝诗八首》之三:"窄袖织腰黑练裙,香花堆鬓髻如云。压肩鲜果沿街卖,贸易归来日已曛。"之八:"盘龙宝髻簇流苏,红袖买春携玉壶。怪道冰肌甘耐冷,严冬犹自赤双趺。"或写身穿裙子,"袖窄弯时不碍肘",并满头插花,挑着水果当街叫卖的女子;或写打扮得非常漂亮,"盘龙宝髻簇流苏",却又赤着脚的女子。前者以见福建女子之操劳:"闽中凡耕田、挑负贸易者,半是妇人。"后者以见福建女子之妩媚以及气候与他处不同:"闽中女子妩媚者多,然虽至严冬不袜亦不觉其寒,奇矣。"④其实,曾懿以女子写女子,她观看对方,固然是啧啧称奇,对方看她,大约也是如此,只是这一类的书写尚不多见,在这个意义上,就有特定的价值。

有时候,所谓奇,也包括在行旅途中看到的罕见之物,所谓旅游使人开

---

① 范成大《缲丝行》:"小麦青青大麦黄,原头日出天色凉。姑妇相呼有忙事,舍后煮茧门前香。缲车嘈嘈似风雨,茧厚丝长无断缕。今年那暇织绢著,明日西门卖丝去。"范成大著,富寿荪标校《范石湖集》,上海:上海古籍出版社,2006年,第30页。吴潜《高桥舟中》二首之二:"小麦青青大麦黄,海乡风物亦江乡。篮铺蚕种提扣急,肩夯牛犁出去忙。春涨半篙波潋滟,晓山一带色微茫。东风客子思归切,不待啼鹃也断肠。"《[开庆]四明续志》卷十《吟稿下》,《续修四库全书》,上海:上海古籍出版社,2002年,第705册,第462页。
② 刘荫《梦蟾楼遗稿》,胡晓明、彭国忠主编《江南女性别集初编》,第837页。
③ 章婉仪《紫藤萝吟馆遗集》,胡晓明、彭国忠主编《江南女性别集初编》,第1310页。
④ 曾诗及诗下自注,均见曾懿《古欢室诗集》,李雷主编《清代闺阁诗集萃编》,第5279页。

阔,这是在原来的生活中无法想见的。如蒋蕙幼年时,其父亲在大子州、吉木萨一带做官,她随之宦游,"耳闻目见,诡异殊常"①,如雪山、火山、哈密瓜、土鼠、雪蛆等。她把这些记录下来,也是行旅之中的重要收获。

这些经行之地如此打动她们,她们除了被所见所闻深深吸引,还要努力寻找最富有表现力的语言,对这些引起她们灵感的事物加以描写。在这方面,她们继承了中国山水诗的传统,往往既有大谢的繁富,又有小谢的清丽。从创作实践看,如果是写五言律诗,也有不少是从唐诗中姚贾一路以及后来受其影响的永嘉四灵一派来,中二联多作景语,特别追求字句的推敲。如曹贞秀《舟过南阳阻水》和《发瓜步》:

积水浑无地,波流接大荒。阴风掀白浪,落日度危樯。树杪烟痕断,山腰雾气长。暮天空阔处,征雁独南翔。

系缆寒潮落,开帆巨浪惊。江声翻远树,海气撼孤城。山涌波心出,灯悬塔顶明。东流空日夜,阅尽古今情。②

造语清新而又富有表现力。如"落日度危樯"、"树杪烟痕断",都写得生动形象。至于"江声翻远树,海气撼孤城"二句,则显然从"气蒸云梦泽,波撼岳阳城"③来,虽然气势上稍逊,也能写出壮阔的景色。

陶安生的《京口渡江》也很出色:"斜日过京口,金焦两点浮。风轻帆影正,潮退橹声柔。隐约南朝寺,微茫北固楼。六朝佳丽地,指点望中收。"④首联确是江上看金山和焦山的情形。颔联写景,见出风平浪静之态,非常生动,非常形象。颈联以"南朝寺"对"北固楼",将空间时间化,也非常巧妙。

---

① 沈善宝《名媛诗话》卷三,见王英志编《清代闺秀诗话丛刊》,南京:凤凰出版社,2010年,第398页。
② 并见曹贞秀《写韵轩小稿》卷一,胡晓明、彭国忠主编《江南女性别集初编》,第382页。
③ 孟浩然《望洞庭湖赠张丞相》,孟浩然《孟浩然集》,长沙:岳麓书社,1990年,第31页。
④ 陶安生《清绮轩诗剩》,胡晓明、彭国忠主编《江南女性别集初编》,第1358页。

作者是常熟人，她经过此地，也许不止一次，观察细致，所以才能写得如此传神。再看包兰瑛的《夜泊瓜步》："一宿瓜洲渡，西风泊画桡。夜潮连远火，津鼓入秋宵。枕簟寒初觉，星河影乱摇。挑灯聊觅句，乡思极迢迢。"①诗人说"觅句"，是表达被景物所激发的创作冲动。事实上，这首诗确实特别注重琢句，中二联尤其如此。"星河"句从杜甫《阁夜》"五更鼓角声悲壮，三峡星河影动摇"②来，易"动"为"乱"，是作者匠心独运处。还有袁镜蓉的《渡扬子江》："破浪快扬舲，风帆去不停。潮吞瓜步白，山隐秣陵青。战伐名空在，鱼龙气自腥。羡他陆鸿渐，汲水辨南泠。"③"潮吞"二句，似从王维著名的"日落江湖白，潮来天地青"而来，写出特定地理位置的特定观察。在南京一带的扬子江，诗人在船上，看到兵家必争之地瓜步山，江潮汹涌中，一片白光；看到整个南京，被青山遮挡，隐隐在望。二句不如王维诗的层次丰富，但以气势笼罩见长。由于有这种气势，所以下面的感慨就顺理成章。南京是六朝古都，饱经战伐，想到这些，诗人不禁慨叹。又由于是从南京向镇江行驶，自然就想到著名的隐士陆羽。当年陆羽在镇江品茶，将中泠泉定为天下第一泉，对比之下，生出无限羡慕。

这些，说明生活空间扩大之后，不仅引起了感情的激荡，也引起了艺术的激荡。当她们努力选择最为恰切的语言去对所见所感加以描写时，作诗本身也就被赋予了另外的意义。

五、流亡之痛与家国之思

女诗人的创作得"江山之助"，固然可以开拓视野，扩大空间，但是，有时候，她们所直接面对的就是"江山"。尤其是在战乱频仍，或者社会危机严重的情况下，在外行旅，更加能够感受社会的氛围，因而使得作品也带有更为厚重的历史感，创作境界也得到进一步的提升。

---

① 包兰瑛《锦霞阁诗集》卷三，胡晓明、彭国忠主编《江南女性别集初编》，第1480页。
② 杜甫《阁夜》，杜甫著，高仁标点《杜甫全集》，第212页。
③ 袁镜蓉《月蕖轩诗草》，胡晓明、彭国忠主编《江南女性别集二编》，第911页。

明清之际的社会大动荡给当时人的诗歌创作打上了深刻的时代烙印，不少女性被抛到时代的洪流中，虽然随波浮沉，却也有自己的坚持。和李清照词名相埒的徐灿，嫁陈之遴为继室，夫妻琴瑟和谐，多有唱和，有盛名于时。不过，他们生在乱世，陈之遴的仕途多有起伏，先是在崇祯十一年（1638），受父亲的牵连，被判以"永不录用"。明亡后，陈之遴很快就降清，虽然一度颇受重用，仕至弘文院大学士，但仕途险恶，也迭经挫折。据《清实录》："壬辰。吏部等衙门会议，陈之遴、陈维新、吴维华、胡名远、王回子等，贿结犯监吴良辅。鞫讯得实，各拟立决。得旨：陈之遴受朕擢用深恩，屡有罪愆，叠经贷宥。前犯罪应置重典，特从宽，以原官徙住盛京。后不忍终弃，召还旗下。乃不思痛改前过，以图报效。又行贿赂，交结犯监，大干法纪，深负朕恩。本当依拟正法，姑免死，著革职，并父母兄弟妻子，流徙盛京，家产籍没。"①也就是说，陈之遴于顺治十三年（1656）和顺治十五年（1658），两次"流徙盛京"，徐灿作为妻子，也一并"流徙"。

徐灿有着较强的家国意识，对于丈夫陈之遴的降清，心中不以为然，但作为女子，在那个特定的时代，也无法选择，于是，心中有很多苦闷。这些苦闷，连同山河破碎的悲愤，都在其行旅诗中有所体现。如《舟行有感三首》：

几曲芙蓉浦，凌风恐易过。流连情不浅，指顾恨偏多。雁外孤樯落，霞边众岫罗。不须歌玉树，秋袂久滂沱。

西楚牙旗盛，南徐战舰连。蒿莱万灶在，兴废一帆前。燐碧荧霜岸，枫晴灼远天。遥遥更行迈，哀笛起蘋川。

呜咽邗沟水，汀回晚系舟。江都无绮阁，建业有迷楼。月皎鸿秋吊，花红鹿昼游。芜墟腥未歇，杵血满寒流。②

这是在大运河中行船，经过扬州所写。虽然带有怀古的性质，但一则说"不

---

① 《清实录》第三册《世祖章皇帝实录》卷一百十六，北京：中华书局，1986年，第907—908页。
② 徐灿《拙政园诗集》卷上，胡晓明、彭国忠主编《江南女性别集五编》，第231页。

须歌玉树,秋袂久滂沱",再则说"芜墟腥未歇,杵血满寒流",不仅是对王朝兴废再三致意,而且有着深沉的现实之感,是对明清易代的深深感喟。

文学史上往往把徐灿和李清照相提并论,但二人有一个最大的不同,就是李清照在她的时代尚可以避居江南,而徐灿则面临着彻底的亡国,因此,在徐灿的作品中,也就不时展现出一种茫茫无所归的感觉,如《登楼》:

> 高阁哀弦咽晚风,断云收尽碧天空。河山举目何曾异,岁月催人自不同。几日羽书来蓟北,千群浴铁下江东。馀生尚想岩栖隐,兵气休侵旧桂丛。①

《世说新语·言语》:"过江诸人,每至美日,辄相邀新亭,藉卉饮宴。周侯中坐而叹曰:'风景不殊,正自有山河之异!'皆相视流泪。"②徐灿用这个典故,正是为了说明今昔之别:当时偏安江左,尚有恢复中原的希望,现在已经是"千群浴铁下江东",国土完全被占,如此,则即使想寻找一片宁静的地方,恪守内心的坚持,也是不可能的了。这首诗,可以和其《唐多令·感怀》一词对读:"玉笛送清秋,红蕉露未收。晚香残、莫倚高楼。寒月羁人都是客,偏伴我,住幽州。 小院入边愁,金戈满旧游。问五湖、那有扁舟?梦里江声和泪咽,何不向、故园流。"③都是表示无地可避的悲哀。

如果说,江南之行还是更多体现了带有传统意义的伤感的话,则两次随丈夫被贬辽阳,就更有着特别的况味。徐灿有《秋感八首》④,写自己在辽阳的生活。对于一个出生于姑苏的江南女子,边塞之行无疑令她印象深刻,更何况丈夫还是流徙之人。"弦上曾闻出塞歌,征轮谁意此生过"(其一),开宗明义,说出了生活的落差。这个落差,表现在风景物候上,就有"霜侵帘影催

---

① 徐灿《拙政园诗集》卷上,胡晓明、彭国忠主编《江南女性别集五编》,第 243 页。
② 刘义庆《世说新语·言语》,上海:上海古籍出版社,2012 年,第 19 页。
③ 徐灿《唐多令·感怀》,南京大学中文系《全清词》编纂研究室编《全清词·顺康卷》,北京:中华书局,2002 年,第 449 页。
④ 徐灿《拙政园诗集》卷上,胡晓明、彭国忠主编《江南女性别集五编》,第 248—250 页。

寒早,风递笳声入梦多"(其一),就有"风来四野宵偏厉,天入三秋昼易阴"(其二)。于是,在这样的情形中,更加思念"家山明月"(其一),而且,"瑶琴犹自理南音"(其二)。这个"南音"是什么呢? 就是以往生涯中几个令她难忘的地方。一是北京,住在西山,"朝回弄笔题秋叶,妆罢开帘见晓峰"(其三);二是南京,徜徉在秦淮河畔,"朱雀桁开延夜月,乌衣巷冷积秋烟"(其五);三是苏州,这是她的家乡,"几曲横塘水乱流,幽栖曾傍百花洲。采莲月下初回棹,插菊霜前独倚楼"(其六);四是杭州,这里也是他们夫妇曾经居住之处,地理是"天堑潆回环两越,风流娴雅接三吴"(其七),而他们在西湖,则有"宛转行雕轮,摇曳度兰舫。随波穷胜游,隔烟发清唱"①的回忆。清初被贬东北的流人,对于"游"往往都有非常的敏感。徐灿北游至此,心念所系,都是南游情事,将两种游对写,立意很深,也是其民族观念的一个侧面表现。

  清代中叶以后,外患频仍,最早面对的是鸦片战争。陈蕴莲嫁武进左晨,"中岁随夫婿官津门"②,在天津,正逢鸦片战争之役,集中多有记载。陈蕴莲向有大志,在《题程夫人从军图》中,她这样说:"男儿生世间,功业封王侯。女儿处闺阁,有志不得酬。读书空是破万卷,焉能簪笔登瀛洲。胸怀韬略复何用,焉能帷幄参军谋。"③对于社会对女性所做的限制深致不满,但这并不妨碍她关心家国之事。鸦片战争爆发时,虽然身在天津,相距遥远,但她一直密切关注,如定海之战,终于以失败告终,她写有《闻定海复陷》一诗,紧接着又有《闻宁波警》、《闻京口警》等作品。似乎是为了证实她的忧患意识,鸦片战争的烽火也从南方烧到北方,最后抵近天津,触及她的生活。在这种情况下,陈蕴莲从天津避往保阳(即保定),这客游中的客游,使得她别有感触,写有《旅夜抒怀》三绝句,题注:"津门示警,避居保阳。"诗分别题为《看剑》、《缝衣》和《夜寒》,如下:

---

① 徐灿《西湖》,《拙政园诗集》卷上,胡晓明、彭国忠主编《江南女性别集五编》,第 222 页。
② 陈蕴莲《信芳阁诗草自序》,《信芳阁诗草》,胡晓明、彭国忠主编《江南女性别集三编》,第 394 页。
③ 陈蕴莲《信芳阁诗草》卷二,胡晓明、彭国忠主编《江南女性别集三编》,第 415 页。

第三章 闺阁与江山——清代女性诗歌中的行旅书写

飘泊谁怜泪暗弹,出何草草返何难。夜深胆怯挑灯坐,但把吴钩子细看。

天涯萍梗欲何依,归梦都因久客稀。玉质自知勤护惜,将眠缝裹旧时衣。

美人原不隔云端,咫尺谁知一面难。旧日明珠今草芥,有谁怜惜此时寒。①

第一首继承了她一贯的豪情,虽然生逢乱世,漂泊流离,身为女性,无从作为,但仍然壮心不泯,有所期待。第二首和第三首写客居生活的艰辛,以具体的细节,点出战争对普通人的影响。

如果说,从涉及的疆域看,鸦片战争在规模上还只限于国家的一些局部地区的话,则稍后爆发的太平天国运动,席卷大半个中国,历时十四年,深刻影响了许多民众的生活。在这个过程中,妇女受到了极大的摧残,死于战乱者(不少是自杀而死)已是不少,更多的人则到处逃难,流离失所。杭州郑兰孙嫁同乡徐鸿谟,随之至扬州赴任,正遭遇战事,俞樾的《郑孺人传》对其这一段经历有所描写:"咸丰三年,贼陷江宁,顺流而下,将薄扬州。时徐君奉檄乞援于淮,孺人曰:'事急矣,吾姑高年,不宜久居危城。'而又惧中途遇抄掠,乃尽弃其囊箧,惟奉纯皇帝赐文穆诗卷,及其家乘与先代遗像,从孙太孺人,挈子女以出,奔如皋。"②太平军曾三次攻陷扬州,分别是咸丰三年(1853)、咸丰六年(1856)和咸丰八年(1858),郑兰孙也至少有过三次逃往如皋的经历,正如其《庚申夏五月海陵返棹后代柬寄熊晋生姻世兄》四首之一所写:"烽火惊传又远游,布帆三挂海陵舟。(余自甲寅至今,海陵之游已三度矣。)天涯何限晨星感,怪煞垂杨不系愁。"③她的集子里不少作品都要通过这个背景来看。如《癸丑二月,扬城告警,予仓皇奉姑慈出避,感而赋此》二

---

① 陈蕴莲《信芳阁诗草》卷三,胡晓明、彭国忠主编《江南女性别集三编》,第450页。
② 《传》见郑兰孙《莲因室诗词集》,胡晓明、彭国忠主编《江南女性别集二编》,第1017页。
③ 郑兰孙《莲因室诗集》卷下,《莲因室诗词集》,胡晓明、彭国忠主编《江南女性别集二编》,第1067页。

首之一：

> 金钗钿盒尽抛残，遁迹幽居魄也寒。疾病每求医药苦，辛劳欲乞米盐难。囚容蓬首形成鬼，夜黑朝饥梦怎安。任尔霜风欺瘦骨，寸心一点自怀丹。①

写这趟避兵之行，不仅米盐困难，而且缺医少药；不仅形容憔悴，而且心理紧张。在《予避兵困苦，惟觅野草煮食，闺友杨夫人怜之，裹粮相馈，作此以谢》中，她更集中笔力，写出了生活窘迫，缺少粮食，幸得闺友相助，以及相关的心理活动：

> 耻云面北学偷生，视死如归未足惊。夙习诗书知大义，誓全白璧保清名。吞毡敢仿孤臣志，啮草还深伏枥情。难得兰盟闺阁友，裹粮相馈出真诚。②

这首诗并没有具体描述由于缺粮而带来的艰困，而是以志节自励，以古代的贤士作为榜样，写出了漂流在外的一种情愫。

漂流在外，最深切的感觉就是没有了家。从历来女性书写来看，她们对社会变动的反映，往往都是和自己生活的变化联系在一起的，很少直接写。如吴苣《秋窗夜课，风雨鸣檐，百端交集，凄然成咏》四首之一："竟夕吟未已，翛然对短檠。无家成濩落，有梦未分明。秋老江湖色，风高鼙鼓声。残篇空自检，幽恨总难平。"③她在江湖之中，听着满耳的鼙鼓声，深切地感到"无家成濩落"。袁绶《赴晋就养，迂道至沪上省母，示六弟》四首之四："国破家何

---

① 郑兰孙《莲因室诗集》卷上，《莲因室诗词集》，胡晓明、彭国忠主编《江南女性别集二编》，第 1048 页。
② 郑兰孙《莲因室诗集》卷上，《莲因室诗词集》，胡晓明、彭国忠主编《江南女性别集二编》，第 1049 页。
③ 吴苣《佩秋阁诗稿》卷上，胡晓明、彭国忠主编《江南女性别集三编》，第 1195 页。

在,途长就养难。干戈犹未戢,行旅几时安。亲老尤愁别,家贫却耐寒。还期重定省,仝奉板舆欢。"①也是写由于"国破",而深感"家何在"。而"无家",有时真的就意味着家人的生离死别。孙佩兰是浙江钱塘人,嫁胡陛言。咸丰十年(1860),太平军攻陷杭州,孙佩兰全家逃难而出,半路与太平军遭遇。胡陛言被执而死。孙佩兰随父避难,先至定海,复至宁波。在宁波时,她写了一些作品,展示了家庭的悲剧。丈夫殉难,自是深切怀念,其他如婆家与母家,也常在念中。如《端午寓甬感赋四绝》之三:"白首姑嫜住异乡,(余随家严避难至甬,余姑与小姑仍住杭州。)生离话别更凄凉。几回盼切平安字,恨不能飞各一方。"②又《寓甬接杭信,知孙文伯舅公家殉难,余姑暨小姑依随一处,不免连类及之,寸肠欲断,泪咏二绝》之一:"惊传舅氏陷门墙,难忍凄凉欲断肠。想必蜘蛛连一网,最怜白发更张皇。"③就写了困在杭州的婆婆和小姑,生死不明,而舅公一家则已经殉难。这是非常深切的国破家亡之感。更不用说,离开家园的漂流,本身就是非常痛苦的过程,如吴苎《癸亥五月山中寇窜,将避难之海门,感赋四律》之二:"天涯歧路怅何之,家国零丁又一时。敢说拔身离虎口,居然逐客到蛾眉。转蓬未许垂杨系,流水终愁上峡迟。安得栖身似同谷,悲歌细和少陵诗。"④虽然脱离虎口,仍是天涯歧路,身世如转蓬,不知飞向何处,因此深羡杜甫在经过动荡的生活后,终于能够在同谷暂时栖身,过着宁静的生活。

到了清代末年,和民族革命、社会改良结合在一起,女性诗人的行旅诗又有了新的内容。她们中的少数人能够跨出国门,感受天下的风云激荡,因此增强了对于国家和民族的使命感。其中最有代表性的是秋瑾。

秋瑾的一生,"慷爽明决,意气自雄。读书敏悟,为文章,奇警雄健如其人,尤好剑侠传,慕朱家、郭解为人"⑤。她 1904 年渡日留学,在日本加入同

---

① 袁绶《瑶华阁集·闽南杂咏》,李雷主编《清代闺阁诗集萃编》,第 4059 页。
② 孙佩兰《吟翠楼诗稿附刻》,胡晓明、彭国忠主编《江南女性别集三编》,第 547 页。
③ 孙佩兰《吟翠楼诗稿附刻》,胡晓明、彭国忠主编《江南女性别集三编》,第 549 页。
④ 吴苎《佩秋阁诗稿》卷下,胡晓明、彭国忠主编《江南女性别集三编》,第 1210 页。
⑤ 徐自华《鉴湖女侠秋君墓表》,秋瑾《秋瑾集》,上海:上海古籍出版社,1991 年,第 192 页。

盟会。1906年回国后,积极提倡女权,鼓吹革命。1907年,因谋划起义失败,在绍兴就义。

在秋瑾的生命历程中,赴日本留学是非常重要的转折点。在旅途中,在异乡时,她的思想发生了很大的变化,也一定程度上反映在诗里面。如《黄海舟中日人索句并见日俄战争地图》:

> 万里乘风去复来,只身东海挟春雷。忍看图画移颜色,肯使江山付劫灰。浊酒不销忧国泪,救时应仗出群才。拼将十万头颅血,须把乾坤力挽回。①

这首诗写于1904年夏,秋瑾当时赴日留学,在黄海上航行,或有往返之事。诗人就像"乘长风,破万里浪"的宗悫一样,豪情满怀,虽然孤身一人,但求真理于异域,带回故国的将如同滚滚春雷。因为国家已经灾难深重,内忧外患纷至沓来,面对这种情形,胸中的块垒浊酒难销,痛感神州大地缺少人才。于是希望用自己之所学,带领志士,力挽狂澜,唤醒民众,进行革命,重整乾坤。大约有志之士,面对大江大海,壮其波涛汹涌,感其一去难回,往往别有情愫。在此之前,沈善宝有《满江红·渡扬子江感成》:

> 滚滚银涛,泻不尽、心头热血。想当年、山头擂鼓,是何事业。肘后难悬苏季印,囊中剩有文通笔。数古来、巾帼几英雄,愁难说。　望北固,秋烟碧。指浮玉,秋阳赤。把篷窗倚遍,唾壶击缺。游子征衫挽泪雨,高堂短鬓飞霜雪。问苍苍、生我欲何为,空磨折。②

如果说,沈善宝在渡扬子江时,想到南宋的巾帼英雄梁红玉大战金兵的故

---

① 秋瑾《秋瑾集》,第81页。
② 沈善宝《鸿雪楼词》,《小檀栾室汇刻闺秀词》本,光绪二十一年至二十二年南陵徐氏刻本,第7页b。

事,感慨自己身为女子,不能一展抱负,因而怨恨苍天的话,秋瑾则感到女子迎来了一个新时代,自信满满,充满豪情胜慨。这是时代之别,当然也带有个性之别。

这首诗还可以和她 1905 年作于日本的《日人石井君索和即用原韵》对读:

> 漫云女子不英雄,万里乘风独向东。诗思一帆海空阔,梦魂三岛月玲珑。铜驼已陷悲回首,汗马终惭未有功。如许伤心家国恨,那堪客里度春风。①

上一首诗还是说要带回"春雷",这一首就直接以英雄自许;上一首诗说"只身",这一首说"独",一以贯之,仍然有舍我其谁之概。想到弱肉强食的国际大势,积贫积弱的祖国恐怕不免,自己却不能报效万一,而深感惭愧。所以,客居日本,虽然风景优美,生活无忧,由于充满了家国之恨,终无法心安。

从徐灿到秋瑾,这些女诗人,不管是主动还是被动踏上旅途,她们的情感都经历了巨大的激荡,在家国的背景中,其行旅生活更有内涵,更有着时代的印痕。

六、心灵空间与想象神游

在清代,虽然女子的社会空间大大开阔,但这只是相对的,她们中的大多数不一定具备主客观条件,因此仍然主要生活在内闱,有一定的限制,但这并不妨碍她们尝试开拓生活空间的期待,尽管这种空间往往是心灵上的。高彦颐总结明清妇女出游的几种形式,除了"从宦游"、"赏心游"、"谋生游",还有通过文字进行的"卧游"②。所谓"卧游",有不同的指向,大致上也可以

---

① 秋瑾《秋瑾集》,第 85 页。
② 高彦颐《"空间"与"家"——论明末清初妇女的生活空间》,《近代中国妇女史研究》第 3 期,第 30—49 页。

叫神游。

神游就是在想象中加以游历。这方面最常见的是题画,如徐德音《题大痴老人山水》:

> 一峰画水兼画山,淋漓元气在笔端。此图神妙洵杰作,谁欤抗手惟荆关。连岫欲接富春岭,鼓棹直溯桐君滩。晚饭雕胡燃楚竹,路转山腰见茅屋。篛冠草履彼何人,伫想王风尚淳朴。自笑频年车辀辘,子舍栖迟就微禄。伊予家住西湖曲,别来几度春山绿,曷不言归种杞菊。晴窗展画三摩挲,碧水青山豁吾目。①

描述画中内容,写出自己的向往,末句说自己对画深味,豁然眼开,正是神游创造的境界。又如张纶英《题山水画帧》:

> 幽居结岩岫,萧萧山木秋。中有绝代人,濯发清泉流。览兹动遐思,岁月忽我遒。安得牵烟萝,诛茅尘外游。怆然念身世,漂泊同浮鸥。②

作者虽然说的是山水,实际上焦点集中在那个"绝代人"。既然是"濯发清泉",则自然使人想起"沧浪之水清兮,可以濯我缨"③的渔父,观览之时,忽动遐思,无限寄意林泉,期待能够"牵烟萝","诛茅"而作"尘外游"。所谓"烟萝",又使人想起《九歌·山鬼》:"若有人兮山之阿,被薜荔兮带女萝。"④立意高远。末句写面对这样一幅画面,更加感慨身世,如同浮泛的沙鸥。这样的憧憬,似乎更像是传统士大夫心理的体现。再如曹贞秀《题画》:

---

① 徐德音《绿净轩续集》,胡晓明、彭国忠主编《江南女性别集初编》,第 95 页。
② 张纶英《绿槐书屋诗稿》卷二,胡晓明、彭国忠主编《江南女性别集初编》,第 1110 页。
③ 《渔父》,屈原、宋玉等著,朱熹集注《楚辞》,上海:上海古籍出版社,2010 年,第 87 页。
④ 屈原、宋玉等著,朱熹集注《楚辞》,第 33 页。

茅屋数家村，松岩几层树。青山无古今，白云自来去。渔歌樵斧间，饭熟茶香处。偕隐鹿门心，移家画中住。①

　　青山白云，岩石苍松，村庐茅屋，渔人樵子，这是山水画中所常见的，将画面还原为诗歌的形式，也显得非常清晰，层次分明。这类诗体现了作者的心灵追求，但并没有很具体的性别意识。诗人希望能够"移家画中住"，是士大夫共同的心声，所以，写作中实际上代入了一个共同的类，其神游也就富有了士大夫的情趣。但无论如何，也还是对自己现实空间的超越。

　　神游体现出的是想象力，在这方面，游仙也是一种。一般来说，女子的生活比较现实具体，她们的创作写日常生活的比较多，但是，不同的个性，不同的学养，培养出来的人也有不同。此所以李清照的《渔家傲》作为一首游仙词受到学界特别的关注。清代女诗人在这方面也有自己的探索，如钱孟钿写有《小游仙》六首，对天宫的情形有自己的想象。第二首："玉女投壶万籁清，风涛迭奏步虚声。月中亦有婵娟子，碧海亏盈夜夜情。"想象月亮的盈亏，不仅使得下面的世人有"月有阴晴圆缺"的感慨，善感的嫦娥，也会因此而有感慨。第五首："长风吹梦落烟寰，花发扶桑色易殷。试上蓬山重回首，鲸波如带月如环。"诗人想象来到传说中的仙山蓬莱，回首人寰，看到鲸鱼在海中的姿态，月亮绕行如环。所以，不仅是天上和地下的关系，而是有了三维空间：天上、地下、神山。第六首："阑干十二碧城开，耐可乘风跨凤来。更向月中斫桂树，清光错落满瑶台。"②诗人想象，如果将月中桂树斫倒，瑶台上也会更加光明。这就发展了杜甫"斫却月中桂，清光应更多"③的思路。杜甫所想的是斫去月中桂树，地下会更加光明；钱氏则由于游仙到了天上，而想象瑶台上清光更多。

　　有时候，游仙也以梦的形式展开，所谓"梦是愿望的达成"（弗洛伊德语），就是这个道理。如张纶英《记梦》：

---

① 曹贞秀《写韵轩小稿》卷一，胡晓明、彭国忠主编《江南女性别集初编》，第 391 页。
② 钱孟钿《浣青诗草》卷二，胡晓明、彭国忠主编《江南女性别集初编》，第 251—252 页。
③ 杜甫《一百五日夜对月》，杜甫著、高仁标点《杜甫全集》，第 133 页。

阴霾酿春寒,淫雨连朝夕。庭花闷幽芳,林鸟敛修翮。默坐百虑纷,神疲隐几席。蒙眬蹑轩楹,惝恍出广宅。东西安所之,徘徊歧路侧。飘然湘夫人,邀我周八极。明霞散晴空,神飙送行屐。泰华小如拳,昆仑耸奇特。云霓倏万变,快若鹰隼击。蓬莱谒群仙,款接若相识。玉女授紫芝,金母赐琼液。闵我溷人寰,示我真灵册。悚然绝尘念,旧境恍历历。涉世如飘风,百年同瞬息。繁华本尘土,浮誉亦何益。逝将脱网罗,冲虚叩道德。天风荡瀛涛,空响动心魄。敧枕肃然惊,残灯耿虚壁。①

诗歌先写入梦前的景象:一片阴霾,春寒料峭,阴雨霏霏,朝夕不停。庭中的花卉失去清香,林间的鸟儿敛翅不飞。在这肃杀的气氛中,诗人默然而坐,百虑纷扰,心神疲惫,蒙眬惝恍间,不觉步出轩楹,离开宅院。徘徊间,有湘夫人来邀,遨游八极。一片霞光,铺满晴空,向下看,泰山、华山,小如指掌,昆仑山则呈现出奇特的样貌。接着云霓倏然万千种变化,目不暇接,犹如鹰隼出击。转瞬间,就来到蓬莱,谒见群仙,并得到玉女、金母的赏赐,她们怜悯诗人混迹人间,所以指示一条金光大道。阅此灵册,悚然神动,想起尘世间的一切,都那么不值得留恋。百年瞬息而过,繁华有如尘土,声望荣誉也没有什么价值,因此期待能够冲破世间的网罗,在道家冲虚之境中叩问道德。有此感悟,只觉得天风浩荡,动人心魄,乃肃然而惊,清醒过来。诗人为什么会有这样一个游仙的梦境?一般人对李白著名的《梦游天姥吟留别》都不陌生。李白的梦游,是由于对现实生活不满意,希望寻找一个更为美好的境界,那么,张纶英是否也如此呢?作为一个女诗人,她选择自己个人生活的自由很小,她的弟弟张曜孙曾经记载其生活:"余与姊同居,余妇婉而弱,家之事悉倚姊,祭祀、宾客、庖厨、酒浆、米盐,琐琐杂然前陈。"②但她非常喜

---

① 张纶英《绿槐书屋诗稿》卷二,胡晓明、彭国忠主编《江南女性别集初编》,第1112页。
② 张曜孙《绿槐书屋诗稿序》,张纶英《绿槐书屋诗稿》,胡晓明、彭国忠主编《江南女性别集初编》,第1081页。

欢读书,"暇辄手一编。尝言:'吾苟无家事累,得一意读书,当有所领会。'"①更特别喜欢书法,"姊每晨起盥沐,即据案作书数百字。家人劝其少休,姊曰:'吾一日不作书,若有所失,欲罢不能矣。'"②但是,张纶英的这些爱好,不一定能够得到丈夫的理解,张曜孙也曾提到:"(孙劼)配张氏,余叔姊也,名纶英,字婉紃。……先君亲授以北朝书法,君初不喜,以为非妇人事。及学成,君嗟讶,谓足继先君。"③曼素恩在《张门才女》中写到孙劼的性格问题,并进一步指出:"孙劼最大的问题还不在此,而是他对待纶英才华的态度。孙劼和纶英成婚后不久,缁英(引者按,缁英为张纶英长姐)就亲耳听到他对父亲说,书法'非妇人事'。"④曼素恩的论述揭示了张纶英婚后在夫家所感受到的一种气氛,果然如此的话,则对其借梦游之诗以追求自由境界的心态,当能有更为深入的了解。

骆绮兰写有《纪梦诗八首》,序云:"余幼时多奇梦,觉后记忘各半。昔人云:梦者,兆也,想也。余之梦多是想所未及,若云兆则尤无可兆也。暇日取其能忆者作诗纪之。痴人说梦,还自哂尔。"骆绮兰申明自己的梦是"想所未及",其实有时可能也是无意识或潜意识。这八首诗的第一句分别是:"梦入层霄上"、"梦到幽闲处"、"梦作青衿客"、"梦到栖禅地"、"梦入万花庭"、"梦到无人处"、"梦领貔貅队"、"梦到耕桑地"。或梦入天庭之中,或梦入清幽读书之堂。或梦为举子,奔赴考场;或梦至禅院,习静谈禅。或梦入瑶台赏花,或梦至海隅访仙。或梦中率领大军,边塞报国;或梦中归隐田园,享受农耕之乐。从这些梦境的追求来看,基本上就是士大夫的理想,所以,这里可能或多或少也体现了骆绮兰的一种性别意识,即对性别差异所带来的社会差异的不满。试举第三首和第七首:

---

① 张曜孙《绿槐书屋诗稿序》,张纶英《绿槐书屋诗稿》,胡晓明、彭国忠主编《江南女性别集初编》,第1081页。
② 张曜孙《肄书图题辞》,张纶英《绿槐书屋诗稿》,胡晓明、彭国忠主编《江南女性别集初编》,第1082页。
③ 张曜孙《孙叔献哀词》,张纶英《绿槐书屋诗稿附录》卷五,肖亚男主编《清代闺秀集丛刊》,北京:国家图书馆出版社,2014年,第32册,第580页。
④ 曼素恩(Susan Mann)著,罗晓翔译《张门才女》,北京:北京大学出版社,2015年,第78页。

>梦作青衿客，征才赴选场。公车走迢递，文阵吐光芒。瀛暑衣更绿，天门榜挂黄。看花骑马过，十里暗尘香。
>
>梦领貔貅队，欃枪扫雾霾。师疑霆电下，阵是鸟蛇排。关塞抒雄略，云霄写壮怀。钟声忽催觉，依旧着弓鞋。①

前者想象自己的应举之途。举子在考试的途中疲于奔走，是自有科举考试以来常见的情形，也是骆绮兰自己所常见的情形。很多的举子，一考再考，由于各种因素，不得不长年如此，所以在某种意义上也可以说，这些举子所经历的，是一种行走的科举文化，这些，骆绮兰用一句"公车走迢递"带过，然后集中在对文才的渲染，以及对金榜题名的描写。末联特别集中在对孟郊"春风得意马蹄疾，一日看尽长安花"②诗句的檃栝，这个跨马看花，仍然是行旅中的一个剪影。后者则想象自己身为大将军，率领军队，奔走关塞，建功立业。这位将军善于排兵布阵，雄才伟略，抱负不凡，豪情壮志，直冲云霄。但末联罕见地写到梦醒，是八首诗中唯一将梦境中与梦醒后加以对比的，隐约可以看出作者复杂的心灵活动。诗人正沉浸在建功立业的豪情壮志之中，忽被钟声催醒，不仅发现这是南柯一梦，更为悲催的是，发现自己仍然是一个穿着弓鞋的女子。特地标明这个身份，意味着梦境的实现实际上的不可能，所以，从本质上看，这些她刻意隐瞒的"想所未及"，也许正是期望常在心中而不得实现所造成的焦虑。

对于身份的有意识或潜意识的感受，是女子游仙诗中较为普遍的现象。如江淑则《梦游仙》：

>昨夜梦游仙，仙人远在蓬莱巅。海风茫茫波渺渺，身骑白鹤升青天。空中却见众仙子，佩玉锵锵彩云里。一时见我笑而起，酌以琼浆味如醴。使我胸次无氛埃，愿从执役登瑶台。瑶台红日从天

---

① 骆绮兰《听秋轩诗集》卷二，胡晓明、彭国忠主编《江南女性别集二编》，第597页。
② 孟郊《登科后》，孟郊著，韩泉欣校注《孟郊集校注》，杭州：浙江古籍出版社，2012年，第130页。

第三章　闺阁与江山——清代女性诗歌中的行旅书写 / 111

来,四海光明万象开。清辉遥映三珠树,翡翠巢高鸾凤度。弹璈击磬移我情,忘却红尘无限事。仙人赠我驻颜丹,壶中日月殊尘寰。我亦相顾笑,就约栖云山。喜极仰天望,失足踏波浪。惊起三更漏正长,拥衾抚枕生惆怅。①

诗人梦入神山,和仙子在一起,观览各种奇境。这是一段不一般的经历,在她心中荡起波澜,因此有服丹而相约之事。可惜梦境短暂,失足于波浪间,终究醒来,不免惆怅。江氏自幼喜读书,颇自负,读书而知理,又有见识,难免对所处环境有所反思。在《读书行》一诗中,她"堪叹今人空碌碌,万卷何曾一入腹",自述"惟我读书如食蔗,甘旨渐入佳境心窃喜。莫笑闭门不出游,对书胜对佳山水"。可是,如此资质,如此才学,却无处施展,所以迸发出不平之鸣:"我本红闺一布裙,偷闲纸上搜烟云。如何树帜文坛者,一册《兔园》便出群。"②带有几分鄙夷所写出的这几句诗,再明显不过地展现了面对社会的不公平而生出的牢骚。在《纵笔》四首之四中,她更这样写:

　　十年一觉悟前因,敢叹吾生独不辰。闻道疏狂犹有客,从知憔悴岂无人。放怀天地能容拙,行乐溪山可守真。总使此身甘自弃,肯将针线送青春。③

尽管十年一悟,终于意识到此中事情总有前因,非人力所能挽回,但仍不免遗憾,对在女红针线中度过此生,非常遗憾,非常不甘心。这里,当然有对性别不公平的反思。从这个意义来看,《游仙诗》中所展示的对自由的追求,对无所拘束地遨游天地间的向往,也不会和这些因素没有关系。虽然不甘心,毕竟也还只能认命:"悲哉古今来,传人曾有几。男儿尚难言,何况我女

---

① 江淑则《独清阁诗钞》卷四,胡晓明、彭国忠主编《江南女性别集二编》,第 1234 页。
② 江淑则《独清阁诗钞》卷一,胡晓明、彭国忠主编《江南女性别集二编》,第 1165 页。
③ 江淑则《独清阁诗钞》卷四,胡晓明、彭国忠主编《江南女性别集二编》,第 1216 页。

子。心灰莫复燃,蹉跎良有以。"①

和历史上许多诗人的游仙之作往往具有生命意识一样,女诗人也会有这样的思考,如虞友兰《纪梦》:

> 恍入仙家一霎游,空山独在意悠悠。碧桃不是人间艳,瑶草都从世外幽。洞口穿云惊鸟避,林阴跂石悦泉流。无端许住烟霞窟,却胜邯郸借枕头。②

这首诗写自己梦入神山,看到碧桃、瑶草、云霓、清泉,这些在诗人眼中,虽然都是人间所无法得见的,但一般描写仙境,也并不稀罕。诗的序让我们了解到诗人的心灵活动:"丙申秋卧病,忽梦至一山,高峰插天,流泉汨汨,琪花瑶草,璨列于前。余幽寻久之,见一老人自石桥曳杖而来,向余曰:'汝他日所居,却非此处。'随问:'置我于何地?'答曰:'紫芝山仙霞宫丹李已产百枚,百年后汝得一而长生。'言毕即醒,亦可诧也。"③丙申是乾隆四十一年(1776),虞氏还不到四十岁,由于生病,就有了这样的生命意识。对长生的企盼,是其中重要的结构,如果自己的归宿不在这里,那么,这就只是一次游览,并获得了长生的承诺,如此则当然是非常愉快的梦境。

明清女子之游固然较之以往已经大大增多,但也还有不少人,或者自己不具备行旅的条件,无法出游;或者受到各种条件的限制,无法尽情地游。因此,她们的心灵期待,往往也从别人的经历中体现出来,展现出另一种神游。如归懋仪《题玉桥五兄宛陵游草》:

> 青莲才绝世,鸿轩渺九州。独爱青山色,言上谢公楼。后来谁继踵,白云长悠悠。余兄负奇气,雅嗜林泉幽。……迢递至宛陵,

---

① 江淑则《写怀》,《独清阁诗钞》卷四,胡晓明、彭国忠主编《江南女性别集二编》,第1224页。
② 虞友兰《树蕙轩诗钞》卷上,胡晓明、彭国忠主编《江南女性别集五编》,第551—552页。
③ 虞友兰《树蕙轩诗钞》卷上,胡晓明、彭国忠主编《江南女性别集五编》,第551页。

宛陵胜无俦。溪水清且澈,百尺浮清䑪。濯缨人不见,惟见双白鸥。溪上敬亭山,山亭回复修。落日樵响绝,飞鸟鸣相求。名贤觞咏地,双垂南北楼。南楼快已登,黄花当酒筹。将毋仙人魂,云霄相劝酬。是何登高期,适与九日谋。北楼虽未至,胜概眼中收。高吟江练句,如共元晖游。云霞与水石,一一成清讴。至今萧斋梦,犹绕宛陵洲。我来泛琴水,虞山苍霭稠。示我诗一帙,细字明银钩。犹疑敬亭云,飘然落翠裯。渔歌如可接,猿啸无时休。梧桐橘柚句,邈焉媲前修。[①]

宣城是一个诗的城市,前有谢朓等,后有李白等,都在这里留下了千古传诵的佳作。这首诗一开始就说,李白酷爱谢朓之诗,曾经登上谢公楼,写下了千古华章。"后来谁继踵,白云长悠悠",江山有待,其玉桥五兄将继此诗坛盛事。于是泛舟清溪,登上敬亭山,造访名贤觞咏之地。特别写南北二楼。登上南楼,痛饮菊花酒;北楼虽然没有上去,但楼前盛概,一览无馀,吟诵谢朓"澄江静如练"的名句,千古相接,心神俱醉,以至于"至今萧斋梦,犹绕宛陵洲"。玉桥的宛陵之情不仅其本人回味不已,诗人自己也是心驰神往。归懋仪本也是有着山水胜情的人,"我来泛琴水,虞山苍霭稠",作为常熟人,她泛琴水,登虞山,显然尚未能有惬于心。吟诵五兄的诗,"犹疑敬亭云,飘然落翠裯",显然极大地满足了她的山水之情,让她也跟着神游一番。她最终的评价是:"梧桐橘柚句,邈焉媲前修。"梧桐橘柚,出自李白《秋登宣城谢朓北楼》:"江城如画里,山晚望晴空。两水夹明镜,双桥落彩虹。人烟寒橘柚,秋色老梧桐。谁念北楼上,临风怀谢公。"[②]玉桥的诗是否能够媲美李白,姑且不论,但归懋仪从其诗中得到了极大的享受,却是毫无异议的。

神游有时又体现为记忆。如袁华《铁沙沈韵初先生请外写山水八帧并请华题诗以为合璧云》八首,第一首:"西泠别后又三年,山色湖光若眼前。

[①] 归懋仪《绣馀续草》(抄本),胡晓明、彭国忠主编《江南女性别集初编》,第711页。
[②] 李白《秋登宣城谢朓北楼》,李白著、鲍方校点《李白全集》,上海:上海古籍出版社,1996年,第184页。

苦忆六桥好杨柳,丝丝绿到卖渔船。"第六首:"粼粼细浪浸菱叶,澹澹斜阳烘蓼花。我昨寻秋打双桨,倚栏红袖是谁家。"第七首:"稻堆高出竹篱门,四五人家成一村。曾记小舟村外泊,廉纤细雨夜黄昏。"①作者是钱塘人,随丈夫游宦在外,见到绘有故乡的画,勾起往事,人虽不在,心向往之,于是选择了几个特定的场景,是回到过去,也是对绘画的补充,不仅聊解相思之苦,也开拓了想象的空间。记梦、题画、神游等不一定都是如此,但上述无疑也是重要的内容。

七、总结

到了清代,女性的生活空间不断扩大,闺阁女子以各种方式踏出闺门,给她们的诗歌创作增添了新的内容,其中尤以表达行旅的作品最为突出。

行旅开阔了诗人们的眼界,无论是壮美还是秀美的风光,都成为诗歌创作的重要表现对象。但是,由于不少女作家的行旅多是随宦,基本上并无选择道路的余地,因此,旅途中的艰难往往给她们的创作打下更深的烙印,尽管在这个过程中,她们也收获了奇僻的感受。至于战乱中或社会动荡中的流亡,则更作为独特的一笔,使得她们的行旅带有时代的印痕。

行旅,不仅是身体的行为,也是心灵的行为。尽管清代女性的生活空间确实有所扩大,但社会规范仍然对她们有所限制,因此,借助题画、游仙和梦境等神游的方式去释放精神,也成为一个重要的补充。

---

① 袁华《缦华楼诗钞》,胡晓明、彭国忠主编《江南女性别集初编》,第 1261—1262 页。

第四章 经典与继响
——清代女词人与李清照

一、明清文人看李清照词

李清照无疑是中国最杰出的词人之一。涉及这一命题,首先应该指出,讨论她的杰出,并不是基于通常意义上的作为**女词人**的身份,而是作为**词人**的身份。当然,在宋代,当她的那些充满创造性的作品出现以后,由于词史的意识还有待加强,词的经典化过程还正在展开,人们还是更多将其作为女词人中的佼佼者来看待的①。不过,到了明清,当人们有了足够的时间跨度,可以从容审视前代历史时,李清照就可以被摆在整部词史中加以认识了,她的"大家"地位亦得以确立和认同。

首先,明清批评家往往把李清照和宋代第一流的男性词人相提并论。如杨慎《词品》卷一:"宋人中填词,李易安亦称冠绝。使在衣冠,当与秦七、

---

① 有关论述如王灼《碧鸡漫志》卷二:"易安居士……自少年便有诗名,才力华赡,逼近前辈,在士大夫中已不多得,若本朝妇人,当推词采第一。"(王灼撰,岳珍校正《碧鸡漫志校正》,成都:巴蜀书社,2000年,第41页)朱彧《萍洲可谈》卷中:"本朝女妇之有文者,李易安为首称。"(褚斌杰等编《李清照资料汇编》,北京:中华书局,1984年,第5页)《朱子语类》卷一百四十:"本朝妇人能文,只有李易安与魏夫人。"(黎德靖编,王星贤点校《朱子语类》,北京:中华书局,1986年,第3332页)

黄九争雄,不独雄于闺阁也。"①王世贞《艺苑卮言》:"言其(词)业,李氏、晏氏父子、耆卿、子野、美成、少游、易安,至矣,词之正宗也。"②宋徵璧《论宋词》:"吾于宋词得七人焉:曰永叔,其词透逸;曰子瞻,其词放诞;曰少游,其词清华;曰子野,其词娟洁;曰方回,其词新鲜;曰小山,其词聪俊;曰易安,其词妍婉。"③永瑢等《四库全书总目》:"清照以一妇人,而词格乃抗轶周、柳。"④可以看出,能够和李清照并列的,在宋代是这样一些词人:晏殊、欧阳修、晏几道、柳永、张先、苏轼、黄庭坚、周邦彦、秦观、贺铸,虽然体现的基本上还是宗尚北宋的思想,但所选择的确是大家,从而也可以看出一个时代对李清照的评价。

其次,明清批评家往往把李清照的作品与宋代其他优秀作家的作品放在一起,予以评说或优劣,大都认为李清照更加突出,能够体现出强烈的个人特色。如范仲淹有《御街行》:"纷纷坠叶飘香砌。夜寂静,寒声碎。真珠帘卷玉楼空,天淡银河垂地。年年今夜,月华如练,长是人千里。 愁肠已断无由醉。酒未到,先成泪。残灯明灭枕头欹,谙尽孤眠滋味。都来此事,眉间心上,无计相回避。"⑤李清照有《一剪梅》:"红藕香残玉簟秋。轻解罗裳,独上兰舟。云中谁寄锦书来,雁字回时,月满西楼。 花自飘零水自流。一种相思,两处闲愁。此情无计可消除,才下眉头,又上心头。"⑥王世贞评范词末句云:"'都来此事,眉间心上,无计相回避',类易安而小逊之。"⑦如果从时间顺序看,这个表述未免不够确切,因为范仲淹在前,李清照在后,若是改为李受到范的启发,青出于蓝,也许更加合适。所以,后来王士禛就改称:"易安亦从范希文'都来此事,眉间心上,无计相回避'语脱胎,李特工耳。"⑧

---

① 杨慎《词品》,北京:人民文学出版社,1960年,第76页。
② 唐圭璋编《词话丛编》,北京:中华书局,1986年,第385页。
③ 褚斌杰等编《李清照资料汇编》,第65页。
④ 永瑢等《四库全书总目》卷一百九十八,北京:中华书局,1965年,第1814页。
⑤ 唐圭璋编《全宋词》,北京:中华书局,1965年,第11页。
⑥ 陈祖美编著《李清照词新释辑评》,北京:中国书店,2003年,第50页。
⑦ 王世贞《艺苑卮言》,唐圭璋编《词话丛编》,第389页。
⑧ 王士禛《花草蒙拾》,唐圭璋编《词话丛编》,第680页。

考察上面的例子,除了美学上的优劣之外,也明显可以看出这样一个事实,即李清照非常关注词坛的创作状况,并且有争胜的意识,她在其《词论》中几乎批评了在她之前词坛的所有作家,也并不是偶然的。

值得指出的是,尽管两宋词坛由于还没有充分展开经典化的过程,因而在理论批评上并没有确立李清照在词体中的地位,但是,正如我们所熟知的,中国古代的文学批评从来都是形式多样、表现多元的,在创作之中也往往能够看出明显的理论意识。我们注意到,宋代的一些词人,甚至是大作家,曾把李清照的词作为一"体",予以仿效。如侯寘《眼儿媚·效易安体》:"花信风高雨又收。风雨互迟留。无端燕子,怯寒归晚,闲损帘钩。 弹棋打马心都懒,撝掇上春愁。推书就枕,氤烟淡淡,蝶梦悠悠。"[①]还有辛弃疾《丑奴儿·博山道中效李易安体》:"千峰云起,骤雨一霎时价。更远树斜阳,风景怎生图画。青旗卖酒,山那畔、别有人间,只消山水光中,无事过这一夏。 午醉醒时,松窗竹户,万千潇洒。野鸟飞来,又是一般闲暇。却怪白鸥,觑着人、欲下未下。旧盟都在,新来莫是,别有说话。"[②]在中国古代文论中,"体"大致有两个意思,一是体裁,一是风格。他们所仿效者,主要应该是风格。考察《全宋词》,我们发现,能被宋代词人体认为"体"而加以仿效者,并不多见,以下列表说明:

词体名称	仿效者	出处
白乐天体	辛弃疾《玉楼春·效白乐天体》	《全宋词》,第1942页。
花间体	辛弃疾《河渎神·女诫词,效花间体》	《全宋词》,第1927页。
南唐体	吕胜己《长相思·效南唐体》	《全宋词》,第1754页。
李清照体	侯寘《眼儿媚·效易安体》、辛弃疾《丑奴儿·博山道中效李易安体》	《全宋词》,第1437页;《全宋词》,第1879页。

---

① 唐圭璋编《全宋词》,第1437页。
② 唐圭璋编《全宋词》,第1879页。

续　表

词体名称	仿效者	出处
稼轩体	蒋捷《水龙吟·效稼轩体,招落梅之魂》	《全宋词》,第3436页。
介庵(赵彦端)体	辛弃疾《归朝欢》序:"……意有感,因效介庵体为赋。……"	《全宋词》,第1921页。
白石体	黄昇《阮郎归·效姜尧章体》、谭宣子《玲珑四犯·重过南楼,用白石体赋》	《全宋词》,第2999页;《全宋词》,第3168页。

在这不多的可以称之为"体"的作品中,李清照也能占有一席之地,完全可以说明她的词风在宋代词坛所引起的关注是如此突出,则其本人已经在宋代处于一个重要的位置,应是毫无疑义的①。

二、从道德评说到文学评说

在中国传统文学批评中,论说艺术高下的同时,往往会掺杂着对品行的批评,虽然反映着知人论世的观念,但更主要还是体现了道德评判的意识。这一点,在讨论女作家创作时,往往更加突出。

从南宋开始,人们就对李清照的家庭生活非常关注,尤其是李清照曾在其《金石录后序》中写出"平生与之同志"②的夫妻感情,更加引起论者对其个人生活的选择产生兴趣。金兵南下之时,赵明诚在流亡途中,不幸染病而死,李清照飘零江南,孤苦无依,曾经再嫁张汝舟。李之再嫁,据其自述,是"信彼如簧之说,惑兹似锦之言",其中的原因应该更为复杂。可是婚后生活

---

① 李清照的某些表现方法也得到模仿,试比较下面两首词。李清照《行香子》:"草际鸣蛩,惊落梧桐。正人间、天上愁浓。云阶月地,关锁千重。纵浮槎来,浮槎去,不相逢。　星桥鹊驾,经年才见,想离情、别恨难穷。牵牛织女,莫是离中。甚霎儿晴,霎儿雨,霎儿风。"(陈祖美编著《李清照词新释辑评》,第66页)辛弃疾《行香子·三山作》:"好雨当春,要趁归耕。况而今、已是清明。小窗坐地,侧听檐声。恨夜来风,夜来月,夜来云。　花絮飘零,莺燕丁宁,怕妨侬、湖上闲行。天心肯否,费甚心情。放霎时阴,霎时雨,霎时晴。"(唐圭璋编《全宋词》,第1918页)辛词之末,对李清照的模仿痕迹甚重。

② 洪适《容斋四笔》卷五"赵德甫《金石录》条",褚斌杰等编《李清照资料汇编》,第9页。

第四章　经典与继响——清代女词人与李清照 / 119

却让李清照大失所望,不仅缺少精神沟通,甚至横遭虐待:"遂肆侵陵,日加殴击。可念刘伶之肋,难胜石勒之拳。"①所以,宁愿触犯宋朝妻子举发丈夫亦将连坐入狱的法律,也要检举张汝舟的不法行为,历尽曲折,终于得以离婚。不过,这件事显然在宋代激起了不小的波澜,有关的文献记载甚多。如胡仔《苕溪渔隐丛话》:"易安再适张汝舟,未几又反目。"②王灼《碧鸡漫志》:"(李)再嫁某氏,讼而离之。"③朱彧《萍洲可谈》:"不终晚节,流落以死。"④洪适《金石录跋》:"赵君无嗣,李又更嫁。"⑤……不仅笔墨一致地记载了这件再嫁之事,而且基本上众口一词地予以讽刺。或曰"传者无不笑之"⑥,或曰"无检操"⑦,或曰"颇失节"⑧。

虽然理学和相关的道学都始于宋代,著名的"忠臣不事二主,贞女不事二夫"出自司马光之口⑨,"饿死事极小,失节事极大"出自程颐之口⑩,影响极为广泛,但事实上,宋代对妇女改嫁,要求并不是如此严苛。甚至司马光也说:"夫妇以义合,义绝则离之。"⑪程颐则在讨论丈夫休妻之事时,也首肯"出妻令其可嫁"⑫。可见,寡妇从一而终的守节观念的确立也经历了一个过程。宋人讥讽李清照改嫁,恐怕更多还是出于欣赏赵李的文章知己和患难夫妻而导致的情绪性反应。

有趣的是,尽管与李清照同时或稍后的南宋其他文人都一致认为她确

---

① 李清照《上内翰綦公(崇礼)启》,李清照著、王延梯注《漱玉集注》,济南:山东文艺出版社,1984年,第137页。
② 胡仔《苕溪渔隐丛话前集》卷六十,北京:人民文学出版社,1981年,第416页。
③ 王灼撰、岳珍校正《碧鸡漫志校正》,第41页。
④ 朱彧《萍洲可谈》,褚斌杰等编《李清照资料汇编》,第5页。
⑤ 洪适《金石录跋》,褚斌杰等编《李清照资料汇编》,第9页。
⑥ 胡仔《苕溪渔隐丛话前集》卷六十,第417页。
⑦ 晁公武撰、孙猛校证《郡斋读书志校证》卷十九"李易安集"条,上海:上海古籍出版社,1990年,第1033页。
⑧ 陈振孙著、徐小蛮、顾美华点校《直斋书录解题》卷二十一"漱玉集"条,上海:上海古籍出版社,1987年,第621页。
⑨ 司马光著、王宗志注释《温公家范》卷八,天津:天津古籍出版社,1995年,第165页。
⑩ 叶采《近思录集解》卷六,《续修四库全书》,上海:上海古籍出版社,2002年,第934册,第534页。
⑪ 司马光著、王宗志注释《温公家范》卷七,第157页。
⑫ 程颢、程颐著、王孝鱼点校《二程集》卷十八,北京:中华书局,1981年,第243页。

曾改嫁,但是,及至明清,不少人却对此极力否认。有关文献,举其著者,如明人徐𤊹《徐氏笔精》说:"清献公之妇,郡守之妻,必无更嫁之理。"①清人卢见曾《重刊金石录序》说:"相传以为德夫之殁,易安更嫁,至有'桑榆晚景'、'驵侩下材'之言,贻世讥笑。余以是书所作跋语考之,而知其决无是也。德夫殁时,易安年四十六矣。遭时多难,流离往来,具有踪迹。又六年,始为是书作跋,是时年已五十有二。匪夏姬之三少,等季隗之就木。以如是之年而犹嫁,嫁而犹望其才地之美、和好之情亦如德夫昔日,至大失所望而后悔之,又不肯饮恨自悼,辄谍谍然形诸简牍。此常人所不肯为,而谓易安之明达为之乎?观其涉经丧乱,犹复爱惜一二不全卷轴,如护头目,如见故人。其惓惓德夫,不忘若是,安有一旦忍相背负之理?此子舆氏所谓好事者为之,或造谤如《碧云騢》之类,其又可信乎?"②清人李慈铭《越缦堂读书记》说:"张汝舟妻李氏,或本易安一家,与夫不咸,讼讦离异。当时忌易安之才如学士秦楚材者(秦桧之兄,名梓),及被易安诮刺如张九成等者,因将此事移之易安。"③大约从家世、年龄、感情等方面判断再嫁之事之不可能,不一而足④。

总的来说,明清以后,在男性社会,为了维护李清照的形象,为其辩诬的意见颇占上风,即使仍有批评者⑤,似乎也并不占据主流。其实,不管是讥讽李清照之再婚,还是为其再婚辩诬,他们的出发点大致却是相同的,即再婚之事放在一个有教养、有学识、有才华的女性身上,是不宜、不该之举。现在如果仍然试图讨论两种针锋相对的观点孰是孰非,也许没有什么意思。但是,在一个男权社会,男性无疑有着主导性的话语权,我们更关心的是,这种思维模式对明清女性们起到了什么影响。

要想全面了解女性在这方面的观点,是一件不容易的事,因为虽然明清

---

① 徐𤊹《徐氏笔精》卷七,台北:学生书局,1971年据崇祯五年本影印,第701页。
② 赵明诚撰,金文明校证《金石录校证》,上海:上海书画出版社,1985年,第5—6页。
③ 李慈铭《越缦堂乙集·书陆刚甫观察仪顾堂题跋后》,褚斌杰等编《李清照资料汇编》,第141页。
④ 参看诸葛忆兵《李清照与赵明诚》,北京:中华书局,2004年,第167页。
⑤ 如江之淮说:"自古夫妇擅朋友之胜,从来未有如李易安与赵德甫者,佳人才子,千古绝唱。迨德甫逝而归张汝舟,属何意耶?文君忍耻,犹可以具眼相怜;易安更适,真逐水桃花之不若矣。"褚斌杰等编《李清照资料汇编》,第56页。

两代女子多有从事写作者,但在社会批评和文学批评方面,她们发出的声音却是很微弱的,已经在历史的长河中被淹没了不少。即使如此,我们仍然能够有所发现。如张娴婧《读李易安〈漱玉集〉》:"从来才女果谁俦,错玉编珠万斛舟。自言人比黄花瘦,可似黄花奈晚秋?"① 又如张令仪《读〈金石录后序〉追悼李易安》:"天涯飘泊剩残躯,斗茗论文忆得无?薄命不随金石尽,问君何事惜桑榆。"② 还有黎春熙《偶阅易安居士诗作此惜之》:"风华跌宕笔花生,《漱玉》流传有定评。末路蹉跎谁负尔,少年才调最怜卿。桑阴莫唱罗敷曲,筘拍何关董祀情。不及茂陵秋雨客,《白头吟》尚寄心声。"③ 张娴婧诗引李清照"人比黄花瘦"的名句,讥其不终晚节。张令仪诗讽刺李清照忘了"斗茗论文"的夫妻之情,不能毅然随着金石的失落而死去,尚有何面目写下"忍以桑榆之晚景,配兹驵侩之下材"④ 的句子。黎春熙诗则借典故来说话。罗敷采桑,得"五马立踟蹰"之太守示好,却极力夸夫,忠贞不贰⑤;汉末才女蔡文姬曾锐意救丈夫董祀于危难之中⑥,卓文君在司马相如变心时还愿意写诗

---

① 刘云份编《翠楼集》,《四库全书存目丛书》集部,山东:齐鲁书社,1997 年,第 395 册,第 191—192 页。
② 按"桑榆"之讽,似从胡仔《苕溪渔隐丛话前集》卷六十而来:"易安再适张汝舟,未几反目,有《启事》与綦处厚云:'猥以桑榆之晚景,配兹驵侩之下材。'传者无不笑之。"第 416—417 页。
③ 黎春熙《静香阁诗存》,光绪二十四年刻本,第 2 页 b。集见"明清妇女著作"数据库(https://digital.library.mcgill.ca/mingqing/)。
④ 李清照《上内翰綦公(崇礼)启》,李清照著,王延梯注《漱玉集注》,济南:山东文艺出版社,1984 年,第 137 页。
⑤ 《陌上桑》:"日出东南隅,照我秦氏楼。秦氏有好女,自名为罗敷。罗敷善蚕桑,采桑城南隅。……使君从南来,五马立踟蹰。使君遣吏往,问此谁家姝。秦氏有好女,自名为罗敷。罗敷年几何,二十尚不足,十五颇有馀。使君谢罗敷,宁可共载不。罗敷前致辞,使君一何愚。使君自有妇,罗敷自有夫。"逯钦立辑校《先秦汉魏晋南北朝诗·汉诗》卷九,北京:中华书局,1983 年,第 259—260 页。
⑥ 据《后汉书》卷八十四《董祀妻》:"陈留董祀妻者,同郡蔡邕之女也,名琰,字文姬。博学有才辩,又妙于音律。适河东卫仲道,夫亡无子,归宁于家。兴平中,天下丧乱,文姬为胡骑所获,没于南匈奴左贤王,在胡中十二年,生二子。曹操素与邕善,痛其无嗣,乃遣使者,以金璧赎之,而重嫁于祀。祀为屯田都尉,犯法当死。文姬诣曹操请之。时公卿名士及远方使驿坐者满堂。操谓宾客曰:'蔡伯喈女在外,今为诸君见之。'及文姬进,蓬首徒行,叩头请罪,音辞清辩,旨甚酸哀,众皆为改容。操曰:'诚实相矜,然文状已去,奈何?'文姬曰:'明公厩马万匹,虎士成林,何惜疾足一骑,而不济垂死之命乎!'操感其言,乃追原祀罪。"范晔《后汉书》,北京:中华书局,1965 年,第 2800—2801 页。

提醒他,给他一个反省的机会:都是为了说明李清照比不上这些女子,也就是在承认其才女身份的前提下,进行道德批判。如果说,在封建时代,男权社会的思想就是社会的统治思想,我们也看到这样一个有趣现象,即尽管明清有不少男性文人都在致力于为李清照辩诬,这些女诗人却仍然坚持她们在阅读宋代文献时得到的判断。社会史研究已经证明,男权社会的某些观念往往是借助女性来加以推行的,这似乎也可以作为一个例证。当然,除了思想观念的取向外,这里面似乎也有一定的心理因素。张令仪是宰相张英的女儿,她讽刺李清照忘记了当年"斗茗论文"的恩爱之情,苟且偷生而"晚节不保",一定程度上是基于她和李清照的生活经历颇为相似:身出名门,名享才女,嫁与同道,中年丧夫。张令仪嫁给姚湘门后,"以金闺珍护之身,独能卸华缛,茹荼蓼,相夫训子,甘淡泊以自适"①。中年守寡后,于艰难困苦之中,依然乐天知命,诵诗书,育子女,终于苦尽甘来,为世人所钦仰。所以,她批评李清照再嫁,也是砥砺自己的一种方式,使得自己的困窘情境为崇高所净化,从而冲淡现实生活的艰辛。

  以上三首诗或许可以代表女作家在写诗时对李清照的看法,然而,当我们把目光投向词坛,就会发现另外一种情形。徐乃昌所编的《小檀栾室汇刻闺秀词》无疑是迄今为止最全面的女性词汇辑,所收录的绝大部分是清代女性的词集,检视之下,我们发现,尽管其中或明或暗总有李清照的影子,特别是对其词的创作成就发表见解,但是,从来没有人涉及她的再嫁问题。这显然并不能说这些女性不了解男性文人对李清照再嫁问题的关切,而只能说,当她们进行词的创作时,她们心目中的李清照首先是一个杰出的词人,是一个无与伦比的才女,从而在推崇其才艺的同时,对其生活也寄予深深同情,巧妙地化解了一个经典形象可能带来的危机。当然,以上三位女子写的是诗,自从杜甫以来,以诗论诗即成为一个传统,或许,这也导致其发言时具有更加广阔的层面。只是,到了清代,词的功能大大加强,不仅基本上无意不

---

① 徐璈辑《桐旧集》卷四十一"张令仪"条,民国十六年影印本。

可以入词,而且论词词的创作也益得以发展①。在这种背景下,如果说清代女词人在其词作中,基本上不涉及李清照的再嫁问题,是不是可以认为,当她们也像这位前辈一样进行词的写作时,她们已经被这一个巨大光环所吸引,而在一定程度上忽略了其他呢?果然如此,则也可以看出这一创作群体明确的选择性②。

三、创作手法与表现意象

从《小檀栾室汇刻闺秀词》来看,对于李清照,清代女词人基本上是排斥,或者说是回避了男性文人所作的道德评价的影响,但是,无疑地,她们却在很大程度上受到男性文人所作的文学评价的影响。这是一个耐人寻味的现象。按照中国传统社会的要求,一向是所谓"文如其人"的③。李清照既没

---

① 如方中通有《减字木兰花》和《南乡子》二调,均题为《诗馀》,乃是清代较早的论词词,见南京大学中文系《全清词》编纂研究室编《全清词·顺康卷》,北京:中华书局,2002年,第6591—6592页。

② 当然,这里对词的统计仅仅限于《小檀栾室汇刻闺秀词》,虽然这是迄今为止收录明清女性词作(主要是清代女性词作)最全面的汇刻,但仍然不能说已经穷尽了所有的明清女性词,而且,此集所收的作家,其作品有时也会有续刻增订的情形,种种复杂的情况,一时也难以完全掌握。所以,谈到明清诗词在这个问题上的区别,也只能是一个相对的角度。

③ 如宋代张戒《岁寒堂诗话》云:"诗文字画,大抵从胸臆中出。子美笃于忠义,深于经术,故其诗雄而正。李太白喜任侠,喜神仙,故其诗豪而逸。"(张戒撰,陈应鸾校笺《岁寒堂诗话校笺》,成都:巴蜀书社,2000年,第55页)题元代傅若金(与砺)《诗法正论》云:"诗源于德性,发于才情,心声不同,有如其面。"(傅与砺等《诗法源流》,台北:广文书局,1973年,第12页)清代叶燮《南游集序》云:"盖是其人,斯能为其言,为其言,斯能有其品。人品之差等不同,而诗文之差等即在可握券取也。近代间有巨子,诗文与人判然为二者,然亦仅见,非恒理耳。余尝操此以求友,得其友,及观其诗与文,无不合也。又尝操此以称诗与文,诵其诗与文,及验其人其品,无不合也。信乎诗文一道,根乎性而发为言,本诸内者表乎外,不可以矫饰,而工与拙亦因之见矣。"(叶燮《已畦文集》卷八,《丛书集成续编》,上海:上海书店,1994年,第124册,第726页)清代薛雪《一瓢诗话》云:"邕快人诗必潇洒,敦厚人诗必庄重,倜傥人诗必飘逸,疏爽人诗必流丽,寒涩人诗必枯瘠,丰腴人诗必华赡,拂郁人诗必凄怨,磊落人诗必悲壮,豪迈人诗必不羁,清修人诗必峻洁,谨敕人诗必严整,猥鄙人诗必委靡。此天之所赋,气之所禀,非学之所至也。"(王夫之等《清诗话》,上海:上海古籍出版社,1999年,第708页)

有被她们片面指责,也没有被她们割裂对待,只能说明,在她们的心目中,李清照是一个值得尊敬的文学家,因而她们很自然地就接受了传统上对她的文学赞赏,并在自己的创作中体现出来。这些体现,最明显地可以在一些创作手法或意象上看出来。

在其创作的中国第一部诗话中,欧阳修就引述梅尧臣的话,指出诗歌的创造,主要应该"意新语工"[1]。这两者,有时是互为因果的,有时却也可能独立存在[2]。李清照词的立意之深,所在多有,人们也给予了充分注意,至其落语用字之妙,更是体现了过人的创造力,既为前人所盛赞,也为明清女词人所关注。考察她们所最为关注的语意,主要见于下面两篇作品,一是《如梦令》中的"绿肥红瘦",一是《声声慢》中的九组巧妙的叠字。

"绿肥红瘦"四字之妙,在宋代就已经被深加赞美,或云"此语甚新"[3],或云"天下称之"[4]。宋代以后,人们更作具体评价。如张綖特别指出其具有"委曲精工,含蓄无穷"的特色[5],黄苏加以发挥,指出:"一问极有情,答以'依旧',答得极澹,跌出'知否'二句来。而'绿肥红瘦',无限凄婉,却又妙在含蓄。短幅中藏无数曲折,自是圣于词者。"[6]若论情境,唐代韩偓《懒起》写道:"昨夜三更雨,临明一阵寒。海棠花在否,侧卧卷帘看。"[7]先已点出。若论语言,唐代韩琮《暮春浐水送别》:"绿暗红稀出凤城,暮云楼阁古今情。行人莫听宫前水,流尽年光是此声。"[8]也已经类似。但是,李清照的创作,以小姐和丫鬟对话的方式,暗示不同情境所引致的情怀,确实是更为曲折,而将"暗"

---

[1] 欧阳修《六一诗话》,北京:人民文学出版社,1983年,第9页。
[2] 如赵师秀《约客》:"黄梅时节家家雨,青草池塘处处蛙。有约不来过夜半,闲敲棋子落灯花。"晚宋人评云:"意虽腐而语新。"就是指出这首诗的情境前人已经写出过,但语言却颇新警。魏庆之《诗人玉屑》卷十九引《柳溪诗话》,上海:上海古籍出版社,1978年,第429页。
[3] 胡仔《苕溪渔隐丛话前集》卷六十,第416页。
[4] 陈郁《藏一话腴内编》卷下,《景印文渊阁四库全书》,台北:台湾商务印书馆,1986年,第865册,第554页。
[5] 张綖《草堂诗馀别录》,褚斌杰等编《李清照资料汇编》,第40页。
[6] 黄苏《蓼园词评》,唐圭璋编《词话丛编》,第3024页。
[7] 彭定求等编《全唐诗》卷六百八十三,北京:中华书局,1960年,第7832页。
[8] 彭定求等编《全唐诗》卷五百六十五,第6551页。

和"稀"变为"肥"和"瘦",不仅是手法的变化,更主要的是体现了更为强烈的感情,更为生动的形象,因而,理所当然博得了后人的激赏。试比较周邦彦《少年游》:"南都石黛扫晴山。衣薄奈朝寒。一夕东风,海棠花谢,楼上卷帘看。 而今丽日明如洗,南陌暖雕鞍。旧赏园林,喜无风雨,春鸟报平安。"①还有秦观《海棠春》:"晓莺窗外啼春晓。睡未足,把人惊觉。翠被晓寒轻,宝篆沉烟袅。 宿酲未解,宫娥报道,别院笙歌宴早。试问海棠花,昨夜开多少。"②无论是海棠意象,还是人物心理,都可以和韩偓之诗比观,但若讲曲折生动,就都逊李清照甚多。

　　清代女词人喜爱"绿肥红瘦"一语,最突出的表现就是,她们甚至把它直接用在自己的作品中。如沈善宝《如梦令》:"才过禁烟节后。又值饯春时候。无语对东风,泪湿斑斑罗袖。休骤。休骤。忍见绿肥红瘦。"③又如孙云凤《忆秦娥》:"人天末。绿肥红瘦和谁说。和谁说。故乡樱笋,他乡风月。 闲庭春去愁还结。脆圆荐酒酴醾节。酴醾节。此时此景,一般伤别。"④前篇以"绿肥红瘦"感叹春天消逝之快,后篇则以之感慨春残,自伤飘零,都颇为圆足。当然,更多的时候,明清女词人是继承李清照创造"绿肥红瘦"的精神,加以灵活运用。如晚明才女沈宜修的两首词。《柳梢青·初夏》:"绿暗薇屏,红飘荇镜,春付浮萍。束素寒消,薄罗香细,数尽归程。新篁翠径初成,微雨后、荷珠溅倾。玉管声沉,桐花影外,一段闲情。"《踏莎行·春暮》:"绿闹春残,红衔蕊少。水流依旧平堤杳。东风杨柳挂愁丝,杏花只送啼鹃老。 燕子飞飞,征帆渺渺。天涯尽是王孙草。昼长屏掩博山寒,烟光日日屏前绕。"⑤前者写蔷薇花谢,落红飘零,创造出屏风和镜子两个

---

① 唐圭璋编《全宋词》,第599页。
② 词见唐圭璋编《全宋词》,第3659—3660页。按此词唐圭璋以为实乃无名氏作,误作秦观词,故又列于秦观词后,以存目视之,仅录首句,但文字略有不同,见唐圭璋编《全宋词》,第472页。
③ 沈善宝《鸿雪楼词》,《小檀栾室汇刻闺秀词》本,光绪二十一年至二十二年南陵徐乃昌刻本,第5页a。
④ 孙云凤《湘云馆词》卷上,《小檀栾室汇刻闺秀词》本,第9页b。
⑤ 沈宜修《鹂吹词》,《小檀栾室汇刻闺秀词》本,第22页b、29页b。

意象,想象已是颇为生动。后者更是用"闹"字和"衔"字,既写出春天消逝的伤感景象,又写出生命力的一种转化,不失为创造性的应用①。

　　李清照《声声慢》中叠字的运用,也是评论家关注的焦点之一。李词全篇如下:"寻寻觅觅,冷冷清清,凄凄惨惨戚戚。乍暖还寒时候,最难将息。三杯两盏淡酒,怎敌他、晚来风急。雁过也,正伤心,却是旧时相识。　满地黄花堆积。憔悴损,如今有谁堪摘。守着窗儿,独自怎生得黑。梧桐更兼细雨,到黄昏、点点滴滴。这次第,怎一个愁字了得。"②凡九用叠字。对此,南宋罗大经就充分肯定,赞之为:"起头连叠七字,以一妇人,乃能创意出奇如此。"③其后,明代沈际飞评云:"(李清照)《声声慢》首下十四个叠字,乃公孙大娘舞剑手,宋朝能词之士秦七、黄九辈,未尝有下十四个叠字者,盖用《文选》诸赋格。'黑'字更不许第二人押。'点点滴滴'四叠字,又无斧迹。易安间气所生,不独雄于闺阁也。"④不仅把李清照词放在男性文人的创作中加以考量,更指出其以赋为词,可以追溯《文选》诸赋,堪称卓识。后人评价辛弃疾词,如《贺新郎·别茂嘉十二弟》,全似一篇《别赋》⑤,不知李清照已经导之于前了。清代周济则从语言学的角度予以赞扬:"双声叠韵字要着意布置,有宜双不宜叠,宜叠不宜双处。重字则既双且叠,尤宜斟酌。如李易安之'凄凄惨惨戚戚',三叠韵,六双声,是锻炼出来,非偶然拈得也。"⑥现代词学家夏承焘曾经进一步论及此词诸叠字多为齿音,有助于声情的表达,是精心推敲所得⑦,可与周济所论互证。其他论者,或曰"出奇胜格,匪夷所思"⑧,或曰

---

① 沈宜修也明显对李清照创造的"肥"、"瘦"语意非常感兴趣,如她的《凤凰台上忆吹箫·步月》:"画栏芳径苔肥。"还有《忆旧游·感怀思倩倩表妹》:"画栏几曲慵倚,清露半烟肥。"显然都受到影响。沈词分见其《鹂吹词》,《小檀栾室汇刻闺秀词》本,第35页b、38页a。
② 陈祖美编著《李清照词新释辑评》,第108页。
③ 罗大经撰,王瑞来点校《鹤林玉露》乙编卷六,北京:中华书局,1983年,第227页。
④ 《草堂诗馀别集》卷三,褚斌杰等编《李清照资料汇编》,第49页。
⑤ 许昂霄《词综偶评》:"上三项说妇人,此二项言男子,中间不叙正位,却罗列古人许多离别,如读文通《别赋》,亦创格也。"唐圭璋编《词话丛编》,第1556页。
⑥ 周济《宋四家词选目录序论》,唐圭璋编《词话丛编》,第1645页。
⑦ 夏承焘《李清照词的艺术特色》,载其《月轮山词论集》,北京:中华书局,1979年,第7页。
⑧ 梁绍壬《两般秋雨庵随笔》卷二,褚斌杰等编《李清照资料汇编》,第122页。

第四章　经典与继响——清代女词人与李清照 / 127

"前无古人,后无来者"①,也都是同样的看法②。

　　清代女词人喜爱李清照的这首《声声慢》,其程度自不必说,首先有全篇模仿者,如席佩兰《声声慢·题风木图》:"萧萧瑟瑟,惨惨凄凄,呜呜哽哽咽咽。一片秋阴摇弄,晚天如墨。三丝两丝细雨,更助它、白杨风急。雁过也,遍寒林,尽是断肠声息。　有客天涯孤立。回首望,高堂更无人一。寒食梨花,麦饭几曾亲设。空含两行血泪,洒枯枝、点点滴滴。待反哺,学一个乌乌不得。"③某些地方竟至一字不改,虽然看得出对李清照的崇拜,毕竟原样照抄,格调不高。至于曹景芝的《高阳台·秋窗风雨图》,就颇能得易安之神:"切切凄凄,萧萧瑟瑟,听来都是酸辛。一种无聊,能消几个黄昏。梧桐洒泪芭蕉响,卷芳心、百结难分。且挑灯,起作秋诗,独抱吟身。　那能忘却当时景,记连床絮语,忒煞温存。好梦难留,休言影事前尘。伊凉吟罢《离骚》曲,倚屏山、只哭灵均。冷清清,脉坐思量,佇够销魂。"④前人曾经讥讽乔吉《天净沙》模仿李清照:"莺莺燕燕春春。花花柳柳真真。事事风风韵韵,娇娇嫩嫩,停停当当人人。""叠字又增其半,然不若李之自然妥帖。"⑤以妥帖作为叠字高境,的是内行之言。曹景芝所写,或言蟋蟀之鸣,或言秋风之声,或言离人之态,都非常自然生动,是对李清照的最好继承。另外,李清照之所作,如前所述,是"用《文选》诸赋格",我们细看曹词,远承宋玉《九辩》,近法欧阳修《秋声赋》,也是自觉从赋中吸取资源者,与李清照《声声慢》的特色正可比

---

① 陆莹《问花楼词话》,唐圭璋编《词话丛编》,第 2545 页。
② 当然,对这首词也有持否定态度的,如许昂霄《词综偶评》所云:"此词颇带伧气,而昔人极口称之,殆不可解。"(唐圭璋编《词话丛编》,第 1578 页)周之琦在《晚香室词录》卷七中同意许氏之说,云:"海盐许蒿庐谓其颇带伧气,可谓知言。"(褚斌杰等编《李清照资料汇编》,第 101 页)又蔡嵩云《柯亭词论》:"叠字句法,创自易安。以《声声慢》系叠字调名,故当时涉笔成趣。一起连叠十四字,后人以为绝唱。究之非填词正轨,易流于纤巧一路,只可让弄才女子偶一为之。王湘绮云:'诸家赏其七叠,亦以初见故新,效之则可呕。'诚然。否则两宋不少名家,后竟无继声者,岂才均不若易安乎,其故可思矣。"(唐圭璋编《词话丛编》,第 4907 页)总的来说,否定者不多。
③ 席佩兰《长真阁诗馀》,《小檀栾室汇刻闺秀词》本,第 1 页 a。
④ 曹景芝《寿研山房词》,《小檀栾室汇刻闺秀词》本,第 6 页 b。
⑤ 陆以湉撰,崔凡芝点校《冷庐杂识》卷六,北京:中华书局,1984 年,第 307 页。

128 / 传统内外：清代闺秀诗词研究

观。这就比那种有意效颦而画虎类犬者要高明许多。

当然，以上两类意象或表现手法，是清代女词人最为经常提及的，其他如"莫道不销魂，帘卷西风，人似黄花瘦"①等，也大获赞赏②。另外，还要指出，清代女词人对李清照的名作《凤凰台上忆吹箫》的情调表现，甚至感情发展脉络都非常喜欢，经常可以在作品中见到端倪。李词下片云："休休。这回去也，千万遍《阳关》，也则难留。念武陵人远，烟锁秦楼。惟有楼前流水，应念我、终日凝眸。凝眸处，从今又添，一段新愁。"③试比较吴绡《凤凰台上忆吹箫·别绪》下片："休休。归期知记否，枉自凝眸。叹凤箫声远，空忆绸缪。惟是多情月姊，应照我、两处悠悠。悠悠处，柔肠婉转，寸寸离愁。"④还有左锡嘉《凤凰台上忆吹箫·由都返晋作函寄怀都中姊妹》："苕苕。者番判袂，长笛里关山，木落风高。悔不应轻别，结想徒劳。纵有鱼笺雁帛，那当得、同话凉宵。凉宵永，空馀泪珠，湿透鲛绡。"⑤前者模仿痕迹甚重，后者在调式上也有意追随。凡此，都可以看出清代女词人的心理取向⑥。

四、追和古人与心灵对话

唱和是古代诗词写作中一种常见的形式。唱和诗的写作大致上起源于东晋，以陶渊明为开山，其特点是和意而不和韵。至梁代始有和韵现象出现，沿至中唐元、白，每多次韵唱和，"因难见巧"⑦，而至宋代苏、黄诸人，则更是推波助澜，变本加厉，形式也更加多样。既然唱和普遍存在于古典诗词

---

① 李清照《醉花阴》，陈祖美编著《李清照词新释辑评》，第 56 页。
② 如席佩兰有一词，题为《琵琶仙·席芍阶姬人黄花比瘦遗照》，显然从李清照词而来。席作见其《长真阁诗馀》，《小檀栾室汇刻闺秀词》，第 2 页 b。
③ 陈祖美编著《李清照词新释辑评》，第 90 页。
④ 吴绡《绣雪庵诗馀》，《小檀栾室汇刻闺秀词》本，第 11 页 a。
⑤ 左锡嘉《冷吟仙馆诗馀》，《小檀栾室汇刻闺秀词》本，第 16 页 b。
⑥ 其实，清代的一些男作家也喜欢用李清照词中的意象，如曹贞吉《越溪春·郭外用宋人韵》："归来三盏两盏淡酒，黄昏鸦乱风斜。"（《全清词·顺康卷》，第 6485 页）就是用李清照《声声慢》："三杯两盏淡酒，怎敌他、晚来风急。"这方面的例子甚多，文繁不引。
⑦ 李重华《贞一斋诗说》，王夫之等《清诗话》，第 929 页。

中,则怎样对和诗予以理解也非常重要。今人曾经从以下几个方面予以总结:首先,要重视原唱之题;其次,要理解原唱之意;第三,要通晓和诗的一般写法,如所和对象与自己创作的关系等①。

唱和所体现的是唱者与和者双方的一种文学关系。由于创作活动的群体意识不断发展,这种关系最初是在同时代人中间展开的,体现出来的是特定的空间意识。然而,随着创作活动的日益丰富,特别是文学史意识的增强,人们在创作中,对于前代作家,就不再满足于流于程式化的学习,而是进一步希望跨越时间的长河,以一种更为贴近的方式进行沟通或曰对话。于是,在文学史上又出现了追和古人的现象。

据苏辙引述其兄苏轼的话,追和古人,最早由苏轼开其端:"古之诗人有拟古之作矣,未有追和古人者也。追和古人,则始于东坡。"②诚然,南朝宋鲍照即创作了《学陶潜体》诗一首,此后梁江淹《杂体诗三十首》中亦有一首《拟陶征君田舍》。沿至唐代,更有崔颢《结定襄郡狱效陶体》、韦应物《与友生野饮效陶体》、白居易《效陶潜体诗十六首》等。宋代也有梅尧臣《拟陶潜止酒》、《拟陶体三首》,刘敞《效陶潜体》等。不过,"追和与拟古不完全相同。拟古是学生对老师的态度,追和则多了一些以古人为知己的亲切之感。拟古好像临帖,追和则在临习之外多了一些自由挥洒、表现个性的空间"③。这个看法,也可以用来考察后代女词人对李清照的态度。

如前所述,早在南宋,就有词人开始模拟李清照了,而和作,则直到清初才见规模④,当时彭孙遹、王士禛都有不少作品,尤以王士禛和作最多。

---

① 参看赵以武《唱和诗研究》,兰州:甘肃文化出版社,1997年,第40、215、385—388、408页。
② 苏辙《子瞻和陶渊明诗集引》,苏辙撰、陈宏天、高秀芳点校《苏辙集》卷二十一,北京:中华书局,1990年,第1110页。
③ 袁行霈《论和陶诗及其文化意蕴》,《中国社会科学》2003年第6期。
④ 应该指出的是,追和女词人的现象,明代就出现了。嘉靖、弘治年间的戴冠著有《邃谷词》四十四首,其中二十六首为和朱淑真词。其自作跋语云:"始予得朱淑真《断肠词》于钱唐处士陈逸山,阅之,喜其清丽,哀而不伤。癸亥岁除之夕,因乘兴遍和之,且系以诗,盖欲益白朱氏之心,非与之较工拙也。"(饶宗颐初纂,张璋总纂《全明词》,第662页)不过,戴冠所和《断肠词》,有些并非出自朱淑真之手,应是流传之中所掺入。即使如此,戴冠欲遍和朱淑真词的动机却是真实的。

王士禛是清初继钱谦益之后的第二代文坛领袖,顺治末年到康熙初年在扬州主持风雅,极大地促进了清词的复兴,是清词发展中的一个重要人物。王士禛一直对李清照有着很高的评价,不仅认为其是婉约派的代表①,而且称之为"词家大宗"②、"词中大家"③。"'大家'二字,在我国文学批评术语中,有其特定的含义,它是和'名家'相对而言的。只有既具有杰出的成就又具有深远的影响的人,才配称为'大家'。"④王士禛推崇李清照为词坛"大家",虽然不免有同乡意识灌注其中⑤,但以王士禛的文坛地位,他做出这样的评价,也不会毫无根据,所以,他大量和李清照的词,以此表示对李清照的向慕,也是可以理解的。

王士禛和李清照词,今存十六首,大都是次韵和意。从意的方面来说,有时是根据原意顺着写,有时则是加以对比。如两首《如梦令》:"帘额落花风骤。春思懒如中酒。久待不归来,解识相思如旧。堪否。堪否。坐尽宝炉香瘦。""送别西楼将暮。望断王孙归路。昨夜梦郎归,还是旧时别处。前渡。前渡。记得柳丝春鹭。"⑥前者和李清照《如梦令》:"昨夜雨疏风骤。浓睡不消残酒。试问卷帘人,却道海棠依旧。知否。知否。应是绿肥红瘦。"⑦都是从春天物候兴感,引起伤春之意。后者和李清照《如梦令》:"常记溪亭日暮。沉醉不知归路。兴尽晚回舟,误入藕花深处。争渡。争渡。惊起一滩鸥鹭。"⑧李词或写婚后伉俪生活,应是追记,通过回忆衬托今昔之感。王

---

① 王士禛《花草蒙拾》:"张南湖论词派有二:一曰婉约,一曰豪放。仆谓婉约以易安为宗,豪放惟幼安称首。"唐圭璋编《词话丛编》,第685页。
② 王士禛《香祖笔记》卷五,上海:上海古籍出版社,1982年,第95页。
③ 王士禛《香祖笔记》卷九,第175页。按,无独有偶,陈文述也称李清照为"大家",其《又题〈漱玉集〉》四首之一云:"《漱玉》新词入大家,卫嬛风貌亦芳华。桐阴闲话芝芙梦,第一销魂是斗茶。"陈文述《颐道堂诗外集》卷七,《续修四库全书》,第1505册,第482页。
④ 程千帆师《张若虚〈春江花月夜〉的被理解与被误解》,《古诗考索》,上海:上海古籍出版社,1984年,第93页。
⑤ 前引王士禛《花草蒙拾》在论述了婉约和豪放之宗后,又总结一句:"皆吾济南人,难乎为继矣。"前引《香祖笔记》卷五特别点出李清照是"吾郡人"。
⑥ 王士禛《衍波词》,台北:河洛图书出版公司,1978年,第3页。
⑦ 陈祖美编著《李清照词新释辑评》,第8页。
⑧ 陈祖美编著《李清照词新释辑评》,第1页。

和则径写离别,并通过梦境,创造了一种特定的时空感,表面上与李词一写酣游,一写离别,各不相同,实则也有心理上的呼应之处。总的来说,王士禛和李清照词,除了就其原意进行阐发外,也往往能写出自己特定的感受,有时甚至他的得意之笔,也在和作中出现。如《蝶恋花·和漱玉词》:"凉夜沉沉花漏冻。欹枕无眠,渐听荒鸡动。此际闲愁郎不共。月移窗罅春寒重。

意共锦裯无半缝。郎似桐花,妾似桐花凤。往事迢迢徒入梦。银筝断绝连珠弄。"①此词和李清照《蝶恋花》(暖雨晴风初破冻),写空闺独守,苦思郎君之感,其中"郎似桐花,妾似桐花凤"二句,当时广为流传,"长安盛称之,遂号为'王桐花',几令'郑鹧鸪'不能专美"②。至于和作与原作的比较,也是清人喜欢的话题,如王士禛和李清照的《凤凰台上忆吹箫》,邹祗谟评云:"清照原阕,独此作似有元曲意。阮亭此和,不但与古人合缝无痕,殆夐夐上之。清照而在,当悲暮年颓唐矣。"③不过,"元曲"云云原是清初人常拈的话头④,是云间词派为了复兴词学、推尊晚唐五代而持的一种观念,邹祗谟以此批评李清照词中有俗的一面,而忽视了其中表情达意的生动性,只能看作是宗派声腔,不必真作优劣。

总的来说,清代女性的诗词写作受到男性社会的鼓励,则和李清照词这种创作形式,也自然会引起众多女作家的兴趣,何况这其中本来就有着容易沟通的心理基础。在这些女词人的心目中,李清照无疑代表着女性词作的最高成就,她们从事追和,既是借他人酒杯,浇自己块垒,也是表示对一位前辈的敬重,同时也在这一过程中,体现与古人的相通。试看彭贞隐的两首题为《和漱玉词》的作品。《醉花阴》:"斜卷珠帘风拂昼。门掩铜环兽。天气渐融和,才弄纤箫,粉汗轻衫透。　子归啼到无声后。岂但愁黏袖。暮雨渍飞花,一担相思,怎载凌波瘦。"《蝶恋花》:"香烬成灰红蜡冻。月色横窗,竹影

---

① 王士禛《衍波词》,第 23 页。
② 徐釚《词苑丛谈》卷五,上海:上海古籍出版社,1981 年,第 85 页。
③ 邹祗谟、王士禛《倚声初集》卷十六,《续修四库全书》,第 1729 册,第 385 页。
④ 如沈亿年述《支机集凡例》:"五季犹有唐风,入宋便开元曲。"夏承焘等主编《词学》第 2 辑,上海:华东师范大学出版社,1983 年,第 245 页。

微飘动。独有双鬟和我共。困酣不识春愁重。　密咏新词香齿缝。一曲清歌,曾记凰求凤。往事回头皆似梦。玉箫忍向梅花弄。"①不但情致与李词适可比观,而且,词采华茂,也的是李词伯仲,不像有些和作,与原唱相距太远,反而露拙②。再者,彭和甚至还能巧妙地借助李清照的某些独创性意象,将其不露痕迹地用在词中,并有所转化。如"暮雨渍飞花,一担相思,怎载凌波瘦"数句,显然从李清照《武陵春》"只恐双溪舴艋舟,载不动、许多愁"③来,但以美女比花,以飞花形容相思之无奈,进而写出花落担上,无以载愁,就非常细腻。如果说李清照的这种表现手法影响了南宋张元幹写出"艇子相呼相语,载取暮愁归去"④,以及后来王实甫《西厢记》写出"遍人间烦恼填胸臆,量这些大小车儿如何载得起"⑤,则在清代女词人的作品中,也可以补上一笔。彭贞隐是清初著名词人彭孙遹的孙女,彭孙遹也有数首追和李清照的作品。我们尚不知彭贞隐和漱玉词是否受到其祖父的影响,以及是否受到其祖父的指点,但祖孙二人同和漱玉词,这件事本身就是意味深长的,带给我们的文化信息绝不止表面上透露的那一点。

值得特别提出的是,就像周邦彦词到了南宋渐成经典,有人从事词的创作,遍和周词,径将集名题为《和清真词》一样⑥,清代女词人也有将自己的作品集题为《和漱玉词》的。这显然可以充分显示出李清照在清代女词人的创

---

① 《闺秀词钞续补遗》卷四,小檀栾室刻本,第1页b。
② 如号称清代满族第一女词人的顾太清,其词自然多有优秀之作,但题为《和李清照〈漱玉词〉》的《壶中天慢》一调却写得平平。词云:"东风吹尽,便绣箔重重,春光难闭。柳悴花憔留不住,又早清和天气。梅子心酸,文无草长,尝遍断肠味。将离开矣,行人千里谁寄。　帘卷四面青山,天涯望处,短屏风空倚。宿酒新愁浑未醒,苦被鹦哥唤起。锦瑟调弦,金钗画字,说不了心中意。一江烟水,试问潮信来否。"词载《东海渔歌》卷一,《顾太清奕绘诗词合集》,上海:上海古籍出版社,1998年,第184—185页。
③ 陈祖美编著《李清照词新释辑评》,第205页。
④ 唐圭璋编《全宋词》,第1091页。
⑤ 王实甫《西厢记》第4本第3折《正宫端正好》,俞为民校注《中国古代四大名剧》,南京:江苏古籍出版社,1998年,第72页。
⑥ 宋代方千里有《和清真词》一卷,见收于《四库全书》。又,宋代杨泽民亦有《和清真词》一卷。万树曾称赞方千里之作:"如千里之和清真,平上去入无一字相异者,此其所以为佳,所以为难。"见其《词律》卷十九方千里《丹凤吟》评,北京:中华书局,1957年,第432页。

作中的经典意义。

《和漱玉词》的作者是许德蘋,字香滨,自号采白仙子。本姓邓,家于扬州。父母早亡,为苏州许氏收养,因此改为许姓。后嫁与朱和羲为侧室。咸丰十一年,死于太平天国之难。许德蘋才华横溢,思致清新,孤苦的身世培养了她对生活的细腻感受,体现在词中,往往非常真切。如《寿阳曲·道旁孤梅着花睹此生感》:"一树疏花发,众芳都不如,向天涯、赠将何处。甚殷勤,暗香留几许。轻试问,是谁为主。"①孤独却又高洁的形象,正和她个人的身世可以比观。如果说,南宋陆游曾经以"寂寞开无主"的描写,抒发"零落成泥碾作尘,只有香如故"的情怀②,许氏继响,表现个人的生活,也有其特殊的认识价值。从她的作品来判断其生活,似乎也有不少难言之隐,如《玉楼春》:"闲来几日寻芳径。踏碎几多杨柳影。枝头燕子语双双,也学人情飞不定。 凭阑陡起伤春病。满树桃花如我命。碧天和露种何年,莫使风吹红雨冷。"③命如桃花,是女子常见的写法,但是,人情不定,则肯定有着具体的生活感受,所以,尽管苦苦追求,芳径踏遍,只是徒然踏碎杨花之影而已。"踏碎几多杨柳影"一句,设想奇特,足以和著名的"张三影"④媲美,在这里,非常恰切地表现了词人的情怀。可以想见,许氏在生活中一定希望得到关爱,追求彼此的相知和理解,但即使丈夫是文士,夫妻之间也是聚少离多,所以她会写出:"起来又把瑶琴怨。流水高山弹已遍。蒹葭深处有伊人,真个曲中人不见。"⑤总有一种迷惘的情思。但是,她写离怀也有自己的特点,如《子夜歌·新秋寄怀主人》:"凉云薄薄如罗绮。丝丝如绣回文字。鸿雁不归来。教奴心上猜。"⑥用苏蕙的典故,把天上的云彩比作罗绮,欲织出充满相

---

① 许德蘋《涧南词》,《小檀栾室汇刻闺秀词》本,第5页b。
② 陆游《卜算子·咏梅》,唐圭璋编《全宋词》,第1586页。
③ 许德蘋《涧南词》,《小檀栾室汇刻闺秀词》本,第1页a。
④ 据胡仔《苕溪渔隐丛话前集》卷三十七引《古今词话》:"有客谓子野曰:'人皆谓公张三中,即心中事,眼中泪,意中人也。'子野曰:'何不目之为张三影?'客不晓。公曰:'云破月来花弄影'、'娇柔懒起,帘压卷花影'、'柳径无人,堕风絮无影',此余生平所得意也。"第252—253页。
⑤ 许德蘋《玉楼春·夏情》,《涧南词》,《小檀栾室汇刻闺秀词》本,第1页a。
⑥ 许德蘋《涧南词》,《小檀栾室汇刻闺秀词》本,第2页b。

思的回文诗。这个想象固然已经不简单,下面一转,却是更为奇特,语带双关,既明用鸿雁传书的典故,点出离别之苦,又暗用雁阵成字的意象,绾合回文,同时,也含括了张炎"写不成书,只寄得、相思一点"①的语意,真是奇思妙想。这样一个才女,仰慕李清照,由敬其人而和其词,惺惺相惜,今古相通,正是非常自然的。可惜红颜薄命,在战乱中未终天年。她留下一首词,调寄《唐多令》,写对当时战乱的感受:"鸿雁一声秋。江干钓未收。是何人、独倚西楼?听彻邻家吹玉笛,明月下,诉扬州。　蓦地起边愁。金戈载道游。说桃源、何处渔舟?霜叶围山红簌簌,还认是,武陵邱。"②这也和李清照晚年的创作情怀可以相通。所以,是她写出了一卷《和漱玉词》,而不是别的什么人,也有其必然的原因存在。

　　据今人研究,传世李清照词,比较可靠的共47首③,不过诸本各有不同,最终认定也有困难。许德蘋《和漱玉词》一卷共53首,有一些恐怕是反映了清人的看法,和今人的研究不同,尽管如此,这个数字已经不少,大约也已接近尽和其词了。而从内容上来看,许氏和李清照词,往往就原词之意来写,如李词《永遇乐》写元宵,《醉花阴》写重阳,《渔家傲》写梦境,《孤雁儿》写梅花,许氏亦然。看得出来,对这位前辈,她是充满敬意,所以希望在那些名篇佳作的馀响中,加入自己的声音。当然,其中也不免借他人之酒杯,浇自己之块垒,体现出自己的情愫。如《一剪梅·秋别》:"一阵凉生一片秋。渺渺烟波,轻送扁舟。横空雁影叫西风,望断天涯,更上层楼。　但见行云逐水流。霜叶千林,尽是离愁。计程犹比古馀杭,为避潮头,未过江头。"④丈夫由苏州乘船,向杭州而去,登楼怅望,不见帆影,而"计程"云云,则在思念之中,更带牵挂,包含深情。尤其独特者,以《西厢记》中"晓来谁染霜林醉,总是离人泪"⑤入词,在清代严厉批评以曲入词的大环境中,不仅敢于用,而且用得

---

① 张炎《解连环·孤雁》,唐圭璋编《全宋词》,第3470页。
② 许德蘋《涧南词》,《小檀栾室汇刻闺秀词》本,第4页a。
③ 陈祖美编著《李清照词新释辑评·前言》,第3页。
④ 许德蘋《和漱玉词》,《小檀栾室汇刻闺秀词》本,第7页b。
⑤ 王实甫《西厢记》,俞为民校注《中国古代四大名剧》,第70页。

好,很能见出胆魄。事实上,在自觉不自觉中,许德蘋有着挑战前人的心理动机。李清照有《孤雁儿》一首,序云:"世人作梅词,下笔便俗。予试作一篇,乃知前言不妄耳。"①许德蘋和其词,抄录原序之后,又加一句云:"今蘋亦效颦,未知能免俗否?"其词写道:"仙人破蜡冲寒起。正索笑、多清思。一枝冷淡报春回,瘦影横斜临水。初调琴轸,弹成三弄,谁识千金意。 小心数点藏天地。恁都感、相思泪。西湖占断好春光,惟有林逋独倚。疏帘淡月,与花同梦,终古柔情寄。"②这首词比起李清照的原唱,或许力有未逮,但是,作品写梅而不黏着于梅,跳脱开来,以人的柔情,点染对梅的眷恋,也还是有自己的思路。联想到她在作品里表现出的对姜夔的仰慕③,如果说,其中也能找出一点白石的影子,应该是并不牵强的。而且,有时候,她也会巧妙地运用李清照词中的一些意象,稍加变动,创造出另外的阅读感受。如《点绛唇》:"一曲瑶琴,泠泠谱出柔荑手。雪肥梅瘦,春色重帘透。"④将李清照著名的"绿肥红瘦"变成"雪肥梅瘦",不嫌突兀,反而感到有一种别致的意趣。这就是她在面对一个偶像时,所进行的再创造。

应该指出的是,那些和李清照词的作品,真正能到达李词水平的作品并不多,这一事实,再一次说明李清照的独特性。不过,或许可以换一个角度认识这种现象,因为这些作品的价值显然不仅体现在文学上,更主要是体现在文化上。清代词坛上,女词人们不断追和李清照,使得李清照作为一个符号,内涵不断被强化,这显然也是建构其接受史的一个极其重要的方面。

五、媲美易安与经典延续

在清代,虽然确实有男性文人对女作家从事写作不以为然⑤,但总的来

---

① 陈祖美编著《李清照词新释辑评》,第 226 页。
② 许德蘋《和漱玉词》,《小檀栾室汇刻闺秀词》本,第 10 页 a。
③ 许德蘋《一七令·对梅花作》:"谁识孤标能鉴水,除非白石更无词。"见其《涧南词》,《小檀栾室汇刻闺秀词》本,第 5 页 a。
④ 许德蘋《和漱玉词》,《小檀栾室汇刻闺秀词》本,第 1 页 a—1 页 b。
⑤ 如章学诚写有《妇学》一文,反对女性进行文学创作,见其《文史通义》。

说，社会对此持宽容甚至鼓励的态度，因而有关的评论非常多。孙康宜和苏源熙（Haun Saussy）两位教授主编的《中国古代妇女作品选》别出心裁地在附录中列出了男作家评女作家和女作家评女作家两类资料，是一个非常敏锐的思路，因为，这种现象反映出在明清两代，由于创作的繁荣，也导致了理论的发展。两者互相交叉，同步演进，共同构成了明清女性文学的兴盛。

清代的男性文人在评价女词人的创作时，经常选取的坐标也是李清照，若表示某词人的创作不逊于李清照，那就往往意味着对该词人的最高肯定。有关论述如下：

朱中楣原名懿则……熊雪堂少宰称其诗馀秾纤倩丽，不减易安。（徐乃昌《朱中楣小传》）①

《玉雨词》者，新建女子曹慎仪著。……髫龄授五经卒业，女红馀事，耽尚吟律，尤工诗馀，其至到者，虽《漱玉》、《断肠》诸集，不能过也。（汪全德《玉雨词叙》）②

从创作实际来看，出于鼓励创作的动机，某些男性文人的揄扬未免溢美③，但正如我们一再强调的，理论必然要有具体的作品支撑，也不能完全信口开河。王次回的女儿王朗有《浣溪沙》一首，其上片云："抱月怀风绕夜堂。看花写影上纱窗。薄寒春懒被池香。"陈维崧评云："'抱月'四字，非温韦不能为也，'绿肥红瘦'，何足言警！"④又于启璋（字静媛）《凤凰台上忆吹箫·弄

---

① 《小檀栾室汇刻闺秀词》第9集《词人姓氏》，第1页a。类似的表述，还有《众香词》评王微："其诗娟秀幽妍，与李清照、朱淑真相上下。"语见徐乃昌编《闺秀词钞》卷六所引，宣统元年小檀栾室刻本，第12页a。
② 《叙》见曹慎仪《玉雨词》，《小檀栾室汇刻闺秀词》本，序第1页a。
③ 从溢美的角度看，最典型的莫过于对王微词的评价。王微是晚明青楼名妓，当时盛称其才情，如施绍莘赞其《忆秦娥》等"风流蕴藉，不减李清照"（王昶《明词综》卷十二引，台北：台湾中华书局影印《四部备要》本，1966年，第5页a）。但检视其词，今存不足二十首，殊不见特异之处，施之所评，或亦晚明文人交接青楼之策略。
④ 《闺秀词钞》卷十，第7页a—7页b。

花香满衣》:"残蜡辞梅,嫩寒侵柳,小园风送春来。渐夭桃竞放,琼李争开。相约西邻女伴,妆罢也、倚徙莓苔。柔荑滑,弓鞋半褪,罗袜微歪。 安排秋千架畔,试闲寻百草,笑赌双钗。更揉红捻白,插鬓堆怀。伫立湖山石上,错引得、蝶恋蜂猜。花阴冷,归更雪缕,香溢妆台。"《林下词选》评云:"静媛性耽文翰。吴潇湘居士云:《针馀》绝似《漱玉》,'揉红捻白',不减'宠柳娇花'。"①这些体认,都是有说服力的。

下面,我们拟从存词较多的一些女词人,即朱中楣和曹慎仪的作品中,探讨一下她们能否当得起比美易安的评价。

从朱、曹两人的创作来看,她们的心中是有李清照的影子的,如朱中楣《西江月·暮春雨夜》有云:"天涯芳草共悠悠,零落海棠消瘦。"②显然与李清照有着直接的渊源。而曹慎仪《凤凰台上忆吹箫》(落絮风微)③,虽未明说,实际上是次李清照同调词韵。所以,评论家特地把她们和李清照进行比较,并非无缘无故。

朱中楣原名懿则,字远山,明宗室朱议汶女,兵部尚书李元鼎妻,礼部尚书李振裕母。著有《随草诗馀》、《亦园嗣响》、《镜阁新声》等,与其夫集合刻为《石园全集》。朱中楣与明末清初女作家如徐灿、顾媚等都有交往。她有两首《满江红》,前一首题为《读陈相国徐夫人湘蘋词》:"泪眼愁怀,聊只把、芳词翻阅。句清新,堪齐络纬,并称双绝。字字香传今古愤,行行画破英雄策。倩玉箫吹彻汉宫秋,声声咽。 离别闷,仍犹结。旧游处,燕台月。□一番风雨,乱红愁叠。玉树森森连紫苑,英才尽是人中杰。盼相逢约略在何年,从头说。"后一首题为《丁酉仲夏读陈素庵夫人诗馀感和》:"乍雨还晴,怨怨怨、天无分别。更那堪,淮流泾水,共人悲咽。佳节每从愁里过,清光又向云中没。怪啼痕欲续调难成,柔肠绝。 花弄影,红残缬。冰荷覆,瑶琴歇。问梁间燕子,共谁凄切。举目关河空拭泪,伤心杯酒空邀月。叹人生如梦许多般,皆虚掷。"④词写得不算出色,有些地方甚至粗疏或句意不通,恐怕有传

---

① 《闺秀词钞》卷二,第 15 页 b—16 页 a。
② 朱中楣《镜阁新声》,《小檀栾室汇刻闺秀词》本,第 2 页 b。
③ 曹慎仪《玉雨词》,《小檀栾室汇刻闺秀词》本,第 12 页 b。
④ 朱中楣《镜阁新声》,《小檀栾室汇刻闺秀词》本,第 6 页 a—6 页 b。

抄或者刊刻上的错误,不过,词中所传达的信息却值得重视。显然,朱氏非常了解徐灿的生活,同时堪称徐灿创作的知音①。她写徐灿伤悼故国,伴随流人于燕北,词作充满家国之思,都非常真切。而提到"调难成"、"瑶琴歇",或者也深知徐灿尽管不能接受丈夫仕清,却又无法阻止的无奈。和第一流的女词人结交,当然自己也不会太差。总的来说,朱中楣的词境界比较开阔,多写一些前代女词人不大涉及的题材,如《行香子·初霁看牡丹》:"好鸟初耕,坐老啼莺,桑鸠唤妇晚窗明。牡丹初放,尚带微醒。看青猊白,蓬莱紫,玉楼春。　雨中过半,些子新晴。闲拈小调咏芳卿。怕春归早,似笑还颦。有醍醐伴,凌霄侣,惜花人。"《千秋岁·春雪》:"琼花飘砌,点额新妆媚。微雨间,轻风起。同云迷雁杳,绣阁添香沸。囊罄也,惟余薄酿还堪醉。幸识贫滋味。衙舍清如水。冰欲泮,寒应已。心随残梦远,意搅繁英碎。春又也,人归不似春归易。"②前者咏牡丹,虽有惜春意,但格调清新,并不过于伤感,倒也写出了花中之王的气度。后者咏春雪,只第一句紧扣题面,随即空际转身,放开笔墨,多方烘托,似从欧阳修、苏轼以禁体写雪获取资源,能够宕出远神。这些,都能看出朱氏的表现能力。

曹慎仪,江西新建人,祖父为礼部尚书,父亲为兵部侍郎,丈夫也曾任侍郎。曹慎仪少时即熟习五经,尤其擅长吟咏。丈夫顾清昕有才名,二人闺房酬唱,为时人所称羡。曹慎仪的词,表情达意,非常深细。如《清平乐·送春》:"天涯离恨,春尽愁难尽。只有枝头莺语近,不管粉残香褪。　一帘烟絮轻吹,销魂怕说春归。又见夕阳深院,东风点点花飞。"③此词亦不外伤春伤别,然从天涯望断,到小院愁怀,连缀起一个时间过程,语句里又将欧阳修

---

① 另一位女词人锺筼所写的《西江月·题海昌陈相国夫人徐湘蘋〈拙政园词〉后》,也可以参考:"灯火平津阁上,莺花拙政园中。五云深处凤楼东,一枕辽西幽梦。　苏蕙回文锦字,班家团扇秋风。龙吟鹤和几人同,声压南唐北宋。"(锺筼《梨云榭词》,《小檀栾室汇刻闺秀词》本,第3页a—3页b)很恰当地指出徐灿的词由于跟随丈夫到了辽西边塞,才有了重大变化,而推重她的成就超过南唐北宋,虽然不免过誉,却是从徐灿词学南唐北宋出发,也是内行的理解。
② 朱中楣《镜阁新声》,《小檀栾室汇刻闺秀词》本,第4页b—5页a,第5页b。
③ 曹慎仪《玉雨词》,《小檀栾室汇刻闺秀词》本,第3页b—4页a。

"平芜尽处是春山,行人更在春山外"①,贺铸"试问闲愁都几许,一川烟草,满城风絮,梅子黄时雨"②,以及欧阳修"庭院深深深几许"③等意思融合在一起,剪接无痕,感情深切。而写秋感,则又另是一番情调,如《念奴娇·暮秋即事》:"飘残疏雨,又秋光九十,匆匆过半。庭竹萧萧枫染绛,小苑帘栊低卷。几点蛩声,数行鸿字,九畹芳兰绽。西风吹老,眼前秋色清浅。 一派暮景苍然,当时宋玉,偏自多愁感。谁解秋深幽意好,别有赏心无限。况届题糕,一城风雨,蚁绿蟹黄满。寒英频摘,短篱又泛金盏。"④描写秋天而能写出豪情,本来就比较少,出自女子之手,就更加罕见。此词虽然也有"蛩声"、"鸿字"等悲秋的传统意象,但是格调并不衰颓,反而在"西风吹老"的背景中,看到"眼前秋色清浅",感到"一派暮景苍然",所以,对写出"悲哉秋之为气也,萧瑟兮草木摇落而变衰"⑤这样著名的悲秋之作的宋玉,颇不以为然,因为宋氏难"解秋深幽意好",无法领略其中的"别有赏心无限"。"题糕",是用刘禹锡的典故,意思是在诗词传统中,有些字于古无征,故不能随便用,即使像刘禹锡这样充满豪气、不守成墨的人,也不敢用"糕"字,因为不经见⑥。所以,前人曾经写诗感慨:"刘郎不敢题糕字,虚负诗家一代豪。"⑦曹慎仪写出此事,当然是眼空万古,认为作家们往往被成见所束缚,不敢进行突破性创造,是极其自负的表现。但她用刘禹锡的典故,其实并不是对刘氏的创作有微词,相反,倒是提醒人们注意刘禹锡在咏唱秋天时的脱略常俗,这就是

---

① 欧阳修《踏莎行》,唐圭璋编《全宋词》,第 123 页。
② 贺铸《青玉案》,唐圭璋编《全宋词》,第 513 页。
③ 欧阳修《蝶恋花》,唐圭璋将此词断为冯延巳所作,见唐圭璋编《全宋词》,第 162 页。李清照也非常喜欢"庭院深深"的意象,曾经模仿作了两首《临江仙》,其序云:"欧阳公作《蝶恋花》,有'深深深几许'之句,予酷爱之,用其语作'庭院深深'数阕,其声即旧《临江仙》也。"陈祖美编著《李清照词新释辑评》,第 139 页。
④ 曹慎仪《玉雨词》,《小檀栾室汇刻闺秀词》本,第 6 页 a—6 页 b。
⑤ 宋玉《九辩》,洪兴祖撰、白化文等点校《楚辞补注》,北京:中华书局,1983 年,第 182 页。
⑥ 罗大经《鹤林玉露》乙编卷三:"刘禹锡作《九日》诗,欲用'糕'字,以其不经见,迄不敢用。故宋子京诗云:'刘郎不敢题糕字,虚负诗中一世豪。'"第 170 页。
⑦ 宋祁《景文集》卷二十四《九日食糕》:"飙馆轻霜拂曙袍,糗糍花饮斗分曹。刘郎不敢题糕字,虚负诗家一代豪。"《丛书集成初编》,北京:中华书局,1985 年,第 1875 册,第 307—308 页。

人们非常熟悉的一首诗:"自古逢秋悲寂寥,我言秋日胜春朝。晴空一鹤排云上,便引诗情到碧霄。"①显然,曹慎仪的这首词,不仅突破了女性词的传统,而且更显示了要突破整个中国诗词传统的魄力。事实上,如果说在诗中我们还可以不时发现类似刘禹锡这样的别致之作的话,那么,在词的传统里,能够把秋天写出这样的豪情,确实不易见到,这种在词史上的自我建构,肯定是意味深长的。另外,下面还要举出曹氏的一首词,这首词可以让我们看出清代女词人的某种生活风貌。《念奴娇·题葬花图》:"困人天气,听声声杜宇,送春时节。自是彩云吹易散,早向枝头消歇。风雨无情,韶华似梦,草草过三月。残英难绾,柳丝多化香雪。　堪叹瘦尽诗魂,绮窗病起,忍见春光别。断粉零朱飘泊感,独把花锄凄绝。香土薶愁,纱囊贮恨,和泪凝成血。此时幽怨,只伊鹦鹉能说。"②《葬花图》不知出于谁氏之手,画的显然是《红楼梦》中黛玉葬花的情境。曹慎仪所写,不仅有着浓浓的悲感,而且体现着她对《红楼梦》的熟悉和理解。清代女作家对《红楼梦》往往有着特殊的感情,《红楼梦》中的诗意生活,有助于她们理解现实生活,也有助于理解自己,甚至引导她们思考自己的生活。这个问题涉及面很宽,以后或有另文论述,此处提及曹慎仪的一首词,则可以尝鼎一脔,启发我们对这一问题的进一步思考。

总的说来,尽管我们能够发现,在清代女词人的创作中,确实有一些作品不逊于李清照③,但整体上看,以上述两位词人为例,精品还是不如李清照

---

① 刘禹锡《秋词二首》之一,刘禹锡撰,瞿蜕园笺《刘禹锡集笺证》卷二十六,上海:上海古籍出版社,1989年,第829页。
② 曹慎仪《玉雨词》,《小檀栾室汇刻闺秀词》本,第7页a。
③ 明清女词人的创作,确实有一些是将李清照原来开创的女性创作境界又提高了一步,如我在本书下编讨论徐灿的一章中将要论述的,徐灿的创作把李清照表现故国之思的主题,发展到了一个新的阶段。由于某些问题在该章中已有说明,本章就没有涉及。与徐灿表现故国之思类似的写法,还有钱斐仲的两首《虞美人》,题为《庚申七夕后二日,避寇南玉港,村居卧病,感怀》,词云:"凄凉时节凄凉雨,人在凄凉里。荒村无处访秋花,只有豆棚瓜架是生涯。　安排砚墨应无地,麋鹿为群矣。牙签玉轴委泥沙,试问客居何处客无家。""兵戈日日催人老,豺虎仍当道。断蓬流水各西东,难问亲朋何处寄浮踪。　离离秀苗谁家稻,共说秋来早。一行新雁点晴空,赢得离人清泪洒西风。"钱斐仲《雨花盦诗馀》,《小檀栾室汇刻闺秀词》本,第11页a—11页b。

多。这就启发我们去思考一个问题:是那些男性批评家有意溢美呢,还是他们的鉴赏力不够?我想,这恐怕更应该被看成是一种策略,提醒人们传统的经典并没有凝固,而是在后代延续,实际上具有文学史发展的意义。另外,既然清代的批评家评价李清照词的时候,经常说的一句话就是"不让须眉"[1],而他们评价清代另外一些女词人的时候,又说可以媲美李清照,里面是否暗含着一种心理动机,即清代女性的创作确实已经到达了这样的境地,以至于可以向已经建构好的传统挑战了。不过,这已经是另外一个问题了。

六、馀论:创作中的理论建构

从清代女词人的上述创作活动,可以看得很清楚,她们是把李清照当成一个文学典范来对待的,当然也反映了她们在建构文学经典时的某种心理动机。

孙康宜在其《明清文人的经典论和女性观》一文中曾经指出,尽管世界上任何一个国家都没有像中国在明清时期那样产生这么多的女诗人,明清妇女文学也达到了空前的繁荣,但是后来的文学史上却没有那些女作家的名字。在女性主义批评盛行的今天,人们很容易将其归咎于父权制,即由于文学史大都是男人编写的,因而女性作家自然会沦为沉默的群体。不过,性别和权力、阶级等问题非常复杂,站在不同的角度,会有不同的解释。孙康宜认为,若是无法清理得更清楚,则不如关心以下的问题:某些作家是怎样成为经典作家的[2]。

中国古代的文学批评一直有着强大的传统,在这个传统中,有着各种不同的表现。或表现为选集,或表现为评点,或表现为专论,或表现为序跋,或

---

[1] 如李调元《雨村词话》卷三:"易安……盖不徒俯视巾帼,直欲压倒须眉。"唐圭璋编《词话丛编》,第1431页。

[2] 孙康宜《明清文人的经典论和女性观》,《文学经典的挑战》,南昌:百花洲文艺出版社,2002年,第95—96页。

表现为诗话、词话等。总的来说,到了明清,女性的批评声音已经开始被释放出来,包括从事女性诗词的选辑,撰写对于女性创作的评论,或者出版关于女性创作的诗话或词话等。但是,那样的作品,一方面,在量上还比较少,另一方面,由于种种原因,特别是写作的随意性,包括名花谱式的罗列,导致那些评论基本上没有在文坛上引起多大的反响。更重要的是,女性的批评家一般都是零散地出现,缺少"集体发声",所以,她们的文学观点也就没有出现什么普遍关心的焦点,为文坛所重视。

不过,中国传统的文学批评一向就有两种基本的形式,一种是直接发表批评的见解,一种是通过创作中所体现的倾向来发表见解。前者为当今治文学批评者所重视,后者则还没有引起应有的注意。但是,这种现象却是大量存在的。最典型的,像陶渊明的诗之所以在宋代开始成为经典,除了有一些人提倡之外,更主要的就是出现了集体性的模仿行为,像苏轼的遍和陶诗,对于宋代诗坛形成普遍的风气无疑起着巨大的作用。还有词坛上的周邦彦,他在南宋起到重大影响,在词学批评非常薄弱的情况下,也是靠着若干作家如姜夔、吴文英等的学习性创作来达成的,尤其是南宋的方千里、杨泽民等曾作《和清真词》,更是让时人认识到周邦彦的魅力。从这个角度,我们会看到一个非常有意思的现象,即在词坛上,从现有的文学评论资料来看,李清照词的经典化主要是由男性文人予以建构的,今人花了大力气编纂的一本《李清照资料汇编》,无疑也会给我们留下这样的印象。对此,明清的女词人肯定是同意的,但是,不可忽略的是,她们其实也已经默默加入了对李清照经典化的过程,这就是她们的创作。她们在创作中,或者和李,或者用李,或者试图超过李,都不断强化了李清照的影响力,最终和直接的批评家一起,创造出李清照牢不可破的崇高地位。人们一般认为,女词人的创作题材往往较为简单,但是有这么多女词人集体性地选择与李清照的创作发生关系,这确实是一个值得注意的现象,至少可以反映出在中国历史上,文学的经典化所具有的丰富的形式。

另外,话题回到经典化的原因,尽管权力、阶级的因素被某些人认为非常重要,但是,批评家布鲁姆却提出了著名的"美学价值"说,认为在经典化

第四章 经典与继响——清代女词人与李清照

的过程中,起关键作用的是对象创作的美学价值①。秉持这一观点来讨论清代女词人对李清照的经典化,也能够得出有趣的认识。在本章中,我们已经指出,关于李清照改嫁,宋代的文人几乎都承认这一事实,而明清的不少文人则认为是无稽的谣言。清代女诗人在写诗时,经常站在传统男权的角度,对李清照未能"从一而终"予以讽刺,而她们在写词的时候,则很少涉及这一话题。众所周知,中国文学批评中有一个非常强大的传统,即为人与为文的统一论。尽管相反的意见也存在,如萧纲在《诫当阳公大心书》中提出的"立身先须谨重,文章且须放荡"②之类,而且,有人评价李清照的时候,也会从这个角度立论。但是,明清女词人在创作的时候相对不理会关于李清照所谓"品格"的问题,是否也有一种潜在的心理状态,即认为美学的价值是最重要的价值。果然如此,则我们对明清女词人通过创作来对李清照进行经典化,就觉得更有意思了。

---

① 布鲁姆(Harold Bloom)《西方正典》(*The Western Canon*),高志仁译,台北:立绪文化实业有限公司,1998年,第1页。
② 严可均辑校《全上古三代秦汉三国六朝文·全梁文》卷十一,北京:中华书局,1958年,第3010页。

第五章 艳情与风雅
——清代女词人的艳体咏物词

  南宋前期，在咏物词的创作日益得到文坛重视的风气中，刘过写了两首宫体咏物词，分别是调寄《沁园春》的咏足和咏指甲。这两篇作品在其当代有什么反响，尚不清楚，但到了宋末，张炎在总结南宋词坛时，就提了出来，将其置于《词源》的"咏物"一条中，评之为"工丽"①。或者正是由于受到了张炎的鼓励，元代的邵亨贞和沈景高，明代的莫秉清和周拱辰等皆有仿作，但尚不成气候。明清之际，这类题材引起了词坛的很大关注，顺康两朝，作者辈出，数量激增，沿至雍正、乾隆乃至嘉庆年间，更是有很大发展，据不完全统计，相关作品超过 500 首，其丰富与多元也远非前代所及。值得提出的是，在这一风潮中，不少女性也加入了进来。在中国古代，由于男权的强大，女性的身体往往作为男性赏玩的对象，见之于吟咏，不足为奇。可是，女性自己也对此表示了特殊的兴趣，以女性身体作为描写的对象，这一现象所体现的文学史和文化史意义，值得讨论。

---

① 张炎《词源》卷下"咏物"条，唐圭璋编《词话丛编》，北京：中华书局，1986年，第262页。

真正的变化是从六朝梁陈宫体诗开始的。宫体诗的出现,固然与前此诗赋传统中有关的艳情描写关系密切,但更主要的原因是体物传统的进一步发展①,是从建安以迄齐梁,重"形似"②、贵"巧似"的风气蔓延诗坛的某种结果。如梁简文帝《美人晨妆诗》③、张率《日出东南隅行》④,都已经把描写的笔触集中到了一个特定的点上,特别是张率之诗,从不同角度写女子之容貌衣着,更突出地展示出诗歌中物化了的女性书写。

宫体诗兴起以后,面临着传统的巨大反弹,它挑战了诗在中国社会中长期形成的集体意识,背离了"思无邪"的诗教观,因此,自隋唐以来,就一直受到批判。但事实上,从创作的层面来看,这一倾向始终在或隐或显地延续,只是一旦稍成气候,马上就有正统的诗歌理论出来纠偏,这在中国诗歌史上,几乎已成定律。明代末年,文学风气有浮艳一路,然而即使是"喜作小艳诗"⑤的王次回,虽然乾隆年间的沈德潜诋之甚力,认为其"动作温柔乡语","最足害人心术"⑥,但露骨表达艳情的,其实不多,而以咏物之赋笔写女性,则更是少之又少⑦。

可是,同属抒情诗的传统,词的出现却走了另外一条道路。词的趋向成熟,主要是在晚唐五代⑧,而且是以描写美女和爱情为主要内容,这在一定程度上确立了词的表现基调,一直为后人所尊奉。既然是写美女,则免不了对其形象进行刻画。像欧阳炯的《南乡子》(二八花钿),写女子的胸、脸、耳及衣饰,非常香艳。欧阳炯《浣溪沙》(相见休言有泪珠),则如况周颐所评:"自

---

① 参看归青《论体物潮流对宫体诗形成的影响——宫体诗渊源论之一》,《上海大学学报(社会科学版)》2004年第4期,又归青《宫体诗渊源论二题》,《上海大学学报(社会科学版)》,2006年第3期。
② 颜之推《颜氏家训·文章》:"何逊诗实为清巧,多形似之言。"王利器《颜氏家训集解》,上海:上海古籍出版社,1980年,第276页。《文心雕龙·物色》:"自近代以来,文贵形似。"王利器校笺《文心雕龙校证》,第279页。
③ 逯钦立辑校《先秦汉魏晋南北朝诗·梁诗》卷二十二,北京:中华书局,1983年,第1953页。
④ 郭茂倩《乐府诗集》卷二十八,北京:中华书局,1979年,第420页。
⑤ 唐圭璋编《词话丛编》,北京:中华书局,1986年,第713页。
⑥ 沈德潜《国朝诗别裁集·凡例》,香港:中华书局,1977年,第3页。
⑦ 参看拙作《情感体验与字面经营——纳兰词与王次回诗》,《社会科学》2012年第2期。
⑧ 关于词起源在何时,学界有不少争论,比较主要的观点是认为在初盛唐之间,但其关键的发展阶段却是在晚唐五代。

有艳词以来,殆莫艳于此矣。"①这一类的描写,如此之大胆直白,连暗示的语言都省略了,确实在中国诗词传统中是少见的。可是,即使如此,基本上,人们并没有将这一类作品提到诗教的高度去予以评判,纵然在北宋就有关于宰相是否可以作以描写女人为题材的小词的讨论②,但是整个社会的评价标准,仍然是持开放态度,允许这样的作品存在。因为,"小道"、"艳科"虽然是否定性评价,但只要不损害诗的正宗地位,写作小词,确实也不妨香艳。因此,词在进入其全盛阶段时,就有一个非常宽松的环境,能让其按照初始的道路向前发展。再加上南宋以来,词的应歌功能减弱,应社功能加强,咏物词逐渐兴起,因而顺理成章地出现了刘过的两首专门描写女人身体的《沁园春》。对于这两首词,后人争议甚多③,这里,我们主要关注其写法。在作者笔下,基本上都是用的赋体,即铺叙之法,而且,多半是"言其用不言其名"④的思路。这使我们看到两个方面的影响。第一,晚唐时,艳情诗有了进一步发展,在善写香奁体的韩偓笔下,有一首《咏手》:"腕白肤红玉笋芽,调琴抽线露尖斜。背人细捻垂胭鬓,向镜轻匀衬眼霞。怅望昔逢寨绣幔,依稀曾见托金车。后园笑向同行道,摘得蘼芜又一柯。"几乎通篇都是"言手之用"⑤。

---

① 况周颐《蕙风词话》卷二,唐圭璋编《词话丛编》,第 4424 页。
② 魏泰《东轩笔录》卷五:"王荆公初为参知政事,闲日因阅读晏元献公小词而笑曰:'为宰相而作小词可乎?'平甫曰:'彼亦偶然自喜而为尔,顾其事业岂止如是耶?'时吕惠卿为馆职,亦在座,遽曰:'为政必先放郑声,况自为之乎?'平甫正色曰:'放郑声不若远佞人也。'吕大以为议己,自是尤与平甫相失也。"(李裕民点校,北京:中华书局,1983 年,第 52 页)但实际上,北宋的不少宰相如范仲淹、欧阳修等,都写小词。
③ 对这两首词,宋末张炎的评价比较高,清代浙西词派系列大致没有异议,而至常州词派则给予严厉批评。参看拙作《典雅与俗艳——朱彝尊〈沁园春〉写艳诸作的时代风貌及其历史评价》,《安徽大学学报(哲学社会科学版)》2012 年第 5 期。
④ 魏庆之《诗人玉屑》卷三,上海:中华书局上海编辑所,1959 年,第 45 页。
⑤ 赵与时著,齐治平点校《宾退录》卷九,上海:上海古籍出版社,1983 年,第 117 页。按,这一种写法,宋人确实感兴趣,《宾退录》同卷引洪迈《夷坚志》,记载了紫姑的一首《咏手》:"笑折樱桃力不禁,时攀杨柳弄春阴。管弦曲里传声慢,星月楼前敛拜深。绣幕偷回双舞袖,绿窗闲整小眉心。秋来几度挑牙袜,为忆相怜放却针。"(按,此条亦见洪迈《夷坚支乙》卷五,文字略有不同,洪迈著,何卓点校《夷坚志》,北京:中华书局,1981 年,第 834 页)赵氏比较了这两首诗,总结说:"其体正同。"按"紫姑"乃女仙,《夷坚三志壬》卷三"沈承务紫姑"条:"紫姑仙之名,古所未有,至唐乃稍见之。"(第 1486 页)是则为托名所作。

刘过虽是咏指甲,更为纤细,但写法却是如出一辙。晚唐是唐代艳情诗发展的重要阶段,刘过以其刻画琐屑专写艳情的咏物词,直接上承晚唐,恐怕也是抒情意趣发展的必然。第二,以赋法入词在当时已经成为创作的新趋势,即如辛弃疾著名的《贺新郎·别茂嘉十二弟》,"尽集许怨事,却与太白《拟恨赋》相似"①,其实也是另一种"言其用不言其名"。刘过是辛弃疾的幕客,其词亦每学辛弃疾②,他在《沁园春》二首中另辟蹊径,也可以看作时代风气的某种体现。

明清之际是一个声色大开的时代,征歌选艳成为具有典型特色的生活风气;同时,词学又在酝酿着重大的变革。这时候,前代作家任何一种有所探索的创作,都会引起词坛的关注,从而吸引人们进行学习。晚唐的李商隐曾经对如何写美人有这样的要求:"倾国宜通体,谁来独赏眉。"③认为美人之美应该是一个整体,无法割裂,这一理念颇得文坛认同,却也并不妨碍有些作家逆向思维,由整体聚焦局部,而展现出有些另类的审美情趣。明清之际的词人显然对刘过的这类作品深感兴趣,所以,不仅模仿,而且扩充;不仅采刘过原调争奇斗艳,而且扩展到其他词调。这些,都使得文学史的发展变得更有意味。

二、艳情咏物与清代女词人

中国女性从事文学创作的传统源远流长,《诗经》中恐怕已经有不少作品出自女性之手。汉代以来,女作家不断出现,考察她们在创作中对女性音容体貌的描写,是一件很有意味的事。

汉成帝时的后宫女官班婕妤,是见诸文字记载的较早的女作家。据说,她受到赵飞燕姊妹的排斥,退处东宫后,曾有一些诗赋之作,著名者如《自悼

---

① 沈雄《古今词话·词品》下卷,唐圭璋编《词话丛编》,第952页。
② 刘过学辛,为人们所公认。刘熙载《词概》曾比较二人的风格说:"刘改之词,狂逸之中自饶俊致,虽沉着不及稼轩,足以自成一家。"唐圭璋编《词话丛编》,第3695页。
③ 李商隐《柳》,冯浩《玉谿生诗集笺注》卷三,上海:上海古籍出版社,1979年,第649页。

第五章　艳情与风雅——清代女词人的艳体咏物词 / 149

赋》,自悲身世,但在这个非常适合铺叙的文体中,很少见到对自己体貌的描写。诗坛上,由汉迄魏有蔡琰《胡笳十八拍》、《悲愤诗》,徐淑《答夫秦嘉诗》等,或写离乱,或写分别,在女性的自我描写上,也都着墨不多。大约到了六朝时期,也许是随着宫体诗渐渐兴起,女性作家的笔下也开始有了一定的变化。如梁代的刘令娴《答外诗》二首之二:"东家挺奇丽,南国擅容辉。夜月方神女,朝霞喻洛妃。还看镜中色,比艳似知非。摛辞徒妙好,连类顿乖违。智夫虽已丽,倾城未敢希。"①这还是偏重于侧面描写,至于范靖妇沈氏的《映水曲》:"轻鬓学浮云,双蛾拟初月。水澄正落钗,萍开理垂发。"②则就类似直接的体貌描写了。到了唐代,随着女诗人的增多,相关的描写大大增多了。如唐太宗妃徐惠《赋得北方有佳人》:"由来称独立,本自号倾城。柳叶眉间发,桃花脸上生。腕摇金钏响,步转玉环鸣。纤腰宜宝袜,红衫艳织成。悬知一顾重,别觉舞腰轻。"③徐惠此诗和梁代刘令娴所作,都属于"赋得"体,诗题即来自汉武帝时的李延年。史载:"延年性知音,善歌舞,武帝爱之,每为新声变曲,闻者莫不感动。延年侍上起舞,歌曰:'北方有佳人,绝世而独立,一顾倾人城,再顾倾人国。宁不知倾城与倾国,佳人难再得。'"④刘作直接学李,注重侧面烘托,徐作则从不同方面描写佳人之美,又有发展⑤。

　　以上所述,以女性的身份而写女性,尽管有侧面和正面的不同,总的来说,涉及身体,仍然有其含蓄性。至于女作家何时在创作中对作为审美意象的女性身体加以集中表现,暂时还未能具体考知,不过至少在晚明已经比较明显。吴江叶绍袁妻女皆有才名,其三女叶小鸾,虽然只活到十七岁,但创作上惊才绝艳,非常优秀。值得提出的是,她曾作有《拟连珠》八首,分咏美

---

① 逯钦立辑校《先秦汉魏晋南北朝诗·梁诗》卷二十八,第2131页。
② 徐陵编,吴兆宜注,程琰删补《玉台新咏笺注》卷十,北京:中华书局,1985年,第495页。
③ 彭定求等编《全唐诗》卷五,北京:中华书局,1960年,第60页。
④ 班固撰,颜师古注《汉书》卷九十七《外戚传》上,北京:中华书局,1962年,第3951页。
⑤ 《全唐诗》录有赵鸾鸾《闺房五咏》七绝一组,分别题为《云鬟》、《柳眉》、《檀口》、《纤指》、《酥乳》,写得不仅刻露,而且大胆,和后来刘过的宫体咏物词最为相似,但是,考虑到作者平康妓的身份,这又是另外一个话题了。而且,这一类的诗,是否男性代言,也可存疑。彭定求等编《全唐诗》卷八百二,第9032—9033页。

人之发、眉、目、唇、手、腰、足、全身①,其母沈宜修亦随之作了同题八首②。当然,这些作品多用典故,虽然是写女性的身体,却并不香艳。

尽管在女性词中,由于男性传统的影响,美人或佳人的题材并不少见,但刘过所开创的宫体咏物一路从男词人手中蔓延了过来,仍显得比较特殊。此类作品,仅据清末民初徐乃昌所编纂的《小檀栾室汇刻闺秀词》统计,就有吴尚憙《忆江南·美人眉》,孙云鹤《沁园春·口》及《指甲》、《后鬟》,孙云凤《沁园春·眉》及《鬟》,储慧《少年游·美人足》,周琼《浣溪沙·纤手》,曹鉴冰《沁园春·发》及《口》、《目》、《腰》,叶辰《青玉案·咏手》,李怀《沁园春·腰》及《发》、《目》、《口》,吴藻《沁园春·嚏》及《息》。以上只是《小檀栾室汇刻闺秀词》收录者,不可能穷尽清代所有的女词人,但由于该总集基本上收录了清代最重要的女词人,还是具有一定的代表性。从中我们可以看到,这些作品大部分都是用了《沁园春》一调,说明写作这个题材时,刘过的《沁园春》不仅是男词人主要模拟的经典,也是女词人主要模拟的经典,她们也有意识地介入了由男性所主导的这一创作过程中。另外,从这些女词人的作品看,她们笔下的女性身体,大多集中在发、眉、口、腰、手、足等方面,比起男词人,就远远不够丰富。尤其是雍正乾隆期间,宫体咏物词往往变本加厉,竞相追逐求新,在女性身体上更广泛地做文章,甚至涉及隐秘部位,如殷如梅、朱昂诸人,连篇累牍,征新出奇,已经达到了艳词的最边界,或者也和《金瓶梅》中的小曲以及明代以来《挂枝儿》等一类作品有关③。这说明,当她们在从事创作时,还是有所选择的,或者是性别所限,不能不有所顾忌。

---

① 叶绍袁编《午梦堂集》,北京:中华书局,1998年,第349—351页。
② 叶绍袁编《午梦堂集》,第190—192页。
③ 晚明冯梦龙所辑《挂枝儿·梦》:"正三更,做一梦,团圆得有兴。千般恩,万般爱,搂抱着亲亲。猛然间惊醒了,教我神魂不定。梦中的人儿不见了,我还向梦中去寻。嘱咐我梦中的人儿也,千万在梦中等一等。"试比较史承谦《南乡子》:"穗冷一灯昏,耐尽孤眠人夜分。不信今宵还梦到,重门。的的看伊笑复颦。 暗忆梦中人,枕上凝思态未真。鸳被暖香犹未散,重温。再去寻伊缥缈身。"马大勇曾指出"末二句构思极相似",并认为此篇灵感或得自《挂枝儿》(马大勇《史承谦词新释辑评》,北京:中国书店,2007年,第37页),很有道理。词和曲有着天然的渊源,不仅明人大多词曲不分,至清代,虽经相关学者大力呼吁,仍有不少词人将词曲视为一体。词和曲彼此产生影响,原是非常自然的。

第五章　艳情与风雅——清代女词人的艳体咏物词 / 151

　　清代女词人的数量虽然很多,但不少人的生平并不清晰,因此,对上述女性的身世经历做一些分析,也许能从一个方面加深对这些作品的理解。

　　在这些女词人中,顺治、康熙年间的有四位:周琼、叶辰、李怀和曹鉴冰,而尤以后二者为有名。李怀字玉燕,华亭人,曹尔垓之妻。曹鉴冰字荼坚,号月娥,曹尔垓之女,嫁娄县张殷六。张家贫寒,鉴冰授学徒经书以自给,能书善画,著有《绣馀试砚词》。她们二人,一个是曹尔垓的妻子,一个是曹尔垓的女儿,而曹尔垓又是曹尔堪的从弟。众所周知,曹尔堪是清初词坛的重要人物,他不仅作为柳洲词派的领袖,促进了嘉善地区词学的发展,而且在整个清初词坛非常活跃。对清初词风走向起到重要作用的三次唱和都和曹尔堪有关:康熙四年(1665)曹尔堪在杭州与宋琬、王士禄以《满江红》相唱和,吸引数十人参与;康熙七年(1668)曹尔堪在扬州与王士禄等17人以《念奴娇》相唱和,各以"屋"字韵作词十二首;康熙十年(1671)曹尔堪到北京,与众多词人相聚于孙承泽之秋水轩,以"剪"字韵首唱《贺新凉》,应和者众多,一时轰动大江南北[①]。对于明清之际兴盛起来的艳情咏物词,曹尔堪虽然没有参与写作,但以他对艳词的稔熟,则不会不了解[②]。而且,作为一个具有影响力和前瞻性的作家,他对词坛上的这种风气,也不会视若不见。他的从弟曹尔垓,据评价,是"才华溢发,其诗文绚烂如赤城霞,或坚洁如蓝田玉。又善丹青,与雪田诸子起墨林诗画社",而"尤长于词",曾著《濯锦词》十卷[③]。不过他的这个集子是否仍然存世,尚无法确认,《全清词·顺康卷》据《清平

[①] 参看金一平《曹尔堪与清初词坛的三次著名唱和》,见其《柳洲词派》,上海:同济大学出版社,2002年,第176—183页。
[②] 曹尔堪曾有《浣溪沙》四首,分写春夏秋冬,尤侗评云:"四词幽艳非常,在韩冬郎《香奁》之右。"(曹尔堪《南溪词》,张宏生编清词珍本丛刊,南京:凤凰出版社,2007年,第2册,第488页)虽然他说:"余性不喜艳词,亦惟笔性之所近而已。"(沈雄《古今词话·词话》卷下,唐圭璋编《词话丛编》,第804页)这个"所近",正是他的夫子自道,因为他自己的词集中राख有一些艳词。
[③] 冯金伯《国朝画识》卷五引《云山酬唱》及《金山县志》,《故宫珍本丛刊》,海口:海南出版社,2001年,第463册,第68页。

初选》录其词二首。曹尔堪当时交游广泛,曾为魏宪诗和徐基文作评①,对当时词坛的发展很有见解。写有《词苑丛谈》,在当时的创作和批评两方面都很有成就的徐釚,就是他的朋友,徐有《赠曹十经》二首:"一春花事已阑珊,犹喜逢君似建安。今日茸城风雅在,绣床禅榻有多般。""君家道韫更能诗,娇女还看似左思。消得几丸螺子墨,水晶帘内写乌丝。"②不仅称赞曹氏本人,也提及其妻女。处于这样的文学环境中,曹氏的妻女对当时的创作生态非常熟稔,原是题中应有之义。这种情形同样也说明,在清代初年,男性词人纷纷创作这类宫体咏物词时,也及时地引起了女词人的关注,母女共作的现象告诉我们,这类题材已经成为当时女性词人探讨的对象之一,她们是自觉地将自己置于这个创作群体之中的。

　　上述女词人中的两位孙姓者都是袁枚的女弟子,大致生活在乾隆年间。在文学史上,袁枚以招收女弟子而闻名一时,而袁枚本人也以此为自己的重要事业,曾于嘉庆元年(1796)编辑、出版了《随园女弟子诗选》,凡六卷,据胡文楷《历代妇女著作考》所云:"共选二十八人,惟归懋仪有目无诗。"③这28名女诗人分别是:卷一席佩兰、孙云凤,卷二金逸,卷三骆绮兰、张玉珍、廖云锦、孙云鹤,卷四陈长生、严蕊珠、钱琳、王玉如、陈淑兰、王碧珠、朱意珠、鲍之蕙,卷五王倩、张绚霄、毕智珠、卢元素、戴兰英、屈秉筠、许德馨,卷六归懋仪、吴琼仙、袁淑芳、王蕙卿、汪玉轸、鲍尊古。她们在袁枚超过五十名的女弟子中④,应该是比较突出的,所以袁枚将她们的诗选辑刊行。这些女弟子的身份,王英志先生曾总结为三个层次:一是官吏之妻女,属于夫荣妻贵者

---

① 如魏宪《枕江堂集》卷九有《豫章梧树秋翻集饮草堂分赋五绝》,曹评:"约而尽,作五绝妙手。"清康熙十二年有恒书屋刻本。又徐基《十峰集》卷一有《道德篇》,曹评:"绳规尺矩之中,具有笔歌墨舞之乐。《道德》、《南华》,家弦户诵,莫能仿佛,然可断章成篇。斯作变幻灵动处,皆以起伏呼应出之,所以神理融成一片,非面壁十年者不能。"《四库全书存目丛书》集部,济南:齐鲁书社,1997年,第264册,第234页。
② 徐釚《南州草堂集》卷九,《续修四库全书》,第1415册,第298页。
③ 胡文楷《历代妇女著作考》(增订本),上海:上海古籍出版社,1985年,第933—934页。
④ 袁枚女弟子的人数,据王英志考订而得,见其《袁枚评传》,南京:南京大学出版社,2002年,第276页。

或大家闺秀;二是普通良家女子,其夫或父皆为小知识分子;三是贫家女子①。孙云凤和孙云鹤是云南、四川按察使孙嘉乐女,属于第一类。袁枚与孙氏姐妹的父亲孙嘉乐为世交,曾在孙氏西湖宝石山庄湖楼举办女弟子诗会,请人绘制了《十三女弟子湖楼请业图》,孙氏姐妹都在其中。众所周知,袁枚招收女弟子的行为,在当时颇有非议,其友人赵翼就以开玩笑的口吻说:"窃有原任上元县袁枚者……占人间之艳福,游海内之名山。……结交要路公卿,虎将亦称诗伯;引诱良家子女,蛾眉都拜门生。凡在胪陈,概无虚假,虽曰风流班首,实乃名教罪人。"②后来章学诚的批判更为强烈,其《书坊刻诗话后》云:"近有倾邪小人,专以纤佻浮薄诗词倡道末俗,造言饰事,陷误少年,蛊惑闺壸,自知罪不容诛,而曲引古说,文其奸邪。"③《丙辰札记》中更进一步指出:"近有无耻妄人,以风流自命,蛊惑士女,大率以优伶杂剧所演才子佳人惑人。大江以南,名门大家闺阁多为所诱,征诗刻稿,标榜声名,无复男女之嫌,殆忘其身之雌矣。此等闺娃,妇学不修,岂有真才可取?而为邪人播弄,浸成风俗。人心世道,大可忧也。"④此类固然可见袁枚所受到的社会压力,但是,从另外一个方面看,则那些作为袁枚女弟子的诗人,也一定受到不小的压力。孙氏姐妹的前辈王昶在其《三姝媚》的序中写道:"孙云凤及妹云鹤,孙令宜女,有《春草闲房》、《侣松轩》两词集。取法南宋,风韵萧然,而所适皆不偶,故多幽怨语。"⑤《晚晴簃诗汇》也曾经这样介绍孙云凤:"工诗词,通音律,兼精绘事。……于归后,所天见笔砚辄憎,因斯反目,轸纡结辖,一寓于词。"⑥都说她们有所适非人之悲,以及不甘命运之心。孙云鹤曾写有《宝剑篇》:"宝剑遗编在,挑灯击节吟。恩仇千古事,湖海一生心。气

---

① 王英志《袁枚评传》,第 277—278 页。
② 梁绍壬《两般秋雨盦随笔》卷一"瓯北控词"条,刘献廷等《清代笔记丛刊》,济南:齐鲁书社,2001 年,第 2409 页。
③ 章学诚著,仓修良编《文史通义新编》,上海:上海古籍出版社,1993 年,第 204 页。
④ 章学诚《章氏遗书》外编卷三,台北:汉声出版社,1973 年,第 894 页。
⑤ 张宏生主编《全清词·雍乾卷》,南京:南京大学出版社,2012 年,第 1236 页。
⑥ 徐世昌《晚晴簃诗汇》,《续修四库全书》,第 1633 册,第 426 页。

逼秋霜冷,光腾夜月沉。从军应有愿,慷慨答知音。"①充满豪情,气魄甚大,与一般女子的作品风格不同,或许可以从一个方面说明她们的创作个性。孙云鹤为自己的《听雨楼词》作序时这样说:"昔先严有言:闺中儿女子之言,不足为外人道。然而结习未忘,人情不免。"②认为多年心血,若不保存下来,深觉可惜,也能从一个侧面看出她的风格。乾隆年间,虽然艳情咏物词的创作进入了一个新阶段,但女子所写的作品却少见,孙氏姐妹遭遇坎坷,心有不平,立身袁门,更见个性,她们延续这种创作风气,也在一定程度上体现出特立独行的精神。

在这些女词人中,吴藻的时代略晚,她出生于嘉庆初年,一直活到同治年间。吴藻题为《嚏》和《息》的两篇《沁园春》,由实而虚,可以说是咏女性身体的一种变调,反映了艳情咏物词在一个方面的发展趋向③。这实际上有着词坛走向的大背景。例如,从顺康到乾嘉,词坛上多咏帆影,对此,夏志颖已经进行了一定的研究,他在讨论为何李符咏帆影词能够成为经典时指出:"清初的'帆影'词创作各自为政,其影响力要等到乾嘉时期方才显现与发扬。……清初'帆影'词大多重在绘形,与这些词相比,李符之词对立意则有所强调,至少谢章铤从中读到了'寄慨深远',而词中富有生命感的帆影也可能会给读者留下某些'何必不然'的阅读体验。李词在对形、意的描写上暗合了清代咏物词审美理想的变迁,这或许是他的无意之举,也或许体现出一位杰出作家对文学发展趋向的敏感性。"④这种虚咏在艳情咏物词中也体现了出来。如殷如梅、王初桐等都有咏泪、汗之作,朱昂《百缘语业》变本加厉,写了大量的诸如咏泪、汗、笑、啼、喜、惊、嗔、羞、憨、悔、虑等作,更是有意识地变实为虚。这一类的变化在当时作家来说,是自觉的,正如乾嘉年间的史

---

① 孙云鹤诗见《随园女弟子诗选》卷三,王英志主编《袁枚全集》,南京:江苏古籍出版社,1993年,第7册,第82页。
② 孙云鹤《自序》,《听雨楼词》,《小檀栾室汇刻闺秀词》,光绪二十一年至二十二年南陵徐氏刻本,叙第1页a。
③ 在《小檀栾室汇刻闺秀词》中,还有一些女词人写了诸如《闷》、《瘦》一类的词,以其更趋抽象,故不予涉及。
④ 夏志颖《经典新诠与词学表微》,北京:人民出版社,2017年,第166页。

蟠在其《沁园春》四首的序中所说："龙洲始以此调咏艳,后人因之,骈妍骋秘,已无奇不搜。暇日与孙子潇偶论及此,辄易为两字题,各赋四阕。"①这四阕分别题为《瞳神》、《颊晕》、《鬓影》、《肌香》,显然是在这一传统中倾向于虚写,已见出在后世"骈妍骋秘,已无奇不搜"的情况下,如何翻空出奇。吴藻主要生活在嘉道年间,也沿袭了这一写法。嘉道之际,可能是由于常州词派的兴起,注重咏物词的格调,艳情咏物词的创作渐渐减少,吴藻却仍然选择这种题材,显得与众不同。众所周知,吴藻是一个极有创作个性的作家,她的词作《金缕曲》(闷欲呼天说)和《洞仙歌·赠吴门青林校书》(珊珊琐骨)等,挑战社会身份,她的戏曲《乔影》,自比名士,都是特立独行的做法,而她的这类书写,也能体现出这一点。

三、雅俗之分与传统内外

清代女词人写作此类宫体咏物词,与前代相比,无疑体现了很大的特殊性,其中的原因值得思考。

如前所述,对于首作者刘过的两首《沁园春》,最早的评价见于宋末张炎的《词源》。在"咏物"一条中,张炎评价这两首词是"工丽"。当然,这个评价还有前提,即"不可与前作同日语耳"②,所谓"前作",指的是史达祖《东风第一枝·春雪》、《绮罗香·春雨》、《双双燕·燕》,以及姜夔《暗香》、《疏影》、《齐天乐》等。尽管如此,在张炎心目中,至少是认为,这两篇在宋代咏物词中可以居于二流的地位,也可以作为宋代咏物词的一个方面的代表。由此,可以进一步考察宋人对咏物词的看法。

清人谢章铤在其《赌棋山庄词话》中说:"咏物南宋最盛,亦南宋最工。"③这是一个准确的判断,之所以如此,乃是由于在南宋人心目中,咏物词是雅的一种表现。在南宋,其产生过程与文人雅集有密切关系,张炎《词源》卷下

---

① 张宏生主编《全清词·雍乾卷》,第 8474 页。
② 张炎《词源》卷下"咏物"条,唐圭璋编《词话丛编》,第 262 页。
③ 见谢章铤《赌棋山庄词话》卷七"顾梁汾词"条,唐圭璋编《词话丛编》,第 3415 页。

"杂论"说:"近代杨守斋精于琴,故深知音律,有《圈法周美成词》。与之游者,周草窗、施梅川、徐雪江、奚秋崖、李商隐,每一聚首,必分题赋曲。"①这个"每一聚首,必分题赋曲",具体所指虽是宋末杨氏群体,但在南宋词坛应有其代表性,因为文人聚首,类似词社,正宜分题而赋。张炎自序其《词源》说:"生平好为词章,用功逾四十年,未见其进。今老矣,嗟古音之寥寥,虑雅词之落落,僭述管见,类列于后,与同志者商略之。"②他说自己写作《词源》的主要动机是"虑雅词之落落",是则其讨论的内容当然与南宋以来词坛的复雅之风密切相关,而从《词源》各类所讨论的作品看,咏物词占了一个很大的比例,因此,也就不妨认为,在张炎的心目中,咏物词是雅词的重要代表③。即如咏梅,肯定是社事之常,周密《齐天乐》(宫檐融暖晨妆懒)小序写道:"紫霞翁开宴梅边,谓客曰:'梅之初绽,则轻红未消;已放,则一白呈露。古今夸赏,不出香白,顾未及此,欠事也。'施中山赋之,余和之。"④就可以从一个特定角度看出他们的活动方式。这种精致的品味,正是他们雅玩心理的一种表现。周密曾提出赏梅应忌之事,凡五十八条⑤,也可以和他的上述小序互参。至于咏物词需要学问的支撑,符合南宋以来词创作中的才学化的倾向,也是不待赘言的。因此,尽管在境界的层面,张炎认为刘过的两首《沁园春》比不上姜夔《暗香》、《疏影》及他所列举的其他咏物之作,可能是由于缺少言外之意,但是他还是将其纳入雅词的范畴,予以赞扬。这一点,对后人影响很大。

可能正是由于张炎在《词源》中将刘过的《沁园春》二首纳入了雅的范畴中,当明清之际大量的模仿之作出现时,词坛也及时做出了回应。蒋景祁在其编定于康熙二十五年(1686)的《瑶华集》中,曾经选入朱彝尊的写艳系列的《沁园春》13首,并加评语说:"艳情冶思,贵以典雅出之,方不落《黄莺》、

---

① 张炎《词源》卷下,唐圭璋编《词话丛编》,第267页。
② 张炎《词源》卷下序,唐圭璋编《词话丛编》,第255页。
③ 关于这个问题,门人姚道生在其博士论文《残蝉身世香莼兴:乐府补题研究》中有详细研究,南京:凤凰出版社,2018年。
④ 唐圭璋编《全宋词》,第3272页。
⑤ 周密《齐东野语》卷十五"玉照堂梅品"条,北京:中华书局,1982年,第274—276页。

《挂枝》声口。如竹垞《沁园春》诸作,摹画刻露,庶几靖节《闲情》之遗,非他家可到。"[1]首先认定其"典雅",并将明代以来流行的《黄莺儿》《挂枝儿》等较为粗俗的艳情文学作为参照,实际上也是批评北宋以来艳词系列中的一些流于鄙亵之作。而作为咏物词,在表现方式上,或言功用,或摹形状,往往大量运用典故,称得上"摹画刻露",同时又非常书面化,在这个意义上,蒋景祁就给出了"典雅"的判断,其实也是对于同类现象的整体性论定。

既然这一类的作品基本上可以纳入雅的范畴之中,而求雅正是清代初年浙西词派提出的主要主张,是则当时作家大量创作此类作品,就可以从一个角度得到合理解释。女词人加入这股风潮之中,当然也就可以理解了。

另外,女词人从事这类题材的写作,还和她们有意识地突破原来女性词的创作传统,而向男词人建构的传统靠拢的创作倾向有关。

在词的创作中,从宋代开始,不断有女作家出现。考察这些作家的创作风貌,总的来说,题材尚比较狭窄,以离情别绪,时序之感之类居多,虽偶然也有别调,毕竟不够突出。在女性创作的传统中,这种情形持续了很长时间,至晚明开始发生变化,至清代则变化显著。标志之一,是通过学习或模仿男词人创作的题材或方法,为原来的传统注入新的因素。比如,与李清照齐名的徐灿在不少地方都对其前辈有所突破,特别是描写易代之悲,李清照主要还是通过自己生活的变化,来表现国家和社会的动荡,是以小见大的写法,而徐灿则有不少作品,或直接写故国之思,或借咏史和怀古写故国之思,境界就显得更为开阔,而这种表现方式,显然是从男词人那里借来的。另外,清初有一位女词人高景芳,写了不少表现琐碎的日常生活的词,如《中兴乐》十首,分别题为《磨镜》《整书》《检衣》《洗砚》《养花》《尝茗》《理琴》《观剧》《调鹤》《礼佛》,让我们看到了一个生活在官宦人家、书香门第的女子是怎样生活的,让我们看到了进入清代以来女性词作中所出现的新题材,提供了认识古代妇女生活的新角度。这一类的作品,和人们一直以来所体认的女性词有相当的距离,实则反映了古代女子婚后的某种常态,只是

---

[1] 蒋景祁《刻瑶华集述》,《瑶华集》,北京:中华书局,1982年,第7页。

由于在传统的氛围中,这往往显得不够诗意,因而被有意无意地忽略了。但这种写法,仍然可以在男词人笔下大量看到,因此也可以认为是从男词人那里借鉴而来的。

这样一种情形说明,清代的女词人有着突破原先女性词创作传统的鲜明意识,她们把向男词人靠拢作为一种重要的策略,其中所蕴涵的思路之一,是对自己作为一个作家,而不仅仅是作为一个女作家的认识。因此,当她们发现男性词人的某种新追求之后,往往自觉跟进,则创作宫体咏物词也就并不奇怪了。

四、普泛之情与切身书写

在中国古代文学的传统中,对于创作而言,以往的文学遗产是非常重要的资源。从魏晋南北朝开始,诗坛上就出现了许多"拟代"之作,如拟古诗十九首、拟四愁诗等①。这些拟代之作,并不能简单地看作诗人失去了自己的创造力,在中国特定的文学传统中,它既是向已成经典的古人的作品学习,也是希望在创作过程中挑战古人。进一步说,也包含对某些既定情感模式的向往和羡慕,更何况这一过程中确实也能增强对生活的体认,就像宋代的陈渊所写:"渊明已黄壤,诗语馀奇趣。我行田野间,举目辄相遇。谁云古人远,正是无来去。"②这当然不能说陈渊对生活就完全没有自己的观察了,其实不过是一种对艺术和生活关系的感受而已。

从另外一个方面看,也不可否认,在一个结构相对比较稳定的社会里,随着各体诗歌的成熟,模式化的写作也越来越明显,造成的结果往往是,写作的动机不一定出于情不自禁,而只是因为心理需要。钱锺书曾经批评中

---

① 有关研究,参看梅家玲《论谢灵运〈拟魏太子邺中集诗八首并序〉的美学特征——兼论汉晋诗赋中的拟作、代言现象及其相关问题》,《汉魏六朝文学新论——拟代与赠答篇》,台北:里仁书局,1997年。
② 陈渊《越州道中杂诗》之八,《默堂先生文集》卷五,《四部丛刊广编》,台北:商务印书馆,1981年,第38册,第28页。

国古代的某种创作状态:"从六朝到清代这个长时期里,诗歌愈来愈变成社交的必需品,贺喜吊丧,迎来送往,都用得着,所谓'牵率应酬'。应酬的对象非常多;作者的品质愈低,他应酬的范围愈广,该有点真情实话可说的题目都是他把五七言来写'八股'、讲些客套虚文的机会。他可以从朝上的皇帝一直应酬到家里的妻子——试看一部分'赠内'、'悼亡'的诗;从同时人一直应酬到古人——试看许多'怀古'、'吊古'的诗;从旁人一直应酬到自己——试看不少'生日感怀'、'自题小像'的诗;从人一直应酬到物——例如中秋玩月、重阳赏菊、登泰山、游西湖之类都是《儒林外史》里赵雪斋所谓'不可无诗'的。就是一位大诗人也未必有那许多真实的情感和新鲜的思想来满足'应制'、'应教'、'应酬'、'应景'的需要,于是不得不像《文心雕龙·情采》篇所谓'为文而造情',甚至以'文'代'情',偷懒取巧,罗列些典故成语来敷衍搪塞。"①钱先生所指出的现象,确实在中国古代的诗歌创作中大量存在着,他的批评也是一针见血的。不过,如果不是把中国文学史上出现的每一首诗都用最高的标准来要求,则还有必要回到具体的创作情境中,去了解实际的创作心态。其实,也正如钱先生所指出的,诗歌在生活中"愈来愈变成社交的必需品",这句话换成另外一种表述,就是对于古人来说,诗歌实则就是一种生活方式,是一种用文字来实现的交往方式。因此,反映在这个文字形式中的,就既可以是自己的情,也可以是他人的情,甚至可以是古人的情——也许这几方面根本就是没有办法明确区隔的。因此,如果在诗歌创作中发现了某些趋同的情感模式或表现方式,也不是什么意外的事。

相对而言,咏物诗是一个更容易趋同的领域,在中国古代这样的社会中,人们的价值观变化不大,如果不是特定的生活经历和特定的胸襟气度,要在咏物诗的传统定势中写出完全与众不同的东西,那是可遇不可求之事,并非诗歌创作的常态。从这个思路来看待诸多歌咏女性身体的作品,就可以得出一个明确的认识:题材的特殊性,决定了有关作品不可能有根本的区别。在这些作品中,其基本套路不外乎三个方面,一是外观描写,二是"言其

---

① 钱锺书《宋诗选注》,北京:人民文学出版社,1989年,第42页。

用",三是运用典故。从这个意义来看,这些女词人所写,也只是一些泛泛的情调,只是被男性建构好了的一些题材的延续,并没有什么新鲜的因素出现。那么,从文学史的角度来看,应该怎样认识呢?这个问题可以从两个方面说。若是考虑文学史的演进,则这一类作品,从刘过,经过元明个别词人的跟进,至明清之际众多作家投入创作,扩大其题材,发展其手法,再到雍乾之际不少作家的变本加厉,已经达到登峰造极的地步,诸女词人创作的作品,从总体上说确实没有在文学史上提供特别新鲜的因素。然而,换一个角度看,这种题材原来都是非常男性化的,如同一部文学史基本上是男性所建构的一样,这一类的题材也是由男性建构,并基本上由男性参与的。从北宋李清照,到南宋朱淑真,发展到元代还有明代的大部分女词人,她们的作品基本上就是其本人生活的反映,而很少进行虚构的"创造",因此,她们中的相当一部分也就只能处在文学史的边缘。不过,众多女作家涉足于这个原本只是男作家活动的领域,至少可以说明,她们的创作已经部分地从"生活"状态,进入了"创作"状态,她们也就有了把文学生活化、社交化的可能,因而体现出女性文学的某种发展。再者,这一现象也可以说明,明清女词人对女性创作在题材上较为狭窄或单一,也有一种焦虑,她们不断从男性作家那里借鉴题材,有时虽然显得有点突兀,却正是这种心理的反映。晚清王闿运对六朝宫体诗曾这样评价:"诗咏性情,有时应用。广宴密坐,赋咏为欢。梁苑作赋,后乃为诗。建安已来,遂为例作。既非不得已之作,仍有争高下之心。故曰'老庄告退,山水方滋',皆托物以成什也。爰及齐梁,因有宫体,游览咏物,悉入闺情。盖取其妍丽,始能绵邈。"[1]认为宫体诗写闺情,正是出于在山水、玄言等题材都渐成陈腐之时,诗歌创作寻求突破的某种动机。他进一步讨论了词的创作:"词所以多言闺房者,患其陈腐,故以芬芳文之,亦犹六朝宫体,只是诗料,而论者乃以妖艳讥之,是不知文体也。"[2]拿来认识女性写作的这些题材,也能有所启发。

---

[1] 周颂喜整理《王闿运未刊手书册页》,《船山学刊》,2001年第2期。
[2] 王闿运《论词宗派·示萧幹》,《湘绮楼集外诗文》,香港:龙门书局,1968年,第85页。

然而，虽然是从"生活"进入了"创作"，但"创作"中也还有特定的"生活"，这就要从生活史的角度加以看待。1913年，有人撰写《闺秀词话》，刊载于《时事新报》新增月刊《时事汇报》第一号"文艺"专栏上，其中谈到孙云鹤："宋刘改之以《沁园春》咏美人指甲及美人足，体验精微，一时传诵。词体本卑，虽纤巧，无伤也。后人纷纷效之，俱无足道，惟元邵复孺美人眉、目二首，差堪媲美耳。近读钱塘女史孙兰友《听雨楼词》，亦依其调咏指甲云……又咏后鬓云……此则现身说法，宜其工妙矣。"[1]"现身说法"四字，耐人寻味。显然，这位词话的作者是从性别的角度着眼的，他注意的是女性文学书写的生活化，或女性生活的文学化。涂染指甲，梳拢发髻，原是古代女性生活的重要内容之一，是琐细的、非常日常化的，如果说，有些作品写到这些，总是打上了相思或离别的痕迹，那不一定完全是生活的常态。可是自从明代以来，女子的词创作就有非常明显的日常生活化倾向，意在将平淡而具体的日常生活艺术化地表现出来，而不是像以往那样以大喜大悲去创造艺术效果，这当然使得作品不一定具有视觉震撼力以及明显的心灵冲击力，但是，也往往可能更加符合居家过日子的状况。孙云鹤及其他女词人笔下所写，虽不一定完全是自己的生活，但由于性别的因素，里面又不可能没有其自身的体验，这种亦实亦虚的情形，也应该成为研究明清女性生活史的重要资料。

五、观看角度与自我意识

通过回顾文学史，我们得知，诗歌的"缘情"传统至宫体诗而达到另一种极致，此后在诗歌史的发展中，时起时落，但词这种文体先天就有描写美人与爱情的品质，因此，南宋刘过以《沁园春》二首写美人身体，在相当长的时间里，并没有受到社会的抑制，发展到明清之际，在词坛上乃荦荦大观，而至雍乾时期，更是引起了众多词人的浓厚兴趣。至于不少女性词人也加入了这种格调的创作行列，虽然在广泛性、丰富性上不如男词人，但也是文学史发展上的一个新

---

[1] 无名氏撰，杨传庆点校《闺秀词话》，载《文学与文化》，2012年第2期。

现象。从内容和表现手法上看,她们的作品大致可以纳入男性创作的传统,或许可以称之为"泛",但是,这本来就是一个男性特定的创作领域,女性对此感兴趣,从一个方面说明,她们也是有意识地加入了当代的文学思潮。

然而,如上所述,虽然在作品中是从一个普遍意义上把身体文学化了,这些女词人所描写的却仍然是(广义上的)自己的身体。清初词人吴绮为《众香词》作序时,曾指出女性的作品,"应浓应淡,自谱画眉;宜短宜长,亲填捣练"①。意思说,女作家们自己写的东西,由于是对自己本身生活的刻画,无疑比男作家对女性的描写更为真切和生动。这个看法或许会有不同的理解,但就其深层心理看,犹有可说者。

在建立其女性主义文学批评立场的时候,西蒙·波伏娃(Simone de Beauvoir)在著名的《第二性》一书中,提出了一个重要的观点:男女之间的关系是不平等的,女子处于被观看(being looked at)的位置②。这一观点,被视为早期女权主义争取两性平等的挑战性论述,已被学术界认为是具有历史局限的。不过,倘若放在具体的历史过程中,去考察某些特定的事物,我们仍然可以发现其中闪烁着的耀眼光芒。即如在宫体诗的系列中,物化了的女性身体,正是被观看的,而且观看的角度越来越细致。如果说,欧阳炯的《南乡子》(二八花钿)中,被观看的还是整体的话,则从刘过开始,就刻意将这个整体中的一部分加以放大,以凝聚观看者的视点,以便细细欣赏和品味。所以,若说这一类作品,体现的是男性的审美视角,是男性对女性的"观看",应该是能够成立的。然而,当女性本身也介入到这一过程中时,她们又是在"观看"什么?

首先应该指出,在一个男性意识为主的社会里,她们观看的视角也免不了男性化,即如叶小鸾和其母沈宜修的《拟连珠》诸作,就其身份来说,颇有出位之思,但仍然不出她们的环境规定。叶绍袁曾经有惊世骇俗的女子"三

---

① 序见徐树敏、钱岳《众香词》,上海:大东书局,1934 年,卷首。
② 西蒙·波伏娃(一译西蒙·波娃)在《第二性》中提及:"女人是财富和猎物,是运动和危险,也是保姆、向导、法官、调解者和镜子。"西蒙·波娃著,陶铁柱译《第二性》,台北:猫头鹰出版社,1999 年,第 193 页。

不朽"之说,云:"丈夫有三不朽,立德、立功、立言;而妇人亦有三焉,德也,才与色也,几昭昭乎鼎千古矣。"①叶小鸾及其母亲对女子身体的描写,也就是对"色"的欣赏,或许和叶绍袁的影响不无关系,甚至可能就是叶绍袁女性理念的某种体现。

因此,男女词人在创作这一类作品时,其内容结构和表现手法大致相同,女词人或许只是浸染了词坛的某种风气而已。不过,总体趋向的一致,不一定代表可以完全泯灭差别,落实到某些具体层面,其实男女词人仍有一定的不同。如沈谦《青玉案·美人手》这样写道:

柔荑腻滑明如雪。曾得见、湘帘揭。巧弄机关春意泄。轻翻小镜,暗题密字,蓦把魂灵捏。 泪珠弹尽相思血。倦抵牙龈自微啮。绣带慵抬人代结。玉筝弦断,翠衾脂冷,重杀针儿铁。②

再看叶辰同调的《咏手》:

纤纤玉笋有如削。菱花细把乌云掠。彤管鸦黄初画学。炉香烧烬,自卷帘幕,红豆抛双雀。 闲游漫数花间萼。双双戏挽秋千索。重整云翘归绣阁。停针暗想,情怀难却,闷把兰腮托。③

两篇作品的基本意象大体一致,不外乎色白、纤细、照镜、卷帘、停针;写作脉络也相同,借少女的生活,写出其相思,最后相思情深,以至于针线慵抬。基本上就是以手为主体,描写情窦初开的少女的活动。但如果仔细比较,我们也会发现,叶辰作品中的形象更为生动,这是因为作者创造了一个更为具体的生活情境,从照镜、学画、卷帘、喂雀,到数花、打秋千,最后回到绣阁,进入相思,表现了一个完整的过程,写出了一个少女具体的生活内容,

---

① 叶绍袁《午梦堂集序》,叶绍袁编《午梦堂集》,序第1页。
② 南京大学中文系《全清词》编纂研究室编《全清词·顺康卷》,第2004页。
③ 《闺秀词钞》卷五,宣统元年小檀栾室刻本,第27页a。

而沈谦的作品,则就显得琐碎,不过是罗列一些意象而已。

同样是沈谦,他用艳情咏物的经典之调《沁园春》写的《美人腰》:

> 轻要云支,纤愁烟袅,擅名楚宫。似垂堤欲断,月临细柳,穿花易损,春在游蜂。拜跪须扶,欠伸又困,持履真忧掌上风。曾亲见、拾将裙带,两结心同。　舞时翩若惊鸿。真不负、陈王小赋工。被邻姬捏取,悔教赌赛,情人抱过,恰便裁缝。莲锦拴愁,云英系恨,反类东阳病后容。天生就,岂减厨能学,休恨肌丰。

作者自注:"'拾得娘裙带,同心结两头',出乐府。'无端斗草输邻女,更被捏将杨柳腰','纤腰曾抱过','以意忖情量,莲锦束琼腰',俱古诗。云英,裙名,见《飞燕外传》。"①这还只是作者自己注出的典故,他没有注的还有不少,如"楚宫",《管子·七臣七主》:"夫楚王好小腰,而美人省食。"②《资治通鉴》卷四十六《汉纪三十八》:"《传》曰:吴王好剑客,百姓多创瘢;楚王好细腰,宫中多饿死。"③又如"陈王小赋",指曹植《洛神赋》,其中对洛神的描写有"翩若惊鸿,婉若游龙"④等。又如"东阳病容",沈约曾为东阳知府,世称"沈东阳"。《梁书·沈约传》:"百日数旬,革带常应移孔;以手握臂,率计月小半分。"⑤此即所谓"沈腰"或"沈郎腰瘦"之由来⑥。对比曹鉴冰的《沁园春·腰》:

> 软款围来,尺六无多,纤柔绝伦。向灯前欹侧,惊回柳影,花边

---

① 《全清词·顺康卷》,第 2023 页。
② 黎翔凤撰,梁运华整理《管子校注》卷十七《七臣七主》,北京:中华书局,2004 年,第 989 页。
③ 司马光《资治通鉴》卷四十六《汉纪三十八》,台北:大申书局,1979 年,第 1480 页。
④ 曹植《洛神赋》,严可均《全上古三代秦汉三国六朝文·全三国文》卷十三,京都:中文出版社,1981 年,第 1122 页。
⑤ 姚思廉《梁书》卷十三《沈约传》,北京:中华书局,1973 年,第 236 页。
⑥ 在此类作品中喜欢注出典故的当然不止这一首,另如陈玉瑛《沁园春·美人额》(素粉难描),作者也在最后这样注道:"《毛诗》:'螓首蛾眉。'天妆:八月朔,以碗盛树叶露,研辰砂,点染身上,宋孝武殷淑姬,恒当额点之,谓之天妆,颜色倍常。和熹皇后五岁,夫人为翦发伤额。谣词:'楚王好广眉,宫中皆半额。'"《全清词·顺康卷》,第 7803 页。

宛转,羞睹蜂魂。染恨千丝,萦愁几缕,半幅曾窥湘水裙。临风去,怕娉娉袅袅,化作行云。　晓寒料峭难温。好缓束吴绫茜色新。为妆成有意,凭阑倦舞,醉馀无力,倚几慵伸。剥枣应怜,偎琴更惜,透体沉檀一捻春。谁堪拟,似盈盈佩玉,洛浦仙人。①

清代女性受教育的程度很高,前引沈词中的典故,并不生僻,应该是在这些女词人力所能及的范围内,可是,曹氏却没有刻意掉书袋的追求,虽然其中也有语典,但并不影响直观的阅读理解。这或者也有特定的原因。在清代,很多男性作家在从事咏物词的创作时,都有一个类似词社的圈子,因此,往往也有炫才的动机,这就可以从一个方面解释为什么许多咏物词写得很像掉书袋的比赛。但女作家却大致并不如此,不仅女性创作的传统对此没有要求,即使在现实生活中,她们大多也没有这样的环境。不过,她们不断介入一些反映男性性别观念的题材,有时还加以扩充,多方开掘,或许又不仅是追随,还有争夺话语权的动机。只是这个问题涉及面甚宽,容当以后详加讨论。

---

① 《闺秀词钞》卷三,第6页 b。

第六章　节令与心绪
——清代女作家的七夕词及其传承

一、七夕的历史及其女性内涵

在中国诸多的节庆中,七夕有着非常独特的文化内涵。七夕的内容主要由两个方面构成,一是牛郎织女天河会,一是乞巧。牛郎织女的故事有一个漫长的形成过程,早在《诗经》中,就有"跂彼织女,终日七襄"、"睆彼牵牛,不以服箱"①的说法,虽然只是比附人间的耕织之事,但耕织正是中国古代对男女的传统分工,由此发展出男女之情,也是顺理成章。所以《古诗十九首》中就写道:

> 迢迢牵牛星,皎皎河汉女。纤纤擢素手,札札弄机杼。终日不成章,泣涕零如雨。河汉清且浅,相去复几许?盈盈一水间,脉脉不得语。②

---

① 《诗经·小雅·大东》,朱熹《诗集传》,上海:上海古籍出版社,1958年,第148页。
② 逯钦立辑校《先秦汉魏晋南北朝诗·汉诗》卷十二,北京:中华书局,1983年,第331页。

把这两颗星星情侣化了。虽然梁代殷芸的《小说》记载了天帝将织女嫁给河西牛郎,织女溺于私情,"遂废织纴",因此触怒天帝,拆散二人,使居于天河两岸,只能每年相会一次[1],透露了作为情侣、夫妻的牛女神话早期的一个脉络,但这种因情而废织的情形显然不能符合民间的期待,因此,在流传过程中被扬弃,逐渐改造成现在家喻户晓的美丽故事。值得提出的是,进入诗词吟咏的领域之后,牛女故事的起因已经被淡化了,人们关注的焦点只是一年一度的天河会而已。这也符合早期的有关记载,如宋代陈元靓《岁时广记》引《淮南子》:"乌鹊填河成桥而渡织女。"[2]唐代韩鄂《岁华纪丽》引《风俗通》:"织女七夕当渡河,使鹊为桥。"[3]这些有意强化的片断,正引导了后世的文学倾向。至于乞巧风俗最早的起源,现在还无法确认,但在《史记·天官书》里,就已经记载:"织女,天女孙。"[4]"主果蓏、丝帛、珍宝。"[5]于是至少从汉代开始,"彩女常以七月七日穿针于开襟楼"[6],由宫中到民间,乞巧风俗渐成。渐渐地,这发生在同一天的事,就被放在同一个场域中来看待了:"七月七日为牵牛、织女聚会之夜。""是夕,妇女结彩缕,穿七孔针,或以金银、鍮石为针,陈几筵酒脯瓜果于庭中以乞巧。有喜子网于瓜上,则以为符应。"[7]

牛郎织女的故事,在中国长期流传,进入接受领域时,并不分男女,具有普遍的意义。而乞巧则由于主要是在女性中展开,是在一个特殊的日子,因应女性的特殊需求,希望得到聪慧的心灵和灵巧的双手,展开对幸福生活的

---

[1] 明人陈耀文《天中记》卷二引《小说》云:"天河之东有织女,天帝之子也。年年机杼劳役,织成云锦天衣,容貌不暇整理。天帝怜其独处,许嫁河西牵牛郎,嫁后遂废织纴。天帝怒焉,责令归河东,但使其一年一度相会。"(《景印文渊阁四库全书》,台北:台湾商务印书馆,1986年,第965册,第70页)按,这里所说的《小说》,一般认为就是梁代殷芸的同名著作,但中华书局版的《殷芸小说》并无这一条。类似的资料多见于明人所撰类书,而明人著述,往往作伪,乃是学界公认的事实。因此,此类记载的真相究竟如何,还应再作考订。
[2] 陈元靓《岁时广记》卷二十六,《丛书集成初编》,第179册,第297页。
[3] 韩鄂《岁华纪丽》,《四库全书存目丛书》子部,山东:齐鲁书社,1995年,第166册,第35页。
[4] 司马迁《史记》卷二十七《天官书》,北京:中华书局,1959年,第1311页。
[5] 张守节《史记正义》,见《史记》,第1311页。
[6] 刘歆著,葛洪集,向新阳、刘克任校注《西京杂记校注》卷一,上海:上海古籍出版社,1991年,第26页。
[7] 宗懔著,王毓荣校注《荆楚岁时纪校注》,台北:文津出版社,1988年,第190、194页。

美好憧憬，因此，这个日子也就因此而强化，成为中国古代诸多节庆中唯一的女儿节。然而，有意思的是，进入文学创作领域之后，突出的重点又发生了变化。七月七日这一天，本是一个女性借着乞巧突出自己身份的特定时刻，女性的声音可以在公开的领域中张扬，女儿节的内涵也因此而确定。可是当女作家们进行创作时，她们经常并不把重点放在乞巧上，而是对牛郎织女的故事投注了更多的感情。在她们的作品中，有关乞巧的内容显然远远少于牛女的内容。这个问题当然也很容易解释。对于广大女性来说，乞巧只是表达一种愿望，一种预设，其内容没有多少变化，基本仪式更是代代沿袭，发挥的馀地不大。而牛女之事就不然。一方面，在传统社会，女子的社会空间狭小，她们的生活是否幸福，能否幸福，都与她们将要碰到或已经碰到的那个男子息息相关，因此牛女离别相聚的感情之事，无疑更能引起她们的共鸣。另一方面，感情的事总是具体的，不断有着鲜活的内容，这也使得牛女故事能在她们的生活中不断焕发新的生命力，引发不息的灵感。

二、老题材中的新因素

尽管如此，在一个已经被众多作家关注而且出现了大量有关作品的领域中，怎样体现出独特性，也是一个需要提出的问题。从文学史的发展看，在女作家的创作传统中，宋代的李清照诸人的作品中，七夕题材已经时有出现，但数量还较少。进入明代以来，这一题材在吴江叶氏诸女的作品中，就能较为频繁地看到，至清代女词人，更是指不胜数。然而，这本是一个被男性作家建构好了的传统，自《古诗十九首》的时代至唐代，有关的诗作至少有100篇。宋词也及时发现了这个题材，有关词作也超过100篇。在这些创作中，不管是直写牛女之离愁别恨，还是天上人间进行对比，甚至借题发挥，传达一些生活中特定的感受，都有较为细致的描写。进入明清，我们看到，即使这是一个理所当然要得到女诗人或女词人关注的题材，从作品中表达的情感来说，却似乎和前代没有什么根本的差别，就好像花开了又落，落了又开，使人感觉到的是立意的不断强化。当然，文学史和个人感情不能完全混为一谈,清代女词人的大量有关描写,不管水准如何,对她们自己来说,仍然是非常个人化的体验。因为她们并不是在虚构,而是在写自己的生活,她们也许从阅读中获得灵感,对比生活,更加使得个人痛苦有了文学化的感受,这是明清女作家的一种生活模式,是她们把文学生活化的一种集体体验,并不能单纯从文学的角度去理解。

但是,真正的文学创作不可能是前代的简单重复。考察清代女词人的七夕词,有些作品仍然能够使我们有些新的感受,特别是有一个角度,是前人不太注意的,即她们有时在七夕词中所表达的,不是男女之情,而是姐妹之情。如周翼枕《夜飞鹊·七夕怀诸姊妹和茹馨姑母原韵》:

> 长天已无暑,佳节仙期。妆罢自启帘帏。双星拜后,漏声静、筵前凉气侵衣。飞萤乍来忽去,望银河浅澹,凤驾将移。含情不语,逐浮云,冉冉来时。　回首旧年情绪,今夕尽安排,花果蛛丝。何意关山阻隔,清辉难见,尺素偏稀。秋容似洗,爱如钩、月影迟迟。奈梦然离思,推排不去,转蹙双眉。[①]

作品虽然写的是拜星乞巧的女性风俗,但立意却落在离别上,因此,与所怀念的人,不仅关山阻隔,而且音讯难通,在这个相聚的日子里,难免有更深的惆怅了。全篇特别突出的是寂寞和孤独,景物的描写,环境的烘托,都强化了这一点。如果说,这一首词抒发姊妹之情,讲得还比较含蓄的话,那么,黄御袍的《凤凰台上忆吹箫·丁丑七夕怀姊》则思绪飞扬,情感更为外露:

> 月照空庭,风生小院,画栏倚尽黄昏。怕更残漏永,愁思难禁。蓦忆去年此夜,花阴里、携手同行。而今是,难通尺素,雁杳鱼沉。　堪寻。银河天上,尚一年一会,悄度双星。怎人间冷落,

---

① 周翼枕《冷香斋诗馀》,《小檀栾室汇刻闺秀词》本,光绪二十一年至二十二年南陵徐氏刻本,第3页b—4页a。

偏隔浮云。泪洗胭脂零乱,无心拭、验取榴裙。几时得、风清月白,细诉酸心。①

这首词先以去年和今年进行对比:去年今夜,与姊曾经花阴里携手同行,共度美好夜晚,现在甫过一年,景色如故,欢笑如昨,人却已经不知漂流何方,而且音书不达,怎不伤心。再以天上和人间进行对比:天上一年尚能相见一次,为何人间偏偏要忍受这别离的痛苦? 这一层对比,写得非常巧妙。首先,天上和人间都是有情人,有情人当然企盼能够克服时间和空间的阻隔,完成自己的心愿,但偏偏天上可以,人间不能。其次,呼应前面的今昔对比,正好也揭示出一个相同的时间,即一年。一年的时间,牛女苦苦期待,终于迎来再次的相会,可是人间的离别,过了一年,却无法达成这样的愿望,可见人不如神。最后直写相思之痛,说是泪下沾裙,故意留下痕迹,等待来日相会,验取泪痕,以见此日相忆之深。孟郊著名的《古怨》写相思道:"试妾与君泪,两处滴池水。看取芙蓉花,今年为谁死。"②写两个情人,欲比相思之深,因此以泪滴至池中,倘芙蓉死去,则泪水即多。构思奇特,用意深刻。黄氏所写,当然没有那么曲折,但留泪痕相验的思路,与孟郊此类作品亦有渊源,都能见出运思的刻苦。

如果掩去词题,仅看内容,我们也许很难判断这是亲情而不是爱情。在中国文学的发展中,有关的内涵其实在不断地交叉。不仅亲情,友情也往往能写出这样的深情。这其实在男性作家的笔下已经出现了。如在杜甫的笔下,他和李白的友情就不同寻常:

> 李侯有佳句,往往似阴铿。余亦东蒙客,怜君如弟兄。醉眠秋共被,携手日同行。更想幽期处,还寻北郭生。入门高兴发,侍立小童清。落景闻寒杵,屯云对古城。向来吟橘颂,谁欲讨莼羹?

---

① 《闺秀词钞续补遗》卷三,小檀栾室刻本,第3页b—4页a。
② 孟郊著,华忱之等校注《孟郊诗集校注》卷一,北京:人民文学出版社,1991年,第20页。

第六章 节令与心绪——清代女作家的七夕词及其传承 / 171

不愿论簪笏,悠悠沧海情。①

如果只看"醉眠秋共被,携手日同行"二句,谁能知道这是两个男人之间的关系? 但确实不必做另外的猜测,古人的生活情态就是如此。至于以写兄弟情深见长的,则苏轼和苏辙堪为翘楚。苏轼以"夜雨对床"与弟弟相约将来归隐山林的诗句,已经成为兄弟之情的象征,而他在乌台诗案中知道自己可能的下场后,曾给弟弟写下这样一首诗:

> 圣主如天万物春,小臣愚暗自亡身。百年未满先偿债,十口无归更累人。是处青山可埋骨,他年夜雨独伤神。与君今世为兄弟,又结来生未了因。②

也是情真意切。所以,就像男诗人笔下的兄弟情谊一样,女诗人笔下出现姊妹情谊,也很正常。这一类的写法,李清照的词里就开始出现了,发展到清代,更能体现出女作家创作空间的扩大,表现出她们要传递彼此声音的强烈愿望。但是,使用一个基本上被建构好了的题材,以写男女之情的取向来写姊妹之情,仍然是一个很有意思的变化,说明在牛女故事演变中,人们可以抽象出情,只要是真情,就可以放在这一架构中表述,从而赋予这个传统题材新的生命力③。

不仅如此,清代女词人的这一类七夕之作,还可以用来悼念亡者,如一

---

① 杜甫《与李十二白同寻范十隐居》,杨伦《杜诗镜铨》卷一,上海:上海古籍出版社,1962年,第15—16页。
② 苏轼《予以事系御史台狱,狱吏稍见侵,自度不能堪,死狱中,不得一别子由,故作二诗授狱卒梁成,以遗子由,二首》之一,苏轼著,王文诰辑注,孔凡礼点校《苏轼诗集》卷十九,北京:中华书局,1982年,第999页。
③ 当然,清代女作家也用诗表现这种感情,如钱孟钿《七夕寄怀素溪姊》:"一钩初见漾金波,天上星期又report过。久客自然无好梦,微云何事隔明河。秋从静夜虫先觉,人到中年酒易酡。便有当筵瓜果在,西风只解动离歌。"(钱孟钿《浣青诗草》卷三,胡晓明、彭国忠主编《江南女性别集初编》,合肥:黄山书社,2008年,第279页)不过,就这一首而言,和词比起来,感情的强度似乎还不够。

位侯姓女词人即有《鹊桥仙·七夕忆亡姊》一词：

> 络纬声高,闲庭琴悄,往事不堪重道。年年此夕是佳期,恨煞那、碧梧空老。　玉漏频催,金樽休倒,夜静凉生月小。云迷机杼渡天津,试看取、秋光多少。①

作品有意创造凄苦的意象,以此表达对亡姊的深深怀念之情。"络纬声高",秋气渐深,"闲庭琴悄",知音已去,因而倍感"往事不堪重道"。"年年此夕"和"碧梧空老",其实也是一层映衬,抒发的是"木犹如此,人何以堪"的情怀。下片从"此夕"入手,接着碧梧的意象,深切感到时间流逝,美好的东西无法永存,所以,连天河上的那一对即将相聚的夫妻,也会为人间的悲哀而伤感,感到笼罩在他们身边的,就是无尽的清寒的秋光。伤逝之作本以直抒胸臆者为多,此则以意象来呈现,引人细思,也有其特色。

在清代,女性的文学创作异彩纷呈,在不少方面都体现出蓬勃的活力。女性作家的群体活动,无论是姊妹之间,还是朋友之间,都非常活跃。以上所表现出来的以传统的七夕题材所进行的相关书写,正是这种状况在一个侧面的反映。这一类的题材,也可以在清代女诗人的作品中看到,如《柳絮集》卷二十五王继藻《七夕》其一云:"大家乞巧望牵牛,独我思亲动别愁。"其二复云:"今夜思亲隔湘水,白云回首渺星河。"而卷八吴芸华《七夕怀蔡紫琼妹》则云:"忆昔逢佳节,同穿月下针。……良辰犹似旧,雁字惜分襟。"②

值得提出的是,在清代,将七夕题材赋予和传统上以写男女之情为主不同的内涵,在男女词人中是互相启发的。如史周沆也有一首《鹊桥仙》,题为《七夕忆父》：

> 天上夫妻,人间父母,一种相思如数。无情鹊驾忒偏私,怎不

---

① 《闺秀词钞补遗》,小檀栾室刻本,第3页a。
② 黄秩模编,付琼校补《国朝闺秀诗柳絮集校补》,北京:人民文学出版社,2011年,第1124、344页。

向、九泉桥度。 织女恩垂,牵牛惠爱,巧也不须多付。若还银汉可通幽,乞引我、鹊桥寻路。①

将七夕题材的伤悼指向父亲,也是以情之极致来表达鹊桥的象征意义,却作看似无理的切责之言,责备喜鹊若真的能够体恤深情,就应该一视同仁,不仅为恋人搭桥,也要为一切有情人搭桥,这样就能与九泉下的父亲一年一度相会了。无理之语,更加体现出情之深,情之痴,在牛女诗词中,堪称别调。这个例子也告诉我们,到了清代,男女词人一起在这个传统的题材上花心思,看得出来有同步发展的趋势②。

三、表现角度的变化

牛女神话进入诗坛之后,主人公之间的美好感情是人们进行歌咏时的基调,但是,牛女二人作为神话人物,已经类型化,也就成了文学创作的原型。如同中国文学上的许多原型一样,人们可以面对他们更好地感受俗世的感情,或与之沟通,或与之对比,让感情超越仙凡,拉平时空。同时,作为一种原型,一旦进入了创作领域,当然不可能陈陈相因,于是在清代女词人笔下,也有一些描写角度上的变化。

第一,从感情上看,牛女的离别与重逢是人们说不尽的话题,但是,既然这已经完全人类化了,也就会呈现出人类面对类似感情时所有的一切情形,有着非常复杂的内涵。如袁希谢的《阮郎归·七夕戏赠织女》:

---

① 张宏生主编《全清词·顺康卷补编》,南京:南京大学出版社,2008 年,第 2045 页。
② 另外,清代女子的七夕词,还有一些内容也非常别致,如苏穆有一篇《摸鱼儿·七夕忆小池白荷》:"渐西风、送秋来也,天涯离思如许。银塘独立无人赏,脉脉此情谁诉。回首处。正月暗楼阴,愁下窥鱼鹭。仙桥已度。算天上人间,都将清泪,并入冷香句。 湘云远,无限明珠翠羽。遥遥那见归路。冰魂月魄黄昏后,定记小窗调护。秋且住。算便把仙衣,轻辟书中蠹。凌波缓步。待一棹归来,盈盈天际,相对话离绪。"(苏穆《贮素楼词》,《小檀栾室汇刻闺秀词》本,第 21 页 b—24 页 a)以七夕别情来咏物,非常独特。

今宵肠断各东西。不堪新别离。无聊且去理残机。相思意绪迷。　河畔望,景依稀。馀情绕石矶。早知会后更凄其。何如未会时。①

作品描写的焦点在织女,写七夕桥上一会,分别之后,更觉伤感。织布全无情绪,遥看欢会之处,馀情尚在。于是深感别离的巨大刺激,倒不如未见面时,感情的起伏还没有这么大。这首词的主要脉络其实暗含着前人的一些作品,如唐代戴叔伦的《新别离》:"手把杏花枝,未曾经别离。黄昏掩闺后,寂寞心自知。"②但戴诗所写,是第一次分离,袁词则表示,每一次都是新别离,而且一次比一次的感情浓度更甚,这就较之前人有所发展。又如宋代司马光《西江月》:"宝髻松松挽就,铅华淡淡妆成。青烟翠雾罩轻盈。飞絮游丝无定。　相见争如不见,有情何似无情。笙歌散后酒初醒。深院月斜人静。"③相会之后又复分离,歌散酒醒,倍觉惆怅,与袁词的情调有相似之处。当然,最应该提出的是范成大的《鹊桥仙·七夕》:"双星良夜,耕慵织懒,应被群仙相妒。娟娟月姊满眉颦,更无奈、风姨吹雨。　相逢草草,争如休见,重搅别离心绪。新欢不抵旧愁多,倒添了、新愁归去。"④脉络则大体一致,让我们看到清代女词人确实是在前代文学精品的影响下从事写作的。

第二,七夕并不是一个抽象的时间,它涉及的内涵有具体的内容,涉及的人物也有不同的关系,尤其是有其特定的生活形态和生活环境,所以,从这个角度出发进行描写,也能变出一些新的思路。如高佩华《浣溪沙·七夕》:

银汉迢遥月半弯。虔陈瓜果任双鬟。鹊桥稳驾白云湾。　为

---

① 《闺秀词钞补遗》,第15页。
② 戴叔伦著,蒋寅校注《戴叔伦诗集校注》卷一,上海:上海古籍出版社,1993年,第213页。
③ 唐圭璋编《全宋词》,北京:中华书局,1965年,第199—200页。
④ 范成大著,富寿荪标校《范石湖集》,上海:上海古籍出版社,2006年,第468页。

第六章 节令与心绪——清代女作家的七夕词及其传承 / 175

诉经年离别苦,仙踪料想五更还。那能分巧到人间。①

作为一个节日,却有两个内容,一是鹊桥相会,一是送慧分巧,那么,二者会不会有冲突呢？所以高氏说,恐怕牛郎织女互相倾诉一年离别的相思,沉浸在那种气氛中,会忘了分巧这件事呢。这个思路,显然是从晚唐罗隐《七夕》来的:"月帐星房次第开,两情唯恐曙光催。时人不用穿针待,没得心情送巧来。"②不过,罗隐写牛女是没有心情送巧,高佩华写他们是忘了送巧,作为女性,显得更加体贴。这还只是从牛女在同一时空所扮演的不同角色出发进行的描写,有时,则还会把环境扩充到天宫,让牛女在这个特定的环境中,与其他仙人发生关系。由于牛女涉及的主要是爱情,所以,人们自然会在天宫中寻找其他涉及爱情的人物,于是嫦娥就会显现出来。在古代神话中,嫦娥虽然吃了灵药,成为仙人,但是,她独居在凄清的广寒宫中,享受不到爱情的甜蜜,也引起人们的同情,于是李商隐就有"嫦娥应悔偷灵药,碧海青天夜夜心"③的描写。早在南朝宋,就有颜延之写下《为织女赠牵牛》:"婺女俪经星,姮娥栖飞月。惭无二媛灵,托身侍天阙。闾阖殊未晖,咸池岂沐发。汉阴不夕张,长河为谁越。虽有促宴期,方须凉风发。虚计双曜周,空迟三星没。非怨杼轴劳,但念芳菲歇。"④不过还只是二星并列,将这两个神话人物放在一起书写而已。至于通过人物的不同感情,能体现出什么感受,清代女词人做出了她们的理解。顾贞立有《鹊桥仙·又六月七日为天孙写怨》:

轻飔乍拂,纤云几点,澹澹玉钩初挂。欢期屈指是耶非,笑几度、钿车欲驾。 碧翁相恼,素娥相戏,底事良缘多假。从今寄语问人间,莫浪说、年年今夜。⑤

---

① 高佩华《芷衫诗馀》,《小檀栾室汇刻闺秀词》本,第 3 页 a。
② 罗隐著,雍文华校辑《罗隐集》,北京:中华书局,1983 年,第 144—145 页。
③ 李商隐著,冯浩笺注《玉溪生诗集笺注》卷三,上海:上海古籍出版社,1979 年,第 717 页。
④ 逯钦立辑校《先秦汉魏晋南北朝诗·宋诗》卷五,第 1236 页。
⑤ 顾贞立《栖香阁词》卷上,《小檀栾室汇刻闺秀词》本,第 11 页 a。

这是写织女由于期待的心情太过焦急,以至于算错了日子,遭到嫦娥的戏谑。不过,这还只是说天上神仙的一些活动,并没有涉及彼此之间的对比,张玉珍的《解连环·丁巳闰六月初七夜为牛女解嘲和悔堂远春两弟作》就不同了:

> 寂寥亭榭,正桐阴敛碧,月钩低挂。算好景、已届仙期,奈缘阻新秋,闰逢长夏。数隔三旬,料未许、鹊桥先驾。盼纤云四卷,耿耿银河,素影斜泻。　频催漏声几下。想天孙此际,离情难写。为寄语、莫漫萦愁,譬青女姮娥,一生常寡。小别无多,又奚必、织停梳罢。惹人间画楼,数处纳凉夜话。①

牛郎织女一年才能相会一次,时间间隔是不是太长了？他们是不是特别痛苦？对此,不同的作家会做出不同的理解。宋代秦观著名的《鹊桥仙》就提出"两情若是久长时,又岂在朝朝暮暮"②,认为感情的品质最重要,朝夕见面不一定胜过一年只见一次。张玉珍则提出了另一个思路,即一年能见一次,分离只是小别而已,就算相会的日期因为闰六月而延迟一个月,又何必织布机停,梳妆无心？然后就举嫦娥等为例,意即比起她们的一生无伴,织女应该感到满足。前人写牛女,往往以牛女之聚映人间之别,或牛女之短别映人间之长别,等等,但从感情出发,以牛女之能有感情归依映一生孤独者,则是非常新鲜的体验。

第三,牛女神话和节令有关系,涉及天上人间的关系,自然也就会激发作家们的时间意识。对此,以前的作家早就进行过非常丰富的探索。如唐代诗人崔涂曾经写道:"年年七夕渡瑶轩,谁道秋期有泪痕。自是人间一周岁,何妨天上只黄昏。"③巧妙地利用神话传说中人间一年,天上一天的时空感,指出为牛女的分别伤感,完全是混淆了天上和人间的时间。这种立意,

---

① 张玉珍《晚香居词》卷下,《小檀栾室汇刻闺秀词》本,第 14 页 b—15 页 a。
② 秦观撰,徐培均点校《淮海居士长短句》卷中,上海:上海古籍出版社,1985 年,第 55 页。
③ 崔涂《七夕》,彭定求等编《全唐诗》卷六百七十九,北京:中华书局,1960 年,第 7786 页。

第六章　节令与心绪——清代女作家的七夕词及其传承 / 177

到了宋代,就被敏感的作家接过来了,如韩元吉《虞美人·七夕词》下片:"离多会少从来有,不似人间久。欢情谁道隔年迟。须信仙家日月未多时。"①还有严蕊《鹊桥仙》中云:"蛛忙鹊懒,耕慵织倦,空做古今佳话。人间刚道隔年期,指天上、方才隔夜。"②因此,牛女固然不会有什么伤感,人间痴男女也不必一厢情愿。这样的想象力是从李白、李贺诸游仙诗而来,清代的女词人或还不具备如此气度,她们的时间意识,往往集中在闰月上。从闰月的角度看牛女之事,唐代也已经有了,如李商隐《壬申闰秋题赠乌鹊》:"绕树无依月正高,邺城新泪溅云袍。几年始得逢秋闰,两度填河莫告劳。"③希望喜鹊不要怕辛苦,能够在闰七夕再度填河,让有情人相聚,借此也反映了作者本人思念亲人的情怀。清代的女词人也喜欢在这样的框架中去写,不过往往更为细腻。如纪松实《鹊桥仙·闰七夕》:"夷则还逢,鹊桥再驾,潋滟银河待渡。人间遥望七襄云,竟两度、锦机罢御。　练拖秋水,帷钩新月,却认得重来路。柔情不断似前宵,相逢更觉相思苦。"④从天时的变化写到天上的活动,看出作者对时间变化的敏感,其主要的描写对象是织女,但写织女,不写其两度相逢的乐,而写她感情受到又一次冲击后,所感到的更苦,这种体察,非常细腻,也非常别致,体现了清代女词人的创造力。

　　第四,更为特别的是书写七夕,却又对这个特定内容从根本上予以质疑。如沈善宝《鹊桥仙·七夕》:

　　　　梦回蕉雨,凉生银汉,到此际、鹊桥填未。神仙那有别离情,笑下界、讴吟多事。　碧天云净,瑶阶露冷,曲槛几回闲倚。聪明误尽世间人,肯乞巧、再添愁地。⑤

---

① 唐圭璋编《全宋词》,第 1395 页。
② 唐圭璋编《全宋词》,第 1678 页。
③ 李商隐著,冯浩笺注《玉溪生诗集笺注》卷二,第 456 页。
④ 《闺秀词钞》卷十,第 2 页 b—第 3 页 a。
⑤ 沈善宝《鸿雪楼词》,《小檀栾室汇刻闺秀词》本,第 9 页 b—第 10 页 a。

这是一篇个性色彩强烈的作品。上片否定了牛郎织女的传说。牛郎织女是神仙,既然是神仙,当然是跳出三界外,不在五行中,不会有凡人的喜怒哀乐和悲欢离合,因此,赋予牛女离情,是世间之人由于自己的生活境遇而对神仙的附会,未免多事。这是站在仙凡不同的立场来思考。如果说,前引崔涂的诗,巧妙地借天上人间时间观念的不同,戏谑世人由于认识不到这一点,而徒然为牛女担心,本篇则更进一步,并指以凡人的眼光去看待仙人也是不智。至于下片,则否定七夕的另一个内容:乞巧。这个否定,是说巧之有害无益,所以不必乞。这正如苏轼《洗儿戏作》诗所说:"人皆养子望聪明,我被聪明误一生。"①清代女诗人也每有在"巧"上面做文章的,如徐映玉《七夕》:"一宵要话经年别,那得工夫送巧来。"②钱孟钿《鹊桥仙·七夕》:"盈盈隔岁一相逢,更那得、工夫赐巧。"③这是说,织女和牛郎一年才见一次,有着说不完的相思,哪里会有时间想到下界的乞巧之人?至于陈蕴莲《乞巧》:"从今不乞天孙巧,乞得多时别恨多。"④杨蕴辉《七夕》:"不须更乞天孙巧,巧似天孙恨更多。"⑤则更进一步,既然人们都向织女乞巧,说明织女一定有很多的巧。但有这么多的巧,却不免分离,饱受相思之苦,那么,即使像织女一样巧,又有什么可追求的呢?但沈善宝却既不从无暇送巧立言,也不从巧不掩愁着眼,而是上升到人生的层面,反思聪明机巧之误人。总之,一首词中,釜底抽薪,将七夕所包含的两种意蕴全都推翻,很见力度。

沈善宝读书有得,多才多艺,可是处在那个社会,满腔学问,无处得施,经常感到不平。她著名的《满江红·渡杨子江感成》诉说了有志难伸的痛苦:

  滚滚银涛,泻不尽、心头热血。想当年、山头擂鼓,是何事业。

---

① 苏轼著,王文诰辑注,孔凡礼点校《苏轼诗集》卷四十七,第2535页。
② 徐映玉《南楼吟稿》卷上,胡晓明、彭国忠主编《江南女性别集初编》,第180—181页。
③ 钱孟钿《浣青诗草》卷二,胡晓明、彭国忠主编《江南女性别集初编》,第254页。
④ 陈蕴莲《信芳阁诗草》卷一,胡晓明、彭国忠主编《江南女性别集三编》,合肥:黄山书社,2012年,第405页。
⑤ 杨蕴辉《吟香室诗草》卷上,胡晓明、彭国忠主编《江南女性别集三编》,第591页。

肘后难悬苏季印,囊中剩有文通笔。数古来、巾帼几英雄,愁难说。望北固,秋烟碧。指浮玉,秋阳赤。把篷窗倚遍,唾壶击缺。游子征衫挽泪雨,高堂短鬓飞霜雪。问苍苍、生我欲何为,空磨折。①

另一首《风入松》也很有代表性:

孝娥千里远寻亲。生死几艰辛。玉碑已现闺英榜,强归来、伴结佳人。赋茗久钦黑齿,颂椒同步青云。　蜃楼海市幻中因。意蕊艳翻新。胸中块垒消全尽,羡蛾眉、有志俱伸。千古兰闺吐气,一枝筠管通神。②

这是读了《镜花缘》所写的词,羡慕书中女子"有志俱伸",正是感慨自己。因此,她在七夕词的创作中有着如此强烈的怀疑精神,也在情理之中。

四、结语

七夕是中国古代的女儿节,理所当然受到女作家的极大关注,清代女词人以七夕为题材的作品非常多,从一个侧面说明这个日子在女性生活中的文化意义。

清代女词人写七夕词,仍然以男女情爱为主轴,这一点与以往的传统大致相同,不过她们也另外开辟了一些关注的重点,如以七夕题材写姊妹之情,这体现了她们对情的新认识,也显示出清代女子生活空间不断扩大,从而希望有更开阔的表现内容。

在清代女词人的笔下,文学意识不断增强,因此七夕的题材,既是一种感情的抒发,也是一种文学的竞赛,在这种情况下,清代女词人也尝试着转

---

① 沈善宝《鸿雪楼词》,《小檀栾室汇刻闺秀词》本,第7页b。
② 沈善宝《风入松·读镜花缘作》二首之二,《鸿雪楼词》,《小檀栾室汇刻闺秀词》本,第14页b—15页a。

换角度，对七夕题材注入自己的某些理解，体现出她们在文学上的创造力。

不过，清代女词人写七夕词，虽然有一些清新的思路，但大部分还是陈陈相因，缺少新意。这个问题应该怎么看待？

首先，这是一个传统题材，进入牛女神话的范围后，从《古诗十九首》开始，已经被前人开拓很多了，写出新意确实不容易。而且，这又是一个被建构好了的爱情故事，以离别和重逢为基本点，不容易出现什么样的变化。

其次，女词人们是写自己的生活和感情，她们首先是借此抒情，然后才考虑到文学，因此她们只是要把生活文学化，往往并没有考虑在文学史上的竞争。这一点，应该是理解古代女作家创作的一个基本思路，毕竟，有意争胜的女作家并不多，这是她们的社会地位和生活状态所决定的。

最后，七夕是她们的节日，她们的声音如果和以前的人有一些相同，她们也并不在意，因为，节日本来就有着相同的文化机制。而且，如果她们笔下所描写的能够与前人暗合，也许会带来一种创作心理的满足，因为把自己的创作纳入正统的文学传统，正是她们所追求的。所以考察清代女子的七夕词，不仅要放在文学史中检验，更要看到这种创作和她们生活的关系，这样，才能给予恰当的评判。

下编

第七章　性别与才名
——从沈善宝看清代女诗人的文学活动

沈善宝是清代后期的一位重要的女诗人,她的作品中有着对声名的强烈追求,表现出独特的价值观念和性别意识,值得重视并给出具有历史意义的阐释,从而对那一时代得出更为全面的认识。

一、责任与价值

一个人的一生可能有多种取向,但不少东西都肇始于童年。或者说,人的早期生活经历,以及在这种经历中所产生的意识,还有由此决定的思考方式和行为方式,可能会对其以后的生活产生重大影响。

沈善宝出生于嘉庆十三年(1808),十二岁那年,父亲沈学琳在江西义宁州判任上,为同僚所偕,自裁而死,遗下一家八口。沈善宝悲愤交集,经常在诗歌里表达自己无法分担家庭变故的怅恨。如滞留江西时作《述哀》云:"我思觅吴钩,愿学赵娥技。左揕仇人胸,右抉谗人齿。自恨弱草质,不栉非男子。"《端午感怀》云:"欲学曹娥愧不如,当年空费父传书。五丝续命悲何益,一赋招魂恨有馀。"①直到奉母回杭州家乡,仍这样诉说着:"愧说曹娥能觅

---
① 沈善宝《鸿雪楼诗选初集》卷一,民国十三年排印本,第2页b、第5页b。

父,空悲赵女欲寻仇。""满腔愤懑凭谁诉,空对寒江泣暮云。""缇萦救父传今古,看取吴钩恨有馀。""麦舟慷慨说当年,高谊谁能迈昔贤?"①

但是,为父报仇终究只是一种内心的祈向,更直接面对的是一家八口的生活问题,还有将暂厝于江西的父亲灵柩运回杭州营葬的大事。沈善宝幼有诗才,秉承母教②,及长,转益多师,兼善绘事。这使她能以自己的才华为家庭排忧解难,于是奔走于江浙两淮之间,卖文鬻画,维持家计,并积蓄资金,准备为家庭做"大事"。明清两代的女子,较之前代,发生了一些变化。变化之一就是在一定程度上突破了男主外、女主内的格局,女子也能凭借自己的一技之长来养家糊口。比较知名的,如明清之际的黄媛介,明朝灭亡后,居住杭州西泠桥头,以卖文卖画为生。吴江汪玉轸,所适非偶,也靠卖文为生。另有女诗人熊琏、许珠当女塾师以养家,嘉定印白兰则在虎丘开馆授徒为生③。沈善宝也是走的这一条道路,不过她风尘仆仆地做事,为的是一个大家,而不是自己的小家。

沈善宝在艰难危苦之中,撑起了一个家,她在诗文书画方面的才华也特别为人们所赏识,因而几年之间,似乎收入甚丰,不仅能够维持一家的生活,而且经营葬地,把自父亲以下的八个人,都一一归葬祖坟,所谓"独立经营八棺","畜资窆其父母伯叔弟妹于丁家山祖墓"④。这对于儒家思想影响下的人们当然是一件大事,而以一女子之身,独任其事,又特别难能可贵,因而深受时人的赞誉。沈善宝本人的作品中对这一段生活多有描写,如《舟中书画,刻无暇晷,宵又耽吟,深以自嘲》:"镇日挥毫腕未停,新诗又向枕边成。吟眉瘦减吟腰削,不愧东阳旧有声。"《别家》:"百拜辞高堂,远棹袁江水。不栉愧非男,跋涉求甘脂。岂矜书画能,势处不得已。聊分白发忧,瓶罂维罍

---

① 分见沈善宝《奉慈回浙舟次感怀》四首,《鸿雪楼诗选初集》卷一,第7页b—8页a。
② 徐昂《沈孝女传》:"母吴浣素,祖籍如皋,有《箫引楼诗稿》,亡。吟咏之业,得之母教。"沈善宝《鸿雪楼诗选初集》卷首《传》,第1页a。
③ 沈善宝《名媛诗话》卷二,《清诗话访佚初编》,台北:新文丰出版公司,1987年,第94页;黄汉清等《女诗人诗选》,南宁:广西人民出版社,1986年,第465、567、603、650页。
④ 沈敏元《鸿雪楼初集序》、徐昂《沈孝女传》,并见《鸿雪楼诗选初集》卷首。《序》,跋四第1页b;《传》,传第1页a。

耻。"《自伤》:"敢矜笔墨作生涯,菽水难谋事可嗟。椿树无阴留几席,荆枝半误是烟花。冲寒远踏三齐雪,(戊子冬月,远赴山左,丑夏始回。)破浪危乘八月槎。(去秋赴清江,适逢河决。)负米归来亲弃养,伤心血泪染衰麻。"①后一首诗中所写赴清江事,在《述哀》十首之二的自注里也有交代:"宝自八月初赴清江售画,九月中,母感寒疾,竟至不起,星速遄归。"②可见其奔波之苦和劳作之勤。

但沈善宝还有二兄三弟。当这位女子风尘仆仆于江湖之中卖文售画时,起码两个哥哥已经成人了(沈母卒于1832年,沈善宝当时已经25岁),也应该能够对家庭有所承担。可是,暂时没有看到任何文献谈到沈氏诸兄弟对家庭的贡献。我们仅在沈善宝自己的诗中,看到这样的记载:"母因诸兄弟失馆,焦灼五中,今俱暂借一枝。"③则或者沈善宝不仅经营葬地、奉养母亲,而且承担起兄弟读书的经济来源。无怪她对兄弟督责甚切,当大弟废书嬉游时,她说:"纵不慕远大,勿遗父母恫。奈何事游荡,花柳迷厥衷。废时而失业,万事水流东。"④其心情就完全可以理解。文学作品中谈到女性对家庭所承担的义务时,往往会给她安排一个弟弟,即使这个弟弟几乎毫无可写的事迹。如《木兰辞》:"小弟闻姊来,磨刀霍霍向猪羊。"这是因为"不孝有三,无后为大",保持这种理想的家庭模式,尤其是预期中男儿对宗嗣的传承,是女性成员自我牺牲并得到肯定的重要依据。所以,《西厢记》中描写孙飞虎兵围普救寺,崔莺莺准备舍己以救全家,而她的弟弟欢郎则可有可无,是作者理念中的人物⑤。从沈善宝的事迹来看,这一艺术模式得到了现实的印证,而且被推向了新的高度。

沈善宝十二岁丧父,以她一人之力,要奉养母亲,资助兄弟(至少还有一个妹妹),这种举足轻重的地位,无疑增强了她的价值感,而在男性中心的社

---

① 沈善宝《鸿雪楼诗选初集》卷三,第5页b、第3页b、第7页b。
② 沈善宝《鸿雪楼诗选初集》卷三,第6页b。
③ 沈善宝《述哀》十首之七,《鸿雪楼诗选初集》卷三,第7页a。
④ 沈善宝《诫琴舫弟》,《鸿雪楼诗选初集》卷四,第12页b。
⑤ 参看黄天骥《把微观考析和宏观研究结合起来》,《俯仰集》,广州:广东教育出版社,2000年,第308—309页。

会里,她的五个兄弟竟然一无所成,甚至不求上进,当然也会引起她的感触,并在一定程度上唤起她对性别问题的思考。

二、立功与立言

《左传》有言:"大上有立德,其次有立功,再次有立言。"①这就是儒家所谓三不朽,原是男性社会的基本价值观,但在明清时代,也成为一些女性的追求。

明清时代,文官制度已经定型化,不通过科举考试的途径,基本上无法实现志业的抱负,对于被摒弃于科举考试之外的女性来说,立功之事当然无从提起。但是,时代在发展,女性心中的抱负并不因为社会的压制而被放弃,这在一些文艺作品中多有曲折的表述。如乾隆时期的王筠著《繁华梦》,写王梦麟梦中变为男子,考中状元,仕至吏部侍郎,醒来以后,一切成空,愤懑至极,乃写《满江红》道:"搔首呼天,呼不应、茫茫一片。嗟颠倒,弄权造化,故生缺陷。红粉飘零今古恨,才人老大千秋怨。问乾坤、心剑倩谁磨,挥愁断。 论万事,从公判。安时命,达人见。叹河阳鬓改,隐侯腰倦。孽梦徒尝人造福,痴文妄夺天成案。揾青衫、咄咄日书空,沉吟遍。"②这实际上也是明清不少女性现实生活的写照。

沈善宝饱读诗书,志向高远,见识超卓。当时士人李世治曾评价她说:"吐属风雅,学问淹博,与之谈天下事,衡量古今人物,议论悉中窾要。"并感慨"于巾帼中得遇此奇伟之才"③。事实上,沈善宝对自己也有很高的期许。

---

① 杨伯峻《春秋左传注》,北京:中华书局,1981年,第1088页。
② 《繁华梦》有乾隆刻本,此转引自王永宽《王筠》,胡世厚、邓绍基主编《中国古代戏曲家评传》,郑州:中州古籍出版社,1992年,第653页。按生活在嘉庆、道光间的吴藻有《金缕曲》一首,词云:"闷欲呼天说。问苍苍、生人在世,忍偏磨灭。从古难消豪士气,也只书空咄咄。正自检、断肠诗阅。看到伤心翻失笑,笑公然愁是吾家物。都并入,笔端结。 英雄儿女原无别。叹千秋、收场一例,泪皆成血。待把柔情轻放下,不唱柳边风月。且整顿、铜琶铁拨。读罢离骚还酹酒,向大江东去歌残阕。声早遏,碧云裂。"可同剧中王梦麟的《满江红》互参。吴词见其《花帘词》,《小檀栾室汇刻闺秀词》本,第4页b—5页a。
③ 李世治《鸿雪楼初集序》,《鸿雪楼诗选初集》卷首,原序三第1页a,第1页b。

第七章 性别与才名——从沈善宝看清代女诗人的文学活动 / 187

她在十二岁时所写的《新笋》就说:"庭前新竹笋,今尚短于兰。待到干霄日,人皆仰面看。"①其志已经不小,而二十一岁所写的《渡黄河》:"我欲乘槎游碧落,不愁无路问银潢。放开眼界山川小,付与文章笔墨狂。"②也是豪气干云。于是,她想学建功于西域的张骞:"壮怀忘巾帼,绝域梦封侯。"③又想学志向远大的宗悫:"乘风壮志慕宗子,破浪何由行万里。"④她甚至长期生活在自己幻想的境界中,虽然愿望无法达成,但追求之心不泯。比如,她的奔走江湖,明明是奉母养家,却自比为"游秦季子裘空敝"⑤,她是把理想现实化了,把历史现实化了,把主观客观化了。与其说她对此信以为真,不如说她愿意生活在这样的期待之中。因为,她的个人素质要求她做出相符的价值体现,有着表里如一的成就感。

但是,不幸她生活在男权社会中,一切憧憬和理想只能是一个梦。可贵的是,尽管明知这个梦无法实现,她仍然投入极大的热情,其表现形式就是对社会的不公平、对自己仅仅因为身为女性而有志难伸表示愤慨:

投笔请缨空有愿,安能巾帼觅封侯?(《李云舫先生在清江见拙集,题诗寄赠,依韵奉答》二首之一)

一腔热血半消灭,姓名不上黄金台。(《送穷》)

多少英雄牖下终,况予碌碌蛾眉耳!(《余素少梦,偶一梦,率多平生未见事。今梦游大海,澄波万顷。须臾日出,五色迷离。凭眺间,忽巨浪如山,波涛中跃起一龙,俯视余舟,作欲攫状,惊寤赋此》)

---

① 沈善宝《鸿雪楼诗选初集》卷一,第 2 页 a。
② 沈善宝《鸿雪楼诗选初集》卷二,第 5 页 b。
③ 沈善宝《秋夜二首》之一,《鸿雪楼诗选初集》卷二,第 2 页 b。
④ 沈善宝《余素少梦,偶一梦,率多平生未见事。今梦游大海,澄波万顷。须臾日出,五色迷离。凭眺间,忽巨浪如山,波涛中跃起一龙,俯视余舟,作欲攫状,惊寤赋此》,《鸿雪楼诗选初集》卷二,第 12 页 b。
⑤ 沈善宝《寿光除夕》,《鸿雪楼诗选初集》卷二,第 6 页 a—6 页 b。

造物于侬数太奇,凌云有志限蛾眉。(《呈张理庵六伯》二首之二)

空怀豪气三千丈,凌云剩有游仙想。(《山楼望雪歌寄怀瑟君姊》)①

如此激切的声音和如此直白的表露,在女性作家中实不多见。所以,当民族矛盾愈加激烈,列强的坚船利舰从珠江指向扬子江之时,她就发出了这样的浩叹:

滚滚银涛,泻不尽、心头热血。想当年、山头擂鼓,是何事业。肘后难悬苏季印,囊中剩有文通笔。数古来、巾帼几英雄,愁难说。 望北固,秋烟碧。指浮玉,秋阳赤。把蓬窗倚遍,唾壶击缺。游子征衫挽泪雨,高堂短鬓飞霜雪。问苍苍、生我欲何为,空磨折。

扑面江风,卷不尽、怒涛如雪。凭眺处、琉璃万顷,水天一色。酾酒又添豪杰泪,然犀漫照蛟龙窟。一星星、蟹屿与渔汀,凝寒碧。 千载梦,风花灭。六代事,渔樵说。只江流长往,销磨今昔。锦缆牙樯空烂漫,暮蝉衰柳犹呜咽。笑儿家、几度学乘槎,悲歌发。(《满江红·渡扬子江》二首)②

这两首词形象地写出了她眼见国势衰微,立志救亡,却有志不得伸,有才不得施的心情,是她作为一个女性,在风云激荡的历史变动中,性别意识

---

① 沈善宝《鸿雪楼诗选初集》卷二,第 20 页 b,12 页 b—13 页 a,14 页 a;卷四,第 24 页 b。
② 沈善宝《鸿雪楼外集》,民国十三年排印本,第 5 页 b—6 页 a。

第七章 性别与才名——从沈善宝看清代女诗人的文学活动

最急切的流露。作为好朋友,顾春对她的了解最深,同治元年(1862)六月十一日,沈善宝逝于山西。顾春有《哭湘佩三妹》诗五首,其一有句云:"平生心性多豪侠,辜负雄才是女身。"①对沈善宝由于性别问题而只能无所作为深致惋惜之情。

如果说,立功的企盼只是心灵深处潜意识的流露的话,那么,立言即追求文名则是沈善宝一生的寄托,是她精神价值的体现。她"性嗜词章,幼耽翰墨","周岁识'之''无',总角解吟讽。三唐与六朝,过目皆成诵。……教辩四声劳阿母,敢矜七步压通儒。谢帏飞絮风前起,鲍家香茗谁堪比。"②她的诗才,不仅闺阁中有知音,如被许延礽赞为"绝世才华绝世姿"③,顾春誉为"闺中俊逸才"④,而且受到男性文人的激赏。如佟景文曰:"闺阁中有此如椽巨笔,不特扫尽脂粉之习,且驾蕉园七子而上之。……吊古咏物,遣兴感怀诸作,揆度事理,言中有物,一空前人窠臼,尤征卓识,非寻常裁红刻翠者所能望其肩背。此才也,岂惟巾帼中不易得,正恐翔步木天,入金马玉堂之选,亦不数数觏也。"富呢扬阿曰:"胸罗经史,秀韵天成,而逸气豪情溢于楮上。……岂寻常闺阁篆刻云霞,雕搜风月之所可拟耶?"⑤正是过人的诗才,使她具有了强烈的自信,并产生了强烈的求名之心,即所谓"生不逢辰悲历劫,死虽易办惜无名"⑥,伴随着自信产生的正是焦虑。

沈善宝的作品今存《鸿雪楼诗选初集》十五卷和《鸿雪楼词》一卷,前者终于咸丰元年(1851),后者终于道光十七年(1837)。而据沈敏元《鸿雪楼初集跋》云,该集的前四卷终于道光十五年(1835),系沈善宝婚前所作。沈善宝长期为家庭奔忙,顾不上婚嫁之事,直到母亲故去数年后,才由义父陈克

---

① 顾春《天游阁诗集》卷七,张璋编《顾太清奕绘诗词合集》,上海:上海古籍出版社,1998年,第169页。
② 沈善宝《除夕祭诗(并序)》,《鸿雪楼诗选初集》卷三,第17页b—18页a。
③ 沈善宝《清和望后二日,云林夫人招饮斋中,得晤龚瑟君夫人(自璋),即席赋赠》附许延礽和作,《鸿雪楼诗选初集》卷四,第15页b。
④ 顾春《再叠韵答湘佩》,《天游阁诗集》卷四,张璋编《顾太清奕绘诗词合集》,第97页。
⑤ 并见二氏《鸿雪楼初集序》,《鸿雪楼诗选初集》卷首,原序二第1页a—1页b;原序四第1页a。
⑥ 沈善宝《感怀》,《鸿雪楼诗选初集》卷二,第19页a。

钰做主,嫁给武凌云为继妻。武氏系安徽来安人,道光十五年(1835)进士,历任礼部铸印局主事、员外郎,吏部稽勋司郎中,山西朔平府知府。人们曾经评论这一对夫妇:"武貌不扬,诗亦尔尔。夫人相于骊黄之外,独与其选。曾读其《和谦小榆太史〈梅花八咏〉》,颇胜武作。"①但无论如何,她有了自己的家庭,结束了动荡的生活,开始稳定了下来。

沈善宝作诗,追求新变,不落窠臼。在《读〈红楼梦〉戏作》中,她曾批评这部小说:"不信红颜都薄命,惯留窠臼旧文章。"②姑且不论批评的对和错,值得重视的是她在欣赏和创作中所希望体现出的创造性。她曾写有一首游仙诗,题为《余素少梦,偶一梦,率多生平未见事。今梦游大海,澄波万顷。须臾日出,五色迷离。凭眺间,忽巨浪如山,波涛中跃起一龙,俯视余舟,作欲攫状,惊寤赋此》,其中有句云:"无端就枕作游仙,海上三山到眼前。天鸡未鸣六鳌伏,琉璃世界空澄鲜。波光万顷连天碧,碧海青天同禽辟。十丈楼船画鹢飞,遐情欲访支机石。须臾日出扶桑东,海水都作胭脂红。彩云朵朵四围合,分明锦绣裁天公。神怡心旷尘埃绝,离奇顿慰烟霞癖。冯夷忽启水晶宫,银涛雪浪飞千尺。"③其中所表现的,乃是一种摆脱拘束,向往自由的精神。李清照有一首游仙之作《渔家傲》,云:"天接云涛连晓雾。星河欲转千帆舞。仿佛梦魂归帝所。闻天语。殷勤问我归何处? 我报路长嗟日暮。学诗谩有惊人句。九万里风鹏正举。风休住。蓬舟吹取三山去。"④二者正可以互参。

沈善宝既大力表彰历代才女(详下),她本人的创作也充满争胜之心。不仅在闺阁诗人中争胜,而且敢于和男性诗人相争。这可以《石鼓歌次坡公韵》一诗为例。

石鼓是周代之物,在岐阳埋没已久,至唐朝初年才得到重视。中唐时,韦应物写有《石鼓歌》一诗,其后韩愈、苏轼各有同题之作。这个题目本是逞

---

① 雷瑨、雷瑊《闺秀诗话》卷一,民国十一年扫叶山房石印本,第1页b—2页a。
② 沈善宝《鸿雪楼诗选初集》卷二,第3页a。
③ 沈善宝《鸿雪楼诗选初集》卷二,第13页a。
④ 李清照著,王延梯注《漱玉集注》,济南:山东文艺出版社,1984年,第4页。

第七章 性别与才名——从沈善宝看清代女诗人的文学活动 / 191

才的好样本,三位作家特别是后两位又是饱学好奇之人,不管在哪一方面,都有比竞之心。首先是考订,韦应物认为石鼓是周文王之物,至宣王时才刻上文字,韩、苏则以为是宣王之物。其次是见解,韦但言今昔之感,韩、苏则寄意宣王中兴,于盛衰之事反复致意。再次是语言,韦尚平实,而韩、苏则古奥奔放,极尽以文为诗之能事。方东树评韩诗曰:"一段来历,一段写字,一段叙初年己事,抵一篇传记。夹叙夹议,容易解,但其字句老炼,不易及耳。"[①]王文诰评苏曰:"起叙见鼓,极力铺排,仍不犯实。忽用'上追'、'下揖'二句一束,乃开拓周、秦二段之根,其必用周、秦分段者,不但鼓之盛衰得失可兴可感,本意以秦之暴虐形周之忠厚。秦固有诗书之毁,而文字石刻独盛于秦,明取此巧,以周、秦串作,一反一正之间,处处皆《石鼓文》地位矣。"[②]韦、韩、苏的《石鼓歌》,凌轹千古,所以三人之后,效颦者不多,胜蓝者更无。以沈善宝的心志,她既然敢拈此题,必有其独特之处,所以一开始她就说:"自顾蛾眉少见闻,辨疑那得悬河口。"也就是说,她并不想同样在历史真相等方面多费口舌。从全诗脉络上看,首言石鼓自周至唐宋,埋没已久;次言宣王中兴之勋业;复次言石鼓遇合之奇,有可资感慨者;结以对石鼓寿世原因的推测。其中由石鼓的命运而引起的个人感慨,尤其具有言外之意:"从来物理总一辙,玉碎珠沉终不偶。才人远谪美人死,骥材伏枥空低首。何如此鼓得逢时,万古未曾遭毁掊。岂缘顽冥竟无知,风雷不瞰人不取。抑或靡他矢不移,不来浊世蒙尘垢。否则天公惜至宝,却教神鬼常相守。"[③]这是个人怀才不遇的感喟,也是千古才士不偶的写照。沈善宝在这个传统的被大手笔写得很出色的题材中注入了自己新的思考,无疑是对这一历史传统的新贡献,同时也说明她敢于向权威挑战。而苏轼《石鼓歌》向以才大韵难著称,沈善宝选择和其韵,是知难而上,也是她过人才学的显示。至于韩、苏之作以写历史争胜,气势笼罩,魄力雄大,那却并非沈善宝的关注点了。

---

① 方东树《昭昧詹言》卷十二,北京:人民文学出版社,1961年,第272页。
② 苏轼著,王文诰辑注,孔凡礼点校《苏轼诗集》卷八,北京:中华书局,1982年,第105页。
③ 沈善宝《鸿雪楼诗选初集》卷二,第17页b、18页a—18页b。

三、历史与经典

诗话之作,自宋代欧阳修肇其端,代有作者,蔚为大观,但论及闺秀之诗,则往往零篇断简,一带而过。至于专论闺秀的著作,则更不多见。清代前期女诗人熊琏著有《澹仙诗话》,堪称女性利用诗话这一传统样式进行批评的发轫之作,但仅仅部分涉及闺秀,尚非专书。所以,沈善宝的《名媛诗话》是文学史上较早出现的闺秀论诗和论闺秀诗的专著。

在《名媛诗话》开篇,沈善宝叙述了自己的创作动机:"窃思闺秀之学与文士不同,而闺秀之传又较文士不易。盖文士自幼即肄习经史,旁及诗赋,有父兄教诲,师友讨论。闺秀则既无文士之师承,又不能专习诗文。故非聪慧绝伦者,万不能诗。生于名门巨族,遇父兄、师友知诗者,传扬尚易。倘生于蓬荜,嫁于村俗,则湮没无闻者,不知凡几。余有深感焉,故不辞摭拾蒐辑,而为是编。"①"聪慧绝伦",指闺秀诗人的素质;"传扬",则是沈善宝本人的心理动机。沈善宝正是为了"传扬"历代闺秀的"聪慧绝伦",才撰作了这部《名媛诗话》,当然也反映出她心灵深处对"名"的期待和追求。按沈善宝自己的说法,该书的选录标准是:"意在存其断句零章,话之工拙,不复计也。"②然而,考察《名媛诗话》之所收,却并非完全如此。沈善宝所选择的闺秀,其人其诗,都很有独特性,贯穿着沈善宝本人的独特思路。

第一种是勇建功业的女子。如歙县毕著之父在蓟邱为官,有流贼造反,毕父战死疆场。毕著时年二十,率众突袭贼营,斩其魁首,夺回其父遗体。有纪事诗写道:"吾父矢报国,战死于蓟邱。父马为贼乘,父尸为贼收。父仇不能报,有愧秦女休。乘贼不及防,夜进千貔貅。杀贼血漉漉,手握仇人头。贼众自相杀,尸横满坑沟。父体舆榇归,薄葬荒山陬。相期智勇士,慨焉赋同仇。蚁贼一扫尽,国家固金瓯。"徐治都的夫人许氏,精韬略,善骑射,丈夫

---

① 沈善宝《名媛诗话》卷一,《续修四库全书》,上海:上海古籍出版社,2002年,第1706册,第548页。

② 沈善宝《名媛诗话》卷一,《续修四库全书》,第1706册,第548页。

打仗时,每率兵相为犄角,立功良多。曾有《马上歌》:"快马轻刀夜斫营,健儿疾走寂无声。归来金镫齐敲响,不让须眉是此行。"沈善宝赞为:"侠气豪情,溢于楮墨。"而女诗人戴衣仙所写诸作,也深得沈氏心许。如《读〈明史〉》:"三杰孤危八虎强,对山能不救三杨。摊书更读娄妃传,一曲凄清片石荒。""养士恩深三百年,国殇能得几人贤?红颜力弱能诛贼,长向思陵泣杜鹃。"通过记述历史,找到了心灵的寄托。

第二种是寄意经世致用的女子。如书中记载顾若璞"常与闺友宴坐,则讲究河槽、屯田、马政、边备诸大计";又记载丁玉如的事迹道:"慷慨好大略,尝于酒间与夫论天下大事,以屯田法坏为恨。曰:'边屯则患戎马,官屯则患空言。鲜实事。妾与子戮力经营,倘得金钱二十万,便当北阙上书,请淮北闲田,垦万亩,好义者出而助之,则粟贱而饷足,兵宿饱矣。然后仍举盐策,召商田塞下,则天下可平也。'其大言如此。"说是"大言",那只是因为现实不可能给她提供施展的机会,沈善宝的记载却是慷慨飞扬,难免"心向往之"。至于常熟沈绮不仅能诗善词,而且"博通经史律历之学",还有蔡琬"闺阁中具经济才",也都深得沈氏的赞赏。

第三种是文学创作超越了传统风格规定的女子。如柴静仪的"落落大方,无脂粉习气",林以宁的"诗笔苍老,不愧大家",王慧的"沉雄深厚",吴喜珠的"诗极雄丽",高景芳的"笔力雄健",潘玥的"诗才清卓",都是她极力推崇的。略举其所引诸作中诗句,如王慧《谒禹陵》:"明德弥苍昊,神功迈大庭。怀襄方尽力,辐輠极劳形。草木开蒙昧,龙蛇涤秽腥。铸金九土贡,志怪八方经。"吴喜珠《怀古》:"仙人不跨五羊来,碧海丹山次第开。洗氏谈兵名将气,尉佗称帝匹夫才。功留桐柱存冤魄,骨掩花田转劫灰。此是炎方冠带国,书生曾请弃珠厓。"高景芳《输租行》:"驴驼口袋牛挽车,天阴防雨宜重遮。农人惜米如珠宝,官府视米如泥沙。不辞淋尖与加耗,早赐收取容归家。愿存升斗买粗布,聊与妻儿补破裤。尽情倾倒实堪怜,羞涩反遭官吏怒。驱牛出城口吻干,无钱沽酒当风寒。辛苦回家夜将半,细嚼筐中草头饭。"潘玥《远眺》:"登眺情何极,催寒起晓风。秋生万山外,人老一楼中。驿柳微留翠,池莲早坠红。妖氛今未净,笳鼓正从戎。"①从这些作品来看,沈善宝所认同的闺阁诗才,已经从咏唱一己私情的个人生活圈子里跳了出来,面向更广阔的生活场景,是其生活观和审美观的集中体现。

沈善宝在《名媛诗话》中所体现的女性观,也反映在她的创作中。她极力表彰历史上的奇女子,如称赞红拂"不畏深宵风露凉,紫衣乌帽易红妆",进而惋惜"功成图画凌烟阁,独惜蛾眉姓未扬"。又这样称赞红线:"神如秋水气如虹,天遣仙娥助薛嵩。千里程途劳瞬息,三年邻境靖黑熊。牙签甘涸青衣队,金盒能成白战功。闺阁由来多义侠,漫将妙手说空空。"②不仅突出侠女的作用,而且对她们在男权社会中未能得到更多的表彰怀有不平。更值得注意的是她的作品中有两组题为《题仕女图》的诗。所谓仕女图,通常所画者为美人,突出的是貌,而沈善宝所画(诸仕女图疑沈氏所画)所题者,皆突出的是才。如擅书法的卫茂漪:"玉女簪花格独新,千秋笔阵仰夫人。右军殚尽临池力,名噪兰亭已后尘。"创造回文诗的苏若兰:"机杼文章自一家,胸罗锦绣夺云霞。璇玑能贬阳台宠,才到连波亦足夸。"女扮男装的木兰:"短后弓衣十二年,无人解道是婵娟。尚书不受双亲老,孝烈芳名万古传。"击鼓战金兵的韩夫人:"南朝忠勇属倾城,宗社安危此一行。扬子江心千尺浪,至今犹作鼓鼙声。"勇上战场的秦良玉:"不分忧危逼紫宸,空将厚禄豢庸臣。梨花枪与桃花马,辛苦沙场只美人。"③当然,一般仕女图中或也有这样的内容,但是,如果沈善宝笔下的仕女都是这样的类型,无疑反映着她对女性才学的重视,当然也体现了她本人的性别意识。如果说,她在《名媛诗话》里是希望建立当代的经典的话(《名媛诗话》所记多为当代闺秀事迹),那么,在她的其他作品中,就是希望建立历史的经典,二者互相参照,正好可

---

① 所引内容,分别见沈善宝《名媛诗话》(《续修四库全书》,第 1706 册)卷一,第 548—549 页;卷一,第 554 页;卷四,第 596—597 页;卷一,第 548 页;卷一,第 557 页;卷一,第 558 页;卷一,第 554 页;卷一,第 552 页;卷一,第 553 页;卷二,第 562 页;卷二,第 565 页;卷二,第 563 页;卷三,第 580 页。
② 沈善宝《红拂》、《红线》,二诗并见《鸿雪楼诗选初集》卷三,第 2 页 a、2 页 b。
③ 诸诗均见沈善宝《鸿雪楼诗选初集》卷四,《卫茂漪》、《苏若兰》见第 5 页 b,《木兰》、《韩夫人》见第 8 页 b,《秦良玉》见第 9 页 a。

以看出她的隐微的内心活动。

四、求师与求友

女子有了文才,又希望把自己的文才表现出来,那就要选择知音,介入文坛,因而也就有了求名的意识。在这一过程中,师和友都是非常重要的环节。

在清代以前,一般女子求学,师承大约主要有两个途径:一是塾师,如《牡丹亭》中陈最良之于杜丽娘;二是家学,如随父母或其他亲人学习。总的来说,二者都还是在家庭或家族之中活动。女子求师而走向社会,似乎是从清代开始的。清代学者较早收女弟子的有毛奇龄、沈大成等[1],其后则以袁枚、陈文述最为知名。袁枚广收女弟子,时人有"绛纱弟子三千辈"、"三千天女尽门生"之说[2],当然是夸张,但他的女弟子总数在五十以上[3],当无疑问。袁枚所招收的女弟子主要面向社会,只有少数是自己的亲戚。如著名的《随园十三女弟子湖楼请业图》,其中所描绘的人物孙云凤、孙云鹤、席佩兰、徐裕馨、汪缵祖、汪妽、严蕊珠、廖云锦、张玉珍、屈秉筠、蒋心宝、金逸、鲍之蕙,和袁枚都无亲缘关系。所以其女弟子孙云凤描述袁枚女弟子的盛况说:"我简斋夫子,行年七十,妇竖知名,所到四方,裙钗引领。"[4]当时不少人都记载了袁枚所到之处才女们竞相拜师的情形,如"江东闺阁争投贽"、"红妆负笈为寻师"、"闺阁如云争立雪"、"立雪争来各署名"、"一时红粉竞投诗"、"香闺

---

[1] 参看合山究《清代詩人と女弟子》,岡村繁教授退官記念論集刊行会編《中国詩人論——岡村繁教授退官記念論集》,東京:汲古書院,1986年。
[2] 方昂《寄祝随园先生八十寿》四首之二,又孙原湘《屏风辞十首》(选六)之三。分见袁枚《随园八十寿言》(王英志编《袁枚全集》本,南京:江苏古籍出版社,1993年),卷二,第32页;卷五,第92页。
[3] 参看合山究《袁枚と女弟子たち》,《文学論輯》第31期(重松泰雄教授退官記念号,1985年8月)。另参看刘咏聪《曲园不是随园叟,莫误金钗作贽人》,《岭南学报》新1期。
[4] 孙云凤《宝石山庄送简斋夫子还山诗序》,袁枚《续同人集》"闺秀类",《袁枚全集》本,第226页。

争拜郑康成"、"翠袖女郎争受业"①。之后的陈文述,虽然没有袁枚这位同乡先贤名气大,但也是有意效法,闺阁从学者也有几十人之多②。至于闺秀求师的目的,或许各有不同,但其才学希望借此得到肯定,甚或名声希望借此得到显扬,确是非常重要的一个方面。金逸临终前慊慊想到的是:"吾与先生(引者按,即袁枚)一见,已足千秋。所悁悁而悲者,吾闻先生来即具门状,招十三女都讲作诗会于蒋园。画诺者已九人,而吾竟不得执笔为诸弟子先,此一憾也。"③未能扬名的遗憾溢于言表。袁枚的另一女弟子陈淑兰说得更为直截了当:"我有妆台句,才疏未敢投。若经燕许笔,闺阁亦千秋。"④

沈善宝求师的愿望也很强烈。她十六七岁时即拜陈箫楼为师⑤,其后又有顾逸、李世治等。她随老师学诗的情形,其本人记述道:"槐市春风坐几年,楼高百尺得薪传。闭门觅句花初落,按拍填词月正圆。"⑥因为在创作上确实得到了老师的指点和传授,更因为作为女性受到了重视,所以沈善宝常有知音之感。如《山左李怡堂(世治)观察来杭,即蒙收为弟子,赋此志感,即以送别》二首之一:"雕虫一卷寄愁吟,何幸今朝遇赏音。……欲识高山流水意,冰弦试听伯牙琴。"《李云舫先生在清江见拙集,题诗寄赠,依韵奉答》二首之二:"岂有文章海内闻,颁来尺素感情殷。英雄肝胆遥相照,潦倒襟怀转似焚。"⑦不过,更能反映沈善宝特点的,是她希望通过拜师求得声名的心理,对此,她本人也从不避讳,如《清河呈春畹李观察(湘茞)》:"为仰宫墙赋远

---

① 龙铎《喜晤简斋先生》,《续同人集》"投赠类",第47页;左埔《湖上喜晤随园先生》,《续同人集》"投赠类",第51页。陶焕悦《寄祝随园先生八十寿》六首之五,《随园八十寿言》卷二,第20页;陶绍景《寄祝随园先生八十寿》十首之八,《随园八十寿言》卷二,第22页;继昌《寄祝随园先生八十寿》二首之一,《随园八十寿言》卷二,第23页;浦铣《祝简斋前辈寿》,《随园八十寿言》卷三,第56页;吴蔚光《祝简斋先生八十寿》四首之三,《随园八十寿言》卷五,第91页。俱《袁枚全集本》。
② 参看本书第十章《才女与名士:吴藻〈乔影〉及其创作的内外成因》。
③ 袁枚《金纤纤女士墓志铭》,《小仓山房文集》续集卷三十二,《袁枚全集》,第2册,第587页。
④ 蒋敦复《绣诗乞序》,《随园轶事》卷五,民国初年扶轮社石印本,第10页a。
⑤ 沈善宝有《题陈箫楼师诗集》一诗,写于道光六年(1826),中有"叨附门墙忽数年"之说。按沈善宝时年19岁,因知她拜陈为师大约在十六七岁。见《鸿雪楼诗选初集》卷一,第15页b。
⑥ 沈善宝《甬上顾君白先生(逸)为予点定诗稿赋谢》,《鸿雪楼诗选初集》卷一,第17页a。
⑦ 二诗分见沈善宝《鸿雪楼诗选初集》卷二,第1页b,第3页a。

第七章 性别与才名——从沈善宝看清代女诗人的文学活动 / 197

游,今朝先幸识荆州。龙门声价人争羡,水部才华孰与侔。碧草池塘欣入梦,春风花萼快登楼。慈云遥芘穷途客,何异身披白傅裘。"①这里用了"荆州"和"龙门"两个典故,前者出自李白《与韩荆州书》:"白闻天下谈士相聚而言曰:'生不用万户侯,但愿一识韩荆州。'何令人之景慕一至于此耶!"②后者出自《后汉书·李膺传》:"膺独持风裁,以声名自高。士有被其容接者,名为登龙门。"③这两个典故都是渴望汲引的常用词,沈善宝用于学诗,可见对成名的渴望。沈善宝还有奉呈张理庵的几首诗,热切希望成为其弟子,或曰:"斯文宏奖仰儒宗,一顾曾教冀北空。"或曰:"采藻未能方道蕴,品题何幸识荆州。"④"一顾"句,出自韩愈《送温处士赴河阳军序》:"伯乐一过冀北之野,而马群遂空。"⑤也是古代文人说到提携人才经常用的典故。沈善宝的心理状态于此可以看得更清楚了。

明清以前,女子创作也有一定的规模,但更多的是个人行为,是内心感情的自我倾诉。明清以后则不然。一方面是姊妹情谊日渐成为文学的重要表现内容,另一方面则同时反映出女性社交愿望的增强,其目的是在社会规范允许的情况下,寻找志同道合者,进而给自己的才华找到流露的地方。和沈善宝同时的许多女性文人都有这种交往的自觉,如吴藻、顾春、张䌌英、许延礽等。

沈善宝的交游面较广,其中包括了当时不少卓有成就的女作家,如吴藻、许延礽、顾春、陈蕴莲、张䌌英、张纶英等。值得提出的是,在她所交往的女作家中,不少都是与其一见面即成为姐妹。道光十五年(1835),沈善宝有诗题为《清和望后二日,云林夫人招饮斋中,得晤龚瑟君夫人(自璋),即席赋赠》,其中提到的云林乃许延礽的字。许延礽之父为兵部主事许宗彦,博学多才,尤精天文,著有《鉴止水斋集》;母为梁德绳,能琴善书,篆刻诗词皆精,

---

① 沈善宝《鸿雪楼诗选初集》卷二,第 4 页 b。
② 李白著,王琦注《李太白全集》卷二十六,北京:中华书局,1977 年,第 1239 页。
③ 范晔撰,李贤等注《后汉书》卷六十七,北京:中华书局,1965 年,第 2195 页。
④ 沈善宝《呈张理庵六伯》二首之一,《鸿雪楼诗选初集》,卷二,第 14 页 a;《送理庵六伯之台州》,第 17 页 a。
⑤ 韩愈《昌黎先生文集》卷二十一,《四部丛刊初编》,第 7 页 a。

著有《古春轩诗钞》《古春轩词钞》;妹为许延锦,阮福妻,精于鼓琴、绘画、篆刻,著有《鱼听轩诗钞》;甥女为阮恩滦,阮元孙女,阮福女,沈霖元妻,能诗善画,尤精于琴,著有《慈晖阁诗词》。龚自璋,字圭斋,一字瑟君,龚自珍女弟,著有《圭斋诗钞》。沈善宝和她们初见,概称"夫人",而其后不久,即以姐妹相称,或有结拜之事。许延礽和沈诗有云:"许订三生情倍重,频挥十指意忘疲。"沈善宝答龚氏和作有云:"心倾十载才输款,缘结三生许问奇。"①关系已经非同一般。沈善宝和吴藻的关系也是如此。大约也是在同一年,梁德绳偕女儿并沈氏一起赏梅,席上听吴藻鼓琴,这是二人的初识。可是在《鸿雪楼词》的结尾,却有一段题记,曰:"丁酉中秋后四日,蘋香姊吴藻拜读僭选。"吴藻自称"姊",说明二人也是有姊妹之谊②。对交友的热衷,正是出于彼此的惺惺相惜。这一点,表现得最明显的是,顾春和沈善宝在仅仅是闻名的情况下,就不约而同地对吴藻表示了结交的愿望。顾春有《金缕曲·题〈花帘词〉寄吴蘋香女士用本集中韵》:"何幸闻名早。爱春蚕、缠绵作茧,丝丝萦绕。织就七襄天孙锦,彩线金针都扫。隔千里、系人怀抱。欲见无由缘分浅,况卿乎与我年将老。莫辜负,好才调。 落花流水难猜料。正无妨、冰弦写怨,云笺起草。有美人兮倚修竹,何日轻舟来到?叹空谷、知音偏少。只有莺花堪适兴,对湖光山色舒长啸。愿寄我,近来稿。"③沈善宝有《读吴蘋香夫人〈花帘词稿〉》:"绿窗耽翰墨,闺阁少知音。不道梅花里,传来柳絮吟。歌真高白雪,品欲重南金。从此阑干畔,临风思不禁。"④至于沈善宝本人,也有"云间丁步珊夫人来浙,耳余名,绘桃花册页见赠,未谋半面,遽订神交"⑤。这些,当然是反映了女性群体意识的增强,也是希望"闺门雅颂留名久"⑥的

---

① 沈善宝诗见《鸿雪楼诗选初集》卷四,第 15 页 a—15 页 b,许氏和诗见第 15 页 b,沈氏《瑟君姊以和作示叠韵奉答》见第 16 页 a。
② 沈善宝《鸿雪楼词》,《小檀栾室汇刻闺秀词》本,第 15 页 a。
③ 顾春《东海渔歌》卷一,张璋编《顾太清奕绘诗词合集》,第 206 页。
④ 沈善宝《鸿雪楼诗选初集》卷一,第 18 页 a。
⑤ 沈善宝《云间丁步珊夫人来浙,耳余名,绘桃花册页见赠,未谋半面,遽订神交,赋此报谢》,《鸿雪楼诗选初集》卷一,第 18 页 a。
⑥ 沈善宝《清和望后二日,云林夫人招饮斋中,得晤龚瑟君夫人(自璋),即席赋赠》附许延礽和作,《鸿雪楼诗选初集》卷四,第 15 页 b。

表现,是这些闺阁文人意识到自己的文学价值,希望能够得到更大程度发挥的心理写照。

五、怜才与扬才

"女子无才便是德"的说法大约产生在明代末年[①],并在清代不断被复述。所谓"才",虽然理论上的含义非常广泛,但落实到现实中,大约偏指文才。对于这一说法的理解,传统意见往往认为是体现了历史的陈述,即儒学妇女观对女性的规范及其实际反映。但是,如果联系明清之际尤其是清代社会历史的实际,也可以理解为恪守正统的集体意识希望对一种日趋强势的风气的反拨。明清两代有案可稽的妇女著作,据胡文楷《明清妇女著作考》,已达三千多种(这一统计还并不十分完备),足以说明这种说法是多么脆弱,也无法全面反映和指导明清的女性。而从当时大批男性文人的行为来看,恰恰也与此说法相反,他们在著作中所表现的,是对女性文才的欣赏和显扬。

明清两代对女性文才发表意见的人甚多,大约可以分为两类,一是文苑之士,一是儒林之士。当然其中也有交叉和重叠,但总体来看,仍可略加区别。

一般说来,文苑之士对女性的文才多持赞赏态度。文学史是一个有序的发展过程,沿至明清,资料的搜集更为自觉,人们的视野更为开阔,文学的观念更为多元,因此,理论家在进行文学批评时,既不能对作为文学创作群体的一个组成部分的女诗人视而不见,也不能对她们的创作成就不予置评。于是,女性创作就在文学史的意义上得到关注。叶绍袁提出女子"三不朽"的新观念:"丈夫有三不朽,立德、立功、立言;而妇人亦有三焉,德也,才与色

---

① 如冯梦龙《智囊全集》之《闺智部总序》云:"语有之:'男子有德便是才,女子无才便是德。'"陈继儒《安得长者言》(《宝颜堂秘笈》本,第 1 页 a)也有同样的话。参看刘咏聪《中国传统才德观及清代前期女性才德论》,载刘氏《德色才权》,香港:麦田出版股份有限公司,1998年,第 200—201 页。

也，几昭昭乎鼎千古矣。”[1]支如増举“女子无才便是德”一语，斥为“此又浅视女子之甚者也！”[2]胡履春上承袁枚，谓：“诗以道性情，故《三百篇》不乏闺闱之作。”[3]借以表彰麦浪园诸女弟子。田艺蘅以闺阁诗作“往往上窥元化，下总物情”，“足以扬休乎六义”，于是“探赜索隐，剔粹搜奇”，编成《诗女史》十四卷[4]。锺惺更推崇妇女之诗出于自然，甚至可以矫正诗坛之弊：“诗也者，自然之声也，非假法律模仿而工者也。……今之为诗者，未就蛮笺，先言法律，且曰某人学某格，某书习某派，故夫今人今士之诗，胸中先有曹刘温李，而后拟为之者也。若夫古今名媛，则发乎情，根乎性，未尝拟作，亦不知派，无南皮西昆，而自流其悲雅者也。”所以感叹：“男子之巧，洵不及妇人矣！其于诗赋，又岂数数也哉！”[5]至于袁枚和陈文述抗颜为师，广招女弟子，一时反响甚大，更是人所共知的事实。

儒林之士对女性的创作约有两种态度：一种为支持，如钱谦益、毛奇龄、沈德潜、姚鼐、张惠言兄弟、阮元、俞樾等；一种为反对，如焦循、章学诚等。支持者在乾嘉（道）之际，尤见突出。一时翘楚如桐城派、常州派、扬州派中都有大儒或发表意见，或身体力行。如姚鼐《郑太孺人六十寿序》云：“儒者或言文章吟咏非女子所宜，余以为不然。使其言不当于义，不明于理，苟为炫耀廷欺，虽男子为之，可乎？不可也。明于理，当于义矣，不能以辞文之，一人之善也。能以辞为之，天下之善也。言而为天下善，于男子宜也，于女子亦宜也。”[6]张惠言开创常州派，其弟张琦为之羽翼，与兄合选《词选》，开一代新风。张琦妻汤瑶卿，早从父汤修业受四子书及《毛诗》，著有《蓬室偶吟》。有四女，长女缃英，著有《澹菊轩初稿》；次女绷英，著有《纬青遗稿》；三

① 叶绍袁《午梦堂集序》，叶绍袁编《午梦堂集》，北京：中华书局，1998年，第1页。

② 支如増《女中七才子兰咳二集序》，转引自胡文楷《历代妇女著作考》（增订本），上海：上海古籍出版社，1985年，第845—846页。

③ 胡履春《麦浪园女弟子诗序》，胡文楷《历代妇女著作考》（增订本），第935页。

④ 田艺蘅《诗女史序》，胡文楷《历代妇女著作考》（增订本），第877页。

⑤ 锺惺《名媛诗归序》，转引自胡文楷《历代妇女著作考》（增订本），第883—884页。按《名媛诗归》，《四库全书总目》该书提要疑为书坊托名。

⑥ 姚鼐《惜抱轩文集》卷八，《四部丛刊》本，第8页a。

女纶英,著有《绿槐书屋诗稿》;四女纨英,著有《餐风馆文集》、《邻云友月之居诗》。而纨英四女王采蘋、采蘩、采藻、采蓝也都能诗,分别著有《读选楼诗稿》、《慕伏师班之室诗集》、《仪宋斋诗存》、《春晖草堂诗》。张氏一门联吟,艳称一时。张琦在《丁亥中秋对月》一诗小序中曾有记述:"余自少,南北奔驰,中秋节多在客中。今者夫妇儿女团栾看月,二十馀年所未有,饮酒乐甚,赋诗纪之,并命儿女辈同作。"①在张琦的倡导下,其四个女儿的诗风,竟然"各得先生之一体"②。阮元(1764—1849)是扬州学派的代表人物之一,曾编《淮海英灵集》和《两浙輶轩录》,对江浙两地的妇女之作,有专门的搜集。他对女性创作也持鼓励态度。其妻孔璐华,字经楼,山东曲阜人,著有《唐宋旧经楼诗稿》。他有三妾,一名刘文如,字书之,号静香居士,江苏仪征人,著有《四史疑年录》;一名谢雪,字月庄,江苏长洲人,善诗画,著有《咏絮亭诗草》;一名唐庆云,字古霞,江苏吴县人,著有《女萝亭诗稿》。长媳刘蘩荣,字涧芳,江苏宝应人,著有《青藜馆诗集》。次媳许延锦,字云姜,浙江德清人,著有《鱼听轩诗钞》。六女阮安,字孔静,著有《广梅花百咏》。孙女阮恩滦,字媚川,著有《慈晖阁诗词》。阮妻孔璐华为女儿阮安的《广梅花百咏》作序,记载了阮元教女之事:"古者女子以贤为德,以柔为道,原不重于诗才。汝父言《诗》、《礼》,兼喜诗画,政事百忙之中,偶有馀闲,必试窗课,命汝益习勤劳,知其大义,不使饱食终日,无所用心。"③班昭《女诫》解释妇人的"四德"说:"女有四行,一曰妇德,二曰妇言,三曰妇容,四曰妇功。夫云妇德,不必才明绝异也;妇言,不必辩口利辞也……"④又吕坤《闺范》说:"女子无仪,且不以学名,况诗乎!"⑤作为一代大儒,阮元对这些传统命题不加认同,无疑表现了

---

① 张琦《宛邻诗》卷二,光绪十七年刻本,第 13 页 a。
② 包世臣《澹菊轩诗初稿序》,载《艺舟双楫·论文》,光绪十九年汪青簃刻本。
③ 见《广梅花百咏》卷首,清嘉庆刻本,第 1 页。又此事阮元自己也有叙述,略谓:"宋范石湖谱梅至十五种,元冯子振、韦德珪咏梅各百首。予从吴下钞得韦诗,乃至正五年杨铁笛所序七言截句,内子嫌其未工,用五律分咏之。幼女安时方十馀岁,初能诗画,于百题中亦分咏得十六首。乙亥长夏少闲,予又随意写出梅花百题,命安次第咏之,积成一卷,遂名其读书之室为百梅吟馆。"《广梅花百咏》阮元跋,第 24 页 a。
④ 范晔撰,李贤等注《后汉书》卷八十四,北京:中华书局,1965 年,第 2789 页。
⑤ 吕坤《闺范》卷二《女子之道》述"诗女"语,民国十八年影印本,第 3 页 b。

他的开阔气局,也见出当时思想界的宽容。

但是,儒林之士中也有对女子的文才持反对态度的。如焦循,虽然有独特的文学进化观,却对女子有文才表示不以为然,认为"妇女伪取诗名,尤为可笑",她们"与其有工夫看无益之诗,何不看古人贤孝故事"①?因此,"有妇人女子之心,不可以为诗"②。反对最力者应推章学诚。章氏与袁枚同时而年辈稍晚,对袁枚招收女弟子深恶痛绝,在《丙辰札记》中指责道:"近有无耻妄人,以风流自命,蛊惑士女,大率以优伶杂剧所演才子佳人惑人。大江以南,名门大家闺阁多为所诱,征诗刻稿,标榜声名,无复男女之嫌,殆忘其身之雌矣。此等闺娃,妇学不修,岂有真才可取?而为邪人播弄,浸成风俗。人心世道,大可忧也。"③并特别在其提倡"六经皆史"的代表性学术著作《文史通义》中立《妇学》和《妇学篇书后》,进行理论阐释,强调"男女实千古大防"④。章学诚论学,主张经世致用,他曾自述治学之旨:"学诚从事于文史校雠,盖将有所发明。……惟世俗风尚,必有所偏。达人显贵之所主持,聪明才隽之所奔赴,其中流弊必不在小。载笔之士不思救挽,无为贵著述矣。苟欲有所救挽,则必逆于时趋。"⑤正因为"有工夫看无益之诗"的女性太多,正因为"大家闺秀""征诗刻稿,标榜声名"者已经"浸成风俗",所以章学诚才要"逆于时趋",大声疾呼。由此可见,当时妇女的文学创作,已经大大超出传统社会对女性的角色规定,因而引起了正统文人的注意和不满。归根结底,起码在乾嘉(道)时期,女性对本体文才的体认以及她们创作活动的繁盛,已达到非常突出的地步,来自男性士人的声音,无论是支持者,还是反对者,都能够说明这一点。

总的说来,明清两代,男性社会对女性的文才,对妇女从事文学创作,持

---

① 焦循《里堂家训》卷二,台北:文史哲出版社,1971年影印《传砚斋丛书》,第19页b—20页a。
② 焦循《与欧阳制美论诗书》,《雕菰楼集》卷十四,道光四年阮福校刻本,第27页a。
③ 章学诚《丙辰札记》,章学诚著,冯惠民点校《乙卯札记 丙辰札记 知非日记》,北京:中华书局,1986年,第98页。
④ 章学诚撰,严杰、武秀成译注《文史通义全译》卷五《内篇五·妇学》,贵阳:贵州人民出版社,1997年,第738页。
⑤ 章学诚《章氏遗书》卷二十九《上辛楣宫詹书》,民国刘氏嘉业堂刻本,第58页a—59页b。

比较宽容的态度,他们对女诗人的显扬以及在创作上的交流,愈益使女性从"另类"中走了出来,因而他们的关注意味着对女性文学成就的某种承认,应该也在一定程度上使女性才名的焦虑有所缓释。但从另一个角度来看,男性社会的关注所涉及的仅仅是文学方面,沈善宝作品中所提出的社会性别问题无法也不可能得到解决。只要社会不发生质的改变,女性的角色就仍然不可避免地带有传统的规定性,因而,她们的才名焦虑就还会一直存在下去。

第八章　偏离与靠拢
——徐灿与词学传统

徐灿是明清之际的著名词人,对其创作,清人评价极高。清初陈维崧还只是说她"才锋遒丽,生平著小词绝佳,盖南宋以来,闺房之秀,一人而已"[1],把她和李清照相提并论,而到了清代中叶的吴衡照,则就进一步说她是"闺阁弁冕"[2]了。其他批评家也都给予非常高的评价[3]。清代是词学又加隆昌的时代,在这个背景下讨论徐灿的词,不仅能够对其创作成就有更具体的了解,而且可以从一个侧面认识清代词学的特点

一、徐灿与李清照

前人论徐灿词,往往放在女性词作的背景中,因而也常与李清照进行比较。如陈维崧云:"徐湘蘋才锋遒丽……其词娣视淑真,姒蓄清照。"[4]陈廷焯

---

[1] 冯金伯《词苑萃编》卷八引陈维崧《妇人集》语,唐圭璋编《词话丛编》,北京:中华书局,1986年,第1956页。
[2] 吴衡照《莲子居词话》卷四,唐圭璋编《词话丛编》,第2467页。
[3] 如李调元《雨村词话》卷四云:"近来才女,应以徐灿为第一。"唐圭璋编《词话丛编》,第1439页。陈廷焯《白雨斋词话》卷五云:"国朝闺秀工词者,自以徐湘蘋为第一。"唐圭璋编《词话丛编》,第3895页。
[4] 冯金伯《词苑萃编》卷八引陈维崧《妇人集》,唐圭璋编《词话丛编》,第1956页。

云："闺秀工为词者，前则李易安，后则徐湘蘋。"①李清照自出现于词坛之后，经过后人不断经典化，已经作为女性创作的典范，在后来者的面前树立起一座丰碑。在这个典范面前，后来的女作家似乎都是平庸的，很少有人能像徐灿那样得到如此高的评价，不仅能够"妣蓄清照"，而且"其冠冕处，即李易安亦当避席"②。其实，在相对封闭、发展缓慢的中国古代社会，女性的生活空间和创作空间都有相对的稳固性，徐灿（当然也包括其他女性作家）的词也有不少难出李清照藩篱者，但是，她能够在李清照开创的传统中独树一帜，更多体现出的当然是异，而不是同。

首先，徐灿的词比李清照境界开阔。李清照在她那个时代虽然已经有着比较通脱的生活形式，词作也敢于大胆写出内心的活动，以至于被王灼批评为"自古搢绅之家能文妇女，未见如此无顾籍也"③，但从作品所反映的情况来看，基本上还是在一个比较小的个人空间里，所涉及的大都是个人的思绪。相比之下，徐灿的作品中体现的生活空间就更大一些。由于避乱随戍，因此每写旅怀[《惜分钗·旅怀》(移春槛)]；由于精熟历史，所以感慨古今[《青玉案·吊古》(伤心误到芜城路)]。闺中唱和，具见姊妹情谊[《玉楼春·寄别四娘》(风波忽起催人去)]；夫妻酬答，备显患难深情[《水龙吟·次素庵韵感旧》(合欢花下留连)]。这些题材，都是以前包括李清照在内的女词人的作品中少见或不见的。李清照和赵明诚夫妇号称文章知己，患难夫妻，他们以《醉花阴》词牌斗技之事④，艳称千古，但他们之间以词在感情方面的交流唱和却少见。事实上，明清尤其是清代以来，夫妻之间的诗词赓和、

---

① 陈廷焯《白雨斋词话》卷五，唐圭璋编《词话丛编》，第 3895 页。按关于徐灿和李清照的比较，今人也时有论述，如邓红梅《女性词史》（济南：山东教育出版社，2000 年）专辟一节，题为《徐、李词的比较》，可参看。
② 《小檀栾室汇刻闺秀词》第 2 集《词人姓氏》"徐灿"条，光绪二十一年至二十二年南陵徐氏刻本，词人姓氏第 1 页 a。
③ 王灼著，岳珍校正《碧鸡漫志校正》卷二，成都：巴蜀书社，2000 年，第 41 页。
④ 元代伊世珍《琅嬛记》卷中引《外传》："易安以《重阳·醉花阴》词函致明诚。明诚叹赏，自愧弗逮，务欲胜之。一切谢客，忘食忘寝者三日夜，得五十阕，杂易安作，以示友人陆德夫。德夫玩之再三，曰：'只三句绝佳。'明诚诘之。曰：'莫道不销魂，帘卷西风，人似黄花瘦。'政易安作也。"见褚斌杰等《李清照资料汇编》，北京：中华书局，1984 年，第 28 页。

文学交流已不仅是闺房之乐的一种,而且和社会的发展变化密切相关。清代出现了大量女作家,她们的作品相当一部分是其丈夫为之刊刻的,这说明社会对于女性创作的看法已经大为改变。而在这一过程中,徐灿和陈之遴夫妇之间的文学活动是具有启示意义的。

其次,在表现社会变迁时,徐灿比李清照的强度更大。毋庸置疑,徐灿和李清照面对的历史变化有很大的相似之处。李清照经历了宋室南渡,徐灿经历了清兵入关,对于国破家亡,她们都有共同的感受,但是,把这种感受表现在作品中时,却又是颇有不同的。如前所述,李清照的生活空间相对狭小,她写亡国之感也只能在自己的生活圈子中展开。而徐灿则往往站在一定的历史高度,直接去描写所发生的历史悲剧。试比较李清照和徐灿的两首《永遇乐》,前者云:

> 落日镕金,暮云合璧,人在何处?染柳烟浓,吹梅笛怨,春意知几许!元宵佳节,融和天气,次第岂无风雨?来相召、香车宝马,谢他酒朋诗侣。　中州盛事,闺门多暇,记得偏重三五。铺翠冠儿,捻金雪柳,簇带争济楚。如今憔悴,风鬟雾鬓,怕见夜间出去。不如向、帘儿底下,听人笑语。①

后者云:

> 无恙桃花,依然燕子,春景多别。前度刘郎,重来江令,往事何堪说。逝水残阳,龙归剑杳,多少英雄泪血。千古恨、河山如许,豪华一瞬抛撇。　白玉楼前,黄金台畔,夜夜只留明月。休笑垂杨,而今金尽,秾李还销歇。世事流云,人生飞絮,都付断猿悲咽。西山在、愁容惨黛,如共人凄切。②

---

① 李清照《永遇乐》,唐圭璋编《全宋词》,北京:中华书局,1965 年,第 931 页。
② 徐灿《永遇乐·舟中感旧》,南京大学中文系《全清词》编纂研究室编《全清词·顺康卷》,北京:中华书局,2002 年,第 456—457 页。

李清照是以自己个人生活的具体变化来点出家国沦亡之痛,"不如向、帘儿底下,听人笑语"二句,说尽万千心事。而徐灿所作虽也有其个人身世在,却基本上是直接说出对这场历史剧变的感受,"千古恨、河山如许,豪华一瞬抛撇"二句,不仅是其个人的感慨,更是一切爱国志士的感慨。其笔力的雄健,为易安所不及。

再次,徐灿词中的沉郁之情,在李清照之外又开一境。总的来说,李清照的词虽然感情深挚,艺术精美,在内涵上,从少女写到老迈,但仍然是比较单纯明晰的。近年有学者通过对李清照词的文本再解读,对赵、李之间的关系别有论定,认为李清照作品中经常表现的凄怨,不仅是针对离别,而且包含对丈夫用情不专的微词①。这一分析虽然别开蹊径,有助于对一些历史现象的再认识,但具体结论似还可以细加斟酌。而对于徐灿来说,她处于一种强烈的内心分裂之中却是毫无疑义的。徐灿的丈夫陈之遴在清兵入关之后,马上投靠新朝,这在传统的"饿死事小,失节事大"的观念看来,当然是有亏大节。徐灿虽是女流,也为之不屑。她的矛盾在于,她必须在国家与家庭之间做出选择,两者都有儒家大传统所赋予的规定性,即尽忠与从夫。她不满于陈之遴出仕新朝,恪于妇道又不能反对;她感到丈夫的所为有亏大节,却又愿意和他一起承担生活的种种磨难。所有这些,她都表现到了作品中。如《唐多令·感怀》:"玉笛送清秋,红蕉露未收。晚香残、莫倚高楼。寒月羁人同是客,偏伴我,住幽州。 小院入边愁,金戈满旧游。问五湖、那有扁舟。梦里江声和泪咽,何不向,故园流。"②在中国文化传统中,抚弄乐器大抵和寻找知音有关。对于徐灿来说,明亡以后,最大的感受就是孤独。不仅有国家的倾覆,而且有家庭的变迁;不仅有现实空间的无奈,而且有心理空间的阻隔;还有回忆中的怅惘和瞻念中的绝望……所有这些,交织在一起,就化作一个在凄清的秋天独自吹笛的形象。既然思乡,则登高适可望远,望远略可代归,但词人却不愿登楼,其原因,表面上是由于百花凋零,实则暗示

---

① 陈祖美《赵明诚的"天台之遇"和李清照的被疏无嗣》,载其《李清照评传》,南京:南京大学出版社,1995年。
② 南京大学中文系《全清词》编纂研究室编《全清词·顺康卷》,第448—449页。

衰朽残年,希望避免惹起由于无法克服的矛盾而引起的无奈的怅触。望月怀远为古典诗词所习见,但身边分明有亲人,却有如此的孤独感,其中的深悲积怨不言自明。家乡的一切,都已化作边地的愁怀,旧游之处,遍布金戈,哪里还是原来的模样?又哪里能够回去?!范蠡助越灭吴后,携西施飘然远引,浪迹五湖,尚能找到隐居之地;李清照在金兵攻入汴梁后,也还有江南的半壁江山可以寄迹。这些,在徐灿看来已是奢侈。其实,清兵虽已入关,徐灿亦不至于无处可去。作者在这里所表示的,仍然不过是由于丈夫出处不慎,郁积心头的无可奈何之感。事实是,回到家乡既已阻隔重重,而且处此状况也无颜再见故乡之人,那么,唯一还能带来几分慰藉的,也就是梦了。这样的写法把作者的矛盾和无奈表现得淋漓尽致,增强了词的深度和厚度。

当然,徐灿作为后来者,能够超越前人,也是其本身的历史条件和个人条件所决定的,况且这种比较也往往是异同而不是高低。另外,特别要提出的是,徐灿的心中是有李清照作为参照的,这从她的作品中也可以看出来。如《永遇乐·病中》:

> 翠帐春寒,玉炉香细,病怀如许。永昼恹恹,黄昏悄悄,金博添愁炷。薄幸杨花,多情燕子,时向琐窗细语。怨东风、一夕无端,狼藉几番红雨。　曲曲阑干,沉沉帘幕,嫩草王孙归路。短梦飞云,冷香侵佩,别有伤心处。半暖微寒,欲晴还雨,消得许多愁否。春来也、愁随春长,肯放春归去。①

其中化用李词之处甚多。如"怨东风"数句,出自李《如梦令》:"知否?知否?应是绿肥红瘦。"②"永昼恹恹"数句,出自李《醉花阴》:"薄雾浓云愁永昼。瑞脑消金兽。"③"半暖微寒"数句,出自李《声声慢》:"乍暖还寒时候,最难将

---

① 南京大学中文系《全清词》编纂研究室编《全清词·顺康卷》,第 456 页。
② 唐圭璋编《全宋词》,第 927 页。
③ 唐圭璋编《全宋词》,第 929 页。

息。"[1]词中的叠字,也和李清照的《声声慢》颇有渊源。不过,像"嫩草王孙归路"这样的感受,李清照的词中就不曾出现过了。这说明,徐灿是继承进而发展了她的这位前辈所开创的传统。

二、大传统与小传统

如果我们把男性词作为大传统,把女性词作为小传统的话,那么,徐灿的词之所以在不少方面超越或充实了她以前的女性词的传统,在相当程度上,是通过向大传统的复归或靠拢来实现的。以下仅以表现故国之思的作品为例略事探讨。

以诗歌的形式来表现亡国之悲,反省先朝历史,从《诗经》的"彼黍离离",到宋代南渡以及宋元之际,直到明清之际的诗坛,已经建构了一个完整的传统。受这一传统的影响,宋词的发展中已经自觉地注入了这种深厚内涵,特别是宋元之际,词人们表现时事,寄托情怀,扩大了词的境界,深化了词的感情。著名的《乐府补题》唱和以惝恍迷离的情调,抒发了亡国遗民的一腔悲怀,更体现出词坛贴近现实的自觉,而这一点,到了明清之际,就更为明显了。

徐灿表现亡国之痛的词作,本身是词受诗歌传统影响的一种体现,同时,从词体发展的纵向趋势来看,也是已经被男性建构好了的词坛传统的一个方面。如果和同时的词人进行比较,当可以一目了然。

徐灿有《踏莎行·初春》,云:"芳草才芽,梨花未雨。春魂已作天涯絮。晶帘宛转为谁垂,金衣飞上樱桃树。 故国茫茫,扁舟何许。夕阳一片江流去。碧云犹叠旧河山,月痕休到深深处。"[2]借惜春感伤故国沦亡。大厦已倾之际,词中人物漂泊无依,夕阳西下,江水东流,面对着依然美好的旧日河

---

[1] 唐圭璋编《全宋词》,第 932 页。
[2] 南京大学中文系《全清词》编纂研究室编《全清词·顺康卷》,第 447 页。

山,只能徒唤奈何。字里行间,充满"兴亡之感"①。这种感情,在明遗民中很常见。如王夫之《摸鱼儿·潇湘小八景词》之三《东洲桃浪》:"剪中流、白蘋芳草,燕尾江分南浦。盈盈待学春花靥,人面年年如故。留春住。笑浮萍、轻狂旧梦迷残絮。棠桡无数。尽泛月莲舒,留仙裙在,载取春归去。 佳丽地,仙院迢遥烟雾。湿香飞上丹户。醮坛珠斗舒镫映,共作一天花雨。君莫诉。君不见、桃根已失江南渡。风狂雨妒。便万点落英,几湾流水,不是避秦路。"②从盛时佳况,写到好景难留,春光易逝,最后归结到故国沦亡,避秦无路,孤苦之感,溢于言表。所谓"故国之思,体兼《骚》、《辨》"③,就是既写出了悲愤,又写出了缠绵。无论是主题还是感情,都可以和徐灿所作互参。

徐灿有感于明代亡国而写的带有反省意味的词,非常有力度。如《青玉案·吊古》:"伤心误到芜城路。携血泪、无挥处。半月模糊霜几树。紫箫低远,翠翘明灭,隐隐芊车度。 鲸波碧浸横江锁,故垒萧萧芦荻浦。烟水不知人事错,戈船千里,降帆一片,莫怨莲花步。"④六朝兴废不常,且君王多昏聩,故每能激发亡国遗民的深刻联想和对亡国原因的反省。徐灿此词凡三用六朝之事。1.《晋书·后妃·胡贵嫔传》:"(晋武帝)常乘羊车,恣其所之,至便宴寝。宫人乃取竹叶插户,以盐汁洒地,而引帝车。"⑤2.《晋书·王濬传》:"吴人于江险碛要害之处,并以铁索横截之,又作铁锥长丈馀,暗置江中,以逆距船。……濬乃作大筏数十,亦方百馀步,缚草为人,被甲持杖,令善水者以筏先行,筏遇铁锥,锥辄著筏去。又作火炬,长十馀丈,大数十围,灌以麻油,在船前,遇锁,然炬烧之,须臾,融液断绝,于是船无所碍。"⑥3.《南史·齐本纪·废帝东昏侯》:"又凿金为莲华以帖地,令潘妃行其上,

---

① 谭献《箧中词今集》卷五,沈辰垣等《御选历代诗馀》附,杭州:浙江古籍出版社,1998年,第570页。
② 南京大学中文系《全清词》编纂研究室《全清词·顺康卷》,第1658页。
③ 叶恭绰《广箧中词》卷一,沈辰垣等《御选历代诗馀》附,第603页。
④ 南京大学中文系《全清词》编纂研究室《全清词·顺康卷》,第450页。
⑤ 房玄龄等《晋书》卷三十一,北京:中华书局,1974年,第962页。
⑥ 房玄龄等《晋书》卷四十二,第1209页。

曰：'此步步生莲华也。'"①徐灿以史事贯穿，古今对比，前后对比，寓伤今于吊古之中。花蕊夫人曾有诗云："君王城上竖降旗，妾在深宫那得知。十四万人齐解甲，更无一个是男儿。"②此词末句承此而来，在批判女色亡国论的同时，暗含着包括南明覆亡的一系列历史教训。全篇立意深邃，构思巧妙，笔力雄健，无怪"为世传诵"③，广受好评。不过，这样的表现方式在明清之际也非常普遍。如吴伟业《满江红·感旧》："满目山川，那一带、石城东冶。记旧日、新亭高会，人人王谢。风静旌旗瓜步垒，月明鼓吹秦淮夜。算北军、天堑隔长江，飞来也。　暮雨急，寒潮打。苍鼠窜，宫门瓦。看鸡鸣埭下，射雕盘马。庾信哀时惟涕泪，登高却向西风洒。问开皇、将相复何人，亡陈者。"④以赋体写南朝史事，实则暗指南明小朝廷，言下有无穷感慨。又如余怀有六首《四十九岁感遇词》，小引云："白香山云：'四十九年身老日，一百五夜月明天。'苏子瞻云：'嗟我与君皆丙子，四十九年穷不死。'余今年四十九，身既老矣，穷犹未死。追想生平，六朝如梦。"⑤也是借六朝事而伤今。

所以，徐灿对女性词的境界的开拓，特别是使得词更紧密地反映现实的政治生活，可以认为是从男性词人那儿借来的资源。或者说，在讨论这一类创作的时候，不必刻意进行性别的区分。毕竟，面对重大的政治变故，人们有一些共同的感受，原也正常。何况，文学史的发展已经提供了充分丰富的资源，女性既然已经可以正常读书作文，当然也就有了接受这种资源的可能，而以同样的内涵表现在创作中，也是顺理成章的。

三、女性创作的群体意识

明清之际，刊刻妇女著作的风气甚盛，许多女性作家的作品都借此而传

---

① 李延寿等《南史》卷五，北京：中华书局，1975年，第154页。
② 陈焯《宋元诗会》卷六十，《景印文渊阁四库全书》，台北：台湾商务印书馆，1986年，第1464册，第145页。
③ 张德瀛《词征》卷六，唐圭璋编《词话丛编》，第4188页。
④ 南京大学中文系《全清词》编纂研究室《全清词·顺康卷》，第391页。
⑤ 南京大学中文系《全清词》编纂研究室《全清词·顺康卷》，第1226页。

世。当时,周之标曾经选录十四位女诗人的作品,刻成两本选集,题中均以"女中七才子"称之①。"才子"一语,从指称男性借来指称女性,颇耐人寻味,而"七才子"云云,则显然是对应于在明代文坛上享有盛名的前后七子。这说明,在男性文人的眼中,女作家群体已经得到了相当的重视,同时她们的创作也有了被放在一个更大的背景中予以考量的可能②。

其实,在这里的"才子"这一颇具男性化的名称,正是由于当时女性的创作实践的启示,才水到渠成地产生的。明代之前,虽然女性创作代不乏人,但往往比较零散化和个人化,她们是以作品表达内心的幽绪,所以和整个文坛的关系并不密切。而到了明代,由于妇女读书识字的普及,由于社会对女性创作的鼓励,以及女性生活空间的扩大,女性对现实社会文化的了解更多,也更为关注,因而她们也就可能在创作上追随文坛主流,并希望发出自己的声音。典型的如梁孟昭,"诗为汉、为魏、为唐,画为晋、为宋、为元,诸体且备,靡不登峰"③。如陆卿子,"其拟古则步骤西京,取材六代。五七言排偶,未涉开宝藩篱,长庆而下勿论也"④。如徐媛,"其于诗也,绝不喜唐以后言。凡为五七言,近体者五之一,为五七言绝者五之三,其气局神泽,微开元诸名家弗师也;为乐府、为五言古、为七歌歌行者亦五之三,则独规摹于长吉王孙贺"⑤。如吴绡,"冶情隽笔,得之玉溪为多。乐府诗亦间师昌谷,仿其谲艳,纬以风情,如《十二月乐词》'玉匙开锁通新客,朱门戟带吹严风'等句,大自有致,不似《络纬》之挦扯荒涩矣。律体尤多善篇,题《香月舫》、《香楼》二排律,绮丽妍冶,即令元相操翰,殆无以加。七绝工妙至到,有回雪流风之美;鲍家百愿,时复浸淫。亦才思所溢,不能自检者也"⑥。诸家或师法汉魏

---

① 胡文楷《历代妇女著作考》(增订本),上海:上海古籍出版社,1985年,第844页。
② 参看孙康宜《阴性风格或女性意识?》,载《文学经典的挑战》,南昌:百花洲文艺出版社,2002年,第190页。
③ 葛徵奇《山水吟序》,转引自胡文楷《历代妇女著作考》(增订本),第163页。
④ 赵宧光《考槃集序》,转引自胡文楷《历代妇女著作考》(增订本),第170页。
⑤ 董斯张《徐姊范夫人诗序》,见徐媛《络纬吟》,《四库未收书辑刊》,北京:北京出版社,1998年,第7辑,第16册,第300页。
⑥ 王士禄《宫闺氏籍艺文考略》中语,转引自胡文楷《历代妇女著作考》(增订本),第105—106页。

六朝,或取径长吉、义山,均有佳作。明代复古之风甚盛,前后七子先后崛起,影响文坛非常深远,直到清初陈子龙等云间诸子称雄坛坫,仍然高举七子大旗,以复古求革新。陆、徐、吴等人的创作,也是反映了一时风会,当然也体现了向男性文学传统的靠拢。

在明清之际的女性作家中,不仅家族性的群体很多,而且朋从之间也多有社集聚会。又一个以"子"而著称的著名女作家群体是蕉园诸子,所谓"子",亦大略相当于前面所说的"才子",可见诸社友也是将自己定位为作家,而不仅仅是女作家,换句话说,是希望和男性一样,拥有一份社会的空间。蕉园诸子,有"五子"和"七子"之称。所谓"蕉园五子",据陈文述《亦政堂咏顾玉蕊》云:"(顾之琼)招诸女作蕉园诗社,有《蕉园诗社启》。蕉园五子者,徐灿、柴静仪、朱柔则、林以宁及女云仪也。"①而《湖墅诗钞》的记载则稍有不同:"柴季娴工书画,与林以宁亚清、顾姒启姬、钱云仪、冯又令称蕉园五子,诗有合刻。"②所谓"蕉园七子",则见于恽珠《国朝闺秀正始集》:"与同里顾启姬姒、柴季娴静仪、冯又令娴、钱云仪凤纶、张槎云昊、毛安芳媞倡蕉园七子之社,艺林传为美谈。"③所载诸人,各有出入,但后人论及"蕉园五子",对徐灿评价很高,如梁乙真云:"先是,钱塘有顾之琼玉蕊者(有《亦政堂集》),工诗文骈体,有声大江南北。尝招诸女作蕉园诗社,有《蕉园诗社启》。时所谓蕉园五子者,即徐灿、柴静仪、朱柔则、林以宁及玉蕊之女钱云仪也,而徐湘蘋为之长。……分题角韵,接席联吟,极一时艺林之胜事。"④故不妨确立其在蕉园诸子中的正宗地位。徐灿在蕉园诗社中的活动,今已不易考知,但这个群体在当时颇受瞩目,应是事实。正如《众香词·乐集》所记:"一时闺中才子钱云仪、林亚清、顾仲楣、冯又令,连车接席,笔墨倡和。说者谓自张夫人琼如、顾夫人若璞、梁夫人孟昭而后,香奁盛事,于今再见。"徐灿的创作中,尤其是在词的创作中,有偏离传统女性风格向男性传统靠近的趋

---

① 陈文述《西泠闺咏》卷十,载丁丙编《武林掌故丛编》,台北:京华书局,1967年,第2656页。
② 孙以荣《湖墅诗钞》,载王麟辑《湖墅丛书》,光绪五年钱塘王氏刊本。
③ 恽珠编《国朝闺秀正始集》卷四,道光十一年红香馆藏板,第1页a。
④ 梁乙真《中国妇女文学史纲》,上海:上海书店,1990年,第385页。

向,其实正是当时文坛大背景的一种反映,是和女性的文学活动以及表现其中的自我期待分不开的。以"子"相称,不过其中的一种表现罢了。

徐灿是吴县(今江苏苏州)人,她所生活的那块土地,当时文风丕盛,女学发达,涌现出一批女作家。法国艺术史家丹纳说:"要刺激人的才能尽量发挥,再没有比这种共同的观念、情感和嗜好更有效的了。我们已经注意到,要产生伟大的作品必须具备两个条件:——第一,自发的,独特的情感必须非常强烈……第二,周围要有人同情,有近似的思想在外界时时刻刻帮助你,使你心中的一些渺茫的观念得到养料,受到鼓励,能孵化、成熟、繁殖。……人的心灵好比一个干草扎成的火把,要发生作用,必须它本身先燃烧,而周围还得有别的火种也在燃烧。两者接触之下,火势才更旺,而突然增长的热度才能引起遍地的大火。"①这段话告诉我们的一个道理是,要想了解徐灿的创作成就,当然不能忽视她所成长起来的生态环境。梁乙真《清代妇女文学史》云:"明之季世,妇女文学之秀出者:当推吴江叶氏,桐城方氏。午梦堂一门联吟,而方氏娣姒,亦无不能文诗,其子弟又多积学有令名者。"②其实,吴江除了叶氏之沈宜修、叶纨纨、叶小纨、叶小鸾之外,还有沈氏之沈媛、沈智瑶、沈倩君、沈宪英、沈华鬘、沈蕙端,吴氏之吴贞闺、吴静闺等,女性群体创作之风非常兴盛,因而也很受士大夫的关注,如长洲徐媛(字小淑)"多读书,好吟咏,与寒山陆卿子唱和,吴中士大夫望风附影,交口而誉之,流传海内,称吴门二大家"③。但考察当时吴地涌现的许多女性创作群体,坚守传统风格的还是占了大多数。如叶氏一门的创作,沈宜修《江城子·重阳感怀》之二:"西风自古不禁愁。奈穷秋。思悠悠。何似长江、滚滚只东流。霁景萧疏催晚色,新月影,挂帘钩。 芙蓉寂寞水痕收。淡烟浮。冷芳洲。断霭残云,犹自倚重楼。纵有茱萸堪插鬓,须不是,少年头。"叶纨纨《玉蝴蝶·感春》四首之三:"景色秾芳清昼,游丝无力,袅袅轻柔,欲挽春光同住,

---

① 丹纳著,傅雷译《艺术哲学》,北京:人民文学出版社,1963年,第136—137页。
② 梁乙真《清代妇女文学史》第1编,第1章,上海:中华书局,1927年,第1页。
③ 钱谦益《列朝诗集小传》闰集香奁中"范允临妻徐氏"条,上海:古典文学出版社,1957年,第751—752页。

堪笑难留。碧烟侵、旧时罗袖。红香淡、独自妆楼。绣帘幽,弄晴啼鸟,唤雨鸣鸠。　多忧。凭高一望,江南春色,千古扬州。回首繁华,断肠都付水东流。黯魂消、一番怀古,空目断、万缕新愁。几时休?绿杨芳草,春梦如秋。"叶小鸾《生查子·送春》:"风飘万点红,零落胭脂色。柳絮入帘栊,似问人愁寂。　凭栏望远山,芳草连天碧。深院锁春光,去尽无寻觅。"[1]都可以以小见大。这也说明,在明清之际的文坛上,存在着非常丰富复杂的现象,需要具体加以分析和总结。

四、时代与个人

明代词风不振,至以陈子龙为代表的云间词派出,方才开始了复兴之路。但云间词派开始格局尚小,一味提倡晚唐五代,也限制了其发展。

徐灿词则开阔许多,正如其丈夫陈之遴序其《拙政园诗馀》所说:"(徐灿)所爱玩者,南唐则后主,宋则永叔、子瞻、少游、易安,明则元美。"[2]周铭也说:"(徐灿)诗馀得北宋风格,绝去纤佻之习。"[3]这就和当时的主导词风有所区别,体现了她的独立精神。

据陈之遴说,徐灿对五代词人,独喜南唐后主,其实,她对南唐词应该都下过功夫。她的集子里有《南唐浣溪沙》三首,择调即仿南唐中主,只是中主词意蕴悲苦,将说还咽,故被王国维解为"有'众芳芜秽'、'美人迟暮'之感"[4],而徐灿的仿作写元宵诸事,尚是旧时繁华,自然不比中主诸作有深度。李后主的词可以亡国前后为界,分为两段,前段靡丽,后段悲苦。从徐灿的创作实际看,虽不能完全比附,却也大致如此。她对江南生活的描写,非常绮丽,是清兵入关以前的生活写照,而亡国之后,则感伤凄咽,多有难言之

---

[1] 叶氏诸作分别见叶绍袁编《午梦堂全集》,北京:中华书局,1998年,第182页、第269页、第325页。
[2] 陈之遴《拙政园诗馀序》,载程郁缀《徐灿词新释辑评》,第220页。
[3] 冯金伯《词苑萃编》卷八引周铭《林下词选》,唐圭璋编《词话丛编》,第1956页。
[4] 王国维《人间词话》,唐圭璋编《词话丛编》,第4242页。

隐,所以对李亡国后的作品更有同感。像"碧云犹叠旧河山,月痕休到深深处"之类,都能看到后主的影响。这和当时许多提倡并模仿花间词风的作家有很大的不同。

更值得提出的是她对北宋词风的欣赏。陈之遴提到她喜欢欧阳修、苏轼、秦观和李清照,从具体作品来看,这一判断是有道理的。徐灿的创作,既有欧、苏的舒朗,又有秦、李的缠绵,当然又不必限于这四家。和一般女词人在择调上的纤柔不同,徐灿的作品中多有慷慨激切之调,特别是常写一些以前女作家很少写的调子如《满江红》和《念奴娇》等。如《满江红·感事》:"过眼韶华,凄凄又、凉秋时节。听是处、捣衣声急,阵鸿凄切。往事堪悲闻玉树,采莲歌杳啼鹃血。叹当年、富贵已东流,金瓯缺。　风共雨,何曾歇。翘首望,乡关月。看金戈满地,万山云叠。斧钺行边遗恨在,楼船横海随波灭。到而今、空有断肠碑,英雄业。"又如《念奴娇·初冬》:"黄花过了,见碧空云尽,素秋无迹。薄薄罗衣寒似水,霜逗一庭花石。回首江城,高低禾黍,凉月纷纷白。眼前梦里,不知何处乡国。　难得此际清闲,长吟短咏,也算千金刻。象板莺笙犹醉耳,却是酒醒今夕。有几朱颜,镜中暗减,不用尘沙逼。燕山一片,古今多少羁客。"①都写得激扬悲切,无疑可以从欧、苏那里找到她所接受的资源,而同时又打上了非常明显的时代烙印。

但她同时也能写得非常缠绵,委婉曲折地道尽一腔心事。如《临江仙·闺情》:"不识秋来镜里,个中时见啼妆。碧波清露殢红香。莲心羞结,多半是空房。　低阁垂杨罢舞,窥帘归雁成行。梦魂曾到水云乡。细风将雨,一夜冷银塘。"又如《风中柳·春闺》:"春到眉端,还怕愁无著处。问年华、为谁为主。怨香零粉,待春来怜护。被东风、霎时吹去。　日望南云,难道梦归无据。遍天涯、乱红如许。<u>丝丝垂柳</u>,带恨舒千缕。者番又、一帘梅雨。"②这种题材本是明清之际词家所喜为者,往往写得非常香艳,当时的"小慧侧艳之词"③也多与此有关,但在徐灿笔下却能荡开一境,"绝去纤冶之习",因此,

---

① 并见南京大学中文系《全清词》编纂研究室编《全清词·顺康卷》,第 455 页。
② 南京大学中文系《全清词》编纂研究室编《全清词·顺康卷》,第 448、452 页。
③ 况周颐《蕙风词话》卷五,唐圭璋编《词话丛编》,第 4510 页。

陈廷焯许为"意缠绵而语沉郁,居然作手"①。

徐灿的词取径北宋,已经受到同时或后世的批评家的注意。如《卜算子·春愁》:"小雨做春愁,愁到眉边住。道是愁心春带来,春又来何处。屈指算花期,转眼花归去。也拟花前学惜春,春去花无据。"②陈维崧评"道是"二句云:"兼撮屯田、淮海诸胜。"③《水龙吟·春闺》:"隔花深处闻莺,小阁锁愁风雨骤。浓阴侵幔,飞红堆砌,殿春时候。送晚微寒,将归双燕,去来迤逗。想冰弦凄鹤,宝钗分凤,别时语、无还有。　怕听玉壶催漏。满珠帘、月和烟瘦。微云卷恨,春波酿泪,为谁眉皱。梦里怜香,灯前顾影,一番消受。恰无聊、问取花枝,人长闷、花愁否。"④陈廷焯评云:"绵丽,得北宋遗意。"⑤还有《醉花阴·风雨》(残月又模糊)、《玉楼春·寄别四娘》(雨声欲逐泪痕多)、《忆秦娥·春归》(残红少)、《踏莎行·饯春》之二(杜鹃啼断夕阳枝)、《永遇乐·寄素庵》(有恨黄昏)诸作,倪一擎评云:"皆清微淡婉,得北宋词家三昧。"⑥在举世比较热衷晚唐五代之际,徐灿能够从北宋入手,勇气和见识都是难能可贵的。当然,云间词派的构成也有不同要素,特别是云间后学,堂庑不断扩大,而明清之际的词风更是不断出现变数,因而徐灿词学北宋不可能是一个孤立的现象,在这个意义上,也可以说,徐灿的创作顺应了词坛的大趋势。这也就说明,徐灿词和以往一些女性词不同,不是处在"边缘",而是进入了主流。这一点,尤其值得特别提出来。

---

① 陈廷焯《词则·别调集》眉批语,并见葛渭君《词话丛编补编》,北京:中华书局,2013年,第2429页。
② 南京大学中文系《全清词》编纂研究室《全清词·顺康卷》,第441页。
③ 冯金伯《词苑萃编》卷八引陈维崧《妇人集》,唐圭璋编《词话丛编》,第1956页。
④ 南京大学中文系《全清词》编纂研究室《全清词·顺康卷》,第458页。
⑤ 陈廷焯《词则·闲情集》眉批语,见葛渭君《词话丛编补编》,北京:中华书局,2013年,第2556页。
⑥ 倪一擎《续名媛词话》,转引自徐灿《拙政园诗馀》附录,吴骞编《海昌丽则》本,上海:华东师范大学出版社,2012年,第154页。

第九章　日常与词境
——从高景芳说到清代女性词的空间

伤春悲秋是女性词的常态,自李清照开始就是如此。至明清之际,女性写词者大增,徐灿以其特定的经历和感受,写出了国破家亡的更为深沉的感受,发展了李清照的词风。但是,不管是伤春悲秋,还是国破家亡,都不一定是生活的常态。在一个女子的生命历程中,她面对着的是更为琐细的内容。琐细的内容可能没有什么诗意,因此往往不会引起特别的关注,然而,从理论上说,诗意是无穷的,如果有女作家能在这个看似平淡的生活中进行开掘,当然也就能建立新的文学传统,把女性文学史向前推进一步。本章将以明清之际的女词人高景芳为例来探讨这一问题。

高景芳生活在清康熙年间,汉军正红旗人。父高琦,曾任浙闽总督;夫张宗仁,康熙三十八年(1699)举人,袭靖逆侯。她是清代初期重要的女词人之一,著有《红雪轩稿》,存词176首。一直以来,她的词集不易见到,以至于当年编《全清词·顺康卷》未能收入。不过后来经过调查,终于在相关图书馆里找到,现收入我主编的《全清词·顺康卷补编》。

一、传统女性词的建构

中国女性词的传统,至李清照已经大体建立。如人们所熟知的,词在其开始成熟期的晚唐五代,酒宴歌席的背景,使得它的内容主要是写美人与爱情,那时候,有记载的女词人尚少见,创作者多以代言的形式,表达美人的情思,爱情的酸甜。李清照的出现标志着一个新时代的开始,但是,在她的作品里,基本上仍然是写美人和爱情,区别或许在于,她作品中的主人公,可能就是自己。关于李清照词中所写的内容,到底反映了什么样的感情,学界尚有争论。传统的看法是,李清照和丈夫赵明诚伉俪情深,所有才有那么多的别后相思,情愁哀怨。近些年,这一观点受到挑战,有学者以为由于"赵君无嗣",也就是说,赵、李并无子嗣,则赵或有纳妾之举,李自然备受冷落,其词中的离愁别恨由此而来①。然而,无论是哪一种看法,都与她个人的感情生活相关。李清照的词风,在她生活的后期发生了重大变化,由于北宋灭亡,她夫死家亡,因而词中也展示出以往不曾有过的深沉感怆,特别是表现出由于国变而导致重大变化的家庭生活内容②。这在女性词的传统中是一个重大突破,使得有关作品的境界更加开阔,题材也不再囿于内帏。

朱淑真是宋代和李清照齐名的女词人,时代较李稍晚。她的作品,多写愁怨,其原因,如陈霆《渚山堂词话》所指出的:"朱淑真才色冠一时,然所适非偶,故形之篇章,往往多怨恨之句。世因题其稿曰《断肠集》。大抵佳人命薄,自古而然,断肠独斯人哉!"③田汝成的《西湖游览志馀》说得更具体:"朱淑真者,钱唐人。幼警慧,善读书,工诗,风流蕴藉。早年父母无识,嫁市井民家,其夫村恶,篷篨戚施,种种可厌。淑真抑郁不得志,作诗多忧愁怨恨之思,时牵情于才子,竟无知音,悒悒抱恚而死。"④所以,她的词就是她在痛苦

---

① 参看陈祖美《赵明诚的"天台之遇"和李清照的被疏无嗣》,载其《李清照评传》,南京:南京大学出版社,1995年。
② 如李清照以自己的生活变化来写国破家亡的感受,《永遇乐》:"落日镕金,暮云合璧,人在何处? 染柳烟浓,吹梅笛怨,春意知几许! 元宵佳节,融和天气,次第岂无风雨? 来相召、香车宝马,谢他酒朋诗侣。 中州盛事,闺门多暇,记得偏重三五。铺翠冠儿,撚金雪柳,簇带争济楚。如今憔悴,风鬟雾鬓,怕见夜间出去。不如向、帘儿底下,听人笑语。"唐圭璋编《全宋词》,北京:中华书局,1965年,第931页。
③ 陈霆《渚山堂诗话》,唐圭璋编《词话丛编》,北京:中华书局,1986年,第361页。
④ 田汝成《西湖游览志馀》卷十六,上海:中华书局上海编辑所,1958年,第312—313页。

生活中的心灵慰藉,生动地写出了她面对不幸婚姻的个人情怀。不过,朱淑真生活在南宋,她所处的社会环境,与李清照的后期生活相同,可是她的词作风格却又回到了李清照的早期作品,仍然是对个人感情的追求,或这种感情不得其所的哀怨。这或者就是古代女性生活的常态,因此反映在文学之中,也是题中应有之义。而且,李清照晚期的词,从理论上说,并不是她作为一个闺阁中人,刻意去拓展自己的风格,实在是由于她的生活发生了与社会变动有直接关系的巨变,她要写这种巨变,就不能不涉及社会的变化,而朱淑真就不是这样,所以她的词风按照被社会规定好的一般风格发展,并不能苛求。

不过,李清照的后期词作在题材风格上的拓展,数百年后,在徐灿身上得到了回应,而且更加发扬光大。其中最突出的表现,就是面对明清易代,虽然徐灿的个人生活也发生了重大变化,但她并没有完全像李清照那样,是通过自己个人遭际的今昔不同,来反映那个时代,而是跳出自己的一己视阈,站在时代的高度,去看待改朝换代。如她的《踏莎行·初春》:"芳草才芽,梨花未雨。春魂已作天涯絮。晶帘宛转为谁垂,金衣飞上樱桃树。 故国茫茫,扁舟何许。夕阳一片江流去。碧云犹叠旧河山,月痕休到深深处。"①还有《青玉案·吊古》:"伤心误到芜城路。携血泪、无挥处。半月模糊霜几树。紫箫低远,翠翘明灭,隐隐芊车度。 鲸波碧浸横江锁,故垒萧萧芦荻浦。烟水不知人事错,戈船千里,降帆一片,莫怨莲花步。"②如果说,前者借惜春来感伤故国沦亡,表现"兴亡之感"③,还是有她浓厚的个人化的意绪的话,那么,后者借怀古来写兴亡就完全跳出了自己及个人生活的小圈子,而是带有普遍意义的历史反思。这种反思,在以往的女性词的传统中确实很少出现,是明清之际随着社会的大变动而给文学带来的新气象。

李清照和朱淑真代表着宋代女性词的最高成就,徐灿体现了女性词发

---

① 南京大学中文系《全清词》编纂研究室《全清词·顺康卷》,北京:中华书局,2002年,第447页。
② 南京大学中文系《全清词》编纂研究室《全清词·顺康卷》,第450页。
③ 谭献《箧中词今集》卷五,见沈辰垣等《御选历代诗馀》附,杭州:浙江古籍出版社,1998年,第570页。

展到清初的新突破,她们三个人,也一直在文学史上深受好评,经常相提并论。陈维崧就曾这样评价徐灿:"徐湘蘋才锋遒丽……其词娣视淑真,姒蓄清照。"①实际上就是认为三个人齐名。然而,她们的创作,或者写感情生活的甜蜜和痛苦,或者面对突如其来的巨大社会灾难,走出女性的传统创作路向,进入男性建构好了的传统,这两个方面,一直以来,作为主要的女性词题材,深受批评家的称道。可是,这些能够完全代表古代女性在词中发出的声音吗? 人们已经承认,女性的词创作,进入清代以后,发生了重大变化,果真如此,则这些变化还应该有更为丰富的表现,因为,感情生活方面,李、朱的覆盖性已经很大,增添新的因素可以,根本性的变化较难;介入社会政治的描写,需要特定的历史条件,也与时代对女性的规定不符合。所以,探索这种变化,还应该另辟蹊径。

二、高景芳词的题材开拓

高景芳的生卒年不详,依其丈夫仕履推测,当比徐灿生活的年代稍晚。所以,她的创作是面临前面这几位经典人物的压力,而做出的另一种发展。反映在题材上,以下两种,都是李、朱、徐的作品中少见的:

第一,咏物之作。在女性词的传统中,咏物之作少见,如果曾经出现过一些作品,则主要是咏花,和她们感伤青春老去的情绪有关。至明清之际,女子词作中咏物的现象逐渐多了起来,但是,高景芳作品中的一些题材,仍然是非常独特的。如她写有《忆仙姿》七首,分咏香筒、蝶板、蜗牛、游蚁、醢鸡、飞蛾、络纬②,这种题材在词中,特别在女性词中本来就少见,更难得的是她写得非常平实,是一个普通女子日常生活中点滴的感受。如蚂蚁这样的内容,如果是男作家写,多半要赋予已经建立好了的微言大义,像槐安国中的黄粱一梦之类,但是,在高景芳笔下,就是一个普通的生活片断:"阶上纷

---

① 冯金伯《词苑萃编》卷八引陈维崧《妇人集》,唐圭璋编《词话丛编》,第1956页。
② 高景芳之词,均见其《红雪轩稿》,清康熙五十八年刻本,不另加注。

纭来去。见即抱头私语。似诉远行归,曾到磨盘山里。如许。如许。有个堂名审雨。"审雨堂,典出《搜神记》:"夏阳卢汾,字士济,梦入蚁穴,见堂宇三间,势甚危豁,题其额,曰审雨堂。"①后来《太平广记》引《妖异记》也记载此事:"夏阳卢汾,字士济,幼而好学,昼夜不倦。后魏庄帝永安二年七月二十日,将赴洛,友人宴于斋中。夜阑月出之后,忽闻厅前槐树空中有语笑之音,并丝竹之韵,数友人咸闻,讶之。俄见女子衣青黑衣,出槐中,谓汾曰:此地非郎君所诣,奈何相造也。汾曰:吾适宴罢,友人闻此音乐之韵,故来请见。女子笑曰:郎君真姓卢耳。乃入穴中,俄有微风动林,汾叹讶之,有如昏昧,及举目,见宫宇豁开,门户迥然,有一女子衣青衣,出户谓汾曰:娘子命郎君及诸郎相见。汾以三友俱入,见数十人,各年二十馀,立于大屋之中,其额号曰审雨堂。汾与三友历阶而上,与紫衣妇人相见,谓汾曰:适会同宫诸女歌宴之次,闻诸郎降重,不敢拒,因此请见。紫衣者乃命汾等就宴,后有衣白者、青黄者,皆年二十馀,自堂东西阁出,约七八人,悉妖艳绝世。相揖之后,欢宴未深,极有美情。忽闻大风至,审雨堂梁倾折,一时奔散。汾与三友俱走。乃醒,既见庭中古槐,风折大枝,连根而堕,因把火照所折之处,一大蚁穴,三四蝼蛄,一二蚯蚓,俱死穴中。汾谓三友曰:异哉物皆有灵,况吾徒适与同宴,不知何缘而入于是。及晓,因伐此树,更无他异。"②如此,或许略带一点虚幻之意,但是,词中更主要的,只是描写蚂蚁在下雨之前奔忙不已的情态而已,也是许多人生活中常见的景象。

她的咏物词中更值得一提的是敏感地抓住了一些刚刚出现在生活中的新事物,如《醉公子·鼻烟壶》:"西洋药妙巧。透鼻先薰脑。略吸窍齐通。味辛能去风。 腻香匀玉屑。小盖和铫揭。一寸琢玻璃。随身便取携。"鼻烟(snuff),译音为"士那富"或"士那乎",入贡于清朝时,称为"西蜡"。鼻烟传入中国的最早记载,是在康熙二十三年(1684),康熙皇帝南巡途中,西洋

---

① 干宝《搜神记》卷十,北京:中华书局,1979年,第123页。
② 李昉等《太平广记》卷四百七十四,北京:中华书局,1961年,第3902—3903页。

传教士汪儒望(Jean Valat)和毕嘉(Giandomenico Gabiani)将鼻烟等礼物进贡[①],也就是说,鼻烟壶刚刚来到中国,就出现在高景芳的词中了。清代初年,特别是康熙朝,颇有开放的气象,从明代就已经开始的引进西洋先进器物的风气,延续了下来,当时的词坛也就突然大量出现了相关的作品,如陆燕喆写有《念奴娇·自鸣钟》,徐葆光写有《玉漏迟·自鸣钟》、《应天长·千里镜》、《一寸金·针盘》、《念奴娇·鹿毛笔》等相关系列[②],足见清初的词坛所具有的开放的气度。高景芳加入了词坛的这一趋势,也算是走在了时代的前列。

第二,表现内容的日常生活化。无论从什么角度来看,在一个女子的生命历程中,爱情都是其生活中的非常重要的内容,但绝对不是全部的内容。尤其是当她结婚之后,进入比较稳定的生活状态,往往就是平静而有规律的,情感的起伏也不一定非常大。这是一种生活的常态,但在以往女性词的传统里,却经常被忽略了,以至于给了读者一个固定的印象,女性的词就是一种伤春悲秋的情态。事实上,到了清代,如果说女性要在其文学作品中发声的话,那么,她们的尝试是全方位的,借此,我们可以看到她们真实的日常生活,以及在这种生活中的感情取向。

高景芳的词中,有写"病起"的《中兴乐》十首,分别题为《磨镜》、《整书》、《检衣》、《洗砚》、《养花》、《尝茗》、《理琴》、《观剧》、《调鹤》、《礼佛》,让我们看到了一个生活在官宦人家、书香门第的女子是怎样生活的。这十首词,作者把它们编为一组,形成联章,所提供的十个片段,也可以说是一出戏中的十个场次,反映了这位女主人公生活中的不同侧面,非常具体,也非常真切。如《检衣》:"雪儿开取缕金箱。刚闻迷迭奇香。细分颜色,旋别衣裳。纷纷罗绮成双。总时妆。不论单夹,花分四季,翠蹙金镶。　坐来无语自思量。剧怜绣带加长。旧时宽窄,未必相当。漫劳层叠重装。付家常。纫工裁剪,

---

① 《熙朝定案》,韩琦、吴旻校注《熙朝崇正集　熙朝定案(外三种)》,北京:中华书局,2006年,第155页。

② 并见张宏生主编《全清词·顺康卷补编》,南京:南京大学出版社,2008年。

薰笼烘焙,满架红黄。"主人公的检衣,或把不同颜色、不同质地的分开,或要根据身材的变化,重新考虑过去服装的宽窄肥瘦,这是一个主妇持家时的心态。又如《整书》:"架头卷帙散纵横。标题杂乱无凭。蠹鱼奔走,芸叶凋零。起来重与搜寻。自支分。分门别类,牙签挂就,锦套装新。　总将甲乙贮三层。尽教袟罩香薰。从今风雅,不致沉沦。却拈彤管闲评。细筹论。本原经史,其馀子集,排比须明。"仿佛是一个特写,刻画出其家庭生活的一个侧面,我们可以试着还原当时的情境:这是一个喜爱读书的家庭,兴之所至,长期积习,不免插架凌乱。女主人公毕竟是主妇,于是开始进行整理:挂上牙签,加上封套,放入熏香,经史子集,细分门类。就这么简单的一件事,里面并没有强烈的感情色彩,写得从容不迫,就像她对自己生活的设计。这种感情是十篇作品的基调,里面确实只是写生活本身,而没有像一般的阅读经验所展示的,要从生活中找什么微言大义。即如最容易写出言外之意的《养花》,也是非常平实:"向东小阁锁重开。中间拂拭尘埃。四围帘下,三面几排。欣逢花信初回。折枝才。胆瓶汲水,园官采送,婢子持来。　参差分插出新裁。俨然画里应该。暗香逆鼻,笑靥盈腮。此时重与徘徊。自疑猜。腻红娇白,春光无限,罗贮书斋。"女子写到花,经常出现的就是感慨花红易衰,进而联想青春易逝,彼此沿袭,已成套路。可是高景芳这首词就是写家庭生活中的种花养花,或修枝,或浇水,或分插,读者仿佛也能体会主人公的繁忙和兴奋。不可想象,在日常生活中,所有的行为都要比附为某种感情,这不符合实际。高景芳的词,让我们看到了女子写花的另一个方面。还有写端午(《满江红·午日》),写晒衣(《徵招·曝衣》)等,也都是如此。高景芳还有一组《沁园春》,也是十首,分别题为《雪消》、《上巳》、《苍苔》、《送鸿》、《迎燕》、《秋千》、《百舌》、《品茶》、《大蝴蝶》、《斗草》,以节序贯串,描写闺中生活,也非常平实。

　　以上这些内容,让我们看到了进入清代,女性词作中出现的新题材,即和她们平时的生活密切相关的某些情境。不但可以让我们感受此类女子对生活的别一种体验,提供了认识古代妇女生活的新角度,而且突破了已经被批评史确立为经典的对女性生活的文学表现方法,因此,特别值得予以阐发。

三、官宦女子的特定视角

　　高景芳的词所表现出的特殊性，展示了女性词作的另一种样貌，需要进行细致的辨析。

　　首先，从个人生活来说，高景芳的经历似乎非常简单，从作品中，也看不到其生活中是否发生过重大变故。比起李清照前期的聚少离多，后期的夫死国破；比起朱淑真所适非偶的长期积郁；比起徐灿既痛伤亡国，又面对丈夫变节的尴尬处境：高景芳的生活可能是非常平淡的。虽然，中国传统的文学理论一再强调，"诗可以怨"，诗"穷而后工"，体现出一种和个人不幸命运紧密相连的创作心理学，而且，以往的权威论述也都反复说明，古代的妇女处在社会的底层，是受苦受难极为深重的一个群体，因而她们的创作发出哀怨之声，乃是非常符合逻辑的推演。可是，不幸的经历虽然能够最大限度调动人类的感情，弘扬悲剧的精神，使得人们在苦难中认识自我，宣泄情绪，但毕竟不会是经常发生的事，更多的时候，人们的生活是简单而平淡的，不具备大起大落的曲折。尤其是对于妇女来说，如果婚前婚后都是在一个稳定的家庭，那么，其生活也当然就是日复一日，按部就班。这是古代女性生活的某一种还原，其中也能够反映出人生的喜怒哀乐，而以往的文学批评焦点对此缺少关注，高景芳的这些作品，正可以从一个侧面，让读者听到在某种生活情态中，中国古代女性发出的声音。

　　其次，如同以往的文学史研究所昭示的，王朝的易代最能够体现文学的变化，也最能见出感情的激荡，所以，沿流而下，明清之际成为文学研究的重点，不是没有原因的。李清照和徐灿成为女子写词的双璧，和她们所处的特定时代不无关系。在这样的时代中，无论她们的家庭、身世、学养之间有什么差别，作为政治的受害人，她们的身份是相同的，评判其作品，也往往把这些作为主要的出发点。但是，高景芳却代表着另一种情形。她出生于汉军正红旗，父亲是浙闽总督，丈夫是靖逆侯，以其身份而言，在改朝换代中，她是胜利者，而不是受害者，这当然也规范着其创作的范围和尺度。在前章中,我曾经指出,徐灿的咏史怀古词有着非常明确的现实情怀,与当时不少遗民的同类作品格调相似①,但是,高景芳的作品就完全与此不同。

　　高景芳的词中有不少咏史怀古之作,这原是一个有着漫长时间积淀的创作领域,也大致产生了一定的创作套路,只是,面对新的历史变局,如何具体展现,仍然关乎一心。她的怀古题材,主要集中在六朝,这当然也是明清之际的作家普遍关注的题材,但她写来,有着自己的着眼点。如《台城路·后湖》:"子城墙北春流绕,湖光远映山色。断岸斜阳,荒洲小艇,指点苍凉芦荻。微波起处,见沙鸟浮鸥,往来闲适。怅望平芜,旧时宫墙已灰灭。　惟馀衰柳几树,惹风还弄雨,多少凄切。举网张鱼,持弓弋雁,付与濠边戍卒。愁肠漫说。任画角声中,略搀渔笛。俯首沉吟,暮蝉鸣又咽。"后湖即玄武湖,靠近台城,六朝时曾在此操练水军。这里历来是文人墨客抒发今昔之感的处所,著名的有晚唐诗人韦庄的《台城》:"江雨霏霏江草齐,六朝如梦鸟空啼。无情最是台城柳,依旧烟笼十里堤。"②表达的是物是人非之感。高景芳的词也基本上是延续了同样的思路,是一种具有普遍意义的历史感,而没有什么具体指向。她的另一首怀古词《曲游春·清凉山》是这样写的:"虎踞关前路,近土冈西去,青山相接。古寺残碑,纪当年曾是,六朝宫阙。旧事浑难觅。剩一片、夕阳黄叶。更几堆、破瓦颓垣,不见望仙踪迹。　况对禅扉枯寂。听粥鼓斋鱼,销尽烦热。尘世荣华,似浮云变幻,不多时节。此意谁能识。透一点、清凉消息。便觉雪洒风吹,顿超净域。"清凉山,对于明清之际的人来说,不仅是六朝胜迹,也是前明象征。尤其是明亡之后,著名遗老龚贤隐居于清凉寺,萧散僧服,笔墨自娱,表示不与新朝合作的意向,因而已经成为时人心中的一个标杆,怀古咏史,以清凉山为题,常常会旁及龚氏半亩园。而在高景芳的词中,却仍然只是单纯的吟咏史迹,看其篇末,由世事荣枯变化,如浮云之幻,而倍感来到僧院之后,透心清凉,如入净域,顿成超脱,则无意阑入刚刚过去的一段历史是显而易见的。最能引发历史联想的,莫

---

① 参本书第八章《偏离与靠拢:徐灿与词学传统》。
② 韦庄《台城》,韦庄著,聂安福笺注《韦庄集笺注》卷四,上海:上海古籍出版社,2002年,第171页。

过于胭脂井,那是当朝失政、荒淫亡国的最佳例证,可是在高景芳《后庭宴·三阁》中,却是这样写的:"重叠丘墟,零星略彴。当年尽是陈家阁。黍离麦秀不须歌,可怜玉树连根削。　胭脂废井荒凉,何处更能寻索。丽华去后,繁艳全销却。冷雨湿香魂,古寺闻铃铎。"写隋灭陈时,张丽华和陈后主匿于胭脂井中,终被搜出,如今废井仍在,佳人无踪,只有古寺铃铎,在凄风冷雨中振响而已。相对于李商隐"地下若逢陈后主,岂宜重问后庭花"[①]的追问,这种描写,无疑还是在浅层次的。

这一类的作品,不必有什么具体的指向,不过是一种泛情而已,也是古人创作的常态,即维持写作的行为,把写作纳入生活情境中。与这一点相关,在高景芳的其他作品中,也能看出端倪,如其《捣练子》:"凉风起,塞鸿高。欲寄寒衣道路遥。针线虽微情意重,夜深砧杵带霜敲。"我们还不知道,她的丈夫是否有出塞之事,即使有,以她的身份,也不必捣衣寄远,像这样的作品,只是自古延续下来的一种意绪,以具体生活来求之,固然没有必要,若纳入文学化的生活来看待,则就可以理解。

类似的情形可以和纳兰性德做一个比较。纳兰曾写有著名的《南乡子》:"何处淬吴钩。一片城荒枕碧流。曾是当年龙战地,飕飕。塞草霜风满地秋。　霸业等闲休。跃马横戈总白头。莫把韶华轻换了,封侯。多少英雄只废丘。"[②]笔力甚健,也有深沉的历史感,可能还有他的部族在爱新觉罗氏统一女真部战争中的影子,可是同样无法真正将明清易代的内容写进去,只能从王朝兴废、英雄黄土的角度加以表现。作为纳兰氏的后代,又是康熙皇帝眼前的红人,他当然不可能把明亡的历史带入深沉的反思,于是只能上升到普遍意义的感喟了。

所以,高景芳的词,形成了日常生活化的特色,固然是她个人的追求,但特定的身份,也促使她对创作的题材有所选择。选择的结果,固然可能使得作品中的情怀泛化,却也无形中开启了另外一扇门,这或者并非是预期的效果。

---

① 李商隐《隋宫》,李商隐著,冯浩笺注《玉溪生诗集笺注》卷三,上海:上海古籍出版社,1979年,第688页。

② 纳兰性德《南乡子》,《饮水词》,广州:广东人民出版社,1984年,第139页。

四、清代女性词作的日常化趋势

中国古代女性文学的兴盛,从明代已经开始展现。明代女词人中,比较有代表性的是吴江叶氏,在沈宜修、叶纨纨和叶小鸾的作品中,我们可以看到,写春怀秋思、离愁别恨等一直以来被视为女性词作主导倾向的作品,占据了绝大多数。这些作品以情见长,是晚明以来社会思潮发展的另一侧面的见证,因而有着非常重要的价值,但若说题材方面,就开拓不大。尽管如此,有一些新尝试仍然值得提出来,如叶纨纨有《三字令·粉扑》:"疑是镜,又如蟾。最婵娟。红袖里,绿窗前。媵人怜。羞锦带,妒花笺。　兰浴罢,衬春纤。扑还拈。添粉艳,玉肌妍。麝氤氲,香馥郁,透湘缣。"①这首在艺术性上也许不算出色的作品,可以说是一个信号,启发了高景芳等作家向着女性生活的日常化、琐细化探索②,从高景芳开始,我们看到,这一趋势在清代得到了积极的回响。

在中国传统社会中,女性的生活空间有其自身的规范,她们在闺中的活动,也有非常明确的内容。农历的七月七日,是牛郎织女天河会的日子,也是乞巧的日子。乞巧的内涵,虽然理论上说,男女都通用,可在实际生活中,无疑更受女性重视。据《开元天宝遗事》载:"宫中以锦结成楼殿,高百尺,上可以胜数十人,陈以瓜果酒炙,设坐具,以祀牛、女二星。嫔妃各以九孔针、五色线,向月穿之,过者为得巧之候。动清商之曲,宴乐达旦,士民之家皆效之。"③可以看出,这一风俗的体现并不仅在宫中。女子乞巧的根本目的,是希望手巧,即做得一手好女红,因为这是其以后的生活能否幸福的基本保证之一,因此,女红就是闺中生活的重要内容之一,这一点,也就理所当然地反

---

① 叶纨纨《愁言》,叶绍袁编《午梦堂集》,北京:中华书局,1998年,第265页。
② 清代女词人写粉扑的不少,如孙云鹤《点绛唇·粉扑答姊》,《听雨楼词》卷下,《小檀栾室汇刻闺秀词》本,光绪二十一年至二十二年南陵徐氏刻本,第8页b。孙云凤《沁园春·粉扑》,《湘筠馆词》卷下,《小檀栾室汇刻闺秀词》本,第1页b—2页a。
③ 王仁裕《开元天宝遗事》卷下,丁如明辑校《开元天宝遗事十种》,上海:上海古籍出版社,1985年,第98页。

映到了她们的创作中。以著录历代妇女著作最为完备的胡文楷《历代妇女著作考》进行统计,清代女性著作以"绣闲"命名的有 6 家,"绣阁"7 家,"绣馀"123 家,"红馀"25 家,"针馀"5 家,"织馀"5 家。她们当然基本上认同社会对她们的性别所做的安排,文学创作既是在此特定情境中展开,而女红本身也成了文学表现的一个内容。如左锡嘉《点绛唇·寒夜诸女刺绣》:"一粟寒灯,五纹刺绣添金线。钿蝉钗燕,幸结兰闺伴。 指冷于冰,着手成花片。更儿转。唾绒吹罢,颜色评深浅。"①这篇作品虽然短,却能够全面写出家庭中群体刺绣的一个过程,包括刺绣的线色,刺绣的图样,刺绣的效率,最后归结为成果完成,众女品评,互相激发,也充满自豪。左锡嘉是阳湖人,生活在清代道咸年间,与姊锡璇均工文学。善画,尤工绣谱。从这些经历看,则她写出这样的刺绣词也不是偶然的。闺秀的劳作进入文学表现的范围,显然可以让人们多方面地认识她们当时的生活。

由此可以提出本文的结论,即进入清代以后,女性词中的日常化趋势逐渐增强,形成了女性文学史上的一个新的发展。

在女子词史中,李清照、朱淑真和徐灿,分别都做了符合她们那个时代的开创,特别是在描写女性的伤春离别之情,死生契阔之感,以及爱情无法实现、家国重大变迁的感情方面,具有历史性的意义。但她们的作品中,尚很少涉及女性普通生活中非常琐细的一面,这一空白,到了清代初年的高景芳词中,得到了充分的弥补。高景芳的词,把她作为一个闺中少妇、家庭主妇的身份,所需要面对的种种生活内容,都以词的形式写了出来,从而让我们听到了在家常日用中,古代女性所发出的声音。而高景芳的这一类创作,之所以能和此前李、朱、徐诸人有所不同,原因之一是她的特定身份,一方面她在易代之际是胜利者一方,因此可能不会沿着以往家国之思的道路向前走;另一方面,她的家庭生活比较稳定,不像李清照诸人经历大起大落,因而也只能在平凡的日子中寻找题材。这些,或者都是偶然的机缘,但确实促进了词向一个新的方向发展。在高景芳之后,我们就看到,词的日常生活化已

---

① 左锡嘉《冷吟仙馆词》,《小檀栾室汇刻闺秀词》本,第 14 页 a。

经成为女词人创作的重要内容之一,借此,我们可以更具体地看到古代女性生活的多个层面,也可以听到在生活中,她们发出的各种不同的声音。同时,也应该进一步思考的问题是,尽管生活的诗意化可能是普遍的追求,但是,让琐细的生活真正进入诗中,仍然是清代以来才出现的大趋势。日常生活因而也就不存在是不是诗的问题,而是怎样来写的问题了。在这一方面,无疑还有很大的探讨空间。

文学批评中的"惯性"是一个值得注意的问题,在经典化的过程中尤其如此。以李清照为例,从南宋开始,就已经有作家将她视为有成就的词人而予以表彰,发展到清代,更是确立了典范的地位。对这个地位,尽管不少批评家更为关注的是其创作成就,但后面无疑也明显有着性别的影子。在这种情况下,也就有形无形地造成了一种强势的力量,这个力量为女作家们选择了学习的榜样。在清代,几乎每一个女词人的创作中,都能看到李清照的影响,可见她们也是自觉地服从于这一建构好了的审美观。在相关的文学批评中,人们更关心的是,某些经典作家的风格得到了怎样的接受,因而这也就主导了文学创作之路。从这个意义来看,所谓经典,似乎也就是一些逐渐凝固、逐渐定性的东西了。不过,社会生活毕竟在发展,女性的作品中也必然被注入新的因素。将这些因素纳入文学史发展的脉络中进行考察,当然能够增添新的认识,从而得到更为全面的了解。通过对高景芳的讨论,至少让我们得知,在关于经典的讨论中,无论是重估旧经典,还是确立新经典,观念都是最为重要的。当历史感和发展观结合在一起的时候,当然也就不会把传统看成是铁板一块了。

第十章　才女与名士
——吴藻《乔影》及其创作的内外成因

　　清代女作家吴藻所创作的杂剧《乔影》是一部意蕴深厚的作品,其中所表现的性别意识,引起了不少学者的浓厚兴趣①。《乔影》所引发的问题,无疑是对传统社会中妇女的社会角色缺憾所做的思考,也反映了作者对才女的"名士化"所做的某种理解。但对这一关系,在剧中剧外也还有一些需要进一步说明的地方。本文即对此略事讨论。

一、"名士"的内涵

　　《乔影》中的主人公起名谢絮才,显然从生活在名士圈子里的"咏絮之才"谢道韫而来。戏一开场,谢絮才即自述道:

> 百炼钢成绕指柔,男儿壮志女儿愁。今朝并入伤心曲,一洗人间粉黛羞。我谢絮才,生长闺门,性耽书史,自惭巾帼,不爱铅华。敢夸紫石镌文,却喜黄衫说剑。若论襟怀可放,何殊绝云表之飞

---

① 参看华玮《明清妇女剧作中之"拟男"表现与性别问题》,载《明清戏剧国际研讨会论文集》,台北:"中央研究院"中国文哲研究所,1998年。

鹏；无奈身世不谐，竟似闭樊笼之病鹤。咳！这也是束缚形骸，只索自悲自叹罢了。但是仔细想来，幻化由天，主持在我，因此日前描成小影一幅，改作男儿衣履，名为《饮酒读〈骚〉图》。敢云绝代之佳人，窃诩风流之名士。

这里明明白白地指出，谢絮才着男装而饮酒读《离骚》，是为了做"风流之名士"。谢絮才当然就是吴藻本人的艺术形象，这件事情本来也出在她自己身上，正如梁绍壬《两般秋雨庵随笔》所记："（吴藻）又尝作饮酒读《骚》长曲一套，因绘为图，己作文士妆束。"[1]文士，也就是上文所说的"名士"。

饮酒读《骚》，出自《世说新语·任诞》王恭之语："名士不必须奇才，但使常得无事，痛饮酒，熟读《离骚》，便可称名士。"[2]那么，吴藻以此为题，所向往的是否就是六朝以竹林七贤为代表的名士呢？

竹林名士皆好酒。山涛"饮酒至八斗方醉"[3]；阮籍"纵酒昏酣，遗落世事"[4]；刘伶自称"天生刘伶，以酒为名，一饮一斛，五斗解酲"[5]；阮咸与宗人共饮，"以大瓮盛酒，围坐，相向大酌。时有群猪来饮，直接去上，便共饮之"[6]；嵇康"醉也，傀俄若玉山之将崩"[7]。魏晋时代，名士和酒天然地结合在一起，不可分割。但是，名士们为什么饮酒呢？个中原因很复杂，择要而言，约有二端。一是享乐，如张翰"纵任不拘，时人号为江东步兵。或谓之曰：'卿乃可纵适一时，独不为身后名邪？'答曰：'使我有身后名，不如即时一杯酒。'"[8]刘伶"放情肆志……常乘鹿车，携一壶酒，使人荷锸而随之，谓曰：'死便埋我。'"[9]二是避祸，如阮籍为拒绝司马昭的求婚，"醉六十日"，使其

---

[1] 梁绍壬《两般秋雨庵随笔》卷二"花帘词"条，上海：上海古籍出版社，1982年，第62页。
[2] 刘义庆著，刘孝标注《世说新语》，上海：上海古籍出版社，1982年，第380页。
[3] 唐玄龄等《晋书》卷四十三《山涛传》，北京：中华书局，1974年，第1228页。
[4] 陈寿撰，裴松之注《三国志》卷二十一《魏书·王粲传》，北京：中华书局，1959年，第605页。
[5] 刘义庆著，刘孝标注《世说新语·任诞》，第380页。
[6] 刘义庆著，刘孝标注《世说新语·任诞》，第383页。
[7] 刘义庆著，刘孝标注《世说新语·容止》，第326页。
[8] 刘义庆著，刘孝标注《世说新语·任诞》，第386页。
[9] 唐玄龄等《晋书》卷四十九《刘伶传》，第1375页。

第十章　才女与名士——吴藻《乔影》及其创作的内外成因 / 233

"不得言而止",而"钟会数以时事问之,欲因其可否而致之罪,皆以酣醉获免"①。正如宋人叶梦得所说:"晋人多言饮酒,有至于沉醉者,此未必意真在于酒。盖时方艰难,人各惧祸,惟托于醉,可以粗远世故。"②我们现在还不能确切地指出魏晋名士和《离骚》的关系,想来《离骚》作为一种基本的典籍,他们都是熟悉的。但从有关记载来看,除了阮籍,在其他人身上大都很难看出《离骚》中那种欲有所为而不得的痛苦,以及郁结于心无以排遣的悲哀③。所谓"痛饮酒,熟读《离骚》,便可称名士",饮酒是实情,读《骚》则可议,充其量不过是借《离骚》中的疏放之态显示名士之风罢了。

　　吴藻则不然,她在《乔影》中写出了谢絮才虽然"眼空当世,志轶尘凡,高情不逐梨花,奇气可吞云梦",但却有志不得伸、有才不得用的焦虑和不平,所以自以为"像这憔悴江潭,行吟泽畔,我谢絮才此时与他也差不多儿"。这种价值观郁积之深,就化作主人公的心灵独白:"我想灵均,神归天上,名落人间,更有个招魂弟子,泪洒江南。只这死后的风光,可也不小。我谢絮才将来湮没无闻,这点小魂灵飘飘渺渺,究不知作何光景。"对声名的看重与追求,也直接来自《离骚》:"老冉冉其将至兮,恐修名之不立。"其生命意识的高扬和内心活动的郁勃,正是相通的。吴藻的创作深心,得到了当时文人的理解。如齐彦槐诗曰:"词客愁深托美人,美人翻恨女儿身。安知蕙质兰心者,不是当年楚放臣。"沈希辙词曰:"堪尽或笑或吟,或时说剑,或坐禅谈虎。三万六千朋辈少,今日琐窗风雨。血泪空弹,心香独奉,只有灵均许。侧身天地,绣闺谁是俦侣。"④而这种感情,在六朝名士中是少见的。所以郭麐就直

---

① 唐玄龄等《晋书》卷四十九《阮籍传》,第1360页。
② 叶梦得《石林诗话》卷下,《丛书集成初编》本,北京:中华书局,1991年,第27页。
③ 如唐玄龄等《晋书》卷四十九《阮籍传》记载:"(阮籍)尝登广武,观楚汉战处。叹曰:'时无英雄,使竖子成名!'"(第1361页)苏轼在《东坡志林》中解释道:"伤时无刘、项也。'竖子'指魏晋间人耳。……嗣宗虽放荡,本有意于世,以魏晋间多故,故一放于酒,何至以沛公为竖子乎!"见苏轼撰,王松龄点校《东坡志林》卷一"广武叹"条,北京:中华书局,1981年,第7页。
④ 并见吴藻《乔影》卷首题辞,郑振铎《清人杂剧二集》,1934年郑氏刻本。

截了当地评论说:"天壤何知王谢,人间偶堕藩茵。试问六朝名士,可能似此风神?"①郭氏能够看出谢絮才虽有"名士"的外衣,风神却又为六朝名士所不逮,带有鲜明的个性特征,眼光无疑是锐利的。所以,"饮酒读《骚》"虽然是对魏晋名士的典型说明,吴藻以之为题,也有对六朝名士欣羡的意思,但表现在作品中的内涵却与这一说法的原意有着很大的不同。

尽管如此,却又不能说吴藻以"饮酒读《骚》"为题与六朝名士没有关系,在清狂任性这一方面,还是有迹可循的。如谢絮才唱道:"我待趁烟波泛画桡,我待御天风游蓬岛。我待拨铜琶向江上歌,我待看青萍在灯前啸。呀!我待拂长虹入海钓金鳌,我待吸长鲸贳酒解金貂。我待理朱弦作幽兰操,我待著宫袍把水月捞。我待吹箫比子晋还年少,我待题糕笑刘郎空自豪。"文中所说当然是由于对这些文人的羡慕而做的性别移植,但这些文人确实也都属于疏狂不受羁束一类。所以,吴藻在这里所表现的,也有魏晋名士的放荡不羁的精神。这种精神体现了吴藻对现实社会的批判和对精神自由的追求,当然也有对女性社会角色的不公平所做的思考。正是在这个意义上,六朝名士的"饮酒读《骚》"和千年之后谢絮才的思想感情可以联系在一起。吴藻所创造的谢絮才这一"名士",摒弃了魏晋名士的颓唐,接受了他们的疏放。

对名士的理解部分涉及《乔影》的内蕴,当然也和吴藻的创作动机有关。对此,她的老师陈文述另有一说。其《西泠闺咏》云:"(吴藻)尝写饮酒读《骚》小影,作男子装,自题南北调乐府,极感慨淋漓之致。托名谢絮才,殆不无天壤王郎之感。"②我们已经知道,谢絮才暗指才女谢道韫,则王郎即道韫之夫王凝之。"天壤王郎",语出《世说新语·贤媛》:"王凝之谢夫人既往王氏,大薄凝之。既还谢家,意大不说。太傅慰释之曰:'王郎,逸少之子,人材亦不恶,汝何以恨乃尔?'答曰:'一门叔父,则有阿大、中郎。群从兄弟,则有

---

① 吴藻《乔影》卷首题辞。
② 陈文述《西泠闺咏》卷十六,丁丙辑《武林掌故丛编》,北京:京华书局,1967年,第2700页。

封、胡、遏、末。不意天壤之中,乃有王郎!"①王凝之虽然出自琅琊王氏之高门,"人材亦不恶",但谢道韫仍然以其才学不及谢氏一门如谢尚、谢韶、谢朗、谢玄等人而烦恼。陈文述因而认为《乔影》的撰作是由于婚姻的缺憾。以吴藻和陈文述的关系,陈的说法当然是有根据的。梁绍壬《两般秋雨庵随笔》记载说:"蘋香父、夫俱业贾,两家无一读书者,而独呈翘秀,真凤世书仙也。"②说吴藻家此外"无一读书者",或许过当③,但吴藻的丈夫作为商人不能满足其文化理想,却可能是事实。所以,尽管《乔影》本身并不涉及婚姻问题,但其出发点却可能来自对才士或名士心理的补偿。

二、名士的情结

女扮男装是中国文学中的一个传统题材。尽管这一类的作品都带有提升女性价值的含义,但其意旨及其表现却各有不同。木兰替父从军和英台易妆读书,虽然一个慷慨激昂,一个缠绵悱恻,最后恢复了女儿妆,却是一样的。明显的戏剧性和传奇性是这类作品的共同特点,也符合一般观众关注故事情节的观赏心理。

但明清时代也出现了另一类作品,虽然仍可置于这一框架之中,却又有了不少根本性的变化。即,当作品中的主人公穿上男装时,那件衣服已经内在于她们,成为她们生命意识的一个有机组成部分,她们往往从心理上已把自己当成了男子。与此相应的,这一类作品也就基本上不以情节的跌宕起伏争胜,而是注重琐碎的生活叙述和细腻的心理描写。在明清戏剧舞台上,《乔影》之前有叶小纨《鸳鸯梦》、王筠《繁华梦》等,《乔影》之后有何佩珠《梨花梦》等。联系明清两代世情小说的繁兴,应该不难给出答案,也可以引发进一步的探讨。问题在于,作品中的人物表现是否即是同性恋的倾向?这

---

① 刘义庆《世说新语·贤媛》,第367页。
② 梁绍壬《两般秋雨庵随笔》卷二"花帘词"条,第62页。
③ 如陆萼庭《〈乔影〉作者吴藻事辑》曾举吴藻姊善词画一事,以为梁说不合事实。文载陆氏《清代戏曲家丛考》,上海:学林出版社,1995年,第196—210页。

很复杂,本文也无力解决。但有一点似乎可以肯定,当主人公完成了"移形换位"之后,其行为模式往往是男子化的。所以,与其说她们是自然性别的转变,不如说她们是社会性别的转变。

尽管叶小纨、王筠等人的作品中都有特定的思想倾向,但从知人论世的角度来看,无疑吴藻所表现出的意向更为鲜明,因为她的"名士情结"在其全部创作中是一以贯之的。不仅表现在叙述性的虚构作品中,而且表现在直陈性的抒情作品中。

屈原在忧愁郁结之时,有女媭对之婵媛关切[1];辛弃疾孤独寂寞之时,期待着"红巾翠袖,揾英雄泪"[2]。即使是从情感的宣泄来说,在现代社会以前,家庭结构之外的女子也往往充当重要角色。所以,《乔影》中也理所当然地出现了对携妓的向往:"似这等开樽把卷,颇可消愁,怎生再得几个舞袖歌喉,风裙月扇,岂不更是文人韵事?〔北收江南〕呀!只少个伴添香红袖呵相对坐春宵,少不得忍寒半臂一齐抛,定忘却黛螺十斛旧曾调。把乌阑细抄,更红牙漫敲,才显得美人名士最魂销。"这当然就是典型的名士习气,应该有作者所羡慕的六朝名士举止如谢安东山携妓的影子。值得注意的是,吴藻的这种感情在其作品中并非仅见。《花帘词》中有一首题为《洞仙歌·赠吴门青林校书》的词,全篇如下:

> 珊珊琐骨,似碧城仙侣。一笑相逢澹忘语。镇拈花倚竹,翠袖生寒,空谷里、想见个侬幽绪。　兰釭低照影,赌酒评诗,便唱江南断肠句。一样扫眉才,偏我轻狂,要消受、玉人心许。正漠漠烟波五湖春,待买个红船,载卿同去。

---

[1] 屈原《离骚》,朱熹《楚辞集注》,上海:上海古籍出版社,1979年,第11页。
[2] 辛弃疾《水龙吟·登建康赏心亭》,辛弃疾著,邓广铭笺注《稼轩词编年笺注》,上海:上海古籍出版社,1998年,第31页。

词中的那位"校书",不仅貌美,而且才高;不仅品洁①,而且情幽;与词人不仅相悦,而且相知。难怪作者希望得到"玉人心许",甚至希望买舟五湖,相携而隐。此前一百年左右,金坛才子史震林在他的《西青散记》中记载了一位富有才情而处境悲惨的女子双卿,其"德色才情"四端尤其引起当时文人的欣赏。"校书"的身份虽然和双卿不同,但她们所以得到欣赏的原因却大致相同,可见士大夫们对于家庭结构之外的女子,具有较为一致的审美标准。吴藻虽然是女性,但当她幻化为男性,即以文人或名士自居时,显然也是沿用了这一标准。吴藻还有一组套曲,题为《云伯先生于西湖重修小青、菊香、云友三女士墓,刊〈兰因集〉见示,即题其后》,可与这种情形互参:

〔南仙吕入双调步步娇〕金粉难销湖山路,草绿裙腰露。荒陵落日初,一片伤心,美人黄土。何处吊蘪芜,把香名一例儿从头数。

〔醉扶归〕一个葬秋坟冷唱遣仙句,一个对春山闲临西子图。一个帘垂画阁绿阴疏,怎莲胎生迸的莲心苦。最怜他零膏冷翠强支吾,最伤他兰因絮果难调护。

〔皂罗袍〕日日画船箫鼓,问湖边艳迹,说也模糊。桃花三尺小坟孤,棠梨一树残碑古。春烟杨柳,秋风荻芦;粉痕蛱蝶,红腔鹧鸪。玉钩斜谁把这招魂赋?

〔好姐姐〕有个谪仙人转蓬莱故乡,爱一带青山眉妩。平章花月,把婵娟小传摹。诗禅悟,能留片石将情天补,欲倒狂澜使恨海枯。

〔尾声〕珊珊环佩归来否?早注入碧城仙簿。只问他曾向诗人拜谢无?

---

① 按"翠袖"数句,出自杜甫《佳人》:"绝代有佳人,幽居在空谷。……天寒翠袖薄,日暮倚修竹。"这是一个高洁的象征。杨伦《杜诗镜铨》卷五,上海:上海古籍出版社,1962年,第230—231页。

这组套曲,不论是说话的语气,还是观察的角度,都是其自身性别的"换位",不仅与陈文述(云伯)的心态保持了一致,而且直承李贺《苏小小墓》的典型文士传统,当然也是吴藻本人改变社会性别心曲的体现。因此,通过考察吴藻的全部作品,我们可以得出一个看法,她对自己社会性别的考虑,并不是偶然的心机灵动,而是在生活中的整体体验。这一点,在明清两代女作家中,无疑是非常突出的①。

三、名士的氛围

关于《乔影》的反响,魏谦升在《花帘词序》中记载道:"尝写《饮酒读〈骚〉图》,自制乐府,名曰《乔影》,吴中好事者被之管弦,一时传唱,遂遍大江南北,几如有井水处必歌柳七词矣。"②这是文学史上不多的关于妇女剧作表演效果的记载,从接受的角度看,固然是好奇的审美情趣向内转的变化,同时也反映出社会上对妇女文学的态度。从这个意义来说,我们应该对吴藻的生活环境主要是文学环境有所了解,正是这个环境,激活了吴藻的文学才华,鼓励了她的名士情结。

明清妇女的文学创作由于受到社会的鼓励,成就非常突出,已为学术界所公认。胡文楷《历代妇女著作考》中所著录的数千位女诗人,虽然还不够完备,却已是盛况空前。吴藻的创作是这种大环境的折射,更与她所处的小环境密切相关。

清代妇女的社会交往自由度到底有多大,尤其是和异性的交往能够到什么程度,是一个涉及多学科的饶有兴味的问题,笔者暂时也无法解决。但

---

① 吴藻另有《金缕曲》一首,词云:"闷欲呼天说。问苍苍、生人在世,忍偏磨灭。从古难消豪士气,也只书空咄咄。正自检、断肠诗阅。看到伤心翻失笑,笑公然愁是吾家物。都并入,笔端结。　英雄儿女原无别。叹千秋、收场一例,泪皆成血。待把柔情轻放下,不唱柳边风月。且整顿、铜琶铁拨。读罢《离骚》还酹酒,向大江东去歌残阕。声早遏,碧云裂。"也可证明,她之所以写出《乔影》即《饮酒读〈骚〉图》,是她一贯思想的体现,而并不是偶然的。词载《花帘词》,道光九年刻本,第5页 a。
② 魏谦升《花帘词序》,《花帘词》卷首,魏序第1页 a。

第十章 才女与名士——吴藻《乔影》及其创作的内外成因 / 239

吴藻身边的不少男性文人学者,给她的创作提供了一个合适的环境,是可以肯定的。像张景祁、魏谦升、赵庆熺、俞恭仁、梁绍壬、葛庆曾、郭麐、石韫玉、陈森、陆继辂、陈文述、黄燮清等人,都在她的生活中起到过重要作用。其中陈文述作为她的老师,尤其值得特别提出来。

陈文述原名文杰,字云伯,一字退庵,杭州人。嘉庆五年中举,其后屡应会试不第,不得已就吏职,官终繁昌知县。著有《颐道堂诗文钞》、《西泠闺咏》、《兰因集》、《秣陵集》、《碧城诗髓》等。陈文述善诗,当时名气很大,李元塏说他是"旷代逸才,天下奇作,东南作者,未之或先"①。陈文述的诗才不仅在士林中有盛名,而且引起了不少才女的景仰,有二十多位闺阁诗人投入其门下为弟子②。陈文述一贯对妇女持同情、尊重的态度,具备了一定的男女平等思想,尤其对"扶阳抑阴及女子无才便是德"之说非常反对。他说:"不知阴阳二者,铢两悉称,不差毫末。不必扶,不必抑也。夫女子才德兼全者,无论古人,并世而生,正复不少。"③所以对具有诗才的女子,总是大加奖掖揄扬,如以下文献:

> 不愧袁丝称第一,天人风貌谪仙才。[《题席道华女士(佩兰)〈长真阁诗卷〉》]
> 虞山凝翠尚湖开,此地端应有此才。[《题屈宛仙女士(秉筠)〈韫玉楼诗卷〉》]
> 竟与王韦争五字,只容杨李说三家。[《题家雪兰女士(德卿)

---

① 李元塏序见陈文述《颐道堂诗选》卷前《颐道堂诗选原序》,《续修四库全书》,上海:上海古籍出版社,2002 年,第 1504 册,第 509 页。
② 关于碧城女弟子,陈文述自述为二十多位,见《西泠闺咏》,但其弟子王兰修却说是三十多位,见其所辑《碧城仙馆女弟子诗》。诸女弟子对陈文述都非常景仰,如太原女诗人辛丝选有清一代诗,以陈文述诗品为第一。又嘉定"王仲兰年十八,与瑟婵交最密。……自镌红牙小印,曰'碧城私淑弟子'",见龚凝祚《西泠闺咏序》,陈文述《西泠闺咏》卷首,丁丙辑《武林掌故丛编》,北京:京华书局,1967 年,第 2583 页。
③ 陈文述《书梯仙阁楷书遗墨后》,《碧城题跋》卷二,道光二十二年颐道堂刊本,第 30 页 a—30 页 b。

〈静华馆诗集〉》]①

在这些女诗人中,吴藻是成就比较突出的一个,其《金缕曲》曾写出她在吴门拜师时的情形:"双桨横塘打。记当年、金钗问字,绛纱帷下。鹤市春深桃李放,亲见一门风雅。斗室里、围香不她。"②在陈文述的门下,她的个性得到进一步张扬,才华也得到进一步肯定。

在陈文述之前,清代极力倡导妇女文学的是袁枚。袁枚在理论上推崇妇女之诗才,并与宗经的文学传统沟通起来。其《随园诗话补遗》说:"俗称女子不宜为诗,陋哉言乎! 圣人以《关雎》、《葛覃》、《卷耳》冠三百篇之首,皆女子之诗。"③这就阐述了女子作诗的合理性。而在实践上,他广收女弟子,开办女子诗会,刊行女弟子诗,一时间,在社会上引起了极大的反响。

陈文述是袁枚的晚辈,二人并不认识,但陈文述对他的这位前辈却是非常景仰,非常敬佩的。其《书〈随园诗集〉后》二首之一说:"花月江山笔一支,牧之心迹似微之。君生太早吾生晚,惜未空山礼导师。"④向往之情见于言表。他的广收女弟子,显然也是袁枚精神的进一步表述。但陈文述的女弟子不仅多,而且不少人成就较高,所以陈文述想起袁枚的这些风雅之事,欣羡之馀,也有争胜之心,自得之情。其《随园女弟子湖楼请业图跋》说:"随园老人以旷代逸才生乾隆中叶,太平极盛之世,于石城桃叶间作寓公,颇足为六朝金粉生色。……余中年以后,闺媛中亦多问字者,近年眷属奉道,因亦劝其学道,若长洲家灵箫、金坛吴飞卿、青浦许定生,皆诚心礼诵,参悟真如,尤以钱塘吴蘋香为巨擘。此则随园女弟子所无也。"⑤这种感情是他对闺秀才女倾力提携褒扬心理的一种折射。吴藻生活在这样的氛围里,其天性中

---

① 分见陈文述《颐道堂诗外集》卷六,《续修四库全书》,第 1505 册,第 462、463、464 页。
② 吴藻《花帘词》,第 38 页 b—39 页 a。
③ 袁枚《随园诗话补遗》卷一,袁枚著,顾学颉校点《随园诗话》,北京:人民文学出版社,1982年,第 590 页。
④ 陈文述《颐道堂诗选》卷六,《续修四库全书》,第 1504 册,第 611 页。
⑤ 陈文述《碧城题跋》卷二,第 8 页 b—9 页 a。

第十章　才女与名士——吴藻《乔影》及其创作的内外成因

的追求自由的因子得到进一步发挥,原也是很自然的。

《乔影》中对饮酒读《骚》的追求,无疑是吴藻思想感情的一种折射。但值得提出的是,陈文述在品评闺秀作家时,也每与《离骚》相联系。如:

> 公子才名继松雪,美人家世有《离骚》。[《题屈宛仙女士(秉筠)〈韫玉楼诗卷〉》]
>
> 美人迟暮偏多病,寒女《离骚》不解忧。[《题钱塘孙苕玉女史(琦)〈萝轩诗稿〉》]
>
> 相思何必曾相识,读到《离骚》便忆君。(《寄题蒋茝香秋兰小影》)①

从这个意义来看,吴藻画《饮酒读〈骚〉图》,写咏《骚》诗,作《乔影》剧,都不是无缘无故的,可以从她的这位老师那里找到一点线索。

当然,谈到陈文述的思想,还不能忽略阮元的影响。对于阮元,陈文述一直非常敬重并以师视之。早在陈文述应举时,阮元视学浙江,就很推重陈氏诗文,以为诗"可及高、岑、王、李",文则"扬、班俦也"②。陈文述也一直服膺阮元之说,认为自己的诗歌见解多取之于这位老师③。作为一代大儒,阮元在许多方面都卓有成就。耐人寻味的是,和同为大儒的章学诚不同,他对妇女的创作持支持的态度,其《淮海英灵集》收录妇女诗作四十馀家,《两浙輶轩录》收录妇女诗文一百七十馀家。陈文述作为其弟子,当然也不能不受到影响。

将陈文述及其所吸取的诸种资源汇拢起来看,将吴藻周围的以陈文述为代表的文人群体集中起来看,就构成了吴藻创作环境的"名士氛围"。吴藻正是在这种氛围中才能发展这样的思想倾向,取得这样的创作成就的。

---

① 分见陈文述《颐道堂诗外集》卷六、卷八,《续修四库全书》,第1505册,第463、465、502页。
② 陈文述《颐道堂诗选自序》,《颐道堂诗选》,《续修四库全书》,第1504册,第506页。
③ 陈文述于《颐道堂诗选自序》中言:"余之从伯元先生游也久……所得绪论为多。"《颐道堂诗选》,《续修四库全书》,第1504册,第506页。

四、群体的意识

受到男性文人的鼓励,固然是吴藻性别意识高扬的重要助力,但她周围的女性作家群体尤有可说者。因为社会既然给妇女的创作提供了条件,其群体意识也必然强化,则彼此之间的交流也就多了起来。在这一过程中,一方面固然增强了姊妹情谊,另一方面,也使得共同的思想火花得到了碰撞,引发了思想上更密切的沟通,从而加强了彼此的影响。在吴藻所能接触或者有着比较直接关系的女性作家群体中,既有陈文述的诸女弟子,也有当时其他一些有成就的女作家。其中有四个人值得特别提出来。

1. 沈善宝(1808—1862)。沈善宝是杭州人,书画及诗文词皆工,为鼓励妇女创作,著有《名媛诗话》,从理论上加以阐扬。她是吴藻的盟妹,对吴藻非常推崇,曾有"浣露回环吟未了,瓣香私淑情难置。倘金针许度,碧纱前,当修贽"之语①。她的《满江红·渡杨子江感成》一词写道:"滚滚银涛,泻不尽、心头热血。想当年、山头擂鼓,是何事业。肘后难悬苏季印,囊中剩有文通笔。数古来、巾帼几英雄,愁难说。　望北固,秋烟碧。指浮玉,秋阳赤。把篷窗倚遍,唾壶击缺。游子征衫搀泪雨,高堂短鬓飞霜雪。问苍苍、生我欲何为? 空磨折。"②词中所表现的抑郁不平之气,和吴藻的许多作品正是相通的。

2. 汪端(1793—1838)。汪端字允庄,是陈文述子裴之的妻子。幼聪慧,七岁时曾赋《春雪》诗,时人以为不减谢道韫。她曾选有《明三十家诗选》,梁德绳序中赞之为"不特三百年诗学源流,朗若列眉,即三百年之是非得失,亦了如指掌。选诗若此,可以传矣"③。她还作有通俗小说《元明佚史》,一反成

---

① 沈善宝《满江红·题吴蘋香夫人花帘词稿》,《鸿雪楼词》,《小檀栾室汇刻闺秀词》本,第10页b。
② 沈善宝《鸿雪楼词》,《小檀栾室汇刻闺秀词》本,第7页b。
③ 梁德绳《明三十家诗选序》,汪端《明三十家诗选》卷首,同治十二年(1873)蕴兰吟馆重刊本,梁序第2页b。

王败寇之说,称扬张士诚的礼贤下士。她于当时诗人,特别推重落拓不遇的王昙和王嘉禄,称之为老王先生和小王先生。王昙下第后,曾招琵琶妓三十二人,祭西楚霸王之墓,有句曰:"如我文章遭鬼击,嗟渠身手竟天亡。"汪端如此欣赏这位奇特之士,显然对那种愤懑的怀抱深有会心。①

3. 顾春(1799—1877)。顾春字子春,号太清,本满洲西林觉罗氏,幼年家庭遭遇变故,被一顾姓包衣人所收养,乃姓顾。王鹏运论满洲词人,有"男中成容若,女中太清春"之语②,其实,放在整个清代词人中,她也能称为名家。她的作品,往往有对知音的追求,如《醉翁操·题云林〈湖月沁琴图〉小照》:"悠然。长天。澄渊。渺湖烟。无边。清辉灿灿兮婵娟。有美人兮飞仙。悄无言。攘袖促鸣弦。照垂杨、素蟾影偏。 羡君志在,流水高山。问君此际,心共山闲水闲?云自行而天宽。月自明而露泻。新声和且圆。轻徽徐徐弹。法曲散人间。月明风静秋夜寒。"③以及《霜叶飞·和周邦彦片玉词》:"萋萋芳草。疏林外、月华初上林表。断桥流水暮烟昏,正夜凉人悄。有沙际、寒蛩自晓。星星三五流萤小。见白露横空,那更对、孤灯如豆,清影相照。 昨夜梦里分明,远随征雁,迢递千里难到。西风吹过几重山,怅故人怀抱。想篱落、黄花开了。尊前谁唱凄凉调。应念我、凝情处,听雨听风,恨添多少。"④她曾题赠吴藻词一首,题为《金缕曲·题〈花帘词〉寄吴蘋香女士,用本集中韵》:"何幸闻名早。爱春蚕、缠绵作茧,丝丝萦绕。织就七襄天孙锦,彩线金针都扫。隔千里、系人怀抱。欲见无由缘分浅,况卿乎与我年将老。莫辜负,好才调。 落花流水难猜料。正无妨、冰弦写怨,云笺起草。有美人兮倚修竹,何日轻舟来到?叹空谷、知音偏少。只有莺花堪适兴,对湖光山色舒长啸。愿寄我,近来稿。"⑤这两位女词人虽是神交,但已许为知

---

① 谭正璧《中国女性的文学生活》,扬州:江苏广陵古籍刻印社,1998年,第394页。
② 冒广生《风雨楼本〈天游阁集〉前识语》引王鹏运语,见张璋编《顾太清奕绘诗词合集》,上海:上海古籍出版社,1998年,第707页。
③ 张璋编《顾太清奕绘诗词合集》,第270页。
④ 张璋编《顾太清奕绘诗词合集》,第183—184页。
⑤ 张璋编《顾太清奕绘诗词合集》,第206页。

音,赞为同调,可见二人在精神上的相通①。她还称赞沈善宝是"巾帼英雄异俗流",为其生为女子,有才不得施展而"怜君空负济川才"②。则顾氏本人的个性也略可窥见。

4. 陈端生(1751—1796?)。陈端生是闺秀中的奇才,以创作《再生缘》而知名。陈文述在其著作中曾记载了她的事迹。如《题从姊秋谷(长生)〈绘声阁诗集〉》之二:"湖山佳丽水云秋,面面遥山拥画楼。纱幔传经慈母训,璇机织锦女兄愁。龙沙梦远迷青海,(长姊端生适范氏,婿以累谪戍。)鸳牒香销冷玉钩。争似令娴才更好,金闺福慧竟双修。"③又《西泠闺咏·绘影阁咏家口口》序:"口口名口口,勾山太仆女孙也。适范氏。婿诸生,以科场事为人牵累谪戍。因屏谢膏沐,撰《再生缘》南词,托名女子郦明堂,男装应试及第,为宰相,与夫同朝而不合并,以寄别凤离鸾之感。"④陈端生深具男女平等的思想,眼见才女之才无处而得施,心中充满了愤懑不平,《再生缘》中的孟丽君实在就是她以之自比。陈端生的时代早于吴藻,二人不可能相识。但陈文述既然盛称陈端生,并以之入《西泠闺咏》,则吴藻对这位前辈应该不会陌生。无独有偶,和《再生缘》中的孟丽君一样,吴藻在《乔影》中也让谢絮才穿上了男装,大概不会是巧合。如果这一判断能够成立,则吴藻当然也受到了陈端生的影响。

以上事实足以说明,从乾隆到嘉庆、道光年间,相当一批闺秀才女的心中都涌动着一股不平之气,这是否意味着当时的社会发生了某种程度的变化呢?不过,这已是另外一个话题了。

---

① 按顾春《天游阁集》卷五有诗,题中说:"钱塘陈叟字云伯者,以仙人自居,著有《碧城仙馆词钞》,中多绮语,更有碧城女弟子十馀人,代为吹嘘。去秋曾托云林以《莲花筏》一卷、墨二锭见赠,予因鄙其为人,避而不受。今见彼寄云林信中有西林太清题其《春明新咏》一律,并自和原韵一律。此事殊属荒唐,尤觉可笑。"观此,顾春似乎不以陈文述广招女弟子为然,却又偏偏对其女弟子吴藻如此推重,同时也称许陈文述的儿媳汪端。内情如何,还待考察。顾诗见《顾太清奕绘诗词合集》,第116页。
② 二句分见顾春《题钱塘女史沈湘佩鸿雪楼诗集二首》,张璋编《顾太清奕绘诗词合集》,上海:上海古籍出版社,1998年,第96页。
③ 陈文述《颐道堂诗外集》卷六,《续修四库全书》,第1505册,第464—465页。
④ 陈文述《西泠闺咏》卷十五,丁丙辑《武林掌故丛编》,第2698页。

第十一章　说诗与作诗
——从林黛玉的两重性看小说与诗歌传统

小说作为一种文体，在中国的发展虽然几经曲折，但至唐代已经具有比较成熟的观念，所以鲁迅有唐人"始有意为小说"的论述[①]，堪称非常准确的判断。唐人传奇所体现的诸成就，有一个重要的方面，即"文备众体"。此后，这一传统即成为中国小说创作的主要特点之一，而至《红楼梦》则发展到顶峰。《红楼梦》内容丰富，艺术表现力强，文体也涵盖甚广，举凡诗词曲赋、歌谣谚赞、骈散之文、酒令灯谜等，不仅包罗广泛，而且成就极高。其中，尤以诗词艺术的高度个性化——表现的深切和描写的生动等，深得后世读者的赞赏[②]。

《红楼梦》中有不少讨论诗歌的意见，都是通过书中人物之口说出的。这些意见，是曹雪芹塑造人物的重要方式之一，但在艺术效果上，又有两种情形。一是借人物以论诗，意在说明人物的见识，诗作是诗论的体现，诗论也可以作为诗作的指导。如第三十七回宝钗论写咏物诗："不过是白海棠，

[①] 鲁迅《中国小说史略》，鲁迅先生纪念委员会编《鲁迅全集》，北京：人民文学出版社，1973年，第9册，第211页。
[②] 本文所引《红楼梦》的文字，均见人民文学出版社1982年版《红楼梦》，该书由中国艺术研究院红楼梦研究所校注，以《脂砚斋重评石头记》庚辰本为底本，参校诸本。关于《红楼梦》的版本，学界争论尚多，本文不拟涉及。又，本文所探讨的问题大致集中在前八十回，所以也不涉及续书问题。

又何必定要见了才作？古人的诗赋也不过都是寄兴写情耳,若都是等见了作,如今也没这些诗了。"这是具有普遍意义的诗论,追求脱略的思致,不为行迹所拘。不过,由于在书中不存在对比,既没有和他人的对比,也没有和自己前后的对比,人物的言与行是一致的,所以也就仅仅停留在人物诗识的层面,是对人物的文学品质的一种说明。另一种也是借人物以论诗,虽然也体现人物的见识,但在小说的发展中却无法完全保持其自足性,致使人物的言论与其在书中的表现出现了一定程度上的游离,如林黛玉对学诗师法取径的论述和她自己的实际创作就有相当的不同。《红楼梦》一向以前后勾连紧凑、呼应严密著称,所以这一现象值得讨论。

一、林黛玉关于诗歌的观点

林黛玉论诗,见于《红楼梦》第四十八回,因香菱欲学诗而起。文字如下：

且说香菱见过众人之后,吃过晚饭,宝钗等都往贾母处去了,自己便往潇湘馆中来。此时黛玉已好了大半,见香菱也进园来住,自是欢喜。香菱因笑道："我这一进来了,也得了空儿,好歹教给我作诗,就是我的造化了！"黛玉笑道："既要作诗,你就拜我作师。我虽不通,大略也还教得起你。"香菱笑道："果然这样,我就拜你作师。你可不许腻烦的。"黛玉道："什么难事,也值得去学！不过是起承转合,当中承转是两副对子,平声对仄声,虚的对实的,实的对虚的,若是果有了奇句,连平仄虚实不对都使得的。"香菱笑道："怪道我常弄一本旧诗偷空儿看一两首,又有对的极工的,又有不对的,又听见说'一三五不论,二四六分明'。看古人的诗上亦有顺的,亦有二四六上错了的,所以天天疑惑。如今听你一说,原来这些格调规矩竟是末事,只要词句新奇为上。"黛玉道："正是这个道理,词句究竟还是末事,第一立意要紧。若意趣真了,连词句不用修饰,自是好的,这叫做'不以词害意'。"香菱笑道："我只爱陆放翁

第十一章　说诗与作诗——从林黛玉的两重性看小说与诗歌传统 / 247

的诗'重帘不卷留香久,古砚微凹聚墨多',说的真有趣!"黛玉道:"断不可学这样的诗。你们因不知诗,所以见了这浅近的就爱,一入了这个格局,再学不出来的。你只听我说,你若真心要学,我这里有《王摩诘全集》,你且把他的五言律读一百首,细心揣摩透熟了,然后再读一二百首老杜的七言律,次再李青莲的七言绝句读一二百首。肚子里先有了这三个人作了底子,然后再把陶渊明、应玚、谢、阮、庾、鲍等人的一看。你又是一个极聪敏伶俐的人,不用一年的工夫,不愁不是诗翁了!"

这一段,堪称形象的古典诗歌创作的教科书,在逻辑层次上,有渐次递进的关系。首先,入手从近体律诗开始,重点放在声韵格律上,详细解释承接对仗之类的技巧①,这是从汉语的特点出发,先解决"写得像"的问题。其次,近体诗虽然重视声韵格律,但又不能一味讲求形式,必须恰当地处理形式和内容的关系,以立意为主。如果形式和内容发生矛盾,宁可"不以词害意"。再次,立意也有高下雅俗之分,所以功夫要从上做起。最后,对于初学者来说,功夫从上做起的关键是选择合适的师法对象,并按照一定的顺序渐次进步。

林黛玉论诗,提出了广泛学习和选择师法对象的问题,这在中国诗歌批评史上虽然并不鲜见,但究其具体思路,却和宋代严羽的《沧浪诗话》有着直接渊源②。严羽其人生活在南宋中后期,其《沧浪诗话》体大思精,见解深刻,堪称中国诗歌批评的扛鼎之作,不过在当时,却因为"持论伤太高"而"与世或龃龉"③,不被理解,默默无闻。林黛玉斥去陆游一路,倡导盛唐、魏晋,持论之高,也是同一思理。试比较《沧浪诗话》中以下两段:

---

① 按关于对仗,林黛玉说"虚的对实的,实的对虚的",可能是作者或传抄者的笔误,因为按照律诗一般的写作规律,应该是虚对虚,实对实。参《红楼梦》,第664页注释。
② 参看蔡义江《红楼梦诗词曲赋鉴赏》,北京:中华书局,2001年,第470页。
③ 戴复古《祝二严》,《石屏诗集》卷一,《四部丛刊初编》本,第18页a。

天下有可废之人，无可废之言。诗道如是也。若以为不然，则是见诗之不广，参诗之不熟耳。试取汉魏之诗而熟参之，次取晋宋之诗而熟参之，次取南北朝之诗而熟参之，次取沈、宋、王、杨、卢、骆、陈拾遗之诗而熟参之，次取开元、天宝诸家之诗而熟参之，次独取李、杜二公之诗而熟参之，又取大历十才子之诗而熟参之，又取元和之诗而熟参之，又尽取晚唐诸家之诗而熟参之，又取本朝苏、黄以下诸家之诗而熟参之，其真是非自有不能隐者。倘犹于此而无见焉，则是野狐外道，蒙蔽其真识，不可救药，终不悟也。

夫学诗者以识为主，入门须正，立志须高，以汉、魏、晋、盛唐为师，不作开元、天宝以下人物。若自退屈，即有下劣诗魔入其肺腑之间，由立志之不高也。行有未至，可加工力，路头一差，愈骛愈远，由入门之不正也。故曰：学其上，仅得其中；学其中，斯为下矣。又曰：见过于师，仅堪传授；见与师齐，减师半德也。工夫须从上做下，不可从下做上。先须熟读《楚词》，朝夕讽咏，以为之本。及读《古诗十九首》，乐府四篇，李陵、苏武、汉魏五言皆须读熟，即以李、杜二集枕藉观之，如今人之治经，然后博取盛唐名家酝酿胸中，久之自然悟入。虽学之不至，亦不失正路，此乃是从顶颎上做来，谓之向上一路，谓之直截根源，谓之顿门，谓之单刀直入也。

前者讲熟参，后者讲选择；熟参不是盲目地汲取，选择是对诗史了解之后的提升。林黛玉的思路大致也是如此。不过，严羽所指出的学诗道路在程序上是严格地由前到后，从上做起，而林黛玉则似乎是由后溯前，其中又有并非严格依时间顺序处，应该如何理解？

林黛玉为香菱安排的学诗顺序是这样的："你若真心要学，我这里有《王摩诘全集》，你且把他的五言律读一百首，细心揣摩透熟了，然后再读一二百首老杜的七言律，次再李青莲的七言绝句读一二百首。肚子里先有了这三

第十一章　说诗与作诗——从林黛玉的两重性看小说与诗歌传统 / 249

个人作了底子,然后再把陶渊明、应玚、谢、阮、庾、鲍等人的一看。"①从中可以看出,第一,学诗从王维、杜甫、李白的近体开始,仍然是取法乎上,因为从诗体发展成熟的时间看,近体虽然从齐梁开始即声色大备,但其最终成熟却在唐代,至上述三人,更是在不同方面发展到极致。第二,特别提出王维之五律、杜甫之七律、李白之七绝,也确为三人之所独擅,有前人诗评为证。如高步瀛《唐宋诗举要》引姚鼐语:"盛唐人诗固无体不妙,而尤以五言律为最。此体中又当以王、孟为最,以禅家妙悟论诗者正在此耳。"②施补华《岘佣说诗》:"少陵七律,无才不有,无法不备。"③沈德潜《说诗晬语》卷上:"七言绝句以语近情遥、含吐不露为主,只眼前景、口头语,而有弦外音、味外味,使人神远。太白有焉。"④第三,林所提出的由近体到古体的途径,乃是从有形到无形,与所谓"魏晋古诗,气象混沌,难以句摘"⑤,在品质上是相似的。照此办理,则指出了具体的门径,便于初学的具体操作。第四,严羽持论甚高,当时已经引起非议,他周围多为江湖诗人,彼此取向不同,因而他心目中的学诗对象是虚的,操作方式也就显得比较笼统,而林黛玉所面对的是具体的对象,所以方法比较具体,更具有实践性。因此,林黛玉所论虽然可以看作是严羽诗论的某种回响,但就操作层面而言,无疑更为切合实际。

那么,林黛玉为何贬斥陆游的诗,认为"断不可学这样的诗"呢?这是因为陆游这一路诗近于浅俗,得来太过容易,初学者从这里入门,就可能写滑了手,改不过来,无法进一步提升。陆游此诗题为《书室明暖终日婆娑其间倦则扶杖至小园戏作长句》,共二首,此为其二,全诗如下:"美睡宜人胜按摩,江南十月气犹和。重帘不卷留香久,古砚微凹聚墨多。月上忽看梅影

---

① 按林黛玉在这里所提到的杜甫和李白的诗歌数字可能有误。今存杜甫诗共1458首,其中七律151首,所谓"一二百首"尚为大略言之,但李白今存诗近千首,其中绝句93首,七言绝句则只有45首,说"李青莲的七言绝句读一二百首",则可能是偶然之失了。
② 高步瀛《唐宋诗举要》,香港:文海书局,1970年,第421页。
③ 王夫之等《清诗话》,北京:中华书局,1963年,第990页。
④ 王夫之等《清诗话》,第542页。关于学诗的进阶程序,欧丽娟有所论述,参看其《诗论红楼梦》,台北:里仁书局,2001年,第152—158页。
⑤ 严羽著,郭绍虞校释《沧浪诗话校释》,北京:人民文学出版社,1961年,第151页。

出,风高时送雁声过。一杯太淡君休笑,牛背吾方扣角歌。"①描写士大夫闲暇的心境,也不能说没有意趣,但是比较普通,而在文字修饰上则花了太多的功夫,对仗尤其讲究,近于板滞。中国古代诗歌的创作,也和其他艺术样式一样,当它的形式被确定下来以后,有创造性的作家往往就要打破旧有均衡,在不和谐中进一步追求新的和谐。因此,近体诗自唐代沈、宋时期完全成熟后,就有杜甫开始大力创作拗体律诗,发展到宋代,就成为一种新的美学追求。例如,关于律诗的对仗,如果过求工稳整齐,影响气脉,那也是一病,是"俗"的一种表现。

南宋江湖诗派的诗歌有非常近俗的一面,而江湖诗派的成员大多非常推崇陆游,如该派领袖刘克庄在其《后村诗话》中就曾这样写道:"古人好对偶被放翁用尽:'箸纸尾','摸床棱';'烈士壮心','狂奴故态';'生希李广名飞将,死慕刘伶赠醉侯';'下泽乘车','上方请剑';'酒宁剩欠寻常债,剑不虚施细碎仇';'空虚腹','垒块胸';'爱山入骨髓,嗜酒在膏肓';'手板','肩舆';'鬼子','天公';'贵人自作宣明面,老子曾闻正始音';'床头周易','架上汉书';'温卷','热官';'醉学究','病维摩';'无事饮','不平鸣';'乞米帖','借车书';'曲道士','楮先生';'土偶','天公';'长剑拄颐','短衣掩胫';'已得丹换骨','肯求香返魂';'子午谷','丁卯桥';'洛阳二顷','光范三书';'酒圣','钱愚';'茶七碗','稷三升';'一弹指','三折肱';'天女散花','麻姑掷米';'玉麈尾','金裊蹄';'虎头','鸡肋';'金鸦嘴','玉辘轳';'客至难令三握发,佛来仅可小低头';'百衲琴','双钩帖';'藏经','阁帖';'摩诘病说法,虞卿穷著书';'读书十纸','上树千回';'风汉','醉侯';'见虎犹攘臂,逢狐肯叩头';'天爱酒','地埋忧';'一齿落','二毛侵';'痴顽老','矍铄翁';'曲肱','纵理';'竹郎','木客';'百钱挂杖','一锸随身';'百瓮蘁','两囷枣';'炼炭','劳薪';'铜臭','饭香';'记书身大似椰子,忍事瘿生如瓠壶';'笑尔辈','爱吾庐';'僧坐夏','士防秋';'麈尾清

---

① 陆游著,钱仲联校注《剑南诗稿校注》卷三十一,上海:上海古籍出版社,1985年,第2080页。

谈','蝇头细字';'岩下电','雾中花';'唐夹寨','楚成皋'。《剑南集》八十五卷,凡八千五百首,《别集》七卷不预焉。其似此者不可殚举,姑记一二于此。"①不少江湖诗人正是模仿了这一路,所以严羽作《沧浪诗话》,主要目的之一就是批评江湖诗派,他的这一思路,也就被历代评论家所继承②。林黛玉之所论,可以视为这一理论在小说创作中的回应。

二、林黛玉的诗歌创作取向

在《红楼梦》中,林黛玉是创作诗歌最多的人物之一,也是作者最着意作为诗人去刻画的形象之一。林黛玉所创作的诗,基本上都是她有感于生活中所发生的事情,借以抒发身世之感,非常个人化和情感化,很难将之纳入某种格套。南朝梁代钟嵘所提出的"直寻"③,宋代戴昺辨析风格时提出的"性情元自无今古,格调何须辨宋唐"④,都可移来作为对她诗歌的评价。但是,作为具体的创作实践,放在中国诗史中,林黛玉的诗歌仍然有迹可循,只是我们所寻觅出的痕迹和她的诗歌主张并不能完全吻合。试说之如下。

和作为一个主要人物的精彩出场不同,作为一个诗人的林黛玉的出场是平淡的。元妃省亲时的大观园题咏是林黛玉诗才的第一次展露,她写了《世外仙源》和《杏帘在望》(代宝玉所拟)两首。前首云:"名园筑何处,仙境别红尘。借得山川秀,添来景物新。香融金谷酒,花媚玉堂人。何幸邀恩宠,宫车过往频。"后首云:"杏帘招客饮,在望有山庄。菱荇鹅儿水,桑榆燕子梁。一畦春韭绿,十里稻花香。盛世无饥馁,何须耕织忙。"二诗笔力皆不

---

① 刘克庄《后村诗话》前集卷二,见吴文治主编《宋诗话全编》,南京:江苏古籍出版社,1998年,第8375—8376页。
② 参看拙著《江湖诗派研究》,北京:中华书局,1995年,第116—118页。
③ 钟嵘《诗品》曰:"至乎吟咏情性,亦何贵于用事?'思君如流水',既是寓目;'高台多悲风',亦惟所见;'清晨登陇首',羌无故实;'明月照积雪',讵出经史。观古今胜语,多非补假,皆由直寻。"钟嵘著,陈延杰注《诗品注》,北京:人民文学出版社,1980年,第4页。
④ 戴昺《有妄论宋唐诗体者答之》,见戴氏《东野农歌集》卷四,《景印文渊阁四库全书》,台北:台湾商务印书馆,1986年,第1178册,第699页。

强,如果说是为应制之体所限,但应制亦可表现出气象,即如林黛玉所推崇的盛唐诗,就有不少颇有气象的作品,如以下几首:

> 梁王池馆好,晓日凤楼通。竹町罗千卫,兰筵降两宫。清歌芳树下,妙舞落花中。臣觉筵中听,还如大国风。(张说《侍宴武三思山第应制赋得风字》)

> 回銮青岳观,帐殿紫烟峰。仙路迎三鸟,云衢驻两龙。园林看化塔,坛墠识徐封。山外闻箫管,还如天上逢。(张说《侍宴蘘荷亭应制》)①

> 侍从有邹枚,琼筵就水开。言陪柏梁宴,新下建章来。对酒山河满,移舟草树回。天文同丽日,驻景惜行杯。(王维《奉和圣制赐史供奉曲江宴应制》)

> 万乘亲斋祭,千官喜豫游。奉迎从上苑,祓禊向中流。草树连容卫,山河对冕旒。画旗摇浦溆,春服满汀洲。仙乐龙媒下,神皋凤跸留。从今亿万岁,天宝纪春秋。(王维《三月三日曲江侍宴应制》)②

如果说林黛玉不长于写此类作品,可她又懂得如何颂圣;如果是林黛玉不屑于写此类作品,可以她的争强好胜,以及她在诗学方面的修养,写得中规中矩想也不难。试比较宝钗所题《凝晖钟瑞》:"芳园筑向帝城西,华日祥云笼罩奇。高柳喜迁莺出谷,修篁时待凤来仪。文风已著宸游夕,孝化应隆归省时。睿藻仙才盈彩笔,自惭何敢再为辞。"就更加堂堂正正,有盛唐之风,是

---

① 张诗分见彭定求等编《全唐诗》卷八十七,北京:中华书局,1960年,第943、944页。
② 王诗分见彭定求等编《全唐诗》卷一百二十六,第1265页;卷一百二十七,第1286页。

第十一章 说诗与作诗——从林黛玉的两重性看小说与诗歌传统 / 253

应制正体①。也许,曹雪芹并不想让林黛玉在这个无法真正体现诗才的地方纠缠,因而一笔带过,不过,他却没有考虑到让林黛玉一直保持尊崇盛唐的形象。

在《红楼梦》中,林黛玉的诗作既多,又涉及不同的文体,笼统讨论其风格取向,似乎有一定的困难,但若说和盛唐之风相去较远,则似乎可以成立。以下就其歌行、七律和七绝略作分析。

歌行。在《红楼梦》中,歌行差不多为林黛玉所独擅,举其著者,如《葬花吟》、《代别离·秋窗风雨夕》等,都写得声情并茂,感人至深。不过,从风格上看,这些作品却明显有初唐之风,甚至后者即明言是"拟《春江花月夜》之格"。试看林黛玉《葬花吟》:"柳丝榆荚自芳菲,不管桃飘与李飞。桃李明年能再发,明年闺中知有谁。""尔今死去侬收葬,未卜侬身何日丧。侬今葬花人笑痴,他年葬侬知是谁。"以及《代别离·秋窗风雨夕》:"秋花惨淡秋草黄,耿耿秋灯秋夜长。已觉秋窗秋不尽,那堪风雨助凄凉。助秋风雨来何速,惊破秋窗秋梦绿。抱得秋情不忍眠,自向秋屏移泪烛。"比较刘希夷的《代悲白头翁》:"洛阳城东桃李花,飞来飞去落谁家。洛阳女儿好颜色,坐见落花长叹息。今年花落颜色改,明年花开复谁在。已见松柏摧为薪,更闻桑田变成海。古人无复洛城东,今人还对落花风。年年岁岁花相似,岁岁年年人不同。"②张若虚的《春江花月夜》:"江天一色无纤尘,皎皎空中孤月轮。江畔何人初见月,江月何年初照人。人生代代无穷已,江月年年只相似。不知江月待何人,但见长江送流水。白云一片去悠悠,青枫浦上不胜愁。谁家今夜扁舟子,何处相思明月楼。"③句式格调都多有可以互参之处④,声情律调甚至

---

① 其实,薛宝钗才是写诗处处学盛唐,她"很讲究合乎大家闺秀的礼,涵养功夫极深,作诗以盛唐为宗,追求含蓄浑厚。"蔡义江《红楼梦诗词曲赋鉴赏》,北京:中华书局,2001年,第176页。
② 彭定求等编《全唐诗》卷八十二,第865—866页。
③ 彭定求等编《全唐诗》卷一百十七,第1184页。
④ 按"惊破秋窗秋梦绿"诸句,则颇似李贺,如其《浩歌》:"漏催水咽玉蟾蜍,卫娘发薄不胜梳。看见秋眉换新绿,二十男儿那剌促。"又《湘妃》:"蛮娘吟弄满寒空,九山静绿泪花红。"分别见李贺著,王琦等笺注《李贺诗歌集注》卷一,上海:上海人民出版社,1979年,第72、84页。

意蕴也颇为相似。

七律。大观园起诗社，林黛玉每以七律技压群芳，如菊花社中被李纨评为第一的《咏菊》曰："无赖诗魔昏晓侵，绕篱欹石自沉音。毫端蕴秀临霜写，口角噙香对月吟。满纸自怜题素怨，片言谁解诉秋心。一从陶令平章后，千古高风说到今。"咏物寄怀，感伤身世，确是佳作。不过林黛玉自己却说："我那首也不好，到底伤于纤巧些。"虽是谦虚之言，就缺少浑厚之气这一点来看，却也如实。又如海棠社中被众人评为第一而被李纨改为第二的《咏白海棠》："半卷湘帘半掩门，碾冰为土玉为盆。偷来梨蕊三分白，借得梅花一缕魂。月窟仙人缝缟袂，秋闺怨女拭啼痕。娇羞默默同谁诉，倦倚西风夜已昏。"写得镂刻尖新，雕琢而不失自然，整体上却更像宋调，而非唐音。这从句法或用典上也可以看出来。可以用来进行比较的如苏轼《次韵杨公济奉议梅花十首》之一："梅梢春色弄微和，作意南枝剪刻多。月黑林间逢缟袂，霸陵醉尉误谁何。"[1]卢梅坡《雪梅》："梅雪争春未肯降，骚人阁笔费评章。梅须逊雪三分白，雪却输梅一段香。"[2]这些出自宋人之手的作品，都可以让我们看出林黛玉诗句所自出。

七绝。七绝也是林黛玉喜爱的诗体，这里仅举被宝玉"赞不绝口"的《五美吟》为例。《五美吟》是一组咏史之作。在中国文学史上，题为"咏史"的作品最早可以追溯到左思的《咏史》诗八首，但咏史往往实为咏怀，即如沈德潜所说："太冲《咏史》，不必专咏一人，专咏一事，己有怀抱，借古人事以抒写之，斯为千秋绝唱。"[3]放在这一特定系统来考虑，则阮籍《咏怀》诗八十二首已开其端。沿至唐代，陈子昂《感遇》诗三十八首、张九龄《感遇》诗十二首、李白《古风》五十九首共同构建了这一传统。不过，发展到晚唐，虽然咏史往往还是咏怀，可是题材的单一性更为明显，因而在某种意义上，咏史便可以被视为一个独特的部类，如胡曾的大规模咏史诗，即代表着这种题材的更趋成熟。由此来考察林黛玉的《五美吟》，恰可以在晚唐咏史诗的系列中找到

---

[1] 苏轼著，王文诰辑注，孔凡礼点校《苏轼诗集》卷三十三，北京：中华书局，1982，第1736页。
[2] 刘克庄编，胡问侬、王皓叟校注《后村千家诗校注》，贵州：贵州人民出版社，1986，第188页。
[3] 沈德潜《说诗晬语》卷下，见王夫之等《清诗话》，第550页。

参照。论者曾经指出晚唐王涣的《惆怅诗》十二首是《五美吟》的直接渊源，十二篇作品皆为七言绝句，其中有十首咏女子，分别为崔莺莺、李夫人、谢秋娘、乐昌公主、杨贵妃二首、霍小玉、绿珠、张丽华、王昭君，而且兼及历史上之女子与小说中之女子，借以抒怀，都和林黛玉之所作若合符契。欧丽娟因此指出："无论是内容题材、形式体制、组织结构或表现风格各方面，王涣的《惆怅诗》十二首都与林黛玉的《五美吟》最为接近，也使得《红楼梦》与晚唐诗之密切关系再次得到证明。"①欧氏说得很有道理，但还要略作补充，即关于"表现风格"，林黛玉诸作比较新巧，这和盛唐的浑成判然有别，而和晚唐的风格非常相似，这是需要从整体上去加以体味的。

所以，我们基本上可以说，林黛玉虽然在创作理论尤其是师法对象上有比较明确的追求，却并没有完全体现在她的创作实际之中。

三、论诗和写诗不统一的原因试测

《红楼梦》中林黛玉诗论中所体现的一些创作追求和她本人创作实际不相符合的现象，是一个饶有兴味的问题。《红楼梦》作为一部体大思精的作品，许多事实已经证明其结构的严谨和勾连的细密，因此我们不能草率地认定它的作者曹雪芹出现失察。但是，问题确实是存在的。下面我们就试着从创作的层面予以解释。

首先，小说中生活情境的展开，决定了林黛玉诗歌创作的基本风貌。《红楼梦》情节的发展，对于林黛玉来说，基本上就是一个少女在一个规定好了的环境中感伤身世，她的喜怒哀乐都是她本人生活变化的体现，带有其个性与遭际的明显痕迹，而她的生活环境，相对来说却是较为狭窄的。从她所推崇的盛唐诗人来看，王维号称"诗佛"，杜甫号称"诗圣"，李白号称"诗仙"，他们诗歌主体风格的形成，除了和性分、才力、学识有关外，还和他们所处的时代有关，和他们对时代的感受以及在时代中的表现有关，而林黛玉则显然

---

① 欧丽娟《诗论红楼梦》，第 446 页。

不具备这样的条件,所以她的诗不可能自然地具有她本人所向慕的那些诗人的风格。作为一个少女,尽管她从小被当作"假子"看待,也入学读书,但进贾府之时,也还"只刚念了《四书》",就算她涉猎广泛,以她的年龄,对如此高妙的诗歌境界恐也无法将其完全贯通到自己具体的生活情境中,除非她有意模仿,那又不一定有真性情了。不过,以林黛玉的脱俗,如此论诗方才符合她的形象,此又不能仅仅认为曹雪芹故意以此炫才而已。所以,作者从精神层面出发,赋予林黛玉以具有超越性的文学思想,成为作者本人的代言人;而在小说的具体情节发展中,则不得不按照生活的逻辑处理。这是一个作者志意和人物生活之间的矛盾,处理方式或许有龃龉之处,但也有值得理解的地方。

其次,林黛玉身上出现的这个现象其实也是实际生活的某种反映,即批评和创作之间的不平衡。这一点,《红楼梦》中其他的地方也曾有所涉及。如第三十七回探春倡议结海棠社,大观园中诸人一齐响应,但吟社的掌坛之人却是李纨。李纨其人,以其贤良方淑的品格在贾府有着崇高的威信,但作诗却似乎并非强项。诚如她自己所一再谦称的,是"不会作诗"、"不能作诗",偶然的创作表现,如元妃省亲时"勉强凑成一律",也确实不见精彩。诗云:"秀水明山抱复回,风流文采胜蓬莱。绿裁歌扇迷芳草,红衬湘裙舞落梅。珠玉自应传盛世,神仙何幸下瑶台。名园一自邀游赏,未许凡人到此来。"即使除去应制祷颂因而多有限制的因素,这首诗也平平。正如蔡义江所评:"她所作的七律,也很符合这种虽乏才情,但尚有修养的情况:诗中或凑合前人诗句,或借用唐诗熟事,都还平妥稳当。"①但这并不影响她在众人心目中的地位,其原因,正如第三十七回结海棠社时宝玉所说:"稻香老农虽不善作,却善看,又最公道,你就评阅优劣,我们都服的。"宝玉的这个看法,众人也都同意。"善看",就是有眼光,有识力,书中的描写也证明了这一点。如海棠社诸作,当众人写完,黛玉打好腹稿之际,宝玉认为探春的好,李纨推重宝钗的诗"有身份",而当黛玉写了出来,众人就"都道是这首为上"。不

---

① 蔡义江《红楼梦诗词曲赋鉴赏》,第148页。

过,最后李纨却是这样总结:"若论风流别致,自是这首(按指林黛玉之作);若论含蓄浑厚,终让蘅稿。"于是一锤定音,推薛诗第一,林诗次之。第三十八回菊花社,又是李纨加以总评:"通篇看来,各人有各人的警句。今日公评:《咏菊》第一,《问菊》第二,《菊梦》第三。题目新,诗也新,立意更新,恼不得要推潇湘妃子为魁了。然后《簪菊》、《对菊》、《供菊》、《画菊》、《忆菊》次之。"众人也都无异议,非常服气。

在包括诗歌创作在内的文学活动中,眼高手低原是普遍的现象,善评诗者无法将观点完全落实到自己的创作过程中,也并不罕见。古代的批评家已经指出过这一问题,如吴乔《围炉诗话》卷四:"读诗与作诗,用心各别:读诗心须细密,察作者用意如何,布局如何,措词如何,如织者机梭,一丝不紊,而后有得于古人。只取好句,无益也。作诗须将古今人诗一帚扫却,空旷其心,于茫然中忽得一意,而后成篇,定有可观。"[①]如果这个说法可以成立,则心手不合的现象就完全可以理解。以古人而言,远的如梁代锺嵘,其作《诗品》,识力精湛,颇有盛名,可是本身却未有作品流传,不免使人心生疑窦,于是陈仅借答问这样说道:"问:锺嵘《诗品》为千古评诗之祖,而记室之诗不传,岂善评诗者反不能诗乎?"答曰:"非特善评诗者不能诗,即善吟诗者多不能评诗。……因知人各有能不能也。"[②]近的如宋代的严羽,其《沧浪诗话》,提倡盛唐,鼓吹兴象,有大名于后世,但其所自为诗,钱锺书曾这样评道:"批评家一动手创作,人家就要把他的拳头塞他的嘴——毋宁说,使他的嘴咬他的手。大家都觉得严羽的实践远远不如他的理论。他论诗着重'透彻玲珑'、'洒脱',而他自己的作品很粘皮带骨,常常有摩仿的痕迹。"[③]具体来说,他提倡盛唐,而自己的诗,用尽功力,却往往只能到达中唐。如《和上官伟长芜城晚眺》:"平芜古堞暮萧条,归思凭高黯未消。京口寒烟鸦外灭,历阳秋色雁边遥。清江木落长疑雨,暗浦风多欲上潮。惆怅此时频极目,江南江北

---

① 吴乔《围炉诗话》卷四,台北:广文书局,1973年,第310页。
② 陈仅《竹林答问》,见郭绍虞编,富寿荪校点《清诗话续编》,上海:上海古籍出版社,1983年,第2250页。
③ 钱锺书《宋诗选注》,北京:人民文学出版社,1982年,第297页。

路迢迢。"程师千帆评道:"在江西派推尊杜甫,继而四灵及江湖派学习晚唐的时候,严羽独具只眼,提倡学盛唐。但由于才力不及,并不能达到李白、杜甫、王维、孟浩然所达到的高度。如这首写得不错的诗,风格倒颇接近大历十子中的刘长卿。"①

由此看来,林黛玉的诗论与诗作出现彼此矛盾的现象,置于《红楼梦》全书的艺术架构中,似乎有前后勾连不够紧密之嫌,但如果从创作与生活的关系即生活决定创作出发,从诗歌创作中实际存在的心手不应的状况来看,则也可以予以理解。

四、馀论:关于小说中诗词创作的一点思考

尽管如此,林黛玉的形象在这里毕竟有所分裂,这或者可以认为是小说创作中作为代言的诗词所面临的某种困境。

所谓代言,就是把作者的创作当成书中人物的创作。这是刻画人物的重要方式之一,但对作者也提出了非常高的要求,因为代言诗词时,不仅要考虑人物的身份、地位、修养、学识等,而且还要考虑历史背景、情节发展等,这些方面的任何一点疏忽都会给全书的逻辑进程造成损失。《三国演义》中刘备去隆中恳请诸葛亮出山,如我们所熟知的,他第三次才见到诸葛亮。诸葛亮在房里睡觉,刘备不敢打搅,就在外面等候。良久,诸葛亮才睡足,醒来以后,吟诗一首。诗云:"大梦谁先觉,平生我自知。草堂春睡足,窗外日迟迟。"这是一首非常有名的诗,很好地刻画了虽然以隐士自居,却又胸怀天下的诸葛亮的形象。不过,作者千虑一失,却没有考虑到,这是一首声韵格律都非常严格的五言绝句,而在诸葛亮生活的三国时期,对诗歌声律的探讨还没有展开,因而不可能出现这样的作品。当然,这并不是什么致命的缺点,但就应该尽量追求达成历史真实的历史小说来说,仍然是一个美中不足之处。

---

① 程师千帆《宋诗精选》,南京:江苏古籍出版社,1992年,第292—293页。

所以，作者代书中人物写诗，如果只是一般意义上的抒情言志，则对于具有创作能力的作者来说，一般尚不是太大的问题，顶多只有工拙之分。但是，一旦将情境具体化，则所处理的问题就更为复杂。即如林黛玉，既要让她的创作符合她本人的年龄、身份、情怀、口吻，又要顾及为了宣扬她的学识从她口中说出的诗歌理论，并水乳交融地置于作品之中，还要考虑情节发展，保持其一贯性，这是一件非常困难的事。如果说，曹雪芹在这个问题上确有失察的话，那可能是因为他把这个问题处理得太实了。或者，尽可能避免具体的因果关系，也就是给予一定的虚化，才是处理这类问题的最佳方式。

退一步说，在《红楼梦》中，即使非常实地处理这个问题，其实也完全可以在某些可能予以协调的地方加以呼应，比如第十七回至十八回《大观园试才题对额　荣国府归省庆元宵》，林黛玉所作一诗以及代宝玉所拟一诗，虽然在众作中也算不错，但距离其所标榜的境界仍有不小距离，而这种应制颂圣一类作品原是可以只见才情，而与性格经历等无关的，曹雪芹完全可以代她写得更具有盛唐之风。

从这个意义上来看《红楼梦》中林黛玉的论诗和写诗，我们虽不必求全责备，但似乎也应该把它看作小说中运用代言的一个问题来提出，以便更好地加以思考。

附录

附录一 写实或寄托
——关于《妾薄命叹》的解读

一、《妾薄命叹》的年代

《鬼董》中收录了一首长篇乐府诗,题为《妾薄命叹》,凡 500 句,2534 字。在中国文学史中,某些公认的长篇巨作,如《离骚》2400 多字,《孔雀东南飞》1765 字,韦庄《秦妇吟》1667 字,长度都不如它。此诗《全宋诗》失收,但近年来已引起有关学者的注意,并谓之宋代女性最长的诗[①]。其实,即使把男作家考虑在内,甚至放在整部文学史中,恐怕也是最长者之一[②]。

收录此诗的《鬼董》,一作《鬼董狐》。《世说新语》之《排调》云:"干宝向刘真长叙其《搜神记》,刘曰:'卿可谓鬼之董狐。'"刘孝标注干宝撰《搜神记》之本事云:"《孔氏志怪》曰,宝父有嬖人,宝母至妒,葬宝父时,因推著藏中。

[①] 吴宗海《〈全宋诗〉小札》,载《文学遗产》2001 年第 1 期。
[②] 钱锺书《谈艺录》在言及中国古典诗歌的长度时,也谈到《妾薄命叹》,略谓:"吾国古人五七言长篇无过潘少白谙《林阜间集·诗集》卷五《万里游》……其诗今得一千一百六十四韵,共一万一千六百四十字。姚梅伯燮《复庄诗问》卷十有《双酏篇》一千七百七十一字。宋人《鬼董》卷一载王氏女《妾薄命叹》,五言中杂七言三十四句,都二千六百五十八字,厉氏《宋诗纪事》、陆氏《补遗》均未采撷。韦端己《秦妇吟》不足一千七百字,尚少于《孔雀东南飞》百馀字、姚梅伯《诗问》卷五《椎埋篇》八十馀字也。"北京:中华书局,1984 年,第 620 页。

经十年而母丧,开墓,其婢伏棺上,就视犹暖,渐有气息,舆还家,终日而苏。说宝父常致饮食,与之接寝,恩情如生。家中吉凶辄语之,校之悉验。平复数年后方卒。宝因作《搜神记》,中云'有所感起'是也。""鬼之董狐",刘注云:"《春秋传》曰:赵穿攻晋灵公于桃园,赵宣子未出境而复。太史书:'赵盾弑其君。'宣子曰:'不然。'对曰:'子为正卿,亡不越境,反不讨贼,非子而谁?'孔子曰:'董狐,古之良史也,书法不隐。赵盾,古之贤大夫也,为法受恶。'"董狐为良史,能直书无隐,干宝志怪,亦能纤毫毕现,故被誉为"鬼之董狐"①。《鬼董》一书之得名,即由于此。

  关于《鬼董》的年代,学者尚有分歧,如况周颐《眉庐丛话》认为是元人沈某所作,而一般都认为是宋人的著作。尽管这部著作宋代公、私书目均无记载,但该书卷四有"嘉定戊寅春余在都"之语,戊寅为宋宁宗嘉定十一年(1218),此语为作者口气,故至少其人嘉定十一年尚在世。现代学者也都认同这一说法。如鲁迅《中国小说史略》论及《西山一窟鬼》"述吴秀才一为鬼诱,至所遇无一非鬼,盖本之《鬼董》(四)之《樊生》,而描写委曲琐细,则虽明清演义亦无以过之",即放在第十二篇《宋之话本》中讨论②。章培恒先生等所编的《中国文学史》论述更详细:"南宋的志怪小说有郭彖《睽车志》、洪迈《夷坚志》、沈某的《鬼董》等。……《鬼董》作者姓沈,名字已不可考,约生活于南宋后期,为太学生。董狐为古代著名史家,作者以记鬼的董狐自命,故名其书为《鬼董》,凡五卷。其卷一有一篇记张师厚事,大致谓师厚妻懿娘死,师厚继娶刘氏,残刻妒忌,迫师厚发懿娘墓,以骨投于江中。继而刘氏已死的前夫和懿娘的鬼魂均来索命,师厚请法师张云老禳治。但刘氏仍为前夫鬼魂拖入水中而死。云老与懿娘搏斗,却打中师厚,以致殒命。云老亦以误伤人命而刺配。作者在记述此故事后又说,《夷坚》丁志载杨从善妻王意娘死、从善再娶、意娘索命,实即此事,'但以意娘为王氏,师厚为从善,又不及刘氏事。案此新奇而怪,全在再娶(刘氏)一节,而洪公不详知,故复载之,

---

① 刘义庆著,徐震堮校笺《世说新语校笺》,北京:中华书局,1984年,第427页。
② 鲁迅《中国小说史略》,上海:上海古籍出版社,1998年,第77页。

以补《夷坚》之阙'。《夷坚》丁志卷九《太原意娘》所载,是否与此有关,可不置论;但从中可见作者的追求目标在于'新奇而怪',这跟《夷坚志》的注重趣味性实相一致。书中最能体现这一原则的,则为卷四《樊生》条,即《警世通言》中《一窟鬼癞道人除怪》之所本。情节离奇曲折,作品中的主要人物为开质库的樊生等市井民众。"①这样看来,《妾薄命叹》一诗确实应该是宋代的作品。

《鬼董》中"所纪多涉鬼神幻惑之事……而劝惩之旨寓焉"②,这是该书的基本特征,《妾薄命叹》即使作为一首诗,也不能例外。但是,这个诗题同时又说明,其所采用的是一个乐府古题,有着一定的主题规定性。总的来说,这首诗是以一个女子的口吻写其婚姻的不幸,展开对世态的批判。对此,吴宗海先生以为这出于一位宋代女性诗人之手③。对于这一看法,我有一些不同意见,谨论之如次。

二、《妾薄命叹》的内容

《妾薄命叹》据诗序记其本事云:"巨鹿有王氏女,美容仪而家贫,同郡凌生纳为妾。凌妻极妒,尝俟凌出,使婢缚王掷深谷中,王偶脱而逸去,入他郡为女道士,作《妾薄命叹》千餘言。一夕见梦于凌,语所苦,且以诗授凌。凌觉而得其诗于褥前。后凌妻死,王乃得复返。"其事确实旁涉"鬼神幻惑",而

---

① 章培恒、骆玉明:《中国文学史》第六编第六章,上海:复旦大学出版社,1997年,第158—161页。按关于《鬼董》的作者,有一些误会,王国维在其《宋元戏曲史》中已经予以辨析,略谓:"《鬼董》五卷末,有元泰定丙寅临安钱孚跋,云'关解元之所传',后人皆以解元为即汉卿。《尧山堂外纪》遂误以此书为汉卿所作。钱氏《元史·艺文志》仍之。案解元之称,始于唐;而其见于正史也,始于《金史·选举志》。金人亦喜称人为解元,如董解元是已。则汉卿得解,自当在金末。若元则唯太宗九年(金亡后三年)秋八月一行科举,后废而不举者七十八年。至仁宗延祐元年八月,始复以科目取士,遂为定制。故汉卿得解,即非在金世,亦必在蒙古太宗九年。至世祖中统之初,固已垂老矣。"王说见其《宋元戏曲史》第九章《元剧之时地》,载《王国维戏曲论文集》,北京:中国戏剧出版社,1984年,第63页。
② 鲍廷博跋《鬼董》,《续修四库全书》,上海:上海古籍出版社,2002年,第1266册,第405页。
③ 吴宗海《〈全宋诗〉小札》,载《文学遗产》2001年第1期。

诗的层次展开则整饬，而且具有渊源。

《妾薄命叹》以第一人称的口吻，从王氏由于不得理解，遭遇暗算，写到其保持志节，坚守初衷，内容非常丰富。总的来看，由以下几个部分组成：

第一部分以比兴之法写自己涉世不深，轻信他人，因而招致陷害，如同被弃置荒郊野外，到处都是危险。

第二部分从"少年学弹筝"到"寒苦灭然其"，写身具美才，嫁入夫家，本亦颇受欣赏，可是为"群宠"所忌，被搬弄是非，以至遭到捐弃，陷入呼天不应，呼地不灵的境地，父母也无法庇护。

第三部分从"振衣恣所适"到"郁郁何能支"，写入班姬祠，老尼为推朕兆，勉以端贞保节，致志无衰；又漫步清淮，骊山姬为占休咎，告以小有挫折，当坚贞自守。欲从之而不得，惟极目空际，茫然天地之间而已。

第四部分从"慷慨复自宽"到"进退惟险陕"，写王氏以其素性高洁，欲将情衷诉之夫君之门，而群宠方冶容以惑之，遂无路可达，无门可入，只能徒然怅望，遥思音声，默想衣冠。尽管此心不移，以人妇而不能主中馈，以人母而不能近子女，亦不免肝肠寸断，却又求死不得，于是深感为天地所不容。然而梦中亦思念夫君，思有以贡献之，却又遭到无情打击。

第五部分从"安能坐待毙"到"复履旧园篱"，写既为世间所不容，不愿坐以待毙，因而升天游历，碰到各路女神。与麻姑对弈，为王母抚琴，看织女掷梭，赏广寒歌舞。又有嫦娥赐以不死之药，而忽思夫君，不愿独自长生，因而"乘风忽返驾，复履旧园篱"。

第六部分从"邻母共相劳"到"清泉白石容乎而"，写王氏回到故乡，欲以周游所得为献，却仍为群宠所妒，长号将去，又为情所羁縻。自叹薄命，唯以夫君能够明辨、康健、睦家为祷。悲痛之中，想起先哲时贤的命运，如屈原忠而见疑，岳飞忠而被杀，不免千古同悲，因此深切期望夫君能够理解自己的衷肠。可是最终仍然感到无法见容，于是勉励自己，悠游世外，善保高洁。

全诗虽然篇帙浩繁，但脉络分明。虽然有再三申说，不免繁复之处，但总的来说，一气贯注，写出了主人公丰富复杂的内心活动。

三、《妾薄命叹》所接受的资源

《妾薄命叹》是以女性口吻写的一首长诗,考察体现其中的若干学术资源,是一件很有意思的事。

《妾薄命》原是乐府古题,据《乐府诗集》卷六十二引《乐府解题》:"《妾薄命》,曹植云:'日月既逝西藏。'盖恨燕私之欢不久。"王氏所作之主题亦大略相同,而观其中诗句如"少年学弹筝,善鼓阳春词。长年学吹笙,一吹双凤仪。中年罹家祸,众口生嫌疑。主君不及察,逐妾江之碕",亦与古乐府关系密切。如《古诗为焦仲卿妻作》:"十三能织素,十四学裁衣,十五弹箜篌,十六诵诗书,十七为君妇,心中常苦悲。"①又如题为梁武帝的《歌辞》:"莫愁十三能织绮,十四采桑南陌头,十五嫁为卢家妇,十六生儿字阿侯。"②还有李白的《长干行》二首之一:"十四为君妇,羞颜未尝开。低头向暗壁,千唤不一回。十五始展眉,愿同尘与灰。常存抱柱信,岂上望夫台。十六君远行,瞿塘滟滪堆。"③虽有繁简的不同,但确为古乐府叙述的思路。

更使人关注的是,这篇诗实际上是模仿《离骚》所写。"《离骚经》者,屈原之所作也。屈原与楚同姓,仕于怀王,为三闾大夫。三闾之职掌王族三姓,曰昭、屈、景。屈原序其谱属,率其贤良,以厉国士。入则与王图议政事,决定嫌疑;出则监察群下,应对诸侯。谋行职修,王甚珍之。同列大夫上官、靳尚妒害其能,共谮毁之。王乃疏屈原。屈原执履忠贞而被谗邪,忧心烦乱,不知所诉,乃作《离骚经》。离,别也;骚,愁也;经,径也。言己放逐离别,中心愁思,犹依道径以风谏君也。故上述唐虞三后之制,下序桀纣羿浇之败,冀君觉悟,反于正道而还己也。是时秦昭王使张仪谲诈怀王,令绝齐交。又使诱楚,请与俱会武关,遂胁与俱归,拘留不遣,卒客死于秦。其子襄王复用谗言,迁屈原于江南。屈原放在草野,复作《九章》,援天引圣以自证明,终

---

① 徐陵编,吴兆宜注,程琰删补《玉台新咏笺注》卷一,北京:中华书局,1985年,第43页。
② 徐陵编,吴兆宜注,程琰删补《玉台新咏笺注》卷九,第387页。
③ 李白著,王琦注《李太白全集》卷四,北京:中华书局,1977年,第256页。

不见省。不忍以清白久居浊世,遂赴汨渊自沉而死。《离骚》之文,依《诗》取兴,引类譬谕。故善鸟香草,以配忠贞;恶禽臭物,以比谗佞;灵修美人,以媲于君;宓妃佚女,以譬贤臣;虬龙鸾凤,以托君子;飘风云霓,以为小人。"①屈原之事,实际上是一个爱而见疑,忠而被谤的故事,其中尤以小人搬弄是非,谗言惑主,而自己终于坚持志节,忠贞不贰为主导思想。《妾薄命叹》一诗所表现的主旨,与此略同。

如果说。忧谗畏讥、妾心难明原是古代作品中常见的表现,不足以和《离骚》直接对应,则《妾薄命叹》一诗的表现手法更有可说者。以下即一一加以对应。

1.《离骚》以众女比小人,为争宠而对楚王挑拨离间,《妾薄命叹》则反复提到"群宠",如:"群宠好肉食,妾独甘苦荠。群宠好罗绮,妾独披素丝。群宠好外交,妾独严门楣。人情恶异己,璠玙摘瑕玼。主君岂不明,妾心洞无欺。彼忍弄杯毒,危机转斯须。不解覆杯情,谓我争妍媸。"

2.《离骚》中屈原不被理解,不被欣赏,仍然不改爱美之心,采摘香草香花,"复修吾初服":"朝饮木兰之坠露兮,夕餐秋菊之落英……擥木根以结茝兮,贯薜荔之落蕊。矫菌桂以纫蕙兮,索胡绳之纚纚。"《妾薄命叹》中的王氏在窘迫幽忧的状态中也是如此:"慷慨复自宽,静一贵所持。凌晨拾杜若,薄暮搴江蓠。入溪揽薜芷,陟山采辛夷。滋菊以充佩,幽兰以荐缡。薰蕙纫高髻,芳荪结轻縻。芙蓉制裳裙,周旋亦襡褵。临泉更洗心,湛湛无尘私。"

3.《离骚》中有灵氛占卜、巫咸夕降的描写,多宽解勉励之词,《妾薄命叹》中也有老尼推卦、骊山姬占蓍之说:"振衣恣所适,偶入班姬祠。配享古烈妇,异代同贞姿。吞声祷元玹,□□相委蛇。老尼推朕兆,端贞谅所宜。神明保终竟,致志毋自衰。出门顾孤影,棣棣何所訾。寒波印宿睟,独步清淮湄。偶逢骊山姬,左右两相嫠。长跽叩休咎,为我问灵蓍。白茅藉沙上,展册寻良规。上卦乃山岳,下卦乃泽陂。羲文命为损,刚柔象为时。周孔祈神教,示妾惩窒辞。左赠双瑶簪,右赠双琼芝。元酝泻腰壶,烟霞满双卮。

---

① 王逸《序》,王逸注,洪兴祖补注《楚辞》卷一,《四部丛刊初编》本,第1页b—3页a。

一吸洗尘骨,再吸清宿脾。稽首愿为徒,冉冉不能追。极目望空际,俯首致遐思。"

4.《离骚》中屈原在走投无路之际,至少有两次飞行,在游仙的境界里,找到心灵的慰藉。第一次略谓:"朝发轫于苍梧兮,夕余至乎县圃。……前望舒使先驱兮,后飞廉使奔属。鸾皇为余先戒兮,雷师告余以未具。吾令凤鸟飞腾兮,继之以日夜。飘风屯其相离兮,帅云霓而来御。纷总总其离合兮,斑陆离其上下。吾令帝阍开关兮,倚阊阖而望予。……夕归次于穷石兮,朝濯发乎洧盘。……览相观于四极兮,周流乎天余乃下。"第二次略谓:"邅吾道夫昆仑兮,路修远以周流。扬云霓之晻蔼兮,鸣玉鸾之啾啾。朝发轫于天津兮,夕余至乎西极。凤皇翼其承旂兮,高翱翔之翼翼。忽吾行此流沙兮,遵赤水而容与。麾蛟龙使梁津兮,诏西皇使涉予。路修远以多艰兮,腾众车使径待。路不周以左转兮,指西海以为期。屯余车其千乘兮,齐玉轪而并驰。驾八龙之婉婉兮,载云旗之委蛇。"而《妾薄命叹》也这样写道:"安能坐待毙,四海聊犹夷。须女整飙驭,玄女扬参旗。□女擎云盖,华女执霞麾。弄玉秉长策,青女妙执绥。白虎服右骖,左骖乃苍螭。前驱奋丹鸟,后拥蛇与龟。灵幡双招摇,发轫何蹀躞。驾言适东瀛,仙姝对弈棋。中有古麻姑,挟我坐以嬉。一枰未胜负,已烂樵斧柯。回轮急西向,息驾昆仑岬。言登阆风苑,瑶台皓参差。上坐西王母,温慰亦熙熙。顾呼董双成,命取素所司。七弦妾对拊,哀音动寒飔。王母不忍听,泣馈双交梨。谢归转凤驾,丹丘遐且巇。灵妃署南宇,惊问来何迟。袖出古书册,云是曹娥碑。始称节不变,终称行无亏。检卷对清海,飞驾临玄池。北隅苦风色,姑射肤凝脂。携我展画玩,宛似秦山厘。却忆秦山阴,双鹤虚茅茨。收泪何所往,直到银河坻。玉女正掷梭,鼓臂不知疲。离恨虽不言,宿泪双凝颐。顾妾停机杼,指心盟不移。再拜领琼华,复度白银漪。题曰广寒都,宫殿相连㴱。纤阿步铁板,望舒笑喔咿。羽衣霓裳曲,再奏舞僛僛。姮娥怜妾诚,赐我不死剂。芯芯一刀圭,试尝甘如饴。"至于远游之际,心神俱怡之时,屈原是"陟升皇之赫戏兮,忽临睨夫旧乡。仆夫悲余马怀兮,蜷局顾而不行",而王氏则是"无路献主君,长生敢自蕲。乐极罢观听,忆我埙与篪。乘风忽返驾,复履旧园篱",如出一辙。

至于在总体上,《离骚》表现感情,往往心绪烦乱,脉络不清,在章法上,往往"东一句,西一句,天上一句,地下一句"①,时有重复。而《妾薄命叹》表述自己的心情,也有相似的地方。

当然,《离骚》与《妾薄命叹》的这些相似之处,只是大较而言,由于题材不同,体式不同,两篇作品的相异之处亦复不少,以其为常理,此又不待细言。

四、寄托的可能性

这首《妾薄命叹》题为王氏女所作,其人究竟为谁,尚难以考定,但考察一下中国文学传统,或许对认识作者问题不无帮助。

在中国文学中,很早就有了比兴寄托的传统。比兴寄托的重要方式之一,就是性别的转换,即以女指男。这一传统从《楚辞》就开始了,如《离骚》云:"惟草木之零落兮,恐美人之迟暮。"王逸注:"美人,谓怀王也。"②又:"众女嫉余之蛾眉兮,谣诼谓余以善淫。"王逸注:"众女,谓众臣。……言众女嫉妒蛾眉美好之人,潜而毁之,谓之美而淫,不可信也,犹众臣嫉妒忠正,言己淫邪不可任也。"又:"及荣华之未落兮,相下女之可诒。"王逸注:"言己既修行仁义,冀得同志,愿及年德盛时,颜貌未老,视天下贤人,将持玉帛而聘遗之,与俱事君也。"又:"吾令丰隆乘云兮,求宓妃之所在。"王逸注:"宓妃,神女,以喻隐士。"后来东汉张衡作《四愁诗》,极写思美人之意,如第一章:"我所思兮在太山,欲往从之梁父艰,侧身东望涕沾翰。美人赠我金错刀,何以

---

① 刘熙载《艺概·辞赋概》,载徐中玉等校点《刘熙载论艺六种》,成都:巴蜀书社,1990年,第86页。
② 王逸注,洪兴祖补注《楚辞》卷一,第7页a。但其后王逸解释"美人"的意思是:"人君服饰美好,故言美人也。"却不一定正确。朱熹《楚辞集注》卷一以为:"美人,谓美好之妇人,盖托词而寄意于君也。"甚是。按"美人"一词在《楚辞》中有不同含义,洪兴祖就指出:"屈原有以美人喻君者,'恐美人之迟暮'是也;有喻善人者,'满堂兮美人'是也;有自喻者,'送美人兮南浦'是也。"(第7页a)

报之英琼瑶。路远莫致倚逍遥,何为怀忧心烦劳。"吕向注:"美人,君也。古者诸侯王佩刀,以金错镂其环。英琼瑶,美玉也。喻君荣我以爵禄,愿报以仁义之道,以成君德。"李周翰注:"小人在位,必不容贤者所入,逸邪执权,忠臣莫致,故虽欲报君以仁义,逸邪所疾,如路远不可致也。"①此诗《文选》所引前有小序,云:"张衡不乐久处机密,阳嘉中出为河间相。时国王骄奢,不遵法度,又多豪右并兼之家。衡下车,治威严,能内察属县,奸猾行巧劫,皆密知名,下吏收捕,尽服擒。诸豪侠游客悉惶惧逃出境,郡中大治,争讼息,狱无系囚。时天下渐弊,郁郁不得志,为《四愁诗》。屈原以美人为君子,以珍宝为仁义,以水深雪雾为小人,思以道术相报,贻于时君,而惧逸邪,不得以通。"诸注正是发明序意,而张衡的写法,也是直接上承屈原的传统。

《离骚》中的女性尚有多元可指性,张衡的《四愁诗》发展了其中的"求女"模式,给了后代很大的启发,但仍然有不完全一致的阐释空间,对象具有特定的不确切性。不过,后世以夫妻关系借指主从关系如君臣、师生等,却是滥觞于此,而将夫妻关系固定为主从的模式,显然又与儒家纲常伦理的强化有关。

《文选》卷二十三曹植《七哀诗》:"明月照高楼,流光正徘徊。上有愁思妇,悲叹有馀哀。借问叹者谁,言是客子妻。君行逾十年,孤妾常独栖。君若清路尘,妾若浊水泥。浮沉各异势,会合何时谐。愿为西南风,长逝入君怀。君怀良不开,贱妾当何依。"此诗明写思妇之怨,实际上暗寓君臣关系。如刘履《选诗补注》所云:"子建与文帝同母骨肉,今乃浮沉异势,不相亲与,故特以孤妾自喻,而切切哀虑之也。"何焯《义门读书记》卷四十六也说:"明月,喻君。徘徊,比恩之易移,而仍冀其远照。"《云溪友议》卷下:"朱庆馀校书既遇水部郎中张籍知音,遍索庆馀新制篇什数通,吟改后,只留二十六章。水部置于怀抱而推赞歆。清列以张公重名,无不缮录而讽咏之,遂登科第。朱君尚为谦退,作《闺意》一篇以献张公。张公明其进退,寻亦和焉。诗曰:'洞房昨夜停红烛,待晓堂前拜舅姑。妆罢低声问夫婿,画眉深浅入时无?'

---

① 萧统编,李善等注《六臣注文选》卷二十九,北京:中华书局,1987年,第545—546页。

张籍郎中酬曰:'越女新妆出镜心,自知明艳更沉吟。齐纨未足人间贵,一曲菱歌敌万金。'朱公才学因张公一诗名流于海内矣。"这个著名的因行卷而得主司赏识的故事,行卷者也正是以妻子自居的①。

《妾薄命》是乐府古题,已如上述。无独有偶,北宋陈师道用此题作有二诗,凭吊其老师曾巩:"主家十二楼,一身当三千。古来妾薄命,事主不尽年。起舞为主寿,相送南阳阡。忍着主衣裳,为人作春妍。有声当彻天,有泪当彻泉。死者恐无知,妾身长自怜。""叶落风不起,山空花自红。捐世不待老,惠妾无其终。一死尚可忍,百岁何当穷。天地岂不宽,妾身自不容。死者如有知,杀身以相从。向来歌舞地,夜雨鸣寒蛩。"②《诗林广记》:"谢叠山云:元丰间,曾巩修史,荐后山有道德、有史才,乞自布衣召入史馆。命未下而曾去。后山感其知己,不愿出他人门下,故作《妾薄命》。巩,南丰人,欧阳公之客,后山尊之,号曰'南丰先生'。"③诗中以主喻曾,以妾自比,其意豁然,而"一身当三千"句尤为后世所赏爱④。

从中国诗歌的这些传统来看,《妾薄命叹》一诗写王氏女因为"群宠"(相当于《离骚》的"众女")所逸而为主君所疏,幽忧悲愤,无处可告,或求卜,或远游,终不获谅,唯以保持高洁而自期。如此写法,使人感到似出于男子笔下的寄托。将其作者直接定之为王氏女,还应该再作斟酌。

补记:本文撰写于2003年,2004年8月曾以之参加章培恒先生在复旦大学主持召开的"中国中世文学国际学术研讨会",并发表在会议论文集《中国中世文学研究论集》(上海古籍出版社2006年版)。论文撰写时,未能读到刘毓庆先生发表在《辽金元文学研究》(文化艺术出版社1999年版)上的

---

① 关于男女在古典诗歌中身份、角色诸问题的概述,请参看邬国平《论中国古诗的"外阴内阳"》,载《古典文学知识》2004年第4期。
② 陈师道著,任渊注《后山诗注》卷一,《四部丛刊初编》本,第1页a—2页b。
③ 蔡正孙撰,常振国、降云点校《诗林广记》后集卷六,北京:中华书局,1982年,第310页。
④ 对《妾薄命》中的"主家十二楼,一身当三千",任渊注云:"白乐天诗曰:'汉宫佳丽三千人,三千宠爱在一身。'后山以五字道之,语简而意尽。"此语后来《古今事文类聚》(别集卷十)等书皆引之。

大作《关于中国古代第一抒情长诗〈妾薄命叹〉》。在这篇大作中,毓庆兄认为此诗应产生于金,而不是南宋。毓庆兄所论自有其理据,但本文重点是想探讨作品的内涵,与其产生的年代关系不是太大,因此,不拟在此再做辨析。

附录二 拟创与时代
——对许兰雪轩诗歌创作的思考

许兰雪轩是朝鲜著名女诗人。她的诗在 1600 年即被明人吴明济编于《朝鲜诗选》中,选篇达 58 首之多。在吴明济之后,分别有蓝芳威的《朝鲜诗选》、汪世钟的《朝鲜古今诗》、程相如的《四女诗》等相继问世,至 1606 年其弟许筠编纂的《兰雪轩诗》出版,许兰雪轩的诗更加广为人知。明代末年锺惺的《名媛诗归》,清代初年钱谦益的《列朝诗集》和朱彝尊的《明诗综》,都为许氏在中国的接受推波助澜,使得许氏在中国诗名远扬,绵绵不绝[①]。

许兰雪轩作为"朝鲜第一才女",不仅"擅誉朝鲜",而且"夸于华夏"[②],在中国一直有着很高的评价。不过,在这种评价的背后,还有另外一种声音,即认为她的创作有着很重的模仿之迹,甚至言其剽窃。这当然是非常负面的说法,和前面的肯定性评价恰成对照,也颇有矛盾。这个问题涉及许兰雪轩本身的创作价值,也涉及中国古代女性创作的处境及其社会定位等,因此,应该予以讨论[③]。

---

① 参看杨玉《朝鲜才女许兰雪轩的诗作及其在中国的流传》,《烟台大学学报》,1999 年第 2 期。
② 潘之恒《吴门范赵两大家集叙》,黄宗羲《明文海》卷三百二十六,《景印文渊阁四库全书》,台北:台湾商务印书馆,1986 年,第 1456 册,第 590 页。
③ 关于这一问题的讨论,朴现圭先生曾有《许兰雪轩作品的剽窃实体》一文,发表在《韩国汉诗研究》2000 年第 8 期,惜未能觅得。

一、从《列朝诗集》说起

在文学史上,较早提出这个问题的是潘之恒,但集中讨论这个问题的是柳如是。柳如是在受钱谦益委托而选的《列朝诗集》闰集中,选录了许兰雪轩的19篇作品,其小传作了大段议论,引之如下:

> 许景樊字兰雪,朝鲜人,其兄篈、筠皆状元。八岁作《广寒殿玉楼上梁文》,才名出二兄之右。适进士金成立,不见容于其夫。金殉国难,许遂为女道士。金陵朱状元奉使东国,得其集以归,遂盛传于中夏。柳如是曰:许妹氏诗散华落藻,脍炙人口,然吾观其《游仙曲》"不过邀取小茅君"、"便是人间一万年",曹唐之词也。《杨柳枝词》"不解迎人解送人",裴说之词也。《宫词》"地衣帘额一时新",全用王建之句。"当时曾笑他人道,岂识今朝自入来",直钞王涯之语。"绛罗袱里建溪茶,侍女封缄结采花。斜押紫泥书敕字,内官分赐五侯家。"则撮合王仲初"黄金合里盛红雪"与王岐公"内库新函进御茶"两诗,而错直出之。"间回翠首依帘立,闲对君王说陇西",则又偷用仲初"数对君王忆陇山"之语也。《次孙内翰北里韵》"新妆满面频看镜,残梦关心懒下楼",则元人张光弼《无题》警句也。吴子鱼《朝鲜诗选》云:《游仙曲》三百首,余得其手书八十一首,今所传者,多沿袭唐人旧句,而本朝马浩澜《游仙词》,见《西湖志馀》者,亦窜入其中。凡《塞上》、《杨柳枝》、《竹枝》等旧题皆然。岂中华篇什,流传鸡林,彼中以为琅函秘册,非人世所经见,遂欲掩而有之耶?此邦文士,搜奇猎异,徒见出于外夷女子,惊喜赞叹,不复核其从来。[①]

这段话,对许兰雪轩的诗"脍炙人口"很不以为然,因此举出不少例子,

---

① 钱谦益《列朝诗集小传》闰集朝鲜"许妹氏"条,上海:古典文学出版社,1957年,第813—814页。

批评其剽窃前人,以为己作。观其所举,大概分为两类,一类是直用前人成句,一类是用前人诗意而变化其语言。

先看第一类。许兰雪轩的诗里面,确实有径用古人成句者,不必为之讳。请看下面两篇作品:

> 自夸歌舞胜诸人,恨未承恩出内频。连夜宫中修别院,地衣帘额一时新。(王建《宫词》)①

> 彩罗帷幕紫罗茵,香麝霏微暗袭人。明日赏花留玉辇,地衣帘额一时新。(许兰雪轩《宫词》)②

许诗末句全同王诗,如果从独创性的角度看,确有可议。不过,这个问题也应历史地看,因为自从宋代以来,人们在从事创作的时候,自创新词越来越困难,所以有时候面对前代遗产,也会选择性地使用。关键看效果。晏几道词中"落花人独立,微雨燕双飞"这一名句完全挪自五代翁宏的诗,连一个字都没有改,可是历来评论家都对晏词赞赏有加,对于他拿来翁诗,也从未有人指责其剽窃,反而认为比起翁诗来,这两句在晏词中效果更好③。可见,在诗歌创作中,也并不是完全不可以"拿来",关键在于效果如何。我们试看上引二首,王建写一位宫女虽然色艺两全,可是不得承恩,频频出看,有所冀望,却徒然看到别院的地毯帘额修饰一新,可见又是一番失望。许诗则写一位宫女得知皇帝将来赏花,希望他能留下,于是急忙更换地毯帘额,表现出

---

① 彭定求等编《全唐诗》卷三百二,北京:中华书局,1960年,第3442页。
② 本篇所引许兰雪轩诗均据其《兰雪轩集》,韩国奎章阁藏崇祯后壬申东莱府重刊本,不再一一注明。
③ 如沈祖棻说:"我们拿晏词和翁诗作一比较,就不难看出,它们之间,不仅全篇相比,高下悬殊,而且这两句放在诗中,也远不及放在词中那么和谐融贯。……在翁诗里,这么好的句子,由于全篇不称,所以有句无篇,它们也随之被埋没了;而由于晏词的借用,它们就发出了原有光辉,而广泛流传,被人称道。由此可见,我们如果对某一句诗进行评价,除了它本身所达到的艺术高度之外,还必须看其与全篇的有机联系如何。"载其《宋词赏析》,上海:上海古籍出版社,1980年,第56页。

心中的渴望。一个写失望,一个写渴望,取向并不相同。不仅如此,从风格上看,王建的某些宫词,怨意刻露,前人已经指出①,许氏的这一首,沿其传统而来,却更加温婉了,也算小有变化。像这一类的作品,还是应该具体分析为好。

第二类是用前人诗意而变化其语言的,这一种更不能简单处理,一概贬斥。请看下面的例子:

> 黄金合里盛红雪,重结香罗四出花。——傍边书敕字,中官送与大臣家。(王建《宫词》)②
> 红罗袱裹建溪茶,侍女封缄结出花。斜押紫泥书敕字,内官分送大臣家。(许兰雪轩《宫词》)

> 鹦鹉谁教转舌关,内人手里养来奸。语多更觉承恩泽,数对君王忆陇山。(王建《宫词》)③
> 鹦鹉新调羽未齐,金笼锁向玉楼栖。闲回翠首依帘立,却对君王说陇西。(许兰雪轩《宫词》)

如果从描写的内容来看,区别确实不大,诗歌的逻辑结构也大略相同。能不能简单地说许诗是抄袭呢? 其实,自从唐代王建写作宫词,博得重名以后,他所创造的模式已经成为经典,后人有所撰作,大体上不出其范围,往往不过是在字句上有所变化而已,能够既变化字句,又新创立意者,却是少之又少。贺贻孙所述其与胡仔在这个问题上的分歧,可以从一个角度说明这个问题:"渔隐曰:'王建《宫词》云:"御厨不食索时新,每见花开即苦春。白日

---

① 如贺贻孙《诗筏》引锺惺语云,王建《宫词》中"树头树底觅残红,一片西飞一片东。自是桃花贪结子,错教人恨五更风"一首,"颇有怨意"。郭绍虞编《清诗话续编》,上海:上海古籍出版社,1983年,第176页。
② 彭定求等编《全唐诗》卷三百二,第3443页。按,此诗一作花蕊夫人诗,见《全唐诗》卷七百九十八,第8980页。
③ 彭定求等编《全唐诗》卷三百二,第3444页。

卧多娇似病,隔帘教唤女医人。"花蕊夫人《宫词》云:"厨船进食簇时新,侍宴无非列近臣。日午殿头宣索脍,隔花唤取打鱼人。"花蕊之词工,王建为不及也。'余谓花蕊盗王建语,然不及王建远甚,惟'隔花唤'三字,颇能领全首生动耳。"①将王建与花蕊夫人二作相比,语意颇有相似之处,但胡仔认为花蕊胜王,贺贻孙则认为花蕊窃王。两个人都是在艺术鉴赏上有造诣的人,结果却如此大相径庭。但是,即使贺氏对花蕊夫人所作不以为然,也不能不承认,"'隔花唤'三字,颇能领全首生动",也就是说,即使花蕊夫人的这篇作品在整体上与王建有雷同之处,但无法否认其仍然有自己的独特之处。从这个角度来看许兰雪轩的这两篇作品,前者写宫中新得贡茶,皇帝赐予大臣,后者写借鹦鹉之言说边关之事,都是一个既定的写作模式。许氏所作固然没有自出新意,但如果我们仔细比较这些作品,则不能不承认,许氏写得更加生动,语言也更加整饬,显然,她在创作这种传统题材时,是刻意向前人借鉴的,同时却也有自己的某些思考。

　　所以,柳如是指出许兰雪轩的某些诗与前人创作有关系是没有问题的,但是,由此得出结论,认为那是"中华篇什,流传鸡林,彼中以为琅函秘册,非人世所经见,遂欲掩而有之",却是过于主观了。说这番话的时候,她可能没有意识到,当时的朝鲜,对中华文化并不陌生,许兰雪轩看到的东西,也并不是什么"琅函秘册",朝鲜其他读书人也能看到,如果许兰雪轩有意识地抄袭,难道能尽瞒天下人耳目?像柳如是举出的"新妆满面频看镜,残梦关心懒下楼"二句,全用元代张光弼成句,这对于当时的朝鲜人来说,可能更不是什么僻书,因为这两句见于瞿佑《归田诗话》②,而瞿佑其人,以其《剪灯新话》

---

① 贺贻孙《诗筏》,郭绍虞编《清诗话续编》,第 176—177 页。
② 瞿佑《归田诗话》卷下"光弼诗格"条:"张光弼诗:'免胄日趋丞相府,解鞍夜宿五侯家。玉杯行酒听春雨,银烛照天生晚霞。世乱且从军旅事,功成须插御筵花。汉王未可轻韩信,尚要生擒李左车。'又:'西楼柳风吹晚凉,石榴裙映黄金觞。纤歌不断白日速,微雨欲度行云凉。笑看席上赋鹦鹉,醉听门前嘶骕骦。早晚平吴王事毕,羽书飞捷入朝堂。'盖时在杨完者左丞幕下,故所赋如此。又云:'蛱蝶画罗宫样扇,珊瑚小柱教坊筝。'又云:'玉瓶注酒双鬟绿,银甲调筝十指寒。'又云:'新妆满面犹看镜,残梦关心懒下楼。'多为杭人传诵。其一时富贵华侈,尽见于诗云。"《丛书集成初编》第 2576 册,第 46 页。

正在朝鲜红透半边天①,他的著作广泛流传,原是题中应有之义②。

至此,我们可以对柳如是评论中所提出的现象做一个解说,许兰雪轩的诗中或明或暗地用了前人主要是唐人的语句,应该是她在学习中华文化过程中的某种状态的体现,特别是受当时诗风影响的体现。她在创作中直接使用了某些资源,并不完全是简单沿袭,也有再创造的考虑。否则,就无法解释她还有许多艺术价值非常高的诗,却并没有刻意沿袭前人,也就是说,她完全有独立创作的能力和才力③。如果承认这一点,则对她就能有一个全面理解了。

其实,关于这一段评语,虽然有学者认为出自柳如是之手,并不是钱谦益假托柳如是而作的发言④,但是,我们当然都知道,钱谦益才大学博,其著

---

① 赵润济曾指出:"《剪灯新话》是明初传奇小说中的杰作,当时在中国文坛引起极大轰动,《剪灯馀话》《聊斋志异》《虞初新志》等模仿之作续出不断。其影响甚至波及日本,使那里也出现《牡丹灯记》《钱汤新话》《船头新话》等效仿作品。这部《剪灯新话》传入韩国辗转于韩国文坛的确切时间已不可考,但它传入后即给酝酿着、等待着大发展的韩国小说文学以巨大冲击,使之出现了《金鳌新话》等传奇体小说。"[韩]赵润济著,张琏瑰译《韩国文学史》,北京:社会科学文献出版社,1998年,第152页。

② 关于这一点,朝鲜金万重(1637—1692)的《西浦漫笔》曾经有一个解释,认为许兰雪轩集子里的元明人之作,是许筠添入的,目的是张大声势,蒙混朝鲜人。但是,按照我们的理解,有不少汉籍文献,当时的朝鲜人并不难看到,像瞿佑的文字,就不能如此武断地加以论定。所以,金氏之说,姑且存疑。

③ 许兰雪轩创作的诗歌数量,高达210首(据韩国奎章阁藏东莱府重刊本《兰雪轩集》统计,事实上,她还有不少诗作已经失传),如果一首一首地比对,就能看出这个判断是有根据的。

④ 如陈寅恪在其《柳如是别传》中说:"寅恪案:《牧斋遗事》所言河东君勘定《列朝诗集》闺秀一集事,可与相证。至王澐《辋川诗钞》陆《虞山柳枝词》十四首之十三:'河梁录别久成尘,特倩香奁品藻新。云汉在天光奕奕,列朝新见旧词臣。'及自注云:'钱选列朝诗,首及御制,下注臣谦益曰云云,历诋诸作者,托为姬评。'则甚不公允。盖牧斋编《列朝诗集》,河东君未必悉参预其事,但《香奁》一集,撰以钱柳两人之关系及河东君个人兴趣所在,诸端言之,乃谓河东君之评语出于牧斋所假托,殊不近情理也。又胜时诗末两句即指《列朝诗集》乾集之上'太祖高皇帝'条所云'臣谦益所撰集,谨恭录内府所藏御制文集,冠诸篇首,以著昭代人文化成之始'等之类,夫牧斋著书,借此以见其不忘故国旧君之微旨。胜时自命明之遗逸,应恕其前此失节之愆,而嘉其后来赎罪之意,始可称为平心之论,今则挟其师与河东君因缘不善终之私怨,而又偏袒于张孺人,遂妄肆讥弹,过矣!"见该书第五章《复明运动》,上海:上海古籍出版社,1980年,第984—985页。

名的《钱注杜诗》以钩稽本事、深挖出处为能事,柳如是的这一段处处追根寻底的论述,显然旁边也有钱谦益的影子。另外,还有非常重要的一点,柳如是这段话中所指责的许氏之作,有好几篇都见于题为锺惺编选的《名媛诗归》,而且评价都很好。如评"彩罗帷幕"一诗:"铺叙清宛。"评"鹦鹉新调"一诗:"是赋是比,王龙标诸人有不及也。"①我们知道,钱谦益在明代灭亡之后,总结其中的教训,矛头直指锺惺、谭元春为代表的竟陵诗派,以其诗为亡国之音,以其创作为空疏②,因此,他对锺氏大力表彰的许兰雪轩,特别指出其空疏无学,也是别有深意在。

二、许兰雪轩的"盛唐风"

无论柳如是的评价有什么具体动机,她对许兰雪轩诗歌渊源的理解还是准确的,许的学唐,应该是明清之际学人的共识,其中陈子龙的看法尤其值得重视。陈说:"许氏学李氏而合作,有盛唐之风。外藩女子能尔,可见本朝文教之远。"③陈子龙更为关心的是"本朝文教之远",这与他面对衰微的国势,在大动乱的前夜,希望激发民族自信心有关,是另外一个问题。我们更为关心的却是前面一句:"许氏学李氏而合作,有盛唐之风。"李氏指李攀龙,是明代后七子的代表人物。

明代嘉靖(1522—1566)中,李攀龙和王世贞为代表的后七子,进一步发展此前已经逐渐衰微的前七子的主张,重新举起了复古的大旗。认为"文自

---

① 题锺惺《名媛诗归》,《四库全书存目丛书》集部,山东:齐鲁书社,1997年,第339册,第335页。
② 如钱谦益曾讽刺批评竟陵派诗风:"抉擿洗削,以凄声寒魄为致,此鬼趣也;尖新割剥,以噍音促节为能,此兵象也。""其所谓深幽孤峭者,如木客之清吟,如幽独君之冥语,如梦而入鼠穴,如幻而之鬼国。"《列朝诗集小传》丁集中"锺提学惺"条,第570页。按,《名媛诗归》三十六卷,题为"竟陵锺惺伯敬点次",王士禛认为是坊贾伪托其名,四库馆臣亦直说"不出惺手"(永瑢等《四库全书总目》卷一百九十三,北京:中华书局,1965年,第1759页)。但是,仍然不能排除钱谦益见《名媛诗归》而批判锺氏的可能。
③ 朱彝尊《明诗综》卷九十五"许景樊"条,《景印文渊阁四库全书》,第1460册,第888页。

西京,诗自天宝而下,俱无足观,于本朝独推李梦阳"①。其声势,正如《明史》所总结:"世贞始与李攀龙狎主文盟,攀龙殁,独操柄二十年。才最高,地望最显,声华意气,笼盖海内。一时士大夫及山人、词客、衲子、羽流,莫不奔走门下。"②如我们所熟知的,一个文学潮流的出现,之所以能够发生重大影响,除了理论的感召之外,引导潮流者的创作实绩也是重要因素。很难想象,如果领袖人物不具备超越一般的心思才力,如何能得到众多成员的追随。李攀龙当然也是如此。他当时特别享誉文坛的是其七言律诗,前人评价甚高,或曰"极高华"③,或曰"有明三百年来一人"④,甚至推为"千古绝调"⑤。如其《登黄榆马陵诸山是太行绝顶处》(四首选三):

> 太行山色倚巑岏,绝顶清秋万里看。地拆黄河趋碣石,天回紫塞抱长安。悲风大壑飞流折,白日千崖落木寒。向夕振衣来朔雨,关门萧瑟罢凭栏。
>
> 西来山色照邢襄,北走并州拥大荒。巨麓秋阴沙渺渺,石门寒气雨苍苍。天边睥睨悬句注,树杪飞流挂浊漳。摇落故人堪极目,朔风千里白云翔。
>
> 千峰郡阁望嵯峨,此日褰帷按塞过。落木悲风鸿雁下,白云秋色太行多。山连大陆蟠三晋,水划中原散九河。回首蓟门高杀气,羽林诸将在横戈。⑥

此写秋日登高,既见景色之壮阔,又见胸襟之高远,是学杜有成之作。这一类作品,当时非常轰动,引起了学习的热潮,正如王世贞的弟弟王世懋所总

---

① 张廷玉等《明史》卷二百八十七《李攀龙传》,北京:中华书局,1974年,第7378页。
② 张廷玉等《明史》卷二百八十七《王世贞传》,第7381页。
③ 王世贞《艺苑卮言》卷七,《续修四库全书》,第1695册,第520页。
④ 陈子龙、李雯、宋徵舆《皇明诗选》卷十一宋徵舆评,上海:华东师范大学出版社,1991年,第751页。
⑤ 陈子龙、李雯、宋徵舆《皇明诗选》卷十一陈子龙评,第751页。
⑥ 李攀龙撰,李伯齐点校《李攀龙集》卷八,济南:齐鲁书社,1993年,第191页。

结的:"李于鳞七言律俊洁响亮,余兄极推毂之。海内为诗者,争事剽窃,纷纷刻鹜,至使人厌。"①"使人厌",无疑带有后来的史家眼光,当时的众家模拟,却是对新的时代经典的体认。在这些体认者中,也有许兰雪轩。如其《次仲氏高原望高台韵》(其一):

> 层台一柱压嵯峨,西北浮云接塞多。铁峡霸图龙已去,穆陵秋色雁初过。山回大陆吞三郡,水割平原纳九河。万里登临日将暮,醉凭长剑独悲歌。

前引李氏第三首有"山连大陆蟠三晋,水划中原散九河"二句,许氏"山回大陆吞三郡,水割平原纳九河"二句显从此出,看得出来是刻意学习李攀龙。至于风格,也气象宏大,可以看出李攀龙的影响。

对于许兰雪轩诗歌的这种特色,清人就已经注意到了,如毛先舒说:"许景樊,朝鲜女子耳,诸体略放温、李,而七律独祖七子之风,'层台一柱',全学于鳞《登黄榆作》,见有明文章诞敷之远。"②他关注的仍然是中华文化对朝鲜的影响,以满足其天朝上国的优越意识。其实,如果从文学史的角度看,"独祖七子之风"的判断更值得注意。这是因为,女性的诗歌创作,虽然每个时代都有杰出之人,但是,总的来说,她们都是处在边缘。所谓边缘,不仅指的是她们的地位,也指的是她们的诗歌取向和风格。古代的诗歌选本为什么把女性诗歌另辟一类,现当代所写的文学通史为什么往往把古代女性诗歌作为附录,除了思想观念上的问题之外,也和女性诗本身不能"预流"有关。我们经常看到的是,不管诗坛上怎样风起云涌,流派纷呈,绝大多数的女性仍然还是按照既定的创作套路,从事非常个人化的写作。这当然有其值得理解的原因,因为她们的生活形态本来就决定了,她们是一些无法和外界发生密切联系的人,所以只能站在诗坛的主流之外,甚至也没有参与诗坛主流

---

① 王世懋《艺圃撷馀》,《丛书集成初编》第2584册,第5页。
② 毛先舒《诗辩坻》卷三,《清诗话续编》,第59页。

的意愿。可是,随着中国古代女性的文学创作高峰的到来,这种状况发生了重大的变化。许兰雪轩追随七子的创作经历告诉我们,明清两代的女性已经有了比较自主的创作意识,她们自觉介入创作主潮的做法,反映了一种新的创作倾向,即她们已经意识到,她们是诗人,而不仅仅是传统所谓的女诗人。因此,如果说,今人所谓"重写文学史",或者是"重认文学经典"的意图需要得到具体事证的话,则将明清女诗人的创作放在文学主流中考虑,无疑是一个具有挑战性的课题。在这方面,许兰雪轩的诗歌创作可以给我们不少启示。当然,传统观念的固守者可能对这个现象无法理解,像朱彝尊就曾这样说过:"吾于许景樊之诗,见其篇章句法,宛然嘉靖七子之体裁,未应风教之讫符合如是,不能无赝鼎之疑也。"[①]朱彝尊见许兰雪轩所作酷似七子,不相信出于一个女子之手,因而怀疑是他人之作羼入其集,正好从反面看出,一般来说,女子之作,确实是与主流文坛较为疏离的。

　　从这一点出发,我们也就可以更好地认识上一节提出的问题了。许兰雪轩在创作中,有时用前人成句或稍加变换而用之,这并不仅仅是她个人的取向,同时也是时代的风气,是七子复古思潮所提出的某些思路。如李攀龙曾有《陌上桑》一诗,是拟汉乐府《陌上桑》之作,除了个别语句之外,几乎照抄原作。其中"来归相怨怒,但坐观罗敷",李改为"来归但怨怒,且复坐斯须"[②],虽然也有自己的考虑,模仿的痕迹仍然非常明显。所以,钱谦益讥讽道:"易五字而为《翁离》,易数句而为《东门行》。《战城南》盗《思悲翁》之句,而云'乌子五,乌母六';《陌上桑》窃《孔雀东南飞》之诗,而云'西邻焦仲卿,兰芝对道隅'。影响剽贼,文义违反,拟议乎? 变化乎?"[③]即使是与他一起主盟诗坛的王世贞,也不能不客观地指出:"于鳞拟古乐府,无一字一句不精

---

① 朱彝尊《明诗综》卷九十五"许景樊"条,《景印文渊阁四库全书》,第1460册,第888页。
② 《李攀龙集》卷一,第13页。另外,如这一首《陌上桑》最后记载罗敷的话云:"起家府小吏,拜为朝大夫。稍迁郡太守,出入专城居。月朔朝京师,观者盈路衢。为人既白皙,鬑鬑有髭须。四十尚不足,三十颇有馀。座中数千人,皆言夫婿殊。"也是明显地重复汉乐府《陌上桑》。
③ 钱谦益《列朝诗集小传》丁集上"李按察攀龙"条,第428页。

美,然不堪与古乐府并看,看则似临摹帖耳。"①如果说,许兰雪轩的创作在这一点上有可议之处的话,那也与她推崇李攀龙、仿效李攀龙有关,于此,更可见出她努力追随时代风气的用心。

　　说到许兰雪轩追随时代风气,还应该特别提出的是,朝鲜诗坛对中国诗坛的接受,以往大都是要晚一个时代。正如金台俊所说:"学习和模仿外国文学进行创作,犹如在漠漠荒野播种耕耘一样,比起中国来说迟延一个时代自属自然。新罗末叶时值中国唐代,但那时仍在流行中国六朝时期的四六句。高丽与中国宋元同时,但盛唐时的诗歌却正处在全盛期。"②所以李朝时的李德懋就有过这样的总结:"东国文教较之中国大抵每退计数百年后始少进。东国始初之所嗜者,即中国衰晚之始厌者。如岱峰观日,鸡初鸣,日轮已跃,而下界之人尚在梦中。又如峨嵋山雪,五月始消。"③可是,这个规律到了许兰雪轩的时代被打破了。当时朝鲜与明朝交往密切,书籍传播及时,李攀龙、王世贞诸人的诗作东传,很快就引起了极大的学习热潮,像有"三唐"美誉的崔庆昌、白光勋(玉峰)、李达(荪谷)就都是当时涌现出来的以学盛唐而著称者。如李达就受到这样的评价:"学杜苏诗,其吟讽响亮纯熟。……供奉根本,出入右丞随州,气温趣逸,茫丽语澹,艳如西子明妆,和似春阳百卉。……如在开元大历年间,必侧身于五岭之列,比肩于国朝之名家,使之瞠然而退避三舍。"④这说明,在明代,朝鲜的诗人已经能够及时跟随由中国而来的诗歌思潮,而一向处于文坛边缘的女诗人,竟然也加入了这个行列之中,不能不说是一个特别突出的现象。值得提出的是,许兰雪轩正是李达的弟子,她在这样的创作氛围里,加入了当时的诗坛主流⑤,也不是奇怪的事。

---

① 王世贞《艺苑卮言》卷七,《续修四库全书》,第1695册,第521页。
② [韩]金台俊著,张琏瑰译《朝鲜汉文学史》,北京:中国社会科学出版社,1996年,第4页。
③ 转引自[韩]金台俊著,张琏瑰译《朝鲜汉文学史》,第4页。
④ 许筠《荪谷集序》,转引自[韩]金台俊著,张琏瑰译《朝鲜汉文学史》,第127页。
⑤ 按当时的朝鲜诗坛,学习苏轼、黄庭坚诗的风气仍然很浓,对于明代七子的接受,可能主要还是在一个特定的群体中,但无论如何,朝鲜诗坛已经关注到了明代诗坛的主流所在,不能不说是一个非常明显的变化。

三、游仙的追求

明代前后七子提倡"诗必盛唐",许兰雪轩也加入了这一风潮,已如上述。不过,她向唐人的学习,并未止步在盛唐,尽管追随时代,许氏还是体现出了一定的个人特色。其中特别突出的,是她对中唐诗人李贺的喜好。

李贺是唐代元和年间的天才诗人,虽然是宗室之后,但生活上坎坷曲折,特别是由于父名晋肃,为人所攻击,以避讳为由,不得参加进士考试,最后只能靠荫举,做了一个地位卑微的从九品的奉礼郎。这种生活遭际,使得他的心灵充满苦闷,在短短的生命历程中,将全部的才华和精力都投入到诗歌创作中,在一个虚幻的世界中,寄托着自己的追求和向往,所以多有游仙之作,往往创造出非常奇幻的神仙境界。晚唐诗人杜牧曾为李贺的集子作序,指出:"时花美女,不足为其色也;荒国陊殿,梗莽丘垄,不足为其恨怨悲愁也;鲸呿鳌掷,牛鬼蛇神,不足为其虚荒诞幻也。"[1]准确地揭示了李贺诗歌的特色。如《天上谣》《梦天》等,都是这方面的代表。

许兰雪轩非常喜欢写游仙诗,据记载,她曾作有三百多首,可见对这一境界的向往。而在创作游仙诗的时候,李贺的诗风是她刻意模仿的对象。试比较下面两篇:

> 筠竹千年老不死,长伴秦娥盖湘水。蛮娘吟弄满寒空,九山静绿泪花红。离鸾别凤烟梧中,巫云蜀雨遥相通。幽愁秋气上青枫,凉夜波间吟古龙。(李贺《湘妃》)[2]

> 蕉花泣露湘江曲,九点秋烟天外绿。水府凉波龙夜吟,蛮娘轻戛玲珑玉。离鸾别凤隔苍梧,雨气侵江迷晓珠。闲拨神弦石壁上,

---

[1] 杜牧《李贺集序》,《杜牧全集》卷十,上海:上海古籍出版社,1997年,第94页。
[2] 王琦《李长吉歌诗汇解》卷一,李贺著,王琦等注《李贺诗歌集注》,上海:上海古籍出版社,1978年,第84页。

花鬟月鬓啼江姝。遥空星汉高超忽,羽盖金支五云没。门外渔郎唱竹枝,银潭半挂相思月。(许兰雪轩《湘弦谣》)

在许诗中,水府、凉波、龙吟、蛮娘、离鸾、别凤、苍梧等意象都是来自李贺,更重要的是,她运用这一类语汇,经过重新组合,创造出了和李贺的诗相似的艺术境界,也带有相似的艺术风格。这一类的诗有模仿的痕迹,但仍可以见出作者个人化的艺术构思。

再看下面两篇:

天河夜转漂回星,银浦流云学水声。玉宫桂树花未落,仙妾采香垂珮缨。秦妃卷帘北窗晓,窗前植桐青凤小。王子吹笙鹅管长,呼龙耕烟种瑶草。粉霞红绶藕丝裙,青洲步拾兰苕春。东指羲和能走马,海尘新生石山下。(李贺《天上谣》)①

琼花风软飞青鸟,王母麟车向蓬岛。兰旌蕊帔白凤驾,笑倚红阑拾瑶草。天风吹擘翠霓裳,玉环琼佩声丁当。素娥两两鼓瑶瑟,三花珠树春云香。平明宴罢芙蓉阁,碧海青童乘白鹤。紫箫吹彻彩霞飞,露湿银河晓星落。(许兰雪轩《望仙谣》)

李贺诗驰心天上群仙的生活,想象丰富奇特,"银浦流云"而能学水之声,运用通感,体察入微;瑶草之种植,乃是以龙为驭,耕作于云烟之中,也是天外落笔。至于末句,写羲和驾日,时间流逝,天上人间,转瞬千年,与他著名的"遥望齐州九点烟,一泓海水杯中泻"②互相印证,更是来去无迹的奇特之笔。与之相比,许作没有那么大开大合,也不如李诗中的思理如此深邃。但是,她所想象的,是王母娘娘的一次仙岛宴饮,从向晚赴宴,到平明归来,过程非

---

① 王琦《李长吉歌诗汇解》卷一,李贺著,王琦等注《李贺诗歌集注》,第 70 页。
② 李贺《梦天》,王琦《李长吉歌诗汇解》卷一,李贺著,王琦等注《李贺诗歌集注》,第 57 页。

常完整,中间穿插仙姬拾草,素娥鼓瑟,玉女吹箫,也是仙家的生活。最后"露湿银河"一句,写到天明时的情形,想象力也很丰富。如果说李贺诗中曾有"玉轮轧露湿团光"的描写,让露水把月光打湿,创造了一种奇妙的情境,则许兰雪轩受到启发而让露水把银河打湿,写得亦真亦幻,也并不是单纯的模仿之笔。

早在战国时期,诗歌中就有了游仙题材,至于以"游仙"名篇,则始于曹植。关于游仙诗的创作倾向,清人朱乾曾有论述:"游仙诸诗嫌九州之局促,思假道于天衢,大抵骚人才士不得志于时,藉此以写胸中之牢落,故君子亦有取焉。若秦皇使博士为《仙真人诗》,游行天下,令乐人歌之,乃其惑也,后人尤而效之,惑之惑也。诗虽工,何取哉?"[1]他认为,游仙诗的创作倾向有两个方面:一是写人生坎坷,有志难申,寄托苦闷情怀;二是歆羡仙家,想象其生活,向往其情境。在中国文学史中,两种倾向并存着,但是,杰出的诗人往往都能借助游仙的形式,写出自己丰富复杂的内心世界。唐以前的曹植、郭璞,唐代的李白、李贺,都是其中的显例。

郭璞写游仙,"辞多慷慨,乖远玄宗","坎壈咏怀"[2],抒发苦闷;李贺写游仙,感慨人生短暂,痛切怀才不遇,本质上是"悲时俗之迫厄兮,愿轻举而远游"[3],因而可以称得上是"《骚》之苗裔"[4]。那么,许兰雪轩的游仙诗,如果并不仅仅是追求神仙的生活,其立意又体现在什么方面呢?

许兰雪轩出生在一个世代官宦的书香门第,她和父亲以及三个兄弟,当时都以善辞章而闻名,可见她从小接受了良好的教育。但是,她的个人生活非常不幸,15岁嫁给安东名门之后金诚立(《列朝诗集》等作金成立),却琴瑟不合,又"不得于其姑"[5],因此,生活上自然是郁郁寡欢。许兰雪轩为什么

---

[1] 朱乾《乐府正义》卷十二,河北师范学院中文系古典文学教研组编《三曹资料汇编》,北京:中华书局,1980年,第202页。
[2] 锺嵘《诗品》卷中,何文焕《历代诗话》,北京:中华书局,1981年,第12页。
[3] 屈原《远游》,洪兴祖《楚辞补注》卷五,北京:中华书局,1983年,第163页。
[4] 杜牧《李贺集序》,《杜牧全集》卷十,第94页。
[5] 许筠《惺所覆瓿稿》,转引自朴延华《许筠与〈闲情录〉》,载《东疆学刊》第19卷第2期,2002年2月。

与丈夫无法谐和？为什么得不到婆婆的喜爱？史无明文记载，庄秀芬推测是"许兰雪轩的过人才华加上她思想中对封建礼教的叛逆成了夫家人嫌弃她的理由，丈夫又平庸无才，和她在思想情趣上毫无共同之处"[1]。这或许不无道理[2]。类似的情形也出现在中国的清代：一个是闺秀作家吴藻，嫁与商人，全无共同语言，只能在文学的情境里自我满足；另一个是农妇作家贺双卿，喜弄文事，夫暴姑恶，也只能靠着文学创作得到舒缓。如果说，赵崇嘏的"速变男儿"之说，还有一种事到临头的无奈[3]，则吴藻以男装扮作名士，就有一种自觉而强烈的憧憬了[4]。许兰雪轩借游仙表达其对心灵自由的追求，其中是否也有对社会不公、性别压抑的不满呢？请看她的两篇乐府诗。其一，《相逢行》二首："相逢长安陌，相向花间语。遗却黄金鞭，回鞍走马去。""相逢青楼下，系马垂杨柳。笑脱锦貂裘，留当新丰酒。"其二，《少年行》："少年重然诺，结交游侠人。腰间玉辘轳，锦袍双麒麟。朝辞明光宫，驰马长乐坂。沽得渭城酒，花间日将晚。金鞭宿倡家，行乐争流连。谁怜扬子云，闭门草《太玄》。"或写少年游侠，意气笼罩；或写书生无用，寂寞生涯。虽然是乐府常套，也算仿作，但其中或许也有和她的游仙诗一样隐微的内心活动。

女子写诗，学习李贺者原不多见，不过晚明时期却有了一些变化，李贺

---

[1] 庄秀芬《论许兰雪轩的自我艺术形象》，《东疆学刊》第23卷第4期，2006年10月。
[2] 如许兰雪轩曾写有《凤台曲》："秦女侣萧史，日夕吹参差。崇台骑彩凤，渺渺不可追。天地以永久，那识人间悲。妾泪不可忍，此生长别离。"对萧史神话，无限向往，感叹人间不复有此，就可以让我们隐约触摸她的内心世界。
[3] 清朝人吴任臣的《十国春秋》卷四十五有这么一段记载，说的就是这个黄崇嘏："黄崇嘏者，居恒为男子装，游历两川。周庠从高祖于邛南，权知邛州。会临邛县发生火人于州，崇嘏即其人也。庠令颂系狱中。崇嘏上诗得召见，(诗曰：'偶离幽隐住临邛，行止坚贞比涧松。何事政清如水镜，绊他野鹤向深笼。')称乡贡进士。年三十许。祗对详敏，随命释放。后数日，复献长歌，庠益奇之，召于学院，与诸子侄同游。雅善琴奕，妙书画。未几，荐摄司户参军，胥吏畏服，案牍一清。庠既重其英明，又美其风采，居一岁，欲以女妻之。崇嘏乃为谢状，仍贡诗一章以见意。(诗曰：'一辞拾翠碧江湄，贫守蓬茅但赋诗。自服蓝衫居板椽，永抛鸾镜画蛾眉。立身卓尔青松操，挺志铿然白璧姿。幕府若容为坦腹，愿天速变作男儿。')庠览诗殊惊骇，亟召见诘问，故黄使君女也。幼失父母，与老妪同居，元未字人，庠益嘉其贞洁。已而乞罢归临邛，不知所终。"《景印文渊阁四库全书》，第465册，第409页。又，郎瑛《七修类稿》卷四十'崇嘏'条也有类似记载，北京：中华书局，1959年，第590页。
[4] 吴藻男装一事参看本书第十章《才女与名士——吴藻〈乔影〉及其创作的内外成因》。

的风格引起一些闺阁诗人的兴趣。如徐媛"其于诗也,绝不喜唐以后言。凡为五七言近体者五之一,为五七言绝者五之三,其气局神泽,微开元诸名家弗师也;为乐府、为五言古、为七言歌行者亦五之三,则独规摩于长吉王孙贺"①。如吴绡"冶情隽笔,得之玉溪为多。乐府诗亦间师昌谷,仿其谲艳,纬以风情,如《十二月乐词》'玉匙开锁通新客,朱门戟带吹严风'等句,大自有致,不似《络纬》之捋扯荒涩矣。律体尤多善篇,题《香月舫》、《香楼》二排律,绮丽妍冶,即令元相操翰,殆无以加。七绝工妙至到,有回雪流风之美;鲍家百愿,时复浸淫。亦才思所溢,不能自检者也"②。许兰雪轩在这方面的创作,也和当时的大环境有关。正是独特的身世经历,加上独特的审美取向,以及时代氛围的影响,才使许兰雪轩对那位"一心愁谢如枯兰"的短命诗人有了深深的理解。有一个巧合也不能不提出来,即李贺和许兰雪轩都只活了 27 岁,难道是冥冥中有什么必然?

四、结语

通过上面的论述,有两点认识值得特别提出来。

第一,明代后七子的活动主要在嘉靖(1522—1566)后期,李攀龙是后七子群体的前期领袖人物,卒于穆宗隆庆四年(1570)。对照许兰雪轩,她生于朝鲜明宗十八年(1563),卒于朝鲜宣祖二十二年(1589)。也就是说,后七子兴起于文坛之后,很快就传到了朝鲜,而且在一个女性作家的手里有着如此明确、具体的呼应。这一事实,为中华文化在周边国家的传播提供了鲜活的例证,足以让我们更加细化地去看待汉文化圈中的文学互动。

第二,在中国古代文学的传统中,女性的创作往往处在边缘,女性也往往没有加入主流的意愿。但是,这一传统到了明清时期,应该有了比较大的变化。许兰雪轩只是一个外国的女子,尚且如此自觉地追随诗坛的潮流,从

---

① 董斯张《徐姊范夫人诗序》,见徐媛《络纬吟》,《四库未收书辑刊》,北京:北京出版社,1998年,第 7 辑,第 16 册,第 300 页。
② 转引自胡文楷《历代妇女著作考》(增订本),第 105—106 页。

理论上来说，中国的女性更加应该有着这样的愿望。只是，虽然明清女诗人的研究已经有不少学者在从事，但从这个角度进行的探讨还比较少见。许兰雪轩可以作为一个具体的例子，促使我们更加关注中国古代女性文学的主流和边缘问题，从而开拓更为广阔的学术空间。

附录三 创作与理论
——沈祖棻与比兴寄托说

谭献在其《复堂词话》中说:"锡鬯、其年出,而本朝词派始成。"①这是一个敏锐的观察。其特质,倒并不完全体现在他们分别代表着浙西词派和阳羡词派,更重要的,是他们的创作和理论,为清词的发展创造了非常大的空间。即如朱彝尊所提出的:"词虽小技,昔之通儒巨公往往为之。盖有诗所难言者,委曲倚之于声,其辞愈微,而其旨益远。善言词者,假闺房儿女子之言,通之于《离骚》、变雅之义,此尤不得志于时者所宜寄情焉耳。"②陈维崧所提出的:"穴幽出险,以厉其思;海涵地负,以博其气;穷神知化,以观其变;竭才渺虑,以会其通。为经为史,曰诗曰词,闭门造车,谅无异辙也。"③都对后来的常州词派,起到了相当的影响。常州词派自张惠言出,提出比兴寄托的主张以推尊词体,并经周济、谭献诸人的推阐,成为晚近词坛的主导倾向,沾溉所及,一直延续到现当代词坛。这些,并世学者论之已多,不必赘言。

不过,后世学者论及常州词派,多注意其理论之特色,而忽视其创作之努力,如严迪昌先生在其享有盛名的《清词史》中,提到常州词派中"始成壁

---

① 谭献《复堂词话》,《介存斋论词杂著 复堂词话 蒿庵词话》,北京:人民文学出版社,1984年,第41页。
② 朱彝尊《陈纬云红盐词序》,《曝书亭集》卷四十,《四部丛刊初编》本,第2页a。
③ 陈维崧《词选序》,《陈迦陵文集》卷二,《四部丛刊初编》本,第14页a—14页b。

垒"的周济,就认为"周济这一系列理论建设,其实际具有的借鉴和指导意义主要还是在词的批评方面,对创作实践来说作用不如指导批评那样切实可用","周济本人的词就有难副其理论的缺憾……这几乎也是后来'常派'词人普遍存在的'一蔽'"①。这种看法,当然有其道理,不过,作家主体和创作过程非常丰富复杂,胶柱鼓瑟固然在所难免,神明变化亦存乎一心。即如严羽写出《沧浪诗话》,提出盛唐气象,而其自所撰作,最多也不过到达中唐②,因而被钱锺书先生讥为用自己的手去堵自己的口③。但是,王士禛提倡神韵说,在创作上也多能合作。看待常州词派也应该如此。具体来说,在这一派别中,有的人确实能说不能作,或者即使作也作不好,有些人却能够非常准确同时出色地在作品中体现其理论精神。这些,都需要进行具体的分析。

本文拟以现代词人沈祖棻为例,探讨这一问题。

一、词史上的比兴寄托

在现代文学史上,沈祖棻主要是以一位作家的面目出现的,"她在古典文学研究方面的兴趣,更多的是在于对作品本身进行艺术结构的分析,所以她的论文数量有限"④。据其外孙女张春晓所编《沈祖棻全集》中的《诵诗偶记》,相关论文也不过9篇而已。虽然其中精义迭出,论其数量,确是"有限"的。不过,即使如此,仍能从这有限的论文中看出其论学的一些基本理路,其中,贯穿始终的,就是特别推重比兴寄托的理论。

沈祖棻论学主要是讨论词,在这个领域里,充分体现了她对比兴寄托之说的重视。

词的比兴寄托,虽然在宋代就已经具有了比较自觉的意识,但进入理论

---

① 严迪昌《清词史》,南京:江苏古籍出版社,1990年,第449—450页。
② 程千帆《宋诗精选》,南京:江苏古籍出版社,1992年,第293页。
③ 钱锺书《宋诗选注》,北京:人民文学出版社,1982年,第297页。
④ 张春晓《后记》,沈祖棻《诵诗偶记》,《沈祖棻全集》第四卷《唐宋词赏析·诵诗偶记》,石家庄:河北教育出版社,2000年,第328页。

探讨的层面,还要等到清代。不过,清人论及于此,又可以分为两个互相关联却又不尽一致的面向。从其发展的步骤看,是从赏析古代作品开始,最后归结到指导创作。虽然这个步骤清晰可寻,也是人们共同参与的理论探索,但引起的反应或导致的结果却很有区别。这是沈祖棻通过细致爬梳后所得出的具有启发性的结论:"用比兴方法赏析古代作品,在词论家中间,有人赞同,也有人反对。至于就作者方面说,则运用这种方法从事创作,只见有人提倡,不闻有人菲薄。"她进一步总结其中的原因:"一是这种方法的主要用意是在提高词的地位,增加词的价值,这自然是作词的人所乐于接受的;其次,这种'言近而旨远,词浅而义深'的表现方法,如用得适当,的确能够使词的本身更加充实丰富,也没有招人反对的理由;三则温柔敦厚的诗教,一向被前人认为是文学的最高标准(这里暂且不论它的是非),而比兴却是达到这个标准的一种方便的手段,词人也不愿意反对它。"①

从创作论上来讨论比兴寄托,认为在创作的领域这一理论得到了积极回应,是非常敏锐的观察。以往讨论清代的比兴寄托说,往往对其鉴赏论的部分给予更多的注意,当然有其道理。不过,理论的意义,不仅在于指导阅读,更在于指导创作。而且,理论的体现,不仅在于阐述,更在于实践。特别对于中国古代文学而言,很多作家尽管有着自己的理论观点,却并不以理论家的面目出现,他们的理论性往往体现在创作之中。此即先师程千帆先生所提倡的两条腿走路,从创作中总结出理论的出发点②。如果说,清代以来,词人们在自己的创作中,因应着理论探讨,或多或少,有意注入比兴寄托的内涵,而且一直有着非常肯定的态度,则这一方法的理论意义已经体现得非常充分了,并不一定非要在理论性的著作中找证据。而能够不为狭隘的理论定义所囿,在一个更大的范围内进行讨论,尤其涉及作家的层面,作者本身具有创作的经验和素养,是很重要的原因。

但是,这并不意味着沈祖棻不重视阅读与欣赏,也就是读者与作者的关

---

① 沈祖棻《清代词论家的比兴说》,《唐宋词赏析·诵诗偶记》,第312页。
② 程千帆师《古典诗歌描写与结构中的一与多》,《古诗考索》,上海:上海古籍出版社,1984年,第25—26页。

系。在这一方面,她心细如发,揭示了在作品里比兴寄托所存在的三种情形。第一,作者创作时,本来就采用了比兴方法,即词中所表现的,除了本身情景之外,别有寄托。读者也能够看出这种情形,所以欣赏起来,除开了解它的本身意义,还得进一步去追寻它本身以外的意义。第二,作者并未用比兴方法创作,读者却还是用这种方法欣赏,因为文学创作中的形象往往大于思想。第三,作者原是用比兴方法创作,除了表面所显示的情景外,本来还有寄托,但词中所寄托的情事,或因文辞深婉,难以揣测,或因年代久远,又无记录,没有流传,而其所赖以寄托的艺术形象,却是极其完整的。在这种情况之下,读者也就往往只就它本身情景,加以欣赏,不再深求;而且对它的言外之意,也觉得若有若无,可有可无。这里所谈的比兴寄托,与其说是一种理论的阐发,不如说是创作的领悟。比如第一种,沈祖棻举王沂孙《齐天乐·蝉》为例,认为历来批评家一直认为这首词寄托了家国兴亡之感,这一类作品,"只要是对我国文学这种传统表现方法比较习惯的读者,欣赏的时候,就决不会让它们的重点从眼中滑过去"①。所谓"习惯",应该与自己的创作有关。"因为蝉本来不过是一种小动物,到了秋天,渐近死亡,也是自然现象。若非作者别有用意,是不会以这样深沉的悲哀和巨大的痛苦来咏叹它的。"②这种体会,就不是简单的词章分析所能达到的。另如第三种,作者举黄孝迈《湘春夜月》一词为例,论述非常精彩,不嫌词费,引之如次:

> 我们读到"可惜"二句,觉得有沉痛的惋惜、深挚的悲哀;"欲共"二句,有无穷的幽怨、无限的抑郁、无边的寂寞、无尽的凄凉。显然地,这都发自作者万不得已之情。"空尊"三句,情景凄苦,真是无可奈何之境。看来似乎必有所指。作者是晚宋人,对于当时政治局势,不会毫无感触,词中有所寄托,自然是可能的。但即使知道它确有寄托,却也无从指实其所寄托的是一些什么事情。如

---

① 沈祖棻《清代词论家的比兴说》,《唐宋词赏析·诵诗偶记》,第315页。
② 沈祖棻《清代词论家的比兴说》,《唐宋词赏析·诵诗偶记》,第321页。

"可惜"二句,可以认为他说的是可惜一片江山都付与暗淡的局势,也可以认为他说的是可惜一腔忠愤都付与昏乱的现实。这一腔忠愤,可以属于当时的贤臣,也可以属于作者自己,还可以认为是慨叹才华限于遭际,或者是惋惜爱情掷向空虚。又如"欲共"三句,可以认为他说的是"时事日非,无可与语",也可以认为他说的是"君门九重,叩阍无路",还可以认为是知己难逢的叹息,或者是情人薄幸的烦忧。读者不能,而且也不必去指实他的托意是我们所推想的哪一种。①

值得特别提出的是,沈祖棻认为,举黄孝迈这首词来说明作者与读者之间存在着这种关系,只是一个便于解释的假设,事实上绝对无从知道作者是否有这些意思。因为如果原词的寄托,读者已经看不出来,或者认为不必有,那么今天也就绝对无法断定其必有。这其实是阐释学上的一个重大问题,即任何的阐释只是一种可能性的说明,并世学者论之已多,似乎不必再加强调。独特之处在于,沈祖棻得出的这一见解,是"根据我们自己的习作经验和对朋友们作品的欣赏经验"②,这就把理性与感性结合在一起,更具有亲切的体味。

二、诗史上的比兴寄托

沈祖棻服膺常州词派理论,其论学亦以词为主,已如前述。不过,从其侥幸得以保存的两篇诗论来看,这一理论亦贯穿其中。如《古诗十九首讲录》论及《青青河畔草》,云:"此诗多解为比兴或讽刺,或以为刺轻于仕进而不能守节者,及士人自炫自媒者。陈祚明曰:'当窗出手,讽刺显然。'此亦谭复堂所谓'作者之用心未必然,而读者之用心何必不然'之意。"③又论及《西

---

① 沈祖棻《清代词论家的比兴说》,载《唐宋词赏析·涉江诗偶记》,第316页。
② 沈祖棻《清代词论家的比兴说》,载《唐宋词赏析·涉江诗偶记》,第317页。
③ 沈祖棻《古诗十九首讲录》,《唐宋词赏析·涉江诗偶记》,第197页。

北有高楼》，云："此诗乃伤知遇之难。'不惜'二句（引者按，即'不惜歌者苦，但伤知音稀'），千古同慨，历来说者均解为比兴，谓为贤者忠言不用，而思远引之辞。盖知音难遇之感，用之文艺，用之男女，用之君臣，其事相类，其情相通，其感相同，见仁见智，固无不可也。"①参以周济、谭献之论，其脉络清晰可见②。

《阮嗣宗〈咏怀〉诗初论》是一篇具有长久生命力的好文章，虽然写于很多年以前，仍然是研究阮籍不可忽视的资料。阮籍的诗向称难懂，锺嵘距其时代不远，已经慨叹"厥旨渊放，归趣难求"③，颜公作注，也深感"百代之下，难以情测"④。沈祖棻撰写此文，正是由于其"文多隐避，义存比兴"⑤的激发或挑战，从而以自己的灵心慧性以及所擅长的批评眼光，对这些诗篇进行了独特的解读。

开宗明义，沈祖棻指出解读阮籍《咏怀》的基本方法："微言幽旨，世远难征，固未可逐篇以史事相附会；至若古今之迹虽殊，哀乐之情不异，持此例彼，主旨所在，未尝不可贯通，是在善会之而已。"⑥这一方法，其来有自，显然与孟子"以意逆志"⑦说有关。而在孟子的学说里，"以意逆志"的实现亦有其条件，重要的一点即"知人论世"⑧，因此，沈祖棻就指出"欲识《咏怀》之诗，当

---

① 沈祖棻《古诗十九首讲录》，《唐宋词赏析·诵诗偶记》，第199页。
② 请参阅周济《介存斋论词杂著》："初学词求空，空则灵气往来。既成格调求实，实则精力弥满。初学词求有寄托，有寄托则表里相宜，斐然成章。既成格调求无寄托，无寄托则指事类情，仁者见仁，知者见知。"谭献《复堂词话》："作者之用心未必然，而读者之用心何必不然。"分别见《介存斋论词杂著 复堂词话 蒿庵词话》，第4、19页。
③ 锺嵘著，曹旭集注《诗品集注》，上海：上海古籍出版社，1994年，第123页。
④ 按，颜延年所注《咏怀》诗，今所见者，唯《文选》李善注所引数则，此句即见于"夜中不能寐"一首下注："嗣宗身仕乱朝，常恐罹谤遇祸，因兹发咏，故每有忧生之嗟。虽志在讥刺，而文多隐避。百代之下，难以情测。"萧统《文选》卷二十三，台北：艺文印书馆，1972年，第329页。
⑤ 沈祖棻《阮嗣宗〈咏怀〉诗初论》，《唐宋词赏析·诵诗偶记》，第214页。
⑥ 沈祖棻《阮嗣宗〈咏怀〉诗初论》，《唐宋词赏析·诵诗偶记》，第214页。
⑦ 《孟子·万章》，史次耘《孟子今注今译》，台北：台湾商务印书馆，1973年，第253页。
⑧ 《孟子·万章》，史次耘《孟子今注今译》，第288页。

先明嗣宗之为人；欲明嗣宗之为人，当先知嗣宗所处之时代"①，以及"嗣宗个人之思想与生活"②。

在此基础上，沈祖棻揭示了《咏怀》的三个特征：情之急迫而辞之隐约，思想感情之矛盾，题材之严肃。而论及三类，皆涉及幽隐。如论第三类："嗣宗诗风，虽或上承建安诸子，而选择题材，则悉取屈原下逮《十九首》诸篇所写逐臣弃友、死生契阔、忠义慷慨、忧愁幽思之情。凡所谓风月、池苑、恩荣、酣宴者，皆不暇一道。盖缘时值艰难，心存危苦，一以其无可奈何之境，万不得已之情，托之《咏怀》。故皆属有为而言，绝无游枝之语。此则题材之严肃，殆尤非一般作者所能企及。"③而就其主题而言，又有六个方面："或为忧国，或为刺时，或为思贤，或为惧祸，或为避世。……时亦虑及生命无常，为人类超时世之永恒悲哀而咏叹。"④而这些，又不仅皆有具体寄兴，更有永恒之超越，正如文中所引黄侃先生语："阮公深通玄理，妙达物情。《咏怀》之作，固将包罗万态，岂仅厝心曹、马兴衰之际乎！迹其痛苦穷路，沉醉连句，盖等南郭之仰天，类子舆之鉴井。大哀在怀，非恒言所能尽，故一发之于诗歌。"⑤

以上论诗，都可以与论词互参。即如"无可奈何之境，万不得已之情"，正是沈祖棻论词心词情之重要思想⑥，将其作为阮籍写作之深层意蕴，可以见出她一以贯之的诗词互通之思路。

---

① 沈祖棻《阮嗣宗〈咏怀〉诗初论》，《唐宋词赏析·诵诗偶记》，第215页。
② 沈祖棻《阮嗣宗〈咏怀〉诗初论》，《唐宋词赏析·诵诗偶记》，第222页。
③ 沈祖棻《阮嗣宗〈咏怀〉诗初论》，《唐宋词赏析·诵诗偶记》，第231页。
④ 沈祖棻《阮嗣宗〈咏怀〉诗初论》，《唐宋词赏析·诵诗偶记》，第231页。
⑤ 沈祖棻《阮嗣宗〈咏怀〉诗初论》，《唐宋词赏析·诵诗偶记》，第235页。
⑥ 如沈祖棻评张炎《高阳台·西湖春感》"东风且伴蔷薇住，到蔷薇、春已堪怜"二句云："明知春已不可留，而苦留之，其间若有甚不得已者。此甚不得已者，即至深之情，而至妙之文所由生也。留之固不可得，即万一东风且住，而花事开到蔷薇，亦近尾声，况未必住乎？因春到蔷薇，芳时已晚，而有春尽之感；因有春尽之感，故留东风且住；即使东风竟住，春光亦觉堪怜。低徊往复，如环无端，此真无可奈何之境，万不得已之情矣。"沈祖棻《张炎词小札》，《唐宋词赏析·诵诗偶记》，第168—169页。

三、沈祖棻词作中的比兴寄托

比兴寄托固然非常重要,但是,什么样的作品才有比兴寄托,怎样才能看出来比兴寄托,清人也在不同程度上进行思考,至晚清以降,批评家更是希望能够有所指示,以免读者猜谜。所以赵尊岳作《蕙风词史》,说明自己的动机:"尊岳从先生游,侧闻绪论,并以己意领会所及,率为胪举。读者就笺读词,且益深群怨之思,仰止之意矣。"①龙榆生作《彊村本事词》,也是因为词旨难明,乃"以词中本事,叩诸先生,先生多不肯言。一日执卷请益,先生就其大者有所指示,予因从而笔记之"②。看得出来,对于比兴寄托,人们在推崇的同时,既有阐释的焦虑,也有创作的焦虑,后者主要体现在缺少能够普遍被读者认可的相关作品。

正是在这个意义上,我们可以进一步讨论沈祖棻的创作。

沈祖棻的词集,开篇第一首,即自觉不自觉地体现出一种寄托,似乎预示着她在词学上的取向。词云:"芳草年年记胜游。江山依旧豁吟眸。鼓鼙声里思悠悠。　三月莺花谁作赋,一天风絮独登楼。有斜阳处有春愁。"此词末句比喻日寇进逼,国难日深,写得工妙,有人即因此称词人为"沈斜阳"。"斜阳"二字,内涵丰富,用以寄意,其来有自。辛弃疾写《摸鱼儿》,末为:"休去倚危栏,斜阳正在,烟柳断肠处。"罗大经《鹤林玉露》言孝宗见其句,以为喻朝政,颇为不悦③。沈祖棻正是继承了这一具有深厚内蕴的词学传统,使用这一意象,在新的时代,写出了新的感受。而且,表现上以一总多,高度概括。如"一天风絮",可以使人联想到北宋词人贺铸写愁的名句"一川烟草,满城风絮,梅子黄时雨"④。"独登楼",则可以使人联想辛弃疾登上金陵赏心

---

① 赵尊岳《蕙风词史》,陈水云、黎晓莲整理《赵尊岳集》,南京:凤凰出版社,2016年,第3册,第1069页。
② 龙榆生《彊村本事词》,龙榆生《龙榆生词学论文集》,上海:上海古籍出版社,2009年,第518页。
③ 罗大经撰,王瑞来点校《鹤林玉露》甲编卷一,北京:中华书局,1983年,第12页。
④ 贺铸《青玉案》,唐圭璋编《全宋词》,北京:中华书局,1965年,第513页。

亭,感到有怀难骋的悲凉:"落日楼头,断鸿声里,江南游子。把吴钩看了,栏杆拍遍,无人会、登临意。"①

沈词寄意深微的特点,其本师汪东先生最初即发现了,特别指出:"遭世板荡,奔窜殊域,骨肉凋谢之痛,思妇离别之感,国忧家恤,萃此一身。言之则触忌讳,茹之则有未甘,憔悴呻吟,唯取自喻,故其辞沉咽而多风。"②所以他评其《摸鱼子·送春》二首云:"比兴之体,最近碧山。"③试比较王沂孙《高阳台》:"残雪庭除,轻寒帘影,霏霏玉管春葭。小帖金泥,不知春是谁家。相思一夜窗前梦,奈个人、水隔天遮。但凄然,满树幽香,满地横斜。 江南自是离愁苦,况游骢古道,归雁平沙。怎得银笺,殷勤与说年华。如今处处生芳草,纵凭高、不见天涯。更消他,几度东风,几度飞花。"这首词,张惠言解为:"伤君臣晏安,不思国耻,天下将亡也。"④或许求之过实,但认为其寄托深微,却大致不错。沈氏所作,虽是送春,就寄意来说,正有可以互参之处。

这种比兴寄托的内涵,大量存在于沈祖棻词中,若不了解,虽然有所感受,理解可能不深,但由于其丈夫程千帆先生的笺注,都更为清楚了,也印证了汪东先生的评价。如1942年农历三月,沈祖棻创作了一组《浣溪沙》,共10首。其小序有云:"每爱昔人游仙之诗,旨隐辞微,若显若晦。因效其体制,次近时闻见,为今词十章。"其中的两个关键词"旨隐辞微"、"近时闻见",无疑是解读的重要切入点。如第一首:"兰絮三生证果因,冥冥东海乍扬尘。龙鸾交扇拥天人。 月里山河连夜缺,云中环珮几回闻。蓼香一掬伫千春。"程笺:"此第一首,谓中华民族反对日本帝国主义侵略之正义战争终于爆发,希望长期抗战,终能转败为胜也。'兰絮'句谓中日关系自一八九四年中日战争以后,日益恶化,此次抗战自有其历史因果。'东海'句谓日寇入

---

① 辛弃疾《水龙吟·登建康赏心亭》,唐圭璋编《全宋词》,第1869页。
② 汪东《涉江词稿序》,沈祖棻《涉江诗词集》,《沈祖棻全集》第一卷,石家庄:河北教育出版社,2000年。
③ 沈祖棻《涉江词稿》,《涉江诗词集》,第30页。
④ 张惠言《词选》,《续修四库全书》,上海:上海古籍出版社,2002年,第1732册,第548页。此词《全宋词》所收题作《和周草窗寄越中诸友韵》,词正文亦略有不同,见唐圭璋编《全宋词》,第3360页。

侵。'龙鸾'句谓全国一致拥护宣称坚决抗战到底之蒋介石也。'月里'句谓日寇不断深入,'云中'句谓反攻渺无消息。'蓼香'句即前《临江仙》第四首之'消尽蓼香留月小,苦辛相待千春'之意。"①又如第九首:"闻道仙郎夜渡河,星娥隔岁一相过。机边亲赠水精梭。　纵使青天甘寂寞,应怜银汉近风波。云盟月誓莫蹉跎。"程笺:"此第九首,望印度参加同盟军,同抗日帝也。一九四一年十二月,中英军事同盟成立,中国军队开入缅甸,协助英军作战。而与缅甸为邻之印度犹徘徊于两大阵营之间,故蒋介石于一九四二年二月飞加尔各答会晤印度人民领袖甘地,劝其抗日。"②这种解释揭示了沈词的深心,所以被舒芜先生赞为"前无古人的笺注"③。

值得注意的是,沈祖棻的这类创作,完全是出于自觉的追求。其《鹧鸪天》写道:"极目江南日已斜。萋萋芳草接天涯。隋堤纵发新栽柳,桃观仍开旧种花。　鹃有泪,燕无家。东风今日更寒些。可怜春事阑珊处,犹看群蜂闹晚衙。"程笺:"上阕,'极目'二句,喻蒋记政权已走到尽头。'隋堤'二句,喻所言所行,换汤不换药也。下阕,'鹃有泪'三句,谓人民生活愈来愈苦。'可怜'二句,喻覆亡无日,而群小犹互相倾轧不休也。大抵作者东归后所为美人香草之词,皆寄托其对国族人民命运之关注,尝谓张皋文求之于温飞卿者,温或未然,我则庶几。"④"温或未然,我则庶几"一语,意味深长,所以舒芜认为:"沈祖棻作为词学家,并不尽信常州派对温词的解释,但作为词作家,又有意实践'寄托'论来作词,此事甚有意思。"⑤所谓"甚有意思",正是看到了沈祖棻能以历史的观点对待常州词派的阐释论说,同时又抉出其现实的需求和功用,加以实践,体现了作为作家和批评家两方面的杰出素养。由此,我们试对其讨论温庭筠诸词之作加以检视,就看得非常清楚。如评温氏最著名的《菩萨蛮》(小山重叠金明灭),云:"蛾眉谁惜,何必早起而画之?长

---

① 沈祖棻《涉江词稿》,《涉江诗词集》,第 41 页。
② 沈祖棻《涉江词稿》,《涉江诗词集》,第 45 页。
③ 舒芜《前无古人的笺注》,《读书》1996 年第 5 期。
④ 沈祖棻《涉江词稿》,《涉江诗词集》,第 109 页。
⑤ 舒芜《前无古人的笺注》,《读书》1996 年第 5 期。

夜之无聊,固已领略,而长日之无聊亦可推测,更又何必早起耶?然懒起而终不能不起,慵妆而仍是要妆,故'弄妆'而'迟'。一'弄'字,千回百转而出之,不但见长日无聊之况,且见顾影自怜之情。换头二句,写镜中人面如花,益见盛年独处之难堪,韶华虚度之可惜。而罗襦乍换,复见鹧鸪双双,物犹如此,人何以堪!感物伤情,怨慕之意益深矣。"[1]再比较张惠言所评:"此章从梦晓后领起'懒起'二字,含后文情事。'照花'四句,《离骚》'初服'之意。"[2]沈氏所论更就作品本身体味,而扬弃了张惠言所作的借题发挥。不过,在沈祖棻看来,张氏的阐释或许可以做不同理解,其所揭示的原则无疑是正确的。

而从创作的角度看沈祖棻词,其中对比兴寄托传统不仅有着自己的理解,而且还能根据时代加以发挥。比如,她在一定程度上突破了感士不遇的传统,不少作品不再有一些隐喻性很强的和女性生活密切相关的词语,如"蛾眉"、"照镜"等,而是面向了更广阔的社会生活,所寄托的也不完全是自己的命运,更将国家的大事包容进来。她是真正实现了清代词学批评家周济对比兴寄托所提出的要求:"感慨所寄,不过盛衰,或绸缪未雨,或太息厝薪,或己溺己饥,或独清独醒。随其人之性情学问境地,莫不有由衷之言。见事多,识理透,可为后人论世之资。诗有史,词亦有史,庶乎自树一帜矣。"[3]

四、结语

沈祖棻在理论和创作上所体现出的鲜明一致性,是一个非常有趣的课题,自应给以应有的注意。现在来看,这种倾向至少能够让我们增强以下的认识:

第一,清代词派众多,理论代兴,常州词派后来居上,以其符合传统诗学

---

[1] 沈祖棻《唐五代词批语残存》,《唐宋词赏析·涉诗偶记》,第 5 页。
[2] 张惠言《词选》,《续修四库全书》,第 1732 册,第 537 页。
[3] 周济《介存斋论词杂著》,唐圭璋编《词话丛编》,北京:中华书局,1986 年,第 1630 页。

同时又能因应时代要求的理论,取得了词坛的主导地位。前人论词,以为常州词派不仅笼罩嘉道之间,而且沿至晚近,流风馀韵,绵绵不绝①。这种情况,已经越来越得到证实。只是关于近现代词学的研究成果尚不够丰硕,还有待于进一步发掘。

第二,沈祖棻本人的创作既是时代的,又是非常个人化的;既是传统词学观的体现,又是其个人经历遭遇的具体书写。因此,即使服膺常州词派的理论并加以实践,也并不一定像某些批评所提出的,必然导致概念化的表现。理论本身并不对创作成就的高低负责任,具体实绩如何,往往要看作家个人的心思才力。众口一词对沈祖棻词作成就的赞誉,就是有力的证明②。

第三,在中国古代文学的传统中,创作和理论的互动是一个明显而突出的现象,但其体现的形式往往是在原有规范中展开的。沈祖棻是用旧体进行创作,其所推阐的理论也是既有的,但对这个理论所展开的论述,却是在现代学术的范畴中。这种现象值得进一步关注。严格说来,沈祖棻虽然主要是写旧体诗词,但她的创作却已经是现代文学的一个组成部分了,并不能以文体为由忽视其现代意义。对这一独特的创作和理论的互动,如何认识,也是应该深入思考的问题。

---

① 严迪昌《清词史》,第518页。
② 如汪东《涉江词稿序》:"曩者,与(沈)尹默同居鉴斋,(乔)大壮、(陈)匪石往来视疾。之数君者,见必论词,论词必及祖棻。之数君者,皆不轻许人,独于祖棻词咏叹赞誉如一口。于是友人素不为词者,亦竞取传抄,诧为未有。当世得名之盛,盖过于易安远矣。"朱光潜《千帆寄示子苾夫人诗词遗著二卷,忙中急展读,不忍释手,因题寄千帆致敬。时年八十有二,已龙钟昏瞆,不计工拙,情不自禁也》:"易安而后见斯人,骨秀神清自不群。"施蛰存《踏莎行·奉题子苾夫人涉江词》:"十年家国感兴亡,一编珠玉存文献。"周退密《鹧鸪天·读涉江词,喜题小词,以志钦挹》:"杜陵诗史千秋业,肯与清真作后尘。"并见《涉江诗词集》。

附录四 起点与拓展
——胡文楷《历代妇女著作考》的价值和意义

在中国古代,特别是明清两朝,涌现了大量的女性作家。她们作品繁多,面向广泛,开创了中国妇女文学的新篇章,也为整部中国文学史注入了新因素。

虽然时至今日,传统的文学观点仍然将妇女文学置于边缘,不予重视,但是,这一领域的价值也确实越来越得到了广泛认识,并逐渐有成为新的学术增长点的趋势。回顾二十世纪的学术史,女性文学研究的发展曾经历了一个忽略与发现(1900—1949)、低迷与蕴积(1950—1978)、传统与现代交融(1979—2000)的曲折过程[①]。重新审视这一发展过程,我们发现,有一个名字贯穿始终,有一本书也在其中起到了重要作用。这就是胡文楷及其《历代妇女著作考》。二十世纪三十年代,在全社会注重整理妇女文献、研究妇女作品的氛围之中,胡文楷开始致力于征求妇女著作。1957年,其费时二十余年编著而成的《历代妇女著作考》一书由商务印书馆出版,成为这一学术沉寂期中的一个的亮点。1985年,该书经胡氏修订、增补后,复由上海古籍出版社再版。这一时期,正是国际学界中女性主义理论对文学研究产生巨

---

① 详见张宏生、张雁《〈古代女诗人研究〉导言》,张宏生、张雁编《古代女诗人研究》,武汉:湖北教育出版社,2002年,第1—54页。

大影响的时候,这部书的再版引起了美国学界的关注,其丰富的资料对"在美国学院中做研究的人启发特别大"①,从而极大地推动了国际汉学界对于中国古代女性文学研究的纵深发展。同样,中国学术界对这部著作的认识也不断加深,以此为基本出发点,延伸至文史研究的各个方面,促进了这一领域的探索不断走向深入。因此,我们可以说,胡文楷及其《历代妇女著作考》是中国妇女文学研究真正意义上的现代起点。

一、胡文楷的生平与著述

胡文楷(1901—1988),字世范,江苏昆山人。1919年起,担任过张浦乡第七校教员和第四校校长。1924年,进入商务印书馆,先后任校对、编审、编译等职。1951年,商务印书馆编审部迁至北京,胡文楷调至留沪工作组,其后又在商务印刷厂、高等教育出版社古籍工作组等处工作,1959年调至中华书局上海编辑所,1966年退休。

胡文楷一生主要在出版社从事校对、编辑工作,先后参与《四部丛刊续编》、《百衲本二十四史》、《古本戏曲丛刊》二集及三集的校对工作,业务精审,1987年获国家新闻出版署和中国出版工作者协会颁发的荣誉证书。

出版工作之外,他也致力于文史研究,所编写的《柳如是年谱》,发表于1947年2月出版的《东方杂志》第43卷第3号,其后又被收入存萃学社编集的《清代学术思想论丛》第一集(香港大东图书公司,1978),以及台湾商务印书馆1981年出版的《新编中国名人年谱集成》第13辑。1962年,中华书局上海编辑所根据王延梯、丁锡根和胡文楷三人所辑的两种来稿,整理成《李清照集》出版,这也是最早一部较为完备的李清照集。此外,他还曾撰写《薛史〈王仁裕传〉辑补》(《中华文史论丛》1980年第3辑)等文章。不过,胡文楷毕生用功最深、成就最大的,仍是他对中国古代妇女著作的整理与编纂。

---

① 孙康宜《老领域中的新视野》,张宏生编《明清文学与性别研究》,南京:江苏古籍出版社,2002年,第959页。

胡文楷对于女性著作的搜求与整理，与其夫人王秀琴(1901—1934，一名菊宝，浙江绍兴人)有莫大关系。进入二十世纪以来，女性文学渐已成为全社会关注的话题，不仅女性创作日益繁盛，对前代女性文学的研究总结也深为人们所关注，正所谓："女学昌明，闺彦淑媛，莫不挟册吟咏。颇有能蜚声词台，与须眉相颉颃者。"[①]王秀琴展读古代女性文章，为其中高志所感，然"数百年间，竟无人纂选闺文，岂非一憾事欤"[②]，因而有志于此，并嘱其夫一同留意罗致。胡文楷为此多加搜求采访，每得一书，则与王氏共赏，有意辑为《名媛文苑》。惜书尚未成，王氏即去世。此后胡文楷承其遗志，继续求访、编选。因卷帙浩繁，胡文楷先选录其中书启一类文章编成《历代名媛书简》八卷，1941年由商务印书馆出版(1950年删正为二卷本再版)，其后又"择其文字佳而传本罕者"为《历代名媛文苑简编》二卷，1947年仍由商务印书馆出版。胡氏自述，印行此书，是希望"秀琴亦得托附以传"[③]，伉俪情深，由是可知。

在编纂《名媛文苑》的过程中，胡文楷查阅了大量文献，因而在辑录女子文章之馀，有意为中国历朝妇女著作编制一份详备的专门目录。顾廷龙在《历代名媛文苑简编序》中对这一过程有具体描写："文楷谊笃伉俪，眷怀遗志，遂毅然续谋厥成。节缩衣食，勤搜博访，凡女子佳作，多方假录，成《历代名媛文苑》若干卷、《闺秀艺文志》若干卷、《历代名媛传略》若干卷，懿欤盛哉！"[④]所谓《艺文志》与《名媛传略》，应即《历代妇女著作考》的前身。

胡文楷编著此书，勤搜博访，又因各种机缘，得以多方阅览众家藏书，对此，他自己有所回忆："岁壬午(1942)，由任心白先生之介，获识顾起潜先生于合众图书馆……当年承邀楷协助编目，于是遍观叶揆初、蒋抑卮、张菊生、李拔可、王培生、胡朴庵诸公捐赠藏书及平日搜采所及者，随时钞录。长乐

---

① 胡文鉴《历代名媛文苑简编序》，见《历代名媛文苑简编》，上海：商务印书馆，1947年，序第2页。
② 胡文鉴《历代名媛文苑简编序》，《历代名媛文苑简编》，序第2页。
③ 胡文楷《历代名媛文苑简编后序》，《历代名媛文苑简编》，后序第2页。
④ 顾廷龙《历代名媛文苑简编序》，《历代名媛文苑简编》，序第3—4页。

郑振铎、吴县潘景郑、常熟瞿凤起、吴县吴慰祖、昆山徐祖正、南海谭观成诸先生,各出珍秘惠借;苏继颐、冯翰飞、吴泽炎、王重九、周云青、杨静庵、费范九、邵朗秋诸先生,时以佳刻相遗;南海冼玉清、杭县陈翠娜两女士,亦以印本惠赠……南陵徐氏、苕溪俞氏及通学斋所有闺秀集,先后购得。又托亲友向北京故宫博物院图书馆、南京国学图书馆、苏州图书馆借钞。并余历年所见所得于荒摊冷肆者,约近千种。"①1949年后,他又于上海图书馆获见王士禄《然脂集》手稿,得以参考其卷首《宫闺氏籍艺文考略》及引用书目,闻见益广。

如此辛勤二十馀年,《历代妇女著作考》终于1957年面世,所录妇女著作,"自汉魏以迄近代,凡得四千馀家"②。此前虽已有施淑仪《清代闺阁诗人征略》(崇明女子师范讲习所,1922)、单士釐《清闺秀艺文略》(载《浙江省立图书馆学报》第一、二卷,1927)、冼玉清《广东女子艺文考》(长沙商务印书馆,1941)等有关妇女著作书目的专著或文章问世,但或仅录一朝,或囿于一地,均不及胡文楷此书搜罗宏富。

《历代妇女著作考》虽已出版,并广受褒扬,但胡文楷"自觉搜求未备,遗漏孔多"③,并未停止对于妇女著作的搜集整理。再经二十年征辑,又增补二百馀种,并加以修订,1985年,此书由上海古籍出版社增订重版,由此成为中国妇女著作的最完备的目录书。

二、《历代妇女著作考》的编纂

从二十世纪三十年代开始搜集闺阁艺文,到八十年代《历代妇女著作考》最终完成增订,胡文楷费时近半个世纪,其中"采访之艰,难以尽述,非身

---

① 胡文楷《历代妇女著作考自序》,见《历代妇女著作考》(增订本),上海:上海古籍出版社,1985年,第5—6页。
② 胡文楷《历代妇女著作考自序》,见《历代妇女著作考》(增订本),第6页。
③ 胡文楷《历代妇女著作考跋》,见《历代妇女著作考》(增订本),第972页。

附录四 起点与拓展——胡文楷《历代妇女著作考》的价值和意义 / 307

历其境者,不能知其甘苦也"①。此书的编纂,可称搜罗博而用力勤,其著录书籍之众多,叙录内容之丰富,足可当之无愧地代表迄今为止中国古代女性文献目录整理的最高成就。

虽然《汉书·艺文志·诗赋略·歌诗类》中已著录了"李夫人及幸贵人歌诗三篇",但其后的各种书目,对于女性著作的著录始终为数甚少。即便"清嘉道间武进完颜恽珠所编撰的《国朝闺秀正始集》及其《续集》在收录1500 馀名女性诗人诗作的同时也记录了这些诗人的生平和创作,其内容已颇有女子艺文志的色彩"②,专门的女子著作目录,仍要至民国方始出现。其中大致情形,如胡文楷所述:"夷考妇女著作,《隋志》所载,大都亡佚。唐宋二代,如武皇后、鱼玄机、薛涛、花蕊夫人、杨太后、李清照、朱淑真,其集尚存。《明史·艺文志》所著录者,仅三十馀家,其未著录者,见于王西樵《宫闺氏籍艺文考略》所载甚多;均目见其集,足以征信。清代妇人之集,超轶前代,数逾三千。《众香》、《撷芳》、《正始》、《柳絮》诸集所选,略见梗概。而道山陈芸、陈荭之《小黛轩论诗诗注》、萧山单士釐之《清闺秀艺文略》,则于近代妇女之集,尤为详备。"③

冼玉清《广东女子艺文考》(1941)著录自唐至清广东一地 100 位女性的撰著,此外,二十世纪早期大规模著录闺秀著作的尚有施淑仪《清代闺阁诗人征略》(1922)和单士釐《清闺秀艺文略》(1927),二者征录时限只是清朝。而《历代妇女著作考》则始自汉魏六朝,迄于现代,空间、时间跨度均更大,是第一部全国性的通代女性艺文志。再以著录详备而论,同是有清一代,施淑仪共记录了 1200 馀名女性的文学创作活动,单士釐是 2300 馀人,而胡文楷经过搜求,考录作者 3600 馀人,人数上也远胜前二者。

胡氏访书的过程前已述及,除因缘际会得以广览公私藏书外,还得到诸多亲朋的帮助,而倍增其闻见,并编成《闺籍经眼录》和《昆山胡氏藏闺秀书

---

① 胡文楷《历代妇女著作考跋》,见《历代妇女著作考》(增订本),第 972 页。
② 张宏生、张雁《〈古代女诗人研究〉导言》,第 4 页。
③ 胡文楷《历代妇女著作考自序》,见《历代妇女著作考》(增订本),第 5 页。

目》。访书过程中,他从文献学的角度出发,留意比较各种版本的差异,如屈秉筠《韫玉楼诗》四卷《词》一卷,有嘉庆十六年刊本传世,然而胡文楷又访得常熟瞿氏藏有季韵兰手钞本,并且评语较刻本为多①。在此基础上,进而抄补辑佚,以求完璧。如他记载《吴岩子诗辑本》的情况,"吴岩子《青山集》原书已不可得,邹斯漪《诗媛十名家选》凡诗三十三首,余从《然脂集》补得四首,《撷芳集》二十首,《伊人思》四首,《柳絮集》一首,《江苏诗征》二首,计六十四首,辑成一册"②。如今国家图书馆、上海图书馆等处仍收藏有胡文楷当年所抄写的方韵仙《吟梅仙馆绝句》、吴丽珍《写韵楼遗草》等女性著作十馀种。另外,女子之作,流传不易,存佚情况,非常复杂。有些作品,因各种机缘,得以刊行,固然幸运,但是,恐怕更多作品未能真正与世人见面。胡文楷在书中记载了不少稿本,如江莹的《瘦桐花盦吟草》,"上半册八行笺写,极工整,凡诗五十五首。后半册红格纸写,字潦草,凡诗三十二首。前后无叙跋,卷首题锡山江莹素琼氏学吟,有江莹印。确是手稿"③。这个集子藏于吴县吴慰祖家,胡文楷借来录副,以广流传。受各种条件的限制,清代女性的创作以稿本或抄本形式存在的一定不少,也符合当时的实际。胡文楷的这种工作,不仅在于对原生态的恢复,更主要的是提供了一种示范,揭示了妇女作品存世与流传的复杂性。

作为一本叙录女性著作的专门之书,《历代妇女著作考》结合女性创作的实际情况,以朝代为序进行编次,各代之中,又以姓氏笔画多少为先后,少数民族、方外等又附其后。著录时,则先列书名、撰者、出处、亲见否。其后为撰者小传,一般包含撰者字号、里籍,父、夫等亲属关系。胡氏虑及清以前的女性作者事迹搜罗不易,所述较详,而清代众人,因有《清代闺阁诗人征略》等书可供检阅,材料较易获得,就大多从略。著作的出版传抄情况若可确知,则续录其刊印年代、版本款式、卷数篇帙、序跋题识、编校评阅姓名等。明以前女子,如薛涛、朱淑真、李清照等人著作的版本情况较为复杂,胡氏对

---

① 胡文楷《历代妇女著作考》(增订本),第 392 页。
② 胡文楷《历代妇女著作考》(增订本),第 298 页。
③ 胡文楷《历代妇女著作考》(增订本),第 288 页。

此均细加辨析。同时,对于一些不易寓目的"精钞名椠,间录其序跋,以资稽考"①。书后有三个附录:一为合刻,二为总集,(此二者著录体例与正文相类,而抄录之序跋等资料尤多。)三为1898年戊戌政变之后至民国初年女性报刊名录。

因此,胡文楷编成《历代妇女著作考》,其搜求之勤,著录之富,编排之精,均可在中国目录学史上大书一笔,又不仅对中国妇女史、中国妇女文学史等诸多研究领域具有推动之功而已。

三、女性文学的历史记录

胡文楷专力编著闺秀艺文,或未有写作女性文学史之愿,但中国目录学本就具有"辨章学术,考镜源流"的功能,因此《历代妇女著作考》一书,实可作中国古代女性文学史而观。通过对四千多位有著作(其中绝大多数是文学著作)可考的女性的著录,中国文学史上女性作家的数量大致可知。同时,进一步对这四千多位女作家进行分析,又可清晰地看出女性文学发展的一些脉络与特质。

以著录人数而论,《历代妇女著作考》中,汉魏六朝共33人,唐五代22人,宋辽46人,元代16人,明代近250人,清代3600余人。(尚有现代160余人,以其体例不重于此,姑置而不论。)虽然有年代久远,文献流散,人事失考等因素,但从大趋势来看,仍然可以说,清朝是女性文学发展的最繁荣的时期。

以作品而论,《历代妇女著作考》对于可知的作品刻写情况都加以著录,不仅这些著作本身是研究女性文学所必须依据的文本,而且通过分析其流布,女性作品被接受的情况又大致可知。明清以前,著者既少,其作品汇为专集流传后世者更稀,大多只能凭借各种选本与诗话才得一见。而清代女性所写的各类作品,除了收入各种选集或诗话之外,还有相当数量的个人文

---

① 胡文楷《历代妇女著作考自序》,见《历代妇女著作考》(增订本),第6页。

集以刻本等形式在流传。据调查,初步可知现存清代女性 870 馀人的各类著作 900 种左右(主要是诗集),其中刻本 800 馀种,而从《历代妇女著作考》的记载来看,还有一些女性著作虽曾经付梓,却未能保存至今。是以在清代 3600 多名有著作可征的女性之中,超过五分之一的作品得到刊刻,数量上大大地超越前代,比例也更高。较之选集,这类专书可以更好地展现作者的文学才华,同时,这些编纂成集的作品大多经过编选、校刊,并有当时名士的序跋评骘,也体现出时人对于女性创作的重视①。如此多的刻本行世,再汇同为数甚多的选存女性诗歌的选集与诗话、词话,女性作家在当时的文坛上必然受到了很大的重视。这对传统的"女子无才便是德"的说法无疑是一个挑战,而认为女子遵从"内言不出"之训的看法,也有重新检视的必要。事实上,胡文楷所录诸序,已有对妇才的评说,如陈芸《小黛轩论诗诗》自序云:"夫女学所尚,蚕绩针黹,井臼烹饪诸艺,是为妇功。皆妇女应有之事。若妇德妇言,舍诗文词外,未由见。不于此是求,而求之幽渺夸诞之说,殆将并妇女柔顺之质,皆付诸荒烟蔓草而湮没。"②另外,明末清初之际在表述上定型的"女子无才便是德"之说③,当然对妇女是一种禁锢,但事实上,早在康熙年间,就有人对这一说法表示过不同意见了:"或曰:'女子无才便是德。'或又曰:'女子福薄故才见。'果尔,则文章亦才女子之一端,似非所急,将香阁中必有粉黛而无丹黄,有金针而无玉管。惟是酒食蚕织,仅仅如雅人所云。一切缥囊缃帙,悉叱为闲家具也耶? 嘻,此又浅视女子之甚者也。"④这些观点所体现的批判精神,当然也包含着辑录者本人的思想,是胡文楷本人通过这种特定的形式所表达的看法。

---

① 男性文人对妇女创作所持的态度,是一个非常值得探讨的问题,特别是在清代,各种现象充满丰富性和复杂性,无法用一个固定的标准看待。即如沈德潜,作为一代大儒,按照传统的观念,他或许应该坚守正宗儒家立场,反对女子从事写作。可事实上,他为妇女著作所写的序特别多,见于《历代妇女著作考》的就有多处。这一现象提醒我们,看待这个问题,要具有多元的眼光。
② 胡文楷《历代妇女著作考》(增订本),第 582 页。
③ 明末清初,冯梦龙和陈继儒都谈过类似的话题,参看刘咏聪《中国传统才德观及清代前期女性才德论》,载其《德色才权》,香港:麦田股份有限公司,1998 年,第 200—201 页。
④ 支如增《女中七才子兰咳二集序》,见胡文楷《历代妇女著作考》(增订本),第 845—846 页。

以地域而论,胡适根据单士釐《清闺秀艺文略》,对其中著录的 2300 馀位女作家进行统计,结果发现就人数而言"江苏和浙江各占全国近三分之一。江、浙两省加上安徽,便占了全国整整三分之二以上;再加上福建、湖南,便整整占了全国的四分之三"①。这一结论常为后人引用,以为代表了清代女性作家的实际地域分布情况。胡适的看法固然是有道理的,不过从《历代妇女著作考》中,我们可以得到更为精确的数字。美国学者曼素恩(Susan Mann)根据胡文楷的著录,对清代女作家的地域分布情况进行了数字统计②,从而得出结论,"女性作家应该集中在以常州和杭州为中心的地区,也就是说,在为科举而进行的教育投入(为男人的)和女诗人的突出成就之间有着特别紧密的关联"③。地域因素对于文学发展的影响向来引人关注,然而以往的研究主要是就男性文人而言,它在女作家身上如何呈现,其背后檃括了怎样的文化意味,都值得进行深入挖掘。

以交游而论,虽然长期以来,女性的生活被预设在一个封闭的空间之中,但从《历代妇女著作考》的著录来看,她们从未停止与外界的文学交流。因为许多女性都生长于文化世家,以家庭为纽带,涌现出许多女性创作群体,山阴祁氏、吴江叶氏、阳湖张氏、湘潭郭氏、归安叶氏等即是此中代表。进而,有女性摆脱家庭的限囿,形成更开放的团体,如蕉园七子、吴中十子等。甚至突破性别樊篱,拜男性文人为师,如随园、碧城女弟子已人所共知,此外如毛奇龄、尤侗、冯班、杭世骏等名士,也都有招收女弟子的记载。这些交往无疑极大地影响了女性的文学创作,并在她们的作品中得到体现。

再以成就而论,由《历代妇女著作考》间或录存的序跋等前人话语来看,女性作家的创作具备相当水准,例如明代王兆淑,"颇有藻思,其《烈节吟》一篇,最为杰作,起句'天下纷纷带甲久,旌旗夜进睢阳口',结句'明月洲前采

---

① 胡适《三百年中的女作家》,《胡适文存》第 3 集第 8 卷,《胡适作品集》,台北:远流出版公司 1986 年,第 161 页。
② 《清代女作家的地域分布》,见曼素恩著,定宜庄、颜宜葳译《缀珍录》附录,南京:江苏人民出版社,2005 年,第 290—294 页。
③ 曼素恩著,定宜庄、颜宜葳译《缀珍录》,第 257 页。

兰杜，灵风归处载云旗'。环健飘忽，虽名家椽笔，无以过也。《和秋柳诗》'秦川罢织欲缝绵'，押字亦在诸家寻索之外"①。另有一些评价更值得注意，如毛际可评堵霞诗"清婉韶秀，高出晚唐，有烟霞想，无脂粉气"②，赏佩芳评朱素贞诗"古香冷艳，卓有盛唐风，或以沈雄入妙，或以洒落见长，绝无一点脂粉气"③。无"脂粉气"，作为一种价值判断，或许不无可议之处，但两则评语，一说其"高出晚唐"，一说其"卓有盛唐风"，亦是将女性文学放在主流文学史的发展演变中予以考察，考虑到传统中总是把女性创作与仙鬼、僧道等一起置于边缘位置，这一类提法，殊可引起深思。

回顾此前的女性文学史，虽有诸如谢无量《中国妇女文学史》（中华书局，1916）、梁乙真《清代妇女文学史》（上海中华书局，1927）、《中国妇女文学史纲》（开明书店，1932）以及谭正璧《中国女性的文学生活》（光明书店，1930，此书1934年三版时有所增补并更名为《中国女性文学史》，后再修订易名为《中国女性文学史话》，百花文艺出版社，1984）等专门的女性文学史著作，但其编写多局限于对少数女作家、作品进行浮光掠影的介绍与点评上。可以说，即至今日，对于中国历史上出现的数千位女性作家的文学活动及其文学作品的独特成就，仍然缺乏整体而全面的认识。按照《历代妇女著作考》所提供的各种信息，将其放在现代学术层面进行梳理，包括对文本的整理、阅读与阐释，就可以期待一部更为全面与扎实的女性文学史早日出现。

然而，如果停留在"女性"的前提之下，一味强调性别的分疆，将女性文学史从文学史的整体中割裂开来，止步于提供一部女性的文学史，女性文学研究也无法取得长足的发展。女性文学要真正得到其应有的评价，就必须置身于大的文学传统中去加以考量。

自二十世纪初，现代意义上的文学史观念进入中国，撰写中国文学史的

---

① 胡文楷《历代妇女著作考》（增订本）"王兆淑"条，《宫闺氏籍艺文考略》引《神释堂脞语》语，第86页。
② 胡文楷《历代妇女著作考》（增订本）"堵霞"条，《图绘宝鉴》语，第626页。
③ 胡文楷《历代妇女著作考》（增订本）"朱素贞"条，赏佩芳《倚翠楼吟草序》，第279页。

风潮至今未歇,但真正进入编撰者视线的女作家不过李清照等寥寥数人。近来对于女作家的关注渐多,但常常还是摆脱不了一种附录的实质,女性仍然被排斥在文学史的整体之外。这种情况与女性文学史的研究始终未有突破有关,对于女性文学尚且缺乏整体客观的认识,要正确评价她们取得的文学成就,以及在古代文学史上应占据怎样的地位,就更无从谈起。随着对女性文学发展历程的厘清,必然会有更多女性作家作品进入文学研究的主流领域,继而出现在文学史的表述之中。

进而言之,数量如此之多的女作家的出现,以及当时社会给予她们的高度关注,对于她们作品的接受与理解,无疑也会对文坛产生影响,这种影响在文学的发展进程中又起到了怎样的作用?在审视古代女性文学的同时,也不可避免地会引起对古代文学史的重新思考。如前所述,中国古代已有敏感的批评家从文学发展的整体上阐述了女性文学的意义,倘若循此对已成定势的现行文学史观念进行反思,当可期待出现文学史书写的新气象。

四、对女性创作的文学批评

中国传统的文学批评中,女性的角色从来不曾缺席。不仅是在诗话、词话等文学批评著作中有大量关于女性的论述,女性自身的文学评论活动也从未停止过。

从《历代妇女著作考》中可知,女性进行的文学批评活动主要表现在以下几个方面。一是编纂选集,如王端淑编《名媛诗纬》及《名媛文纬》、柳如是选定《列朝诗集》闰集及《古今名媛诗词选》、恽珠编选《国朝闺秀正始集》等。二是撰写诗话、诗文评等,如沈善宝《名媛诗话》,熊琏《澹仙诗话》,方维仪《宫闺诗评》,陈同、谈则、钱宜《三妇评牡丹亭记》,管筠、薛纤阿、文静玉编《碧城仙馆摘句图》,陈芸撰、陈荭注《小黛轩论诗诗》等。此外,在女性阅读过程中,还有许多留诸他人文集之上的评点,如陈葆贞《绮馀书室诗稿》稿本即有沈善宝的评语。三是撰写序跋,包括为他人著作所撰及自序。

值得一提的是,胡文楷在《历代妇女著作考》中有意识地对女性著作的序跋情况进行了展示，特别是一些较罕见的版本以及选集、总集里的序跋，往往全文抄录。因为这些古籍大多传本较少，翻阅不易，书中的这些著录就为学者研究提供了极大便利。美国学者孙康宜和苏源熙（Haun Saussy）二位教授主持编译的《中国古代女诗人作品选》（Women Writers of Traditional China: An Anthology of Poetry and Criticism），是近年来中国古代女性文学研究领域的一部重要著作，其附录有男性评女性，女性评女性，主要资料即从《历代妇女著作考》中获得，此书重要的文献价值于此可见。

由此看来，女性的文学批评活动不可谓不多，材料亦不可谓不丰富，然而有关研究却少之又少。除去李清照的《词论》论者甚众，其馀女性评论基本进入不了现有的文学批评研究视野。学者近年来开始注意到《三妇评牡丹亭记》、《名媛诗话》、《小黛轩论诗诗》等论著的价值，并进行了初步的研究，但仍有相当大的空间有待拓展。

女性所作的文学批评并非都是对于女性文学的批评，如熊琏《澹仙诗话》，即"多叙当时名人之诗，妇女之诗甚少"①；同样，对于女性文学的批评也常见诸男性笔端。事实上，从清代的资料看，男性文人对女性创作的品评，是一个非常突出的现象。袁枚撰写的《随园诗话》中关于女性的记录多达180馀条，曾被梁章钜斥为"所录非达官，即闺媛，大意在标榜风流，颇无足观"②，但这显然有个人意气掺杂其中，关心闺阁创作实为一时风气，即如梁章钜本人，也曾编撰《闽川闺秀诗话》四卷。此外尚有雷瑨、雷瑊同辑《闺秀诗话》，雷瑨辑《闺秀词话》，金燕编《香奁诗话》，法式善《梧门诗话》辟有两卷专论闺秀诗，其他诗话、词话中论及女性之处亦屡见不鲜。此外，女子诗文集多有男性文人为之序跋题辞，一时俊彦，如季振宜、薛雪、赵执信、沈德潜、卢文弨、王昶、蒋士铨、洪亮吉、王芑孙、阮元、戈载、翁同龢、王闿运、林纾等，均为女子诗文集写过序跋或题辞，至于一般文士为女子题辞撰传、写序作跋之事，更不可胜数。

---

① 胡文楷《历代妇女著作考》（增订本），第700页。
② 梁章钜《退庵随笔》卷二十，《续修四库全书》，上海：上海古籍出版社，2002年，第1197册，第428页。

尽管不少文人对于女子展现才华持赞赏鼓励的态度,但反对意见也一直存在。章学诚在《文史通义·妇学》中,提出"古之妇学,必由礼以通诗,今之妇学,转因诗而败礼"①的观点,对当时女性热衷修习诗文的现象加以批评。焦循称"妇女伪取诗名,尤为可笑",并借其嫡母谢氏之言,主张妇人"与其有工夫看无益之诗,何不看古人贤孝故事"②。嘉庆间,有人强调"闺阁之咏,不宜示外人"③的观念。甚至到了光绪年间,仍然有人这样说:"世谓井臼缝纫为妇人之事,不宜偏近文字。又谓闺帏所作,不宜传述人口如学士然。"④可见终有清一代,抑制女性创作,反对她们与外界交流的声音也一直存在。

观念的碰撞对当时的女性必然会产生很大影响,以至于不少人虽然知书能诗,却深自韬晦,不欲以才华自夸。某些极端的情况下,甚至会将自己的作品销毁,以免贻人话柄,如黄珮、刘氏等人在临终时,即以为写诗非妇人本分,留之无益,因而将诗册付之一炬⑤。

在此情形下,要支持女性进行文学创作活动,首先就必须为她们的行为找到理论上的依据。从清人的做法看,他们共同的策略是以《诗经》为女性创作的源头。男子表示对女性创作的支持时,持有这样的观点;女子为自己的创作进行辩护,也采取这样的视角:

> 诗三百篇,多妇人女子之作,比兴一端,遂足千古。(顾若璞《古香楼集序》)⑥

---

① 章学诚《文史通义》卷五《妇学》,章学诚著,叶瑛校注《文史通义校注》,北京:中华书局,1994年版,第537页。
② 焦循《里堂家训》卷上,《续修四库全书》,第951册,第527页。
③ 马允刚《息存室吟稿原叙》,见杭温如《息存室吟稿》,道光二十一年(1841)年重刊本,马叙第1页a。
④ 施补华《双清仙馆诗钞序》,《泽雅堂文集》卷三,《续修四库全书》,第1560册,第314页。
⑤ 事见胡文楷《历代妇女著作考》(增订本),第661、723页。
⑥ 顾若璞《古香楼集序》,见《历代妇女著作考》(增订本),第757页。

昔夫子订《诗》，《周南》十有一篇，妇女所作居其七。《召南》十有四篇，妇女所作居其九。温柔敦厚之教，必宫闱始。(戴鉴《国朝闺秀香咳集序》)①

兰思《三百篇》中，大半出乎妇人之什，《葛覃》、《卷耳》，后妃所作；《采蘩》、《采蘋》，夫人命妇所作；《鸡鸣》、《昧旦》，士妇所作。使大圣人拘拘焉以内言不出之义绳之，则早删而逸之矣。而仍存之于经者，何哉？(骆绮兰《听秋馆闺中同人集自序》)②

因念宫闱之诗，自《三百篇》、《十九首》而后，代有作者。……嗟夫！妇女有才，原非易事，以幽闲贞静之忱，写温柔敦厚之语，《葩经》以《二南》为首，所以重国风也。(陈芸《小黛轩论诗诗自序》)③

《诗经》是中国文学创作的源头，这一早已得到古代批评家确认的观念，此时被重新提起，用以支持女性创作，无疑给这一传统注入了新鲜的因素。因为，如果将女性的写作行为溯至《诗经》，则不仅可以从中寻到这一行为存在的根据，更可将其纳入诗歌传统的主流之中。诚然，即使人们煞费苦心，为女性写作确立统系，清代仍有批评家并不予以承认。如章学诚即以为《诗经》中的篇章皆出于诗人所拟，并不能成为女子宜于风雅的支持④。章氏为一代大儒，其《妇学》意有所指⑤，故难免出言偏激。事实上，认为《诗经》奠定

---

① 胡文楷《历代妇女著作考》(增订本)，第917页。
② 胡文楷《历代妇女著作考》(增订本)，第940页。
③ 胡文楷《历代妇女著作考》(增订本)，第581—582页。
④ 参见章学诚《文史通义》卷五《妇学》，章学诚著，叶瑛校注《文史通义校注》，第533页。
⑤ 章学诚《妇学》一篇，系针对袁枚而发，不仅对妇女创作不以为然，而且认为袁枚广收女弟子是"以风流自命，蛊惑士女"(详参此篇叶瑛第一条注，《文史通义校注》第538页)。同时，袁枚为了给自己指导女弟子写诗寻找依据，也把女子创作的源头推到《诗经》，其《随园诗话补遗》卷一云："俗称女子不宜为诗，陋哉言乎！圣人以《关雎》、《葛覃》、《卷耳》冠三百篇之首，皆女子之诗。"(袁枚著，顾学颉校点《随园诗话》，北京：人民文学出版社，1982年，第590页。)

了妇女写作传统的观点已广泛被清人所接受,因而使得女性创作既拥有了理论上的支持,也具有了现实操作的样本,而《历代妇女著作考》大量辑录这一类论述,一方面揭示了文学批评史的一种新观念,另一方面也反映了著者本身为女性创作正本清源的深心。

埃琳·肖沃特曾描述过女性主义批评存在三个阶段,其初期主要是揭露文学实践中的"厌女现象",进而发现女作家拥有一种她们自己的文学,最终促使人们从根本上重新思考文学研究的基本概念,修正完全基于男性文学经历的有关阅读和写作的现存的理论假定[1]。从这一理论来看清人关于女性诗歌源头的论述,对于讨论古代女性文学的历史定位,当具有参考意义。

五、古代女性的生活史书写

妇女有自己的生活,也有自己的历史。然而对于中国古代女性的生活,长期以来,人们往往重点强调她们所受到的封建制度的迫害,而忽略了还原她们真实的生存状态。从《历代妇女著作考》所记载的大量材料来看,虽然有像许权、郑贞华这样遭遇生活不幸的女子[2],但同时,另外一些女性身上所展现出的平顺样态或勃勃生机,也同样值得我们重视。

不可否认,古代社会对于女性设定了种种规范,对她们的生活也有诸多限制,使得一些女子以身为女性为憾,因而生出速变男儿的幻想。但多数女子并不追求对社会的激烈反抗。就《历代妇女著作考》的著录作统计,清代女性以"绣闲"名其诗稿的有6家,"绣阁"7家,"绣馀"竟有123家之众,而"红馀"也有25家,又有"针馀"5家,"织馀"5家,从中足可看出女性对于从事女红的认同。如果说"焚馀"代表了女性对于自身文学价值的否定,"绣馀"一类的名称则表明女性在日常生活中对文学活动的定位,她们并不试图

---

[1] 详参埃琳·肖沃特撰,刘涓译《女性主义文学批评的革命》,见王政、杜芳琴主编《社会性别研究选译》,北京:三联书店,1998年,第134—138页。
[2] 胡文楷《历代妇女著作考》(增订本),第570、740页。

摆脱传统,而是努力在社会的限定与自己的追求中寻求平衡。这样,文学活动作为一种生活的补充,可以与女子职事并行不悖,就不会招致社会对于她们德行上的否定,她们的文学追求也不会受到指责。正是在这样的环境之中,众多古代女性得以拈毫弄墨,记吟咏之词于纸端。而这些文字,正是对于女性生活最直接、最真实的记录。

同时,尽管妇女著作中大多数是诗文集,但仍不乏诸如钱芸吉《七巧八分图》、丁佩《绣谱》、王贞仪《星象图释》、黄国巽《园艺须知》等其他方面的著作,体现出女性在文学之外的追求。且从各作者的小传来看,许多女性在吟咏之外还别擅一艺,如音律、岐黄、博弈、篆刻、卜筮、针黹等,其中尤多工于书画之女性。并且她们凭借这些艺术才华为自己赢得诸多时人的赏誉。比如张宗孟善画,"出高士周艮石之门。禽鱼花卉,刻划精工,如黄筌、徐熙,尺缣片纸,赏鉴家争购如珍"。又据《图绘宝鉴》记载:"堵霞……游情绘事,凡作花木、禽鱼、蝉蜓、蔬果之类,不用落墨,亦无粉本,随意点染,皆臻神妙。喜吟咏,兼工蝇头小楷,遇得意,辄信笔题跋其上。一时求诗索画者,杂沓填间巷,殆无虚刻遂安。"[①]门类虽异,艺术却不乏相通之处,正如丁佩所言:"工居四德之末,而绣又特女工之一技耳。古人未有谱之者,以其无足重轻也。然而闺阃之间,藉以陶淑性情者,莫善于此……至于师造化以赋形,究万物之情态,则又与才人笔墨,名手丹青,同臻其妙。"[②]从艺术的眼光看来,刺绣与文学、绘画一样,都可以给女性带来创作的享受,丰富她们的文化生活。

由此可见,古代部分女性实际上拥有相对宽松的生活空间,令她们的生活除去劳作之外,尚有馀暇从事写作、书画等其他艺术活动。这与她们家庭的支持密不可分。

从《历代妇女著作考》记述的大量材料看,很多女性的作品都是附刻于其家人诗文集之后的,现存的900种左右的清代妇女著作中,这种情况有近80种,约占十分之一。其中又以附刻于丈夫诗文集之后最多,占了其中的

---

① 分见胡文楷《历代妇女著作考》(增订本),第514、626页。
② 丁佩《绣谱自序》,见丁佩《绣谱》,道光刻本,自序第1页a。

七分之六左右。这是一个非常重要的现象，前人已经发现了这一点，如《粟香五笔》云："吾常名家集后多附刻其室人诗词，如孙渊如观察《芳茂山人集》后附王采薇《长离阁集》，陆祁生大令《崇百药斋集》后附钱诜宜《五真阁吟稿》是也。惟崔曼亭观察著述无存，仅有题辞五古及《百字令》咏牡丹词一首，附钱浣青集，则又夫以妇传。"①"夫以妇传"的情况比较少见，但也并非仅此一例，陈芷洲之夫沈复所著之《养碧斋诗》，亦是附于芷洲之《闻妙香室遗稿》后。不过绝大多数情况下，仍是妻子的诗作附于丈夫的诗文集之后。其余的则分别附于其他亲眷的著作之后，举其大概，则有父亲，如曹锡珪《拂珠楼偶钞》附于其父曹一士《四焉斋诗文集》后，黄淑畹《绮窗馀事》附于其父黄任《十研老人香草笺》后；母亲，如傅范淑《小红馀籀室吟草》附于其母李端临《红馀籀室吟草》后；兄弟姊妹，如许淑贞《茗香楼诗集》附于其姊许秀贞《枣香山房诗集》后，赵景淑《延秋阁剩稿》附刊于其弟赵对澂《小罗浮馆全集》后。这些以附刻形式出现的女性著作能够问世，在很大程度上有赖于家庭其他成员诗文集的印行。

附刻之外，又有许多女性的作品，是由其家人为之刊行。其中的一种形式即是"家集本"，现存的妇女著作中，被采入家集的有二十馀家，这是因其著作为家族成员的文献而得以刊刻保存的。又有家人专为其人刻行的，比如汪仲媛夫张毓藩为其刻《怡云馆诗词钞》，丁玉琴《绣馀偶吟》由其子林春与其孙慈、慧、恕校刊，黄璇弟黄璟刊行璇著《紫藤花馆诗集》，王毓山序刻其子妇浦莲遗诗为《君香遗稿》，邹若瑗婿秦瀛为其序刻《亦南庐小稿》，陈玉瑛侄郭书禅为之手书梓行《兰居吟草》，冰月叔弟桂圃选其诗为《冷斋吟初稿》并付梓②。这其中又尤以丈夫与子孙担当刻行者为最多，此外则尚有作者的姨甥、裔孙、族孙等亲属。虽然另有许多著作的具体刻行者一时难以确察，但从刻本中多存有亲人所撰序跋传记一类的文字来看，亲眷至少参与了她们著作的刻印。

---

① 金武祥《粟香五笔》卷六"浣青集"条，光绪刻本，第33页a。
② 《君香遗稿》及《亦南庐小稿》今不见，其事见胡文楷《历代妇女著作考》（增订本），第485、695页。

冼玉清曾指出,女性"就人事而言,则作者成名,大抵有赖于三者。其一名父之女,少禀庭训,有父兄为之提倡,则成就自易。其二才士之妻,闺房唱和,有夫婿为之点缀,则声气易通。其三令子之母,侪辈所尊,有后嗣为之表扬,则流誉自广"①。女性著作出版中多有亲人参与的现象也正可为之佐证。同时,这也是家族文化的一种表现,在清代"无论婚前婚后,才女们都构成了'家学'的一部分,这种家学诉诸她们祖先的名望,是她们父母博学的突出展示"②。

这种家族文化传统,给予某些女性更广阔的生活空间,让她们创作出更多作品流传于世,以及对自己生活中各个方面进行记录,不仅使得很多年后的我们,依然可以借助诗文,还原她们真实的生活,而且,通过这些作品的刊刻方式,我们也可以对清代的家族文化的某些侧面进行进一步的思考。大量女性作品借助其家庭的男性成员得以刊行存世的事实,向人们展示,在清代,许多人会以自己的家族里出现能够写作的才女为荣。如人们所熟知的,妇女命运的变化是社会发展变化最重要的指标之一,通过这一特殊的窗口,我们理所当然也能对清代社会得出一些独特的认识。

六、馀论

以上所论,虽然无法完全概括《历代妇女著作考》的价值,但已可充分说明,它绝不仅仅是一部目录书。这部书中所提供的种种信息,都对中国妇女史和中国妇女文学史的研究有着重大贡献,循此进行探索,更能开拓出无限的空间,因而,时至今日,这部著作的价值仍然有待我们进一步认识,进一步研究。

然而,此书毕竟编著年代较早,且多凭胡氏一人之力编成,难免仍有许多材料未得寓目,即书中差错之处亦在所难免。举其著者,约有以下几个方面:

1. 年代有误。如刘眘(原误作"眘")仪,原书列为明人(页194),然今存嘉庆七年刻本《和雪吟》,有乾隆三十年(1765)葛周玉序。葛氏作序时,距刘

---

① 冼玉清《广东女子艺文考后序》,见《广东女子艺文考》,长沙:商务印书馆,1941年,后序第1页。
② 曼素恩著,定宜庄、颜宜葳译《缀珍录》,第262页。

氏生前才逾一甲子,而耆仪年二十九卒,知其为康熙间人。列入明代,显误。

2. 姓名失考。如其所著录之沈香卿(页364),云为陈少香之妻,有《琴韵阁遗草》而未见。实则沈香卿即沈凤,此书页371已著录。凤字香卿,江苏毗陵人,陈偕灿妻,撰有《琴韵阁遗草》。偕灿字少香,宜黄人,道光元年举人,今有《鸥汀渔隐诗集》六卷《续集》三卷《试贴》一卷见藏于南京图书馆,为道光二十年(1840)年忏琴阁刻本,后附《琴韵阁遗草》一卷。

3. 事实不确。如页440著录之胡佩兰,云为汪启淑妻。据《撷芳集》辑王鸣盛《蛾术编》云:"吾友汪切庵启淑,侧室胡佩兰。"《歙事闲谭》卷十五辑汪启淑《续印人传》称:"胡姬佩兰、庄姬月波,皆余侍姬也。"《闺秀正始续集》卷五称胡佩兰为"郎中汪启淑侧室",并录胡佩兰《寄主人》一首,旧时只有侧室称丈夫为主人,正妻一般称丈夫为夫。则胡佩兰应为汪启淑侧室,而非正妻。

4. 鉴定有误。如页463著录孙道乾《小螺盦病榻忆语》。据清代王麟书《小螺盦忆语题词》小序:"越中女士孙心兰芳祖,善绣纹,工诗,嗜墨成癖,既字秦氏,未归卒。其父瘦梅观察道乾杂述女士琐事,命曰《忆语》"(《慕陔堂乙稿·鸿爪集上》)。此事《续修四库全书总目提要(稿本)》记之甚详,全录如下:"清孙道乾撰。道乾字瘦梅,会稽人。《小螺庵忆语》者,仿《影梅庵忆语》而悼其亡女芳祖之作也。芳祖字心兰,号越畹……少能诗文,工针黹,旁及倚声绘事,罔不精工,能出新意。父道乾,老年无子,栖迟林泉,课女自遣,以为可娱桑榆矣。字秦氏子堮,未嫁而卒,年仅十九。临殁数日,捧其父手熟视强笑,若将有言,久之不语,双泪承睫下,回面向壁间。固问之,第曰:'明日荷花生日也。'及殁也,其父哭之痛,为《病榻忆语》千馀言,以志其哀。夫悲凄之语易好,而欢娱之文难工,父母之于子女,可谓爱之最笃,情之最挚者矣。故见之尤切,而其为文为尤真云。"则此书为孙道乾感念女儿芳祖言行所著,不应列为妇女著作。

这些,当然并不能掩盖这部著作的巨大价值,不过也提醒我们,有必要在前人的基础上,整理出一部更为全面、更为准确的中国古代妇女著作目录。

(本篇与石旻合撰)

附录五　回顾与反思
——二十世纪的中国古代女诗人研究

妇女诗人在中国的出现,据现有文献记载,似乎一直可以追溯到上古的涂山氏之女和有娀氏之女[1]。但长期以来,她们却一直被迫处在男性社会的边缘,因为这一社会的"文化不许女人承认和满足她们对成长和实现自己作为人的潜能的基本需要,即她们的性角色所不能单独规定的需要"[2],因而"女子无才便是德"之类的论调扭曲并扼杀着众多女性的文学天才,将女性创作隔阻在文学殿堂之外。作为两千年来文明的盲视区,古代女诗人的研究浮出历史地表历经坎坷,男权文化对女诗人及其创作或诋毁揶揄,如董毅《碧里杂存》卷上:"蔡文姬、李易安,失节可议;薛涛倚门之流,又无足言;朱淑真者,伤于悲怨,亦非良妇。"[3]或不屑一顾,如《宋诗钞》根本不录女诗人作品,其他各种选集或总集即使有所选录,也不过置于僧道之后,灵怪之前。古代女诗人的创作身份与写作价值在男性社会文化阈值中的模糊与低下于此可见一斑。

---

[1] 《吕氏春秋·音初》载,大禹治水,涂山氏之女等了很久,不见禹的归来,"乃作歌,歌曰:'候人兮猗!'实始为南音";而北音则起源于有娀氏的两个女儿对燕子飞走后没有再飞回来的伤感。张双棣等译注《吕氏春秋》,北京:中华书局,2007年,第63页。
[2] [美]贝蒂·弗里丹《女性的困惑》,哈尔滨:黑龙江教育出版社,1988年,第70页。
[3] 董毅《碧里杂存》,北京:商务印书馆,1937年,第13页。

明清以降,随着众多妇女作家(群体)如吴江沈氏、蕉园七子、阳湖张氏、常州庄氏、随园女弟子等的出现,加之社会发生了一定的变化,妇女创作开始受到关注,搜集妇女作家作品渐成风尚,如题锺惺《名媛诗归》、赵世杰《历代女子文集》、柳如是《历代女子诗词选》、金圣叹评点《女才子诗合集》、恽珠《国朝闺秀正始集》等,并有了像江盈科《闺秀诗评》、方维仪《宫闺诗评》、沈善宝《名媛诗话》、梁章钜《闽川闺秀诗话》等专以女诗人为研究对象的评介性著作。在这期间,整理妇女著作文献功绩最著者当推清王士禄《然脂集》二百三十卷和徐乃昌《小檀栾室汇刻闺秀词》一百一十卷。

二十世纪(尤其是民国)以来,西学东渐之势渐盛,妇女问题开始受到前所未有的社会关注。在欧风美雨的浸淫下,伴随着女学的兴起、女性意识的觉醒和女权运动的蓬勃,中国古代妇女作家的研究因其独特的人文气息而成为反封建、反礼教的见证,并渐渐拉开其作为一门现代学科的帷幕。

一、社会革命和文学发现:1900—1949

对古代女诗人的研究是与社会对妇女的认识程度密切相关的。因此,在讨论这方面的研究成果时,不能不提到自十九世纪末叶以来日趋普及的女子教育、日益高涨的女权意识及日渐丰富的妇女论著所起到的推动作用。1844年,英国女传教士霭尔特税(Miss Aldersey)在宁波创办了中国历史上第一所教会女校。1897年,最早的国人自办女学——经氏女学(经正女学)由经元善在上海创办,继之而起的有上海爱国女学、苏州苏苏女学、无锡竞志女学等。1907年,《女子师范学堂章程》和《女子小学堂章程》相继颁布,标志着社会和政府对女子教育的承认,进一步推动了女子教育的普及。中国近代女学造就了一批具有近代科学知识和西方民主思想的知识女性,这批知识女性一方面以身作则,积极投入妇女解放运动,如1911年11月成立的女子参政同志会、1912年1月在上海成立的中华女子竞进会;另一方面则勇敢地拿起手中的笔,在报纸、杂志等各种新闻媒体上积极鼓吹女权思想和社会改革。1898年7月24日,中国最早的女报《女学报》在上海创办,该报以兴女学、倡女权为宗旨,引发了社会对妇女问题的激烈讨论。1899年,陈撷芬在上海创办《女报》,虽旋即停刊,但于1902年续出,并于1903年改名《女学报》,进而在国内兴起了一股办女报的热潮。据《中国近现代妇女报刊通览》①记载,民国建元前后共有近百种妇女报刊出现,专门研讨形形色色的妇女问题,介绍国内外妇女动态与思潮,其中较著者有《妇女月刊》、《女声》、《女青年月刊》、《妇女杂志》等。同时,五四以来一批女性作家如陈衡哲、冯沅君、凌淑华、苏雪林、冰心、丁玲、白薇等在小说、诗歌、戏剧等领域中的崛起,使得早已习惯于中国女性边缘处境的男性中心社会感到了强烈的震动。一批新文化知识分子如胡适、鲁迅、周作人、梁实秋、曹聚仁等纷纷表示了对妇女创作的鼓励与赞赏,认为"女子应当利用自由的文艺,表现自己的真实的情思,解除几千年来的误会与疑惑"②。1932年3月20日,黄心勉等在上海创设女子书店,以开发妇女智识,鼓励妇女著作为宗旨,历史性地终结了"内言不出"的女性书写命运。与此同时,女性作家及妇女文学的研究、讨论成为当时一个引人注目的社会话题,一些报纸、杂志如《妇女杂志》、《女青年月刊》等纷纷开辟"妇女与文学"专栏(专号),引导讨论不断深入。在现代妇女作家研究的启示与刺激下,古代妇女作家尤其是女诗人的创作身影进而在整理国故与拷问传统两种思潮的冲刷下浮现在文学研究和历史研究的地平线上。

目录学是中国古代的传统学科之一,有着"辨章学术,考镜源流"的深刻内涵,能够最为敏感和直接地反映学术动态。最早记载女性作家及其作品的目录是《汉书·艺文志》③,但其中仅有片言只语的零散著录,这种情况在其后的公私书目中长期延续着,所以清代才女沈善宝在《名媛诗话》中说:"窃思闺秀之学与文士不同,而闺秀之传又较文士不易。盖文士幼即肄习经史,旁及诗赋,有父兄教诲,师友讨论。闺秀则既无文士之师承,又不能专习

---

① 田景昆、郑晓燕主编《中国近现代妇女报刊通览》,北京:海洋出版社,1990年。
② 周作人《女子与文学》,《晨报副刊》1922年6月3日。
③ 《汉书》卷三十《艺文志·诗赋略》"歌诗类"著录"李夫人及幸贵人歌诗三篇",北京:中华书局,1975年,第1754页。

诗文。故非聪慧绝伦者，万不能诗。生于名门巨族，遇父兄、师友知诗者，传扬尚易。倘生于蓬荜，嫁于村俗，则湮没无闻者，不知凡几。"①正揭示了古代女诗人在文学接受史上令人叹惋的命运。民国以降，古代妇女作家的整理工作取得了相当的成绩，一批较有影响的女子艺文志纷纷出现，不仅见出社会对女性作家的承认与尊重，也显示出妇女文学的研究逐渐开始在正统学术传统中占有一席之地。庄一拂《槜李女诗人辑》、《槜李闺阁词人征略》（《词学季刊》2卷3号），郑振铎《元明以来女曲家考略》（《女青年月刊》13卷3期），胡文楷《宋代闺秀艺文考略》（《东方杂志》44卷3号）等，皆使众多名晦迹隐、湮没不闻的古代女诗人及其作品重见天日。最引人注目的当属一批知识女性对整理女子艺文志的自觉参与。清嘉道间武进恽珠所编撰的《国朝闺秀正始集》及其《续集》在收录1500馀名女性诗人诗作的同时，也记录了这些诗人的生平和创作，其内容已颇有女子艺文志的色彩。施淑仪《清代闺阁诗人征略》（崇明女子师范讲习所铅印本，1922）著录了上自顺治、下迄光绪近三百年间1262名清代女诗人的生平和创作，并加以述评，颇似一部清代妇女诗史。这部著作"偏重文艺，凡诗文词赋书画考证之属有一艺专长足当闺秀之目者皆录之，非是，虽有嘉言懿行概不著录"②，表明编者在编撰态度上与传统女教的偏离。1927年，单士釐《清闺秀艺文略》（《浙江省立图书馆学报》第1、2卷）在前人著作的基础上更为全面地清理了有清一代2300多位女作家的3000多种文学作品，虽然其体例不无可议，如未注明出处、未考订作家生活年代、未考见著作存佚情况等，但毕竟瑕不掩瑜，因而被胡适誉为"文化史上的一大发现"③。冼玉清《广东女子艺文考》通过查考广东地方志，清理粤籍女性作家，相当精辟地分析了古代妇女作家的构成情况及其原因："其一名父之女，少禀庭训，有父兄为之提倡，则成就自易。其二才士之妻，闺房唱和，有夫婿为之点缀，则声气易通。其三令子之母，侪辈所

---

① 沈善宝《名媛诗话》，王英志编《清代闺秀诗话丛刊》，南京：凤凰出版社，2010年，第349页。
② 施淑仪《清代闺阁诗人征略·凡例》，王英志编《清代闺秀诗话丛刊》，第1697页。
③ 胡适《三百年中的女作家：〈清闺秀艺文略〉序》，见《胡适文存三集》卷八，上海：亚东图书馆，1930年，第1068页。

尊,有后嗣为之表扬,则流誉自广。"①这些由女性所作的女子艺文志不仅为当时及后世的女诗人研究打下了良好的文献基础,而且昭示了现代知识女性在挣脱旧的"才藻非女子事也"的文化观念之后自觉的文化追求。

任何个体研究都应当以尽可能完备可靠的文本文献为基础,但就大多数处于社会文化边缘"独行独坐,独倡独酬还独卧"②的古代女诗人而言,男性中心文化的过滤无疑会使得她们的作品流传下来的完整性与真实性都大打折扣。即以中国古代最有名的才女李清照为例,明代以前的公私书目如晁公武《郡斋读书志》、焦竑《国史经籍志》、陈第《世善堂藏书目录》皆载"《李易安集》十二卷"③,至清《四库提要》则云:"此本仅词十七阕,附以《金石录序》一篇,盖后人裒辑为之,已非其旧。"④李清照作为中国历史上最有名的才女,其作品流传的命运尚且如此蹇险,他复可知。因此,对古代女诗人作品的整理就显得尤其重要。当时较为突出的成果如张篷舟辑薛涛《薛涛诗存》(念瑛斋,1942),收诗91首;李文裿辑李清照《漱玉集》五卷(《冷雪盦丛书》,1927),收文5篇、诗18首、词78首;赵万里辑李清照《漱玉词》一卷(《校辑宋金元人词》,1931),收词60首;潘光旦辑冯小青《焚馀稿》,收文1篇、诗11首、词11首;张寿林辑贺双卿《雪压轩稿》(北京文化学社,1927),收诗24首、词14首等。前代所刊刻的一批较有影响的女诗人总集得到了重新整理,如叶绍袁《午梦堂全集》(宁俭堂排印本,1916)、陈维崧《妇人集》(周瘦鹃校阅,大东书局,1932)等。新整理的总集也不断涌现,地域性的如费善庆、薛凤昌编《松陵女子诗征》十卷(花萼堂排印本,1918),光大中编《安徽名媛诗词征略》五卷(东方印书馆,1936);家族性的如袁之球编《袁氏闺抄》(袁氏家塾本,1918);群体性的如顾宪融编《红梵精舍女弟子集》三卷(陈氏排印

---

① 冼玉清《广东女子艺文考后序》,见《广东女子艺文考》,长沙:商务印书馆,1941年,后序第1页。
② 朱淑真《减字木兰花》,《断肠诗词》,长春:长春市古籍书店,1983年,第140页。
③ 晁公武《郡斋读书志》卷十九,韦力编《古书目题跋丛刊(一)》,北京:学苑出版社,2009年,第238页;焦竑《国史经籍志》,《续修四库全书》,上海:上海古籍出版社,2002年,第916册,第528页;陈第《世善堂藏书目录》,《续修四库全书》,第919册,第533页。
④ 永瑢等《四库全书总目》卷一百九十八,北京:中华书局,1965年,第1814页。

本,1928)。另外,童振藻辑《清代名媛诗录》(木砚斋排印本,1928),戴淑慎编《古今女子文库》(大陆书局,1925),也都广事采撷,用力甚深。

作品选集最能反映编选者的文学观念及意旨。在总集、别集的衷集搜罗之外,此时的女诗人作品选编亦继武前代,并在观念、体裁和形式上较之前人有着明显的进步,如徐珂《历代女子白话诗选》(商务印书馆,1924)、张友鹤《历代女子白话词选》(文明书局,1926)的出现显系受到五四新文化运动的影响。史本直《中国诗妓的抒情诗》(大东书局,1941)选取妓女这一素为社会所轻视的弱势群体的创作为赏析对象,尤见超越一般的大度和对传统的大胆反叛。

古代女诗人的个体研究在文献整理的推动下也开始步履蹒跚地走向了现代学科。尽管传统的思维方式依然有着强大的惯性,考证辨伪还占据着大部分的学术空间,但研究中仍不乏散发着盎然生趣的新思维、新见解和新知识[①]。这时以对李清照的研究最引人注目,如李冷衷(李文裿)《李易安年谱》(明社出版部,1929)、胡云翼《李清照评传》[《晨报副刊(艺林旬刊)》第13期]、腐安《李易安居士评传》(《采社杂志》第6期)、王宗潘《李清照评传》(《国风》5卷2期)、傅东华《李清照》(商务印书馆,1934)等。其中朱芳春《李清照研究》(《师大月刊》第17、22、26、30期)搜讨最为全面,全文共分十四个部分:(一)李清照肖像;(二)李清照的足迹;(三)李清照的生平;(四)关于李清照改嫁;(五)李清照传记;(六)李清照轶事;(七)李清照年谱;(八)李

---

① 考证辨伪者如陈延杰《汉代妇人诗辨伪》(《东方杂志》24卷24号)认为卓文君《白头吟》、班婕妤《怨歌行》、苏伯玉妻《盘中诗》、蔡琰《悲愤诗》皆系伪作。余冠英《蔡琰〈悲愤诗〉辨》(《国文月刊》第77期)认为蔡琰是在兴平二年没入南匈奴,《悲愤诗》所叙与史实相合,并非伪作;张长弓《读蔡琰〈悲愤诗〉辨》(《国文月刊》第80期)则以诗意与蔡琰没胡的时间、景象等不合而予以否定。苏雪林《丁香花疑案再辨》(作为《清代男女两大词人恋史的研究》的下篇发表于《武汉大学文哲季刊》1卷4号)否定顾太春与龚自珍之恋。感性阐发者如姜华《介绍女诗人薛涛》(《真美善》3卷3期)、卢楚娉《女冠诗人鱼玄机》(《集美周刊》11卷10期)、胡寄尘《女诗豪薄少君》(《小说世界》14卷23期)、苏雪林《清代女词人顾太清》(《妇女杂志》17卷7号)、张云史《宋女词人及其他》(《教育生活》2卷5、6、7、8、9、10期)、童国希《表现在文学上的我国女性》(《女青年月刊》13卷3期)、鹤君《中国女作家的秋天》(《真美善》3卷4期)等。

清照生世大事略;(九)李清照的艺术及嗜好;(十)漱玉词研究;(十一)李清照其他文学作品;(十二)后人对于李清照及其作品之题咏;(十三)后人对于李清照的评价;(十四)漱玉词的影响拾零。其论述范围几乎涵盖了李清照研究的各个方面(文学史、文献学、批评史及接受史),可觇作者眼界之开阔。惜其局限于铺排材料,论证较为简略,尚缺乏创见和深度。另外,作者对李清照肖像的描叙,对其美满婚姻的陈述,对其改嫁与否的辩白以及对其缝纫技术的讨论,感觉上是在特别强调李清照与传统妇德、妇容与妇工完全符合的一面。钱顺之《李易安之研究》(《教育生活》2卷10、11期)、龙沐勋《漱玉词叙论》(《词学季刊》3卷1号)、郎润之《李清照与黄花》(《红豆》3卷5期)等文则对李清照的作品及其艺术特点进行专门的考订与分析。其中龙文说:"唯其不甘深闭闺帏,必骋怀纵目,得江山之助,故能纵笔挥洒,压倒须眉。"点明了李清照的性格、生活环境与文学创作的关系,进而申言:"吾国文学史中,女子不得相当地位,即由于思想环境之束缚,非果其才质之不如也。"①李长之《李清照论》(《文学杂志》2卷4期)与众多的赞誉之词不同,他并不以一般人推崇李清照为然:"我们分析那些推崇的理由,大概不外:一是专从'词匠'上着眼,最欣赏她处,是'绿肥红瘦',是'宠柳娇花'……二是专从'女人'上着眼,动辄说'以一妇人而词格乃抗轶周柳'……这完全是捧坤伶似的,我不晓得是恭维还是侮辱!"李长之还从李清照的人格理想及创作实际出发,指出:"李清照的性格大概有好坏两方面,好的方面是高雅,不失为士大夫型的女性,坏的方面却是狭小、尖刻,只有冷冷地批评,而缺少理想上之热烈地执着。"②虽然不无偏激,但独特的思考角度却可以予人启发。

朱淑真的身世一直是中国文学史上的一个谜。南宋淳熙九年(1182)魏仲恭《断肠集序》说朱淑真是钱塘人,其夫为一市井之徒,淑真另有所欢,最后赴水而死,诗稿也被父母焚毁。明田艺蘅《断肠集纪略》说朱淑真是"浙中

---

① 龙沐勋《漱玉词叙论》,《词学季刊》3卷1号,上海:开明书店,1936年,第3页。
② 李长之《李清照论》,《文学杂志》2卷4期,北京:北平琉璃厂西北书局,1933年,第27—28页。

海宁人,文公侄女"①。沈际飞、况周颐等人因见朱淑真诗中有"魏夫人"之句,推断朱淑真与北宋神宗年间宰相曾布妻魏夫人有交。郭清寰《从〈断肠集〉中所窥见的朱淑真的身世及其行为》(《清华周刊》41卷1期)从朱氏诗词入手,详细地分析了其中所表露的思想情感及其所隐藏的身世线索,坐实了况周颐关于朱淑真所嫁并非市井细民,而是官宦人家的说法,纠正了魏仲恭《断肠集序》中的旧说,并进而指出:"朱淑真是朱文公的侄女,这话虽然未必可靠,但照时代考起来,他二人是同时的人却是可信的。"②据此,他认为朱淑真当生活在1130—1200年之间。圣旦《朱淑真的恋爱事迹及其诗词》(《文艺月刊》8卷3期)将朱淑真文学创作分为三个时期:少女时期的作品洋溢着烂漫,但意境较为空虚;出嫁后逐渐走向颓废;失恋后则只有别离情怀和孤寂。

潘光旦的冯小青研究尤其值得注意。在《小青之分析》(新月书店,1927)和《小青考证补录》(《人间世》1934年第2、3期)诸作中,潘氏运用弗洛伊德的精神分析法考察了小青的身世、创作,认为其《焚馀稿》中充溢着因性欲得不到满足而产生的自恋和苦闷,小青之早逝亦缘于此。其结论令人耳目一新。

贺双卿的真实性自《西青散记》诞生之日起便引发争论,而综观其人之事迹和其集之传播、接受,不少地方确也令人疑窦丛生。二十世纪二十年代,徐珂、施淑仪分别在他们的著作中对贺双卿大加赞赏③,梁乙真更以之为最值得欣赏的清代女词人④;而顾颉刚、胡适则都对贺双卿的存在表示怀疑。胡适《贺双卿考》认为,在姓氏、籍贯、性格、年龄、行为五可疑的情况下,这个"清朝第一女词人"的出现只是向壁虚造的神话,"女诗人女词人双卿便是这

---

① 田艺蘅《断肠集纪略》,见朱淑真撰,魏仲恭辑,郑元佐注,冀勤辑校《朱淑真集注》"附录",北京:中华书局,2008年,第276页。
② 郭清寰《从〈断肠集〉中所窥见的朱淑真的身世及其行为》,《清华周刊》41卷1期,1934年,第36页。
③ 徐珂《清稗类钞》(1916),施淑仪《清代闺阁诗人征略》(1922)。
④ 梁乙真《清代妇女文学史》,太原:山西人民出版社,2015年,第42页。

个穷酸宗教里的代天下女子受苦难的女菩萨,她便是这班穷酸才子在白昼做梦时'悬想'出来的'绝世之艳、绝世之慧、绝世之幽、绝世之贞'的佳人"。从这一点出发,胡氏并探讨了"双卿"之名变为"庆青"的由来:"史震林的双卿本无姓,二三十年后讹成了'卿卿',但有人却嫌这个名字不像一个'以礼自守'的良家女子的名字,故改'卿卿'为'庆青'。"①顾颉刚《双卿》(《小说月报》15卷11号)亦持此说。这对后来的贺双卿研究颇有影响,因为它启发了有关贺双卿研究乃至女性文学研究的一个发展方向:如何看待男性目光注视下的女性写作?雪蛆在他重新编纂的《西青散记》节录本《天上人间》(出版合作社,1926)中回避了有关贺双卿真实性的问题,而提出了另外一个发人深思的评说:"斯记也,记人间者疑,记天上者诞,然不善读者莫执疑与诞者若。吾闻之美之至者超实在者也。"②雪蛆要求读者不要过分重视作品中人物的真实性,而应多多领略文章的文笔之美。从这个角度来看,雪蛆的观点带有一些新批评的色彩。

　　文学史的写作一定程度上代表着社会对作家创作及其地位的价值评判,同时,也能鲜明地体现出撰写者的文学观和价值观。自1904年林传甲的《中国文学史》印成后,学术界掀起了一股撰写中国文学史的风潮。但对于大多数中国古代女诗人来说,这种文学史仍是她们的禁区③。1916年,谢无量率先推出了《中国妇女文学史》(中华书局,1916),随后又有了梁乙真《清代妇女文学史》(中华书局,1927)、《中国妇女文学史纲》(开明书店,1932)和谭正璧《中国女性的文学生活》(光明书店,1930,后更名为《中国女

---

① 胡适《贺双卿考》,《胡适文存三集》卷八,第1084—1085页。
② 史震林原著,雪蛆编次《天上人间》,上海:出版合作社,1926年,第3—4页。
③ 大多数文学史仅偶尔涉及蔡琰、李清照数人,如张之纯《中国文学史》(商务印书馆,1915)、葛遵礼《中国文学史》(会文堂局,1921)、郑振铎《插图本中国文学史》(北平朴社出版部,1932)、陆侃如、冯沅君《中国诗史》(大江书铺,1931)、曾毅《中国文学史》(泰东图书局,1915)、赵景深《中国文学史新编》(北新书局,1936)、刘大杰《中国文学发展史》(中华书局,1941,1949)、陈子展《唐代文学史》(作家书屋,1944)、林庚《中国文学史》(厦门大学,1947)等。一些文学史如刘师培《中国中古文学史讲义》(北京大学出版部,1920)、吴梅《辽金元文学史》(商务印书馆,1934)、宋佩韦《明文学史》(商务印书馆,1934)、张宗祥《清代文学》(商务印书馆,1930)等,则根本没有论及妇女作家。

性文学史》)。谢无量在其《绪言》中说:"兹编起自上古,暨于近世,考历代妇女文学之升降,以时系人,附其制作。合者固加以甄录,伪者亦附予辨析,固将会其渊源流别,为自来妇女文学之总要。"①谢氏虽自言该书为"妇女文学之总要",但实际论述的基本上是诗词,而且基本上停留在堆砌材料的层面上,如仅介绍苏蕙的《回文诗》就用了四十多页的篇幅,其中更有不少因使用未经证实的材料而产生的谬误,如引柳下惠妻之谏词、虞姬之五言诗等作为一时妇女文学之代表,因而被前人讥为"真伪不分,玉石相乱"、"权衡失宜,轻重倒置"②。梁乙真《清代妇女文学史》为续谢著而作,虽名为"妇女文学史",却以王士禛、袁枚、阮元、陈文述、曾国藩、俞樾六位男性文人为纲,论述有清一代百馀名妇女作家主要是女诗人的创作。梁氏的另一部《中国妇女文学史纲》大体承袭了谢著以时间为序的结构而在内容上颇有增衍:"于叙述各个时期之文学时,先详其时代社会之背景,然后再叙述各个作家之历史与其作品。"该著谈中国妇女文学源流,注重标示中国各种文学之优点劣点,及各作家之作风有无受他家(指男文学家)之影响与暗示,并因受提倡平民文学、摒弃贵族文学的时风影响,"叙述时侧重于平民的及无名作家之作品,对于贵族的及宫廷文学,则多从简略"③。谭正璧《中国女性的文学生活》尤其注意到古代女性文学创作与其生活经历、思想文化背景之间的联系,并对古代妇女文学活动及其作品的某些特点也进行了一些探讨。他指出:"所谓女性文学史,实为过去女性努力于文学之总探讨,兼于此寓过去女性生活之概况,以资研究女性问题者之参考……故女性文学史者,女性生活史之一部份也。"由此出发,就对谢、梁二著颇有不满:"谢、梁二氏,其见解均未能超脱旧日藩篱,主辞赋,述诗词,不以小说、戏曲、弹词为文学,故其所述,殊多偏窄。本书则以时代文学为主。例如自宋而后,小说、戏曲、弹词居文坛正宗,乃专著笔于此。"④谭氏认为"每个著名的女作家的身世都带有浪漫的意味,

---

① 谢无量《中国妇女文学史》,北京:中国人民大学出版社,2011年,第3页。
② 燕雏《评梁乙真〈清代妇女文学史〉》,《大公报·文学副刊》1928年6月18日,第24期。
③ 梁乙真《例言》,《中国妇女文学史纲》,上海:开明书店,1932年,例言第1页。
④ 谭正璧《自序》,《中国女性的文学生活》,上海:光明书局,1930年,自序第2—3、1页。

仿佛她的本身就是一篇绝妙的文学。她们的作品又是她们身世的写照,所以即使她们的历史一字一句都不遗留到现在,只要作品遗留到现在,我们便可窥见她们身世的一斑"。进而指出:"南北朝仿佛是女性生活堕落的鸿沟。我们只要从文学里面看:南北朝以前的女性作品,都是她们不幸生活的写照,像卓文君、蔡琰……一流人的作品中,没有一丝谄媚男性的表示。南北朝以后就不然,就像侯夫人的许多幽怨诗,也无处不是表现她勾结男性的失败;至若李季兰、鱼玄机、薛涛一流人,她们的作诗仿佛专为了谄媚男性。至若明、清两朝女性诗人和词家,可以车载斗量,但她们几乎没有一个不是为了要博得男性称赞她们为'风雅'而作。她们在谄媚男性失败时,又把文学当做泄怨的工具。有时情不自禁,和男性没有交接的机会,于是文学又做了她们和男子交通的工具。至若青楼妓女的作诗作词,更为了要取悦男子,或自己做来唱给男性听,以便在他们身上取得物质的代价。"①但他所讨论的,仍然以抒情诗的创作为主。

综合来看,以上四本由男性撰写的妇女文学史均特别重视史料,已在总体上显示出一种妇女文学史特别是诗史构建的原胚形态。它们初步梳理了中国古代女诗人创作活动的历史线索,并对其文学创作心态及创作环境给予了一定的注意,特别能在肯定女性作为"人"存在的着眼点上,关注女性生存及其在文学中的表现,显示出较传统男性本位观的进步。如梁乙真《清代妇女文学史》所言:"昔恽珍浦《闺秀正始集》以祁彪佳殉节明朝,商景兰诗亦宜归入有明,不应列入清代,此实拘于时代之见耳。盖文章著述,乃个人之事业,与夫乎何有?且商景兰在清初,其文章益有声誉,列以为清初妇女文学之冠冕,亦其相当位置欤!"②但其不足之处也是相当明显的。首先,他们在认识和评价古代女诗人及其作品时,思想意识上仍不免流露出比较浓厚的儒学中落后的一面,文学观念也始终未能跳出"表彰才女"的审美趣味,最终在传统与现代之间陷入矛盾,如谢无量对束缚中国妇女数千年的班昭《女

---

① 谭正璧《中国女性的文学生活》,第33、30—31页。
② 梁乙真《清代妇女文学生活》,第8—9页。

诚》推崇备至;梁乙真《清代妇女文学史》的体例以男性文人为纲。其次,方法的陈旧使其研究常流于粗浅,视野狭隘,论证单薄,对于女诗人创作的本质特征、美学特色、流变轨迹及其在整个中国文学史上的独特地位缺乏深入细致的探讨,她们的存在似乎完全游离于文学的演变和发展之外,好像不过是一群寄居在不同时期内有着相同或相似面貌的文学(文化)衍生物。而且,从论证结构来看,基本上未脱作家生平、作品引证、依时序排列的模式,仿佛一本本新编的"名花谱",所以当时即为人所讥:"假使仅如谢无量《中国妇女文学史》、梁乙真《清代妇女文学史》,胪举几个作家,选取几首诗词,不痛不痒地批评一阵,算在文学上尽个点缀的职能;'闺秀'二字已尽够使人头痛,再酸溜溜来附风雅之末,真不知'自居何等'!"[1]值得注意的是,谢无量、梁乙真、谭正璧三人在完成妇女文学史的写作之后,又分别撰写了《中国大文学史》(中华书局,1918)、《中国文学史话》(元新书局,1934)、《新编中国文学史》(光明书局,1935),其中却未曾见到他们对古代妇女作家的任何特别关注。

与男性学者所撰写的"表彰才女"的妇女文学史相比较,此时,一批由女性撰写的古代妇女作家研究论著则显现出她们特别的性别优势与心理优势。陆晶清《唐代女诗人》(神州国光出版社,1931)是第一部由女性撰写的断代女性诗史,她以物观的方法来研究唐代女诗人及其诗的艺术,重视对时代背景的考察,将唐代女诗人分为四类:(一)宫廷妇女;(二)家庭妇女;(三)女冠;(四)娼妓。作者较为准确地揭示了古代妇女作家创作的感情特征:"历代的女作家们,又都因为受了社会的束缚,礼教的压迫,与夫文格的限制,每不敢于大胆的表现她们的真实感情,仅只于吟风弄月时,很隐晦的,透露些许若怨若恨的情绪;甚或更勉强作言不由衷的诗文,以求应付环境,把活跃的,真实的热情,都悄悄的埋葬了。"[2]曾迺敦《中国女词人》(女子书店,1935)则在对女性词人心理的把握上较为细腻。

---

[1] 王春翠《中国妇女文学谭片》,《妇女杂志》17卷7号。
[2] 陆晶清《唐代女诗人》,上海:神州国光出版社,1931年,第4—5页。

女性与文学关系的探讨是此时的一个热点,比较重要的著作有辉群编《女性与文学》(启智书局,1928)、陶秋英《中国妇女与文学》(北新书局,1933)、丁英《妇女与文学》(沪江书屋,1946)等。陶秋英《中国妇女与文学》尝试从较为广阔的社会文化背景入手去发掘古代女性的生命状态,理解她们的创作处境,对她们的写作予以重新阐释。正如她所言:"在讨论中国妇女的文学之前,我们先要知道中国妇女是究竟怎样的情形,她们所受到的社会影响是什么?因着那种社会影响而受到的教训——教育——是什么?以及她们对于文学的兴趣怎样?然后我们看她们的作品怎样?然后我们怎样希望今后的妇女文学?"[①]从这一点出发,她描述了处在中国宗法社会压迫和儒家伦理思想束缚下女性的弱势地位,并对她们文学选择的必然性做了分析,认为正是由于传统社会文化的影响,才使得中国古代妇女文学主要是诗词创作,呈现出在内容上以消遣性情为主、在感情色调上以颓废为美的表现形态。

1928年,第一本全面介绍中国妇女两千年来生命轨迹及生命状态的专著——陈东原《中国妇女生活史》面世,该著考察了中国妇女在漫长历史时期内所经历的各种社会制度、风俗习惯及文化约定,撩开妇女生活的神秘面纱,展示了两千多年来女性真实的生命状态,用真实的妇女生活见证了"礼教杀人"的本质。此外,陈顾远《中国婚姻史》(商务印书馆,1936)和王书奴《中国娼妓史》(生活书店,1934)等,均从特定的社会文化现象及制度入手,探讨了中国古代妇女的生存状况。

对所谓"才女"的解构最能传达出此时一批深受新文化运动熏陶的知识分子的思考锐力。我们知道,"才女"是古代女诗人在男性社会中所能得到的最高奖赏,而从某种程度上来说,传统的古代妇女作家研究只是一种在男权凝视下生长起来的"才女文化",究其实质乃是男性心理欲望在女性文学活动中的投射,其意图和效果正如《四库全书》的编撰,在保存文化的同时也在某种程度上压制了文化。当五四反封建的思想浪潮激荡在一批批新文化

[①] 陶秋英《中国妇女与文学》,北京:北新书局,1933年,第3页。

知识分子的笔尖下时,当在汗水、血水和碱水中浸泡了数千年的中国女性露出她们悲惨命运的冰山一角时,新文化与传统男性文人心目中的"才女情结"的决裂已如弦上之箭。胡适在《三百年中的女作家:〈清闺秀艺文略序〉》中相当尖锐地指出:"这两千多女子所以还能做几句诗,填几首词者,只因为这个畸形社会向来把女子当作玩物,玩物而能做诗填词,岂不更可夸炫于人? 岂不更加玩物主人的光宠? 所以一般稍通文墨的丈夫都希望有'才女'做他们的玩物,替他们的老婆刻集子送人,要人知道他们的艳福。好在他们的老婆决不敢说老实话,写真实的感情,诉真实的苦痛,大都只是连篇累幅的不痛不痒的诗词而已。既可夸耀于人,又没有出乖露丑的危险,我想一部分的闺秀诗词的刻本都是这样来的罢? 其次便是因为在一个不肯教育女子的国家里,居然有女子会做诗填词,自然令人惊异,所谓'闺阁而工吟咏,事之韵者也'(叶观国题《长离阁集》)。"①对比胡云翼、谢无量、梁乙真等人"妇女文学是正宗文学的核心"、"文学起源于妇女"之类言不由衷之语,胡适的这番话显得更加振聋发聩。

应当说,二十世纪前半期的中国古代女诗人研究还存在着相当大的缺陷。首先,研究者们对古代女性生活表示关注的同时,往往忽视了其内在构成,而对女作家观察世界、体验生活的特殊性及其在文学表现上的特点也缺乏深入分析,即未能将女性创作视为一个有独特价值和特色的文学系统。其次,在研究格局上,随感式批评较多,理论性探讨不足,整个研究仍处于较为浅显的层面。但我们更应该看到,二十世纪尤其是五四以来,古代女诗人的研究是随着妇女社会地位和文化水平的不断提高而逐渐受到关注的,从某种角度来看,它成了新文化运动大潮中的一条支流,故而其主旨乃在于控诉妇女历来所受的压迫,讴歌妇女的文学天赋,提高妇女的自信心,从而树立起妇女作家和妇女文学的独立地位。与传统的"才女传"或"列女传"不同,它从一开始便带有反封建文化、反宗法礼教的因子。而且,如果我们考虑到,两千年来牢固的文化思维方式和沉重的文化积淀不可能在短短不到

---

① 胡适《三百年中的女作家:〈清闺秀艺文略序〉》,《胡适文存三集》卷八,第1076—1077页。

五十年的时间内就完全颠覆和重构,就必须承认,这时的研究者们已显示出相当的勇气和睿智。谢无量在《中国妇女文学史》中说:"近世生物学家,以为妇人之能力,所以终弱于男子者,盖由数千年以来之境遇、习惯、遗传有以致之。纯出于后天之人事,而非其先天之本质即有异也。"①陶秋英亦在《中国妇女与文学》中相当前卫、极其敏感地指斥道:"'妇女'而成为种种特殊问题,特殊名称:这才是真正侮辱我们的现象,这明明在说,'妇女'是人类中的另一部份。"②这正与法国女权主义领袖西蒙娜·德·波伏瓦在其名著《第二性》中的名言"女人不是天生的,而是变成的"③不谋而合。可见,在二十世纪前半期的中国,在沉重的传统依然试图笼罩一切的时候,反叛的触角已延伸到社会生活尤其是文化生活的方方面面了。

二、创造的低迷与蕴积:1950—1978

社会现实的改变,令学者尤其是人文学者们一时感到无所适从,整个学术界在新中国成立初期显得相当沉闷。稍后"双百"方针的提出在一定程度上缓解了学术界的精神压力,并刺激了学术研究的重新启动。钩沉索隐、辨伪存真的乾嘉学风在古代女诗人的研究领域内继续得到推广,堪称我国古代妇女作家研究的双璧——陈寅恪《柳如是别传》④与胡文楷《历代妇女著作考》(商务印书馆,1957)即在此时出现。与此同时,在二十世纪五十年代末六十年代初出现了短暂的研究高潮。

首先,我们来看一看迄今为止仍代表着我国古代妇女作家研究最高成就的两本传统学术著作:陈寅恪《柳如是别传》与胡文楷《历代妇女著作考》。陈寅恪自述其《柳如是别传》的写作缘由云:"昔岁旅居昆明,偶购得常熟白

---

① 谢无量《中国妇女文学史》,第1页。
② 陶秋英《中国妇女与文学》,第306页。
③ 西蒙娜·德·波伏瓦《第二性》,郑克鲁译,上海:上海译文出版社,2011年,第9页。
④ 陈寅恪《柳如是别传》写成于二十世纪六十年代,然至1980年方才由上海古籍出版社予以整理出版。事实上,陈氏对此早有相当清醒的认识,他在1957年即云此书稿"更不知何日可以刊布也"(《柳如是别传·缘起》,上海:上海古籍出版社,1980年,第2页)。

茆港钱氏故园中红豆一粒,因有笺释钱柳因缘诗之意,迄今二十年,始克属草。"在释证钱(谦益)柳(如是)因缘诗时,复有感于"披寻钱柳之篇什于残阙毁禁之馀,往往窥见其孤怀遗恨,有可以令人感泣不能自已者焉。夫三户亡秦之志,九章哀郢之辞,即发自当日之士大夫,犹应珍惜引申,以表彰我民族独立之精神,自由之思想。何况出于婉娈倚门之少女,绸缪鼓瑟之小妇,而又为当时迂腐者所深诋,后世轻薄者所厚诬之人哉"[①]!正是抱着对柳如是的无限同情与欣赏,陈氏写下了这部书。该书历考诸家诗文笔记,"其隐讳者表出之,其诬枉者驳正之"[②],分四个专题:(1) 河东君最初姓氏名字之推测及其附带问题;(2) 河东君与"吴江故相"及"云间孝廉"之关系(附河东君嘉定之游);(3) 河东君过访半野堂及其前后之关系;(4) 复明运动(附钱氏家难)。"综贯解释,汇合辑录"[③],对柳如是从崇祯三年(1630)十三岁自盛泽归家院出,到崇祯十六年(1643)二十六岁入居绛云楼这一段时期如何择婿人海、争取婚姻自由的生活史与情感史,作了极为细密精到的考述,清洗烦冤,探幽发覆,完整地恢复了中国历史上一个了不起的奇女子的生活真相与性格真相。陈氏在《缘起》中说:"乃效《再生缘》之例,非仿《花月痕》之体也。"[④]正说明他乃是以一个有追求、有谋略且极富传统文化气息的仕女而非一个仰男人鼻息受人歧视的妓女来看待柳如是。应当指出的是,陈氏自言《别传》为柳氏而作,然因行文中较多地涉及柳氏在情感上与明清之际时论所系的一代俊彦如陈子龙、钱谦益、宋徵舆等人的特殊关系,(当然,作者涉笔为文于他们的诗酒唱和、风流放诞,其意实在于在最自然的男女两性关系中,挖掘一代知识分子面对前所未有的政治文化危机时的复杂心态与行为。)故而又使得此书在很大程度上成为一部明清之季的文人心史和文化痛史。陈氏选取一女子作为情史乃至明清痛史的主角,正是对男性中心史的一种颠覆。

---

① 陈寅恪《柳如是别传》,第1、4页。
② 陈寅恪《柳如是别传》,第39页。
③ 陈寅恪《柳如是别传》,第39页,
④ 陈寅恪《柳如是别传》,第4页。

陈寅恪的另一力作《论〈再生缘〉》写成于1954年,较早于《柳如是别传》。该文通过翔实精赡的考证,得出以下结论:陈端生生于乾隆十六年(1751),卒于乾隆五十五年(1790)。祖父陈兆崙,父陈玉敦,皆为一时名士。端生于乾隆三十八年(1773)嫁秀水范菼,生一女一子。《再生缘》前十六卷写于乾隆三十三年(1768)秋至三十五年(1770)春,后因母逝而辍笔;其后又因夫婿范菼卷入科场案遭遣戍新疆而无意为文。迨至乾隆四十九年(1784)春,端生方才在亲友的劝说下续写第十七卷,终因"断肠人恨不团圆"而未成完璧。陈寅恪抱着"所南心史,固非吴井之藏;孙盛阳秋,同是辽东之本"的心态对《再生缘》一书的思想、结构进行了极为精细的分析。他指出:"端生所以不将孟丽君之家,而将皇甫少华之家置于外廊营者,非仅表示其终身归宿之微旨,亦故作狡狯,为此颠倒阴阳之戏笔耳。又观第壹柒卷第陆柒回中孟丽君违抗皇帝御旨,不肯代为脱袍;第壹肆卷第伍肆回中孟丽君在皇帝之前,面斥孟士元及韩氏,以致其父母招受责辱;第壹伍卷第伍柒回中孟丽君夫之父皇甫敬欲在丽君前屈膝请行,又亲为丽君挽轿……则知端生心中于吾国当日奉为金科玉律之君父夫三纲,皆欲藉此等描写以摧破之也。"①"孟丽君初期本为苏映雪即梁素华之夫,盖取梁鸿、孟光夫妇之姓,反转互易,而梁素华及皇甫少华两人名中'素'、'少'二字音又相近。此虽为才女颠倒阴阳之戏笔,然可见其不服膺男尊女卑,夫为妻纲之古训。"②基于此,陈寅恪激赏道:"《再生缘》实弹词体中空前之作,而陈端生亦当日无数女性中思想最超越之人也。"③"《再生缘》之文,则在吾国自是长篇七言排律之佳诗。在外国亦与诸长篇史诗,至少同一文体。"④陈氏还剖析了《再生缘》取得极高艺术成就的原因:"《再生缘》一书,在弹词体中,所以独胜者,实由于端生之自由活泼思想,能运用其对偶韵律之词语,有以致之也。故无自由之思想,则无优美之文学,举此一例,可概其馀。此易见之真理,世人竟不知之,可谓愚不

---

① 陈寅恪《论〈再生缘〉》,《寒柳堂集》,上海:上海古籍出版社,1980年,第59页。
② 陈寅恪《论〈再生缘〉》,《寒柳堂集》,第73页。
③ 陈寅恪《论〈再生缘〉》,《寒柳堂集》,第57页。
④ 陈寅恪《论〈再生缘〉》,《寒柳堂集》,第64页。

可及矣。"①陈寅恪在1949年之后，毕其后半生之心力于柳如是、陈端生两位女性作家，皆因推崇其"自由之思想"，这固然与陈氏之终生信仰有关，探其语意，似乎和当时的情势也稍有关联。

由于陈寅恪学术地位的崇高，《论〈再生缘〉》一文发表后，引发了热烈的讨论。郭沫若先后在《光明日报》、《文汇报》上发表《〈再生缘〉前十七卷和它的作者陈端生》②、《再谈〈再生缘〉的作者陈端生》③等近十篇文章介绍陈端生的身世及其创作，以《妆楼摘艳》中写《寄外》诗的陈云贞即陈端生；而齐敬《关于陈云贞》④则考证此陈云贞《寄外书》所叙之情与彼陈端生之家境、家事均不合，故两者实非一人。对此，郭沫若在《陈云贞〈寄外书〉之谜》⑤中指证此《寄外书》乃后人伪作，进一步认定陈云贞即陈端生。1964年，陈寅恪撰《论〈再生缘〉校补记》，再次否定了郭沫若的观点，以郭氏所引材料皆系伪证，"盖无聊文士，更欲使红娘、春香、袭人、晴雯之流，变作郑康成之诗婢，钱受之柳如是，许公实之王修微，茅止生之杨宛叔，薛文起之香菱，以达其最高享受之理想。此真所谓游戏文章，断不可视为史鉴实录也"⑥。

胡文楷自二十世纪三十年代起便开始了对古代妇女作家及其作品的全面梳理工作，"凡见于正史艺文志者，各省通志府州县志者，藏书目录题跋者，诗文词总集及诗话笔记者，一一采录。自汉魏以迄近代，凡得四千馀家，依姓氏笔画编次，并将二十馀年所采集资料，重加整理。详其刊印年代，版本款式，卷数篇帙，序跋题识，编校评阅姓名。精钞名椠，间录序跋全文，以资稽考"⑦。其《历代妇女著作考》（商务印书馆，1957）并标明了这四千馀位妇女作家及其著作的流传情况和出处，是迄今为止搜罗最为宏

---

① 陈寅恪《论〈再生缘〉》，《寒柳堂集》，第66页。
② 《光明日报》1961年5月4日。
③ 《光明日报》1961年6月8日。
④ 《光明日报》1961年6月25日。
⑤ 《光明日报》1961年6月29日。
⑥ 陈寅恪《论〈再生缘〉》，《寒柳堂集》，第79页。
⑦ 胡文楷《历代妇女著作考自序》，胡文楷编《历代妇女著作考》（增订本），上海：上海古籍出版社，1985年，第6页。

富的一部女子艺文志，虽然其中亦不乏疏漏、错乱之处，但仍然代表着迄今为止妇女作家文献整理的最高成就。

陈、胡二氏的著作之外，这一时期有关古代女诗人的研究集中在以下三个问题上：（一）关于《胡笳十八拍》的作者问题。《胡笳十八拍》首见于宋郭茂倩《乐府诗集》中蔡琰名下。关于其真伪问题，历来众说纷纭。1959年郭沫若在撰写历史剧《蔡文姬》时，将《胡笳十八拍》定为蔡琰所作，在当时即引起了较大的争议。对此，郭沫若《谈蔡文姬的〈胡笳十八拍〉》、《再谈蔡文姬的〈胡笳十八拍〉》等六篇文章及高亨《蔡文姬与〈胡笳十八拍〉》、胡念贻《关于〈胡笳十八拍〉作者的争论问题》、叶玉华《蔡文姬〈胡笳十八拍〉四论》、张德钧《关于〈胡笳十八拍〉的一些问题》等文，从蔡琰的生平、文献记载、诗歌的命名以及编排等方面入手考证肯定蔡琰的著作权。而刘大杰《关于蔡琰的〈胡笳十八拍〉》、卞孝萱《谈蔡琰作品的真伪问题》、王达津《〈胡笳十八拍〉非蔡琰作补证》、李鼎文《〈胡笳十八拍〉是蔡文姬作的吗？》等文则从历史上汉与匈奴之关系、诗歌中所描写的地理环境及诗作风格、遣词造句、用典等方面予以辩难[①]。（二）对漱玉词的评价问题。古代女诗人的研究在经过近十年的停顿之后，至1957年方才由李清照研究开始走向复苏，并继李煜词之后掀起广泛讨论。其先，缪钺《女词人李清照》（《中国妇女》1957年第4期），程千帆《李清照及其词》（《语文教学》1957年第4期），张志岳、张碧波《谈李清照词》（《语文学习》1957年第5期）等文，均对李清照及其词给予了相当的肯定性评价。1958年，随着《批判刘大杰先生在李清照评价中的资产阶级观点》（《复旦月刊》1958年第2期）等文的发表，李清照研究受到了相当的冲击。一种意见认为漱玉词所表现的是贵族生活的靡靡之音，和劳动人民的生活毫无共通之处，故应予以完全否定。如1958年出版的《中国文学史》即把李清照划入"北宋晚期的形式主义逆流"，其前期词"是卖弄风骚，故作娇态的不堪画面"，后期词则是"灰色的罗网"，"削弱生活斗志"[②]。

[①] 所提及的论文均见《文学遗产》编辑部编《胡笳十八拍讨论集》，北京：中华书局，1959年。
[②] 参北京大学中文系文学专门化55级集体编著《中国文学史》（下），北京：人民文学出版社，1958年，第82—92页。

郭预衡《李清照词的社会意义和艺术价值》(《文学评论》1961年第2期)认为李清照词"是一种哀鸣和挽歌似的作品",不能被看作"爱国的情感"。另一种意见认为李清照前期词表现了她对生活的热爱,基调健康;后期词体现了爱国主义的思想情感,深切动人,与劳动人民的生活有一定共通处。因此,应当从总体上肯定其思想价值和艺术价值。如尚达翔《卓越的女作家李清照》[《山东大学学报(中国语言文学版)》1959年第2期]、唐圭璋、金启华《也论李清照》(《光明日报》1959年6月14日)等。还有一种意见则认为李清照的前期词表现的是贵族情调,应予否定;后期词表达了一些爱国之情和流离之感,有一定的思想意义,故应予肯定。如胡光舟等《不能完全否定李清照》(《文汇报》1959年4月17日)、棣华《不要抬高也不要贬低李清照》(《光明日报》1959年4月12日)等。(三)关于李清照的改嫁。李清照的改嫁,宋人李心传、王灼等均有记载。明清以来,徐𤊟、俞正燮以及陆心源、李慈铭、况周颐等均积极为李清照翻案辩诬,民国间学者亦多反对改嫁说。1957年,黄盛璋发表《李清照事迹考》(《文学研究》1957年第3期),再提改嫁说,随后又在《赵明诚李清照夫妇年谱》(《山东省志资料》1959年第3期)中重申此说。对此,唐圭璋、潘君昭《论李清照的后期词》(《江海学刊》1961年第8期)予以反驳,认为所谓"失节改嫁"事,实为宋代上层社会对李清照这位才女的攻击与诽谤。其后王仲闻发表《李清照事迹作品杂考》(《文史》第2辑),仍力主改嫁说。

综观这一时期的古代女诗人研究,除了一批考证文章如自二十世纪三十、四十年代即开始思考和撰写的陈寅恪、胡文楷的苦心孤诣之作外,大部分评论性文章都打上了鲜明的政治烙印,政治标准至关重要。在"男女都一样"、"妇女能顶半边天"的解放呼声下,性别差异被抹平了,也导致创作和评论中对女性特色以及女性情感的忽视乃至不屑,诸如"小资产阶级情调"、"对封建罪恶的控诉"以及"对劳动人民的同情"之类的时代顺口溜被用于许多文学批评,以抒闺情、述离怀为主要创作特征的古代女诗人及其作品的研究也就必然无法走向深入。因此,在五十年代末六十年代初所出现的这个短暂的研究波峰也迅速地在随后的时代中销声匿迹,古代女诗人的研究遂令人心悸地陷入了一片死寂的泥淖之中。

三、传统与现代的交融:1979—2000

二十世纪最后二十年的古代女诗人研究,就其所呈现出来的思维特点与研究方式看,大致可以八十年代中后期为限划分为两个时段。在第一个时段,文化浩劫的惨痛记忆尚未从人们心底完全消失,思想的禁锢依然惯性地牵制着研究的发展,影响着研究者的治学心态,材料辨伪和古籍整理占据着大部分思考空间。1985年,王元江在《要关心古代妇女文学的研究工作》一文中相当敏锐地指出:"严格地说,建国以来的古代妇女文学研究还处在初级阶段。……首先是重视不够。胡文楷《历代妇女著作考·序》说:'清代妇人之集,超轶前代,数逾三千。'又说:'自汉魏以迄近代凡得四千馀家。'可建国后我们的研究成果却很少。据笔者统计,一九五零年初至一九八四年底,三十四年的研究妇女作家的论文,最多不超过一百三十篇(多数文章集中在五十年代末六十年代初)。出版的妇女作家的作品集不到十部(其中李清照占了四部),一九八三年才先后出版了二部妇女诗词选。研究专著也少得可怜,没有出版一部妇女文学史。……其次,研究面太窄。大部分的论著和文章都是关于蔡文姬、李清照和秋瑾的,没有注意研究众多的妇女作家,甚至连一些著名的妇女作家也无人问津。……再次,缺乏史的眼光。从已发表的论文论著看,还没有一个是从妇女文学史的角度来研究的,都是一般的研究评论。由此可见,我们对妇女文学的研究还是零散的,不成系统。"[①]纠偏补缺已成当务之急。迨至八十年代中后期,文化热席卷整个中国学术界,在西方现代学术思潮的冲击下,研究者的文化心态也发生了许多变化。1988年,河南人民出版社出版了一套《妇女研究丛书》,网罗了一批有关妇女社会学研究、妇女心理学研究、妇女史研究、妇女

---

① 文载《光明日报》1985年3月12日。

经济学研究、两性关系研究以及古代、现代和当代妇女文学研究方面的著作,如李小江《女性审美意识探微》、杜芳琴《女性观念的衍变》、康正果《风骚与艳情——中国古典诗词的女性研究》、孟悦、戴锦华《浮出历史地表——现代妇女文学研究》等,其中对女性生命状态的揭示、对女性潜意识心理的剖析以及对女性创作的体悟至今仍有一定的启发意义。以此为代表,中国古代女诗人研究的广度与深度均超迈前代,呈现出生机勃勃的发展态势。1995年,联合国第四次世界妇女大会在北京召开,更为九十年代后期中国古代女诗人研究增加了推动力。

与以往对古代女诗人的研究多被赋予社会批判意义不同,八十年代末以来的宏观研究借鉴了心理学、文化学、妇女学、社会学理论,将更多的注意力放在了对女性生命状态、女性创作与诸社会文化因素的联系,以及对女性创作特殊心理机制的揭橥与追问上,试图在一个更为宏阔的文化平台上展示女性创作的独特魅力和流变轨迹。这种研究不仅抛弃了空泛肤浅的说教,而且在积极清理、分析传统事实和文本的基础上,引进和利用西方现代的某些学术思想,使得这一类研究体现出新的特色。

古代女诗人的创作是不是女性文学?西方女性主义理论的引进使得女诗人创作时的心理表象和潜意识受到广泛注意。千百年来一直受到男权压迫而处于社会边缘的女性在进行创作时,在性别意识上是否能够真正地代表她们自己?抑或只是男权意识的畸形表现?李小江在《女性审美意识探微》一书中说道:"(女性)既无法作为主体的人去观照自然,也无法使观照对象完全服务于自己——除了自己,她再没有可以任意操纵的对象。"[1]周乐诗《寄宿在"一间自己的房间"里——论传统女性文学中的女性意识》(《文艺争鸣》1995年第2期)、王云介《强权下的微弱叹息——从中国文学史管窥女性独立意识》[《沈阳师范学院学报(社会科学版)》1998年第2期]等文章也思考了这个问题。其中周文指出:"女性写作无论如何是对禁锢她们的狭窄生活空间的超越,是对男性的苛刻约束、视其为没有生命意识和思想感情的

---

[1] 李小江《女性审美意识探微》,郑州:河南人民出版社,1989年,第135页。

'物'和'工具'的一种反抗。"并感叹道:"(但)女性意识无法超越历史,以女性主义观点重新审视传统女性文学,也无法主观地补救历史造成的女性意识的缺陷。在传统社会中,女性被限定了以男性为物质生活的依靠,许多女性在诗歌中流露了身为女性的种种不自信和对自己命运无可把握的无奈心情。"郭梅《中国古代女曲家的创作实践及其心态》(《河北学刊》1995年第2期)在细致考察了明清多位女曲家的创作文本之后,总结了她们"愿天速变作男儿"、"易求无价宝,难得有情郎"和"也算是薄命青娥有下梢"的三种悲剧心态,认为她们实际上看到了男性高于女性的社会现实,却在心理上接受并承认其合理性,肯定自己作为女性的卑贱与悲哀。因此,她们的创作心态只不过是男权文化意识的"借尸还魂"。

既然传统社会的女性创作受到如此严重的心理束缚,那么又该如何来看待她们在文学中的自我表现以及诸美学特征呢?乔以钢《中国古代妇女文学的感伤传统》(《文学遗产》1991年第4期)和《中国女性传统命运及其文学选择》[《天津师大学报(社会科学版)》1996年第3期]、沈立东《中国古代妇女文学与中国传统文化》[《淮阴师专学报(哲学社会科学版)》1994年第2期]、吴秀华《试论古代女子诗词作品中的苦闷情结》(《河北学刊》1997年第5期)、陈志斌《中国古代女性诗人创作的忧患意识特征》(《湖南商学院学报》1999年第5期)等文章尝试从社会文化的角度来理解和把握中国古代女诗人的生命状态与她们的文学创作美学特征之间的关系,进而从更深的层次去感受和体味她们的创作。正如乔以钢《中国女性传统命运及其文学选择》一文所指出:因为古代女子自一出生便在极大程度上受到居于社会和家庭主导地位的男性的支配,故而一,女子创作动机和写作目的较之男性显然更少功利性而较多自娱色彩。二,特定的人生命运促使女性作者的思维主要朝向自身,呈内敛状态。相思之情,离别之恨,遗弃之怨,寡居之悲,以及风花雪月的各种思绪,构成古代妇女文学的基本主题,文学体裁亦多采用便于驾驭的体制较为短小的抒情诗词。三,在情感表现方式上倾向于蕴藉委婉、压抑低回,以细腻温润之笔写忧郁哀伤之情,回环吞吐,自怜自抑。

相对于民国时期的著作,此时的研究成果在理论表述和系统性上都有了一定的加强。研究者们不再满足于一种平面的描述,而是力图在更为广阔的文学背景或文化背景中,通过转换视角,生动细致地勾勒出古代女诗人的创作图景。早在八十年代中期,姚品文的《清代妇女诗歌的繁荣与理学的关系》[《江西师范大学学报(哲学社会科学版)》1985年第1期]就着力于探讨理学是如何从思想意识形态、题材主旨到艺术追求上影响着清代妇女诗歌。从姚文所显示出的思考努力和思想深度来看,当时古代妇女作家的研究无疑已有一个非常好的开端,但其后却久久不闻嗣响。迨至近年来张宏生《清代妇女词的繁荣及其成就》(《江苏社会科学》1995年第6期)、许周鹣《明清吴地妇女与通俗文学》(《铁道师院学报》1998年第5期)等文方才再次在社会文化的横截面中描绘了古代妇女作家创作的别样风光。康正果《风骚与艳情——中国古典诗词的女性研究》(河南人民出版社,1988)是成功运用女性主义文学理论解析中国古典诗词的第一部论著,该著虽不是对古代女诗人进行专门研究,但书中所力图阐明的文学事实和行文时所涉及的文学批评,已足可见出他对这一研究的深刻见解。他认为:"仅仅出于同情妇女的善意立场,或偏袒妇女的感情用事,还不能建立真正属于女性的研究。文学上的女性研究必须扭转自己一直依靠固有的政治和道德标准以立身正名的现状,首先在文学研究上建立属于女性的价值体系,为自己确定总的战略目标。"①可谓切中时弊,发人深省。张明叶《中国古代妇女文学简史》(辽宁教育出版社,1993)、乔以钢《中国女性的文学世界》(湖北教育出版社,1993)、苏者聪《闺帏的探视——唐代女诗人》(湖南文艺出版社,1991)和《宋代女性文学》(武汉大学出版社,1997)、邓红梅《女性词史》(山东教育出版社,2000)等都尝试着从不同角度对古代女诗人的创作实践进行整体上的揭示或总结,虽较以往"名花谱"式的妇女文学史在思想观念和论叙结构上有所进步,对古代女诗人及其创作也有了较为细腻和深入的体察,但对这类文学的独特表现、美学特质以及它们与中国古代大文学传统的关系等方面的探讨却创获不多。

从群体性或地域性特征入手对古代女诗人进行观照也是一个很有意思

---

① 康正果《风骚与艳情——中国古典诗词的女性研究》,郑州:河南人民出版社,1988年,第8页。

的课题,已有不少成果,如方正己《略论〈诗经〉中的女诗人群》[《桂林市教育学院学报(综合版)》1997年第2期]、黄嫣梨《汉代妇女文学五家研究》(河南大学出版社,1993)、王英志《随园女弟子概论》(《江海学刊》1995年第6期)、高万潮《清代湖州女诗人概观》[《湖州师专学报》1991年第2期]、甘霖《清代贵州的女诗人》(《贵州文史丛刊》1993年第6期)、陶应昌《论云南古代女作家》[《云南师范大学学报(哲学社会科学版)》1999年第2期]等。但在研究中如何将时代文化或地域文化与作家的创作活动很好地联系在一起,无疑还需要更为深入的思考。

施淑仪《清代闺阁诗人征略》和胡文楷《历代妇女著作考》自出版以来,在一些有识之士要求重视妇女作家研究的呼吁下,分别在1987年和1985年得以重新出版,自是有功学林[1]。近年来并有一些研究者尝试着对他们的工作继续进行辑补,如史梅《江苏方志著录之清代妇女著作考》(南京大学古典文献学硕士论文)、《清代江苏方志中之妇女著作——胡文楷〈历代妇女著作考〉拾遗》(《古籍研究》1996年第2期)即从南京大学所藏江苏方志中觅出九十四家为胡文楷所遗漏的妇女著作。其《湖山灵秀钟于巾帼者独厚——清代江苏妇女著作概述》做了更进一步的完善,将收集到的江苏省有清一代共1543名妇女作家的1851种著作(胡书著录有1425人的1707种著作)进行了地域统计与分析,并在此基础上进行了文化社会学的审视与考察,可谓胡氏之功臣,也预示着今后对古代女诗人进行研究的一个重要路向。

蔡琰、薛涛、鱼玄机、李清照、朱淑真、贺双卿、顾春等著名女诗人的个案研究是这二十年里古代妇女作家研究中最为兴盛的领域,举凡其生平经历、交游形迹、创作活动、艺术旨趣及文学地位等无不得到充分细致的关注、发掘和思考。以下即分述之。

(一) 蔡琰研究

自二十世纪五十年代末开始的《胡笳十八拍》真伪辨在八十年代初

---

[1] 施淑仪《清代闺阁诗人征略》,上海:上海书店,1987年。胡文楷《历代妇女著作考》(增订本),上海:上海古籍出版社,1985年。

战火复燃①,并波及蔡琰的另外两部作品五言《悲愤诗》和七言《悲愤诗》的著作权问题,进而使蔡琰的生平成为研究焦点。在《胡笳十八拍》和七言《悲愤诗》之伪已成定谳之后,有关蔡氏的生平仍然很有争议。丁夫《有关蔡文姬生平的几个问题——兼谈曹操赎回蔡文姬的原因》[《内蒙古大学学报(哲学社会科学版)》1984年第4期]反对郭沫若关于蔡文姬是在兴平二年(195)被匈奴右贤王去卑属下掳入南匈奴为左贤王妃,后曹操从文化观点出发将其赎回,蔡氏回国后默写其父蔡邕遗著四百馀篇的说法。认为蔡文姬是在初平三年(192)被虏出关,入胡后蔡氏陷入左贤王部伍中为某人妇,非为左贤王妃;曹操是出于政治目的为取得民心才赎回大名士蔡邕之女蔡文姬;蔡氏回国后所默写的乃是其父的藏书而非著作。陈仲奇《蔡琰晚年事迹献疑》(《文学遗产》1984年第4期)通过查考《晋书》、《世说新语》等文献推断蔡琰在董祀之后,又嫁羊衜,生羊祜(后为晋大将军)、羊徽瑜(后嫁司马师);蔡琰卒于公元249年,在公元273年被追赠为"济阳县君,谥曰穆"。九十年代后的研究者更多地将目光投向了蔡琰五言《悲愤诗》的情感构成、叙事视角以及其独特的艺术魅力。穆薇《蔡琰〈悲愤诗〉与中国古代叙事诗传统》(《齐鲁学刊》1998年第5期)、曾亚兰《杜甫诗师蔡琰而得蔡诗遗韵》(《贵州社会科学》1997年第3期)探讨了《悲愤诗》的叙事角度、艺术结构和情感线索,认为它鲜明地体现了中国传统诗歌"感于哀乐,缘事而发"的起兴特点,并启示了后代诗人如杜甫等叙事诗歌的创作方式。

(二) 薛涛、鱼玄机、李冶研究

薛涛、鱼玄机和李冶作为三位最负盛名的唐代女诗人,她们的作品集在八十年代初便得到了重新整理,已出版的有陈文华《唐女诗人集三种》(上海古籍出版社,1984)、张篷舟《薛涛诗笺》(人民文学出版社,1983。在其四十年代出

---

① 如顾平旦《蔡琰作〈胡笳十八拍〉的一个佐证》[《西南师范学院学报(哲学社会科学版)》1981年第3期]、杨宏峰《论蔡文姬被虏与〈胡笳十八拍〉》[《宁夏大学学报(社会科学版)》1983年第1期]等文皆肯定蔡琰的著作权,黄瑞云《〈胡笳十八拍〉的作者问题》[《黄石师院学报(哲学社会科学版)》1982年第2期]则予以否定。

版的旧作《薛涛诗存》基础上重加校注)。但八十年代以来,薛涛、鱼玄机研究要么仍单纯地囿于考索生平事迹,如对薛涛生卒年的判断①,对薛涛与元稹关系的评估②,对薛涛身份的测定③,对鱼玄机卒年、卒因及行迹的发微④等;要么就还仅仅停留在对她们的某些诗歌进行鉴赏的层面上。换言之,从微观上看,还不足以发掘出这三位女性特殊的创作心理机制和情感趋向;从宏观上讲,还没有彰显她们的出现尤其是她们作为社会的一个特殊群体出现在中国文学史乃至中国文化史上的重大意义。

(三) 李清照研究

李清照研究早已成为宋代文学研究中的一门显学,八十年代以来不仅

---

① 关于薛涛生年大致有三种说法:1. 唐肃宗乾元元年(758)左右。此据明刻《薛涛诗》小传"大和岁涛卒,年七十五"而来(陈文华《唐女诗人集三种·前言》)。2. 唐代宗大历五年(770)。此据史乘所载薛涛父甫及笄时,韦皋镇蜀,召令侍酒赋诗,遂入乐籍。及笄乃指女子年十五,而韦皋镇蜀起自唐德宗贞元元年(785),上推即得薛涛生年(张篷舟《薛涛诗笺》)。3. 唐德宗贞元元年或二年(785或786)。此据薛涛诗中称韦皋为"韦中令"、"韦令公",而韦皋至德宗贞元十七年(801)方兼中书令,则知薛涛侍酒赋诗时必在贞元十七年(801)以后,此时薛涛或已有十七八岁,即可上推其生年(彭芸荪《望江楼志》,四川人民出版社,1980)。薛涛卒年则大致定在唐文宗大和六年(832)。
② 关于元薛关系有两种说法。其一认定元稹与薛涛有过恋爱关系,并以薛涛《寄旧诗与元微之》和元稹《寄赠薛涛》为证[张篷舟《薛涛诗笺》;朱德慈《元薛姻缘胜证》,《成都大学学报(社会科学版)》1989年第2期]。其二则认为元稹与薛涛仅有酬唱之交而无琴瑟之好,原因在于:1. 揆于情势,元稹并无时间与薛涛在成都相见;2. 依于情理,元薛年龄相差甚大,两人之间不可能产生爱慕之心[卞孝萱《元稹 薛涛 裴淑》,《四川师范学院学报(社会科学版)》1980年第3期;吴伟斌《也谈元稹与薛涛的"风流韵事"》,《扬州师院学报(社会科学版)》1988年第3期]。
③ 顾关元、程向红《薛涛"乐妓"之谜》[《人民日报》(海外版)1993年2月5日]认为薛涛并非乐妓,其夫郑纲,乃天下望族。段文昌所撰墓志及王建、司空图等人之诗并称薛涛为"校书",若无官职而以官职称,是当时制度所绝对不允许的。薛涛之所以被认为是乐妓,乃是因为其时另有一名叫"薛陶"的妓女,故而才会张冠李戴。
④ 曲文军《女诗人鱼玄机考证三题》(《唐都学刊》1992年第2期)据唐皇甫枚《三水小牍》推断鱼玄机死于公元868年,而温璋至公元872年才担任京兆尹,故鱼玄机并非死于温手。梁超然《鱼玄机考略》[《西北大学学报(哲学社会科学版)》1997年第3期]反驳之,认为皇甫枚《三水小牍》属丛谈胜语,且系孤证,不可过于相信。梁氏并引诸家史乘,考出鱼玄机确死于温璋之手,鱼玄机生前曾随李亿到过江南一带,与之交游者有李郢、温庭筠等人。

成立了专门的李清照研究会,出版了好几本研究论文集①,并有几十本的年谱、评传、事迹考、版本考、研究资料汇编、别集和选集流行②,奠定了良好的文献基础。

在有关李清照生平的一些基本事实仍处于清理、考证和辨析的同时③,研究者对李清照作品的认识在拨乱反正之后进入了一个较以往任何时期都要活跃且深刻得多的思维空间。八十年代以来,林林总总的各种新视角和新理论像篦子一样反复地梳理着漱玉集林,举凡李清照作品的艺术手法、语言特色、审美旨趣、结构布局、抒情范式等都得到了重新审视④。

在检讨《漱玉集》所具有的深刻美学内涵和丰富情感体验方面,与这位词人同乡的杨庆存做得比较出色。在《"易安体"新论》(《理论学刊》1990 年

---

① 如济南市社会科学研究所编《李清照研究论文集》(中华书局,1984)、《李清照研究论文选》(上海古籍出版社,1986),孙崇恩、傅淑芳主编《李清照研究论文集》(齐鲁书社,1991),中国李清照辛弃疾学会等编《李清照辛弃疾研究论文集》(山东大学出版社,1997)等。

② 此处仅举其要者如王延梯《李清照评传》(陕西人民出版社,1982),程千帆、徐有富《李清照》(江苏古籍出版社,1982),褚斌杰等《李清照资料汇编》(中华书局,1984)、王仲闻《李清照集校注》(人民文学出版社,1979),黄墨谷《重辑李清照集》(齐鲁书社,1981),周振甫等《李清照词鉴赏》(齐鲁书社,1986)等。

③ 主要争议焦点集中在:1. 李清照生年。一般学者均认为李清照生于宋神宗元丰七年(1084),18 岁时嫁赵明诚,毕宝魁《李清照生年新说》[《辽宁大学学报(哲学社会科学版)》1992 年第 4 期]根据《金石录后序》所载"余自少陆机作赋之二年"的线索提出李清照生于宋神宗元丰四年(1081),李清照是在 21 岁时嫁赵明诚。2. 李清照里籍。针对以往公认李清照里籍山东历城(今济南)的旧说,研究发现李清照之父李格非早在宋神宗熙宁九年(1076)考中进士之后即在外为官,故李清照的出生地或在故乡章丘明水,或在其父宦居地,而不可能是山东历城(骆伟《谈谈李清照的里籍问题》,《柳泉》1983 年第 4 期)。3. 李清照改嫁。王仲闻《李清照集校注》(人民文学出版社,1979)中"李清照事迹编年"在"公元一一三二年(绍兴二年壬子),清照四十九岁"条下写道:"夏,清照再适张汝舟。"黄盛璋、荣斌等亦同意改嫁说。郑国弼《李清照改嫁辨正》(《齐鲁学刊》1984 年第 2 期)认为揆于情理,李清照不可能改嫁,黄墨谷、刘忆萱等人皆持此论。靳极苍《李清照"改嫁"性质辨析》(《求索》1989 年第 4 期)另辟新说,提出张汝舟乃以官文书哄骗李清照强诱以"同归",即"李清照并不要改嫁,而是因'颁金'之谤有了错判的'官文书',导致了'强以同归'","所以持改嫁说者和反改嫁说者观点都不能成立"。

④ 据统计,二十世纪词学研究中有关李清照研究的论文、论著达 959 种,分别为背景资料 190 种,作品总论 512 种,作品分论 180 种,合论词论 77 种,仅次于苏轼研究。其中二十世纪后二十年的研究成果又占了大多数。见刘尊明、王兆鹏《本世纪唐宋词研究的定量分析》[《湖北大学学报(哲学社会科学版)》1999 年第 5 期]。

第6期)一文中,杨氏较为准确地阐明了构成易安体独特面目的诸美学特征:(1)自我形象的艺术化,漱玉词是描述性情变化、展示心灵历史的宏著;(2)感情模式的独特化,漱玉词所表现的是伉俪深情和女性真情;(3)艺术风韵的个性化,漱玉词情感真率,表达含蓄,婉中带直,柔中有刚;(4)表现手法的新巧化,漱玉词善于移情于物,化抽象为形象;(5)语言锤炼的精美化,漱玉词语言自然准确,清新流畅,善用口语,有音乐感。另外,关于漱玉词所表现的自我形象,还有一些小小的争议,文生、英烈《李清照词的女性自我意识》[《辽宁师范大学学报(社会科学版)》1990年第6期]认为"(李清照)笔下的自我形象是一个浑身辐射女性阴柔美的形象,是一个以柔为主体的情感性人物"。滕振国《试论易安词的"丈夫气"》[《江西大学学报(社会科学版)》1992年第3期]引沈曾植《菌阁琐谈》"易安倜傥有丈夫气,乃闺阁中之苏、辛,非秦、柳也"和陈廷焯《白雨斋词话》"李易安词能脱尽闺阁气"之语,指出:"首先,(李清照)词中激荡着大胆、强烈、真率的感情。……其次,词作反映了清照孤傲的性格和超旷的襟怀,因而构成了高远的意境。……最后,清照对词的语言的大胆革新,就是为了更好地抒发其内在的'丈夫气'。"①陈祖美同意滕说:"李清照作为我国古代最重要的女作家,本来应该成为研究女性文化特征的主要对象,但因为在她的后期,其文化观念原则发生了较大变化,在不少方面她竟压倒'须眉',所以其文化意识也随之趋于男性化。"②对此,朱靖华《论李清照是齐鲁文化性格的妇女典型》(《中国人民大学学报》1992年第3期)以"文翰寓品格,诗章见性灵"的眼光看待李清照的创作,认为所谓"丈夫气"实是齐鲁豪爽之风在李清照创作中的鲜明体现。王兆鹏《苏辛之流亚》则引进托马斯·库恩(Thomas Kuhn)在《科学革命的结构》中提出的范式理论(paradigm),着手比较了漱玉词与宋代诸名家词在审美层次、抒情效果上的异同,认为李清照词属机杼天成的"东坡范式",而非秦观、周邦彦以人工取胜的"花间范式",颇有新意③。

陈祖美对李清照内心隐秘的破译尤值一提。在《对李清照身世的再认识(之一):关于她的娘家和婆家》、《对李清照身世的再认识(之二):在经历

---

① 滕振国《试论易安词的"丈夫气"》,《江西大学学报(社会科学版)》1992年第3期。
② 陈祖美《宋四家"七夕"词新论》,《文史哲》1992年第4期。
③ 载孙崇恩、傅淑芳主编《李清照研究论文集》,济南:齐鲁书社,1991年。

丧夫之痛后》(分载《文史知识》1998年第10、11期)中指出李清照的生母为王准孙女,继母才是王拱辰孙女;李清照在出嫁第二年即因父亲李格非卷入元祐党争被迫与赵明诚分离,并非是人们通常所认为的因赵明诚入太学而造成两者仳离;赵李二人之关系亦非世所熟知的伉俪情深,《声声慢》等凄苦之词即李清照因无嗣而被疏的"婕妤之叹"。虽然有些论证还可进一步商榷,但其探索的思路无疑值得重视。

还有一些研究尝试运用比较的方法来探寻易安词所独具的美学特点,如张惠民《东坡居士易安居士　审美情趣略相似——苏轼、李清照词学审美观简说》[《汕头大学学报(人文科学版)》1995年第2期]即"在承认苏、李差别的前提下",揭示出他们在创作追求上的异中之同,"苏轼、李清照词学审美观最本质的一致取向是去俗求雅,共同推动词的雅化,以士大夫的高品位的审美情趣精神境界取代市俗之词的淫艳粗俗"[1]。他如对李清照与李白、李煜、柳永、秦观、朱淑真、徐灿等人创作的比较,均具一定的启发性[2]。九十年代之后,平行研究的引入使李清照得以以中国古代第一女诗人的身份与英国女诗人白朗宁夫人、美国女诗人艾米莉·狄金森、朝鲜女诗人许兰雪轩以及俄罗斯女诗人阿赫玛托娃等进行艺术创作比较,李清照研究因此而进入比较文学领域[3]。应当指出的是,诸如此类的平行比较研究确实在一定程度上开拓了人们的眼界,但由于较多的分析仍仅停留在背景介绍、诗词鉴赏的层面上,对

---

[1] 张惠民《东坡居士易安居士　审美情趣略相似:苏轼、李清照词学审美观简说》,《汕头大学学报(人文科学版)》1995年第2期。
[2] 如金振华《李白与李清照诗歌的共通处》[《苏州大学学报(哲学社会科学版)》1987年第4期]、董武《异代同杯　异曲同工:李煜、李清照词中之"愁"比较谈》[《华中师范大学学报(哲学社会科学版)》1994年第1期]、沈荣森《柳永李清照词迭字比较》[《山东师大学报(社会科学版)》1991年第3期]、周鸣琦《秦观、李清照词艺术风格比较》[《云南教育学院学报(社会科学版)》1987年第3期]、陈祖美《宋四家"七夕"词新论》(《文史哲》1992年第4期)、赵飞《宋代女词人朱淑真新论——兼比较李清照的身世与创作》[《西南师范大学学报(社会科学版)》1991年第3期]、韦玲娜《苦难时代女性的生命悲歌——论易安词与湘蘋词》(《学术论坛》1999年第4期)等。
[3] 如王冬梅《柔婉清丽的女性抒情世界:白朗宁夫人与李清照的诗词比较》[《西北第二民族学院学报(哲学社会科学版)》1999年第2期]、邓红霞《悲愁与死亡:李清照与艾米莉·狄金森比较》[《无锡教育学院学报(社会科学版)》1993年第2期]、[韩]朴现圭《许兰雪轩与李清照之比较》(《文史哲》1997年第6期)、顾蕴璞、董敏《千年万里两心通:阿赫玛托娃与李清照的比较》(《俄罗斯文艺》1995年第5期)。

作者的时代心理和创作机趣的把握显然还不够丰满,因此,研究力度还亟须加强。

作为中国文学史上的第一篇词学专论,李清照《词论》的重要性自不待多言,而当众多研究者纷纷把目光聚焦其上时,便自然引发争议。研究者们或言其非李清照所作,因为来历不明且语意芜杂①,或虽同意李清照的著作权,又往往在《词论》的写作时间、文章的论述对象等方面意见相左②。关于李清照《词论》所蕴涵的美学旨趣和艺术追求,也有不同意见。首先,如何理解李清照词"别是一家"的观点?五十、六十年代的评说缘于当时特定的政治及人文环境,故多持否定性意见,认为其与时代要求和文学发展的趋势背道而驰。八十年代以来,随着词学研究的兴盛以及文学研究对文体学的关注和重视,"别是一家"逐渐被看作是李清照对词体发展演进的清醒认识与

---

① 马兴荣《李清照〈词论〉考》(《柳泉》1984 年第 6 期)认为:"从世传为李清照的《词论》的出处来源、流传情况以及《词论》本身存在不应有的疏失和《词论》的主张并不指导李清照的词作三个方面来看,可以说《词论》的作者不是李清照,它是一篇托名伪作。"张仲谋《〈词论〉作者考辨》[《徐州师范学院学报(哲学社会科学版)》1988 年第 2 期]从《词论》的写作时间、《词论》的论词标准与《漱玉词》的相左、《词论》历评前代词人而不及周邦彦三个可疑之处推断《词论》的作者不是李清照,而是周邦彦,《词论》很可能是周邦彦为万俟咏《大声集》所作的序。然大部分的研究者皆认为《词论》的作者是李清照,如周桂峰《李清照〈词论〉"托名伪作"说尚难成立》[《汕头大学学报(人文科学版)》1988 年第 4 期]——驳斥马文观点,指出《词论》的出处《苕溪渔隐丛话》可信度较高,而"《词论》本身的所谓'疏失',也同样不能否定《词论》的真实性"。

② 关于《词论》的写作时间,大体有两种说法:1. 早年说。周桂峰《李清照〈词论〉作于早年说》[《淮阴师专学报(哲学社会科学版)》1990 年第 3 期]认为《词论》的写作时间不晚于宋徽宗大观四年(1110)亦即晁无咎卒年,即李清照 27 岁以前,并极可能作于 1101—1102 年之间,时李清照年轻气盛,故能指摘时贤,毫无顾忌。杨海明《唐宋词论稿》将《词论》写作时间"限在李氏屏居青州乡下的十馀年间"(1107—1121)。2. 晚年说。费秉勋《李清照〈词论〉新探》[《西北大学学报(哲学社会科学版)》1985 年第 2 期]认为《词论》写于李清照南渡之后甚至晚年,因为其理论是她在晚年根据自己的创作实践总结出来的,所以与其创作情况完全相符。费文并称《词论》乃成于《苕溪渔隐丛话》的前集与后集编撰年代之间,即公元 1148—1167 年。关于《词论》未提及当时著名词人周邦彦的疑惑,亦有两种解释:1.《词论》写作之时,周邦彦名气还不大,故尚未入心高气傲的李清照之眼。持此论者如周桂峰(《李清照〈词论〉作于早年说》)、张惠民《〈李清照〈词论〉的达诂与确评》,《文学遗产》1993 年第 1 期)等。2. 周邦彦词的美学风格完全符合李清照之论词标准,故李清照无可挑剔。持此论者则如费秉勋(《李清照〈词论〉新探》)、徐永端《谈谈李清照的〈词论〉》,《文学遗产》1980 年第 1 期)等。

要求,它促进了词彻底脱离诗文而向一种独立文体转变的过程,是李清照在词学理论研究上的重大贡献,如吴熊和《唐宋词通论》(浙江古籍出版社,1985),孙崇恩、蔡万江《李清照〈词论〉试探》(《东岳论丛》1984年第6期),傅淑芳《〈词论〉——宋词"独立宣言"》等。其次,如何理解李清照的论词标准? 李清照在《词论》中破多立少,其理论主旨埋藏于对诸家的品藻评骘上,这些品藻评骘究竟要试图说明些什么? 对此,费秉勋《李清照〈词论〉新探》[《西北大学学报(哲学社会科学版)》1985年第2期]进行了较为深入的发掘。他认为"协音律"是《词论》的总纲。在这总纲之下,复有纲目四条:"铺叙"的内涵在于"意象的铺叙并非同类景物的罗列,感情的铺叙也不是相似心态的堆砌,而是统一于一个独特意境中的互相渗透互相映照着的景和情的自然变化";"故实"是"用事不使人觉","事如己出,天然浑厚";"文雅"是"侧艳浮靡和伧儜不雅"的反面;"典重"乃针对语气的浮浅和激切而言,兼指"音乐的沉稳典重"。张惠民《李清照〈词论〉的达诂与确评》(《文学遗产》1993年第1期)亦认为《词论》的纲领即"乐府(词)"作为歌唱艺术是音乐(声)与文学(诗)不可分离的艺术整体,只有达到了这个要求,才能谈及作为文学的歌词所应具有的美学特征。再次,如何理解李清照的词学主张与其创作实践的关系? 郭绍虞认为:"李清照的词论和她的创作不相应,也可作为这篇词论写于她早期的旁证。"[1]施议对持相反看法,"她的《词论》,在一定意义上讲,只是为了救弊补偏,至于发明理论精义,则未必面面俱到","对其词学进行一番全面考察就可发现,李清照的理论主张和创作实践是相互统一的"[2]。费秉勋更认为:铺叙、故实、典重等是李清照"中年到后期创作成熟的重要标志。《词论》正是她对自己后期创作实践的经验总结"[3]。这些争议无疑都使研究走向了深入。但我们还应当了解的是,李清照之所以持论甚高,一方面与她心高气傲的性格分不开,另一方面也与她较高的艺术造诣、创作成就密切相关。

一个作家影响的大小、地位的高低,在很大程度上是在传播与接受的历

---

[1] 郭绍虞《中国历代文论选》,上海:上海古籍出版社,1979年,第854页。
[2] 施议对《李清照的〈词论〉》,《电大文科园地》1985年第4期。
[3] 费秉勋《李清照〈词论〉新探》,《西北大学学报(哲学社会科学版)》1985年第2期。

史进程中得到定位的。因此，另辟蹊径地运用传播学理论来为李清照进行文学史定位，是李清照研究中一个富有启发性的尝试。王兆鹏、刘尊明《历史的选择——宋代词人历史地位的定量分析》(《文学遗产》1995年第4期)分别对有宋一代三百名词人从六个方面作了统计：(1)现存词作的篇数；(2)现存别集的版本种数；(3)在历代词话中被品评的次数；(4)在二十世纪被研究、评论的论著篇数；(5)在历代词选中入选的词作篇数；(6)在二十世纪词选中入选的词作篇数。其中李清照以存词52首(第76名)，流传版本21种(第8名)，在历代词话中被品评182次(第13名)，现代研究文章921篇(第2名)，被收入历代词选120篇次(第15名)、当代词选69篇次(第13名)，位居宋代十大词人之第八名。他们的另一篇文章《从传播看李清照的词史地位——词学研究定量分析之一》(《文献》1997年第3期)又专门考察了李清照词集自古及今的编辑、流传情况，历代词选和其他文献对漱玉词的选编与著录情况，用传播史的具体事实证明了李清照在中国文学史上的名家地位。将广泛运用在自然科学领域中的定量分析方法引入人文科学领域，体现了现代学者的开阔视野。当然，如何在研究中很好地将定量分析与定性分析结合起来，并将之推广，还需要进一步的探索。

（四）朱淑真研究

八十年代以来，在《断肠集》得到比较深入整理的基础上①，朱淑真备受争议的身世之谜得到了更深入细致的辨析。首先，关于朱淑真的生卒年，冀勤认为朱淑真生活在北宋哲宗、徽宗、钦宗年间，因为其诗词中找不到一丝干戈之乱的风烟。金性尧《朱淑真评传》(载吕慧鹃等《中国历代著名文学家评传续编二》，山东教育出版社，1997)，缪钺《朱淑真生活年代考辨》、《朱淑真生卒年再考索》[分载《文献》1991年第2、4期]、《论朱淑真生活年代及其〈断肠词〉》[《四川大学学报(哲学社会科学版)》1991年第3期]则认定朱淑

---

① 如孔凡礼《朱淑真佚诗辑存及其它》，《文史》第12辑；冀勤《朱淑真佚作拾遗》，《文学遗产》1983年第2期。另冀勤辑校《朱淑真集注》(浙江古籍出版社，1985)及张璋、黄畲校注《朱淑真集》(上海古籍出版社，1986)，两集共收朱淑真诗337首，词33首。

真为北宋末南宋初期人,朱淑真诗中所提到的"魏夫人"与北宋曾布之妻魏夫人无涉。而黄嫣梨《朱淑真事迹索隐》(《文史哲》1992年第6期)考辨出朱淑真的作品中有化用宋徽宗、张孝祥词句的明显例证,认为其诗词中无干戈之气正好反映了南宋中后期的偏安局面。以朱淑真诗词所表现出来的心境和死后父母尚在的情况来推测,朱氏死时当在四十至五十岁之间;以张孝祥的卒年(1169)和魏仲恭作序年代(1182)来看,朱淑真的生卒年当在1135—1180年左右。邓红梅《朱淑真事迹新考》(《文学遗产》1994年第2期)另辟新说,认为朱淑真乃南宋中后期光宗、宁宗、理宗时人,朱父即临安知府朱晞颜,其夫乃绍兴知府汪纲,朱淑真晚年寄居尼庵。当然,以上说法的最终确立还需要更多的证据。关于朱淑真的籍贯,以往研究者多持钱塘说。黄爱华《朱淑真籍贯新考》(《中华文史论丛》1985年第1辑)根据况周颐所藏朱淑真手书拓本后"古歙朱淑真"的题记,认为朱淑真祖籍安徽徽州(安徽歙县),占籍浙江海宁(浙江钱塘)。黄嫣梨《朱淑真事迹索隐》同意黄说,并指出朱淑真与祖居安徽徽州婺源的朱熹确系同乡,至于两人之间是否如明田艺蘅《断肠集纪略》所言有亲戚关系,则不可考知。

对朱淑真诗词作品的美学认识是在九十年代以后走向深入的,焦点集中在对其创作进行更深层次的情感和心理把握。王乙《试论朱淑真的孤独意识》[《云南师范大学学报(哲学社会科学版)》1992年第3期]寻绎断肠诗词的情感动力——孤独,指出朱淑真的孤独并不是消极遁世之法,而是积极恋世之道,她创作的结果,便是只身孤影的外在空间,孤冷漠然的内在空间,依靠寂寞无声的时光,外化为孤独的美,孤独即朱淑真创作的内驱力。另外,近年来由于受西方女性主义文学批评的影响,朱淑真作品中所表现出来的浓厚的女性意识也开始得到关注。胡元翎《论朱淑真诗词的女性特色》(《文学遗产》1998年第2期)针对《四库提要》关于朱淑真诗"浅弱不脱闺阁之习"的论断,指出:"这都是以男子的评价标准居高临下地品评女性作品的惯常用语。试想在女性被强力规范于闺阁之中的时代,怎么能要求她们写出气壮山河的诗篇?文学圣坛既离不开名山大川式的壮阔,也少不了小院方塘式的清幽。如果我们抛开男性垄断的文学标准,那么闺阁正是女性作家唯一生活的空间,真实地写出这一空间并展示出男性笔底所无的艺术特色,这也是女性文学价值之所在。朱淑真诗词恰恰在这一方面达到了极其深微的程度,展现出更加细腻的闺阁世界,塑造出一个更加真实的闺阁中人。"在对朱淑真诗词创作做出细致分析并与更具男性文化特征的李清照诗词比较之后,胡文强调了朱淑真在中国妇女文学史上的地位:"(朱淑真)以'里巷中口口相传'般的生命力,冲破男权社会的种种藩篱,不须矫饰和扭曲自己的女性性灵即曝光于众,并凭籍其身世境遇的代表性、创作目的的纯粹性、作品优势的占有性三大优长,为后人提供了一个比其他女作家所能给予我们的都更深微、深挚、深婉的女性世界,使沉寂了很久的女性文学重新跃起,使女性文学继《诗经》之后,在父系观念日趋强化的新的时代环境下又一次完成了内容与形式上较完美的融合。所以朱淑真虽然在社会参与意识及艺术的精严方面都有薄弱之处,但在女性文学的坐标系中却有着重要的极特殊的地位。"①

黄嫣梨《朱淑真研究》(上海三联书店,1992)是较为全面地反映朱淑真研究成果的一部重要著作。黄著在全面考订朱淑真身世、分析朱淑真诗词创作艺术和感情的基础上指出:朱淑真生于礼教森严,封建思想浓厚的社会,能大胆强烈地追求诚挚的爱情,她的思想在时代之先,其行为则是对旧社会礼教压抑人性的一种有力讽刺。朱淑真诗词的艺术特点主要表现为词性灵活,富于诗情画意,声韵和谐,出语自然,浅近流畅;在内容上寓情于景、物我相通,打破了诗词的界限。黄著并对《断肠集》自古及今的传播与接受过程进行了梳理。

(五)贺双卿研究②

胡文楷在《历代妇女著作考》中说:"小青双卿,其集并存,疑信参半,无

---

① 胡元翎《论朱淑真诗词的女性特色》,《文学遗产》1998年第2期。
② 对贺双卿的讨论参看美国学者罗溥洛(Paul Ropp)的文章《双卿接受史综述:从谪仙到文化偶像》(南京大学主办"明清文学与性别"国际学术研讨会论文,后收入张宏生主编《明清文学与性别研究》,江苏古籍出版社,2002)。

可征实。"①纵观贺双卿的接受史,她自 1831 年起,也就是史震林的《西青散记》出版近一个世纪以后,才被赋予一个用以提高地位的"贺"姓(一说姓张名庆青),一个出生地(江苏丹阳),一个尊号(字秋碧),以及一本诗词集(《雪压轩稿》)。尽管大多数的研究者往往叹服于双卿的诗词,但在面对这样一种令人疑惑的研究背景时,尴尬必然产生。因此,八十年代的研究多半集中在对贺双卿诗词思想价值与艺术价值的探讨,称道其反映了清代下层劳动妇女的悲惨生活②。九十年代初,西方女性主义文学批评和性别理论被引进之后,贺双卿的真实性问题被暂时搁置一旁,她的出现与接受转而成为研究焦点。就某种意义而言,双卿成了破译十八世纪以来中国文化中某些文人特殊文化心态的密码,而在这文化寻根的过程中,双卿又被赋予了较多的社会性别(gender)意义。

罗溥洛(Paul Ropp)是西方最早对贺双卿研究提出自己看法的学者。他在 1992 年的哈佛—威尔斯利大学主办的 Engendering China 国际学术会议上提交了一篇名为《史震林和他的女词人双卿:一本十八世纪回忆录中的性别、阶级及文学天赋》的论文,向国际汉学界介绍了贺双卿的生平,提出了自己的疑惑并质疑了史震林的创作动机。罗文引起了与会学者的极大兴趣,贺双卿遂成为国际汉学界的热门研究话题。1993 年 6 月,耶鲁大学东亚系举办了"明清妇女与文学"学术研讨会,与会学者中,康正果与方秀洁不约而同地将目光集中在贺双卿身上,他们都有意回避(放弃)了对贺双卿真实性的评估,而把注意力放在了追寻"贺双卿"所承载的文化意义和折射的十八世纪中国文人的隐秘心态上,即《西青散记》的讲述本身所具备的文化及结构意义。康正果《边缘文人的才女情结及其所传达的诗意——〈西青散

---

① 胡文楷《历代妇女著作考》(增订本),上海:上海古籍出版社,1985 年,第 651 页。
② 如康正果《风骚与艳情》:"在整个中国诗歌史上,也许只有清代女诗人贺双卿一人在她的作品中反映了下层妇女的悲惨世界。"(郑州:河南人民出版社,1988 年,第 336 页)卢心竹《贺双卿其人其词漫谈》[《苏州大学学报(哲学社会科学版)》1984 年第 1 期]、李秀敏《农家女词人贺双卿》(《古典文学知识》1986 年第 6 期)、苏者聪《从贺双卿诗词看清代农妇的思想性格》[《武汉大学学报(人文科学版)》1994 年第 4 期]等亦持此论。

记〉初探》认为《西青散记》是介于笔记小说与记事诗话之间的叙事文体,史震林的写作实是借他人酒杯浇自己块垒。方秀洁《建构十八世纪妇女典范:〈西青散记〉与贺双卿的诗语》指出史震林在《西青散记》中"过分表现了男性的欲望","剥夺了女性应有的声音",故而双卿"只不过是偶像化、理想化的角色,而且利用完了以后,便被遗忘了"。

杜芳琴《贺双卿集》(中州古籍出版社,1993)是贺双卿研究中最为重要的一部论著。该著不仅对贺双卿流传至今的全部作品(文5篇、诗39首、词14首)进行了较为全面的整理(包括编年、校注和赏析),而且从《西青散记》中辑录出有关双卿的记载,和双卿的著述一起连缀为一部《双卿传》。在此基础上,杜氏总结了《西青散记》的创作主旨:才子痛惜佳人的情结和佳人对才子的渴慕的结合。也许正是因为对这位将近三百年前的才女有切身的惺惺之感,杜氏才会如此笃信双卿的存在。1997年10月,杜芳琴与罗溥洛、张宏生一起亲赴江苏金坛、丹阳等地实地考察,再次确认《西青散记》的纪实性,并对该文本在叙述结构及话语中所表现出来的强烈的男性文化意识即才子"凝视"下的才女"写作"进行了重新解读和定位①。

(六) 顾春研究

有"清代第一女词人"之称的顾春,一直是人们关注的热点,八十年代以后,研究的深度和广度都有了进一步发展。顾春的作品虽然历来受到人们的喜爱,但其诗词的版本及存佚情况都比较复杂。张璋曾用十多年的时间编成《顾太清集》,对顾春的作品做了细致的整理。其中《天游阁诗集》搜集了顾春稿本、徐乃昌刊本、风雨楼刊本以及日本内藤炳卿钞本等,成为编年体诗集。《东海渔歌》搜集了顾春稿本、西泠印社刊本、竹西馆刊本、日本内藤炳卿钞本等,编为六卷,计333首。自此,顾春的作品始成足本,为研究工

---

① 杜芳琴《绡山故事的旧地寻访和文本重读》,《中国社会性别的历史文化寻踪》,天津:天津社科院出版社,1998年。

作提供了极大的便利①。顾春身世坎坷,经历曲折,平生大起大落,因而形成某些难解之谜,如著名的"丁香花"公案就是。所谓"丁香花"公案,指龚自珍有《忆宣武门内太平湖之丁香花》一诗,论者以为暗示其与顾春的恋情。1904年,金松岑、曾朴作《孽海花》,将其事演成小说,显得信而有征。但况周颐、孟森和苏雪林等则力辩其非。将近一百年后,争论仍在继续。黄世中《"丁香花"公案考辨》[《温州师范学院学报(社会科学版)》1987年第2期]从龚顾二人是否有接近的时间、地点出发,结合考察龚自珍的诗和顾春的有关诗词,认为龚顾之恋确实存在。而赵伯陶《关于满族女词人顾太清的几个问题》(《社会科学辑刊》1993年第1期)则坚持这一公案为"莫须有",不过他并没有举出新证,基本上仍是对况周颐诸人观点的强调。也许,只要不是从卫道士的角度出发,尽可以对这件事情做出见仁见智的理解。顾春的创作享有盛名,研究文章也不少。公望的《顾太清诗词略论》(《社会科学辑刊》1992年第4期)论其通过对个人生活的描绘,表现对历史的咏叹,兴起豪放奋发之意。而且,言及顾春酬唱之诗的特点,一是以才女为多,二是在酬唱中不仅有缅怀,而且有指斥,特别看重志同道合。这从一个角度揭示了顾春创作的特点。另外,顾春在创作上是一个多面手,不仅能诗词,而且能小说,她是中国古代女作家中仅见的有作品流传下来的小说家。张菊玲《中国第一位女小说家西林太清的〈红楼梦影〉》(《民族文学研究》1997年第2期)探讨了这部小说的特点,尤其是抉出成家之后的宝玉和大观园中其他女性的婚后生活,以见顾春的创作个性,很有见解。如果能把写小说的顾春和写诗词的顾春放在一起来探讨,得出的结论也许会更有意思。

(七) 其他女诗人个体研究

在以上各具特色的研究之外,古代女诗人的个体研究还在若干其他方

---

① 张璋《八旗有才女　西林一枝花——记清代满族女文学家顾太清》,《文学遗产》1996年第3期。

面取得了一定的进展。首先,在研究面上,有更多的作家进入了研究视线,如许穆夫人(沈立东《许穆夫人及其创作》,《江苏文史研究》1997年第1期)、左棻(徐传武《左棻在古代妇女文学史上的地位》,《文史哲》1996年第6期)、徐淑(黄嫣梨《徐淑及其〈答夫诗〉》,《江汉论坛》1990年第12期)、谢道韫(周亚非《晋代文学家谢道韫》,《妇女生活》1984年第1期)、黄崇嘏(水成《女扮男装的诗人:黄崇嘏》,《人物》1984年第4期)、严蕊(束景蕙《〈卜算子〉非严蕊作考》,《文学遗产》1988年第2期)、王清惠[缪钺《论王清惠〈满江红〉词及其同时人的和作》,《四川大学学报(哲学社会科学版)》1989年第3期]、张玉娘(李佩伦《论张玉娘的诗歌创作》,《晋阳学刊》1993年第3期)、郑允端(曾亚兰《元代学杜女诗人郑允端》,《杜甫研究学刊》1994年第3期)、黄峨(陈廷乐《明代女诗人黄峨》,《文史知识》1989年第9期)、刑慈静(商松石《明代女诗人邢慈静》,《东岳论丛》1990年第2期)、倪瑞璇(吕一泓《论清代女诗人倪瑞璇》,《江海学刊》1983年第6期)、刘清韵(姚柯夫《女作家刘清韵生平考略》,《文献》1983年第4期)、侯芝(胡士莹《弹词女作家侯芝小传》,《文献》1983年第1期)、邱心如(戚世隽《邱心如和她的〈笔生花〉》,《文史知识》1992年第11期)等。其次,一些人们比较熟悉的古代女诗人的研究也较以往有所深入和发展,不再局限于单纯的人物介绍或作品赏析,而是力图挖掘出作家独特的创作美感和艺术构思,如对叶小鸾(夏咸淳《九天亦复称才乏　独向人间索女郎:明末才女叶小鸾述概》,《古典文学知识》1991年第4期)、徐灿[邓红梅《徐灿词论》,《山东师大学报(社会科学版)》1997年第3期]、吴藻(浦汉明《〈乔影〉——中国古代知识女性的愤懑与呼号》,《青海社会科学》1995年第2期)、顾太清(黄嫣梨《顾太清的思想与创作》,《社会科学战线》1993年第2期)等的研究。最后也是最重要的是,出现了一批以女诗人研究而著称的专家(其中不乏男性学者),如苏者聪、王英志等。王英志的随园女弟子研究是在其传统的性灵派袁枚研究之后转向的新领域。王氏因对袁枚有着较为深入的思考和理解,故而在揭橥随园女弟子的创作活动和艺术追求方面有着得天独厚的优势,其随园女弟子研究以细致入微的赏鉴功夫和形象刻画见长[①]。祝注先《历代少数民族妇女诗词概说》[《西南民族学院学报(哲学社会科学版)》1995 年第 3 期]、《清代满族、蒙古族的妇女诗歌》[《中南民族学院学报(哲学社会科学版)》1997 年第 4 期]等则向我们展示了古代少数民族妇女作家的卓越才情和丰富的艺术创造力。

在中国古代女诗人的构成体系中,有一个非常特殊的群体——歌(娼)妓。虽然她们在古代社会中的地位相当低下且卑贱,但她们之于文学,又有着独特的贡献。一方面,她们的悲剧命运常常使她们对所处的社会文化背景有着独特的感受与体认方式,写出不少直揭心声的优秀作品,形成(妇女)文学史上一道独特而亮丽的风景线;另一方面,她们更以一种特殊文化符号的身份直接参与文学创作风尚乃至社会文化的建设。反映在古典文学研究中,自然有其重大的意义。对此,很多敏锐的研究者进行了多角度多层面的阐发,如孙昌武《唐代的女冠诗人》(《古典文学知识》1999 年第 2 期)、程春萍《宋代歌妓词人及其自画像》[《齐齐哈尔师范学院学报(哲学社会科学版)》1995 年第 6 期]等。至于歌妓与文学、文化的关系,更是九十年代以来的研究热点。民国时期出版的《中国妇女生活史》、《中国娼妓史》在从史的角度对中国古代娼妓制度的渊源及其流变进行清理的时候,已有不少内容涉及对娼妓与文学关系的探讨,但还仅停留在对一些表象的分析上。陶慕宁《青楼文学与中国文化》(东方出版社,1993)是一部着力探讨青楼文学与中国文化关系的论著。他认为"娼妓既见弃于礼教伦常,且濡沐诗文乐艺,俯仰于骚人墨客之间,谈宴唱酬,择木而栖,其优游容与之状,宁较闺阁为近自然。然此未易为众人道也"[②]。并将青楼文学(包括青楼女子所写的文学和写青楼的文学)置于整个中国文化的大背景下,探索其间的发展历程,描

---

① 如王英志《大家之女与贫者之妇——随园女弟子钱孟钿与汪玉轸》,《苏州大学学报(哲学社会科学版)》1994 年第 4 期;《扫眉才子两琼枝——随园女弟子孙云凤、孙云鹤》,《古典文学知识》1994 年第 5 期;《随园"闺中三大知己"论略——性灵派研究之一》,《文学遗产》1995 年第 4 期;《性灵派女诗人"袁家三妹"》,《复旦学报(社会科学版)》1995 年第 5 期。
② 陶慕宁《后记》,《青楼文学与中国文化》,北京:东方出版社,1993 年,第 220 页。

绘出各个时代青楼文学的特点并探讨其与当时社会文化之间的互动关系。如"元代读书人的沉落及其与妓女的关系"、"明末清初江南文酒声妓之会与青楼文学的政治色彩",都是具有启发意义的课题。李剑亮《唐宋词与唐宋歌妓制度》(杭州大学出版社,1999)是关于这一专题的另一部重要著作。该著在充分考察唐宋词与唐宋歌妓制度关系的基础上,指出唐宋歌妓的参与是促进词体形成的重要人文因素;歌妓在词的娱乐功能的实现以及词的传播流布等方面所起的重要中介作用促成了词以"婉约"为正宗的文体风格,因而在一定程度上解决了词学研究中一些纠缠不清的问题。

四、港台地区中国古代女诗人研究述略

由于多方面的原因,中国港台地区对古代女诗人的研究,在相当长的一段时间里,和内地(大陆)有着不同的风貌,为避免混乱,我们专辟一节对之略作叙述。

二十世纪八十年代以前,港台地区的古代女诗人专题研究成果较少,主要集中于李清照、朱淑真、吴藻等人,如张寿林《李清照评传》(水牛出版社,1972)、潘寿康《朱淑真的籍贯和生平考》(《大陆杂志》35卷1期)、琦君《芭蕉叶上听秋声——清代女词人吴藻》(《青溪》3卷6期)等。进入八十年代尤其是九十年代之后,随着较多具有西方学术背景的学者进入古典文学研究领域,他们对国外各种理论的引进以及对西方汉学界学术动态的积极关注使得这一研究显示出更加新鲜的活力,进而试图在本土化的基础上展开与国际汉学界的对话与接轨。

女性主义文学理论和性别诗学的引进一定程度上促进了中国古代女诗人研究的发展。1981年,埃琳·肖沃特(Elaine Showalter)首次在《荒野中的女性主义批评》("Feminist Criticism in the Wilderness")一文中提出女性批评(Gynocriticism)的概念,即对女性作家及其作品的重新发掘[1]。受此启

---

[1] *Critical Inquiry* (Vol. 8, No. 2, Winter 1981)。

发,五十年代出版的胡文楷《历代妇女著作考》受到西方汉学界的极大重视,并进而带动了港台地区对此项研究的关注。八十年代中期以来,台湾颇具影响力的文学研究刊物《中外文学》先后出版了《女性主义文学专号》(1986年3月)、《女性主义/女性意识专号》(1989年3月)、《文学的女性/女性的文学》(1989年6月)和《法国女性主义专辑》(1993年2月)等,对这种新的理论范畴进行大力提倡。与此同时,西方汉学界同行的研究成果也被积极地介绍引入,如孙康宜《明清诗媛与女子才德观》(《中外文学》1993年4月)、《柳是与徐灿:阴性风格或女性意识》(《中外文学》1993年11月《女性主义重阅古典文学专辑》)和《走向男女双性的理想——女性诗人在明清文人中的地位》(《"中央"日报》1995年3月5—9日),魏爱莲(Ellen Widmer)《十七世纪中国才女的书信世界》(《中外文学》1993年11月),都有重要的引导作用[①]。1995年6月,台湾大学外文系暨《中外文学》杂志社共同主办了"女性主义与当代台湾的文学研究"座谈会,肯定了女性主义作为一种研究视角在文学研究中的有效性,并倡导这种研究视角在女性文本研究中的应用。在性别研究逐渐高涨的呼声中,1995年8月及12月,东海大学分别举办了"妇女与文学"研讨会和"妇女文学"学术会议,并出版了会议论文集《女性主义与中国文学》(锺慧玲主编,里仁书局,1997)。1999年5月,淡江大学举办了"中国女性书写"学术研讨会并出版了论文集《中国女性书写》(台湾学生书局,1999),进一步显示出文学与性别研究的强劲活力。与此同时,性别文化观念也迅速渗透到历史研究和文化研究中,如台北"中央研究院"近代史研究所主编的《近代中国妇女史研究》(1993年创刊)即以重新检阅历史文献,思考和关注近现代的妇女生活为宗旨。另如安碧莲《明代妇女贞洁观的强化与实践》(台湾中国文化大学史学系1995年博士论文)、费丝言《由典范到规范——从明代贞节烈女的辨识与流传看贞节观念的严格化》(台湾大学

[①] 孙康宜后来仍然不断从事这一课题的研究,并有一系列的英文著述。她和魏爱莲合编的 *Writing Women in Late Imperial China* (Stanford: Stanford University Press, 1997)以及和苏源熙(Huan Saussy)合编的 *Women Writers of Traditional China* (Stanford: Stanford University Press, 1999)对推动这项研究都有重要价值。

历史学系1997年硕士论文,台湾大学出版委员会1998年出版)、李媛珍《明代的命妇生活》(中正大学历史学系1997年硕士论文)等都比较深入地考察了明代妇女的遭遇和精神。

由女性主义或性别诗学的视点出发,性别与文本之间的关系进一步得到重视,(女性)个人与(男性)社会、(男性)文化之间的互动进而彰显。人们认识到,由于妇女在古代社会文化中作为弱势群体存在的特殊性,假若单纯从文学而非文化入手讨论其创作及其在(妇女)文学史中的地位,显然失之皮相。因此,不少学者致力于研究古代女性创作心态与她们的性别意识之间的关系、女性诗人抒发自我写作立场的话语与她们在现实文本中的表现等。刘咏聪《"女子弄文诚可罪"——古代女性对于文艺创作的罪咎心理》[1]和许丽芳《女子弄文诚可罪——试析女性书写意识中之自觉与矛盾》[2]等文,正是尝试从女性书写者的自我意愿和现实之间的反差乃至矛盾入手,分析包孕在古代女性性别意识中的深层文化心理。许文指出:"(女性书写)着重于个人参与书写活动之合理性有所反省与迟疑,而衡量标准自是传统价值观与一般世俗概念,传统之于女性书写者之影响,既因而对书写力量之肯定,亦同时形成自我定位之矛盾迟疑。是以于女性书写意识之文字中,往往可见其人对于自我之批判。"[3]胡晓真《才女彻夜未眠——清代妇女弹词小说中的自我呈现》(《近代中国妇女史研究》第3期)在解析女性与弹词的密切关系的过程中,发现古代女性所处的"内言不出于外"的文化环境,一方面使得众多的女性弹词作者声名不彰,另一方面,一批不甘就范的女性作者则在许多弹词作品如《玉钏缘》、《再生缘》的写作中对自我身份不断地加以强调。

由古代女性作家对自我创作的复杂认知出发,学者们又联想到:古代女性作家怎样看待其他同性的创作呢?她们对于性别写作有无明确认识?与

---

[1] 刘咏聪《女性与历史——中国传统观念新探》,香港:香港教育图书公司,1993年,第105—112页。
[2] 文见淡江大学中国文学系主编《中国女性书写》,台北:台湾学生书局,1999年。
[3] 淡江大学中国文学系主编《中国女性书写》,第238页。

男性相较,其差异表现在何处? 这些差异缘何而产生? 在明清以降日见丰富的女性文本和日益普遍的女性创作的大背景下,女性个人与群体之间的文学/文化互动关系如何? 孙康宜《明清女诗人选集及其采辑策略》(《中外文学》1994 年 7 月)选择明清两代较负盛名的 16 种女性诗歌选集,分别辨析其遴选的标准与特色,揭橥选辑者的文学观念及性别观念,由此展现出中国(女性)诗歌史上一种久为时光尘土所湮没的文化心态和文学面貌。连文萍《诗史可有女性的位置?——以两部明代诗话为论述中心》(《汉学研究》17 卷 1 期)通过解析明代江盈科《闺秀诗评》和方维仪《宫闺诗评》对女性创作所持的不同见解,比较江氏所代表的男性性别写作观与方氏所抱持的女性性别写作观之间的差异及其形成原因,由此对女性写作在明代社会文化心态中的坐标做了富有启发的定位。

　　基于对古代女性书写文化心理的了解,从作品入手,探寻女性文本中被有意忽视或漠视的不同于以及不合于男性标准的美学特质,无疑是一个值得深入研究的领域。蔡瑜《从对话功能论唐代女性诗作的书写特质》从现存为数不多的唐代女诗人的作品中敏感地发现,"唐代女性诗作常常采用诸如商量、试探、请求、质诘、反问、怨怪、抗议、控诉的语气,甚而至于具有挑衅意味的讽刺,都有着等待对方回应的开放性",并对这个"有别于多数男性诗作的对话特质"在诗作产生的具体情境中予以细节的验证。蔡瑜觉察到,女性诗人将作品"图象化、女红化"的呈现方式,"使诗意的解读相生无穷、多元并现","表面上看,是逞其美才,以感他人,但其'游戏'文字的态度,打破诗学'常规'的用心,既重视直观之美,又强调索解之奇,更能容纳多元的解读,在在显示出女性诗人对话策略的运用与解构诗歌语言的意图,让诗的呈显方式深具女性特质,成为更贴合自身情意的符征,以创造不同的评鉴标准"[①]。钟慧玲《女子有行,远父母兄弟——清代女作家思归诗的探讨》[②]总结了清代出嫁女子诗歌中的永恒主题,认为"思念父母,盼望归家,形成了思归诗

[①] 淡江大学中国文学系主编《中国女性书写》,第 85、124 页。

[②] 文见淡江大学中国文学系主编《中国女性书写》。

的主调;而梦归的方式,更丰富了女性思归的情感内涵。其孝思的书写模式,以及性别上的反思与质疑,也都反映出女作家们共同的现实处境与情感经验"①。

随着女性历史研究和社会研究的兴盛,丰厚的女性文本在多元的文化走势中愈益显示出独具的艺术魅力,女性作家的个体研究也进一步深入。蔡瑜《离乱经历与身份认同——蔡琰的悲愤交响曲》②在对蔡琰颠沛命运的描述中,凸显蔡氏作为"一介身经胡汉文化洗礼的女子,经过一连串的断裂与接续的挣扎,最后在汉族中心、男性本位的政治社会里,无从建构自我的疏离,以及为了符应直线的、单一的认同,压抑其在个人历史形成中已然潜存之复杂、多元的认同欲望"的文化和情感历程。梅家玲《汉晋诗歌中"思妇文本"的形成及其相关问题》③通过讨论徐淑、鲍令晖等人的思妇诗,认为对于如徐淑等有真情实事为本的女性思妇诗而言,它所体现出的是个别的、小写的复数女性对小写的、个别男性的思念;而鲍令晖诸人所写的作品则是在特定文学典型的规范下,以涵融着失欢妇女、失志臣下之怨情的、大写单数的思妇身份,面对既是情人、夫君、君上,也是大写单数的男性主体,诉说着已被划一的相思情怀。这其中虽然也兼融了男性对女性的"认同",但结果却是促成了女性主体的消解。进而指出:作为女性"诗"人,她所要面对的,除却父权体系中社会生活、政教传统的种种压力外,更有来自文学典律、诗学成规的牢笼。锺慧玲《吴藻作品中的自我形象》④通过细心解读吴氏词曲,结合其人的生平经历,对吴藻内心深处的清高、自傲、孤寂、焦躁以及痛楚予以审视和评判。她的另一篇有关吴藻的研究文章《吴藻与清代女作家的交游——张襄、汪端》⑤,讨论三位著名女诗人之间的交往唱和情况,其中有关古代女诗人之间彼此切磋交流的现象很有启发意义。李栩钰《〈午梦堂集〉

---

① 淡江大学中国文学系主编《中国女性书写》,第 168 页。
② 文见台湾性别/文学研究会主编《古典文学与性别研究》,台北:里仁书局,1997 年。
③ 载氏著《汉魏六朝文学新论——拟代与赠答篇》,台北:里仁书局,1997 年。
④ 文见锺慧玲主编《女性主义与中国文学》,台北:里仁书局,1997 年。
⑤ 文见《王梦鸥教授九秩寿庆论文集》,台北:政治大学中文系,1996 年。

女性作品研究》(台湾清华大学1994年硕士论文)选取明代吴江著名的叶氏家族中的一门才女沈宜修、叶小纨、叶纨纨和叶小鸾作为研究对象,解读较为细致。

黄嫣梨、刘咏聪是香港学界对古代女性创作较为关注的两位学者。黄氏对朱淑真研究颇为用力,其《朱淑真及其作品》(香港三联书店,1991;新文丰出版社,1996)是朱淑真研究中的一部重要著作。该书考证与批评兼重,洞幽发微,时揭诗旨。书末对数百年来的朱淑真研究史、接受史的总结尤见良苦用心。她在另一部著作《妆台与妆台以外——中国妇女史研究论集》(香港牛津大学出版社,1999)中,又对班昭、王昭君、徐淑、顾太清等古代女性作家进行了评析,也都时有新见。刘咏聪的研究除文学外,还涉及女子教育、妇女文化等领域,视野比较开阔。

在对女性诗歌创作进行性别解读的过程中,研究者们注意到了两性之间的文学、文化互动及其在文本中的具体表现,如陈维崧、王士禄、袁枚、陈文述以及俞樾等男性文人对女性创作的肯定与指导,随园女弟子、碧城仙馆女弟子的文学主张和文学实践活动与男性文人诗学主张之间的联系等。

以上对港台地区的古代女诗人研究的介绍,由于资料的限制,可能不够全面,但也大致可以反映出二十世纪这些地区有关这一主题的研究状况和特点。值得提出的是,如果说,在一定的历史时期,由于种种原因,内地(大陆)和港台地区有关这一主题的研究路向有所不同的话,那么,随着全球一体化的逐渐形成,随着学术交流的进一步展开,也渐有合流的趋势。相信在新的世纪中,以中国文化为语境的古代女诗人或妇女文学的研究,一定能够取得更大的成就。

五、世纪之交的反思与展望

通过回顾百年中国古代女诗人的研究史,我们不仅了解了前人的成果,也认识到了这项研究的问题与不足。那么,在新世纪里,这一研究该怎样进一步发展呢?

文献的整理是研究工作的根基。从《礼记》中对妇女的规范,到班昭的《女诫》,再到明代的"女四书";从《诗经》中的《谷风》、《载驰》、《氓》,到《子夜歌》,再到《漱玉词》、《午梦堂集》、《小檀栾室汇刻闺秀词》;从《列女传》到《奁史》,再到《绿窗女史》、《香艳丛书》等:无不记录着数千年来中国女性在男权文化的禁锢下不断追寻的心史。但目前得到整理的资料太少了,大量妇女文献都还处于尘封之中,显然无法满足日益增长的研究需要。因此,文献的整理,其最重大的意义即在于提供一个有高度、有广度的文本平台,使研究者能够在充分接近本来面貌的基础上理解事实,而不至于妄作肤廓之论。齐文颖《中华妇女文献纵览》(北京大学出版社,1995)已经初步清理出数万种妇女著作和妇学论著,虽然著录比较简单,也是一个良好的开端。重视文献的另一层意思是,进行这项研究,应该尽可能回到历史的现场,予以同情的理解,这样,就不能局限于简单的"平反"和"鸣不平",或单纯引进某种理论作平面的阐发。虽然文献的充分占有并不意味着历史可以完全复原,但最大限度地接近历史真相应该是基本的出发点。由于妇女文献大多非常零散,现有成果又往往不够细密,如胡文楷的《历代妇女著作考》,据南京大学中文系硕士生石旻的研究,其注明"未见"的,仅在南京图书馆就能补充数十种,所以,对这项工作的艰巨性应该有充分的估计。

研究层面也必须进一步扩展。历代妇女作家(主要是女诗人),仅据胡文楷《历代妇女著作考》著录就有四千馀家。但综观百年来的研究史,发现最终进入研究者视线的却不及百人,其中能够引起深层关注者更是屈指可数,好像中国历史上仅有那么几位才女。花山文艺出版社曾出版一套《中国历代才女传记丛书》,包括文鸿、李君《独立寒塘柳——柳如是传》,王雪枝、刘冬玲《幽兰浥露红——鱼玄机传》,杜芳琴《痛菊奈何霜——双卿传》等,在具体的个案研究中采用女性的视角来反观女性的历史,较为细腻地传达出女性的生命情怀。但这样的著作太少了,何况,有一些研究陈陈相因,缺乏活力和新鲜感。在如此薄弱的个体研究基础上,如何进行宏观研究乃至女性诗史的写作?女性的诗歌创作,其肇端、发展、繁荣、衰落分别都在何时?其间嬗变轨迹及各时段人文风貌如何?女诗人创作的心理内涵、情感表现方式、美学特征如何？她们的整体构成情况如何？诸结构成分的艺术风貌及创作方式如何？代表作家作品的美学追求、艺术表现有无变化？明末以及清中叶以后的女性诗歌创作为何如此兴盛？古代女性诗歌创作与社会文化关系如何？与男性文本关系如何？女性诗歌创作的批评史、接受史、传播史如何？明代题为锺惺所辑之《名媛诗归》尝云："古人中女子作诗，亦只因事写情，演入声调，虽单词质语，必曲折奥衍，非如今人累累成篇，比事属偶，作游戏玩弄事也。"①因此，从创作主题和艺术风格来看，春秋的许穆夫人可以唱出"控于大邦，谁因谁极。大夫君子，无我有尤。百尔所思，不如我所之"②的愤激之辞，汉末的蔡琰可以吟出"汉季失权柄，董卓乱天常。……马边县男头，马后载妇女"③的刚质之句，而后世女诗人的创作主题为何却日见逼仄，多局限于嘲风月、弄花草的琐屑之中呢？显然，不弄清楚这些问题的表面形态及其背后所隐藏的深刻社会文化根源，女性诗史的写作就超越不了前人，最多只会是一本"增订历朝名媛（才女）传"。

此外，历时性/共时性群体研究也是一个需要关注的领域。陆草《论清代女诗人的群体性特征》（《中州学刊》1993年第3期）曾总结了清代女诗人及其创作的五个特点：由空间分布不均而形成的地域性（如江苏的女诗人绝大多数集中在以太湖为中心的常州、苏州、镇江、松江、太仓五府）；由血缘关系和婚姻关系而形成的家族性（如吴江沈氏、阳湖张氏）；由传承关系形成的师徒性（如随园弟子、碧城仙馆弟子）；由不幸遭遇而形成的悲剧性；柔弱哀艳的艺术风格。我们认为，对上述问题的深入研究无疑将更加充实女诗人的研究和妇女文学史的写作。

在文献学的基础上，应该强调研究方法的多元化。二十世纪八十年代之后，继精神分析、形式主义、新批评、接受美学、符号学、结构主义、解构主

---

① 题锺惺《名媛诗归》，《四库全书存目丛书》集部，山东：齐鲁书社，1997年，第339册，第14页。
② 《诗经·鄘风·载驰》，《毛诗正义》，阮元校刻《十三经注疏》，北京：中华书局，1980年，第320页。
③ 蔡琰《悲愤诗》，逯钦立辑校《先秦汉魏晋南北朝诗·汉诗》卷七，北京：中华书局，1983年，第199页。

义等西方理论的涌入，女性主义文学批评和性别理论也正在叩响着中国文学研究的大门。女性主义文学批评是伴随着六十年代美国女权运动的高涨而出现的一次思想革命。作为一种意识形态，它试图通过对传统文化的重新审视，完成一种破旧立新的话语变革。它以"社会性别（gender）"作为文学研究的基本切入点，突破典型、意境、形式、内容等一系列传统范畴，致力于揭示妇女在历史、文化、社会中处于从属地位的根源，探讨性别与文本之间的相互关系，从文学、语言和心理的角度对性别歧视进行批判，向传统的男性中心的文学史和美学观念提出挑战，以达到发掘女性语言、寻找女性文学史、重建文学研究理论的目标。这无疑是应该重视的方法和理路。

法国思想家米歇尔·福科（Michel Foucault）在其名著《性史》中指出：性是社会机器、文化机器的产物，而不是与生俱来的自在之物。一个社会的主导阶级总是从自身利益出发，操纵其掌握的文化机器，如同制造商品一样制造了性观念。这种主导性观念恰恰造成了普遍存在于女性文本中的一种"双声"现象。正如孟悦在《两千年：女性作为历史的盲点》中所言："女性所能够书写的并不是另外一种历史，而是一切已然成文的历史的无意识，是一切统治结构为了证明自身的天经地义、完美无缺而必须压抑、藏匿、掩盖和抹煞的东西。"[1]女性以两条途径进入男性把持的话语体系，即借用"他的口吻"，用男性的语言说；或者用"异常语言"来说。如古代屈指可数的几位优秀女诗人，"她们与其说用语言，不如说用音韵、节奏、隐喻以及各种意象表现最隐秘、最个人化的信息"[2]。了解了这一点，就能理解为什么"一部作品之所以与意识形态有关，不是看它说出了什么，而是看它没有说出什么。正是在一部作品的意味深长的沉默中，在它的间隙和空白中，最能确凿地感到意识形态的存在"[3]。

通过对性别理论的借鉴，或许会更真切地了解和体会古代女诗人在写

---

[1] 孟悦《两千年：女性作为历史的盲点》，《上海文论》1989年第2期，第19页。
[2] 孟悦《两千年：女性作为历史的盲点》，《上海文论》1989年第2期，第21页。
[3] 特里·伊格尔顿著，文宝译《马克思主义与文学批评》，北京：人民文学出版社，1980年，第39页。

作中由于其低下的性别地位和边缘化的生存空间,较男性作家所面临着的更大的心灵困境和更多的思维压迫。明末女才子梁孟昭在《寄弟》一文中说:"我辈闺阁诗,较风人墨客为难。诗人肆意山水,阅历既多,指斥事情,诵言无忌,故其发之声歌,多奇杰浩博之气。至闺阁则不然,足不逾阃阈,见不出乡邦,纵有所得,亦须有体,辞意放达,则伤大雅。"①如果不深入理解、不深刻反思古代女性创作所产生、所发展的文化背景及其所具有的独特情感体验和文化内涵,固守着男性文化中心论,指责古代妇女作家处在"织馀"、"纺馀"、"绣馀"、"针馀"乃至"炊馀"、"爨馀"之中的创作是狭窄生活空间的狭窄情绪内容的吐诉,审美理想不够高远,那就不是基于历史的判断。胡元翎《男性诗论与女性诗人的"隔"——朱淑真研究中的一个问题》(《求是学刊》1998年第2期)指出了男性中心论在古代女诗人研究中的另一种表现:受男性文化熏染较多的李清照在二十世纪以来的相关研究多达959项,与之齐名但女性特色更为浓厚的朱淑真则仅有80项。作者指出,如果这种研究格局和研究惰性不予以打破和抛弃的话,古代女诗人的研究"要么在自卑中沉沦,要么在虚假的自傲中停滞"。

"女性写作"与"女性阅读"等西方女性主义文学理论要求研究者以全新的姿态对待妇女作家及其写作,摆脱男性话语的挟制,从女性视角出发,感知作家及作品中微妙的心灵颤动,重新阐释女性作家创作与男性社会之间的可能性与对抗性。但这种全新的观照方式并不意味着人为地拔高妇女作家及其创作,性别研究最后导向的或许是淡化性别,即妇女的文学成就最终要在文学史上考量,而不是仅仅在妇女史上考量。我们翘首以待的绝不仅仅是若干本"才女传"的出现,而是重新寻回那久已在向男性文化倾斜的天平上全然失重的女性创作的历史重量和现实意义。全新的妇女文学史的写作,其更深远的意义在于"重新发现中国女性在文学史及文化史上所扮演的重要角色。这种重新发现的过程也就是经典化的过程,它需要时间的考验,

---

① 梁孟昭《寄弟》,王秀琴《历代名媛文苑简编》卷上,上海:商务印书馆,1947年,第45页。

也需要美学的再思"①,任何矫枉过正的拔高都只会暴露研究者的弱视和短见。锺慧玲主编《女性主义与中国文学》,洪淑苓等著《古典文学与性别研究》,淡江大学中国文学系主编《中国女性书写》,孙康宜《古典与现代的女性阐释》、《陈子龙柳如是诗词情缘》,在这方面都值得认真借鉴。另如曼素恩(Susan Mann)、魏爱莲(Ellen Widmer)、高彦颐(Dorothy Ko)、柯丽德(Katherine Carlitz)、方秀洁(Grace Fong)等海外学者对中国古代妇女作家各类创作的重新发掘与解读均令人感到振奋。由此我们看到,在全球一体化的今天,在文学/文化研究超越民族和国家的大趋势下,既不能视一切超出自己学术视野的研究为"野狐禅",也不能盲目地追随新潮,企望时髦,而应在引进与接受的过程中不断反思,进而在本土文化的基础上与国际学术界接轨。2000年5月,在南京召开了由南京大学明清文学研究所主办的"明清文学与性别"国际学术研讨会,这是第一次在中国大陆召开的这一主题的国际性的会议,打开了一个在古代妇女作家研究和性别研究领域进行全球对话的窗口。应当说,文学/文化研究迫切需要在碰撞中寻觅灵感,需要在全球化的语境中寻求空间拓展的可能性。毕竟,任何一种文学研究方法都只意味着一种视角,都只是一种相对的精神接触,只有多元的切入与深入才是应当努力逼近的目标。

(本篇与张雁合撰)

按:这篇文章初稿写于2001年,是为对二十世纪的中国古代女诗人研究进行回顾与反思而作。现在看来,无论是讨论的广度还是深度方面,都有所欠缺,但作为一种历史记录,还不无价值,其中涉及的某些问题,今天也还可以进一步思考。另外,这篇文章收入本书时,对其中所征引的相关文献重新进行了核对,有些版本是后出的,但内容并无改变。

---

① 孙康宜《改写文学史:妇女诗歌的经典化》,《读书》1997年第2期,第115页。

后 记

这是一部写了二十年的书,如今终于完成并面世,心中充满喜悦。

1996年秋,我到哈佛大学做访问学者,应孙康宜教授之邀,于1997年初到耶鲁大学去讲学。那几天,纵谈学术,了解了不少信息,特别是了解到,康宜教授和她的同道们正在致力于推动对中国女性文学,特别是明清女诗人的研究,这在当时的北美汉学界,已经成为一个重要的学术增长点。此前,我已经拜读过同样任教于耶鲁大学的康正果先生研究中国古典诗词中的女性,以及康宜教授研究陈子龙和柳如是诗词情缘的著作,此时更得知,1993年,康宜教授曾在这里主持举办了这一领域的学术研讨会,引起了积极的反响。

1997年3月,我又一次访问耶鲁大学,结束行程后,大家一起驱车前往马萨诸塞州伍斯特(Worcester),拜访执教于克拉克大学(Clark University)历史系的罗溥洛(Paul Ropp)教授。克拉克大学是徐志摩来美国后就读的大学,这里的档案馆还保存着他的大学毕业成绩单。罗教授虽在历史系工作,研究的文本却往往是文学的,此前曾出版过研究《儒林外史》的专著,那几年的研究兴趣则是清代江苏金坛的一位农妇诗人贺双卿。1997年秋,他希望能够到金坛去做实地考察。通过当时所教的一个学生,我做了详细的行程安排,并陪同他作数日游。他的研究成果,后来形成一本著作《谪仙:寻访中国农妇诗人双卿》(Banished Immortal: Searching for Shuangqing, China's Peasant Woman Poet),在美国出版。

一段时间后,和几位同事谈起这一领域的研究,大家感到,这个领域的研究在国内显得有点冷清,因此,就想做些事情,加以推动。最好的方式之一,当然是召开一次学术研讨会。于是,在南京大学中文系尤其是中国古代文学学科同人的支持下,2000年5月16日至18日,在南京秦淮河畔的状元楼宾馆,我主持召开了"明清文学与性别"国际学术研讨会。这次会议得到了海内外学者的热烈响应,参与者共50余人,不仅基本上涵盖了这一研究领域的重要学者,还包括了一些虽不专门研究这一领域,但对此感兴趣的学者。会后出版的论文集可以见出参加者的阵容(按照论文刊登顺序排列并括注作者当时的任职单位):魏崇新(北京外国语大学)、野村鲇子(日本奈良女子大学)、顾歆艺(北京大学)、黄仕忠(中山大学)、刘楚华(香港浸会大学)、方秀洁(加拿大麦吉尔大学)、江宝钗(台湾中正大学)、赵益(南京大学)、柯丽德(美国匹兹堡大学)、俞士玲(南京大学)、孙玫(新西兰惠灵顿维多利亚大学)、熊贤关(新加坡南洋理工大学)、陶慕宁(南开大学)、黄瑞珍(香港理工大学)、曹亦冰(北京大学)、马珏玶(南京师范大学)、周建渝(新加坡国立大学)、张洪年(香港科技大学)、谭帆(华东师范大学)、黄霖(复旦大学)、金文京(日本京都大学)、陈书禄(南京师范大学)、许结(南京大学)、黄嫣梨(香港浸会大学)、袁书菲(美国加州大学戴维斯分校)、罗开云(美国加州大学圣巴巴拉分校)、严杰(南京大学)、朴现圭(韩国顺天乡大学)、吴宏一(香港中文大学)、何继文(香港中文大学)、张克济(台湾"中央大学")、史梅(南京大学)、蔡九迪(美国芝加哥大学)、吴淑钿(香港浸会大学)、马瑞芳(山东大学)、罗溥洛(美国克拉克大学)、杜芳琴(天津师范大学)、杨昆冈(香港理工大学)、艾梅岚(美国俄勒冈大学)、莫砺锋(南京大学)、曹晋(复旦大学)、沙先一(徐州师范大学)、沈金浩(深圳大学)、王英志(苏州大学)、曹虹(南京大学)、康正果(美国耶鲁大学)、锺慧玲(台湾东海大学)、蒋寅(中国社会科学院文学研究所)、张宏生(南京大学)、程章灿(南京大学)、邝龑子(香港岭南大学)、吴燕娜(美国加州大学河滨分校)、王玲珍(美国布朗大学)、徐兴无(南京大学)、钱南秀(美国莱斯大学)、孙康宜(美国耶鲁大学)。大会结束的时候,不少学者发表感言,不仅对会议的各项议题加以评说,而且对这一领域的前景进行展望。后来,学者们对这次会议也常有回顾,如美国加州大学戴维斯分校曼素恩(Susan Mann)教授说:"任何一位致力于明清时期妇女研究的历史学者,都必然会从文学研究中寻求指引。诗、词和文章是研究闺秀群体的第一手资料,文学研究领域的学者们提供了对于这些材料的批判性阅读;同时,他们还令我们注意到在语言、文类、主题等方面存在的改变或更迭,而这些变化揭示了社会的热点问题,正可激发历史学者们的兴趣。因此,从事妇女以及社会性别关系研究的历史学者们,将会发现此次会议的论文集是一座名副其实的金矿,可以从中发掘出新思想和极具挑战性的研究议题。"["Review of *Ming Qing wenxue yu xingbie yanjiu*," *Nan Nü*, vol.5(2), 2003]美国莱斯大学钱南秀教授说:"南大会议的最大贡献,便是南大中文系以古典文学研究重镇,出面召开'明清文学与性别研究'的国际研讨会。……南大会议的召开,对国内的性别研究,有极大的促动。"(《美国汉学研究中的性别研究》,《社会科学论坛》2006年第11期)华东师范大学中文系赵厚均教授说:"2000年5月南京大学召开了'明清文学与性别'国际学术研讨会……昭示着大陆古代女性文学的研究进入新阶段。"(《明清江南闺秀文学研究》)会议论文集2002年由江苏古籍出版社出版,各位学者的精彩论述,使其至今仍不失为研究中国古代女性文学,尤其是研究明清女性文学的重要读物。

　　二十多年过去了,学术界发生了不少变化,这一领域的研究也取得了不少成就,特别是一些年轻学者,积极投入其中,创获颇多。不过,就我自己而言,虽然仍对这一领域的研究很感兴趣,但是,由于《全清词》的编纂重新启动,我作为主持者,当然要把主要精力投入到清词的文献整理上。在这种情况下,我工作的主要方式转为对研究生的培养。2000年以来,我共指导了这一领域的硕士生、博士生以及博士后11人。对我来说,学生们的不同研究课题都是源头活水,带来了新的文献格局、问题意识和思想碰撞,我用这种方式,继续和这个领域保持接触。当然,有时候因缘凑巧,需要出席一些研讨会，或外出讲学，我也会有所写作。虽然时断时续，无法集中，二十年过去，箧中也积累了一些稿子。

2020年1月以来，世事苍黄，整个世界发生了重大的变化，人们的生活方式也不得不跟着调整。由于宅在家里成为常态，我也有了较为充裕的时间，能够将二十年间所撰写的相关文字加以整理，正好距离2000年的那次"明清文学与性别"国际学术研讨会整整二十周年，这也使得这项工作具有了一点仪式感。

这本书主要是谈清代女作家的诗词创作，由于写作时间横跨二十年，写作情境变化很大，其中的引文，出自同一种著作的，版本或有不同，此次修订，不再追求统一。各章的内容，或有重叠之处，也仍然保持原样。

书稿整理的过程中，我的研究生王辉、邢小萱、孔燕君和刘倚含帮助核对了相关文献，花费了不少心力。本书的责任编辑石旻是我在南京大学指导的硕士和博士，她的硕博士论文都是研究清代的女诗人，出版过程中，对相关内容我们时有探讨，就仿佛又回到当年师弟相与论学的岁月，让我感到格外高兴。

和二十年前相比，现在的研究条件发生了很大变化，尤其是若干部大型闺秀文学创作总集及文学批评资料的编纂出版，为学界提供了大量的以往难以读到的文献。由此回看这部小书，肯定存在着不少局限，期待着读者的指教。

张宏生
2021年12月31日